Murathan Mungan
ÜÇ AYNALI KIRK ODA

21 Nisan 1955 İstanbul doğumlu. Ankara Üniversitesi Dil ve Tarih-Coğrafya Fakültesi Tiyatro Bölümü'nü bitirdi. İlkin çeşitli dergi ve gazetelerde yazıları ve şiirleriyle görünen yazarın ilk kitabı 1980'de yayımlanan *Mahmud ile Yezida*'dır. Daha çok şiirleri (*Sahtiyan, Yaz Geçer, Omayra*), hikâyeleri (*Cenk Hikâyeleri, Kırk Oda, Kaf Dağının Önü*), oyunları (*Taziye, Bir Garip Orhan Veli, Geyikler Lanetler*) ile tanınan Murathan Mungan aynı zamanda radyo oyunu, film senaryosu ve şarkı sözü yazdı. Çeşitli alanlara dağılmış yirmi yıllık çalışmalarından yaptığı özel bir seçmeyi *Murathan '95*'te topladı. Şiirlerinden yapılan bir seçme Kurtçe'ye çevrildi: *Lı Rojhilatê Dilê Min* ("Kalbimin Doğusunda"). Dünya edebiyatından resim konulu öyküleri bir araya getirdiği *Ressamın Sözleşmesi* adlı bir seçkisi yayımlandı.

Metis Yayınları, yazarın kitaplaştırdığı bütün çalışmaları bir külliyat olarak yayımlıyor.

Murathan Mungan'ın Hikâye Kitapları:

SON ISTANBUL
İlk Basım: Uçurum Yayıncılık, Nisan 1985
Yedinci Basım: Metis Yayınları, Eylül 1998

CENK HİKÂYELERİ
İlk Basım: Remzi Kitabevi, Kasım 1986
Beşinci Basım: Metis Yayınları, Temmuz 1997

KIRK ODA
İlk Basım: Remzi Kitabevi, Nisan 1987
Dokuzuncu Basım: Metis Yayınları, Kasım 1998

LAL MASALLAR
İlk Basım: Remzi Kitabevi, Kasım 1989
Altıncı Basım: Metis Yayınları, Ocak 1999

KAF DAĞININ ÖNÜ
İlk Basım: Metis Yayınları, Kasım 1994
Dördüncü Basım: Metis Yayınları, Ekim 1997

ÜÇ AYNALI KIRK ODA
İkinci Basım: Metis Yayınları, Haziran 1999

MURATHAN MUNGAN
ÜÇ AYNALI KIRK ODA

METİS YAYINLARI

Metis Yayınları
İpek Sokak No. 9, 80060 Beyoğlu, İstanbul

Metis Edebiyat
ÜÇ AYNALI KIRK ODA
Murathan Mungan

İlk Basım: Mayıs 1999
Üçüncü Basım: Ekim 1999
Baskı Adedi: 25000

Yayın Yönetmeni:
Müge Gürsoy Sökmen

Kapak Tasarım:
Timuçin Unan

Kapak resmini oluşturan üç resim: İbrahim Çallı, "Bir Balo Gece-
si", Namık İsmail, "Sedirde Uzanan Kadın", (*Çağdaş Türk Resim
Sanatı Tarihi,* Tiglat Yayınları, 1981, s. 27 ve s. 60) ve Edward
Hopper, "Tables for Ladies" (Idea Books, 1983, s. 75).

Dizgi ve Baskı Öncesi Hazırlık: Metis Yayıncılık Ltd.
Kapak ve İç Baskı: Yaylacık Matbaası
Cilt: Sistem Mücellithanesi

ISBN 975-342-237-7

İçindekiler

ALICE HARİKALAR DİYARINDA
9

AYNALI PASTANE
109

GECE ELBİSESİ
223

Ne zaman içime biraz fazla baksam, yükseklik korkum depreşir...

ALICE HARİKALAR DİYARINDA

Naim Dilmener için

DOĞMA BÜYÜME TEXASLI ALICE STAR, PUSLU BİR SONBAHAR sabahı evinden kaçıp bu boğucu taşra kasabasını büyük kentlere bağlayan anayollardan birine çıktığında, bütün yaz sıcaklarının, bütün sinek ve vantilatör vızıltılarının geri dönmemecesine ardında kaldığından emindi artık. Evden kaçmaları hanidir ciddiyetini yitirmiş, can sıkıcı bir tekdüzelikte yinelenen anlamsız bir oyuna dönüşmüştü. Her seferinde, "günün koşullarına" ve "hayatın şartlarına" yenik düşüyor ve yine her seferinde, en azından son üç gündür ağzına lokma koymamış bir halde gerisin geri evin yolunu tutmak zorunda kalıyordu. Bu yüzden yaptıkları, başkalarının gözünde bir yeniyetme şımarıklığından başka bir anlam taşımıyordu epeydir. Eyleminin gerçekliğine bu kez olsun inandırmak için, sonuna kadar gitmekten başka yolu yoktu. O son da, o yol da önündeydi şimdi. Biraz daha cesaret istiyordu, hepsi bu. Böylelikle, o eski, efsanevi "Asi Kız" imgesine, bu imgenin kararlı ödünsüzlüğüne yeniden kavuşabilirdi.

Bindiği otobüsün penceresinden geçmişe bakıp geride bıraktıklarıyla elinde kalanların dökümünü yapmaya yüreğini yokladığında; Texas'ın ıssız çöllerine benzeyen içi boş çocukluk görüntülerine, boğucu bir yalnızlıktan başka hiçbir şey olmayan anılarına daldığında, on sekizini yeni bitirmişti. Öncekilerden farklı olarak bu kez üzerinde ispat edilmiş bir "rüştün" haklı güvenini taşıyordu. Ve bu seferkinin öncekilere hiç benzemediğini bir tek kendi biliyordu. Yol sevinci ile geçmişi boşaltmanın ıssızlığı yüreğinde yer değiştirerek duygularını belirsizleştirirken, önündeki yolun neler vaat ettiğini bilmemekle birlikte, emin olduğu tek şey, gerçekten ne pahasına olursa olsun, artık bir daha geri dönmeyeceğiydi. Alice için bu, yeni bir yaşam özleminden, evden kaçışını anlamlandırma gayretinden, herhangi bir seçenek arayışından çok bir var oluş sorunuydu.

Artık bir var oluş sorunu...

Nitekim öyle oldu. Alice Star bir daha Texas'a hiç dönmedi. Bu kez başarmıştı. Bunu yıllar sonra bir kez daha düşünecekti; kaçtığı o günün bütün ayrıntıları, bindiği, daha doğrusu içine çekildiği o garip aracın metalik penceresinden uzayın uçsuz boşluğuna baktığında, aynı belirsizlik duygusuyla yoklayacaktı içini; hem de tam her şey yoluna girmişken...

On sekizlik Alice'in yüreğiyse on üçüne takılı kalmıştı. Kilise korosundaki pazar ayinlerine takılı kalmıştı sesi. İlk flörtünün "Dancing" kapısında onu yüzüstü bırakarak başka bir kızla çıktığı zamanlardandı yüzündeki bağışlamasız hüzün. Uzak bakışlarındaki derin küskünlük, meydan okuyan bir umarsızlığa dönüşmüştü zamanla. Her acıyı ciklet çiğneyerek karşılayan ve bir omuz silkmesiyle geçiştiren kızlardan biri olmuştu sonunda. Başka türlü ayakta ve hayatta kalınamayacağını öğrenmişti çünkü. Camlarına harfleri eksilmiş neonların yansıdığı benzinlikler, bakımsız kafeler, arada bir çekilen bira sifonunun tekdüze sesi, araba mezarlığındaki metal hurda, patlak tekerlekler, teneke kutular, havanın sıcağına bulaşmış kekre tütün kokusu gibi, bir Amerikalıya hemen "Batı"yı çağrıştıracak ıssız ayrıntılar sinmişti yüzünün anlamına, davranışlarına... Yaşamı boyunca doğup büyüdüğü yeri kendinde taşıyanlardandı. Bir daha dönmediği yurdunun iklimi, efsanesinin de gizi oldu. Ondaki gizil vahşilikte her Amerikalıya şimdi unuttukları sert ve acımasız geçmişi çağrıştıran bir şey vardı. Eski kovboy filmlerinde, sigara reklamlarının çekildiği vadilerde ve bir de bu kadının yüzünde olan bir şey... Nitekim yıllar sonra, Alice Star, Amerika ve dünya için bir "mit" haline geldiğinde, onun mitolojisini ögelerine ayrıştıran çokbilmiş eleştirmenler, her konuda kılı kırk yaran uzmanlar, her şeyi bir başka şeyle açıklayan sosyal araştırmacılar, yüzünün ikonografisini okurken, bu noktalar üzerinde hassasiyetle duruyor ve sonu gelmeyen yorumlar yapıyorlardı. Dünya kurulalı beri, kimsenin başına –en azından bu kadar aşikâr olarak– gelmeyen o tuhaf hadise vuku bulduğundaysa, başına gelenlerin, yüzünün bir kaderi olduğu konusunda hemen herkes hemfikirdi. İlkin Amerika'nın geçmişindeki, sonra Hıristiyanlık tarihindeki ikonografik geleneği içermekle kalmayan yüzünün açgözlü anlamı, bunlarla yetinmeyip daha da ötelere, uzayın derinliklerine uzanmış ve sonunda da belasını bulmuştu. Olan bitenin tek açıklaması buydu. En azından birçoklarına göre.

Başını pencereden alıp her durakta körüklü kapıları "tısslayarak" açılıp kapanan bu çimen yeşili otobüsün içindekileri seyretmeye koyuldu. Sanki bu otobüsü bir filmde görmüştü, bu sahneyi; hatta sanki kendi de bir filmin içindeydi. (Sinemalar! Boğucu taşra kentlerinin dünyaya açılan büyülü ufukları... dünyanın her yerinde...) Tenhaydı otobüsün içi. Kendinden başka birkaç yolcu daha vardı. Onlara bakarken, evden kaçan insan sayısı ne kadar az, diye düşünerek hayıflandı. Az sonra, her otobüs yolcusunun ille de bir kaçak olmasının gerekmediğini, pekâlâ seyahat ediyor olabileceklerini hatırladı, kendi kendine mahcup oldu. Daha sonra, yan sırada oturan bir kovboy ilişti gözüne. Oturuşunda, yayıldığı geniş çayırları taşıyordu. Halinde, duruşunda, sığırların otlatıldığı dağ başı meralarını hatırlatan bir şey vardı. Ayaklarının dibinde küçük bir sırt çantası duruyor, başında eprimiş geniş bir şapkayla pencereden dışarı bakarak eski "country" şarkılarını ıslıkla çalıyordu. Yüzündeki çocuksu saflıkta, geleceğe duyduğu noksansız güven okunuyordu. Erkeklere özgü, çoğu kez karşılığı olmayan bön bir güvendi bu. Hiç susmuyor kovboy. Belli ki yüreğinde büyük umutlarla, büyük kentte yeni bir yaşam arayacak kendine. Tam da, ben bu sahneyi bir filmde görmüştüm, dedirtecek cinsten bir görüntüydü Alice'in seyrine daldığı. Saklanmaya değer bir anı gibi bu erkek yüzünü ve onu çevreleyen ayrıntıları ezberlemeye çalışıyor. (Yol hatırası... Uzaklar için yol hatırası...)

Aynı anda, aynı yola, birbirinden habersiz çıkmış iki yol arkadaşı şimdi onlar. Belki tanışmayacaklar bile, ya da yıllar sonra bir rastlantı sonucu karşılaştıklarında, biri diğerini ve bugünü hatırlayacak. Bu biri, belli ki kovboy olmayacak; Alice'in farkında bile değil çünkü, onun için düşündüklerinin, kurduğu öykünün de tabii. Erkeklere özgü, çoğu kez karşılığı olan bir duyarsızlıktan ve ilgisizlikten kaynaklanıyor bu hali. Belki de bu yüzden, Alice, ansızın, bu kovboyun büyük kentlerde harcanıp gideceğine, hiçbir umudunu gerçekleştirmeden savrulup kaybolacağına karar veriyor. Ayrıntıları fark etmeyen bu kayıtsız yüzün karar anlarını ve önüne çıkan fırsatları değerlendiremeyeceğini, sıradan bir gece yarısı kovboyu olarak büyük kent çarklarının dişlilerinde öğütülüp gideceğini düşünüyor. Texaslılar da zamanında Alice için benzer şeyler düşünmüşler, uzun yıllar ondan bir ses çıkmadığını görünce de, düşündüklerinin doğruluğuna hükmedip onun Amerika kıtasının uçsuz bucaksızlığında yitip gittiğine inanmışlardı. Bir ara Massachusetts Teknoloji Enstitüsü'nde okuyan ve terör düzeyinde bir işgüzar olarak nam salmış bulunan Sam Morris, Alice'in bir porno yıldızı olduğunu, ucuz seks filmlerinde oynadığını söylediğinde de kimse inanmamıştı ona. Bu inançsızlıkta, elbette Alice'in kişiliğine, ahlakına bu işi yakıştıramamak gibi bir kaygı değil, düpedüz onun bu işi bile kıvıramayacak kadar beceriksiz olduğu düşüncesi yatıyordu. Ayrıca o tombul, kısa boylu, sivilceli kızın düzüşmesini seyretmek için kimsenin para ödemeyeceğini de düşünüyorlardı. Çok da haksız sayılmazlardı aslında; Alice gerçekten hiçbir flörtünün üç günden fazla sürmediği zamanlarında, tombul, kısa boylu, sivilceli ve oldukça sevimsiz bir kızdı. Yalnız, vücudunun çoğunlukla giysi altında saklı kalmak durumunda olan kimi yerleri güzeldi. Örneğin, daha sonra bütün dünya erkeklerinin hayranlığını kazanacak olan göbeği... Göbeğini özellikle açıkta bırakan ve adeta simgesi haline gelen o kısacık tişörtleri, "Alice tişörtleri" olarak dünya modasına damgasını vurduğunda, göbeği güzel herhangi bir taşralı kızın artık saklı kalma olasılığı ortadan kalkmış oluyordu. Ayrıca, öyle gelişigüzel açılıp saçılmadığı için bir türlü gösteremediği sırtı, omuzları, mermer gibi pürüzsüz ve duru; teniyse dağlalelerinin taçyaprakları gibiydi. Bacaklarının düzgünlüğüne gelince, bu, o zamanlar dahi biliniyor, konuşuluyordu. Onun hakkında çok atıp tutanlar bile, biraz ileri gittiklerini düşündüklerinde, "Ama, bacakları kusursuz doğrusu," derlerdi. Bir sandviç ya da hamburgerle üç öğün geçiştirdiği uzun açlık yıllarında fazla kilolarını atmış, formunu bulmuştu. Boyuna gelince: Elbette şöhrete kavuşunca boyu uzamadı, ama bu kez de kısa boylu, ufak tefek kadınlar dünyanın gözdesi oldular.

Sam Morris, söylediklerinin doğruluğuna inandırmak için çok didindi, çok uğraştı. Bunu kişisel bir onur sorunu haline getirip bütün kasabayı bezdirdi. Texas'ın o kavurucu öğle güneşi altında bile, kapı kapı gezip ısrarlı pazarlamacılar gibi, eşik önlerinden bir türlü ayrılmak bilmeden, Alice'ın eskisi gibi şişman olmadığını, ayrıca epey güzelleşmiş bulunduğunu, bu işten para kazanmayı hak etmiş bir hale bile geldiğini anlattı durdu. Bütün bu iddialarına karşın, gene de kimseyi inandıramadı, sonunda o da derin bir hakkı yenmişlik duygusu içinde burulmuş ve herkese küsmüş olarak, ısrarlarından vazgeçip köşesine çekildi. Kimileri, onu açıkça yalancılıkla suçluyor, kimileriyse benzetmiş olabileceğini söylüyorlardı. Bu, Sam Morris'i daha da çileden çıkarıyor; kendinin de herkes gibi yanılmış olabileceği, yalancılıkla suçlanmasından çok daha korkunç bir hakaret olarak görünüyordu gözüne. Alice Star'ın dünyayı kasıp kavuran bir pop yıldızı olmasından birkaç yıl sonra, en az Sam Morris kadar işgüzar bir gazeteci, Alice Star'ın şöhret olmadan önce, seks filmleri çeviren bir porno yıldızı olduğunu belgeleriyle birlikte dünya kamuoyunun dikkatine sunduğunda, bütün Texaslılar, Sam Morris'in bir zamanlar doğruyu söylemiş olduğunu, herhangi bir sıradan gerçeğe inanır gibi kabullendiler, ama artık hiçbir önemi kalmadığından üzerinde durmadılar bile. Alice, zaten ne zamandır dünyanın gündemindeydi. Herkes gibi Texaslılar da Alice'in geçmişini unutmaya hazırdılar. Ahlakçı kimi itirazların üstelemesi halindeyse, açlığın insanlara her şeyi yaptırabileceği görüşünde birleşiyorlardı. Hem burası Amerika'ydı. Özgürlükler ülkesi! Sam Morris, bu gecikmiş haklılığın tadını çıkaramadığı için, öfkesinden hiçbir şey yitirmediği gibi, eskisinden daha çok insanlardan nefret ederek iyice işine gömüldü. Teknolojiyle daha fazla ilgilenmeye başladı ve kendini uçandairelere, uzaydan gelenleri araştırmaya adadı. Yalnız, dünya işlerine küsmeden önce, kasabadaki birkaç nişan bozulması, boşanma, işten kovulma ve kimi ufak tefek salon kavgalarının ortaya çıkmasında, Sam Morris'in araştırmacı ruhunun önemli bir payı olduğu söylentileri yaygınlaştı. Birkaç yıl sonra uçandaireler gördüğünü iddia etmeye başladığındaysa –ki bir keresinde bu nedenle televizyon ekranlarına çıkmış ve kendisini inanmaz gözlerle süzen, beton suratlı bir sunucunun manidar sorularını, kendinden geçmiş bir halde büyük bir coşkuyla yanıtlamıştı– insanlar artık onu, yüzlerinde saklamaya bile çalışmadıkları hafif çarpık bir tebessümle dinliyorlardı. Uzaylıların, öcünü alacağı günü beklemekten başka bir şey kalmamıştı ona.

Geniş gözenekli sarkık yanakları, etli kalın dudaklarını da birlikte aşağı çekiyor; hemen her zaman birtakım dolgun sivilceleri barındıran iri burnu, geniş yüzünü iki ayrı kara parçasıymışçasına acımasızca ikiye bölüyor, bu da yetmiyormuş gibi, kalın köşeli çenesinin yardımıyla, bir yandan da adeta öne doğru iteliyordu. Zaten olmayan alnını iyice bastıran beyaz kepinin altından, gecenin ileri saatlerinde, sarhoşların, "Saç! Hayır, diken! Yok yok, çalı!" diye bahse tutuştukları, hiçbir canlılık belirtisi taşımayan talihsiz saçları fışkırırdı. Hep bembeyaz önlük giyerdi. Temiz kadındı; iç çamaşırlarına varana dek ütülerdi. Onun bu hali çalıştırdığı Kafe'nin bakımsızlığını açıklamayı zorlaştırıyordu. O koca kasabada hiç kimse, onun yüzünü güldüren herhangi bir şey hatırlamıyordu. Bu somurtuk yüz, her zaman bezgin bir köpeğinkini andırmıştı. Çocukluğundan beri "Köpek Kathy" diye anılması boşuna değildi elbet. Alice, annesinin çirkinliğine hiçbir zaman akıl erdirememişti. Artık "çirkin" demenin bile yetersiz kaldığı, bütün tanımların dışına taşan, bütün kategorileri altüst eden bambaşka bir umutsuzluk noktasıydı bu yüzün vardığı yer. Her seferinde yeniden şaşırmadan alışmak çok güçtü Köpek Kathy'nin çirkinliğine. Annesi, Alice'in yaşamında gene de çok önemli bir figürdü. Hemen herkesin annesiyle kurduğu ilişkiden farklı bir şeydi bu, ve tabii çeşitli nedenleri vardı. En başta geleni, Alice'in bütün yaşamı boyunca, annesinin aslında üvey annesi olduğuna değgin sonsuz inancıydı. Kendini tutamayıp, "Anne, sen üvey anne misin?" diye sorduğunda henüz dört yaşındaydı. Ardından bütün genç kızlığı boyunca, bu "acı hakikatin" bir sarhoşluk anında babasının dudaklarından dökülüvermesini bekledi. Hemen her zaman körkütük sarhoş gezen babasının, böyle boş bulunacağı bir anını yakalamak için, ardında az gezip dolaşmadı. Zavallı ihtiyarcıksa, kızının ilgisini, kendine duyduğu sevgiye ve kollama duygusuna yordu. Kuşkusuz bir baba için çok hayırlı sayılacak bir yanlış anlamaydı bu. Nitekim Alice, bu nedenle, kaç kez babasının başını çeşitli belalardan kurtardı; daha sonraki yoksulluk ve sefalet günlerinde en umutsuz zamanlarda bile, bir çıkış yolu bulmak konusundaki yeteneğini, en şaşırtıcı durumların ortasında bile hiç yitirmediği sağduyusunu ve dinginliğini, babasının peşinde geçirdiği o umutsuz günlerde edinmiş olsa gerek.

Alice'in annesini bunca kabullenemeyişi, onun çirkinliğinden çok, akıl almaz kayıtsızlığıyla ilgiliydi. Annesiyle ilişkisine ait küçük bir hoşluk, küçük bir sevecenlik, karşılıklı oynadıkları gizli, sevimli bir oyun, bir incelik anı, adı konmamış ama her iki tarafın da yüreğinde sakladığı sessiz bir sözleşme, hiçbir şey, hiçbir şey hatırlamıyordu. Zaten Alice, hiçbir zaman annesinin herhangi bir konuda ne hissetmiş olduğunu anlayamadı. Bu kilitli surat, galiba yalnızca Alice'e değil, koca yeryüzünde hiç kimseye hiçbir şey söylemiyordu. Buruşuk gözkapakları, gözlerinin yarısına dek sarkıyor, altından da hiçbir ışık, hiçbir parıltı barındırmayan çelik mavisi gözbebekleri inanılmaz bir kayıtsızlıkla dimdik bakıyordu. Sanki bu dünyada hiçbir şey ona değmiyor, ona ilişmiyordu. Alice, sonunda annesinin neler hissettiğini kendi de bilmeyen tuhaf bir yaratık olduğuna karar verdi. Bu, onu çok rahatlatmıştı. Annesinin yalnız onunla değil, hiç kimseyle bir köprüsü yoktu. Anlaşılmaz bir kadındı. Anlaşılmak gibi bir derdi de yoktu. Belki de bu yüzden bu kadar rahattı. Başta kendi olmak üzere, dünyadaki hemen her şeyden sonsuza dek vazgeçmişti sanki. Öte yandan zekâsı ve işbilirliği, yadsınamaz bir gerçeklikti. Tutumluluğu da. Hemen hiç konuşmaz, konuştuğundaysa en az sayıda sözcükle idare ederdi. Bunlar çoğunlukla, "Hayır", "Asla", "Unut", "Evet" gibi kesin ve tartışma payı bırakmayan yanıtlar; "Belki", "Bakalım" gibi kendi işine gelen belirsizlikler, ya da "Olmaz!", "Kes be!" gibi bildirim kipleriydi. Allahın terk ettiği çölün ortasında başına bela almadan kafe işletmek, o uzun yol sürücüleri ve kızgın kovboylarla baş etmek kolay iş değildi elbet. Kathy'nin çevresine yaydığı, Alice'in de bir türlü dışına çıkamadığı müthiş bir çekim alanı olduğu tartışılmazdı; sanki her şeyi onun onaylaması gerekiyormuş gibi bir kanı uyandırır, ya da her şeyi ona onaylatmak gerekiyormuş gibi bir kanıya insanlar kendiliğinden kapılırlardı. Duygularımızla suçluluğumuz arasındaki o şaşmaz ilişki henüz keşfedilmemiş olduğundan, bu aksi kadının bütün lanetliğine karşın böyle bir üstünlük kurmuş olmasını kimse anlamıyordu. Dışarıdan bakıldığındaysa, kısaca, sessizliğini bir otoriteye dönüştürmüş, denebilirdi onun için. Texas'ın ortasında bakımsız bir kafede tezgâhta durur; sarhoşları ve eski hatıraları, uzun mücadeleleri, arayışları, yitirilmiş umutları, vazgeçişleri, kavgaları, hayatları büyük bir ilgisizlikle dinler; canı sıkıldıkça da kirli bir bezle tezgâhı silerdi. Arada bir başını kaldırıp tezgâhın üzerinde duran televizyona aynı ilgisizlikle göz atardı. Bir kavga çıktığındaysa –ki bizzat kendileri çoktan birer kamyona dönüşmüş olan o irikıyım kamyon sürücüleri arasında sıklıkla çıkardı– nerede müdahale edeceğini çok iyi bilir, sonuç alamayacağını kestirdiği yersiz müdahalelerle otoritesini sarsmazdı.

Babasıysa, gerek kendi adına, gerek ailesi adına, gerek ataları adına, gerekse de bütün Amerika adına konuşurdu. Ayaklı bir Amerika tarihi halindeki bu adam konuşmaya şehvet derecesinde düşkündü. İkinci kadehte başladığı uzun ve hamasi söylevleri gün ağarırken, sızmasıyla birlikte son bulurdu. Arada bir tutan ve dinmeyen ağlama krizleriyle birlikte kesintiye uğramamışsa tabii... Bu arada, kimi zamanlar uykudayken de konuşmayı sürdürdüğü olurdu. Annesinin yörede dinlemediği tek sarhoş babasıydı. Kafede içki bile verilmezdi ona. Onun ayak altında dolaşmasını istemezdi Kathy. Kasabanın dışında, camlarına hep ıslak ışıklar yansıyan bir benzinlikte çalışırdı koca Ralph. Kopkoyu renkler ve dumanlı çizgilerle sonsuza dek uzayan ufuk, sanki dünyanın yaradılışına kadar geri giderdi. Batıya özgü o vahşi ve melankolik güzelliğin bütünüyle ortaya çıktığı, rüzgârların kanyonlarda ıslık çaldığı günbatımları insanın içine dokunurdu. Çok hüzünlü bir yerdi. Orada zaman zaman sebepsiz yere burnu sızlardı insanın. Kırk yıllık geçmişi adına onu orada, o benzinlikte tuttuklarından, bu yüzden kovmadıklarından emindi Alice. Kaç kez onun yüzünden yangın tehlikesi atlatmışlardı. Böyle durumlarda bile, hiç oralı olmamıştı Kathy, her şeyi oluruna bırakmıştı. Kathy, çirkinliğinin cezasını ilkin kendine, sonra ailesine, sonra da kasabaya fazlasıyla ödetti. Alice'in şöhretinin ilerlediği yıllarda, bu ödemeden gazeteciler de paylarını fazlasıyla aldılar. Ağzından tek söz çıkmıyordu kadının. O yırtık ve yapışkan Amerikalı gazetecilerin yedi cihana neler söyletmiş en kan kızılı bile kelime alamıyordu kadının ağzından.

Alice kimi zaman uzaktan seyrederdi annesini. Ona yardıma gittiği kimi günler, bir an, zamanın ve mekânın dışına çıkar, sanki bir başkasıymış gibi, her şeye yabancı gözlerle bakma oyunu oynardı. Hiçbir zaman ufacık bir yakınlık olsun duymadığı, hemen hiç konuşmayan bu iri memeli, çirkin ve tombul kadın, değil annesi, hiçbir şeyi olamayacak kadar uzak gelirdi ona. Hissettiği bu yabancılığı ona açıklayabilecek, bildiği tek tanım, onun üvey annesi olmasıydı. Babasına bunu söyletememiş olması bile, bu konudaki inancını değiştiremedi. Koca Ralph ise, hep bir gün buralardan çekip gideceğini, bir daha hiç geri dönmeyeceğini, izini kaybettireceğini söylerdi. Hep büyük düşler kurar; konuşmalarında, sonunda mutlaka çeşitli hayat dersleri çıkartılan mesellere yer verirdi. Eskilere ait tütün ve toz kokan maceralar, birbiri uğruna ölen erkeklerin dostlukları üzerine ölümsüz hikâyeler anlatır; altın ya da petrol ararken kaybolmuş hayatlardan, onuru incindikten sonra buralardan giden ve bir daha hiç geri dönmeyen, atından başka hiçbir şeyi olmayan yalnız kahramanlardan söz ederdi. Arada bir ağız mızıkasıyla artık hiç kimsenin hatırlamadığı hüzünlü bozkır şarkıları çalardı. Galiba Koca Ralph'in hayatta yapabildiği en güzel şeydi bu. Onun söylediklerini ciddiye almazdı Kathy. Kırk yıldır aynı şeyleri söyleyip durduğunu, ve dediklerinin hiçbirini yapamadan buralarda geberip gideceğini söylerdi. Bunu herkesten daha iyi bilirdi. Umutsuz ve oyunsuz insanların sahip olduğu, şaşmaz bir gerçeklik duygusu vardı Kathy'nin. Acımasızlığının gücü buradan geliyordu.

Alice'in dönüp de ardına baktığında, ailesine ve geçmişteki yaşamına değgin anımsadığı şeyler bunlardı işte. Var oluşunun temeline değgin düş kırıklıkları... sevinç vermeyen bulanık resimler...

Alice'in evden kaçtıktan sonra, uzun ve sıkıntılı yıllar geçirdiği doğrudur, hatta fazlasıyla doğrudur. Dikkafalılığı, şahane tembelliği, yersiz alınganlıkları, çabuk sıkılması, dağınıklığı, sebatsızlığı ve sık sık değişen tutkuları yüzünden, ilkin kendine, sonra en yakınlarından başlayarak çevresindeki herkese hayatı cehennem ettiği de doğrudur. Bu yüzden hiçbir işte dikiş tutturamamış, başladığı hiçbir şeyi sürdürememiştir. En uzun yaptığı iş, bulaşıkçılıktır. Çünkü bulaşık yıkarken, bir çeşit ruhsal arınma duyduğunu kendi de söyler. Hâlâ bugün bile onu en çok sakinleştiren şeyin, köpürmüş deterjan olması biraz garip karşılanabilir elbet, ama insanların alışkanlıklarından kolay kopamadıkları düşünülünce, bu da "anlaşılır" bir şey olup çıkar. Garsonluk, satıcılık, sirkte yer göstericiliği, konu mankenliği, pastanede kasiyerlik, hayvan bakıcılığı gibi çok çeşitli işlere girip çıkmış ve bunların sonunda, her nasılsa "yazar" olmayıp şarkıcı olmuş, ardı sıra çevirdiği filmlerle üstelik adını bir de iyi oyuncuya çıkarmasını bilmiştir. Bütün bu iş değiştirmeleri sırasında kentten kente savrulmuş, hemen hemen Amerika'da görmediği yer kalmamıştır. Gezip tozduğu yerlerin yan yana bitiştirilmesinden rahatlıkla az noksanlı bir Amerika haritası elde edilebilir. Bir ara "serseriliğin şiiri" diye bir şey tutturmuş, bu şiir uğruna başına gelmedik iş, uğramadık bela kalmamıştır. Bu anlamda dünyanın en pahalı şairlerinden biri olduğu da doğrudur. Her gördüğü film nerede geçiyorsa orada yaşamak gibi bir huy edinmiş, filmin geçtiği yerleri keşfetmek gibi kimseye pek yararı dokunmayan bir merakın ardı sıra oradan oraya savrulmuştur. Yıllar sonra Alice'in çocukluğuna değgin malzeme toplamak gibi beyhude bir amaçla Texas'a gelen genç bir gazeteci, püriten görünüşlü, çokbilmiş kapı komşusunun, sözde hoşgörülü ama yukarıdan bakan bir edayla, "Alice'ciğin bütün hatası seyrettiği filmlere fazla inanmasıydı," demesi üzerine çok sinirlenmiş ve kadını fena halde haşlayarak, "İnandı da haksız mı çıktı peki? İşte koskoca Alice Star oldu. Sizse hâlâ burada, bu boktan kasabada tavuk besliyor ve bahçenizdeki otları ayıklayarak yaşlanıyorsunuz," demiştir.

Alice'in yıllarca bunca ufak işte sürterek zaman yitirmesinin nedeni –ki hemen hiç kimseyi inandırmayacak kadar gerçektir– şarkıcılığı geç keşfetmiş olmasıydı. Arada bir usul sesle şarkılar söylerdi, o kadar. Şarkı söyleyerek para kazanabileceği aklının ucundan bile geçmemişti. O güne dek onca şarkıyı ezbere bildiğinin, çok iyi bir sese ve kulağa sahip olduğunun neredeyse ayırdında bile değildi. Müzik kendisinden habersiz gelip yerleşmişti ona. Babasının ağız mızıkasıyla çaldığı ezgileri anımsar, içlenirdi yalnızca. Bu alandaki yeteneğini ve olanaklarını kabullenmekte epey güçlük çekti Alice. Bu konuda hiç hayal kurmamış, kendine hiçbir yatırımda bulunmamıştı. Neredeyse kendiliğinden çıkagelen tatsız bir sürprizdi bu. Eğer günün birinde uyuşturucu müptelası melez sevgilisi, şu arada bir söyleyiverdiği şarkılardan birine denk gelmeseydi ve Alice'i para kazanmak için bu işe zorlamasaydı, belki de daha uzun yıllar hiç kimse Alice Star diye birini tanımayacaktı. Nitekim Alice, ilk 45'liklerinden birini bu eski sevgilisine adamıştır: *Her başarılı kadının ardında şaşkın bir erkek vardır* adlı bu ironik şarkıda kendiyle dalga geçer. Alice, bunca yıl niye zaman yitirmiş olduğunu soranları, "Hep şu Allahın belası kilise korosu yüzünden," diye yanıtlamıştır. "Hayatı da, müziği de zehir ettiler bana. Yıllar yılı müzik denilince, o sefil kilise korosunu, papazların ardı arkası kesilmeyen azarlamalarını, iç kıyan ilahileri, sürekli terleyen domuzcuğa benzeyen çocukları, mendilli ve şapkalı karanlık kasaba kadınlarını, o tozlu kilise yolunu ve o berbat pazar günlerini hatırlardım ve her seferinde içim sonsuz bir sıkıntıyla daralırdı. Geçmişimdeki her şey gibi müziği de gömmüştüm; onun, kendimi gerçekleştirmek için bir olanak olduğunu anlamam yıllarımı aldı. Bu yüzden, sizlere çocukken fark edilmek için söylediğim şarkılardan, kanıma işleyen müzik ateşinden, kurduğum şarkıcılık düşlerinden, harçlıklarımı biriktirip aldığım ilk müzik aletinden, arkadaşlarımla kurduğumuz ilk müzik topluluğundan, şarkıcı olmak için yana tutuşa geçtiğim tutkunun dikenli yollarından ne yazık ki söz edemeyeceğim. Yirmi üç yıl uğraşıp serseri, iki yılın sonundaysa şarkıcı oldum. Hepsi bu."

Bir plak firmasının ajanlığını yapan Eddie d'Ascanto, onu, ilk kez kendi de adı kadar manasız bir yer olan *Beyaz Tavşan* diskoteğinde dinleyinceye kadar, Alice Star belini biraz doğrultmuş, borçlarını ödemiş, deri ceketlerinin ve lame çoraplarının sayısını "eser miktarda" artırmış ve uyuşturucu düşkünü sevgilisinin "temel ihtiyaç maddelerini" nispeten daha rahat karşılayan bir yaşam düzeyine ancak erişmişti. Büyük umutları ve beklentileri yoktu şarkıcılıktan. Sözün tam anlamıyla bu sayede geçinip gidiyordu yalnızca. Porno film çevirmekten her bakımdan daha iyi bir iş olduğu kesindi. Ama o Allahın belası Eddie d'Ascanto'ya rastlayıncaya dek sürdü bu huzuru. Bütün başarılı Amerikalılar gibi İtalyan asıllı olup *My Fair Lady*'yi yirmi üç kez seyrettiği için mi, yoksa başka nedenden mi bilinmez, "menajerlik" kurumuna gereğinden fazla inanan; eşcinsel olmadığı halde, ince bir giysi beğenisine sahip ender erkeklerden biri olan ve birlikte çalıştıkları ileriki yıllarda, birbirinden ilginç ve çarpıcı buluşlarıyla Alice'e rahat ve huzur yüzü göstermeyen Eddie d'Ascanto karşısına çıkıp da, onu, Amerika'daki binlerce şarkıcıdan biri olmadığına inandırana kadar böyleydi bu; ve o sonu gelmeyen ilginç buluşlarını gerçekleştirmek için günde yirmi altı saat çalıştırmaya başlayıncaya dek sürdü mütevazı yaşamı. Alice, şarkı söyleyip para kazanmaya bir çeşit avanta gözüyle bakıyordu. Alkışlar, parıltılı giysiler hoşuna gidiyordu, o kadar. Eddie'den sonrası ise Alice için bir yeniden doğuştu. Bütün dağınık merakları, tutku çeşitleri, birbirinden çok farklı alanlara savrulmuş ilgisi, giderek tek bir yerde, tek bir noktada toplanmıştı şimdi. Yaşamında ilk kez bir şeyi deniyordu: Bir işte sebat etmeyi. Gece gündüz hiç durmadan çalışıyor, yıllar ile arasındaki açığı kapatmaya uğraşıyordu. İlk 45'liği çıktıktan üç hafta sonra bütün umutlarının boş bir hayal olduğuna inanmaya başlamıştı ki, plak firması ikinci bir plak için Alice Star'ı yeniden stüdyoya soktu. Sonuç eskisinden parlak değildi. Alice Star adı hâlâ kimselere tanıdık gelmiyordu. Eddie d'Ascanto'nun yırtıcı gayretleriyle gerçekleşen üçüncü ve dördüncü plaklar da sonucu değiştirmedi; bu sonuncular yüz plaklık listelerin alt sıralarını biraz zorlar gibi olduysa da, ardından gelen büyük dalgaların gürültüsünde silinip gitti, daha sonra da kesin bir sessizliğe gömüldüler. Alice, bu kez gerçekten her şeyin bittiğine inanıyordu, hatta bu sefer eski işini bile bulamayacağını düşünüyordu. O boktan kulüpler için bile, plak sahibi olmasa da, umut vaat eden sıradan, iddiasız bir şarkıcı, yenilmiş, burnu sürtülmüş plak sahibi bir şarkıcıdan çok daha önemliydi. Sıradan Amerikalının, kendisine başarısızlığı hatırlatan hiçbir şeye tahammülü yoktu. Umudundan, inancından, hevesinden ve Alice de dahil olmak üzere herkesin sinirini bozan azminden hiçbir şey yitirmeyen Eddie d'Ascanto'ya göre son şans, bir uzunçalardı. Yapımcı firmayı buna ikna etmek, Eddie için bile hayli uzun zaman aldıysa da, sonunda kazanan tabii ki gene o oldu. İlk uzunçaların hazırlıkları başladığında, her ikisi de son kartlarını oynadıklarını biliyorlardı. Gece gündüz demeden aralıksız çalışılan on dört ay sonucunda çıkarılan bir uzunçalarla, yeni bir 45'lik, Alice'e şansın bütün kapılarını sonuna dek açtı. Başarmışlardı. *Yitirilmiş Zamanın Ardında* adlı bu plak üçüncü haftanın sonunda Bilboard Listeleri'nde 1 numaraya yerleşmişti ve on altı hafta boyunca yerini kimseye kaptırmadı. Şimdi bütün Amerika ve bütün dünya Alice Star dinliyordu. Arada bir başını kaldırıp tezgâhın üzerindeki televizyondan kızını seyreden Köpek Kathy'nin yüzünden gülümseme demenin bile abartı sayılabileceği gülümsemeye benzer belli belirsiz bir şey geçiyordu.

Bütün bu olan bitenin gerçek olduğuna inanmak için, bir dağ evine kapandı Alice ve tam beş hafta boyunca, yüzünü, Eddie dahil hiç kimseye göstermedi. Başarısını hazmetmeye, olanları anlamaya çalıştı. Geldiği yer konusunda çok hazırlıksızdı. Bir star olmanın, dorukta yaşamanın ve bu yeni hayatın getireceği olası sorunların üzerine kafa yordu. Geleceği için düş kurdu, kararlar aldı. Yalnız kolay hazmedemediği bir şey vardı: O da eski plaklarının hiçbir şey olmamış gibi gelip liste başlarına kurulmasıydı. En çok buna kızıyor, halkın bu gecikmiş ilgisine öfkeleniyordu. Hemen her söyleşisinde bundan söz etmeden duramıyordu. Gazeteciler de Alice'in her söyleşisinde lafı döndürüp dolaştırıp buraya getirmesinden bıkmışlardı. Hiçbir ilginçliği kalmamıştı artık bu konunun. Neyin hesabını soruyordu bu kadın? Madem bu kadar seveceklerdi, daha önce niye hiç fark etmemişlerdi plaklarını? Niye o zaman sahip çıkmamışlardı kendisine? Ya da uzunçalar yapma şansı verilmeseydi ne olacaktı peki? gibi artık bir anlamı kalmadığı gibi, muhatabı da olmayan gecikmiş hesapların ardına düşüyordu. Bu konudan her söz edişinde sanki atlattığı bir kazanın diğer olasılıklarıyla yüzleşerek yeniden ve yeniden dehşete kapılır gibiydi. Art arda verdiği konserler, dünyanın bir ucuna dek uzanan büyük dünya turnesi, satış rekorları kıran plakları, video klipleri, Alice'e dünyanın her yerinde milyonlarca hayran kazandırmıştı. Bütün bunlara rağmen, Alice bu sorularından vazgeçmedi. Amerikalıların bu konudan hayli sıkıldıklarını, gazetecilerinse fazlasıyla bıktıklarını sezinleyen Alice bu konuda eski ısrarını sürdürmeyip unutmuş gibi göründüyse de, en son çıktığı Japonya turnesi sırasında, Amerika'dan uzaklaşmış olmanın getirdiği yersiz bir rahatlığa fazla kapılarak, Japon televizyonlarına ve gazetelerine neredeyse başka hiçbir şey söylemedi. Üstelik bunu, insanlığa ait çok temel bir sırrı ifşa ediyormuşçasına derin bir sitemle yapıyordu. Onun bu konudaki tutturukluğunu ve inadını en iyi anlayan ne yazık ki, Sam Morris'ti. Alice'i çok iyi anlıyordu Sam, zamanında ona da inanmamışlardı. Oh olsundu! Bu örnek olayın, hem Alice'den öcünü aldığını düşünüyor, hem de bu örnek sayesinde Alice'le özdeşleşebiliyordu. Bu cadı, Texas'ı terk edip gitmişti ama, bir türlü Sam Morris'in hayatından çıkmıyordu.

"Modern Amerikan Toplumunun Kırmızı Başlıklı Kızı" diye anılmasına yol açan başındaki kırmızı beresi, göbeğini açıkta bırakan tişörtleri, bir üsluba dönüştürdüğü rüküşlüğü, abuk sabukluktan bir çizgi yaratan giysileri, ilginç takılarıyla bütün dünyada milyonlarca genç kız tarafından taklit edilen çağdaş bir efsaneydi şimdiden. Bu arada *Kamelyalı Kadın*'ın çağdaş uyarlamasında oynadı. İki müzikalde rol aldı. Beverley Hills'deki muhteşem villasında günlerini geçiriyor, bir zamanlar filmlerde görüp de parasızlıktan gidemediği Amerika dışındaki yerleri geziyordu. Avrupa başkentlerinden başlayan yolculuğu, tropikal ormanlardan, Tibet dağlarına varana dek geniş bir coğrafyaya açılıyor, çılgın gibi para harcıyordu. Tepesini attıran bir şey oldu mu da, dosdoğru mutfağa giriyor, köpürte köpürte bulaşık yıkıyordu. Babasının ihmali yüzünden yanan benzinlik için yüklü bir tazminat ödemek gibi, uyuşturucu müptelası eski, melez sevgilisinin kefaletle tahliye edilmesi için gerekli parayı anında karşılamak gibi hatırşinaslıklardan da hiç geri durmuyordu.

Kathy, bunca yıllık yaşama koşullarını ve alışkanlıklarını bir anda değiştiremeyeceğini belirterek, kızının her türlü yardım önerisini geri çevirmişti. Alice bir kez daha annesini anlamakta güçlük çekiyordu.

Her şey çok sakin başlamıştı o gün. Güzel bir yaz günüydü. Pamuk aklığında bulutlar, masmavi bir gökyüzü ve butun sıradanlığıyla ışıyan parlak bir güneş... Parklarda sere serpe güneşlenenler, havuzlara ayak sarkıtanlar... Hiçbir özel işareti yoktu o günün. Bir süredir konserlerine ara vermiş, seyircilerinden uzak kalmış olan Alice Star, Afrika'daki açlar yararına düzenlenen bir konserle LA Stadyumu'nda muhteşem bir kalabalık önünde yeniden hayranlarının karşısına çıkacaktı. Hayranları onu çok özlemişti. Uydu aracılığıyla dünyanın hemen her yerinde naklen yayımlanacaktı bu konser. Bütün dünya onu çok özlemişti.

Alice Star, bu konser için yepyeni parçalar ve yepyeni giysiler hazırlamıştı. "Image-maker"larının uzun süreli çalışmaları sonucunda karar verdikleri yepyeni bir "imajla" çıkacaktı hayranlarının karşısına. Eddie d'Ascanto ise, ABD tarihi için bile inanılmaz boyutta sayılabilecek büyük bir tanıtım kampanyası başlatmıştı. Aylar öncesinden tutturulmuş tansiyon giderek tırmanıyor, herkes büyük bir heyecanla bu konseri konuşuyor, bu konseri bekliyordu. Konserin yapılacağı stadyumun etrafı günler öncesinden Alice Star hayranları tarafından çepeçevre kuşatılmıştı. Konser günü gelip çattığındaysa, stadyumda mahşeri bir kalabalık vardı ve stadyumun çevresini, içeri giremeyen öfkeli bir seyirci kalabalığı sarmıştı. Biletler haftalar öncesinden tükenmişti.

İddialı bir açılış, parlak bir gösteri, yüksek kalitede bir ses ve ışık düzeni eşliğinde fırtına gibi başladı konser. Alice Star, ilk şarkısıyla sahne aldığında, bütün stadyum inliyordu. Kaç aydır gerilmiş bir yay bütün şiddetiyle boşanıyordu şimdi. Sonradan düşünüldüğünde, konserin ilk şarkısının sözleri alabildiğine ironik kaçıyordu: *Bir gece yarısı, bir yıldız kayarsa senin baktığın gökyüzünden*... Konserin ilk yarısı, artık hemen her konserde görülen ve olağan sayılagelen taşkınlıkları saymazsak, ve bu taşkınlıkların her Alice Star konserinde görülen biraz daha fazlasını saymazsak, olaysız geçti, bile denebilir. Tek olay, Alice Star'ın kendisiydi. Seyircilerini ve hayranlarını çok özlemiş dinamit gibi bir Alice Star vardı sahnede; yay gibiydi, zıpkın gibiydi, fermuar gibiydi, havai fişek gibiydi, su gibiydi, ateş gibiydi ve birçok güzel şey gibiydi; hınzır ve hüzünlü, çapkın ve romantikti; tam bir sahne hayvanıydı; yeni imajıyla, yeni saçlarıyla, yeni parçalarıyla tükenmeyen bir enerji ve coşkuyla, olağanüstü bir performansla gerçekten unutulmaz bir konser veriyordu. Bir trajedi ağırbaşlılığı içinde, ancak bir zencinin çıkartabileceği seslerle söylediği blues hüznündeki parçalardan, bir insanın değil, ancak bir uzay aygıtının çıkartabileceği seslerle söylediği en sert ritmli, makine hızında parçalara varana dek yayılan geniş bir repertuar izliyordu. Aynı anda sahnenin her yerinde birden bitiyor, bir şarkıcıdan çok bir gözbağcıya benziyordu.

İkinci yarının ortalarına dek konser hep aynı havada sürdü. Bir konserden çok, bir mucizenin gerçekleşmesine benzesin istemişti bu konser; öyle de oluyordu. Alice Star, yeni albümünün parçalarını arka arkaya seslendirmeye başladığında, dünya soluğunu tutmuş, Alice Star'ın bu yepyeni ve muhteşem şarkılarını dinliyordu. Tam, albümün hit parçası olan *Bu Çağda İhanet ve Başka Çağda Sadakat*'i söylemeye başladığında, bazı seyirciler arasında, gökyüzünde parlak ışıklı, çok hızlı hareket eden, portakal renkli yuvarlak bir cismin görüldüğü söylentisi yayılmaya başladı. Bu söylentileri ciddiye alarak arada bir gözlerini gökyüzüne çevirmeden duramayanlar, bir süre sonra portakal renginde yuvarlak bir cismin sahiden hızla büyüyerek ve gökyüzünde çeşitli zikzaklar çizerek stadyuma doğru yaklaştığını gördüler. Birdenbire çığlıklar yükselmeye başladı. Büyük çoğunluk, doğal olarak bunu gösterinin bir parçası sandı. Konserin başından beri büyük bir hayranlıkla izlenen, Eddie d'Ascanto'nun Hollywood'un en baba "Special Effect"törlerine hazırlattığı çeşitli gösteriler, bu numaraya da çok müsaitti çünkü. En hafifinden lazer ışınları bile yepyeni bir gösteri grameriyle kullanılmıştı bu konserde. Bu ışınların imza atmadıkları tek bir yer, tek bir yüzey, tek bir boşluk kalmamıştı. Sahne üstünde insanlar ansızın kayboluyor, örneğin, solosunun tam ortasındayken basgitarist kaybolup ardından boşluğa gerilmiş bir telin üzerinde korkusuz bir canbaz gibi bitiyor; şarkının ortasında yer yarılıyor, davulcu içine düşüyor, az sonra hınzır bir şaman gibi başka bir köşede hiçbir şey olmamış gibi belirerek baget sallıyordu. Dansçılar, birbirlerinin gövdelerinin içinden geçerek boşluğa karışıyor, bir göz kırpımı zaman sonrasındaysa, üstelik giysi değiştirmiş olarak yeniden ortaya çıkıyor ve kaldıkları yerden danslarını sürdürüyorlardı. Tüm gösteri neredeyse gözbağcılık üzerine kurulmuştu.

Oysa o tuhaf cisim, o portakal rengi cisim yaklaştıkça bunun düpedüz bir uçandaire olduğu görüldü. Tıpkı amatörlerin çektiği o soluk siyah beyaz fotoğraflarda, ya da filmlerde gördüğümüz gibi bir uçandaire... Ama o kadar ısmarlama bir hali vardı ki, herkesin onu yapma bir uçandaire olarak gösterinin bir parçası sanmasından daha doğal bir şey olamazdı. Göründüğü anda herkesi şaşkına çeviren bu uçandaire, sonra gelip stadyumun tepesinde asılı kaldı; sanki herkes onu görsün ister gibi ve bütün kameralara poz verir gibi bir süre havada, stadyumun tepesinde öylece asılı kalıp bekledikten sonra, rengi açıldı, giderek gri, mavi bir ışık tozanına dönüştü. Cama benzer yüzeyinden grimsi-mavimsi bir aydınlık dışarı taşıyor, aynı zamanda aracın içini de aydınlatarak görünür kılıyordu. Gerçi bir tür storlu pencerelerle çevrelenmiş iç yüzeyinde fazla bir şey görünmüyordu ama, aynı anda bütün dünyada televizyon kanallarında milyonlarca insan tarafından seyrediliyordu. Az sonra uçandaireden sahneye bir demet tül gibi dökülen sarmal bir ışık huzmesi indi, ilahi bir nur gibi ışıyarak ve hızla Alice Star'ı kuşatarak içine aldı. Sonra da o tozanlı ışın demeti, adeta saydam bir asansöre dönüşerek, Alice'i yukarıya çekmeye başladı. Alice Star'ın yükselirken iyice şaşkınlaşan yüzünde, o güne kadar kimsenin görmediği, hayli alıkça denebilecek bön bir mutluluk ifadesi vardı. Belli ki, kendi de gösterinin bu yanından habersizdi ve ona da tam bir sürpriz olmuştu bu... Yavaş yavaş göğe doğru yükselirken ulvi duygulara kapılarak, Hazreti İsa'nın da göğe ağarken benzer şeyler hissettiğini düşünüyor, bu benzerlikten ötürü, kendine derin bir mutluluk ve onur payı çıkarıyordu. Üstelik kabul etmek gerekir ki, bu durumda seyircisi onunkinden çok daha fazlaydı. Alice'in mucizesi, onunkinden çok daha fazla bir tanık kadrosu önünde gerçekleşmiş ve hiçbir itiraz kaldırır yan bırakmamıştı. Her şey büyük bir şaşkınlık ve hayranlık dalgası içinde birkaç dakika içinde olup bitti. Işık asansörü, Alice'i uçandairenin içine çekti ve kapıları kapandıktan sonra, uçandaire ansızın bir şimşek hızıyla uzaklaşarak gökyüzünün karanlığında kayboldu. Herkes büyülenmiş gözlerle seyrettikleri bu gösterinin ilk şaşkınlığını atlattıktan sonra çılgın gibi alkışlamaya başladı. Bir yandan da, Alice Star'ı bir ışın demetine sararak sahnenin ortasından hüüp diye alıp bir uçandaire içine çeken, bugüne kadar görülmemiş bu tekniğin nasıl sağlanabildiği üzerine, olur olmaz akıllar yürütüyor; hayranlıktan büyülenmiş, kendinden geçmiş bir biçimde bağıra çağıra tartışıyorlardı.

İlk şoku atlatan Eddie d'Ascanto, sahnenin ortasına fırlamış, saçını başını yoluyor, güvenlik güçlerine, korumalara emirler yağdırıyor, ama kimse onu dinlemiyordu; dinleyenlerse ne olduğunu, ne yapmaları gerektiğini hiç bilemiyorlardı. Çünkü kimse, ne olduğunu anlamadığı gibi, ne yapılması gerektiği konusunda da fikir sahibi değildi. Böyle bir şey daha önce hiç olmamıştı. Bilmedikleri bir durumla karşı karşıyaydılar; önceden sahip olmadıkları bir deneyime gereksinim duyuyorlardı. Sahne önündeki ve sahne arkasındaki yüzlerce koruma görevlisi, ellerini kollarını kavuşturmuş, mesleki onurları incinmiş olarak biraz şaşkın, biraz küs bakınıp duruyorlardı.

Eddie d'Ascanto, başına toplanan kameralara dönüp Alice Star'ın uzaylı yaratıklar tarafından bir uçandaireye adeta vantuzla çekilir gibi alınarak kaçırıldığını boğula boğula anlatıyor ve bütün dünyadan onu bulmaları için yardım istiyordu. Afrika'daki açlar ya da Amerika'daki toklar, ama birileri mutlaka Alice'i bulmalı ve şu lanet olası konser tamamlanmalıydı! Sahne üzerindeki herkes en az onun kadar şaşkın olmakla birlikte, Eddie d'Ascanto'nun canhıraş feryatları da gösterinin bir parçası sayıldığından, çılgın alkışlar sürüyordu. Aranın biraz uzadığını, bu numaranın artık sıkıcı olmaya başladığını düşünenler, bir süre sonra "Alice! Alice!" diye tempolu alkışlarla Alice Star'ı yeniden sahneye çağırmaya başladılar. Eddie d'Ascanto'nun bütün yırtınmaları sonuçsuz kalıyor, Alice Star'ın sahiden kaçırılmış olduğuna kimse inanmak istemiyordu. Bu konudaki her açıklama girişimi, gösterinin bir parçası sayılıyor, her seferinde yeniden alkış alıyordu; iyice umutsuz bir durumdu bu. Bu arada üst düzey devlet görevlileri, bu saçmasapan numarayı biraz daha uzatırlarsa, ülkenin ve dünyanın esenliği adına, bu tür sorumsuz reklam oyunlarına kalkışarak kamuoyunda panik yarattıkları gerekçesiyle haklarında dava açacaklarını duyurdular. CIA'nin ve FBI'ın birbirlerine rakip rakip bakan siyah ve lacivert takım elbiseli, karanlık suratlı bir sürü bir sürü adamları hemen olay mahalline gelerek duruma el koydular.

Uzunca bir süre, karanlık ve canhıraş feryatlarla kendini oradan oraya çarpa çarpa ortalığı birbirine katmış olan Eddie d'Ascanto bile, sonunda yorulmuş, derin bir yeis ve çaresizliğe gömülerek bir koltuğa çökmüş, hatta yığılmıştı. Bütün bu koşullar altında, Alice Star'ın bilinmeyen bir gezegenden gelen uzaylı yaratıklar tarafından bir uçandaire marifetiyle sahiden kaçırıldığının anlaşılması ve bunun bir "realite" olarak kabul edilmesi epey zaman aldı. Dünya tarihi bir anda, bir gecede değişmişti. Bütün dünyanın, bütün kameraların, yüzlerce televizyon kanalının gözleri önünde ve milyonlarca insanın tanıklığında, Alice Star sugötürmez bir biçimde kaçırılmıştı. Anlamayanlar için bir kez daha söyleniyordu: Ünlü pop yıldızı Alice Star, bilinmeyen bir gezegenden dünyaya gelen bir uçandaire tarafından kaçırılmış ve meçhule karışmıştı. Kaç yıllık bütün o uzaydan geldiler gittiler efsanesi, başka gezegenlerde hayat var mı, yok mu? tartışmaları, uzaylılara ilişkin irili ufaklı her çeşit söylenti, hiçbir tartışmaya yer bırakmayacak bir biçimde, herkesin gözü önünde cereyan eden apaçık bir olayla kesinleşerek noktalanmıştı. Bu bilgi artık herkesindi. Şimdi yeni bir tarih başlıyordu. Ertesi sabah dünya, aynı dünya olmayacaktı, bu belliydi.

Sam Morris, oturduğu koltuktan, yüzünde tıpkı Alice Star'ın

göğe yükselirkenki yüzüne benzeyen alık bir mutluluk ifadesiyle hipnotize edilmiş gibi, hiç kımıldamadan saatlerdir televizyon ekranına bakıyordu. Hem Alice Star takıntısını, hem uçandaire takıntısını birleştiren bu mutlu olayın sentez gücü karşısında duyduğu hayranlık ve mutluluktan felç olmuştu. Yüzündeki o İsa'yı görmüş ifadeyle, ulvi bir hayranlıkla, televizyon ekranına çivilenmiş gibi bakıyor, birinin gelip onu oradan, o çarmıhtan indirmesini bekliyordu.

İşte sonunda uzaydan gelmişler ve bir tek olayla onun bütün intikamlarını birden almışlardı. Hem Alice, hem uzaylılar olmak üzere söz konusu her iki tarafı da tanımış olmanın getirdiği akrabalığa benzer bir duyguyla, kendine bu olaydan fazladan bir pay çıkarıyor; kendini, her şeyi önceden görmüş, biraz ermiş, biraz aziz, biraz yalvaç gibi hissediyor; rahatsızlık nedeniyle nikâhta bulunamayan bir uzak akraba burukluğu içinde, orada, aralarında bulunamadığına üzülüyor, yüzüne yapışıp kalmış ve bir türlü toparlayamadığı yağlı bir sırıtışla saatlerdir gülümseyip duruyordu. (Ne yazık ki, o yağlı gülümseme hep kalacaktı yüzünde. Yüzü o olacaktı.) Gözlerini ekrandan ayırmadan televizyon karşısında geçireceği uzun saatler işte böyle başlamıştı Sam Morris'in. Komşuları onu öyle bulunca kadar... Televizyonun karşısında gerildiği çarmıhtan indirinceye kadar... Sonraları televizyon başından kalktığı kimi ender zamanları ise, gökyüzüne çevirdiği hassas teleskopunun başında geçirecek, uzaylılardan kendisine gönderecekleri özel bir işaret, bir sinyal bekleyecekti.

Alice'in kaçırıldığının herkes tarafından anlaşılmasından ve devletin resmi organlarınca doğrulanmasından kısa bir süre sonraysa, Alice Star'a olan nefreti yeniden dirilmişti. O, oracıkta bekleyip dururken, yıllarını uzaylıları araştırmaya bunca adamışken, onlar, uçsuz bucaksız uzayın kim bilir kaç ışık yılı uzaklıktaki en karanlık derinliklerinden gelip bula bula o sümüklü porno kızını bulup kaçırmışlar, düpedüz Sam'in hakkını yemişlerdi. Bir kez daha hakkı yenmişti. Bu kadarı da olmazdı! Allah bilir, o pornocu kız, uzaylılara hiçbir zaman inanmamıştı bile! Hatta belki de uzaylılarla, uzayla uğraşanlarla alay bile etmişti! Onlar gene de bu şerefi kendine değil, o kahrolası pornocu kıza bağışlamışlardı!

Dünyanın adaletine inanmadığı gibi, uzayın adaletine de inanmıyordu artık.

Alice Star, gene karşısına hayatını gerçekleştirmede bir engel figür olarak çıkmıştı Sam Morris'in. Yeniden ilk günkü kadar nefret ediyordu ondan.

Kızının uzaylılarca kaçırılması üzerine, kapısına yeniden öbek öbek yığılan yapışkan gazetecilerin ısrarlı sorularına Köpek Kathy'nin verdiği yanıtsa, her zamanki gibi son derece kısa ve özlüydü: Paniğe kapılmaya gerek yok! Ben Alice'i bilirim. O her seferinde eve döner.

Söylemek bile fazla: Köpek Kathy'ye bir dördüncü cümleyi hiç kimse söyletemedi.

Alice Star, ne kadar olduğunu bilemediği, ona, hem çok uzun, hem çok kısa gelen bir zaman sonra, neredeyse bütün yıllarını bir kez daha yaşamış olmanın yorgunluğuyla gözlerini açtı. Bütün yaşamının büyük bir hızla gözlerinin önünden geçtiği, her duygusunu neredeyse ilk günkü şiddetiyle algıladığı o belirsiz zaman parçasından sonra, gözlerini hafifçe araladığında, tuhaf bir berraklık içindeydi. Bir algı berraklığı... Hem uyuşturulmuş, hem uyarılmış gibiydi. Göğe yükselirken yavaş yavaş bulanan her şey, bu tuhaf araca adımını attığı anda, büsbütün silinmiş, bilincini tamamen yitirmiş, bilmediği bir uyku çeşidiyle uyumuştu. Kulağında nereden geldiği belli olmayan, boşlukta tül gibi dağılan, yumuşak, sevecen bir ses, Korkmayınız, diyordu. Sakın korkmayınız! Paniğe kapılacak bir şey yok. Biz dostuz. Konuğumuzsunuz. Şimdi size bir iğne yapıldı. Sakinleşeceksiniz. Vücudunuz, sinirleriniz direnç kazanacak. Hasar görmeyeceksiniz. Asla kaygılanmayınız.

Alice Star, başına gelenin ne olduğunu anlamadan kendini kaybetmişti. Kendinden geçerken bir yandan da, Bir oyun mu bu? diye düşünüyordu. Bütün bu olanlar bir gösteri sürprizi olmaktan çıkmıştı. Şakaysa da tatsızlaşmıştı. Eddie d'Ascanto bile bu kadarını yapamazdı.

Kendine gelir gibi olduğunda, bir koltuktaydı, yumuşacık bir koltukta, karşısında gümüş ışınımlı bir ekran vardı. Ekranda tanıdık bir yüz gördü ilkin. Kim olduğunu çıkaramadı birden, yalnızca tanıdık biri olduğunu biliyordu onun. Düşündü, anımsamaya çalıştı, bocaladı, sonra çocukça bir kahkaha attı, sesi kendine yabancı geldi. Sesi yıllar öncesine gitmişti. Birdenbire tanıdı onu. Kovboydu bu, yıllar önceki kovboy. Otobüste yandaki sırada oturan gece yarısı kovboyuydu bu. İçi sızladı. Biri ölmüş gibi içi sızladı. Ne olmuştu acaba ona? Büyük kent öğütmüş müydü onu? Kendi Alice Star olurken, o ne olmuştu? Hayatında ağırlığı olan onca insan varken, neden yıllardır aklına bile gelmeyen, bilincinin derinliklerine çoktan gömülüp gitmiş olan bu yüzü görmüştü şimdi? İnsan bilinci ne tuhaftı! Sahibinden bile sakladıklarıyla, sahibine bitmek tükenmek bilmeyen oyunlar oynuyordu. Ansızın hayretle fark etti ki, karşısındaki ekran, bilinçaltını yansıtıyor; geçmişi, düşleri, aklından geçenler yansıyor ekrana... Ne düşünse onu görüyordu karşısında, büyük bir hızla birbirinin içinden geçerek, birbirinin önünü keserek akıp gidiyordu görüntüler... Bu, ona tuhaf bir güç veriyordu, bir çeşit katlanma gücü... Tamamıyla kendine geldiğindeyse ekrandaki görüntüler bütünüyle silindi. Derin bir sessizlik duyuluyordu yalnızca. Derin bir şimdiki zaman duygusu. Derin bir huzur. Yıllar önce, çok yıllar önce, küçücük bir kız çocuğuyken gördüğü *Arzın Merkezine Seyahat* filmini anımsadı. Arzın merkezine yolculuk yapanlar, yolculuklarının sonunda, orada, arzın merkezinde derin bir sessizlik ve huzur içinde, dünyanın en derin uykusunu uyuduklarından söz ederlerdi. O sahneyi hiç unutmamıştı. Uykusuzluk çektiği bol bunalımlı genç kızlık yılları boyunca, uykusunun sıkça kaçtığı, uyumaya çalışıp da bir türlü beceremediği o uzun ve karanlık geceler boyunca, hep o filmi, arzın merkezindeki o derin sessizliği ve huzuru hayal eder, koyun saymaktan çok daha insani bulduğu bu hayalin ardına takılarak uyumaya çalışırdı. İşte şimdi daha önceden hiç bilmediği bir sessizlik ve bilmediği bir huzur çeşidiyle karşı karşıyaydı şu an. Bu derin sessizlik ve huzur havası, o filmi ve unutamadığı o sahneyi hatırlattı ona. Gördüğü bütün filmler gerçek oluyordu. Malikânesine özel bir teknolojiyle yaptırdığı ses ve ışık geçirmez oksijen odası bile ne bu kadar sessizdi, ne bu kadar huzur dolu... Steril bir serinlik hâkimdi havaya. Gözleri etrafı taradı. Kimse yoktu ortalıkta. Hiç kimse görünmüyordu. Yalnızca bomboş metalik duvarlar ve uzayın uçsuzluğuna açılan geniş bir pencere. Pencereden dışarı baktığında, kalbi birdenbire heyecanla çarpmaya başladı. İkinci tanıdık: Uzaydan çekilmiş resimlerinden tanıdığı dünyaydı bu! Çeşitli atlaslardaki resimlerinden tanıdığı, mavi bir portakal gibi duran dünyaydı bu, hüzünlü görünüyordu ve hızla ondan uzaklaşıyorlardı. Gerisinde de uçsuz uzay ve binlerce yıldızın boşluğa saçılan ışığı... Yıllar önceki evden kaçışlarında otobüsün arka camından geride bıraktığı kasabanın kaybolan görüntüsüne bakmaya benzemiyordu bu. Seyrettiği bütün uzay filmleri gerçek olmuştu işte sonunda; dünyayı bitirmiş, şimdi uzayda geçen filmlerin geçtiği yerlere yolculuğa çıkmıştı. İnsanoğlunun milyonlarca yıllık serüvenini tek başına yaşamaya başlamıştı. Bir düş bile bu kadar gerçek olamazdı! Oturmakta olduğu koltuğun kolluklarını sımsıkı kavradı, sonra etini sıktı, acıyı duydu. Bunun bir uzaygemisi olduğuna inanmaktan başka çaresi kalmamıştı. Bu gerçeği de, dünyaya ait sıradan bir gerçek gibi kolaylıkla kabullenmişti. Belli ki, yaptıkları iğnenin, her şeyi böyle sükûnetle kabullenmesinde bir etkisi olmuş, onu sakinleştirmiş, tepkilerini yalınlaştırmıştı. Nitekim gözlerini açıp çevresine bakınmaya başlamasından kısa bir süre sonra –sanki bu zamanı ona özellikle tanımışlardı– metalik duvarların birinde usulca bir kapı açıldı; gri-mavi bir aydınlığın eşiğinde ansızın beliren yakışıklı, vaşak gibi kısık gözlü bir adam yumuşak bakışlarla ona bakıyordu. Gözlerinde ateş vardı, tutku vardı ve bu ta buradan bile görülüyordu. Bu, Alice'in kadınca bir güven duymasına neden oldu. Otuz yaşlarındaydı; uzun boylu, geniş omuzlu, sedef tenli ve simsiyah saçlıydı. Siyah bir takım elbise giymişti. Blazer ceket. Pırıltısı uzaktan göz alan ışıltılı kol düğmeleri. Tropikal bölge erkeklerine özgü bir ışıltısı vardı teninin. İnsanda arzu uyandırıyordu. Bol yıldızlı, simli, baharatlı yaz geceleri ve uçsuz kumsallar hatırlatıyordu. Duvar kendiliğinden kapandı ve adam olağanüstü bir erkeksi zarafetle Alice'e doğru yürümeye başladı. Alice, sırtının boydan boya ürperdiğini, omuriliğine kadar titrediğini hissetti. Adam, buğulu bir sesle adıyla seslendi Alice'e. Tam istediği gibi bir erkek sesiydi bu: Tok ve buğulu... Öncelikle, uzaygemimize hoş geldiniz, dedi. Size bazı açıklamalar yapmak durumunda olduğumu biliyorum. İlkin şunu bilmeniz gerek: Dostlar arasındasınız. Konuğumuzsunuz. Zarar görmeyeceksiniz. Telaşlanmanız ya da korkmanız için hiçbir neden yok. Dünyanızı Votoroqxqua gezegeninden gelerek ziyaret eden küçük çapta bir uzaygemisindesiniz. Gezegenimize doğru yola çıkmış bulunuyoruz, dilediğiniz zaman dünyaya geri götürüleceksiniz. Bundan hiçbir kuşkunuz olmasın. Ben sizin bir hayranınızım. Koyu bir hayranınızım, demek daha doğru olacak. Hem fizik olarak, hem ruhen bünyenizin alışık olmadığı, olağandışı bir durum içinde bulunduğunuz göz önüne alınarak size yatıştırıcı bir iğne yapıldı. Silvpuoquaxan diye bir sıvı. Bir tür adrenalin ve beyin sıvısı dengesi sağlıyor. Gövdenizin tepkilerini ve reflekslerinizi ayarlayacak bu iğne. Sizin için doğal koşulların sağlanmasını sağlayacak.

Konserim yarım kaldı, dedi Alice.

İşte gördüğünüz gibi iğne sonuçlarını vermeye başlamış bile. Gayet dünyasal kaygılarla konuşuyorsunuz.

Seyirciler ben yeniden sahneye çıkmadan asla boşaltmazlar stadyumu.

Biliyorum, dedi uzaylı adam. Nefis bir konserdi, izledim. Ama şu anda uzaydayız. Ve hızla dünyanızın içinde bulunduğu gökada takımından uzaklaşıyoruz.

Dilimizi iyi konuşuyorsunuz, dedi Alice.

Evet, birkaç dünya dilini de aynı mükemmellikte konuşurum, dedi uzaylı adam. Yalnız Türkçeyle ilgili bazı sorunlarım var. Zaten kimin yok ki?

Türkçe ne demek? dedi Alice.

Bir dil, dedi uzaylı adam. Bir dünya dili. Dünyaya ilk kez yıllar önce Türkiye'de inmiştim. Urfa'da. Harran bölgesinde. Dolayısıyla bozuk bir Türkçe öğrendim. İlk kez bir yabancı gezegende öğrendiğim bir dil olduğu için de, düzeltmekte hayli güçlük çekiyorum.

Dünyayı bizden daha iyi tanıyorsunuz, dedi Alice.

Hep öyle olur, dedi uzaylı adam. Ayrıca deneyimlerime dayanarak şunu rahatlıkla söyleyebilirim ki, sıradan bir Amerikalının dünyada bildiği tek ülke, gene Amerika'dır.

Sonra da ekledi: Kendimi tanıtmadım. Adım, Adam.

Adam mı? diye şaşkın sordu Alice.

Evet, Adam. İronik değil mi? Sizin atalarınızdan birinin adını taşımam. Adımı çok seviyorum, bizi bir biçimde yakınlaştırıyor.

Alice, Adam onun yanına iyice yaklaştığında ve sıkmak için elini uzattığında bu kısık bakışlı adamın gözlerinin lacivert olduğunu gördü ve bu onun çok hoşuna gitti. Çok kısa yaşanmış bir tereddüt anından sonra, elini uzatırken:

İlk kez bir uzaylının elini sıkıyorum, dedi.

O kadar emin olmayın, dedi Adam. Dünya uzaylılarla kaynıyor. Çoğumuz tatillerimizi dünyada geçiriyoruz.

Alice, şen kahkahalarından birini attı. Bütün o kafayı uzaya takmış kaçıkların söyledikleri doğruydu demek! Kendini güvende hissettiğinden iyice emin olduktan sonra da sordu:

Neden buradayım? Neden ben, Allahım neden ben? Hem de konserin tam ortasındayken?

Konserin sonuna yaklaşmıştık, dedi Adam. Zamanlamaya özen gösterdiğimi sanıyorum.

Teşekkür ederim, dedi Alice. Ama bu bilgi, gene de öfkeli kalabalığı yatıştırmaya yetmeyecektir.

Bakın, dedi Adam. Geride bıraktıklarınızı sonra konuşuruz. Dilerseniz önce bir şeyler içelim. Şurada sakin sakin oturalım ve size gereken açıklamaları yapmama izin verin. Her şeyi konuşmak için yeterince zamanımız var, merak etmeyin.

Bütün bu sıcak atmosfer, yumuşak ışık, buğulu bir sesle söylenmiş bu yatıştırıcı sözler, Alice'in kendini bir uzaygemisinde değil de, bütün Amerika'ya tepeden bakan New York'taki koca bir gökdelenin en üst katında yaşayan güvenilir bir dostunun evinde, rahat bir kanepede oturuyormuş gibi hissetmesine neden oldu. Korkacak, heyecanlanacak hiçbir şey yoktu ortada. En azından öyle görünüyordu. Dünyanın heyecanları tükenmiş, uzayın derinliklerinin heyecanı da dünyadakiler kadar tanıdık gelmeye başlamıştı birden. Şimdi, sakin sakin ayakkabılarını çıkaracak, ayaklarını uzatacak ve karşısındakine, "Hadi bana bir şeyler anlat," diyecekti neredeyse.

Adam, diğer bir duvara doğru yürüdü. Çok güzel yürüyordu. Gövdesini çok güzel taşıyordu. Gövdesini kaslarına taşıtan hantallardan değil, iskeletine taşıtan, yere sağlam basan erkeklerdendi. Alice, iç geçirerek baktı ardından. Ardından uzun uzun bakacağı bir erkeğe rastlamayalı ne çok olmuştu. Şöyle sakin sakin oturup bir erkeğin ardından bakmanın mutluluğunu unutalı ne çok olmuştu. Onca hayhuy arasında, gündeliğin olağan mucizelerini iyiden iyiye unutmuştu. Bunu hatırlamak için, bir uzaygemisine çekilmeyi beklemesine hayıflandı. Bir erkekte onu en tahrik eden şey, güzel bir yürüyüşle, biçimli, dar kalçalardı. Erkeksi zarafet dedikleri, ne güç elde edilen bir şey Tanrım! Çoğunlukla erkekler, ya cinsiyetsiz bir yumuşaklığa sahip oluyor, ya da düpedüz bir hayvan kesiliyorlar. Amerikalı kadınların büyük yüzdesi gibi bir erkeğin kalçalarıyla fazla ilgileniyordu Alice de... Adam, gene duvarların birinde kendiliğinden açılan, bozarık bir ışıkla aydınlatılmış bir bölmede beliren içi çeşitli renkte sıvılarla dolu cam benzeri şişeler arasından birini aldı ve "Likör sevdiğinizi biliyorum," dedi. "Ama dilerseniz bu kez daha sert bir içki verebilirim."

Alice şaşkınlığını gizleyemedi. Hakkımda her şeyi biliyorsunuz, dedi.

Kendine gizemli bir hava vererek dudak büktü Adam, Alice'in gözlerinin içine bakarak: Kim bilir, belki bir dünyalıdan bile daha fazlasını biliyorumdur, dedi. Eski, ama etkileyici bakışları vardı adamın. Klasikler ölmez, diye geçirdi içinden Alice. Klasik numaralar kendilerini fazlasıyla ele verirler, ama hiç ölmezler.

Ben gene de likör içeyim, dedi.

Neli olsun? diye sordu Adam.

Ahududu, dedi Alice.

Adam gülümsedi. Ahududu likörü üzerine bir oyun vardı değil mi?

Evet, vardı. Ama tam da böyle bir anda hatırlatılması hiç hoş değil doğrusu, dedi. İki yaşlı bunak kadın, eve çağırdıkları konuklarını her seferinde ikram ettikleri ahududu likörüyle zehirlerlerdi değil mi? O oyunun geçtiği yere de gitmiştim. Tanrım neresiydi orası? Hani, bahçesinde koca koca ağaçlar olan? Filmi de yapılmıştı. Elini şaklattı: Cary Grant?!

Adam gülümseyerek başını salladı. Ben, ayrıca çok yıllar önce bir Türk televizyonunda oyun olarak da seyretmiştim, dedi ve elinde kadehlerle gelip yeniden Alice'in yanına oturdu.

Alice, Demek Türkiye'de geçen bir film hiç seyretmemişim, dedi. Yoksa oraya da giderdim.

Belki bir gün birlikte gideriz, dedi Adam.

Kadeh tokuştururken göz göze geldiklerinde Alice yıllardır duymadığı derinlikte bir başlangıç duygusu aldı. Sanki yıllardır kapalı tutulan kilitli kapılar açıldı. Serin ve ürpertici bir rüzgâr... Çok beklemiş bir rüzgâr... Eşikteydi. Bir baş dönmesi, bir korku, bir ürperti, bir sevinç, bir tansıma, bir ağlama isteği birbirine dolanarak sarmal bir biçimde içinden büyük bir hızla geçti; ardında kıvılcım yumakları bırakarak... Elindeki kadeh bir masal iksiri duygusu veriyordu ona. İlk yudumdan sonra her şey başkalaşacaktı sanki. İyi ya da kötü, ama mutlaka başkalaşacaktı. Adam'ın yanında duyduğu kaynağı belirsiz o kör güvene rağmen, ilk yudumu çekinerek aldı ağzına Alice. Bir süre ağzında tuttu, dilinin üzerinde gezdirdi, tadı çok güzel ve tanıdıktı. Masalın gerisine de vardı...

Pencereden dışarı baktı bir an. Bunalıp sıkıldığında –ki son zamanlarda çok sık oluyordu bu– hep bir yerlere kaçıp gitmeyi düşlüyordu. Kendi için yeryüzünde öyle bir yer kalmış gibi... çok uzaklara... bilmediği uzaklara... kendisini kimsenin tanımayacağı uzaklara. O uzaklar önündeydi işte. Milyonlarca ışık hızı uzaklık önündeydi işte! Alaycı bir gülümseme kendiliğinden gelip yerleşti yüzüne. Adam ona bakıyordu. Niye gülümsüyorsunuz?

Hiiç!

Çok mahcup bir gülümseyişiniz var biliyor musunuz? Hâlâ mahcup kalabilen bir gülümseyiş. Bu size masum bir gizem veriyor.

Yüzümle ilgili o kadar çok şey yazıldı ki, inanın şu söyledikllerinizin beni heyecanlandırmasını isterdim. Şimdi yüzümü bırakıp neden buradayım onu konuşalım.

Uzun yıllardan beri sizi izliyorum.

Durun durun, kafam karıştı, beni nereden izliyorsunuz?

Gezegenimizden.

Ben sizin gezegeninizde ne arıyorum?

Dünyadaki bütün kanalları uydularımız aracığıyla izliyoruz. Bu teknoloji sizin için çok şaşırtıcı olmamalı. Sizin uygarlığınız da belirli bir ölçüde uydu kullanmayı, hatta bununla belirli bir mesafeye kadar ulaşmayı keşfetmiş. Bakın, biz sizden çok daha gelişkin bir uygarlıktan ve teknolojiden geliyoruz, bunu tahmin etmiş olsanız gerek. Dünyayı uzun yıllardır gözlüyor, inceliyoruz. Çünkü hemen hemen aynı yapılardayız. Aramızda şaşırtıcı benzerlikler var.

Bu mümkün mü? Yani farklı iki gezegen, kim bilir aramızda kaç milyon ışık hızı fark vardır. Birden Alice kendini, "ışık hızı, mışık hızı" diye bilmiş bilmiş konuşurken yakalıyor, kendine gülüyor. Havaya girmiş bile. Benim kafam pek basmaz böyle şeylere ama, gene de ordan burdan duyduklarıma göre birbirinin eşi iki gezegen olasılığı çok zayıf değil mi?

Adam da gülümsüyor Alice'e: Uzay da insanlar gibidir, farklılıkları aynılıklarından kaynaklanır.

Kafamı karıştırıyorsunuz!

Karıştıracak bir şey yok. Dünya uzun yıllardan beri gözlemimiz altında. Hemen her yaptığınızdan haberdarız. Sizi yakından izliyoruz; sizi anlamaya, sizin gelişme eğrinizi hesaplamaya çalışıyoruz. Çok daha ileri bir uygarlık olduğumuz için, sizin hiçbir kaynağınıza gereksinimimiz yok. Tarihi inceler gibi inceliyoruz sizleri. Amacımız size zarar vermek ya da gelişmenizi yönlendirmek değil, yalnızca anlamaya, kavramaya çalışmak. Olasılıklarınızı hesaplamak!

Ne kadar iyi niyetlisiniz!

Sadece iyi niyetli değilim, aynı zamanda âşığım.

Adam, lacivert gözlerinin olanca pırıltısı ve derinliğiyle bakıyor Alice'e. Alice bir an duralıyor. Havaya söylenmiş bu sözün onunla ne kadar ilgisi var bilemiyor. Yüreği, yıllardır kullanmadığı bütün yanlarıyla harekete geçiyor, onu bir masalın ardına takılmaya sürüklüyor, diğer yandan Alice Star olarak edindiği kurşun geçirmez, örselenmez, zırhlı kimliği direniyor, bütün kudreti ve kuvvetiyle tutuyor içini. Rüya ile gerçeklik duygusu arasında bir trapezde, bir tel üstünde bir an sallanıyor... Tökezleyecek gibi oluyor, bu bakışa ve bu söze bir yanıt verme gereği duyuyor. Boşluğa düşmek ve sonsuza kadar kaybolmak korkusuyla kendine geliyor. Sonra yeniden tel üzerindeki dengesini sağlıyor. Susu-

yor. Bir şey söylemiyor. Zırhı ve yardıma çağırdığı aklı sakinleş-
mesini sağlıyor; bunda belki de şu anda damarlarında gezinen o
adını öğrenemediği sıvının da bir etkisi vardır. Durumuna yaban-
cılaşmayı deniyor; bir başkasının serüvenini izler gibi tarafsız
gözlerle uzaktan bakmayı, bu yolla sakinleşmeyi, bir olağanlık
duygusu edinmeyi deniyor. Hani yıllar önce kimi zamanlar anne-
sine bakarken yaptığı gibi. Oysa gene de bir televizyon setinde
hissediyor kendini Alice. Hollywood teknolojisi kendiyle alay
ediyor gibi... Yapışkan gülüşlü, sevimsiz bir televizyon sunucu-
su, arsız espriler yaparak olmadık bir anda, birdenbire ortaya çı-
kıverecek ve "Bu bir kamera şakasıydı sayın seyirciler ve Alice
Star'ı da sonunda tuzağımıza düşürdük," diyecek gibi geliyor.
Bütün bu olan biten karşısında adını hemen koyamadığı, tuhaf bir
güvensizlik ve burukluk duyuyor. Bu, galiba biraz da, şu ana ka-
dar gördüklerinden edindiği izlenime göre, uzaylıların hayal güç-
lerinin de, dünyalılarınkini aşamamış olması karşısında duyduğu
hayal kırıklığıyla ilgili. Eğer böyleyse, yalnızca dünya değil, uzay
da umutsuz bir durumda olmalı. Tamam, üç kafalı, beş gözlü, kö-
tü makyajlı, ucuz bütçeyle çekilmiş uzaylı yaratıklarla karşılaş-
ması gerekmezdi belki ama, bu kadar birebirlik de çok can sıkıcı!
Şimdi, bu koşullarda nasıl güvensin şu an bütün çekiciliğiyle kar-
şısında duran, sesiyle, bakışıyla, gülüşüyle, yürüyüşüyle içini tit-
reten bu adama? Sonunda, herhangi bir dünyalı gibi sütsüzün biri
çıkmayacağını kim garanti edebilir? Belki de yanlış bir kanıya
varmıştı, Adam'ın söz ettiği şu aynılıklar ve farklılıklar teorisi
haklıydı ve Alice'in şu an duyduğu burukluk, yalnızca, başkala-
rınca çok övüldüğü için büyük bir beklentiyle seyredilen, böyle
seyredildiğinde de pek beğenilmeyen bir filmin karşısında duyu-
lan hayal kırıklığından daha fazla bir şey değil. Dünyanın kendi-
ne bile tahammül etmesi bunca güçleşmişken, bir eşine, bir ben-
zerine nasıl katlanacak? Görmediği bir film olsun istiyordu artık,
yalnızca görmediği mekânlara gidiyor olmak yetmiyordu ona.
Bir kadın olarak Alice ile, bir star olarak Alice arasındaki bölün-
meyi, yarılmayı dünyada da duyuyor, içini yaşamasına engel
oluşturan "genel hal" karşısında çoğu kez yenik düşüyor, ve her
seferinde kalbine söz geçirerek, zaaflarını denetleyebiliyor, hiç-

bir riski göze almadan, kendini bir imaj olarak yaşamayı sürdürüyordu. Maskesinin zamanla tüm varlığını ele geçirmiş olduğunu ise, şimdi dünyadan bunca hızla uzaklaşırken, bir uzaygemisinin içinde bile kanırtıcı bir keskinlikle anlıyor, dehşete kapılıyordu. Maskeyi hep istediği zaman çıkarabileceği bir şey olarak düşünmüştü. Maskenin yüzünü ele geçirebileceği olasılığını aklına getirmemişti bile. Maske, zamanla yüzüne işlemiş olabilirdi. Kendini kendi elinden kaçırmıştı belki de... Seks oyunlarıyla kalbinin boşluklarını oyalamıştı bunca zaman. Kalbini esirgeyen insanlar, kızağa çektikleri kalplerinin, tatilden ne zaman döneceğini kendileri de bilemezler. Üstelik bu dönüş bazen bir uzaygemisiyle bile olabilir.

Alice böyle düşüncelere dalmışken, yeniden duvardaki kapı açılıyor ve sarışın bir kadın beliriyor. Baştan aşağı siyah ve pırıltılı bir metal giysi var üzerinde. Daha doğrusu sanki üzerinde bir giysi yok da, gövdesi böyleymiş gibi. Birdenbire ortalıkta bir kadının belirmesiyle birlikte Alice huzursuzlanıyor. Böyle zamanlarda hiçbir kadın, hangi nedenle olursa olsun ortaya çıkan ikinci bir kadının varlığına tahammül edemez, Alice Star bile olsa bu... Hiçbir kadın bu ölçüde bir güven duygusuna sahip değildir çünkü. Erkeklerin en büyük gücüdür bu. Arkasında iki bin yıllık bir geçmiş yatar. Sarışın kadın, fiziğiyle son derece çelişen geyşa adımlarına benzeyen kısa aralıklı, yumuşak ve küt adımlarla kendilerine yaklaşıyor. Mat bir ten, ölü balıklar gibi bakan ifadesiz ama renkli gözler, kısa kesik hareketler ve bütün bu özelliklerle son derece çelişen, göğüsten gelen yumuşacık, şefkat dolu bir ses... İlkin Alice'e, Merhaba, diyor. Alice'e bu ses de tanıdık geliyor. Sanki çok yakında bir zaman, bir yerlerde duymuştu bu sesi. Kulağı çınlıyor.

Sarışının ortaya çıkmasıyla birlikte, Alice'in yüzünde beliren pek de hoş olmayan bu ifade değişikliğinin farkına varan Adam, bir açıklama yapma gereği duyuyor.

ZTteSQ kabin robotudur. Sizi içeri o aldı. İğnenizi o yaptı.

Adam'ın sesinde kuru bir açıklamadan fazlası var; sanki, merak etme, senin için bir tehlike söz konusu değil, o yalnızca bir robot, der gibi... Alice, bu iletiyi almış olmanın getirdiği rahatlamayla gevşeyecek gibi oluyorsa da, duygularının dışarıdan asla fark edilmemesi gerektiğini düşünüyor. Hatta, aksine doğal görünmeye çalışıyor. Yani görünmeye çalışması en zor durumlardan biri... yani en usta oyuncuda bile yetenek zorlayan bir an... Adam, ZTteSQ için, iki yüz doksan dört yaşındadır, diyor. Hiç göstermiyor değil mi?

Alice, hem Adam'a, hem ZTteSQ'ya gülümsüyor.

Öyle sahiden, sorsalar en fazla otuz, derim.

Zaman her yerde aynı geçmiyor, diyor Adam.

ZTteSQ, Adam'a: Bana verdiğiniz zamana göre dünyaya bir açıklama yapma noktanız geldi, dedikten sonra Alice'e dönüp bileğine uzanıyor: İzninizle. Bileğiniz bakılma durumunda.

Alice, bu yumuşak sesin her söylediğini yapacak kadar kendini güvende hissediyor. Yıllardır o köpek suratlı anasından alamadığı ne varsa, bu kadının sesinde saklı sanki... ZTteSQ, Alice'in nabzına bakar gibi tutuyor bileklerini, kendi bileğinde ansızın ortaya çıkıveren bir aletin üzerinde çeşitli göstergeler beliriyor ve hızla birbiri ardına akmaya başlıyor.

Robot ZTteSQ, bir süre o göstergeleri okuduktan sonra, İyisiniz, diyor. Sağlamsınız. Olağan fizik. Yatışmış ruh. İç organlarınızın titreşimleri uygun. Kas frekanslarınız bakışımlı. Duygularınız diyagonal ama kesişim göstermiyor. Refleksleriniz normal eğri seyrediyor. Bilinçaltınızsa biraz karışmış durumda.

Alice şaşkın bakınıyor. Bu sarışın metalin, öyle yarı doktor, yarı falcı gibi konuşurken, Üstelik tam da âşık olmak üzeresiniz, aman dikkat edin! demesinden korkuyor. Neyse daha fazla bir şey söylemeden, geldiği gibi sessizce gözden kayboluyor ZTteSQ.

Hayatımdaki en ilginç check-up bu. Bilmediğiniz bir gezegene ait bir uçandairede, öyle yolda giderken bir robota check-up yaptırmak! Şimdi çok moda! Amerika hastaneleri out! Uçandaire sıhhiye bölüğü in!

Adam'la birlikte gülüşüyorlar.

Mizahınızı hiç yitirmemeniz çok iyi, diyor. En büyük sağlık belirtisi budur. Tam düşündüğüm gibi çıktınız! Lirik ve şakacı.

Sonra yerinden kalkıyor. Şimdi bana birkaç dakika izin vermenizi istiyorum. Beni önemli bir görev bekliyor şimdi: Dünyaya bir açıklama yapacağım. Gereken açıklamayı... Sonra eliyle ekranı göstererek, İsterseniz siz de buradan izleyebilirsiniz, diyor.

Ekranın bir kez daha gündeme gelmesiyle belli belirsiz huzursuzlanan Alice, hemen atılıyor:

Umarım bütün dünyaya benim bilinçaltımı naklen yayımlamayacaksınızdır. Bunca yıllık kariyerim mahvolur inanın. Üstelik yayın haklarını tek başına ele geçiremediği için, bir sürü kanal durduk yerde bana düşman kesilir.

Adam, tam çıkarken, Hayır, diyor. Yalnızca sizi nasıl kaçırdığımı anlatacağım. Sonra da bütün yüzünü kaplayan aydınlık bir gülüşle gözden kayboluyor.

Kaçırılmak!

Bunu hiç böyle düşünmemişti Alice. Ama doğru terim buydu: Kaçırılmıştı.

Geçip o yumuşak koltuğa, ekranın karşısına oturuyor. Hemen sonra ilk görüntü geliyor. Bildik kanalların birinde arada bir gözüne çarpan aptal bir dizi. En cırtlak renkli dekorlarla kurulmuş bir oturma odası. Orta sınıf Amerikan ailesi. Yılışık komedyenler. Konserve kahkahalar. Konserve hayatlar. Görüntü hızlanıyor, ardı ardına bütün Amerika kanalları ve dünya kanalları seçilemeyecek bir hızla aktıktan sonra birdenbire pürüzsüz bir netlikle Adam'ın görüntüsü beliriyor ekranda. Yumuşak, ölçülü bir gülümseyişle hafifçe başıyla selam verdikten sonra, mikrofonda daha tok ve daha buğulu çıkan sesiyle konuşmaya başlıyor:

İyi akşamlar dünya, şu an dünyanın bütün televizyon kanallarında aynı anda yayına girmiş bulunuyoruz. Konuşma süresi boyunca, dünyadaki bütün ıstasyonların yayınları, tarafımızdan kilitlenmiştir ve biz çözene kadar kilitli kalacaktır. Araya girmek için boşuna teknolojinizi zorlamayın! Ayrıca uzun bir konuşma olmayacaktır bu ve bütün dünya dillerine anında çevrilecektir. Sizi, en yaygın ve en hızlı bir biçimde bilgilendirmek için bu yola başvurmak zorunda kaldık. Anlayışla karşılayacağınızı umuyoruz.

Burası Votoroqxua gezegenine ait Eaio adlı uzaygemisi, ben gemi kaptanı Adam Eaio. Bu akşam, Dünya gezegeni-Amerika kıtası, LA yerel saatiyle saat tam 24.00'te ünlü pop yıldızı Alice Star, konser vermekte olduğu LA Stadyumu'ndan, bize ait bir uzaygemisi tarafından, ışıkla vakumlanarak kaçırılmıştır. Şu anda gezegenimiz olan Votoroqxua'ya doğru hızla yol almaktayız. Merak edilecek bir durum yoktur. Gezegeninize yönelik herhangi bir saldırı, bir kötü niyet, bir tehdit ya da tehlike söz konusu değildir. Ayrıca Alice Star hayranlarının ve sevenlerinin paniğe kapılmasını gerektirecek herhangi olumsuz bir durum yoktur ve asla söz konusu olamaz. Alice Star'ın sağlık durumu iyidir. Emin ellerdedir. Şu anda ahududu likörü içmektedir. Kendisine hiçbir zarar verilmeyecek; hiçbir biçimde maddi ya da manevi bir hasar görmeyecek, dilediği zaman da dünyaya geri dönmesi sağlanacaktır. Bu konuda hiç kimsenin kuşkusu olmamalıdır.

Niye kaçırıldığına gelince... Bunu açıklamak gerçekten çok güç...

Burada biraz duralar gibi oluyor Adam. Sanki yüzü akıyor, duygulanıyor, mahcup bir ifade yerleşiyor yüzüne, sanki söylenmesi güç şeyleri sona saklamış gibi, sanki yapacağı konuşmayı son anda unutmuş da, şimdi yeni sözcükler arıyormuş gibi bocalayarak, yeniden başlıyor konuşmaya:

Çok basit bir nedenle aslında. Hatta fazla kişisel bir nedenle. Birçok dünyalının beni anlayacağını, hatta belki hak bile vereceğini sanıyorum. Alice'in kendi de bilmiyor niye kaçırıldığını. Bunu bütün dünyalılar gibi, Alice de şu anda öğrenecek.

Alice, beni dinlediğini biliyorum, şu anda uzaygemisinin salonundaki ekrandan eminim beni izliyorsun. Alice seni kaçırdım, çünkü seni seviyorum. Alice seni seviyorum. Alice seni çok seviyorum. Alice seni hiçbir dünyalının sevemeyeceği kadar seviyorum. Seni ne zamandır derin bir tutku, sarsıcı bir ihtiras, büyük bir aşkla seviyorum. Seni eksilmeyen bir arzu, yaşlanmayan bir yenilik, ölümsüz bir şiddetle seviyorum. Seni hiç sönmeyen bir ateş, hep uğuldayan bir vadi, dinmeyen bir yara, susmayan bir nehir, bütün zamanlarda esen bir rüzgâr gibi seviyorum. Aramızda milyarlarca yıl ışık hızı uzaklık da olsa; aramızda gezegenler, gökadalar, kara delikler de olsa; aramızda yaşayan ya da ölü milyarlarca yıldızın ışığı ya da evrenin uçsuz ve dilsiz karanlığı, sonsuz sessizliği de olsa seviyorum.

Sana duyduğum aşkı artık tek başıma taşıyamayacağımı anlayınca, kaçırmaya karar verdim seni. Sana duyduğum aşkla artık tek başıma baş edemeyeceğimi anlayınca kaçırmaya karar verdim. Seni, bütün bunları dünyaya haykırmak için kaçırdım. Sonunda her sevgili, aşkını günün birinde bütün dünyaya haykırmak ister. İşte şimdi ben de milyarlarca dünyalının önünde sana olan aşkımı haykırıyorum. Bana bir fırsat tanımanı istiyorum. Bana bir şans vermeni. Beni tanımaya, anlamaya zaman ayırmanı istiyorum. Beni sevmeni istiyorum.

Seni, kendimi sana sevdirmek için kaçırdım. En azından bu kadar çok sevdikten sonra bunu denemeye hakkım olduğunu düşündüm. Bu kararı vermek kolay olmadı. Kendi içimde ağır hesaplaşmalar yaşadım. Dünya zamanıyla çok yıllar önce ilk kez dünyaya, doğuda, Türkiye'de, Harran bölgesinde, Urfa'da bir köyde inmiştim. Kız kaçırmanın ne demek olduğunu, orada, o köylerde gördüm ben. Yoksul sevdalılar sevdikleri ve bir türlü kavuşamadıkları kızları sonunda kaçırırlardı. Kendilerini sevdiklerine anlatmanın bir yoluydu bu. Sevdiklerini göstermenin... Çaresizliğin... Göze alma gücünün... Kavuşmanın... Ben de seni kaçırdım ama, eğer sevmezsen beni Alice, bunu başaramazsam eğer, seni yeniden dünyaya geri götüreceğim. Benim için çok zor olacak ama, bak herkesin önünde söz veriyorum: Geri götüreceğim!

Sev beni Alice, n'olur sev beni! Bana bir şans tanı, bir fırsat ver, seni kimsenin mutlu edemeyeceği kadar mutlu edeceğim. Bunu biliyorum, bir yemin gibi biliyorum! Sana yalnızca bir hayat değil, bir masal, bir rüya vaat ediyorum! İki ayrı gezegenden yepyeni bir dünya var edeceğimize inanıyorum. İkimize bir dünya!

Bak, şu anda beni seyreden milyarlarca dünyalının tanıklığı önünde aşkımın bütün kudretiyle söz veriyorum sana. Biliyorum, bütün sözler yavan, bütün sözcüklerin içi boşalmış, bütün anlamlar kullanılmış, bütün anlar uçucu; kelimeye dökülen her duygu, kendiliğinden soğuk bir klişe oluveriyor; hiçbir sözcük, duygularıma da, yüreğime de yetmiyor; anlatabildiklerimle değil, anlatamadıklarımla karşında durmak için kaçırdım seni, çaresizliğimi görmen için kaçırdım; yalnızlığımı anlaman için; beni yüreğinle anla, gözlerinle dinle diye... beni kendi kelimelerinle gör diye. Seni aşk uğruna kaçırdım. Aşk uğruna. Hepsi bu işte!

Susuyor Adam. Biraz duralıyor, soluklanıyor. Konuştukça dağılan yüzünü, giderek çocuklaşmış sesini toparlıyor. Konuşmasına daha serinkanlı devam etmesi gerektiğini biliyor ve öyle sürdürüyor:

Bu arada şunu da belirtmeliyim ki, bu kız kaçırma hadisesiyle gezegenimin hiçbir resmi ilişkisi yoktur; onlardan tamamıyla habersiz, kişisel bir eylemdir bu. Yönetimi bana ait olan bir uzaygemisinin ve benim önceden programladığım robotların yardımıyla gerçekleştirdim bu eylemi. Gemimi, bağlı bulunduğu uzay filosundan ve fırlama rampasından, yetkililerden izinsiz olarak ayırarak çıktım bu kişisel yolculuğa. Bütün sorumluluk bana aittir. Kaptanlık görevimi ve yetkilerimi kişisel duygularıma alet ettim, bunun bir suç olduğunu ve benim de bu suçu işlemiş biri olarak gezegenim yönetimince en ağır biçimde cezalandırılacağımı biliyorum. Ama üzülerek söyleyeyim ki, hiç pişman değilim. Alice uğruna verilecek her cezaya hazırım. Hiçbir pişmanlık duymuyorum; O, şu anda burada, benim gemimde, benim yanımda. Beni hiç sevmese bile, aşkım karşılıksız kalsa bile, bana onunla yan yana geçmiş birkaç zaman parçası kalacak. Bütün ömrüme yetecek birkaç zaman parçası... Bunun için bile değerdi. İnanın Alice uğruna aynı suçu bin kere daha işlemem gerekse, hiç düşünmeden, hiç pişmanlık duymadan, bin kere daha işlerim.

Duygularımın yol açtığı felaketler yalnızca bununla da bitmiyor, biliyorum. Gezegenimiz Votoroqxqua'nın bağlı bulunduğu gökada takımındaki bütün yıldızların bağlı bulunduğu Yüksek Yönetim Merkezi'nin Genel Yasaları'nı da, Keşfedilmiş Yıldızlar Birliği'nin Evrensel Evren Yasaları'nı da ihlal ettiğimi biliyorum. Dünyalıların, uzaydaki diğer gezegenlerle ve oradaki canlılarla temasa geçmeye henüz hazır olmadıklarını da biliyorum. Dünyalıların henüz ne kendi gerçeklerine, ne uzayın gerçeklerine hazır olmadıklarını da biliyorum. Bu konuda diğer yüksek-uygarlık gezegenlerinin ortak bir kararı olduğunu, ve benim bu temel yasağı çiğneyen girişimimle, bu kararı geçersizleştirerek evrenin önemli bir parçasında karışıklıklara yol açtığımı da biliyorum. Kaç gezegeni birden dünyaya karşı zor durumda bıraktığımı da biliyorum. Ama aşk söz konusu olduğunda bilmek yetmiyor, bilmek değiştirmiyor, aşk kendi yasalarını istiyor sizden. Bütün bu hazır olmadıkları erken bilgilenmeyle, kafası iyice karışmış dünyalıları da zor durumda bıraktığımın bilincindeyim ama, ne yapabilirdim? Âşık olmuştum. Deli gibi âşık olmuştum. Ayrıca Afrika'daki açlara ekmek lazım, uzaylı masalları değil, bunu da biliyorum ama, aşk bilinç dinlemiyor. Aşkın kendine özgü bir bilinci ve o tuhaf bilincin kendince yasaları var. Tarife gelmeyen yasaları. Emirleri o veriyor. Onları burada tartışacak değilim. Biraz dağınığım, biraz sakarım, aşk söz konusu olduğunda daha da sakarım, bunu da biliyorum. Ama ne yapabilirim? Ben buyum. Bu konuda Uzay Birleşik Kıta Sahası'nın vereceği ve uygulayacağı bütün cezalara razıyım. Kabul edilsin ya da edilmesin, bütün bu olan biten için verilecek tek bir cevabım var: Aşk. Hepsi bu. Ben Alice'e âşık oldum. Kimseye olmadığım kadar oldum. Dünya televizyonlarını seyrederken oldum.

Böyle bir suç işlendiğinde, aşkın ağırlaştırıcı nedenleri ne kadar hafifletici neden sayılır, bilmiyorum. Suçun takdirini başkalarına bırakıyorum.

Sayın dünyalılar, sevgili dünyalılar, konuşmamı bitirmeden önce son bir uyarıda bulunmak istiyorum size: Bu konuşma, pek öyle görünmese de çok ciddi bir konuşmadır. Ben de çok ciddiyim. Buna inanın. Aranızda, bir televizyon kanalının izlenme oranını artırmak için bulduğu ucuz bir numarayla karşı karşıya olduğunu düşünenler varsa, ki mutlaka vardır; çünkü kendini herkesten daha zeki, daha külyutmaz zanneden böyleleri her zaman, her yerde vardır; işte onlar fena halde yanılıyorlar. Böyle düşünerek, herkesi aptal, kendilerini uyanık sanmaya devam edebilirler. Ama bu sefer olsun boşa vakit kaybetmesinler. Ne yazık ki, bu sefer her şey gerçek ve ben çok ciddiyim. Gezegeninizin sahip olduğu en büyük star benim tarafımdan kaçırıldı, ben bir uzaylıyım ve bana inanmaktan başka hiçbir şansınız yok!

Ey dünyalılar! Orson Welles'in bir radyo oyununda kullandığı bir buluşla değil, ciddi bir uzaygemisiyle karşı karşıyasınız. Tekrar ediyorum: Bu, bir televizyon şakası değildir! Bir reklam kampanyası ise asla değildir! Konseri kesmek durumunda kaldığım için bütün Alice Star hayranlarından özür diliyorum; biliyorum, ne zamandır siz bu konseri bekliyordunuz, ama unutmayın ki, ben de bu ânı bekliyordum. İkisinin aynı zamana denk gelmesi tamamen bir tesadüf eseridir. Ve bütün tesadüfler gibi kaçınılmazdır. Bu konseri izleyen uzaydaki diğer gezegenlerden, kendi gezegenimdeki Alice Star hayranlarından ve Alice Star'ın gerçek sahibi siz dünyalılardan bir kez daha özür diliyor ve son olarak Alice'e sesleniyorum:

Bütün bunlar senin içindi Alice!

Alice seni seviyorum!

Herkes televizyon karşısındaydı. Yalnız Amerika'da değil, dünyanın birçok yerinde televizyonlarının karşısında şok olmuş kalabalığın kendine gelmesi epey zaman aldı. İsa, yeniden yeryüzüne dönse, ancak bu kadar kıyamet koparırdı, daha fazla değil. Suya düşen bir taşın etrafında oluşturduğu halkaların dalga dalga yayılması gibi, her yeri kaplayarak giderek genişleyen, büyüyen sahici bir şok dalgası sardı dört bir yanı; ve dairelerin en dışındakinin, dünyanın çok uzak bir köşesinde bir yere çarpmasıyla birlikte, okyanustan yükselen bir dalga gibi her şeyi aşarak patlayan düş, bütün dünyaya dağıldı. Ortak bir sanrı değilse gördükleri, ortak bir cinnetti; delirmenin eşiğindeydiler. Uzayın gerçeği bir anda dünyayı çok küçültmüş, anlamını daraltmış, dahası savunmasız bırakmıştı. Ay'a ilk kez ayak basan insanoğlunun serüveninden çok daha ilginç bir ortak yayın yaşanıyordu şimdi dünyadaki bütün televizyonların başında. Uzayın keşfine çıkan insanoğlunun ilk adımı kadar masum bir hayret değildi bu seferki; uzaydan dünyaya basılan bilinmezin ilk adımı, ilk ayağıydı bu, bilinmezdi, kestirilemezdi, tehlike miydi? yabancı mıydı? Korkunun çeşitleri vardır: Karanlık ve bilinmez bir yere, sizin ilk kez girerken duyduğunuz korku ile, siz karanlıkta uyurken, savunmasızken, bilinmeyen bir yabancı gücün, evinize adım atması karşısında duyulan korku aynı değildir. Bu kez korku, sizin göze aldığınız bir serüvenin korkusu değil, gafil avlandığınız bir anın korkusudur, ve işte bu seferki tam da öyleydi.

Bütün bu olan biteni bu denli trajik boyuta çekmeden ve bir

var oluş sorunu haline getirmeden yaşayanlar da vardı kuşkusuz. Özellikle Amerika sokaklarında... Bunu dünyanın bir kurtuluş işareti olarak görenler bir bayram sevinci yaşıyordu. Yıllardır gözleri teleskoplarında gökyüzü gözleyerek, bıkmadan usanmadan gönderdikleri radyo sinyallerine karşılık bekleyerek geçiren, bu konuda kitaplar yazmış, broşürler basmış, bildiriler dağıtmış, adı deliye çıkmış bir dolu insan, nihayet uzaydan bekledikleriyle hasret gidermenin, kucaklaşmanın, el sıkışmanın coşkusunu yaşamaya hazırlanıyordu.

Alice'in sağlığının yerinde olduğu haberi, herkesi bir ölçüde rahatlatmış, gerginlikleri biraz olsun gidermişti. Bu, aynı zamanda dünyalılar için de bir çeşit güvence demekti. Öyle ya, demek ki uzaylılar kötü adamlar değillerdi, dünyayı istila etmeyeceklerdi; üstelik Alice'i kaçıran adam da, doğrusu efendi bir çocuğa benziyordu. Gerçek hayat hiçbir zaman bir *Uzay Yolu* dizisi değildi. O diziyi yıllardır seyretmekle birlikte, zaten kimse inanmamıştı ona; uzaylıları sürekli fena kişiler olarak gösteren o saçmalıklara... Gene de dünya bir anda altüst olmuştu. Yüzlerce yıl sonra, dünyanın, öküzün boynuzları üzerinde olmadığını anlamanın şaşkınlığını yeniden yaşıyordu insanoğlu. Berlin Duvarı yıkıldıktan sonra her şey olabilir, diye düşünüyordu kimileri. Bunun, o olayla bir ilgisi var mıydı acaba?

Yakışıklı bir haber sunucusundan hiç de farklı olmayan o uzaylı adamın, o gözükara âşığın açıklamalarından sonra, dünya ülkeleri yeniden kendi kanallarına, kendi yayınlarına döndü. Bütün dünya bir an durmayan, kesilmeyen, hızlı ve derin bir iletişim ağına gömüldü: Teleksler, fakslar, telefonlar, elektronik postalar ve bir sürü bağlantıyla dünya birbiriyle konuşuyordu. Yüksek sesle ve yüksek teknolojiyle ortak bir sanrı görmediyse eğer, yepyeni bir var oluşu biçiminin eşiğine gelmişti dünya. Bütün NASA çalışanları gece yarısı işbaşına çağrıldılar. Bütün uzay araştırmacıları için yepyeni bir milattı bugün. Evinden kızı kaçırılmış Amerika, o kızgınlıkla neredeyse uçandairenin ardından yeni bir füze gönderecekti uzaya. Papa'dan bir açıklama yapmasını isteyen Katolikler, Vatikan Sarayı'nın önüne yığılmışlar, ellerindeki mumların aydınlatmaya yetmediği karanlık ve kaygılı yüzlerle bekleşip duruyorlardı. Kalabalığı fırsat bilen kimi gruplar da, "Kürtaja Hayır" gösterisi yapıyorlardı. Müslüman dünya, ilkin bütün bunların, Hollywood stüdyolarında gerçekleştirilen bir emperyalizm numarası olduğunu söyleyerek kesin bir karşı tavır koydu; ardından bir süre sonra, bütün bu olanların Kur'anda çok önceden haber verilmiş olduğunu iddia etti.

Alice'in tahmin ettiği gibi, dağılmamış ve kolay kolay da dağılacağa benzemeyen LA Stadyumu'ndaki kalabalık, sahnenin iki yanına yerleştirilmiş dev ekranlardan seyrettiği naklen yayına karşın, uzaylı âşığın açıklamalarının da, gösterinin bir parçası olup olmadığı konusunda kuşkulara sahipti. Kimileri, yarım kalan konseri, böyle bir numarayla kapama kurnazlığına gittikleri için, büyük bir kızgınlıkla organizasyondan sorumlu kişileri yuhalamaya başladı. Ardından irili ufaklı şiddet gösterileri patlak verdi. Güvenlik Güçleri olaylara müdahale etti. Ambulanslar vızır vızır dönmeye, siren sesleri çevreyi çın çın öttürmeye, kameralar, ezilen, kriz geçiren, ayılıp bayılan yamulmuş hayran görüntülerini, dünyanın bütün ajanslarına ardı ardına geçmeye başladı. Sonuçta bütün dünyanın inandığı bu yayına, "stadyum kalabalığı" inanmak istemiyordu. Konseri düzenleyenlerin bir numarası değilse eğer, içeri giremeyenlerin bir oyunu, diye niteliyorlardı.

Bütün bu mahşeri patırtı gürültü arasında, kulisteki televizyon ekranının başında toplanan sahne arkası kalabalığı içinde, ilk ayılan, tabii ki, Eddie d'Ascanto oldu. İlk şaşkınlığı, ilk şoku atlatmış, isterik kahkahalar atarak kendine gelmeye başlamıştı.

Milyonlarca dolar verseydik bile böyle bir reklam yaptıramazdık, ilk sözü oldu. Keşke onun yanında olsaydım şimdi. Umarım işleri karıştırmaz, dedi. Bilirsiniz, Alice kendinden güçlü insanların yanında hep şaşkınlaşır.

Plak şirketi sahibi Henry Coskini'nin ters ters bakmasıyla kendini toplama ihtiyacı hissetti: Ben Alice'e bir zarar geleceğini sanmıyorum, baksanıza oğlan sırılsıklam âşık, dedi.

Plak şirketi sahibi Henry Coskini, en yumuşak, en görmüş geçirmiş sesi ve en sakin tonuyla azarladı Eddie d'Ascanto'yu: Bir kadın star için en büyük tehlike, ona sırılsıklam âşık olan bir adamdır, dedi. Dünyanın neresinde olursa olsun, böyledir bu.

Kaldı ki, bugünden sonra öğrenmiş bulunuyoruz ki, yalnızca dünyanın değil, uzayın da neresinde olursa olsun, bu gerçek değişmiyormuş .

Alice Star'ın bağlı bulunduğu ajansın sahibi olan Gerald Busch, Alice Star'ın o adı duyulmadık gezegende bu kadar tanınmış olduğuna göre, plaklarının, kasetlerinin, şarkılarının telif hakları gibi bir durumun söz konusu olduğunu, günün heyecanı içinde bunun gözden kaçırılmaması gerektiğini anımsattı.

Bütün bir dünya tarihine damgasını basacak bu büyük olay sırasında, herkes birbirine girmişken, koca dünyada kendini en çabuk toparlayan "kuruluş", görüldüğü gibi, Alice Star'ın kulisi olmuştu. Gösteri dünyasının gerçeği, her gerçeği, yeniden gösteriye dönüştürmek değil miydi?

Olaydan birkaç saat sonra Eddie d'Ascanto, Amerika'nın en büyük televizyon kanallarının ekranlarında ardı ardına boy göstermeye başlamıştı bile. Ekranlardan uzayın derinliklerine sesleniyor, Alice'le ve Alice'i kaçıran Adam Eaio ile temas kurmaya çalışıyor, Adam Eaio'ya şirin ve sevimli gözükmek ve onu kendiyle konuşmaya ikna etmek için elinden gelen her şeyi yapıyordu. Oysa bu yayınlar, sanılanın aksine, ne Alice Star, ne Adam Eaio tarafından seyredilmiyor, yalnızca, derin bir sessizlikle çalışan kimi makineler tarafından uzaygemisinin hafıza kaydına alınıyordu. O sırada Alice de, Adam da çok meşguldüler. ZTteSQ ise, o sırada bir başka gezegenin kanallarında yayımlanan robotların kendi kendilerine mineral onarımları üzerine bir belgesel seyrediyordu.

Eddie d'Ascanto'nun bir de önerisi vardı: Alice Star ile Adam Eaio'nun başrollerini paylaştıkları bir Steven Spielberg filmiyle bu muhteşem olayı taçlandırmak gerektiğini düşünüyordu. İki gezegen arasında bir ortakyapım da olabilirdi bu.

Yapımcıların insanüstü gayretleriyle, Alice Star'ın bütün CD'leri ve kasetleri daha o gece yeni baskılara giriyor, onunla ilgili kitaplar, albümler baskı üstüne baskı yapıyor, üzeri *Seni Seviyoruz Alice* ya da *Alice Eve Dön!* yazılı afişler, posterler bir gecede her yeri kaplıyordu. Alice ile ilgili olarak, ancak Noellerde ya da Başkanlık Seçimleri sırasında görülecek ölçüde büyük ve kapsamlı bir kampanya başlamıştı.

Ertesi sabah dünya, artık aynı dünya değildi. "Romeo ile Juliet" hikâyesinin uzay çağına uyarlanmış bu yeni çeşitlemesi, kaç milyon yıllık dünya tarihinin var oluşunu bir gece içinde tehdit eder olmuştu. Şimdi ne olacaktı? İsa'nın da aslında bir uzaylı olduğu söyleniyordu. Kiliseler suskundu. Papa bu konuda henüz bir açıklama yapmamıştı. Ancak Üçüncü Dünya Savaşı sonrası duyulabilecek bir burukluk vardı kimi insanlarda. Bütün yanlışları ve noksanlarıyla da olsa dünya, bizim dünyamızdı. Uzaylılar bize karışmasındı. Biz, onu daha yaşanılası, daha güzel bir yer haline getirebiliriz gene de, yeter ki, uzaylılar içişlerimize karışmasınlar! Hem onların iyi niyetli oldukları ne malumdu? Böyle her âşık oldukları starımızı kaçırmaya başlarlarsa bu işin sonu ne olurdu? Kişisel mutsuzluklarını, ancak toplumsal felaketlerle yatıştırabilen kimileriyse, uzaylıların yol açacağı felaketlere bel bağlamış, umut ve heyecanla çeşitli kıyamet sahneleri bekliyorlardı. Dünya, kaygılı kalabalıklar ile neşeli kalabalıklar diye kendiliğinden ikiye ayrılmıştı. Neşeli kalabalık, hiçbir uzaylının, dünyayı, nasıl olsa dünyalılar kadar rezil edemeyeceğini düşünerek, korkulacak bir şey olmadığını söylüyordu. Hatta, belki dünyanın dört bir yanını saran savaşlara, çevre kirliliğine, delinen ozon tabakasına, enflasyona ve AIDS'e, bu gibi bir sürü şeye uzaylılar çare bulurdu.

Uzayda "gay"ler var mıydı? Başta San Francisco olmak üzere, birçok dünya kentinin sokakları, bu kez de, uzaylı "gay"ler tarafından kaçırılmayı bekleyen "gay"lerin oluşturdukları uzun konvoyların çılgın yürüyüşlerine ve gösterilerine tanık oluyordu.

Bütün dünyaya hitaben yaptığı konuşmasındaki sıcaklık ve içtenlik etkisini göstermiş, Adam Eaio, bir gece içinde, hem herkesin sevgilisi, hem de Alice Star kadar ünlü biri olup çıkıvermişti. Hemen herkes Adam Eaio'nun yaptığı konuşmadan çok etkilenmişti. Dünyanın gizemiyle, uzayın derinlikleri arasındaki soğuk bilinmezi ve karanlık korkuları; başka gezegenlere, başka hayatlara, başka var oluşlara karşı duyulan korku ve kaygıları, ancak aşkla ilgili sözcükler yumuşatabilir, ışıtabilirdi. Adam Eaio işte bunu başarmıştı. Dünyanın bildiği, ET'den sonraki en sevimli uzaylıydı. "Günün Yorumcuları"na göre, Beyazsaray, Adam Eaio'nun Amerikan vatandaşlığına kabul edilmesine "sıcak bakıyordu". Adam Eaio'un resimleri ve posterleri kapış kapış satmaya başlamıştı. Alice'den bile daha popülerdi şu an ve neredeyse onu gölgede bırakmıştı. Posterlerinin altında koca koca harflerle *En Romantik Âşık* yazıyordu. Temiz yüzlü, aydınlık gülüşlü, kısık bakışlı, gizemli ve baştan çıkarıcı Adam Eaio, bir anda dünyadaki bütün genç kızların ve "gay"lerin sevgilisi olmuştu. Hayranları, uzaydan gelen beyaz atlı prenslerine, giydikleri tişörtlerde şöyle sesleniyorlardı: *Adam, beni de kaçır!*

Alice Star'ın kaçırıldığının ertesi günü, yani 21 Temmuz 1999 tarihli gazeteler, ünlü Fransız müneccim ve hekim Nostradamus'un (Doğumu: 1503, Ölümü:1566) bundan kaç yüzyıl önce, ta 1555'teki bir kehanetinin gerçekleşmiş olduğunu manşetlere çıkarıyordu: *1999 yılının Temmuz ayında gökyüzünden büyük ve korkunç bir hükümdar inecek ve dünyanın bütün kaderi değişecek.* İşte bu kehanet gerçek olmuştu; kehanetin işaret ettiği hükümdarsa, Adam Eaio'ydu! Sıra dünyanın kaderinin değişmesini beklemeye kalmıştı, ki dünyalıların buna çok ihtiyacı vardı doğrusu.

Alice Star üzerine yazılan kitaplardan sonra En Çok Satanlar Listesi'ne, birdenbire Nostradamus'un kehanetleriyle, bunlar üzerine yapılan yorumlama kitapları girdi.

Adam, yeniden uzaygemisinin salonuna, Alice'in yanına döndüğünde, nasıl karşılanacağından pek emin değildi. Salona girdiğinde, Alice'in arkası dönüktü. Ekranın karşısındaki koltukta, yüzü ekrana dönük ve boşalmış ekranın o yeşilimsi, mat görüntüsü karşısında neredeyse bir heykel kımıltısızlığıyla, hiç ses çıkarmadan öylece oturuyordu. Yorumlanamaz bir sessizlikti bu. Kuşkulu, kaygılı ve ağır adımlarla ona doğru yaklaşırken düşünüyordu; yaptığı açıklamalarla belli ki, genç kadının ruhunda fırtınalar kopartmış, hatta belki de korkutmuştu. Bazılarının çok sevilmekten nasıl korktuklarına, kendilerine âşık olanlardan ölümün gölgesinden kaçar gibi kaçtıklarına son zamanlarda sıkça tanık olmuştu. Ama Alice'in şu sessizliğinin ne anlama geldiğini bilemiyordu; belki de gerçek, Alice'e fazla gelmişti. Bazı gerçekler insanlara fazla gelir. Ya da bazı insanlara gerçek fazla gelir. Olamaz mıydı? Kendi kaçırılışında bu denli duygusal, kişisel bir neden değil de, gezegenlerarası önemli bir neden bulunmasını yeğleyebilirdi, ya da kendi mesleğine ilişkin bir gerekçeyi daha kabul edilebilir bulabilirdi. Adam yaklaşırken, Alice o heykel sessizliğini koruyor, hâlâ dönmüyordu ardına. Yanına varmadan usulca seslendi ona:

Alice!

Yanıt alamadı. Usul adımlarla yaklaşmasını sürdürdü. Yüzünü görmek istiyordu onun. Belki o zaman anlayacaktı.

Koltuğun önüne gelip durdu, Alice'e baktı. Alice ağlıyordu. Aynı heykel kımıltısızlığı içinde büyülenmiş gözler, sabit nazarlarla sönmüş ekrana bakıyor ve sessizce ağlıyordu. Ağlamak denemezdi buna, gözyaşları sanki ondan habersiz kendiliğinden süzülüyordu. Adam'ın yanı başına kadar geldiğini biliyor, ama başını kaldırıp da ona bakmıyordu bile. Adam, Alice'in yalnızca sessizliğinin değil, gözyaşlarının da ne anlama geldiğini tam olarak bilemiyor, ondan bütün bunları açıklayabilecek bir davranış, bir işaret bekliyordu.

Alice doğruldu, oturduğu koltuktan yavaşça kalktı, Adam'ın karşısına geçip durdu, hâlâ yüzüne bakamıyordu, başını yavaşça kaldırıp kaybolmuş bir çocuğun sızılı bakışlarıyla Adam'ın gözlerinin içine çok kısa bir an baktıktan sonra, hıçkırarak kendini onun kollarına bıraktı.

Artık hangi duvarlardan nasıl kapılar açılıp da, onun güçlü kollarında taşınarak nerelere geçtiğini; geçilen yerdeki belirsiz bir duvarın içinden, adeta vahşi doğanın el değmemiş bir bölgesinde, beklenmedik bir anda, örneğin bir dağın burnunu döndüklerinde, ansızın karşılarına bir mucize gibi çıkıveren dev bir şelaleden dökülen suların yarattığı sarhoşluğa benzer bir biçimde görkemle önlerine açılıveren bir yatağa kendilerini nasıl bıraktıklarını; şelaleler gibi üzerlerine dökülüveren ipek kadar yumuşak, saten kadar kaygan çarşafların arasında nasıl yuvarlanıp kayboldukları; Adam'ın yumuşak bir kor gibi için için tutuşan etli, kalın dudaklarının arasında soluğunun nasıl kesildiğini, bütün varlığının iç çeker gibi nasıl ta derinlerinden çekiliverdiğini; bu arada bütün bütüne yitirilmiş bir zaman ve mekân duygusu eşliğinde, nasıl ve ne zaman soyunup döküldüklerini ve bütün hayatı boyunca hiç tatmadığı derin zevkleri, çılgınlıkları, sarhoşlukları, bir ayin, bir büyü, bir tansıma gibi, büyük patlamalarda görülen derin aydınlanmalar ve sonrasının zifiri körlüğü içinde neredeyse hatırlamıyor; olan biteni düşündüğünde, sanki çok öncelere ait zaman parçalarındaki olayların küçük çakımlarla parça parça aydınlanan uzak, puslu, bulanık varlığı, daha çok bir sezişe benzeyen bir duygu eşliğinde kayıp görüntüler gibi belli belirsiz diriliyordu... Sanki bir başkasının gördüğü rüyada kaybolmuştu.

Uzun, yorucu, en derin uçurumlar tadında baş döndürücü bir tanışma olmuştu. Gövdelerin buluşmasıyla ruhlarının buluşmasını bugüne değin bilmediği bir "oluş", bir "hal" biçiminde kavramıştı şimdi; sevişirken kendini, cisminden bağımsızlaşmış; varlığını tamamen özgürleşmiş hissediyordu. Varlığı ve ruhu sanki serbest kalmıştı. Gövdesini ardında bırakarak diğerinin gövdesine geçmiş, bir süre o olmuş ve oradan da bilmedikleri bir boşluğa birlikte süzülmüşlerdi. Salt bir sevişme ayini değil, sanki yepyeni bir var oluş biçimiydi. Yeni bir "olma" biçimi. Alice, bütün varlığını sevişerek yeniden ele geçirmiş, bütün benliğini sevişerek yeniden kazanmış gibiydi. Bütünlenmiş, tamamlanmıştı. Artık tam bir insandı.

Kimselere kolay kolay kısmet olmayacak böyle bir serüvenin, "bir uzaygemisinde sevişmenin", hayal gücüne fazladan kattığı bir şey olamazdı bu, yalnızca bu olamazdı; bu, fantezinin sahibini ele geçiren kendince büyüsü de değildi. Bir gerçeklikti. Başlı başına bir gerçeklik. Bir başka boyuttu. Farklı algı kapılarından geçerek çıktığı başka bir açıklıktı. Orada varlık başka türlü görünmüştü ona. Üst üste kaç kez orgazm olduğunu anımsamıyordu artık. Yaşadığı orgazm, züppe kadın dergilerinin konu kıtlığına düştükçe, sayfalarında yapışkan bir sakız yavanlığında çiğnedikleri orgazmdan çok farklıydı. Orgazmın, yalnızca bedensel bir doyum değil; aynı zamanda gövdenin anlamı üzerine bir keşif olduğunu görmüştü. Adeta biyolojisini aşmak gibi bir şeydi bu. Her kadının, kendinde hep saklı kalan kadınlığının gizine ulaşmak; bir tılsım kullanarak ya da bir tılsımı yöneterek bu gizi açıp kapamayı öğrenmek ve bunu sürekli kılmak gibi bir şeydi. Varlığının o güne kadar kendine bile yabancı kalmış en ücra köşelerine varasıya sarsıla sarsıla ilerlemiş; bazı anlarda artık hiç geri dönemeyeceğini düşündüğü halde, ilerlemeyi sürdürmüştü. Vardığı yerdeki kendini ele geçirmeyi kafaya koymuştu. Sonunda, sanki ten değiştirmiş, gövde yenilemişti. Bu yüzden, yalnızca bir sevişme, diye adlandıramıyordu olanları. Derin bir aydınlanma deneyimiydi aynı zamanda. Sevişirken hissettikleri, salt gövdeyle ya da ruhla değil, düpedüz varlıkla ilgiliydi... Seks kadar, felsefenin kapıları da açılmıştı gözlerinin önünde... Aynı bedende ikinci kez yaratılmış gibiydi.

İnanılmaz bir yakışıklılık ve çekicilikteki bu adam, sevmekten çok, derin bir tapınma duygusu uyandırmıştı onda. Salt bir aşk değil, sanki yeni bir dine, yeni bir peygambere bağlanmanın getirdiği bir tapınmaydı bu. Bütün varlığını silkeleyerek, bütün geçmişiyle ve geçmişten getirdikleriyle ödeşerek, yepyeni bir gönülle, yeni bir tanrıya, yeni bir peygambere, yeni bir dine bağlanır gibi bağlanmıştı Adam'a. Erkekleri her zaman çok sevmiş, onlara gereğinden fazla düşkün olmuş, gereğinden fazla hoşgörü göstermiş, bu yüzden de gereğinden fazla mutsuz olmuş Alice için, bu sefer, karşısındaki, bir erkekten çok daha fazla bir şeydi. Erkekleri hep, kendinin "erkeklere olan zaafıyla" sevmişti bugüne kadar, oysa bu kez "erkekliğin mucizesiyle" karşı karşıyaydı ve bu mucize duygusuyla seviyordu. Bugüne kadar hiç tanımadığı ve bu kez yeni olan şey, bu duyguydu işte. Daha önce de, birçok kereler âşık olmuştu; hatta uzunca bir süredir, bir daha âşık olamayacak kadar içinin kağşadığını, artık bir duygu profesyoneli olduğunu düşünüyordu ama, bu kez bir mucize gerçekleşmişti. Bir erkek mucizesi! Nicedir aşktan ümidini kesmiş olan, hemen herkes için geriye kalan tek imkân yani... Bir mucize! Onun da bu dünyadan değil, başka bir gezegenden olması, belki de içini eskitmek pahasına içini yaşamaktan korkmamış, kalpleri hırpalanmış, duyguları örselenmiş bütün yorgun kadınlar için acı bir ironiydi. Ve günün birinde ancak bir mucize... Alice'in hayatında ilk olan buydu; yeni olan buydu; öncekilerden de, önceki duygularından da farklı olan buydu.

Taptaze bir başlangıç duygusu, hiç de az şey değil!

Onunla yaşadığı her şey, ağlatacak kadar güzel ve dokunaklı, gerçek olamayacak kadar saf ve kusursuzdu.

Bütün bu ulvi ve semai duygular bir yana, doğruyu söylemek gerekirse, Alice'in hayatı boyunca okşadığı en güzel erkek teni, öptüğü en güzel erkek dudağı, ısırdığı en güzel erkek kası, kokladığı en güzel erkek kokusu ve söylemek zorundayım ki, emdiği en güzel erkek sikiydi.

Alice, Adam'ın kolları arasında, o güne kadar hiç tanımadığı derin bir huzur ve o güne kadar hiç bilmediği derin bir mutluluk içinde uyuyup kalmış buldu kendini. Onun şefkatli ve güçlü kollarının arasında sanki yüz yıldır aradığı güveni, noksansız bulmuş gibi yatıyor; yıllarca dağ tepe gezip deli deli çağladıktan sonra, nihayet arayıp bulduğu yatakta kendini dinlendiren uysal ve kendinden emin bir nehir gibi akıyordu. Onun göğsündeydi; koltukaltının erkek kokusuyla tütsülenmiş; onun bir süt bebeğinin masumluğu içinde derin ve sessiz soluk alıp verişlerini dinliyor, kalbinin atışlarını duyuyor; bütün bunlar, tarifsiz bir huzur duygusuyla dolduruyordu içini... Artık ölebilirdi. Bundan öte bir mutluluk sınırı ya da bir mutluluk tarifi kalmamıştı onun için. Artık ölebilirdi. Duyguları çeşitli sıfatlar ya da benzetmelerle tanımlanabilir olmaktan çıkmış, adeta mutlak değerler düzeyinde som bir bütünlük kazanmıştı. Sevdiği adamın kolları arasında, sevişme sonrasında duyduğu o derin uçurum huzuruyla kısa kısa, kesik kesik ama derin uykulara dalıp çıktı. Düşlerinden birinde, kendini yıllar önceki o filmde, arzın merkezinde uyurken gördü. O uykuya nihayet kavuşmuştu. Gülümseyerek uyandı. Uzayın uçsuz bucaksızlığında, bir uçandaire içinde gördüğü düşte, kendini arzın merkezinde uyurken görmeyi, ironik ve komik buldu. New York'ta bir gökdelenin on yedinci katında bir yer yatağında uyumak gibiydi böyle bir şey. Böyle bir şiir mi okumuştu? Böyle bir şarkı mı vardı? Şimdi hatırlamıyordu. Hayat dolu, eğlenceli ve şakacıydı bu rüya. Kendini bu rüyaya bıraktı.

Az sonra, ZTteSQ'nun sesi, belli ki duvarların birinde gömülü olan ses verici bir aygıtın derinliklerinden, daha da metalikleşmiş olarak duyulduğunda başına gelenleri hatırladı. Evinde değildi. Bir uzaygemisi tarafından kaçırılmıştı. Bir bilinmeyene doğru gidiyordu. Dahası sırılsıklam âşık olmuştu. ZTteSQ, Votoroqxqua' ya yaklaşıyoruz efendim, diyordu. Yörünge belirlenim verdi. İniş planı sağlama kanallarında, yönelim kapakları devrede. Basınç vakumları ayrıştırılıyor. Işınımlar geçerliliğe sokuldu. Işık kesimi izleniyor, füzyonlar açık, dedi.

Televizyondaki uzay dizilerindeki diyalogları anımsadı Alice. Görünüşte hiçbir şey ifade etmeyen ama, izleyicide daha ileri bir teknolojiye, daha ileri bir uygarlığın gündeliğine aitmiş hissi veren sözler... Kulağa hoş ve inandırıcı geliyor, hatta işlerin yolunda gittiğine dair bir güven veriyordu. Kimi zaman hiç anlamadığımız şeyleri, hayatta da inandırıcı bulmuyor muyduk? Üstelik kendi aralarında, kendi dillerinde konuşmak varken, onun varlığına hürmeten, onun anlayabileceği bir dilde konuşma inceliğini göstermeleri de çok etkileyici bir davranıştı doğrusu. İnce düşünceli, çok zarif biriydi Adam, ve galiba artık onun sevgilisiydi.

Gözlerini açtığında, Adam'ı yattığı yerde dirsekleri üzerinde doğrulmuş, uykudan iyice kısılmış gözlerinin arasından, kendisini şefkat ve hayranlıkla seyrederken buldu. İçi parladı. Güneşe uyanmış gibiydi. Sevinçten ağlayacak gibi oldu. Kaç yıldır böyle uyanmamıştı. Düzüştüğü hiçbir erkekle aynı yatakta uyanmaya tahammülü kalmayalı kaç yıl olmuştu? Dudaklarına konan bir öpücük, sözsüz bir merhaba... Ve aynı derinlikte Alice'e bakmayı sürdüren, tropiklerde bir günbatımı gibi ışıyan okyanus laciverdi gözler... Birden hiç konuşmamış olduklarını fark etti, onun ekrandaki konuşmasından, şu ana kadar ağızlarını açıp da birbirlerine tek kelime etmemişler, kendilerini bütünüyle gövdelerinin diline ve tenin ifade gücüne bırakmışlardı. Televizyondaki konuşmasından sonraki en küçük an bile, sanki bin yıldır beklenen sonsuz bir kehanetin şimdi gerçekleşen tufanı gibi yaşanmıştı. Hem çok romantik, hem çok komik; hem yürek yakıcılıkta bir derinliği olan bir benzersizlik, hem de şampanya köpüğü gibi uçucu ve hafif... bir pop masal gibiydi her şey. Alice'e de çok yakışıyordu bu. Onun ruhu da böyleydi işte! Çok komik ve çok acıklı! En derin hüzünler, içe kapanışlar ve vazgeçişlerden sonra, hayata pençelerini geçiren alabildiğine tutkulu bir yaşama sevinci! Alice buydu işte! Belki bu yüzden herkes bu kadar çok seviyordu onu. Yalnızlığının, bütün insanlığın yazgısına kolaylıkla paylaştırılabilirliği, bu kadar popüler kılıyordu onu. Bir pop masal: Dünyada bulamadığı erkeği uzayda bulmak ve şu yaşadıklarının inanılmazlığı!.. Hâlâ konuşmuyor, tutkuyla birbirlerine bakmayı sürdürüyorlardı.

Adam, düşüncelerini okumuş gibi, İlk sözü sen söyle, dedi.

Sen söyledin bile, dedi Alice.

Peki, sen ne söyleyeceksin?

Ben de seni seviyorum.

Adam'ın dudaklarındaki yumuşak ateş, yeniden Alice'in dudaklarını tutuşturdu. Doğruyu söylemek gerekirse, bir kadın olarak hayli reçelli bir mazisi vardı; hayatına giren bir dolu erkek bir yana, ardında bıraktığı onca günahtan, yıllardır toplata toplata bitiremediği onca porno filmden sonra, nasıl oluyor da ilk öpüşmenin heyecanını şimdi yeniden aynı acemilikte duyabiliyordu? Nasıl mümkün olabiliyordu bu? Şimdi bir öpücükle delicesine çarpan bu yürek, nasıl hiç yanmamış gibi olabiliyordu? Teni nasıl oluyor da bunca zaman sonra mahcubiyeti bu kadar güzel hatırlayabiliyordu?

Bir süredir hep yeniden genç olmayı, bir yeniyetme olmayı düşlüyordu. Masumiyeti geri istiyordu. İçinin kağşadığını, heyecanlarını yitirdiğini düşünüyordu. Yaşamındaki tek heyecan kaynağı olarak, neredeyse yalnızca meslek heyecanları kalmıştı. Erkeklerle de, genel olarak dünyayla da ilişkisi, nicedir ustalıklı bir profesyonelliğe dönüşmüştü. Hayatındaki bütün ilişkilerde, kuralları kendiliğinden işleyen, sası, yavan ve ayrım gözetmeyen bir halkla ilişkiler performansı gösteriyor, her şeyi, ama her şeyi bir protokol ilişkisi gibi yaşıyordu. Belki de bu yüzden, sarsak ve acemi olmak istiyordu yeniden. İçini rüzgârlara vermek istiyordu. Kanını tazelemek istiyordu. Hatalarını ve tökezlemelerini özlemişti. Serserilik günlerini özlemişti. Milyonlarca dolarlık bir servetin üzerinde otururken, yırtık "blue-jean" giymenin hiçbir sahiciliği yoktu, olmuyordu. Çılgınlıkları bile bütün doğallığını yitirmiş, öğrenilebilir ve öğretilebilir bir hale gelmişti. Tıpkı bir meslek gibi, bilgisi kolaylıkla başkalarına aktarılabilir bir şey olmuştu... Her davranışı, öğrenilmiş, edinilmiş, çalışılmıştı. Kendinin, kendine sunabileceği hiçbir sürprizi kalmamıştı. Ne yapsa, kendini taklit ediyormuş gibi geliyordu ona. Bir insan olarak da, bir sanatçı olarak da kendinin taklidi olmak, en büyük korkusuydu. Ve bir süredir bu korkunun pençesinde kıvranıyordu. İstediği o şeyi, o varlığını yeniden ele geçirme duygusunu, benliğini ve kimliğini yenilemeyi, hiçbir "Image-maker"ın yapamayacağını çok iyi biliyordu. Her şey içinin düğümündeydi.

İşte şimdi bütün o özlediği tazeliği, yeniliği ve acemiliği, derin bir diriliş duygusu içinde, ruhunun kendine ancak şimdi görünen en uzak köşelerinde, saç köklerinde, tırnak diplerinde, vücudunun bütün gözeneklerinde duyuyordu. Yepyeni bir bahar uyanışı içindeydi. Dallarına su yürüyordu. Yalnızca âşık olmamış, aynı zamanda içini yeniden kazanmıştı. Sahiden bir erkek değil, bir mucizeydi bu adam. Sahiden dünyada böylesi yoktu!

Bu duygular içinde kalktı yataktan.

Kalkmış, toparlanmış, giyinmişlerdi.

Yeniden salona çıktıklarında, Komuta Merkezi'ni görmek ister misin? diye sordu Adam. Yakınlaşmaları tamamlanmış şimdi, konuğuna ev gezdirir gibi uçandairenin içini gezdirmek istiyordu anlaşılan. Sevinerek kabul etti Alice. Ne de olsa bir kediydi. Yeni gördüğü bir yerin her köşesini keşfetmeden rahat etmez, yerinde oturamaz, kendini tam olarak güvende hissedemezdi.

Alice'in yerini artık bildiği duvardaki o malum kapı açıldı, bindiler, kapanmasıyla birlikte açılması bir oldu. Hiçbir şey hissetmemişti Alice. Oysa şimdi bambaşka bir yerdeydiler. Belli ki yükselmişlerdi. Komuta Merkezi'ydi burası. Bir daire biçimindeydi. Her yanı camdı, oradan uzay bütün uçsuzluğuyla görülüyordu. Burada ZTteSQ ile birlikte kadın ve erkek bedenlerinde yapılmış birkaç robot daha vardı. Artık onları tanıyabiliyordu. Matlıkları ve ilk bakışta fark edilmese de, sonrasında alımlanan hareketlerindeki bir tür kesik kesiklik onları ayrı ve tanınır kılıyordu. Gülümseyerek onları selamladı. Onlar da saygılı bir biçimde, Hoş geldiniz, dediler. Alice'le fazla ilgilenmeyip hemen işlerine döndüler. ZTteSQ'dan daha mattılar. Daha cansızdılar. Belli ki teknik ekiptiler ve çok meşguldüler. Bütün o yabancı robotların arasında, ZTteSQ, bizim kız duygusu veriyordu Alice'e. Tanışlığın getirdiği bir yakınlık duygusuyla, ZTteSQ ile göz göz geldiklerinde, göz kırptı ona Alice. Bu, aynı takımdanız, anlamına geliyordu.

Adam, işlerine gömülen robotları işaret ederek, fısıltıyla, seni bir sürü sessiz harfle tek tek tanıştırmayayım istersen, dedi. Karşılıklı hınzırca gülümsediler. Alice içinden, şuna bak hele, sevgili olduk da, şimdi aramızda robot çekiştirmeye bile başladık, diye geçirdi içinden.

Komuta Merkezi oldukça sade sayılırdı gene de. Etrafta hiçbir şeye benzetemediği birtakım tuhaf araç gereçler vardı, ama bu, onun için hiçbir şey demek değildi. Dünya turneleri sırasında, ardı sıra oradan oraya sürüklenen TIR'lar dolusu araçtan ne daha fazla tanıdıktı, ne daha fazla yabancı... Çeşitli düğme boylarında yanıp sönen ışıklar ve kontrol panelleri, onun için, bir uzaygemisinde olduklarına dair yeterince inandırıcı kanıtlardı.

Az sonra Adam, bazı panelleri işaret ederek, robotlarla nihayet kendi dillerinde konuşmaya başladığında, ilk kez tuhaf bir yabancılık duydu Alice. Âşık olduğu Uzakdoğulu bir erkeğin ardı sıra giden Batılı bir kadının, erkeğin ülkesinde yaşadığı derin yalnızlığın anlatıldığı filmlerdeki o onmaz yabancılığı, yüreğinin çok derinlerinde bir yerde duydu. Burnu sızladı. Gözleri doldu. Sanki o zamanlar, o filmleri yeterince anlamamış, yeterince hissetmemiş, hatta haksızlık bile etmişti. Alice'e bir şeyler olduğunu anlayan Adam'ın ona sarılarak, büyük bir sahiplenişle omuzunu kavrayışı ve yalnızca bir âna değil, bir yüzyıla gülümseyen gözleri çabucak yatıştırdı onu. Büyük uzaklıklara, büyük zamanlara yetecek kadar gülümseyebiliyordu bu gözler. Bunun üzerine o da, her şeye karşı koyabilecek, her şeyle baş edebilecek sağlamlıkta derin bir güç hissetti kendinde. Son kez evden kaçtığında, varlığının kendine bile yabancı çok diplerde bir yerde duyduğu o derin güç, şimdi yeniden yoklamıştı onu. Ya da saklı varlığını yeniden duyurmuştu. Kaybolmadığını bilmek iyiydi. Bu duyguyu tanıyordu. Bu duyguya güveniyordu. Onu bu şiddette hissetmeyeli kaç yıl geçmişti kim bilir? Bunu anlayınca, yersiz olduğunu bildiği halde, o sevinçle çevresindeki o "bir sürü sessiz harfe" gülümseyerek yeniden selam verdi.

Şu anda içine değil, uzaya bakmalıydı oysa. Ne de olsa ilk kez uzaya bu kadar yakından bakıyordu. Her şey elinin altındaydı sanki. Ay'a adım atanlardan da, uzay boşluğunda gezinen diğer astronotlardan, kozmonotlardan da çok daha ileri gitmişti uzayın boşluğunda; hatta bu kadar uzağa giden belki de ilk dünyalıydı. Bu ayrıcalığın keyfini sürmeli, tadını çıkarmalıydı. Hatta uzay hakkında Adam'a daha birçok şey sorabilir, dünyada kimselerin bilmediği uzaya ait bir dolu gerçeği öğrenebilirdi.

Dünyayı buradan görebiliyor muyuz? diye sordu Adam'a.

Ardımızda kaldı, dedi Adam. Buradan güçlükle görünür artık.

Evden hiç bu kadar uzaklaşmamıştı Alice. Bir an çok fazla

ileri gittiği hissine kapıldı. Ormanda kaybolmuş bütün masal kızlarını düşündü.

Peki sizin gezegeniniz hangisi?

İşte şu, diye ilerideki ışıltılı yıldız topunu işaret etti Adam. Eve yaklaşıyoruz.

Geleceğimi biliyorlar mı? dedi Alice.

Öğrenmişlerdir.

Biliyor musun? Hayli heyecanlıyım.

Çok doğal, ama unutma yanında ben varım.

Bunu bana sık sık hatırlat e mi? dedi Alice.

Adam, bu sözün barındırdığı imayı anladığını belirtircesine şefkatle başını salladı. Yeniden birbirine kilitlenen gözlerle, kısa ve anlamlı bir bakışmadan sonra, tutkuyla öpüştüler.

Alice, öyle sessiz, belki dipten, belki onun aklının kaydedemeyeceği bir hızda giden bu tuhaf aracın penceresinden, uzayın derinliğine dalmış bakarken; uzayın uçsuzluğundaki silik varlığını, hiçliği, dünyayı, hayatın anlamını, tarihi, zamanları, şimdi önünde birdenbire açılan bu yepyeni kapıdan geçerken; bu bilinmezliğin sonsuz derinliği içinde yeniden ve yeniden konumlamaya çalışarak düşündü. Sonsuz bir baş dönmesi içindeydi. Bir kuyudan aşağı sürekli düşüyor gibiydi. Ufak tefek bir dünyalı kızın kaldıramayacağı kadar çok şey görmüştü bir gecede. Ve hayatında hiç yaşamadığı derinlikte bir karşılaşma, bir aşk, bir bütünleşme yaşamıştı. Gövdesini yeniden kazanmıştı sanki. Varlığını yeniden kazanmıştı. Bundan böyle Adam'sız olamayacağını, hiç olamayacağını biliyordu. Belki varlığı özgürleşmişti ama, hayatı tutsak alınmıştı. Adam'sız bir hayatı olamayacağını, neredeyse bin yıldan beri bildiği genlerine yazılmış bir bilgi gibi, gövdesini denetleyen bir refleks gibi, soluk alıp vermek gibi kendiliğinden biliyordu. Bunca yıldır bağımlılığın her çeşidinden bunca korkmuşken, şimdi, bütün varlığını ele geçiren aşk bağımlılığının onu avuçlarının arasına aldığını fark ediyordu. Kendi hayatı Adam'a kilitlenmişti ve galiba yapacak bir şey de yoktu.

Konuyu saplandığı bu varoluşsal boyuttan çıkararak hafifletmek istedi: Yıllardır aradığı bir erkek değil, bir mucizeymiş meğer. Meğer, onun için bulamıyormuş. İşte şimdi bulmuş imkânsızı. Şaşkınlığı, imkânsızla karşılaşıldığında ne yapacağını bileme-mekten kaynaklanıyormuş aslında. Ve ne olursa olsun hiç kay-betmek niyetinde değilmiş. Böyle yalınlaştırılmış duygular ve da-ha gündelik sözlerle neşelendirmek istedi içini. Kendini böyle da-ha iyi hissetti.

O öyle dalmış gitmişken, Adam'ın, yeniden kendine derin bir sevecenlikle gülümseyen gözlerle baktığını fark edince, onun, ka-fasından geçenleri okuyup okumadığından bir kez daha kuşku-landı. Kaygıya kapıldı. Eğer böyle bir yeteneği varsa, düşündük-lerine dikkat etmeliydi! Bir an Adam'ın gözlerinin içine kuşkuyla baktı. Sorsa mıydı acaba? Her şeyi birden soramazdı gerçi. Ne de olsa kâinatın neresinde olurlarsa olsunlar, erkek erkekti ve erkek-ler çok soru sorulmasından hoşlanmazlardı.

Bunu düşündüğü anda, paniğe kapılarak birdenbire: Şu yıldı-zın adı ne? diye sordu.

Gerçi bu da soruydu ama, ne de olsa tehlikesiz bir soruydu.

Herhangi bir uçağın, dünyadaki herhangi bir piste inişinden hiç de farklı değildi uçandairenin alana inmesi, her şey çok daha fazla hızlıydı, hepsi bu.

İnişe geçtiklerinde, pencereden bakarken özel olarak bir şey söylemeyen binlerce ışık görmüştü bir anda; aracın, gezegendeki dev bir metropol kente indiği duygusu almıştı yalnızca. Bir de, bunun herhangi bir seyahat değil, çok özel bir deneyim olduğunu bilmenin fazladan heyecanını yaşıyordu. Adam, inişe geçtiklerini söylediğinde, birdenbire çok heyecanlanmıştı; bu, ne zamandır tanıdığı, bildiği değil, aksine unuttuğu, ama çok uzun yıllar sonra şimdi hatırlar gibi hissettiği geçmişe ait bir heyecan duygusuydu. Henüz hiç kimse değilken duyduğu, bir çeşit güvensizlikten kaynaklanan, yıllar öncesine ait, daha ham, daha genç, daha amatör bir heyecan duygusu... Çocukluğunun geçtiği yerlere gitmek gibi... Ama, artık çok önemli olmuş birinin, yıllar sonra büyüdüğü yerlere çıkartma yapar gibi gidişi değil de, hâlâ hiç kimse olarak gidişi gibi... Belli belirsiz bir yeniklik duygusuyla... Dünyanın uzun bir süredir ona verdiği büyük ALICE STAR imgesinden tamamen soyunmuş olarak... Kendini yeniden çırılçıplak, bütün dünyaya karşı bir çocuk kadar savunmasız, korunmasız hissettiği günlerdeki gibi bir ruh hali içindeydi, uçandairenin kapakları, kendi için tamamen bir gizem olan o gezegenin yüzeyine doğru ağır ağır açıldığında... Önünde birdenbire bitiveren merdivenleri –heyecanını ne kadar denetlemeye çalırsa çalışsın– titreyen adımlarla inerken, dünyadaki herhangi bir havaalanına inmediğini, ve kendini, hiç akla gelmeyecek çok çeşitli sürprizlerin bekleyebileceğini biliyordu. Hazırlıklı olmalıydı. Böyle bir durumda "hazırlıklı olmak" ne demekse? Normalde çok korkması, paniğe, hatta dehşete kapılması gerekirken, içini karmakarışık eden bütün bu duygulara karşın, belki de yanındaki adamın güven veren varlığından, güç aşılayan desteğinden ötürü, kendini, bir başka gezegenin tehlikelerle dolu bilinmedik yüzeyinde değil de, çeşitli badirelerin atlatıldığı uzun ve seçilmiş bir yolculuğun sonunda nihayet gelinmiş bulunan, sevdiği adamın anayurdunda, kocasının baba ocağında hissediyordu. Ancak gönüllü bir sürgünün hissedebileceği, aşk, fedakârlık ve kahramanlık gibi görkemle yüklü duygular dolduruyordu içini. Sanki kaçırılmamış da, kendi rızasıyla gelmişti buraya; bir aşk uğruna gönüllü olarak sürmüştü kendini, uzayın uçsuz derinliklerindeki bu bilinmez gezegene; sanki uzun ve fırtınalı bir aşkın sonunda, büyük bir özveriyle, her şeyi sonsuza dek ardında bırakarak, âşık olduğu uzaylı bir adamın peşine takılarak kendi isteğiyle gelmişti ta buralara... Belki de bu nedenle, nedenini bilmeksizin kendiyle gurur bile duyuyordu. Sanki o bir aşk kahramanıydı. Ve şimdi sevdiği adamın gezegenini keşfetmeye ve fethetmeye gelmişti sıra. Adam'a karşı birdenbire duyduğu bu derin aşk, içinde bunca yıldır saklı kalmış, keşfedilmeyi bekleyen nice duygu ve duyarlığın ansızın ortaya çıkmasına yaradığı gibi, bu olayda hiçbir biçimde söz konusu edilemeyecek olan ve Alice'in de neredeyse yıllardır hiç kullanmamış olduğu "özveri" duygusunu bile hatırlamasına neden olmuştu. Gerçi, özveri gibi bir duyguyu hatırlamasını anlaşılır kılabilecek herhangi bir durum söz konusu değildi ama, ne önemi var, bunca iç zenginleşmesi sırasında, diğer duyguların yanı sıra o da aradan çıkıvermişti. Kendine güldü.

Adam'a karşı duyduğu aşkın harcı vardı artık bütün duygularında, bütün düşüncelerinde, bütün hareketlerinde... Duygularının onda uyandırdığı öyle bir sağlamlık, bir tamlık, bir bütünlük duygusu vardı ki, herkese ve her şeye sonsuz bir karşı koyma gücü buluyordu kendinde. Böyle bir duyguyu, yıllardır hiç hissetmemiş olduğunu, hatta belki de doğduğundan beri hiç böyle bir duygu taşımamış olduğunu, hatta eksik doğmuş varlığının, bunca yıldır aradığı diğer yarısını şimdi bularak, ancak şimdi bütünlendiğini düşünüyordu. Ya aşk buydu, ya da bütün bu hissettikleri, aşktan çok daha fazla bir şey olduğu halde, o, bu konuya ilişkin olarak sözcük dağarcığındaki tek bildiği sözcük olan "aşk"la karşılıyordu bütün bunları. Durumun olağandışılığı, alışıldık bildik herhangi bir kadın-erkek ilişkisine benzemiyor oluşu, açıkçası, "erkek tarafının" bir uzaylı oluşu, bu konudaki adlandırmayı da, vereceği hükmü de belirsizleştiriyor, belki de geçersizleştiriyordu, ama ne önemi vardı? Bu duygu, ne olmuş olursa olsun, neden olmuş olursa olsun, ona iyi geliyordu. Varlığı başkalaşmış, sağlamlaşmış, bütünlenmiş, sonunda kendini ele geçirmişti. Uçandairenin kapısında beklediği sırada, bütün bu duygular, düşünceler inanılmaz bir hızla içinden akıp giderken dönüp yanı başında duran sevgilisinin derin bir şefkatle gülümseyen gözlerinin içine baktı, ne zaman ona baksa, yakıtı tazeleniyordu sanki. Kanı değişiyordu. Gözleri yenileniyordu. Belki de aşk buydu. Adını koymaktan korkuyordu yalnızca. Yıllardır unuttuğu için, yaşadığı bu mucizeyi, aklının gündelik mantıkla kirlenmiş yanı, dünyaya ve insanlık hallerinden birine ait olmayan bir tür uzay gerçekliğiyle açıklamaya zorluyordu onu. Bu yüzden de, içinde olup bitenler için aradığı genel kabul görmüş bütün tanımlar yetersiz, tanım arayışları sonuçsuz kalıyordu. Öyle ya, uzay yabancıydı, bilinmezdi, tehlikeydi. Aşk da öyle. Belki, aşk da uzaydan gelmişti dünyaya. Onu sık sık bu kadar kolay ve çabuk yitirdiğimize göre... Uzayın fiziği karşısında bizim tanımlarımızın dayanıklılığı ne olabilir ve hangi zaman kuramında yan yana durabilir ki? Belki uzay da, aşk gibi yaratılan bir şeydir. Örneğin hangi uzayın şaşkınlığı ve sarhoşluğu şu üzerimdeki? Uzayda bulunmuş olmamdan ötürü mü böyleyim, yoksa beraberliğimizin yarattığı uzayda mıyım?

Hem adını aşk koysa ne olacaktı, koymasa ne olacaktı? Herkesin aşk dediği şey, ne kadar birbirine benziyordu ki zaten! Ayrıca ne önemi vardı! Sözcüklerin ya da adlandırmaların ne önemi vardı, kalbin bütün yaşadıklarının yanında?

Niye bu kadar kendime kapandım? diye geçirdi aklından. Neden bu kadar didikliyorum kendimi? Oysa az sonra kapılar açılacak ve ben yeni bir gezegene adım atacağım. Aşktan mı korkuyorum, bu yeni gezegenden mi? Ya da her ikisinden mi? Aşk, her seferinde yeni bir gezegen demek değil mi zaten?

İkisi de olabilirdi. İkisinden ötürü de olabilirdi. Bilinmeyen bir gezegenin varlığı karşısında duyduğu içgüdüsel korku ya da ürküntüyü, içine biraz fazla bakarak dengelemeye, kendini korumaya çalışıyor da olabilirdi. Bu tür kendini koruma güdüsüyle içe kapanmış olması, bu durumda çok anlaşılabilir bir şey elbet, ama o, hiç öyle biri değildi ki... Alice'in hayatta ve ayakta kalabilmek için bildiği bir tek şey vardı: Çok fazla içine bakmamaya, içini kurcalamamaya çalışırdı. Yaşarken her şeyi biraz oluruna bırakırdı. Bir tür kolaycılık ya da sorunlardan kaçmak olduğunu bilirdi bunun. Zaten bunun için kaçardı. Her zaman derdi: Ne zaman içime biraz fazla baksam yükseklik korkum depreşir.

Az sonra kapılar açıldı, Adam'la birlikte merdivenleri indi. Votoroqxqua gezegenine adımını attığı anda, bu adamı çok sevdiğinden başka hiçbir şeyin bir önemi ve anlamı olmadığını düşünüyordu. Keskin bir bilinçle biliyordu. Gezegenin yüzeyine attığı o ilk adımla, yaşamını yitireceğini, bir anda yok oluvereceğini bile bilse, o adımı hiç çekinmeden atabileceğini, yüreğinin bugüne kadar hiç inmediği derinliklerinden yükselen bir ses kadar biliyordu. Bu masalın sonuna kadar gitmeye kararlıydı.

Nihayet Votoroqxqua'da, bir havaalanı olarak düşünülebilecek, zemini camsı bir köpüğü andıran, tuhaf bir maddeden yapılmış gibi duran geniş bir düzlüğe indiklerinde ve karşılarında ürkütücü bir görkemle duran dev bir cam balona yöneldiklerinde, alandaki dev ışıkların ardına alarak sakladığı karanlıkların içinden birdenbire ortaya çıkarak patlayan flaşlar, gazeteciler ve bir anda çevresini kuşatan insan kalabalığı, Alice'i çok şaşırttı. Bu bilinmedik gezegenden kendince beklediği sürpriz, hiç de böyle bir sürpriz değildi kuşkusuz. Buradaki karşılanmasının, dünyada turneye çıktığı herhangi bir başkentteki karşılanmasından bir farkı olmadığını hayretle gördü. Hem alışkanlığın kolaycılığında duyulan tanıdık bir zafer duygusunu, hem de hayal gücünün örselendiği bir burukluğu aynı anda duydu. Adını bile doğru dürüst söyleyemediği, hakkında hiçbir şey bilmediği bu yabancı gezegene ait ilk gördüğü şeyin, bu kadar tanıdığı, bu kadar bildiği, artık biraz da bıktığı bir "manzara" olması tadını kaçırdı. Böyle olmaması gerekirdi, diye geçirdi içinden. Hayal kırıklığı bundandı. Binlerce kez yinelenmiş, tekdüzeleşmiş; hanidir alıştığı, kanıksadığı, bıktığı, bütün işleyişini ve kurgusunu çok iyi bildiği, kendisi için hiçbir fazladan heyecanı ve yeniliği kalmamış sıradan görüntülerdi bunlar. Her gittiği yerde zaten yıllardır böyle karşılanıyordu. Nankörlük etmemesi gerektiğini düşündü gene de, ne de olsa burası, bir Japonya değildi elbet, bambaşka bir gezegendi; bu hayran kalabalığının onun için farklı bir anlamı olmalıydı. Huysuzluk etmenin, kapris yapmanın ne yeriydi, ne sırası! Uzayın derinliklerinde bambaşka bir gezegende bunca hayran toplamış bir sanatçı olmak, herkesin başaracağı bir şey değildi. Bunun keyfini yaşamalı, tadını çıkarmalıydı. Görüntünün "tanıdıklığı", bulunduğu uzay parçasını unutturmuştu ona, hatırlayınca gerçekten heyecanlandı. Burası ne Paris'ti, ne Frankfurt, ne Londra, ne Viyana, ne Roma. Burası Votoroqxua gezegeniydi. Birdenbire gezegenin adını söyleyebildiğine sevindi. O kadar da zor değilmiş demek, diye geçirdi içinden, şimdi de robot kızın adını hatırlamaya çalışıyordu.

Anlaşılan, bütün havaalanı hayranları tarafından kuşatılmıştı, kim bilir ne zamandır bekliyorlardı onu, polislerin oluşturduğu etten duvarların ardında barikatları aşmak için çırpınan, çığlıklar atan, bağıran, çağıran, ellerindeki Alice Star posterlerini ve çeşitli yazılar yazılmış pankartları sallayarak hep bir ağızdan onun şarkılarını haykıran binlerce kişi vardı. Bütün alan, güvenlik görevlilerinin bir zincir gibi birbirlerine sımsıkı kenetlenmesiyle oluşturdukları, geçit vermeyen etten bir duvarla kuşatılmıştı. Korumanın sağlamlığına ve tekniğine hayranlık duymadan edemedi Alice. Bu gördükleri karşısında tuhaf bir ikileme düştü: Hem derin bir güven duydu her şeye karşı, hem de derin bir yalnızlık ve terk edilmişlik... Havaalanının bir kenarında duran dev bir ekrandan LA'daki bu geceki konser yayımlanıyordu. Kaçırılmadan önce söylediği son şarkının görüntüleriydi bunlar, nitekim az sonra beliren uçandaire ve ardından Alice'in göğe yükselmesi de göründü ekranda, belli ki Alice'e bir karşılama olarak düşünülmüştü bu numara. Adam'ın kolları arasında iki yanındaki kalabalığı yararak yürürken, bir yandan da gözucuyla kaçırılışını seyrediyordu. Göğe yükselirkenki yüzündeki o alık ifade, sinirine dokundu. Yüzünün hiçbir zaman böyle bir ifadesi olmamıştı onun. Bön bön gülümseyip duruyordu o ışık demetinin içinde. Eddie d'Ascanto olsa, bu sahneleri hemen makaslatırdı tabii... Böyle zamanlarda Eddie'yi aramasın da ne yapsındı peki? Hoş, böyle anlar olmasa, Eddie'nin varlığını hatırlamak isteyeceği kuşku götürürdü ya... Yıllardır yaşadığı her anı, didikleyici bakışlarıyla gözden geçirmiş ve her seferinde onaylamaz bir ifadeyle yüz buruşturup durmuştu o Allahın belası!

Bu arada asıl dikkatini çeken şey, çevresindeki hemen her şeyin 1940'lar Amerikası gibi olmasıydı; adamlar, kadınlar, giysiler, şapkalar, fotoğrafçıların kullandıkları flaşlı makineler, ayakkabılar; 1940'lardaki bir Hollywood setinden hiçbir farkı yoktu gördüklerinin. Bu gelişkin uygarlığın, bu ileri gezegenin, dünya Amerikasının 1940'larında kalmış olmasının nasıl bir anlamı ve açıklaması vardı acaba? Ciddi ve derin bir kuşkuya kapıldı Alice; içinde bir an yeniden, Hollywood stüdyoları yapımı aşağılık bir numarayla karşı karşıya olduğu kuşkusu uyandı. Hele dünyayı bunca izleyen, seyreden, her şeyini bilen bir gezegen nasıl oluyor da hâlâ, 1940'lar gibi giyinip kuşanıp davranabiliyordu? Adam'ın pantolon paçasındaki dubleler, pantolon askıları, blazer ceketinin kesimi, gömlek yakası, kol düğmeleri, şimdi gözlerinin önünde bambaşka bir anlam kazanmıştı; nostaljik bir modanın çizgilerini taşıdıklarından ötürü değil, düpedüz o dönem giysileri oldukları için öyleydiler demek. Kendini bir an için, daha ileri bir uygarlığa ait bir gezegene gelmiş gibi değil de, zaman içinde geçmişe ışınlanmış gibi hissetti. Adam'la baş başa kalır kalmaz bu konuyu konuşmalı, kuşkularını gidermeliydi. Bütün bunlar, o eğlensin diye yapılmış olamazdı herhalde. Bunca masraf, bunca dekor, bunca kostüm, bunca rüküş aksesuar, bu kalabalık figüran kadrosu, sırf Alice'in 1940'lar merakına bir şirinlik olsun diye hazırlanmış bir gösteri olamazdı herhalde! Bütün gezegen bu kadar çılgın olamazdı! Ya da olabilir miydi? Belki şimdi ona, pahalı ya da gereksiz görünen şakalar, onlar için yalnızca masum birer küçük eğlenceydi. Nasıl ki, dünyada da zenginlikten gözü dönmüş, nasıl eğleneceğini bilemeyen, en olmadık eğlenceler için havaya milyonlarca dolar savurup saçan, çılgınlık doyumsuzu bir sürü kaçık zengin varsa, pekâlâ burada da olabilirdi. Belki de, burada herkes çok zengindi. Acaba herkes, Adam gibi biraz çılgın mıydı? Bu gezegende bunca güzel kız dururken, sen tut, milyonlarca ışık hızı uzaklıktaki bir gezegenden kız kaçırıp getir! Bu olay, kendi gururunu okşuyordu elbet, ama gene de olacak iş değildi tabii. Herkes biraz Adam gibiyse ne yapardı? Birdenbire bu gezegen, ilk defa olmak üzere, biraz güvensiz bir yer olarak göründü gözüne.

O cam balona doğru ilerliyorlar. Çevrelerini kuşatan kalabalıkta birtakım adamlar eğilmiş, ancak özel ve gizli bir şeyler söylendiğinde takınılan kaygılı yüzlerle Adam'a bir şeyler söylüyorlar, Adam'ın yüzünden de kaygılı bir ifade geçiyor, o da onlara bir şeyler söylüyor. Konuştuklarını anlamamakla birlikte pek hoş bir şey konuşmadıkları kesin. Hatta Adam biraz sinirli gibi. Alice, Adam'ın ekranda yaptığı konuşmayı hatırlayarak kaygılanıyor. Kendini kaçırdığı için, emirlere karşı geldiği için, gezegenleri zor durumda bıraktığı için, Adam'ın gözaltına alınacağını, hatta belki tutuklanacağını düşünüyor. Bu gezegende yapayalnız kalmak, Adam'sız kalmak düşüncesi ürpertiyor onu. Adımları birbirine dolaşıyor. Adam, önemli bir şey yok, dercesine hafifçe kollarını sıkıyor Alice'in. Alice hafifçe gülümsemeye çalışıyor.

Cam balona iyice yaklaştıklarında, birtakım adamlar hemen öne geçiyorlar, girişte bazı kabinler var, kendi ekseni etrafında dönen kapılarla birbirlerine bağlanıyor bu kabinler. Kapılardan geçiyorlar, ileriye değil de yanlamasına, böylelikle yalnızca birinden değil, bütün kabinlerden birden geçerek girilmiş oluyor cam balona. En son kabin, zemini pullarla kaplı gibi duran, tuhaf parıltılarla ışıldayan, granit dokulu, kumlu bir zemine çıkartıyor onları. Beşgen bir oda burası. Sisli, tozanlı çok uçuk bir pembe rengi hâkim. Dört duvarı küf yeşili likenlerle ve gözeneklerle kaplı, çok hızlı hareket eden bir ışık bütün gözenekleri sırayla ve büyük bir hızla geziyor. Belli gözeneklere geldiğinde küçük bir sesle bipliyor ve aynı hızla devam ediyor. Gene öne geçen birileri, bu kez de beşgen odanın beşinci duvarını boydan boya kaplayan akordeon benzeri bir körüğe girmesi için yol veriyorlar Alice'e, hep birlikte körüğün içinden geçiyorlar. Bir canlı gibi soluk alıp veren körüğün morötesi benzeri ışınlarla aydınlanan havası, sanki içlerini okuyor. Alice, lunaparkta korku tünelinden geçer gibi hissediyor kendini. Acaba şimdi ne çıkacak? acaba şimdi ne olacak? Korktuğunda söylediği bir çocuk şarkısı geçiyor içinden. Körükten çıktıklarında çeşitli koridorları birbirine bağlayan dev tüpler çıkıyor karşılarına. Bu kez de o tüplerin içinden geçiyorlar. İrili ufaklı o şeffaf tüpler yeraltına giriyor, yerüstüne çıkıyor; bazılarının içlerinde, belli ki bir yerden bir yere taşınan, içleri tuhaf birtakım maddelerle, sıkıştırılmış gazlarla, rengârenk sıvılarla dolu daha ince, daha küçük tüpler var. Belli ki, her yeri bir ağ gibi sarıyor bu tüpler.

Hızla çıktıkları açıklık alanda, ansızın kimi küçük vagonlar ve raylar beliriyor; raylar, üzerinden vagonlar gelip geçen sabit bir unsur olarak değil de, vagonla birlikte aynı anda ortaya çıkan, ama vagonun bir uzantısı da olmayan, vagonun belirmesiyle birlikte zeminde ansızın beliren ve vagonun üzerinde ilerlemesiyle süreklilik kazanan, vagon geçip gittikten sonraysa yeniden zemine gömülerek kaybolan, hareketli bir unsur olarak görünüyor. İki kişilik, üç kişilik, dört kişilik ve daha büyük kalabalıklar için çok çeşitli renklerde, çok çeşitli boylarda ve biçimlerde vagonlar var; ortak özellikleri çok sevimli olmaları, çok eğlenceli görünmeleri, varlıklarıyla o soğuk cam balonun içini ısıtıvermeleri; aynı anda yolları birbirleriyle hiç kesişmeden, hiç çarpışmadan fakat çok büyük bir hızla vızır vızır gidip geliyorlar.

Birdenbire, bu gezegende trafik sorununun tamamıyla çözülmüş olduğunu fark eden Alice'in, biraz olsun morali düzeliyor. Yoksa, onca yolu 1940'ların Amerikasında yaşamak için tepip gelmiş olacaktı ki; bunun hiç de hoş bir şey olmadığını sanırım herkes kabul eder. Hayranlıkla keşfettiği, ona ikinci büyük şaşkınlığını yaşatan şeyse, kimi vagonların renkleriyle ilgili... Bazı vagonların renklerinin dünyada hiç var olmamış renkler olduğunu görerek çok heyecanlanıyor. Doğada olmayan renkler bunlar. Yıllar sonra gözleri açılan bir kör, renklerle karşılaştığında ne düşünürse, Alice de, gözlerinin ilk kez görmüş olduğu bu yepyeni renkler karşısında hayranlık dolu, büyüleyici bir şaşkınlığa kapılıyor. O renklerde çeşiti bereler, şapkalar, tişörtler, büstiyerler, jartiyerler, ceketler, çantalar, çoraplar, çizmeler, tişörtler düşünüyor hemen. Birdenbire kendini onların içinde görüyor; yürürken, şarkı söylerken, poz verirken; mutlu oluyor. Tam da ona yakışacak bir yenilik: Dünyada keşfedilmemiş renkler içinde olmak! Ne büyük sükse! Bu elbiseyi nereden aldın? Bu montu nereden buldun? Bu modeli kim çizdi? Bu eteği kime diktirdin? Bu çizmeleri nereden getirdin? gibi kötü niyetli ve amaçlı soruların yanında, Bu rengi nereden buldun? sorusunun yanıtının hiç kimse tarafından verilemeyeceğini bilmenin mutlak egemenliği! Ne büyük zevk! Ne baş döndürücü yenilik!

Neyse ki, cam balonun içinin, Alice'in, daha ileri bir uygarlık ve teknoloji beklentilerini karşılayan, hiçbirini anlamadığı için kendinde güven uyandıran şu laboratuvar görüntüsünün, 1940 Amerikasıyla hiç ilgisi olmayışı iyiye işaret, ama şu giysiler, şu şapkalar ve bütün şu rüküşlük ne olacak? Koca gezegen, bir tek moda alanında geri kalmış olamaz ya...

Adam, Alice'in her şeye masum bir hayretle bakan şaşkın bakışlarındaki çocukça teslimiyeti gözucuyla süzüyor. Adam'ın bakışlarında derin bir sevgi, sevecenlik ve kollama duygusu var.

Bulundukları bu cam balon, varoşlarda özel bir bölge gibi, ya da büyük, modern, gelişkin, çok amaçlı bir alışveriş merkezi... Belki de buranın, havaalanının alışveriş merkezidir. Tüpler şimdi geçmekte oldukları yerde de, çeşitli boylara bölünerek çoğalıyor, yeraltına giriyor, yeryüzüne çıkıyor. Ağdan bir doku oluşturuyor. Sanki yürümüyorlar da, üzerinde durdukları zemin onları bir yere taşıyor. Hem de hiçbir denge sorunu yaratmaksızın, herhangi bir sarsıntıya yol açmaksızın, herhangi bir hareketlerini engellemeksizin.

Az sonra, bir yerde durduklarını hissetti Alice, önlerinde bir kapı açıldı; bir çeşit asansör onları, her yandan içi görünen tuhaf bir aracın içine bıraktı. Ve ansızın yeniden yükseldiler.

Neydi bütün bunlar? dedi Alice.

Olağan güvenlik önlemleri, sağlık denetiminden geçtik bu arada. Gezegenler arası herhangi bir yolculuk sırasında bulaşabilecek olası bütün virüslere karşı bağışıklık sistemimiz yeniden onarıldı. Çok özel gazlarla özel duşlardan geçtik, fark etmedin bile. İndiğimiz alan, çok steril bir karantinadır. Yalnızca bilinen canlı türlerinin değil, bilgisayarlarımızın hesaplama yöntemleriyle varlıklarını tasarlayabildiği olası canlıların bile taşıyabilecekleri virüslere karşı bir dizi önleme sahiptir. Aslına bakacak olursan, bizim gezegenimiz bütünüyle bir karantinadır. Tam bir sağlık paranoyası içindedir. Sırf bu paranoyaları yüzünden, birçok hastalığı tamamen ortadan kaldırmayı başardılar. Böyle giderse yarım yüzyıl içinde ölümsüzlüğü bile elde edecekler. Bak, şimdi kente giriyoruz. Önce bir duş yapmak istersin, diye düşündüm. Sonra da istersen gece bir yerlere çıkar, bir şeyler yeriz, ya da bu ilk geceyi evimizde geçiririz.

Evimiz? İlk çoğul sözcük, üstelik ev için? Yüreğini heyecanlandıran bu ortaklık, aynı zamanda uzayın hiç bilmediği bir derinliğinde, nasıl bir yer olduğunu bilmediği bir gezegende, evimiz diyebileceği bir yer için güçlü bir mizah uzaklığı da taşıyordu. Bu sözden sonra konuşmadılar ama, birbirlerine gülümsediler. Birbirlerini anlıyorlardı. Alice, Adam'ın kendi için söylediği sözü, o da Adam için aynen yineleyebilirdi: Lirik ve şakacı.

Alice Star'ın tuhaf bir gerçeklik duygusu vardı. Zamanında, özellikle de çocukluğunda, çok yoksulluk ve sıkıntı çektikten sonra paraya, üne ve toplumsal bir statüye kavuşan insanlarda görülen türden katı bir gerçeklik duygusuydu bu. Çok erken yaşlarda, daha çocuk bile olmadan, hayatın kaskatı gerçekleriyle oyunsuz ve şakasız bir biçimde yüz yüze gelmiş insanlarda görülen cinsten bir çeşit gerçeklik duygusu... Kendine pek itiraf edemiyordu ama, onun, bu yanını anasından, Köpek Kathy'den aldığı söylenebilirdi. Eskiden annesinde kızdığı birçok şeyin, şimdi zaman zaman kendinde de ortaya çıkmasından ötürü, sahici bir mutsuzluk duyuyordu Alice. Kendini kaç kez tam da annesi gibi davranırken yakalamış, bunun üzerine kendine ağır cezalar vermiş, baş edemeyince de görmezden gelmeye başlamıştı. Birçok ana-kız arasında görülen, huy ve karakterin bu sessiz devir teslim töreni, yazgının işleyişi gereği, kendiliğinden gerçekleşiveriyordu işte. Demek ki, Alice de zamanla, Asi Kız'lıktan, hesaplarını doğru yapan, sağlamcı Amerikan kadınlığına yatay geçiş yapmıştı. İşin kötüsü, bunu kendine bile çaktırmadan yapmıştı. Bu yüzden de, kendini kandırmakta başarısız, ya da kendine yalan söylemek konusunda beceriksiz olduğu kimi durumlarda, kendini gafil avladığı oluyor, böyle olunca da, tabii iyi olmuyor, ne de olsa kendi gözündeki "imajı" sarsılıyordu. Kendi kendine özeleştiriler yaptığı kimi "vicdan muhasebesi seanslarında", annesine benzemek konusundaki bütün bu değişimden, genlerini değil, kazandığı parayı sorumlu tutardı. Belki de, Ahlakımı para bozdu benim, derdi. Ben, serseriyken böyle değildim. Eddie d'Ascanto ise, böyle kritik zamanlar için çok kullanışlı olduğuna inandığı pratik cümlelerle yanıtlardı onu: Para başlı başına bir ahlaktır. Sonra da gözlerini kısarak, başını manalı manalı sallardı. Tartışacak değildi. Hele Eddie d'Ascanto'yla! Öyle ya da böyle, sonunda sevmediği o insanlardan biri olup çıkmıştı işte.

Ayakları yere sağlam basardı bu tür insanların. Doğru zamanlarda şemsiye ve eldiven taşır, gözlükleriniyse hiç kaybetmezlerdi. Yanlışlıkla başkalarının anahtarlarını almazlardı. Zor zamanlar için kenarda hep biraz paraları olurdu. Hesap pusulalarındaki "ufak bir yanlışlık" ilk onların gözüne çarpardı. Gündelik, tek gerçeklikti. Gündelik gerçekliğe bunca teslim oluş, beklenmediğin sürprizlerinden, hayal gücünün kalkışacağı riskli oyunlardan korurdu onları. Çok sağlamcı olurlardı. Bütün olasılıklarını hesaplayamadıkları hiçbir işe kalkışmazlardı.

Sırf bu yüzden, tuhaf bir biçimde çoğu kez, Alice'i, hayal gücü kıtlığıyla suçlardı sinemacılar. Anlatılan bir öykü, okuması için verilen bir senaryo hakkında, Hiç de gerçekçi değil, derdi sık sık... Gündelik hayatta da çok kullandığı bir sözdü bu: Gerçekçi değil. Gerçek değil! Şimdiyse bütün bu olup bitenler karşısında hiçbir geçerliliği kalmamıştı söylediklerinin. Gerçek ve gerçeklik ondan öcünü fazlasıyla almıştı. Kaçırılması da, âşık olması da... ve başına gelen bütün bu garip olaylar da, sonuçta gerçekliğin zaferi değil de neydi? Al sana, işte şimdi her şey çok gerçekçiydi!

Ne yaparsın, uzayın bu noktasından da gerçek böyle görünüyordu işte! Kendini, dünyadayken birçok kez, birçok insana, birçok senariste, birçok projeye haksızlık yapmış hissediyordu şu anda. Bazı senaryoları, bu yüzden geri çevirmişti. Gerekçesi birçoğunda hemen hemen hep aynıydı: Hiç gerçekçi değil, hayatta böyle şeyler olmaz! Sen hiç böyle bir kadın gördün mü? Hangi kadın böyle yapar?

Bak Alice, diyordu kimi senaristler, Sen kendini bütün bir kadınlık mı sanıyorsun? Kadınlığın da bin türlü hali var. Olsun, diyordu. Ben öyle olmayabilirim ama, bugüne kadar böyle bir kadın tanımadım da, görmedim de... Akan sular duruyordu tabii... Gene böyle bir gün, Alice'in gerçeklik ve gerçekçilik tartışmalarıyla burnundan getirdiği yönetmenlerden biri, hangi kadının ne yapıp ne yapmayacağı konusunda ucu bucağı kaybedilmiş bir tartışmada, Alice'den artık ümidini iyice kestiği bir anda sinirlenerek: Bak Alice, demişti. Sorun ne biliyor musun? Senin tanıdığını, bildiğini söylediğin kadınlar var ya, işte onlar, seyirciye hiç cazip gelmiyorlar. O kadar yalınkat, tekdüze, hesapçı ve sıkıcılar ki, anladığım kadarıyla sadece seyircilere değil, erkeklere de cazip gelmiyorlar. Üstelik bir Alice Star olmadıkları için pek bir şansları da yok ne yazık ki... O tanıdığın kadınlara söyle, öyle yapmasınlar. Seyirciler, gerçeklerle değil hayallerle ilgileniyor, niye anlamamakta ısrar ediyorsun? Bizim işimiz bu! İnsanları, gündelik gerçeklerin kapanına kıstırmak değil, onlara hayal kurdurmak!

Kolaylıkla tahmin edilebileceği gibi, Alice, o yönetmenle bir daha hiç çalışmadı. Gerçeklikle ilgili bu derin takıntısı, kendine mi, dünyaya mı yönelik bir güvensizlikti, bilinmez ama, "serseriliğin şiiri" diye tutturup her şeyini cömertçe savurduğu ilkgençlik yıllarında olmasa bile, sonrasındaki uzun yıllarda Alice'i böyle duygular yönetiyordu işte. Hayatta burnunun sürtüldüğü yerler, hayallerini de aşındırmış olsa gerekti.

Aynı gerçeklik duygusu nedeniyle, film setlerinde, yönetmenlere en çok sorun çıkaran yanı buydu; kendi rolünün içinde çok fazla kilitli kalamıyor, yaşama duyduğu o derin güvensizlik, onu yeniden rolünün dışına, kendi varlığının içine çekiyor, canlandırdığı rol kişiliğinden çıkıp panik halinde yeniden Alice Star oluyordu. Hangi filmde, hangi karakteri canlandırırsa canlandırsın, oyununun bir anında, kendine dönerek yeniden kendisi oluyor; başka biri olmak üzere çıktığı o filmsel yolculukta, uzun süre bir başkası olarak kalamıyordu. Canlandırdığı rol kişiliğinin ruhu ve serüveni içinde kaybolup gideceğini ve belki de bir daha hiç geri dönemeyeceğini düşünüyor, belki de bundan korkuyordu. Bir daha hiç geri dönememekten. Artık bir başkası olmaktan. Alice Star'ın filmlerinin, bu yüzden çekim süreleri hep uzun olmuş ve her defasında yüz binlerce metre film harcanmıştır. Herkesin çok beğendiği oyunculuğundaki o oyun sürekliliğini ve rol bütünlüğünü alabilmek için, yapım görevlileri, tırnaklarını kemirip, saçlarını başlarını yolarken yüz binlerce metre film harcanmıştır. Alice Star'ı sevmeyenlerin, Onun için harcanan filmlerle, rahatlıkla birkaç Hollywood filmi daha çekilebilir, demesi boşuna değildir. Uzun süre rolünün içinde kilitli kalamaması, bir can simidine tutunur gibi her seferinde yeniden hayata tutunarak, sudan çıkar gibi rolünün içinden çıkarak kendi kimliğine dönmesi, yönetmenleri de, yapımcıları da, rol arkadaşlarını da hep yormuş, üzmüş, bıktırmıştır. Son zamanlarda Alice Star'ın karşısında oynayacak adam bulmak, biraz da bundan ötürü iyice zorlaşmıştır. Bütün bu gereksiz tekrarlar ve yeniden çekimler sırasında, kendi yetkinleşirken, karşısındaki oyuncular inişe geçerek çaptan ve formdan düşüyorlardı çünkü.

Şimdiyse bütün çırpınışları karşılıksız kaldığı için, belki de ilk kez kendini rolüne emanet etmeye başlamıştı. Yeni bir Alice rolüne. Bu bir gerçeklik, ben bir başka gezegendeyim ve âşık oldum, bütün bunlarla yaşamaktan başka yapacak hiçbir şey yok, deyip duruyordu kendi kendine... Artık ben buyum ve benim hayatım da bu. Ben bir masalda kayboldum. Ve bu masal uzayda geçiyor.

Cam balondan çıktıktan sonra, bol ışıklı uzun ve geniş yolları, sık sık ayakları yerden kesilen iki kişilik tuhaf bir metalik uçmayan dairenin içinde hızla geçerek, New York'taki gökdelenler benzeri binaların yoğunlukta olduğu bir bölgede, hatta belki de oranın bile en yüksek gökdelenlerinden birinin önünde durdular. Bir fanusa benzeyen girişte, otomatik olarak açılıp kapanan dev cam kapılardan geçerek asansöre bindiler. Gündelik hayatın, Amerika'dakine biraz olsun benziyor oluşu, bir ölçüde içini rahatlattı Alice'in. Hiç olmazsa bu konularda uyum sorunum fazla olmaz, diye içinden geçiriyordu ki, boş bulunup, Kaçıncı kat? diye soracak oldu.

Biraz yukarıda oturuyorum, dedi Adam. Dört yüz dördüncü katta.

Uyum denilen şeyin, o kadar da kolay sağlanmadığını bilmeliydi Alice.

Umarım elektrikler kesilmiyordur, dedi.

Karşılıklı gülümsemekten başka yapacak bir şey yoktu. Onlar da öyle yaptılar.

Adam'ın evinin kapısından içeri adım attığı anda içinde uyanan duygular, dünyada bir daha duymasına artık pek imkân kalmamış tazelikte duygulardı. Çok saftılar, masumdular. Hiç yenilmemiştiler. Bir kez Alice Star olduktan sonra, dünyadaki hiçbir eve böyle giremezdi artık. Bu şansı kalmamıştı orada. Bu gezegendeyse sahiden başka biri olmuştu. Aynı ömür içinde, ona tanınmış ikinci bir kimlik, ikinci bir hayat olanağı gibiydi bu. Her zaman bir başkası olmayı istemişti. Bir başkası... Kendine hiç yetmemişti. Hiçbir zaman... Alice Star olduktan sonra bile, bu kez de bir başkası olmayı istemişti. Aslında bu gezegende bile, bir Alice Star olduğunu, ona şu an için unutturan bu el değmemiş duyarlık, bu yoğun masumiyet, bu yenilenme tutkusu, gücünü nereden alıyordu? Sanki evden son kaçışından sonra hiçbir şey olmamış, hiçbir şey yaşamamış, yüreği hiç çizilmemiş, ruhu hiç hırpalanmamış gibi doğrudan bu eve adım atmıştı. Hayata şimdi başlıyordu. Bu gezegene karşı duyduğu o derin yabancılıktan ötürü olabilirdi bu. Adam'ın kişiliğindeki o bozulmamış saflıktan ötürü olabilirdi bu. Bu gezegenle, aşkın bir tek kendi için yarattığı gezegenin, birbirlerinin çevresinde dönmesinin yarattığı o büyülü çekimden ötürü olabilirdi bu. Ve sanki şimdi, her zaman hayalini kurduğu tam anlamıyla yepyeni, tertemiz bir sayfa açılıyordu hayatında. Sanki bütün hayatı, hayallerine ulaşmasını engelleyen kirli ve karanlık bir geçmişten, tutarsız karalamalardan, boşa gitmiş müsveddelerden ibaretti ve ondan ancak burada ve şimdi kurtulabiliyordu.

Kapının eşiğinde durdu. Kapıya dikkatle bakma ve ona dokunma ihtiyacı hissetti. Bu kapının, herhangi bir kapı olmayıp bütün hayatı için açılan bir kapı, yeni bir hayatın kapısı olduğunu bütün varlığıyla hissediyordu. Bundan böyle varlığının ta derinliklerine yerleşecek ve içinden bir daha hiç çıkmayacak var oluşa ilişkin çok temel bir gerçeğin, bütün benliğine ağır ağır yerleştiğini, kendini yeniden biçimlendirdiğini, aynı Alice'ten bambaşka biri yaptığını düşünüyordu. Bir efsane kapısıydı önünde açılan. Kendi masalına buradan geçerek giriyordu.

Eve küçük bir antre'yle giriliyordu. Bu efsane kapısının ardına dek açılmasıyla birlikte gördüğü manzara doğrusu pek içini açmadı. Dahası şaşırttı: Askılık, şemsiyelik, boy aynası, ayakkabılık, çekecek, rafta üç ayrı renk fötr şapka. Dünyanın herhangi bir ülkesinde, sıradan bir orta sınıf aile evinin "başlangıcıyla" şaşırtıcı, dahası irkiltici bir benzerlik gösteriyordu gördükleri. Salona geçmeleriyle birlikte, şaşkınlığı iyice arttı Alice'in; tam anlamıyla bir 1960'lar dekorasyonuyla karşı karşıyaydı. Sanki bir evi değil de, dekorasyon fuarında 1960'lar pavyonunu geziyordu. Sivri uçlu, cilalı ahşap kolluklarıyla koltuklar, kırmızı vinylexten kanepe, peluş yastıklar, formika büfe, cam biblolar, üzerlerine plastik aksesuarların serpiştirildiği formika sehpalar, bir yığın naylon ıvır zıvır. Duvarlarda feci aplikler ve yaldız çerçeveli yağlıboya tablolar: Açık denizde köpürmüş dalgalarla boğuşan bir sarhoş gemi ile çiçekli böcekli kırların ortasında uzak bir kulübe, bacası dumanlı falan... Salonun ortasında kalakalıyor Alice. Birdenbire, sanki bu gezegen, dünya tarihinin çeşitli dönemlerinden alınmış parçaların yan yana bitiştirilmesinden oluşmuş bir "patchwork" olarak gözüküyor gözüne. Daha da anlaşılmaz olanı, bütün bu birbirini tutmayan parçalardan oluşan bu tuhaf dekorun içinde, Adam'ın her şey çok doğalmış gibi, aynı rahatlık ve kendine güvenle geziyor oluşuydu.

Bu büyük salonun bir duvarının neredeyse tamamını kaplayan, bu özelliğiyle de salona azıcık rasathane havası veren büyük, geniş bir pencere, gökyüzünün uçsuzluğuna bakıyordu. Pencere camının özel bir kalınlığı ve hemen fark edilen tuhaf bir berraklığı vardı. Ne 1960'larda, ne de şimdilerde dünyada böyle bir cam olmadığını bilmek, bir kez daha bir Hollywood şakasına kapıldığı paniğine kapılan Alice'e, yeniden yabancı bir gezegende olduğu duygusunun güvenini verdi.

Adam, Alice'in şaşkınlığını keyifle izliyordu. Alice'i camın önünde gezegenin gecesine bakarken, ensesine kondurduğu bir öpücükle bırakıp içeriye, yatak odasına geçti.

Ben şu eşyalarımı bırakayım, dedi. Rahatına bak, istersen bir içki koy kendine, burası artık senin evin. Alice dönüp gülümsedi ona. Her şey dünyadaki gibiydi. Ve bu adamı çok, ama çok seviyordu.

Kente inanılmaz bir yükseklikten bakıyor şu an. Ev yerine bir uçakta oturmak gibi bir şey bu. Gökyüzüne hiç bu kadar komşu olmamıştı... Pencerenin önünde gökyüzüne dalıyor iyice. Çok yıldızlı bir gökyüzü bu. Dünyanın hiçbir yerinden bu kadar çok yıldız görünmez. Çok parlak, çok inanılmazlar, dünyadan görünenlerden, ya da dünyadan bakıldığındaki görünüşlerinden farklı olarak sanki daha irili ufaklılar. Dünyadan farklı olarak, yalnızca bir ışık olarak değil, aynı zamanda bir hacim olarak da görülüyorlar. Yabancı bir gezegen bu. Yıldızları yabancı bir gökyüzü. Yıldızları yabancı bir gökyüzünün karşısında şaşkın, kederli, hüzünlü, karmakarışık, bilmediği bir geceye bakıp duruyor şimdi Alice. Bu gezegenin ilk olarak gecesiyle tanışıyor. Tuhaf bir ürpertiyle doluyor içi. Bir yere geceyle başlamak duygusu... karanlık serüven... Dalıp gittiği bu yıldızlar her şeyin dışında, sonsuz bir kayıtsızlıkla varlıklarını sürdürüyorlar. Onlardan biri de dünya olmalı. Uzakta, çok uzakta sönük bir nokta, cılız bir göz kırpımı belki de dünya, bu duygu içini burkuyor Alice'in. Şimdi, bütün bu yıldız kalabalığının içinde hangisi olduğu bile belli olmayan, binlerce gezegen arasında yalnızca küçücük bir nokta olan dünyadan seyretmişti burayı. İlk kez aynanın öte yanından kendine, kendi yüzüne bakar gibi. Dünyadayken, pencereden baktığımda, gördüğüm o uzak, o binlerce sönük yıldızdan birindeyim şu an. Gerçeğin yarılması için, aynanın öte yüzüne geçmek gerekiyor belki. Dünyaya göz kırpıyor Alice. Nereden koptuğu belli olmayan bir tek damla gözlerinden süzülüyor elinde olmaksızın. Ne zaman içimde bir dünya bitse bu duyguyu yaşardım, bu o işte, diyor. Tam da bu.

Başını gökyüzünden alıp bu kez de, kentin, bir gökdelenin dört yüz dördüncü katından görünen gece manzarasına dalıyor Alice, en az gökyüzü kadar parlak, bol ışıklı bir kent. Burada nasıl uyuyorlar acaba, diyor, nasıl uyuyabiliyorlar? New York'tan bile ışıklı bu şehirde, ne gece ne karanlık söz konusu olabilirmiş gibi... Alçak gökdelenlerin tepelerindeki havaalanlarına, onlara kalkıp inen çeşitli taşıma araçlarına; bir gökdelenden diğerine hareket eden bir çeşit teleferiği andıran gökyüzü vagonlarına bakakalıyor; tıpkı o cam balonda olduğu gibi, teleferik benzeri o vagonların tutunduğu raylar da onlarla birlikte ortaya çıkıp onlar geçip gittikten sonra ortadan kayboluyor. Gökdelenlerin dışyüzeylerinde de vızır vızır inip çıkan, bol ışıklı asansörler var. Havada da en az yerdeki kadar işlek bir trafik var. Bir yerden bir yere gitmek için, her seferinde dört yüz dört kat inip çıkılmasının gerekmediğini bilmek için rahatlatıyor Alice'in. Besbelli artık içinde yaşayacağı bu gökdelenin tepesinde de bir havaalanı ile birinden diğerine işleyen öyle vagonlar var. Hatta belki de insanlar, günlerce yere inmeye bile gerek duymadan, bir binadan diğerine gezip duruyorlardır. Çocukça bir hayranlık ve heyecanla seyrettiği bu manzaradan sonra, dönüp de salona baktığında, bütün o 1960 mobilyaları yeniden pek zavallı görünüyor gözüne. Bir kez daha aklı almıyor.

Alice'in ilk yorgun gecesinin ardından gezegende geçirdiği ilk gün, onun için büyülü bir deneyimdi. Ama bu büyülü deneyimden önce, Adam'ın bir gemi genişliğindeki yatağında geçirdiği bu gezegendeki ilk gecesinin de başlı başına bir büyülü deneyim olduğunu söylemeden geçmeyelim. "Yorgun gece" sözünün içeriğini dolduran şey, kabul edersiniz ki, yalnızca yol yorgunluğu değildi.

Olağanüstü bir kahvaltıydı yaptıkları. Yatakta kahvaltı! Alice'in en sevdiği şey. Tam bir kahvaltı düşkünü olan Alice'in, Adam'ın yatağa getirdiği dev tepsiyi gördüğünde ilk söylediği:

Beni niye daha önce kaçırmadın? oldu. İyi bir kahvaltı uğruna bütün evreni gezegen gezegen gezebilirim.

Kahvaltı sonrasında, Alice'i bir sürpriz bekliyordu. Koridorun ucundaki gökdelenin dışyüzey asansörüne açılan çıkıştan, gökdelendeki laboratuvar merkezine indiler. Gökdelen dağlarının arasından binlerce cam ve çelikten süzülerek iniyorlardı aşağıya.

Metalik ve steril bir görünüşe sahip bu dev laboratuvardaki hemen her şey, beyaz, gri ve pembeydi. Az sonra kimi robotlar, Alice'i, ses geçirmeyen ve hiçbir ışığın sızmadığı öldürücü karanlıktaki bir yalıtım odasına soktular. Adam da yanındaydı ve elini tutuyordu; hiçbir şey söylemiyor, yalnızca hınzırca gülümsüyordu. Alice, bir kez daha arzın merkezindeki o derin uykuyu anımsadı. Robotlar özen ve dikkatle, kollarına, eline, göğsüne, kafasına, gözkapaklarına, yanaklarına, şakaklarına, burnunun iki yanına tül uçuculuğunda incecik teller yerleştirmeye başladılar. Belli ki bir operasyona hazırlanıyordu Alice. Adam ise inatla hiçbir şey söylemeden gülümsemesini sürdürüyordu. Alice, bu küçük tellerle, titreşimli metalik ipliklerle, adeta bir ağla kaplandıktan sonra, ilkin kulaklarına kulaklık, ardından da gözüne süngersi bir yumuşaklıkta kör karanlığı bir bant takıldı. Adam elini usulca bıraktı. Hiçbir şey görmüyor, işitmiyordu, az sonra yavaş yavaş hissetmemeye de başladı. Yarı uyur, yarı uyanık tuhaf bir noktada, bir geçitte asılı kaldı. Hiç değişmeyen sürekli bir ara durumdu bu. Yavaş yavaş kulaklıktan dökülen sözcüklere, seslere, tınılara bıraktı kendini...

Alice gözlerini tanımadığı bir odada; serin, yumuşak bir yatakta açtı.

Etraf çok güzel çiçek kokuyordu. Adam, kapının yanında duvara yaslanmış, şefkat dolu gözlerle ona bakıyor, belli ki uyanmasını bekliyordu, dudaklarının ucunda hafifçe çarpılmış hınzır bir tebessüm vardı; yüzüne zaman zaman gizli bir kıyıcılığın çekiciliğini katan bir gülümseyişti bu. Ve Alice onun, bu gülümseyişine tek kelimeyle "kuduruyordu".

Nasılsın? dedi Adam. İyi uyudun mu?

İyiyim, dedi Alice. İyi uyudum galiba. Nerdeyim? Burası neresi? Saat kaç? Ne oldu? Ne zaman geldim buraya?

Adam, yüzünde aynı gülümseyişle, bir şey söylemeden ona bakmayı sürdürüyordu.

Alice birdenbire durdu. Ağzı açık kaldı. Ellerini dudaklarına götürdü, inanmaz gözlerle ilkin Adam'a, sonra çevresine baktı.

Konuşuyorum, dedi.

Evet, dedi Adam. Konuşuyorsun. Söylediklerimi de anlıyorsun.

Alice gülmeye başladı. Bilmediğim bir dilde konuşuyorum. Nasıl oldu, nece bu?

Adam, yatağa doğru yaklaşırken: Artık bizim gezegenimizin dilini konuşuyorsun, dedi.

Alice kahkahalarla gülmeye başladı.

Harika bir şey bu! Harika bir şey! Bu kadar çabuk mu? Biliyor musun, hep Japonca öğrenmek istemişimdir.

Açgözlülük etme, dedi Adam. Bazı aksan sorunların olacak, önce onları düzeltmeye bak. İstersen sonra bir gün Japonca da öğrenirsin.

Nasıl oldu bütün bunlar?

Beyninin kullanmadığın kimi dil hücrelerine transfer yoluyla gerçekleştirilen bir teknik bu. İlkin dilin yapısı, kurgusu, işleyiş biçimi yükleniyor. Dilin kendi mantığı, aritmetiği yerleştiriliyor. Sonra sözcükler, kavramlar, terimler. Vurgu ve tonlama için de, dil kaslarını yönlendiren yapay bir bellek kullanım deposu açılıyor. Ama sonuçta dili yaşaman gerekiyor. Kendi deneyimlerinle yerleştirmen. Gündelikte kullanman. Ufak tefek şeyler yani, bunları en kısa zamanda halledersin. En önemlisi, bu dil senin sesinle güzelleşiyor.

Harika bir şey bu Adam! Sana çok teşekkür ederim, çok incesin.

Geceleri pencereden bakıp yıldızlarla konuşan yalnız bir kadın olmanı istemedim.

Gözleri yaşarıyor Alice'in. Sevdiği erkeğin ardından Uzakdoğulara gitmiş hiçbir kadının kendisi kadar şanslı olmadığını düşünüyor.

Adam, evrendeki bütün dillerde "seni seviyorum" nasıl deniyor? diyor Alice, bunun üzerine uzun uzun öpüşüyorlar.

Alice'in Votoroqxqua gezegenindeki bundan sonraki günleri, başlangıçta çok renkli, çok eğlenceli geçti. Tahmin edersiniz ki, yapacak çok iş vardı. Kim olsa her şeyi çok merak eder, her şeyi öğrenmek isterdi elbet; ama buna Alice'in o kedi merakını, çok kolay çeşitlenebilen ilgi oburluğunu ve şaşmaz inadını eklerseniz, işin çok daha içinden çıkılmaz bir hale geleceği tartışılmaz. Üstelik bu kez, başında onu hizaya sokacak bir Eddie d'Ascanto da yoktu.

Alice, o gezegendeki ününe inanmakta hâlâ güçlük çekiyordu. Birkaç televizyon programı yaptı, birkaç basın toplantısı düzenledi, birkaç büyük toplantıya katıldı. Kendini, bir gezegen olarak dünyanın, uzayın diğer uygarlıklarına açılışında çok önemli bir kilit figür olarak görmeye başlamıştı. Gerçi bu konuda, ne uzayla ilgili bir çalışması, ne de şarkıcılığı ile bir başarısı söz konusuydu; düpedüz bir âşığın körlüğüne borçluydu buradaki varlığını. Ama pekâlâ Adam kendine değil de, bir başka şarkıcıya âşık olabilirdi. Ama o, Alice'i seçmişti. Bu da ona, bu hakkı veriyordu işte.

Alice, bu süre içerisinde hem Votoroqxqua, hem dünyayla ilgili olarak birçok şey öğrendi. Öyle ki Adam, Alice'in bu bitmek tükenmek bilmeyen merakları ve yönelimleri karşısında, sık sık ona "bir kavram ve bir olgu olarak zaman"dan ve insan ömrünün sınırlı oluşundan söz etmek gerekliliği duyuyordu. Bu tartışmalar sönmeye yüz tutunca da, bu kez de insan beyninin hacmi, algının sınırları ya da insan kimyası konusunda uyarmak zorunda kalıyordu onu. Tabii bütün bunları büyük bir incelikle yapmaya, her şeye karşın Alice'i kırmamaya özen gösteriyordu. Ama milyarlarca yıllık yıldızların tarihlerini ve başlangıcından itibaren dünyada neler olup bittiğini büyük bir oburlukla ve de bir çırpıda öğrenivermek isteyen Alice'in yıldırıcı sorularını yanıtlamak, ısrarları karşısında direnmek ve onun bu konudaki sonsuz iştahını doyurmak olağanüstü güç bir işti.

Sonunda Adam, bir gezegen olarak dünyaya ilişkin hayli zengin bir arşiv açtı Alice'in gözleri önüne. Yanı sıra bir de anlaşma yaptı: Bu zengin arşivlerde, görmemesi, bilmemesi gereken şeyler mevcuttu, birçok şeyin gezegenler arası gizler kapsamına girdiğini; ayrıca gene birçok şeyin, onun algısının çok çok üstünde bir malzeme barındırdığını, bunlarla ilişkilenmenin kendisi için de ciddi bir tehlike olabileceğini söyledi. Ruh ve akıl sağlığını zorlayan, kimyasını bozabilecek, benliğinin dağılmasına yol açabilecek engin bir genişlikten, algı ötesi bir uçsuzluktan söz ediyordu. Derin araştırmalara dalarak çıktığı böyle bir yolculuktan sağ olarak geri dönemeyebilirdi. İnsan fiziği, bütün gerçeği ve gerçeklikleri henüz algılayamazdı. Adam bütün bunları, Alice'e büyük bir nezaket ve kollama duygusuyla söylemeye çalışsa da, Alice gene de bu sözlere için için alınıyor, köşeye sıkıştığını hissettiği kimi durumlarda, kadınca bir kurnazlıkla çok alınmış görünerek, bir erkekle bir kadın arasında hiçbir şeyin gizli kalmaması gerekir, diye sitemli konuşmalar yapıyordu. Bütün bu numaralar Adam'a sökmüyordu tabii. Ama Alice de başka numara bilmiyordu, n'apsın? Meraklarıyla ilgili bu tür sınırlayıcı engeller ve yasaklarla karşılaşmak, Alice'in hiç hoşuna gitmedi tabii, ama Adam'ın ödün vermez tavrı ve kararlılığı karşısında geri adım atmaktan başka çare de bulamadı. Bazı arşiv kanallarını Alice'in kullanımına kilitledi Adam; bilgisayarlardan kimi dosyaları ayıkladı; bazı türde bilgileri dolaşım dışı tuttu; üst gizlilikte bilgiler barındıran Siyah Kayıt adı verilen kutuyla, Mor Bağlantı giriş kanallarını tıkadı; ancak Alice'in bilmesinde sakınca olmayacağını düşündüğü bazı malzemeleri kullanıma açık bıraktı. Evin bilgi odasında gerek kişisel arşivin, gerekse genel kullanıma açık gezegen merkez üssü arşivinin, gerekse de diğer gezegenlere ait bilgilerin de yüklendiği gezegenler arası ilişkiler arşivinin kanallarına nasıl girip çıkacağını, onlardan yararlanma yollarını gösterdi. Aslında çok yalınlaştırılmış bir düzenekle karşı karşıyaydı. Birkaç komut düğmesi, birçok şeye yetiyordu; hatta çoğu kez bir düğmeye basmak bile gerekmiyor, Alice'in sesine şifrelenmiş uygulayıcılar Alice'in sözlü komutlarını kendiliğinden yerine getiriyorlardı; çapraz ekran taraması, çevrimli ve eşzamanlamalı arayış kılavuzlarının yönlendirilmesi gibi biraz daha teknik konulara girildiğinde zorlandıysa da, bunlara da çabuk alıştı. Büyülenmişti Alice. Tam anlamıyla büyülenmişti.

Ve o günden sonraki günlerini, yani Adam'la sevişmediği zamanlarını, arşiv başında geçirdi. Bütün dünya tarihi neredeyse kare kare Votoroqxqua gezegeninin arşiv kayıtlarında bulunuyordu. Milyonlarca dosya, milyarlarca kart, katrilyonlarca çip, bütün dünya tarihiyle ilgili sonsuz bilgiler barınıyordu bu arşivin içinde. Dünyadaki bilim insanlarının yıllarca büyük zahmetler, emekler, olanaksızlıklar, özveriler ve harcamalarla edinmeye çalıştıkları bilgiler için, yalnızca bazı düğmelere basmak, bazı şifreleri açmak, bazı dosyaları ekrana çağırmak yetiyordu burada. Bir çeşit bilgi edinme sarhoşluğuna kapılmıştı Alice, bütün insanlık tarihini bir çırpıda öğrenivermenin sarhoşluğuydu bu. Elinin altında büyüleyici bir oyuncak vardı. Üstelik bulunduğu gezegenden dünyayı çok daha merak eder olmuştu. Ayrıca bulunduğu bu yerden de, dünya, içinde yaşarken barındırdığı gizden bambaşka bir giz olarak gözükmeye başlamıştı kendisine. Dünya, burada başka türlü bir derinlik kazanmıştı onun için. Bambaşka bir anlam. Amerika'dan göremediği dünyayı buradan görüyordu. Salt burada sahip olduğu bilgi dağarının zenginliği, elinin altındaki imkânların kışkırtıcılığıyla ilgili değildi bu, daha çok bir bakış derinliğine ulaşmakla ilgiliydi. Neredeyse, tanrısal bir koltukta oturuyor ve bütün zamanları bir arada görüyordu. Bütün bir tarihe, istediği zaman girip çıkabiliyor, tarihin bütün dönemlerinde elini kolunu sallaya sallaya gezinebiliyordu.

Alice, birdenbire anladı ki, bütün hayatını, bir iskelet olana kadar bu koltukta, dünya tarihine ait bu belgeselleri seyrederek geçirebilir.

Votoroqxqua'nın dünyadan çok daha genç bir gezegen olduğunu öğrendi Alice. Zaman içinde gidip gelebilen kameralarla çekilmiş ve arşivlenmiş filmler ona dünya tarihinden çeşitli manzaralar gösteriyordu. Örneğin en merak ettiği şey, İsa ile Meryem'di. Onları görmek istiyordu. Adam, bunlara izin vermedi. Ama Kleopatra'yı, Jan Dark'ı, Mısır piramitlerinin inşa edilişini, Kristof Kolomb'un Amerika'yı keşfini, Aztek İmparatoru Montezuma'yı, Saba Melikesi Belkıs'ı seyretti. Neron'un Roma'yı yakışı hayal edildiği kadar görkemli değildi. Kayıp uygarlık Atlantis'e ilişkin soruları cevapsız kaldı. Nuh'un Gemisi'nin nerede olduğu da kesin bir suskunlukla karşılandı. Bu arada yaşamış olduğunu sandığı birçok tarihi kişinin, aslında hiç yaşamamış olduklarını öğrenmek üzdü onu, dünyaya olan bütün güvenini sarstı. Titanik'in batışını seyretmeyi yüreği kaldırmadı. Amerika iç savaşına bakamadı. Antik Yunan'da yamaçlara kurulmuş tiyatrolarda birkaç Sofokles oyunu seyretti. Van Gogh'u resim yaparken izlemek başlı başına bir zevkti. Büyük Ekim Devrimi sırasında Moskova sokaklarını gördü. Sodom ve Gomore, hiç de anlatıldıkları gibi değildi, hatta şimdiyle karşılaştırıldığında pek masum kentlerdi. Napolyon sahiden çok çirkin bir adamdı. Tarih öncesi dinozorların kendilerini gördü, ama nasıl yok olduklarına ilişkin merakı da karşılıksız kaldı. Mona Lisa'nın gerçekte bir erkek olduğunu görmekse, bu konudaki yaygın bir dedikodunun doğrulanmasından öte bir anlam taşımadı onun için. Haklarında eşcinsel oldukları ya da eşcinsel ilişkilerde bulundukları söylentisi yayılmış, bir zamanlar Alice'in de çok beğenerek iç geçirdiği kimi Hollywood ünlüsü erkeklerin mazilerini taradığında, yazıklanarak, dünyanın bu konuda aslında ne kadar az şey bildiğini gördü... Onun için en önemlisiyse, büyük idolü Marilyn Monroe'yu gündelik hayatında görmekti, yani hiç çevirmediği filmlerinde. Kendi hayatının filminde.

Alice bir gün dayanamayıp sordu: Adam, bilebildiğim kadarıyla, sinemanın varlığı, tamamıyla bir göz kusuru üzerine kurulu; hani şu gözün on altı kareyi belirli bir hızla akarken gördüğünde hareket ediyormuş gibi görme yanılsamasına. Siz çok daha ileri bir uygarlık olduğunuza göre, bu göz kusurunu düzeltmeye niye yanaşmadınız?

Yanıtı çok basit, dedi Adam, sinemadan vazgeçemediğimiz için. Unuttun mu, sinema yedinci sanat! Kimin gücü sanatı yok etmeye yeter?

Alice, bu sözlerin herhangi bir sinema yıllığında, sinemanın anlamının ve insanlık için öneminin anlatıldığı bir yazıda, bir epigraf olarak çok güzel, çok hoş durabileceğini, ama bu cevabın kendisini hiç mi hiç kesmediğini düşündü.

Alice'in yüzündeki tatmin olmamış ifade üzerine, Adam konuşmasını sürdürmek zorunda kaldı:

Hem on altı kareyi aynı hızda aktığında bile tek tek ve hareketsiz olarak görmemezi sağlayan merceklere, optik aygıtlara da sahibiz. Onlarla baktığında sinema sanatı ölüyor, hiçbir film yerinden kımıldamıyor. Böyle bir şey olsun ister misin? Gözlerimizdeki rüya tamamen silinsin ister misin?

Sırf sinema aşkı uğruna, gözlerdeki bu sevimli kusuru korumuş olabilirlerdi belki, ama bunun yanı sıra, birçok hastalığın adını bile duymamışlardı. Örneğin o gezegende hiç veba, verem, kolera ve AIDS olmamıştı. Benzer tarihleri farklı süreçlerle yaşadıkları için, olasılık farkları çeşitleniyordu. Adam'ın açıklamalarında sıkça yer alan "Aynılık ve Farklılık" kuramını pek anlayamıyordu doğrusu Alice. Dünyadayken yeterince eğitim almamış olduğuna şimdi çok hayıflanıyordu.

Alice'in en sevdiği kayıtlardan biri, Adam'ın yıllar önce dünyaya yaptığı ilk gezilerle ilgiliydi. Bu filmleri, Adam'ın uzun ve ayrıntılı açıklamaları eşliğinde, onunla birlikte seyretmekten büyük bir zevk duyuyordu. Böylelikle Alice'in hayatına, Harran, Urfa, Türkiye, Kürtler, Türkler gibi sözcükler girdi. Toprak davası, kız kaçırma, kan davası, namus davası gibi kavramlarla, hiç bilmediği töreler ve törenlerle tanıştı. Zaman zaman da Harran'ın eski çağlarına, eski zamanlarına, binlerce yıllık tarihine ait geçmiş filmlerine baktılar. Sonra şimdisine. Adam Eaio'nun, Kürt giysileri içindeki halini çok sevdi Alice. Ona bu yerel giysileri çok yakıştırdı. Çatlamış toprakların üstünde ufka doğru at süren Adam'ı; Aylı gecelerde yıkık kervansarayın duvarlarına yaslanarak uyuyan Adam'ı; Yarısı toprağa gömülmüş harabelerin, günbatımında kızıl toprağa vuran koyu gölgelerinin üstünde, sanki sonsuzluğa gülümsüyormuş gibi dolaşan Adam'ı her seferinde bambaşka biriymiş gibi yeniden ve yeniden sevdi. Dünyanın bu az bilinen ya da hiç bilinmeyen köşesine ait görüntüleri, milyonlarca ışık hızı uzaklıktaki yabancı bir gezegende, bir albüm karıştırır gibi görmek tuhaf bir hüzün verdi Alice'e. Aynı gezegenin içinde bile, birbirine milyonlarca ışık hızı uzaklıkta olan yerler, insanlar ve kaderler olduğunu düşündü. Bir gün Adam'la birlikte oralara gitmeyi kararlaştırdılar. Alice için, Adam'ın çocukluğunu sevmek gibi bir şeydi Harran'daki günleri... Harran, Adam'ın dünyadaki çocukluğuydu ve mutlaka oraya birlikte gitmelilerdi. Aşk, sevdiğiniz kişinin mazisini de ele geçirmenizi ister sizden. "Aşk, birlikte yaşanmamış zamanları da ele geçirmek ister." Bir zamanlar, bir yazarın, sevgilisinin memleketine birlikte yaptıkları geziyi anlatan bir öyküsünde okumuştu böyle bir şeyi. Onu anımsadı. İyi yazılmış öyküler hiçbir zaman kaybolmuyorlar; uzaya dağılıyor ve bir başkasının hatırası olarak kullanılmayı bekliyorlar yalnızca.

Bütün bunlar olurken, Adam, bazı günler kaygılı olmakla birlikte, Alice'e fazla bir şey söylemiyordu. Yargılanacaktı, ama nedense yumuşak davranıyorlardı. Uzay aracı elinden alınmış, görevlerinden uzaklaştırılmış, komuta yetkilerine el konulmuş, zorunlu izne çıkarılmıştı. Yumuşak davranıyorlar, derkenki sesindeki tedirginlikten, bu yumuşak davranışın, pek doğal bir şey olmadığını ve bunun Adam'ı ürkütmüş olduğunu sezdi. Sonrasındaysa Alice'e bir şey yansıtmamaya özen gösterdi Adam. Bir şeyler yolunda gitmiyordu ama, yakında her şey düzelecek, gibi bir havası vardı. Adam'ın bu konuda konuşmaktan rahatsız olduğunu gören Alice de fazla üzerine varmadı onun. Oluruna bıraktı. Katıldığı toplantılar, televizyon programları, sürdürdükleri gündelik hayat sanki her şeyi olağanlaştırmıştı. Durum kabullenilmiş görünüyordu. Adam da sanki zamanla bağışlanacak, hafif bir cezayla atlatacaktı.

Oysa birkaç gün sonra, bir gece Adam eve dönmedi, Alice çok meraklandı. Sesli yazılı her türlü iletişim kaydına ve kanalına girerek arayabileceği yerleri aradı. Hiçbir yerden doyurucu bir yanıt alamadı. Adam'ın çok özel durumlarda kendisine ulaşabilmesi için bıraktığı sinyallerin şifresini denedi, hiçbir şeyden sonuç alamıyordu. Meraktan delirmek üzereydi. Adam, hemen her konuda olduğu gibi bu konuda da çok dikkatliydi. Onu hiç habersiz bırakmazdı.

Alice, merak ve kaygılar içinde kendini odalardan odalara savurup dururken, sabaha karşı, ileri bir saatte, birdenbire robot ZTteSQ bir hayalet gibi belirdi koridorda. Onun böyle evin içinde ansızın bitivermesiyle sinirleri zaten boşalmış olan Alice'in ödü patladı. Canhıraş bir çığlık attı. Gezegene geldiğinden beri hiç görmemişti onu. Bir gece sabaha karşı sessiz sedasız birdenbire koridorda bitivermişti ve şimdi kendisine gülümsüyordu.

Korkmayın, meraklanmayın, diyordu. O göğüsten gelen şefkat dolu yatıştırıcı sesiyle, Merak edecek bir şey yok. Her zamanki gibi yüzü de, sesi de fazladan bir özellik yansıtmıyordu. Yalnız biraz daha hızlı ve hareketli olduğu dikkatini çekti Alice'in. Lütfen sakin olun! Size gereken açıklamalar yapılacak. Alice'e doğru hızla yaklaşmasıyla, herhangi bir şey söylemesine fırsat vermeden iğne yapması bir oldu. İğne yapmak, sizin kimyanıza en uygun yöntem, bu iğneyi tanıyorsunuz, Silvpuoquaxan iğnesi. Hiçbir zarar görmeyeceksiniz, yalnızca sizi yatıştırmam gerekiyor. Alice, hemen kayıtsızlaşmıştı, o kadar ki daha iğne bedeninden kopmadan tamamıyla uyuşmuştu, kendisine iğne yapıldığını görüyor ve hiçbir şey hissetmiyor, hiçbir şey yapamıyordu. Yalnızca sayıklayan gözlerle kendini seyrediyor, kendisine yapılanı kayıtsızca izliyordu. Kendi teni bir başkasınınmış gibiydi şimdi. Direncini, karşı koyma gücünü bütünüyle yitirdi. Hemen iki robot daha geldi koridorun diğer ucundan. Alice'i kucaklayıp, ZTteSQ ile birlikte koridorda ilerlemeye başladılar. Koridorun sonundaki gökdelenin dışyüzey asansörüne bağlantılı çıkışa doğru ilerliyorlardı. Çıkış kapıları kapandığında tam içi geçmek üzereydi ki, içinden bir şey dürttü onu ve insanüstü bir gayretle gözlerini açarak, asansörün sayı göstergesine baktı, eğer aşağı iniliyorsa kalıyor demekti, yukarı çıkılıyorsa gidiyor... Bunu niye böyle düşündüğünü bilmiyordu. Böyle düşünmesini gerektirecek hiçbir bilgiye sahip değildi önceden. Yalnızca bir histi bu. Çok güçlü bir his. Güçlü bir önsezinin, kesinlenmiş bir bilgiden çok daha fazla sonuç verdiği olur. Bu kez de öyle oldu. Gökdelenin üstündeki uçuş pistine çıkmakta olduklarını anladı. Rakamlar yükseliyordu. Gökdelenin tepesine vardıklarında, uçuş pistinde çalışır durumda bir uçandaire onu bekliyordu. Her şeyi anlamıştı, geri götürülüyordu. Adam, Adam, Adam diye sayıklıyordu içinden. Adam nerede? Uyuşturulmuş kanının damarlarında koyulaşarak, ağır ağır da olsa aktığını hissetti bir an. Gerisini görmese de olurdu. Kendini kaybetti.

Gözlerini açtığında gene uçandairenin salonunda ve o ekranın karşısındaydı. Etrafta kimse yoktu. Tehditkâr bir sessizlik hâkimdi havaya bu kez. Ekran açıktı, Votoroqxqua televizyon kanallarından birinin programları yayımlanıyordu. Adam'dan hiç ses yoktu. Neredeydi acaba? Ne olmuştu? Duygusuz bir merakla aklından geçiyordu bunlar. Acı ve kaygıyı, bir duygu olarak değil, daha çok bir bilgi olarak hissediyordu şu an. İçinin sızladığını hissetmiyor, yalnızca içinin sızladığını biliyordu, duyguları ve tepkileri alınmıştı elinden, içine söz geçiremiyordu. Geri dönüyordu ve yanında Adam yoktu.

Az sonra Haberler başladı kanalda. "Votoroqxqua Birleşik Haber Ağı", günün önemli haberlerini veriyordu. İkinci haber kendisiyle ilgiliydi. Alice, iğnenin etkisine karşın duyabileceği en derin şaşkınlığı ve dehşeti yaşadı. Bu akşamüstü Adam Eaio ile Alice Star, büyük bir veda partisi vermişler, gezegendeki arkadaşları ve dostları tarafından büyük bir sevgiyle dünya gezegenine uğurlanmışlardı. Az sonra, görüntüler düşmeye başladı sözlerin üstüne. Partiden şampanya hafifliğinde görüntüler veriyorlardı: Alice ve Adam neşeyle dans ediyor, şakalaşıyor, uzun ayaklı kadehlerle birbirlerinin elinden içki içiyorlardı. İlkin jüpon eteklerini savura savura dans eden Alice, ardından siyah saten eldivenlerini çıkarıp havalara fırlatıyor; gözyaşları içinde verdiği demeçlerde, Votoroqxqua'da geçirdiği mutlu günlerden söz ediyor; ardından sevgilisinin kolunda etrafa gülücükler ve günün anısına imza dağıtıyordu. Son olarak uçandairenin kapısı kapanmadan, kucaklarında veda çiçekleriyle, her ikisi birlikte el sallıyorlardı geride kalanlara... Yeniden görünen sunucu, çiftin dünyada çok kalmayıp, diğer gökada takımlarını gezeceklerinden söz ediyordu.

Alice, çok korktu, hayatı boyunca hiç korkmadığı kadar korktu. Bütün bu görüntüler yalandı. Bu gösterilenlerin hiçbiri olmamıştı. İleri teknikle yapılmış birer bilgisayar yalanıydı hepsi. Ne parti vardı ortada, ne veda... Bilgisayar hileleriyle elde ettikleri sanal görüntülerle, bütün gezegene yalan söylemişler, kendisini de apar topar bir uçandairenin içine tıkıp yola çıkarmışlardı ve ne olacağı meçhuldü. Gezegendeki herkes, bu yalanı seyretmiş ve tabii gerçek sanmıştı. Nasıl olmasın? Bütün görüntülerde kendi yüzü, kendi sesi vardı. Adam vardı. Kayboluşuna ilişkin hiçbir kuşkuya yer bırakmayacak kesinlikte bir çözümdü bu. Ekran yalanı! Elde edilen görüntüler ve elde edilen seslerle söylenen büyük yalanlar! Bu kurguyu, bu görüntüleri seyreden hiç kimse, bunların yalan olduğunu düşünemezdi tabii. Evet, bundan daha iyi bir çözüm olamazdı. Görüntülerle gerçeği örtmüşlerdi. Sahte görüntülerle gerçek gerçeği...

Herkesin gözü önünde dünyadan kaçırılan Alice, gene herkesin gözü önünde bu kez de Votoroqxqua gezegeninden uğurlanmıştı. Ekranlar tanıktı.

Az sonra diğer haberlere geçildiğinde, ekran kendiliğinden karardı; belli ki, seyretmesini istedikleri şeyi seyrettirmişlerdi, fazlasına gerek yoktu. Sönmüş ekranın karşısında öyle dalgın, boşalmış bir süre kalakaldı. Ağlayamayacağını biliyordu. İçini tıkamışlardı. Ama yüzünde giderek derinleşen hüznü bir üçüncü göz gibi görüyordu. Hep o ardındaki kapı açılacak ve o derin gülümseyişle Adam birdenbire ortaya çıkacak sanıyordu; öte yandan, içinde çok güçlü bir duygu, acımasız bir önsezi, bunun asla olmayacağını söylüyordu ona. Bir daha asla! Kimi önseziler, gerçeğin bilgisinden daha kesindirler. Zulüm kadar kesin.

Hâlâ çok sessizdi ortalık. Pencereden dışarı baktığında, hızla ilerlediklerini görüyordu. Adam neredeydi? Şu anda bundan daha çok bilmek isteyeceği hiçbir şey yoktu, hiçbir şey... Bilgi odasında, o arşiv kayıtları arasında geçirdiği saatleri düşündüğünde, yüzüne kederli bir gülümseyiş yayıldı; bazen bir insanın nerede olduğunu ve ne yaptığını bilmek, bütün bir insanlık tarihini bilmekten bile daha önem taşıyabiliyormuş meğer... Dünyanın en önemli sorusu, birinin şu an nerede, nasıl, kimlerle olduğu olabiliyormuş...

Az sonra ekran yavaş yavaş gümüş ışınımlı dalgalar ve sinyallerle renklendi. Bir hazırlık öncesi gibi yatay, dikey, verev çizgiler, diyagonal eğriler geçip durdu ekrandan. Ardından tuhaf bir bulanıklık belirdi. Sis dağılması gibi bir bulanıklık. Bu ekranı tanıyordu Alice, ilk olarak kendi aynası olarak görünmüştü ona, bilincinin içinden geçtiği ayna... Canlanmış belleği... Gözlerini açtığında ilk gördüğü şey... Hem sis hem yüzey olan bir şey... Berrak bir mavilik diyebileceği sıvı bir gaz kımıldıyor ekranda, ardından kalın bulutlara, onların o kesin, koyu beyazlığına dönüşerek, birdenbire üç boyutlu bir hal alıyor. Herhangi bir optik aracın yardımı olmaksızın, iki boyutlu bir ekranı üç boyutlu olarak görüyor Alice. Yükseklik ve genişliğin yanı sıra derinlik de diriliyor görüntüde. Birden uzak, buruk, tekrarlanmaz bir hatıra gibi, Adam'la sinema ve göz kusuru üzerine konuştuklarını anımsıyor. Bunları konuşurken Adam'ın yüzündeki o çocuk saflığındaki ifade geliyor gözlerinin önüne. Bazı anlarda yüzün aldığı bir ifade, sevenin belleğinde sonsuzlaşır, insan o ifadeyi her şeyden çok daha fazla özler. O yüzün sahibiyle günün birinde darıldıktan, ayrıldıktan, hatta ondan nefret ettikten sonra bile, o ifadeyi özler. Bir andır o, ama bütün zamanlara siner. Şimdi onun, o halini ısrarla canlandırmaya çalışıyor gözlerinin önünde. Ekranın, bir an için de olsa, gene bilinçaltını yansıtacağını uman Alice, bir kez daha deniyor, bir kez daha, bir kez daha... Hiç olmazsa ekranda onu, o ifadeyle görebilse, hayır bu kez belleği dirilmiyor ekranda. Döne büküle sürekli biçim değiştiren üç boyutlu bulutsu çizgiler, ilkin sakinleşiyor, ardından çeşitli renklerde noktalarla Alice için daha kolay alımlanabilir bir biçim kazanıyor.

Alice, bu duygular içinde gözleri, ekrana çivilenmiş bakarken, birdenbire ekrandaki bu sıvı gazın, bir görüntü değil, bir varlık olduğunu dehşetle fark ediyor. Birinin varlığı. Bir tür canlı bu. Sürekli devinen, biçim ve renk değiştiren bir canlı. Ne insan, ne robot, bambaşka bir şey. Ekran yardımıyla kendisiyle ilişkiye girmeye çalışıyorlar.

Belli belirsiz seçilecekmiş, bir siluet olarak ortaya çıkacakmış gibi görünen o sıvı gaz kütlesinin biraz olsun durallık kazandığı bir anda, ekranın içinden berrak bir ses, Alice'e sesleniyor:

Alice Star, size son bir açıklama yapmamız gerektiğini biliyoruz. Bilmeniz gereken şeyler var, bu sizin en doğal hakkınız. Söyleyeceklerimiz, sizin algı sınırlarınıza, sizin dilinize, sizin sözcüklerinize göre ayıklanmış, daraltılmıştır. İndirgenmiş bir bilgi halkası bu ama, sizin için yeterli ve temel sorularınızı karşılayıcı nitelikte, bundan bir kuşkunuz olmasın. İlkin sondan başlayalım: Votoroqxqua gezegenindeki zorunlu geziniz artık sona eriyor. Şu anda dünyaya geri gönderilmek üzere yola çıkarılmış bulunuyorsunuz. Geri dönüşünüzle ilgili dünyaya gerekli açıklamalar yapılacak; esenlik içinde indirileceksiniz. Orada sizi karşılayacaklar. Herkes için en iyi çözümün bu olduğunu düşünüyoruz.

Alice, ağzını açmaya çalışıyor, dudakları binlerce ton ağırlığında sanki, ağzını açamıyor ama, aklından geçirip soramadığı soru, ekranda yanıtını buluyor hemen: Adam'ı soruyorsunuz, merak etmeyin, onu da açıklayacağız. Belirli bir sıralama içinde bütün sorularınızın cevabını bulacaksınız, acele etmeden, bizi sükûnetle dinleyin.

Ekranda gördüğünüz şeyin, iç içe geçmiş çeşitli şekiller olmayıp bir varlık olduğunu hissettiniz. Evet, biz çok ileri bir uygarlığa ait varlıklarız. Sizin algı boyutlarınız içinde görünmemiz, sizler tarafından alımlanmamız neredeyse olanaksız. Sizin anladığınız anlamda birer cisim değiliz çünkü. Bizim gezegenimizdeki ben ile biz bile, sizin gezegeninizdeki ben ve bizle aynı kavramlar değil. Ben, sizin anladığınız anlamda bir ben değilim zaten, kendimi ben diye tanımlamam, sizin anlamanız için kolaylaştırılmış bir şifre yalnızca. Sizin anladığınız anlamda ben yoktur, bir bütünün dağılıp toplanan parçaları vardır, değişken genelgeçer parçaları, sürekli dönüşerek kendi var oluşunu yeniler ve sürekli kılar. Zaten hiçbir galakside sizin aynınız, tıpkınız olmaz, olamaz. Bu siz dünyalıların içedönük ve benmerkezci fantezisi yalnızca; evrendeki diğer gezegenleri, kendinizin bir yansıması olarak görmeniz, kör bir kibirden kaynaklanıyor. Bizim bilebildiğimiz, varlığını saptayabildiğimiz ve tanımlayabildiğimiz gökadalar içerisinde sizin bir benzerinize biz rastlamadık ama, Büyük Boşluk Eğrisi ya da Karanlığın Hortumu diye tanımladığımız evrenin bize hem çok uzak, hem çok kapalı noktalarında, katrilyonda bir gibi bir olasılıkla, oluşumunun organik koşulları birebir gerçekleşmiş olduğu varsayıldığında, sizin aynı ve tıpkınız olan canlılar bulunabilir. Ama verdiğimiz şu yüzdeye bakıldığında, bunun ne denli az bir olasılık olduğunu anlarsınız.

Alice gene ağzını açacak gibi oluyor. Yanıtı anında geliyor ekrandan: Yok yok, hemen itiraz etmeyin, Ama Adam? diyorsunuz, ama Votoroqxqua'da gördüğüm insanlar, diyorsunuz; açıklayacağım, bekleyiniz; böyle bir giriş yapmamızın, size bu bilgileri vermemizin nedeni de bu zaten. Öncesinde söylemem gereken şeyler var.

Sizin gezegeninize çok uzağız. Diğer birçok gezegen gibi sizin gezegeninizi de yakından inceleyebilmemiz, olası gelecek kuramları geliştirmemiz, evrim eğrilerini izleyebilmemiz için bir benzerini yaratmamız gerekti. Tıpatıp olmasa da bir benzerini. Bu tür üstün nitelikteki deneysel çalışmalar için, bir çeşit böyle kobay gezegenler yaratıyoruz. İşte Votoroxqxua da bunlardan biri. Adam Eaio'nun üyesi olduğu bu gezegen de, birçok benzeri gibi tamamen bir uydurmadır, bizim gezegenimiz tarafından uydurulmuş bir hayaldir, tam bir sanal gerçeklik örneğidir, ama onlar bu gerçeği bilmiyorlar. Kendilerini gerçek sanıyorlar. Bizim deneylerimizi kendi hayatları sanıyorlar. Ve sizin zamanınızla birkaç yüzyıldır, kendi varlıklarını sanal bir gerçeklik olarak değil, organik bir uzay gerçekliği olarak yaşıyorlar. Dolayısıyla bu gezegeni oluşturan bu canlılar, sizin sandığınız gibi organik insanlar olmayıp organik olmayan varlıklar, androidlerdir. Aslını anlamak için üretilmiş kopyaları yani. Riskle yüklenmiş bu androidlerle çok riskli, tehlikeli deneylere de kalkışılabiliyor. Olağan bir süreçle ölmüyorlar, imha ediliyorlar. Kendileri de belirli bir teknolojiye gelebilecek kadar bir evrim gösterdiler, ama kendi gizlerini ele geçiremediler. Bir süredir, bu konuda bir kuşkunun oluşmaması için üstün çaba gösteriyoruz. Belki de, bu konudaki yoğun dikkatimiz, bizi diğer bazı konularda dikkatsiz kılmış olabilir. Örneğin sizin konunuzda... Bu boyutta bir çılgınlığı biz de tahmin etmedik doğrusu. Bu konuya tekrar döneceğiz. Gördüğünüz gibi, teknolojik olarak çok şey üretebiliyorlar, örneğin, çok gelişkin robotlar yapabiliyorlar, gerektiğinde onlar da robotlarını onarıyor, dönüştürüyor ya da imha edebiliyorlar. Bambaşka bir teknikle robotları çoğaltabiliyorlar ama, kendilerinin de, aslında bizler için birer robot olduklarını bilmiyorlar. Bunun öğrenilmesi halinde, bütün gezegeni imha etmemiz gerekir ki, bunu şimdilik hiç istemiyoruz.

Bir süredir onlara, aşkın kimyası üzerine bir deney uyguluyoruz. Gezegeninizin geçmiş yüzyıllarında ortaya çıkmış çeşitli aşk biçimlerini anlamaya çalışıyoruz; beyin bölmeleri, salgı bezleri, organizmanın duygu enerjisi... İnsan kimyası üzerine geliştirdiğimiz bu deneylerle birlikte ansızın, Votoroqxqua gezegeninde, bizim bile beklemediğimiz bir ölçüde, salgın bir hastalık gibi ortaya çıkmaya başladı aşk. Birçok android deli gibi âşık olmaya başladı. Aşk şarkıları, aşk filmleri, aşk edebiyatı istila etti bütün gezegeni. Dünya kanallarına çok sık girmeye, birçok film izlemeye, birçok şarkı dinlemeye başladılar. Aşk, bizim için yalnızca bir anlama nesnesi, sizin çeşitli duygularınızın fiziksel, kimyasal kaynaklarına ilişkin testler bunlar. Ama bu deneylerde fazla ileri gidildi anladığımız kadarıyla, olaylar bizim denetimimizden çıktı. Bu çılgınlığın en tehlikelisini ise Adam Eaio yaşadı. Tuttu bir dünyalıya âşık oldu, bununla da kalmadı, sizi kaçırdı, üstelik bunu bütün dünyaya karşı büyük bir gösterişle yaptı, henüz aşamasını tamamlamamış dünya ilk kez dışarıdan gelen bir uyarıcıyla, birdenbire uzayın derinliğiyle yüzleşti. Gezegeniniz, uzayın gerçeğine de, bilgisine de sahip değil henüz; bu yüzden deneylerimiz sırasında tahmin edilememiş bir sızıntı, milyarlarca yılda bir görülebilen küçük bir sızıntı sonucu, bizim denetimimiz dışında, aşk uzayın derinliklerine yayılarak yol aldı, oradan da sizin gezegeninize kadar ulaştı. Dünyanın gizli öcü, diyebiliriz belki buna, ondan çalıp denemeye kalkıştığımız aşkın kendisiyle çarptı bizi. Deneylerimizde milyarda bir görülebilen küçük bir dikkatsizlikle, sizin üzülmenize neden olduk belki, ama bu çok küçük bir olasılığın gerçekleşebilmesi yedeğinde, sizin için bir başka umudu da barındırıyor olabilir: Belki de bu tür bir sızıntı sizin gezegeninizin bir tıpkısına da başka bir yerde yol açmış olabilir. Katrilyonda bir de olsa, evrenin uzak bir yerinde sizin gezegeninize benzer ikinci bir gezegen vardır ve orada tam da aradığınız gibi bir Adam Eaio yaşıyor olabilir. Ekran gene sustu. Açıklamalarımdan anlamış olduğunuzu umuyorum: Adam Eaio, bir insan değildi, organik bir canlı da değildi, bir androiddi, ve artık söylemek zorundayım ki, işlediği suçun cezası gereği imha edildi. O artık yok.

Alice ilk kez olmak üzere ağzını açabildi, güçlü olmasa da bir çığlık attı. Gözlerinden ilaç acılığında yaşlar fışkırdı. Yok artık o, yok artık o, yok, yok, diye durmadan söylenip duruyordu içinden. Ekrandaki sessizlik sürdü. Bekledi. Alice'in içindeki ırmak biraz olsun susar gibi olduğunda, Bunu yapmaya mecburduk, dedi ekran.

Alice, bundan sonrasını dinlemese de olurdu artık. Beni de imha edin, diye seslendi içinden, Beni de imha edin, ne olur beni de yok edin! Düşüncelerinin okunduğunu biliyordu artık. Ağzını açmaya çalışmıyordu bile. Sayıklar gibi, Beni de imha edin n'olur! deyip duruyordu.

Buna hakkımız yok, dedi ekran. Siz bir canlısınız, canlı bir varlıksınız, buna hakkımız yok. Hiçbir canlı yok edilemez.

Ama Adam? Adam?

O bir androiddi. Kendi de bilmiyordu bunu, ama öyleydi. Bir vida gibi, bir somun gibi düşünün. O gezegendeki herkesin bir android olduğunu söyledim size, unuttunuz mu? Onlar kendilerine yüklenenleri yaşıyorlar yalnızca. İnsanoğlu örnek alınarak yapılmış canlılar onlar. Bunu bilmiyorlar, anlamıyor musunuz? Bilmemeleri de gerekiyor. Çünkü çalışmalarımız sürüyor.

Herkes bir diğer gücün elinde oyuncak, öyle mi? dedi Alice. Herkes bir diğerinin robotu mu? Ne biçim evren bu?

Ekran gene sustu. Görüntü kendi ekseni etrafında kıvrılıp bükülüp duruyor. Dünyaya gelip giden birinin, bir kimyasal deney sonucunu böyle yaşayabileceğini, biz de hiç tahmin etmemiştik inanın; biz de kendi ölçülerimizde bir şaşkınlık yaşadık. Ama, şimdi kimi çok basit, çok yalın bir şeyi hesaplayamamış olduğumuzu görüyoruz. Bazen geriye dönüp baktığımızda, en basit şeylerin hesap dışı kalabildiklerini görürüz, bütün gelişkinliğimize karşın, bizim için de geçerli bu, evren işte budur: Rastlantı ile Düzenin çatışması. Sizi rahatlatacaksa eğer, buna, sizi pusuda bekleyen kader, diyelim. Keşke Adam Eaio, Votoroqxqua'lı bir android değil de, California'lı bir genç olsaydı Sevgili Alice. Ya da bir dünyalı verebilseydi Adam'ın size verdiklerini. Sizin aşk dediğiniz şeyi kendi gezeninizde bulabilseydiniz keşke.

Yarattığımız androidlerle ve onlara insani duygular, davranışlar, tepkiler yükleyerek bütün bir gezegeni laboratuvar olarak kullandığımızı söyledim az önce, bu projede görevli kendi arkadaşlarımız da, ağır bir biçimde cezalandırıldılar; ceza olarak, varlıklarını bütünlemekten alıkonuldular bir süre, eksik parçalar olarak yaşayacaklar cezaları bitene kadar, kimse onlara bir parçasını vermeyecek, hiçbir bütünlüğe kavuşamayacaklar. Bu bizim için çok önemli bir ceza. Eminim bu da size yabancı geliyordur. Böylelikle onların da, sizinkine benzer bir acı yaşayacaklarını bilmenizi isterim.

Size gelince, sizin duygularınızla oynadık, bunun insan bünyesi için ne ifade ettiğini biliyoruz, hasar gördünüz, varlığınız yara aldı; gerçekten özür dileriz, elimizden daha fazla bir şey gelmiyor, sizi dünyaya, kendi koşullarınıza, kendi yaşamınıza iade ediyoruz. Yalnız son bir sorun var: Zayıf bünyenizin bir ömür boyu kaldıramayacağı kadar uzay gerçeğiyle yüklenmiş durumdasınız. Ayrıca Adam Eaio yüzünden çok acı çektiğinizin de farkındayız. Bundan sonraki yaşamınızın sağlığı için, dünyadan kaçırılışınızdan itibaren bütün yaşadıklarınızı bilincinizden silmeyi öneriyoruz.

Hayır, diyor gene içinden. Hayır. Hayır.

Ekran bir süre susuyor. Bunu size hiç danışmadan yapabilirdik, bir düşünün. Az önce size yapmış olduğum bütün açıklamaların bir nedeni vardı: Bu da sizin bilinç katmanlarınızı rahatlatmak içindi. O katmanlarda kapalı kalmış belirsizlikleri gidererek, bilinçaltınızda daha sonra rahatsızlıklara yol açabilecek tıkanmalara neden olmamak içindi. Eğer size hiçbir açıklama yapmadan bilinç kayıtlarınızı silseydik, kötülük etmiş olurduk size; ki yaşadıklarınıza ilişkin bütün bu ucu açık kalmış bilgiler, belirsizlikler benliğinizin derinliklerine işleyerek, bir kapalı devre oluşturacak, biz bilincinizin kayıtlarını sildikten sonra bile, varlığınız için tehlikeli ve karanlık bir çekim alanı haline gelerek, yaşadığınız sürece sizi huzursuz edecekti. Şimdi bütün bu bilgiler, bir biçimde kendi kendine katlanarak kazandığı açıklamalarla sıfırlandı, ama bu gezegende yaşadıklarınız bir insan için, olağanüstü deneyimler; bu yaşadıklarınızdan sonra, bu bilgilerle dünyada rahat edemezsiniz artık. Üstelik dünyanız bu gezegende bütün yaşamış olduklarınızı, gördüklerinizi bilmek isteyecektir haklı olarak. Sizi sorgulamak isteyeceklerdir. Dünyanın uzay iletişiminde basamak atlayacak noktaya gelmediğini düşünüyor bağlı bulunduğumuz gezegenler birliği; dünya henüz evrimini tamamlamamış durumda. Seçilmemiş bir amaçla gerçekleşmiş bulunan bu karşılaşmayı sonuna kadar götürmek istemiyoruz, dünyanın uzaya bu nedenle ve birdenbire açılmasını istemiyoruz elbet. Size gelince, çok fazla bilgi ve birikimle yüklenmiş bulunuyorsunuz; size, katlanma gücünüzü bir süre için artıracak kimyasal bir işlem uygulandı ama, biliyoruz belleğiniz ve aklınız sapasağlam. Bir süre sonra yaşadıklarınız, size ağır gelerek bünyenizi zehirlemeye başlayabilir. Ruhunuz hastalanabilir. Uzayda yaşadıklarınızı, dünyada taşıyamaz hale gelebilirsiniz. Sizinle milyarlarca yıl sonrasının bir uygarlığından bir varlık olarak ilişkiye girmiş bulunuyoruz, ama evrimsel eğrimiz bizi yan yana getiremez bir daha. Bu yardımı şimdi kabul edin. Sizden olduğu gibi, dünyadan da özür diliyoruz.

Alice, kafasını toparlamaya çalışıyor, düşüncelerini berraklaştırmaya, isteklerini açık bir biçimde ifade etmeye çalışıyor: Hâlâ bir seçme şansım varsa eğer, gezegenlerinize ve uzayda gördüklerime ait bütün bilgileri, bütün öğrendiklerimi, her şeyi, her şeyi silebilirsiniz, ama karşılığında bir tek şey istiyorum sizden, bir tek Adam'ın hatırasını bırakın bana. Bunu almayın benden. Bırakın, Adam bende yaşasın. İnsan bunun için yaşar. Bir tek bunun için, bir büyük aşkın hatırası için.

Ama çok acı çekeceksiniz. Siz rüyalarının gerçekleştiğini gören ender şanslılardan birisiniz. Bunu yitirmiş olmak, varlığınızın katlanamayacağı bir acı yükleyecek size. Bütün hayatınızı bir sanal gerçekliğin hatırası uğruna iptal etmeye kalkışıyorsunuz.

Olsun, razıyım. Hem sanal gerçek dediğiniz nedir ki, Adam sanal olabilir, ama aşk gerçekti, hem o bile sanal olsa ne fark eder? Bütün o mucize güzeli günleri yaşadım ben. Kollarıyla sardı beni, göğsünde uyuttu, aşkın bütün kelimelerini verdi bana. Hayallerimden bir hayat yaptı. Ötesinin bir anlamı yok ki benim için... Adam, ister canlı olsun, ister android, isterse bambaşka bir şey, hiç önemli değil, o benim sevgilimdi ve ben, onun bende yaşamasını istiyorum. Bir tek bunu istiyorum sizden. Adam'ın hatırasını almayın benden. Ben ölüp gittikten sonra Adam da olmayacak ki zaten. Onu hatırlayacak hiç kimse olmayacak ki... Benim zavallı küçük ömrüme sığan bir hayal olacak yalnızca.

Ekran her zamankiden daha uzun susuyor.

Sizi hiç anlamıyoruz diyor, ekran. Gene susuyor.

Adam demek, bu gezegen demek ama, diyor ekran. Adam'ın bütün hatırası bu gezegenle ilgili.

Dilerseniz her şeyi silin, diyor Alice, İsterseniz, dünyadaki belleğimi de silin, bütün yaşamış olduklarımı silin, bir tek Adam'ın hatırasını istiyorum, her şeyi unutmuş ama yalnızca Adam'ı hatırlayan bir yarı deli olarak yaşamaya razıyım ben.

Görüyorsunuz ki, aşkı ve kimyasını anlamak için koskoca bir gezegen yaratmamız boşuna değilmiş, diyor ekran. Sizden milyarlarca yıl ileride bir gezegendeyiz ve sizin bizden isteklerinizi anlamak karşısında aciz kalıyoruz. Bizim için bile büyük sayılabilecek bir güç harcıyoruz sizi anlamak için. Umarım haklısınızdır. Bu arada şunu söyleyeyim, şu anda dünyaya dönüşünüze ait bir açıklama yapılıyor. Şu an herkes dönüşünüzü öğrenmiş bulunuyor.

Alice, dünyaya döndükten sonra bu konuda hiçbir şey konuşamayacağını biliyordu, dili ve belleği alınacaktı elinden, anıları alınacaktı, ne Mısır piramitlerinin nasıl yapıldığını anlatabilecekti, ne de o cam balondaki renkli vagonları... İğneci kadın ZTteSQ' nun taklidini yapamayacaktı kimseye. Mona Lisa'yı herkes gene kadın sanacaktı. Biliyordu, bir süre yoğun bir biçimde herkesin odağı olacak, bıktırıcı, usandırıcı sorularla zehirlenmiş bir hayat yaşayacaktı; bir ermişin, bir yalvacın katlandığı bir çile gibi yaşayacaktı üzerindeki yoğun ilgi ve baskıyı; bunlara katlanabilirdi, işinden ötürü belli bir bağışıklığı vardı zaten. Uzun sorgulamalara tabi tutulacak, durmadan yinelenen hep aynı sorularla karşılaşacaktı, sonunda herkes onun uzayda bilincinin silinmiş olduğuna, hiçbir şey hatırlamadığına karar vererek yakasını bırakacaktı; o da her şeyin sakinleştiği, normale döndüğü, hatta biraz unutulduğu bir zamanda, bir gece yarısı bir uçağa atladığı gibi okyanus geçecek, Türkiye'ye, Harran'a gidecekti. Biliyordu, Votoroqxqua en iyi oradan görünürdü. Adam Eaio'nun çocukluğu, onu, orada bekleyecekti. Dünyadaki çocukluğu. Onun hatıralarının izini sürmeye adayacaktı yaşamının geri kalanını. Ne yaparlarsa yapsınlar, bilincinin derinliklerinden Adam'a ilişkin görüntüleri silemeyeceklerdi. Gidip Harran'a yerleşecekti ve bir daha hiç kimse haber alamayacaktı ondan.

Orada, o gizemli topraklarda, gece yarıları yarısı yıkılmış harabelerde, Adam'la buluşacaktı, fısıldayarak konuşacaklardı ay ışığının aydınlığında, harabelerin herkesten uzak bir köşesinde bir tek onlar konuşacaklardı kimsenin konuşamadıklarını; kimse duymayacaktı ne konuştuklarını, kimse bilmeyecekti; bir tek onlar ve gece olacaktı koskoca yeryüzünde. Bir de kumların ıslığı... Alice ve Adam sürgün edildikleri yeryüzünde, sığındıkları Harran'ın dilsiz varlığında, uykusu uzun o harabelerde, geceleri yıldızları seyrederek el ele uyuyacaklardı. Orada. O harabelerde. Bütün geçmiş aşkların hayaletleriyle birlikte. Bir tek onlar. Çorak toprağa dayadıkları kulaklarında yeryüzü çınlarken deliler gibi sevişeceklerdi. Köylüler, gene o deli Amerikalı kadın geziyor harabelerin orada, diyeceklerdi, gene yıldızlarla konuşuyor.

Dünyanın uzayla ilgili hayalleri Alice ile birlikte sönecekti. Belki yüzyıl sonra, uzaylılar belki başka türlü bir ilişki kuracaklardı dünyayla ama, Alice o zaman artık yaşamıyor olacaktı.

Ekran yeniden hareketlendi. Alice Star şimdi buradan gönderdiğimiz bir ışınım dalgasıyla birlikte bilinç kayıtlarınız silinmeye başlanacak, dedi ekran. Zaman ve mekândan soyutlanmış bir Adam Eaio hayali bırakıyoruz sizde. Onu dilediğiniz gibi yorumlayabilir, yaşayabilirsiniz bundan böyle.

Az sonra Alice, ansızın uyandırıldığında hızla unutulan bir rüyanın içinden geçiyormuşçasına belirsiz uçuculukları ardında bırakarak bir tür ayılmaya doğru ilerledi. İlkin ekran giderek iki boyutlu bir hal almaya başladı; çizgiler gölgelere, biçimler hiçbir şey söylemeyen belirsiz lekelere dönüştü, ardından da tamamıyla söndü. Şimdi boş bir ekrandı yalnızca. Alice onun karşısındaki koltukta, boş bir çuval gibi oturur durumda buldu kendini. Alice'in en yakın zamana ait anımsadığı şey, az önce LA Stadyumu'nda sahnede şarkı söylüyor olduğuydu. Pencereden baktığında masmavi bir portakal gibi gülümseyen dünyayı gördü. Uzaydan çekilmiş fotoğraflarındaki gibiydi dünya.

Alice'in dünyaya döndüğü sıralarda, Alice'in kaçırılışının üzerinden dünya zamanıyla birkaç yıl geçmişti. Ve şimdi dünyaya dönüşünün televizyonlarda açıklanması sönmüş heyecanı yeniden diriltti. Yeniden aynı heyecan dalgası sardı bütün dünyayı.

Texas'ın küçük bir kasabasındaki küçük bir çiftlikte, afacan bir oğlan çocuğu, avazı çıktığı kadar bağırarak, dışarıda odun yaran babasına sesleniyordu:

Baba, baba! Koş gel bak, televizyondaki adam aynı sana benziyor! Sanki senmişsin gibi baba! Sanki senmişsin gibi!

Dünyaya yapılacak ikinci bir açıklamayı, gene Adam Eaio görüntüsüyle yapmayı doğru bulmamışlar, Alice'in anıları içinde bellek kayıtlarına düşen ilk insan görüntüsüyle biraz oynayarak elde ettikleri birine sundurmuşlardı bu haberi. Bu kişi, büyük kentte bütün umutları öğütüldükten sonra yeniden kasabasına dönen ve hayatının geri kalanını bir çiftçi olarak geçirmeye karar veren, o gece yarısı kovboyundan başkası değildi.

Alice'in geri dönüş haberini tezgâhının başındaki televizyondan öğrenen annesi Köpek Kathy'nin ilk sözü, Ben size dememiş miydim, Alice her zaman eve döner, demek oldu.

Köpek Kathy hayatında ilk kez gülümsüyordu.

1985-1995

AYNALI PASTANE

KASADA OTURUYORDU BÜTÜN GÜN. TUŞLARI, TUŞLARIN ÜZERİNdeki rakamları, uzun, biçimli tırnaklarını, tırnaklarının ışıyan cilasını görüyordu en çok. Tuşlara basmaktan tırnaklarının cilasının biraz daha aşındığını görüyordu. Bu, ona ömrünü düşündürüyordu, bir ömrü olduğunu; akıp giden zamanı... İşinin ona sunduğu alabildiğine gündelik, sıradan ve bayağı bu örnekte yaşamına ilişkin bir "metafor" buluyordu. Hayat: Aşınan tırnak cilası... Sen istediğin kadar tuşlara bas dur! Zaman hiçbir şey olmadan geçiyor!

Kasada oturuyordu bütün gün. Bütün dünyayı buradan görüyordu. Bunlarla görüyordu. Ona, dünyayı bunlar sağlıyordu. Geriye dünya kalmıyordu oysa, geriye hiçbir şey kalmıyordu, olsun. Başka bir hayat bilmiyordu. Kasa ona emanetti. Patronların güvenini kazanmıştı. Özellikle para konusunda çok titiz, çok dikkatliydiler; başka şeylere fazla karışmazlardı. Üstelik fazladan herhangi bir şey yapmadan kazanmıştı onların güvenini. Olduğu gibi davranmıştı yalnızca, kendi gibi, her zamanki gibi, kimseyi bir şeye inandırmaya, ikna etmeye çalışmadan. Hayatta da böyleydi. Fazladan gayret göstermeye hiç inanmazdı. Yaşamın akışını hiç zorlamazdı. Her şeyi zamanın akışına bırakmakta kendiliğinden kazanılmış bir ustalığa sahipti. Belki de bu yüzden kazanmıştı güvenlerini. Yaşamda birçok şeyi, belki de bu yüzden yitirdiği gibi...

Kasanın tam karşısına düşen duvar, boydan boya aynaydı. Yaldızlı ayna. Bu yüzden adı Aynalı Pastane'ye çıkmıştı buranın. Herkes pastanenin kendi adını bırakmış, "Aynalı Pastane" demeye başlamıştı. Kimi zaman aynadaki paslı beneklerle uçsuzlaşan kendi derinliğine dalar giderdi. Dudaklarını kıpırdatmadan uzun uzun konuşurdu, kendiyle konuşurdu. Daha çok yeni sevgililer, köşe-bucak kaçamağı yapan çiftler gelirdi pastaneye. Gözlerden ırak masalara, tenha köşelere çekilir, birbirlerinin ağızlarının içine düşerek mırıl mırıl konuşur, cilveleşir, öpüşür, koklaşır giderlerdi. Oturduğu yerden hepsine hikâyeler uydurur, gelecekler kurar, ilişkilerini kendi kafasında yeniden yazardı. Evlensin istediği çiftler olurdu, mutlu olsunlar, ömür boyu hiç ayrılmasınlar istediği çiftler olurdu, kavgalarına tanık olduğu çiftler olurdu, ayrıldıklarına çok üzüldüğü çiftler olurdu, evliliklerinden memlekete zarar geleceğini düşündüğü, her davranışlarına "sinir olduğu" burnubüyük çiftler olurdu. Daha görür görmez uzun sürmeyeceğini anladığı ilişkiler olurdu. Epeydir ortalıkta görünmedikten sonra, bir gün yalnız başına çıkıp gelen birinin, nedense anılarının izini sürdüğünü düşünür, onunla birlikte içlenir, hüzünlenirdi. Kasanın başında ve aşkın merkezinde oturduğunu düşünürdü. Bir eski çağ masalcısı gibi aşklara hikâyeci olduğunu düşünürdü. Sezgilerini ve gözlemlerini önemserdi. Müşterilerle özel ahbaplıklar, yakınlıklar kurmamaya özen gösterirdi. Patronların temel ilkesiydi zaten bu. Her müşteriyi ilk kez görüyormuş gibi yapacaksınız, diyorlardı; öyle yapacaksınız ki, rahat girip çıksın buraya. Kendini hesap vermek mecburiyetinde hissetmesin, diyorlardı. Çoğunun karısı vardır; babası, ağabeyi vardır. Onları tanımadığınızı düşünmelerini sağlayın. İlk defa görüyormuş gibi yapın. Böylece, kaçamakları konusunda içleri rahat eder. Güven duyarlar. Unutma, insanlar kandırılmak ister!

Ama, onun müşterilere karşı gösterdiği bu kayıtsızlık, patronlarının gönlünü hoş etmekten çok, kendi içe kapanışından kaynaklanıyordu. Buraya gelenler, tıpkı film kahramanları gibi, yalnızca maceralarını seyrettiği insanlar olmalı ve öyle kalmalıydılar; onlara ilişkin kimi meraklarını nasıl olsa kendi hayal gücünün tamamladığını düşünüyordu. Herkes onun hayal ettiği kadar kalmalıydı. Onların gerçek hikâyelerini yüklenmek istemiyordu. Onları, kendine ait sözcüklerle konuşturuyor, kendine ait sözcüklerle tanımlıyordu. Onların kendi sözcüklerini, kendi ağızlarından duymak istemiyordu. Burada bir kuyudaydı ve bol yıldızlı bir gökyüzüne bakarak hayal kuruyordu. Düştüğü kuyuyu ancak kendi masalları anlamlandırabilirdi. Çocukken aile albümlerindeki ölmüşlerin resimlerini yan yana koyar, onları konuştururmuş. Şimdiyse, yaşayan, karşısında duran, gözlerinin önündeki bu insanları konuşturuyor; burada, şu pas benekli aynalara vuran masaların soluk yansısında, sihirli hikâyelerden bir dünya kurmayı öğreniyordu. Koca bir dünya. Hep ilk aşkların taze heyecanlarını duyan genç sevgililer değildi gelenler tabii. Her gelişlerinde yanlarındakini değiştiren macera düşkünü hızlı çapkınlar, kart zamparalar, film yıldızlarından çaldıkları pozlara kendini fazla kaptırmış, saçları bolca sürülmüş briyantinden yağlı yağlı parlayan, etrafa kötü kötü sırıtan genç adamlar gelirdi. Sonra para karşılığı çalıştığını düşündüğü kızlar... Bu kızlar başlangıçta daha kötü giysilerle, daha bakımsız bir halde gelir; iğreti oturur, suçlu gözlerle etrafa bakınır, bir fincan çay istemeye bile çekinirler; bir süre sonra, yanlarındaki erkekler değişmeye; üstleri başları toparlanmaya; saçlarının rengi açılmaya başlar; ilk geldiklerindeki çekingenliklerini atarlar üzerlerinden, garsonu başka türlü çağırmaya başlarlar; seslerine bir genişlik gelir, elleri kolları serbestler, hatta yavaş yavaş küstahlaşırlar; kendilerini savunmayı öğrenmişlerdir, giderek yırtıklaşırlar; eğer "mesleklerinde" ilerlemişlerse, yeniden alçakgönüllü ve kibar görünmeyi, etrafa iyi muamele etmeyi, güler yüzlü ve nazik davranmayı, alçak sesle konuşmayı ve kendinden emin olmayı öğrenirler. Artık tehlikeyi aşmış demektir bunlar. Paranın her şeyi satın aldığı güvenli ve vaat edilmiş topraklardadırlar şimdi. Böyle bir çizgisi vardır kaderlerinin. Bir süre sonra ise, artık hiç gelmez olurlar. Kimi daha iyi yerlere yükseldiği, kimi tutunamayıp daha kötü yerlere düştüğü için. Onun için onların hikâyeleri burada biter. Gerisi başka yerdedir, başka tanıklıklar gerektirir. Başka sözler... Kasanın altındaki kendi "şahsi eşyalarını" koyduğu çekmecede her zaman bulundurduğu şömiz ciltli, sayfaları dağılmış sözlükte bundan sonrası için sözcük yoktur. Yalnızca boş sayfalar...

Aliye ise bu kasanın başından hiç kalkmaz. Kasanın ötesini düşünmek de istemez. Kasa, onun için güvenli bir yaşamın sınırıdır. Önünden geçen kurbanlar ve kahramanlar ona değmesin ister. Onun başını beklediği şeyin, rakamlar ve kelimeler olması gerektiğini düşünür. Sırları uçuklamış aynanın pas benekli yüzeyinden hızla gelip geçen görüntülere gömülüp kaybolan hikâyelerin ardına düşmek istemez. Orada bırakır. Hiçbirinin hikâyesinde yol almaz.

Ortaokul sıralarındaki acemi, sarsak kenar mahalle aşklarını saymazsak eğer, kendi sevgilisi olmadı hiç. Ticaret lisesindeyken zaten pek parlak bir öğrenci değildi, kendini genç yaşta bu kasanın başında buldu. Yaşı küçüktü ama, az paraya çalışacak çok güvenli bir kız bulmuştu patronları. Onu hemen işe aldılar. Sanki bütün hayatı bu kasanın başında geçmişti. "Aynalı Pastane"nin aynasından görmüştü bütün dünyayı. O kadarını ise güzel anlatıyordu. Bir masalcı gibi yaşamaya karşı hiçbir yeteneği yokken, sözcükler ve hayallerle kurduğu dünya, ve kurduğu bu dünya içinde birer masal kahramanına dönüşen, gördüğü bütün bu insanlar, onun görünmez varlığında derin derin soluk alıyor, keskin hatlarla çizilmiş capcanlı karakterlere dönüşüyor, kendilerinden habersiz bir ikinci hayat yaşıyorlardı. Bu da Aliye'nin katlanma gücünü artırıyordu.

Epey uzun bir süre böyle sürdü bu.

Ta ki, o, bir gün o kasanın başından kalkmaya karar verene kadar.

Kendi masalını yaşamaya karar verene kadar.

Pastanenin camında ne zaman yüzü bitse ürperirdi. Muhabbet tellalı, demişlerdi onun için, daha kabaca, Pezevenktir, diyenler de olmuştu. Ermeni pezevenk. Bir de komik adı vardı. Adı değil de, daha çok lakabı. Adını gölgeleyen, hatta çoktan unutturmuş olan bir lakap. Böylelerinin gerçek adı öldüklerinde öğrenilir ancak. Cenaze işlemleri yapılırken, gömülürken... Bembeyaz takım elbise giyerdi. Hafif, tiril tiril ketenler. Tavşana benzerdi. Dudakları da tavşan gibiydi. Bir tek burnu beyaz olan, sivri topuklu, siyah mokasen ayakkabılar; köstekli saatini taktığı parlak kırmızı bir yelek; bazen içinden ikinci bir tavşan çıkacağını umduran eski bir şapka; bazen şık bir baston. Yağmurlu havalarda ise bir kara melek şemsiyesi... Dindiğinde bambaşka bir hayat başlatacak olan büyülü, uzun yağmurlar... İnce dişli taraklarla sıkı sıkıya taranmış, seyrelmiş saçları, her zaman yağlı yağlı parlar; kokusunun iyi mi, kötü mü olduğuna kolay karar verilemeyen tuhaf bir esans sürerdi. Sık sık yelek cebinden gösterişli bir hareketle çıkardığı köstekli saatine bakar, bir giz onaylıyormuş gibi müphem bakışlarla başını sallardı. Hep acelesi varmış gibi görünmesine karşın, sanki çok kişinin bilmediği ama kendinin yıllar önce keşfettiği bir yavaşlığın tadını çıkarıyordu. Sanki zamanın geçişine ait kimsenin bilmediği şeyler biliyordu.

Aliye, onu pastanenin camından kendisini uzun uzun seyrederken yakalamıştı bir gün. Kapıya çıkmış, İçeri gelsenize, demişti, Burası pastane, umuma açık bir yer, ne diye camda durup içeri bakıyorsunuz, başka zamanlarda hiç mi içeri girmiyorsunuz

115

sanki? Gülümsemişti adam, bunun üzerine içeri girmiş, çikolatalı pasta, pötibör ve çay istemişti. Bıyıklarının kırına bulaşmış pasta kırıntılarını, bembeyaz, kolalı bir mendille ve manidar hareketlerle silmişti. Kibar bir beydi. Eski zamanların rengini veriyordu girdiği her yere.

Pastane kapandıktan sonra evine dönmek için dolmuş durağına giderken de, durağa kadar uzaktan takip etmişti Aliye'yi. Mahcup olmuştu. Bir adam tarafından takip edilmek!.. Üstelik adam, kendi için hayli yaşlı sayılırdı. Hayal kurdurmazdı böyleleri. Bu sırada birdenbire dehşetle fark etti ki, tırnaklarına bulaşmış rakamlar, birer birer yola düşüyor... O rakamları yerden toplayarak çantasına koyuyor, eğilip kalkarken terliyor, tam bitti derken, gözünden kaçmış birkaç rakam gene tırnaklarının arasından yere düşüyor. O adamın arkasında olduğunu bilirken, sürekli eğilip kalkması ve yere düşen rakamları toplayarak çantasına doldurması, büsbütün mahcup etmişti kendini. Parlaklığını yitirerek kararırcasına matlaşan tırnak cilası pul pul dökülüyordu rakamları yerden kazırken. Geçtiği yerlere kadınsı bir suçluluğun izlerini bırakıyordu. Yalnız ardındaki adam değil, bütün İstanbul kendine bakıyormuş gibi geliyordu. Görmediği gözlerin ayıplayan bakışlarını hissediyordu üzerinde. Kalabalıkların izleyen ve gözetleyen harlı soluğunu ensesinde duyuyordu. Eğilip kalkarken çok terlemiş olduğundan, çantasından mendilini çıkarıp yüzünü sildi. Yüzü silindi. Artık tanıyamazdı onu. Başka bir kadın sanırdı. Nitekim öyle oldu. Yüzündeki izini kaybettirdi adama. Onu başka bir kadın sanıp yanından geçip gitti adam... Gizlendiği bir başkasının dudaklarında gülümsedi bu duruma.

Dolmuşa bindi acele acele... Dolmuşun arka koltuğunda sıkışık oturdu. Yanındaki adamın dizi dizine değdi. Yüzü geri geldi yüzüne. Kızarmak için geldi. Gözleri yaşlarla dolu olarak geldi. Önde oturan, kabarık saçlı, fazla bakımlı ve hırçın kadın, arkasına dönerek, Neden ağlıyorsunuz kızım? dedi, Ve neden dizinizin, adamın dizine değmesine izin veriyorsunuz? Bakın, yüreğinizin çarpıntısından araba sallanıyor. Yüzü daha çok kızardı. Mendili kıpkırmızı oldu.

Aslında otobüse binmeliydim, diye geçirdi içinden. Rezil oldum! Her ayın ilk on günü dolmuşa, geri kalan günleri otobüse biniyordu akşam dönüşlerinde. Otobüslerde korkum çoğalıyor. İnsanlar çoğalıyor. Sıkıntım çoğalıyor. Dolmuşlarda beni tanıyanlar çoğalıyor. Herkes pastanede çalıştığımı biliyor. Ya da ben öyle sanıyorum. Pastaneye gelen herkesi aklımda tutmaya çalışıyorum. Aklımda tutmaya çalışıyorum ki, başka bir yerde karşıma çıktıklarında, şaşırmayayım, nasıl davranmam gerektiğini bileyim. Bazen, önemli birine önemsiz biriymiş, bazen de, önemsiz birine önemli biriymiş gibi davranıyor, insanları şaşırtıyorum. Hatamı anladığımda kendim de üzülüyorum bu duruma. Böyle yapmamalıyım. Patronlar paralarını, müşteriler hikâyelerini güveniyorlar bana. Bense, kelimelerle paraları, hikâyelerle güvenleri, insanlarla tırnak cilasını karıştırır oldum. Keşke başka bir iş bulsaydım... Ama bu iş falımda çıktı.

Evet, doğruydu, falında çıkmıştı. Başka bir iş bulamazdı. Bu işi, ona, bir yazar bulmuştu. Kendi de işsiz olan bir yazar bulmuştu.

Aliye'nin, ailesinin geçimine katkıda bulunması gerekiyordu. Ticaret lisesini güç bela bitirmişti, kısa sürelerle birkaç işe girmiş çıkmış, hiçbir yerde dikiş tutturamamıştı. Bazılarından kendi isteğiyle ayrılmış, bazılarından kovulmuştu. Mahalleye yeni bir yazar taşınmış, dediler. Genç bir adam. Bir yandan romanlar, hikâyeler yazıyor, bir yandan falcılık yapıyormuş. Daha doğrusu, parasızlıktan falcılık yapıyormuş. Ona git, bazılarından kendi hayat hikâyelerini alıyor, karşılığında onlara gelecek veriyormuş. Mahallelinin dediğine bakılırsa, nice değme falcıdan daha iyi görüyormuş geleceği.

Yazarın evi, mahallenin ana caddeye yakın yerinde, Kamer Hatun Camii'nin karşısına düşüyordu. Çok büyük bir yatak odası vardı. Eski püskü eşyalarla döşenmişti. Eskicilerden ucuza kapatılmış eşyalardı bunlar. Şarap rengi, sim işli bir yorgan yüzü, bütün odayı ışıtmaya yetiyordu. Duvarlar pul pul ışıyordu yansımasından. Ağaç kabuğu rengi eski bir konsolun üzerinde iki karpuz lamba eski zamanların bütün görkemiyle ışıyor, geçmişi aydınlatıyordu. Duvarlardaki külahlı apliklerin duvara vuran ışığı kâğıt yanığı rengindeydi. Yanık karemela duygusu veriyordu duvarlara. Odanın, kemer kesimli, içerlekli iki büyük penceresi, ön sıradaki ana caddeye bakan apartmanların arka avlusuna bakıyordu. O iki büyük pencereye –parasızlıktan– Topağacı'nda oturan ve çok güzel bir kadın olan bir hanım arkadaşından aldığı, eski, naylon banyo perdeleri asmıştı. Bunu birkaç kez ısrarla tekrar etmişti. Kendine acımaktan çok, belli ki unutulmasın, iyice akıllarda kalsın, diye yapıyordu bunu. Ayrıntılara tapıyordu bu yazar. Beyaz üzerine mavi puanları vardı banyo perdelerinin. Uzaktan naylon oldukları hiç anlaşılmıyordu. Bu da yazarın hem hoşuna gidiyor, hem de kızıyordu. Herkes keten perde sanıyor, diyordu. İmgenin yanlış anlaşılması işte. Sanatta hep başımıza gelen şey! Aliye, böyle karışık sözleri anlamasa da, yazarın bütün bunları aslında kendi kendine söylediğini seziyor, orada bulunuşunun hiç olmazsa bu işe yaradığını düşünerek, başını sallamak zorunluluğu duyuyordu. Ne de olsa falına bakacaktı. İlgisiz görünerek onu kızdırmak istemiyordu. Kendi kendine konuşanların en çok kızdıkları şeyin, başkalarının kayıtsızlığı olduğunu öğrenmişti.

Yazar, kalkıp kahve yaptı; kahvenin kokusu Aliye'nin bütün geçmişini kamaştırıp odaya taşıdı. Kahve falına bakıyordu yazar. Genç, yakışıklı bir adamdı, hülyalı gözleri vardı. Yazardan çok, eski zaman artistlerine benziyordu. Bakışları çok uzaklarda kalmıştı. Hayatın bir daha yerine koyamayacağı bir şeyi yitirmişti sanki; şimdi kelimelerle onarmaya çalıştığı çok eskiden kalmış bir kırgınlık vardı bakışlarında. Yazdıklarını kimse okumuyordu. Kitaplarını bastıramıyordu. Hakkının yendiğini düşünüyor, ama gene de yazmaktan yılmıyordu. Ve en önemlisi çok parasızdı. Yatak odasına banyo perdeleri takmıştı, yalnızca Topağacı'nın değil, İstanbul'un da en güzel kadını olan arkadaşının verdiği eski naylon perdeler... kendi tekrar tekrar söylemişti... iri mavi puantiye... Yalnızca yazarlık yapmak için, düzenli olarak bir işte çalışmak istemiyor, bir işte çalışmadığı için de para kazanamıyor, sonuçta, parasızlıktan mahallelinin falına bakıyordu. Yazarlığa çok benziyor, diyordu, hiç zorluk çekmiyorum.

Aliye'nin bütün geçmişini bildi.

Aa, nereden bildin, nereden bildin! dedi, Aliye. Valla her bir dediğin çıkıyor!

Yazar, Aliye'yi sevmişti, hem falına uzun uzun bakıyordu, hem de, Başına kötü bir şey gelsin istemem, diyordu. Saf kızsın. Masumsun. Kızların masum kalması çok zordur. Hepsi beş yaşına kalmadan kadın olurlar. Entrika öğrenmek zorundadırlar. Fitne fesat öğrenmek zorundadırlar. Kadınlık, hayalleri temiz kalmış kızların, içlerinin kirlenmesi demektir. Aliye, Yazar'ın uzun ve karmaşık cümleleri karşısında zorlanıyorsa da belli etmemeye çalışıyordu.

İş arıyorsun, dedi Yazar. Aliye heyecanla başını salladı.

Kalk, perdeleri aç, avluya bak, dedi Aliye'ye. Aliye, avluyu o zaman gördü. Ne görüyorsun? diye sordu Yazar. Karşı apartmanın giriş katında bir Rum aile, badanası çoktan dökülmüş, duvarları kirli bir oturma odasında, muşamba örtülü bir masanın başına toplanmışlar, çıplak bir ampulün altında neredeyse kımıldamadan oturuyorlar; kirli sarı, donuk bir resim; yaşlı bir kadın, yaşlı bir adam, onlardan daha genç görünüşlü iki tane yaşlı daha... yoksul değildiler belki, ama görünüşlerinde derin bir yoksulluk vardı. Paralarını hiçbir şey için harcamamışlardı. O odadaki kimse mutlu olmamıştı. Dinibütündüler belli. Tam karşılarına düşen duvardaki nişe gömülü İsa ile Meryem'in önünde mum yanıyordu. Muşamba örtüyle kaplı masada, geniş bir tabak, içinde iki yeşil elma ve bir cam bardak içindeki bulanık suda takma dişler görünüyordu. Oturma odalarının camları pusluydu. Daha doğrusu kirliydi. Yılların kiri. Benek benek pas tutmuştu camlar. Sabahları çok erken kalkıyor, en yaşlıları ve en kamburları, avluya çıkıp içeri odun taşıyordu.

Çok erken kalktığım bazı sabahlar onları seyrederim. O çıplak ampul, yaz-kış, gece-gündüz hep yanar, hiç söndürmezler. Korkuyorlar, bir şeyden korkuyorlar. O çıplak ampul onları korur sanıyorlar. Ya da korktuklarını çıplak gözle görmek istiyorlar. Gördün mü onları? dedi Yazar.

Evet, dedi Aliye. Gördüm.

İşte falında onlar çıktı, onların yanında çalışmaya başlayacaksın. Falın uzağa gitmedi. Görünüşlerine aldırma, aslında zengin insanlar onlar. Güvensizler yalnızca. Bak odunla ısınıyorlar. Avlu onların. Odunla yüklü. Sonra bir bir saydı: Bacağı kopmuş iskemleler, içi sökülmüş ahşap çerçeveler, hasırı erimiş sandalyeler, yırtık naylon leğenler, kırık aynalar, kopuk pervazlar, dibi delinmiş çinko kaplar, kırık küpler, vazolar, akmış kilimler, parçası kopmuş biblolar, tek gözlü kaptan dürbünleri, yırtık yelpazeler, bir sürü ıvır zıvır, hiçbir şeyi atmıyorlar, avluya yığıyorlar. Üst üste istif edilmiş onca odun, onların o büyük çini sobaları için, kışın sobanın gürültüsü buradan bile duyulur; çok üşürler, bütün kış üşürler, avluda serçelere ekmek ufalar, bir kucak odun alır, yeniden içeri kaçarlar. Onların pastaneleri var, Aynalı Pastane. Hiç duydun mu bu adı? Aliye, bilmiyorum anlamında başını iki yana salladı. Kasiyer arıyorlar. Kimseye güvenmiyorlar. Sana güvenecekler. Yarın onlara gideceksin, seni işe alacaklar. Sen güvenilir bir insansın. Aliye çok sevindi. Peki evlenecek miyim, diye aceleyle sordu Aliye. Her fal ancak bir iyi haber kaldırır, dedi Yazar. Peki, dedi Aliye. Borcum ne kadar? Borcun yok, dedi Yazar. İlk maaşından bana bir top kâğıt alırsın, ben de ona bir hikâye yazarım, hatta belki senin hikâyeni yazarım. Aliye utangaç gülümsedi: Beni kim okur ki, dedi. Öyle deme, dedi Yazar. Hiç belli olmaz. Neleri okuyorlar!

Aynalı Pastane'nin aynasına dikkat et, dedi Yazar. En güvenilmez hikâyeler, aynalara fazla bakanların başından geçer. Ama hesabın kuvvetli senin, rakamlarla aran iyi. Hayallerin seni fazla kışkırttığında, hemen toplama-çıkarma yap, iyi gelir, dünyaya dönersin.

Aliye, perdeyi kapatırken, ilk maaşımla bir top kâğıt almasam da, perde alsam size, olmaz mı, dedi. Perdeye yazamam ki, dedi yazar. Hem onlar, bir arkadaşımın eski banyo perdesi, söylemiş miydim? Üzerindeki mavi puantiyeler dikkatini çekti, değil mi? Günün birinde yazdıklarımdan bir perde çekeceğim hayatıma. Herkes kâğıt üstüne yazılanları benim hayatım sanacak, ben de hayatımı saklamış olacağım böylelikle. Saklanmanın en iyi yolu fazla görünmektir, biliyor musun? Herkes seni gördüğünü sanır, sen de rahat edersin. Kasada oturan kız gibi! Herkes kasadaki kızı görür, ama kimse tanımaz.

Biliyor musunuz, söylediklerinizden bir şey anlamıyorum, dedi Aliye, aslında anlamak istiyorum, ama karışık konuşuyorsunuz.

Bu da benim kendi falım, dedi Yazar. Kendime yazdığım falım. Böyle çıkıyor, ne yapayım?

Yanlış anlamayın, dedi Aliye, Karışıklar, ama içimi durultuyorlar, ışık vurmuş su gibi, hoşuma gidiyorlar yani...

O zaman anlamayı boş ver, dedi Yazar. Bu söylediklerin anlamaktan çok daha iyi.

Hadi şimdi fincanın içine su dök, dedi Yazar, yoksa falın çıkmaz. Aliye, dediğini yaptı, kurumaya yüz tutmuş telve, suda gül yaprakları gibi çözüldü.

Bak falın taştı, dedi Yazar. Kucağına kaderin akıyor.

Yazarın dediği gibi oldu. Aliye'yi işe aldılar.

Aliye, bir süre sonra onlara bir yazar-falcı tanıyıp tanımadıklarını sordu. Hiç duymamışlardı bile. Güvensiz bir yüzle dudak büktüler.

Yazar'ın evine bir kez daha gitti. Bir top beyaz kâğıt götürdü ona. Sayenizde işim oldu, dedi. Ne güzel, belki benim de bir hikâyem olur, dedi Yazar. Bir yardımım dokunacak olursa, çekinmeyin çağırın beni, dedi Aliye. Evim, üç sokak aşağıda. Bulaşık, çamaşır falan işlerine de yardım ederim, yani isterseniz... Kahve içtiler birlikte. Ama yazar bu kez fal bakmadı. Dalgın gözleri uzaklara çekilmişti. Aliye'nin getirdiği bir top kâğıdı alıp arkada bir odaya götürdü; kapı aralığından içerinin tavana kadar tepeleme top top kâğıtla dolu olduğunu gören Aliye çok korktu. Ve gördüklerini hiç kimseye söylemedi. Hem falcı, hem yazar olan birinin, tekinsiz olması çok normaldi.

Falını beklemeye başladı.

Kederli bir oturuşu var kasanın başında. Büyük bir garda kaybolmuş da, oturduğu tahta sırada bulunmayı bekler gibi... Ürkmeyi bile unutmuş, sahiplerini bekleyen dalgın bir kız çocuğu gibi...

Bir zamandır gözlerinin ışığı sönmüş, bakışları matlaşmış, hırkasının gevşemiş ilikleri düğme tutmamaya başlamış, omuzları çökkün, öylece oturuyor kasanın başında; yüzünden sevincin gölgesi tamamen silinmek üzere... Bazen, patronlardan biri gelip ne sert, ne yumuşak olmayan bir sesle, "Kambur oturma," diyorlar. "Kambur oturma," demek, aynı zamanda, "güler yüzlü, canlı ol; müşterilere gülücük dağıt" demek. Bütün bunları, kendi bezginliklerinden hiç umulmayacak bir çeviklik ve güçle söylüyorlar. Mutluluğun ya da hoşnutluğun değil, kanıksamışlığın getirdiği bir güç bu. Artık hiçbir şeyi sorgulamamanın, hiçbir yenilik ummamanın kazanılmış bilgisiyle, her seferinde aynı davranışları, kendiliğinden ve çabasız olarak yineleyebilmenin gücüne sahipler. Bu yüzden ayakta ve hayatta kalabildiler kaç yangından, kaç talandan geçmiş Beyoğlu'nun şu zorlu, kanlı ve kirli tarihinde. Aliye, uyarıları üzerine hemen gövdesini dikleştirip sahte bir canlılık ediniyor, bu da onu birkaç saat daha idare ediyor.

Bazı akşamlar, işten çıktığında, bütün gün oturmaktan gövdesine yerleşen gevşekliği üzerinden atabilmek için, daha çok yorulmak pahasına da olsa, eve kadar yürüyor. Hele havada üşütmeyen, ama ürperten bir serinlik varsa, bu, daha da iyi geliyor ona; yeniden diriliyor.

Patronların her uyarısında ne kadar toparlansa da, gene de

sırtına söz geçiremiyor; birkaç saat sonra yeniden çöküyor omuzları, kamburlaşıyor. İçinde çeşitli pastaların, tatlıların bulunduğu, ön yüzeyi bombeli cam vitrine dalmış, belirsiz hayaller kuruyor gene. Işıklar içinde yüzen cam vitrine daldıkça, filmlerden bildiği, ışıl ışıl, neşeli, mutlu bulvarlarıyla uzak ecnebi dünya şehirlerinin canlı, hareketli kalabalıkları arasında kaybolduğunu düşlüyor. Kim bilir, hangi uzak ülkenin ışıklı bir akşamüstünde, başında geniş kenarlı, zarif bir şapka, üzerinde şık bir kıyafet, eli kolu fiyonk ambalajlı paketlerle doluyken, durup bir pastane vitrininden içeri bakıyor ve birdenbire içi zengin pasta çeşitleriyle dolu bu cam vitrini görüyor, iştah açıcı bu görüntü içeri davet ediyor onu. Her seferinde içeri girecek gibi olduğunda, silkiniyor hayallerinden. Belki de içeride kendini bulmaktan, kasadaki kızla yer değiştirmekten korkuyor. Kasadaki kızsa, yeniden dalıyor ön yüzeyi bombeli cam vitrinin görüntüsüne: Kremalı pastaları, tepesi karlı yüksek dağlara benzetiyor; üzerlerinde koyu şerbetler gezdirildiği için, verniklenmişçesine parlayan, rengârenk meyvelerle bezenmiş küçük pastacıklar, uzaklardan atılmış sevinç dolu kartpostallar gibi, diğer pastaların arasına karışık dizilmiş küçük eklerleri, Büyükada açıklarında, siste balığa çıkmış esmer kayıklara benzetiyor. Yanık şekerlerin ışıltısıyla parlayan güneş rengi meyveli tatlılar, egzotik ülkelerde sıcak bir yaz öğleden sonrasını, kızgın kumsalda neşeli çığlıklarla koşuşturacağı günleri hayal ettiriyor. Kreması pembe köpüklerle kat kat dökülen, görünüşleri, düğün yemeği sonrasını düşündüren frambuazlı pastalardan sonra, süslü kâğıtlar içine oturtulmuş yeşil incirlerin, portakal kabuklarının çağrışımları, yerini, yeni uyanmış baharın kır görüntülerine bırakıyor; günlerin yoksulluğunu unutturan aşk romanlarının hülyalı sayfaları arasında kaybolduğu o eşsiz kır görüntülerine...

Oysa burada olduğunu biliyor. Burada yaşlanmaktan, zamanla buranın bir parçası olarak, derisi yırtılmış koltuklara, cilası uçmuş sandalyelere, yol yol akmış duvar kâğıtlarına, artık hiçbir şeyin ağartamadığı beyazı koyulaşmış çay fincanlarına, beklemekten mukavvası kabarmış pasta kutularına karışıp kaybolmaktan korkuyor.

Akşamüstünün bu saatinde, dumanlı bir ışık içinde yüzen

dalgın bir gemi gibi pastane. Havanın kararması ile sokak lambalarının henüz yakılmadığı o kısa zaman parçasının kayıtsız karanlığında, biraz kulak kabartsa, pastanenin camlı vitrinine çarpıp dağılan köpüklü dalgalarıyla açık deniz şarkılarını duyacak sanki; az sonra ışıl ışıl kara görünecek ve yumuşak, huzurlu iklimi, canlı yaşantısıyla onu bekleyen hareketli bir liman şehrine, yepyeni bir diyara ayak basacak. Gemiden inip karanın içlerine doğru uzun bir yolculuğa çıkacak. Yeni, yepyeni bir hayata... Yukarılara tırmanan hafif eğimli yollardan sık ağaçlı tepelere doğru çıkarken, ruhuna iyi gelen, hayallerini doğrulayan hafif bir esinti başını döndürecek... Ama, gemi devam ediyor. Henüz kara uzakta. Pastanenin bir duvarını boydan boya kaplayan sisli aynanın içinde, birdenbire üzerinde yüzlerce mum ampul yanan dev bir avize beliriveriyor. Büyük bir geminin gösterişli yemek salonunun tavanında asılı duran şangırtılı bu dev avize, azgın dalgalara tutulmuş gemiyle birlikte bir sağa, bir sola sallanıp duruyor.

Dumanlı bir ışık içinde hafif hafif yalpalayarak yüzen pastane, hüzünlü bir dalgınlıkla siste yol alırken, ansızın sokak lambaları yanıyor. Avize sönüyor. Deniz susuyor. Kasanın tuşuna dokunmasıyla birlikte, bir "çınn" sesiyle açılan çekmeceden para üstü ödüyor. İlkin boşalan aynaya, ardından kırılan tırnağına öfkeyle bakıyor. Böyle zamanlarda dünya her zamankinden daha çiğ görünüyor gözüne. Kırılan her tırnak parçası, hayatından bir parçanın daha eksildiğini söylüyor ona. Aynadaki şangırtılı avizenin yerini alan sokaktaki havagazı lambalarının ölgün ışığı, burada, bu şehirde, bu pastanede, bu hayatta öleceğini; hiçbir şeyin geleceğe yetmediğini, yetmeyeceğini umutsuzca söylüyor.

İşe girdiği ilk günlerin coşkusunu, bezginlik almış çoktan. Pastanenin her köşesini ezberlemiş artık. İlk bakışta fark edilmeyen en ufak ayrıntılara, gözden kaçan lekelere, zamanın ve özensizliğin kemirdiği, aşındırdığı, eprittiği bütün kıyı bucak izlerine varasıya her yeri, her köşeyi biliyor. Hangi koltuğun derisinin azıcık yırtılmış olduğunu, hangi masanın bacağının hafif dingildediğini, hangi duvarda kaç tane çizik bulunduğunu; rengi akmış, yol yol kabarmış duvar kâğıtlarını, kenarları gevremiş çerçeveleri, arası açılmış, ahşabı tarazlanmış lambrileri, her şeyi aynı anda ve hep birden görebiliyor artık. Dünya ekşimiş krema ve vanilya kokuyor. Burası, ne zamandır, onun için tılsımını yitirmiş, heyecanını tüketmiş bir yer. Erken geldiği kimi sabahlar, henüz hiç kimse yokken, ya da işten geç çıktığı bazı akşamlar, bütün müşteriler gitmişken, hüzünlü bir yalnızlık çöküyor pastaneye. Her köşesini bildiği, bütün gün kasasında oturduğu bir yer gibi değil de, bambaşka bir yer gibi gözüküyor gözüne. Neredeyse fiziksel bir acı veriyor bu ona. Bütün gün içilen sigaraların kalın dumanı havada asılı kalmış sanki. Bütün gün orayı dolduran insanlar, bir daha geri dönmeyecek, dönüp de, orada unuttukları sigaralarının, çakmaklarının, yarım bıraktıkları çay fincanlarının yanında, yarım bıraktıkları hikâyelerini tamamlamayacaklarmış gibi. Bütün gün pastanede uğuldayan fısıltılar, konuşmalar, gülüşmeler artık kimselerin ulaşamayacağı bir yerlere kaçışmış gibi. Şapkalardan, mantolardan, paltolardan, şemsiyelerden boşalmış portmantoyu; boş sandalyeleri, koltukları, masaları, yabancı bir gözle görüyor. Kalabalık insan toplulukları için düzenlenmiş pastane, lokanta, sinema gibi geniş mekânların, insansız hallerinin yarattığı boşluk, yalnız kendinin değil, dünyanın yalnızlığına da değgin köklü duygular uyandırıyor içinde. Pastanenin ıssızlığıyla birlikte bütün dünya boşalmış oluyor sanki. Sahipsiz kalmış, öksüz görünüşlü bütün bu solgun eşya, büyük yalnızlığı daha da vurguluyor.

Kim tarafından, nerenin, niye, niçin terk edildiğini bilmediği, ama derin, uçsuz bucaksız bir bırakılmışlık, sonsuz bir kimsesizlikle içinin sızladığı anlar bunlar. Dünya, sanki var olmak için değil, kaybolmak için bulunduğumuz bir yer.

Kendine ne olduğunu hiç anlamadığı, içindeki çalkantılarla baş edemediği, ad koyamadığı bu çeşit karışık duyguları yenmek için, izinli olduğu kimi günler, tuhaf ama, başka pastanelere oturmaya gidiyor; böylelikle, boşalmış, ıssızlaşmış dünyayı yeniden kalabalıklarla doldurarak, hayata olan inancını tazelemeye çalışıyor. Her zaman bir yabancı gibi yürüdüğü, hep bir yanlış yapmaktan, başkalarının gözünde küçük düşmekten ya da gülünç olmaktan korktuğu İstiklal Caddesi'nde tek başına yürürken, Emek Han'ın altındaki, adı "profiterol" tatlısıyla özdeşleşen Luka Zigoridis'in "İnci Pastanesi"ne giriyor örneğin. Hâlâ İstanbul'un en iyi profiterolünü yapan bu pastanede, dipte, her yeri gören köşedeki küçük, yuvarlak masayı seçiyor, arkalıksız bir iskemleye oturup, bir yandan etrafa gözatıp, öte yandan küçük lokmalarla tatlısını yerken, bütün pastaneler arasında bir tür akrabalık olduğunu düşünmeye; bu kalabalıkta kendi varlığını özel olarak hissedebileceği, kendini yalnızlığından kurtaracak bir ortaklık duygusu bulmaya ya da yaratmaya çalışıyor. Olmuyor. Ne yese, ağzındaki pas tadı gitmiyor.

Beyoğlu'na çıkmanın, Beyoğlu'nda çalışmaya başlamanın bir hayat kurtardığına inanılan aşağı, yoksul mahallelerin birinde büyüdü o. Beyoğlu demenin, uzak ışıklar demek olduğu mahallelerden geldi. Eskiden, ne zaman Beyoğlu'na, Taksim'e çıksa, hep bu ışıklı dükkânların, gösterişli mağazaların birinde çalışacağı mutlu günleri hayal eder, o günlerden kendine aydınlık bir gelecek kurardı. Yalnızca bir geçim kapısı değil, aynı zamanda buralı olmanın, buranın yerlisi olmanın bir yoluydu bu onun için. Kendine en uygun işin, tezgâhtarlık olduğunu düşünür; bütün gün, çeşitli ve güzel eşyalar arasında bulunmanın, onlara dokunmanın, onları düzenlemenin, birbirinden ilginç insanlarla tanışmanın onu hiç sıkmayacağına inanırdı. Bir tek bu pastanede çalışmak bile, her dükkânın, her mağazanın bir süre sonra bütün tılsımını yitirerek, benzer bir yalnızlık duygusu uyandıracağını anlamasına yetmişti. Hepsi, bir süre sonra, bir çeşit hapishane olsa gerekti. O süslü mağazaların vitrin camlarının iki yakası arasında, iki ayrı dünya olduğunu öğrenmişti artık. Bu da onu, geleceğe yönelik olarak iyice umutsuz kılmış, başlangıçtaki bütün o içten, sıcakkanlı, canayakın halleri tamamen uçup gitmediyse de, bazı anlarda kullandığı, etkisi hesaplanmış temkinli davranışlara dönüşmüştü.

Kendine açıkça ifade edememekle birlikte, çalışmanın karşılığında verdiği şeyin, yalnızca emek ve zaman olmadığını, aslında çalışmaya karşılık, insanın bütün hayatını verdiğini düşünüyor Aliye. Bunu çok zalimce ve vahşice buluyor. Kazandıkları para aynı olmasa da, patronları da, oraya aynı zamanı veriyorlar. Akşam olduğunda, yorgunlukları birbirine çok benziyor.

Ayrıca kazancı hiçbir şeye yetmiyor Aliye'nin. Beyoğlu, baştan çıkarıcı görünüşüyle ihtiyaçlarını büsbütün kışkırtıyor, üstelik sürekli yeni ihtiyaçlar yaratarak daha çok mutsuz olmasına neden oluyor. Vitrinler, düşman aynası.

Keşke iş bulmak ümidiyle değil de, koca bulmak ümidiyle fal tutmuş olsaydım, diye geçiriyor içinden.

Çalışmanın bir gelecek demek olmadığına iyiden iyiye inanmaya başladığı günlerin birinde yeniden rastladı o beyaz takım elbiseli, parlak kırmızı yelekli, köstekli saatli muhabbet tellalına. Birdenbire adını hatırladı. Adı Muştik'ti. Hiçbir anlamı yoktu. Belki bir addan bozularak türetilmişti, belki yalnızca bir yakıştırma... Belli ki, adamın da işine gelmiş; bu lakap, asıl kimliğini saklamada kendine bir kolaylık sağlamıştı. Ne zamandır görmüyordu onu. Neredeyse unutmuştu bile. O akşamdan sonra, birkaç kez daha pastaneye gelmiş, aynı şeyleri ısmarlamış, Aliye'ye yakın davranmış, onunla konuşmaya çalışmış, yüz bulamayınca çekip gitmiş, bir daha da ortalarda görünmemişti. Onca zaman sonra, bir anda arkasında bitivermiş, hem korkutmuş, hem Aliye'nin içine düştüğü o zor durum düşünülürse, sevindirmişti de...

Eli ekmek tutalı, ailesi eskisi kadar sıkılamıyordu onu. İzinli olduğu günlerin çoğunu, evde birkaç parça işe yardım ettikten sonra, hem kendinin, hem evin dışarı işlerini görmek üzere sokakta geçiriyor, akşamı etmeden de geri dönmüyordu.

İzinli olduğu o günlerin birinde, Tünel'de Ermeni bir madamın işlettiği bir çorapçı dükkânına gitmişti ilk; Tünel'in, Tepebaşı'nın, Galata'nın oralarda, karanlık yüzlü eski binaların arasında, ışığı kıt serin sokaklarda amaçsızca dolaşmayı seviyordu Aliye; azıcık tombulca bacaklarını gergin gösteren siyah çorapları seviyordu; çoraplarını hep aynı mağazadan alıyor, kaçmış çoraplarını da hep aynı yerde çektiriyordu. Hem siyah çorapların kaçığı, kendini daha çok belli ediyordu. Her seferinde yeni çoraba para mı dayanır? Bir yerin devamlı müşterisi olmanın sağladığı küçük olanakları değerlendirmeyi erken yaşta öğrenmişti. Bir çeşit yoksulluk bilgisiydi bu. Balıkpazarı civarında ucuza peynir alacağı yerleri bilmek de, Mısır Çarşısı'ndaki aktarların beklemiş baharatları ucuza elden çıkardıkları zamanı kollamak da, bu hayat bilgisine dahildi. Aliye'nin, Beyoğlu'nun yaşlı Hıristiyan kadınları gibi hep siyah çoraplar giymekteki ısrarı, Ermeni Madam'ın hoşuna gitmişti. Canayakın bulduğu bu "çıtıpıtı kız"ın işlerini ucuza yapıyor, alışverişlerinde kolaylık gösteriyordu. Buna karşılık Aliye, onu birkaç kez pastaneye davet etmiş, Madam da bir keresinde, özenle giyinmiş, süslenmiş olarak ve yanına kendi yaşlarında, pek bakımlı bir bayan arkadaşını alarak, Aliye'nin davetine icabet etmişti. Bu gibi durumlarda, pastaların bir çeşidini müessesenin ikramı sayan patronlar, indirimli fiyat uygular, hesabı da haftalığından keserlerdi. Bir süre sonra, Aliye'nin pek gelen gideninin olmadığını görünce, ondan hiç almamaya başladılar.

Çorapçıdan çıktıktan sonra, daha çok gelinlik giymiş mankenlerin durduğu vitrinlere hülyalı gözlerle uzun uzun bakmış, birkaç korseci, eldivenci, şapkacı, çantacının önünde oyalanmış, sonra da kendini, Sainte-Marie Drapéris Kilisesi'nin basamaklarında bulmuştu. Oranın serin loşluğu, kuytu dinginliği, mumların dolgun alevi, içindeki tedirgin duyguları yatıştırıyor, nedenini bilmediği huzursuzluğuna iyi geliyordu. Kilisenin tahta sıralarına oturmuş, uzun uzun iç geçirmişti. Aliye, hakkında yanlış şeyler düşünülmesini istemediği için, kiliseleri gezdiğini herkesten saklar, kimsenin bilmesini istemezdi. Sainte-Marie Drapéris Kilisesi'nin zemini, sokağın zemininden epey aşağıda olduğu için, basamaklarla inilirdi oraya. Aliye'nin çok hoşuna giderdi bu. Bir mahzenin taş kapağını kaldırır gibi, birdenbire yol ortasında, gizemli bir kapak aralanıveriyor, bambaşka bir diyara yolculuk başlıyordu sanki. Böylelikle, kendinin olmayan büyülü bir mekâna ve hayata ağır ağır iniyor, başkalaşıyordu.

Bazı mekânlar, masallar vaat ederdi.

Kiliseden çıktıktan sonra, camlarına, yaldızlı, süslü harflerle adı yazılmış parfömeri dükkânına uğramıştı. Kuyruğu uzatılmış mağrur harfler, dükkânın adının içine alındığı, bitki, çiçek desenleriyle bezeli gösterişli çerçeveye bir sarmaşık gibi dolanıyor, mağazanın dışarı taşan kokusunun sahibi oldukları sanısını uyandırarak, ışık vurdukça parlayan yaldızlarıyla yoldan geçenleri içeri çağırıyorlardı. Aliye, ilkin vitrinin önünde uzun uzun duralamış, acı mor, koyu kırmızı, parlak siyah, brokar ya da kadife zemin örtüleri üzerine özenli bir dağınıklıkla yerleştirilmiş, birbirinden gözalıcı şişelere dalıp gitmişti. Görmeyeli, yeni çeşitler geldiği anlaşılıyordu. Bu mağazayı pek seviyordu Aliye. En güzel, en koyu, en hafif, en ağır, en uçucu, en kalıcı, en yakıcı kokular burada, Beyoğlu'nun bu eski ıtriyatçısında satılıyordu. Yalnız İstanbul'un değil, dünyanın bütün çiçekleri, bitkileri, otları, tütsüleri burada kokuyordu sanki. Doğu'nun buhuruyla, Batı'nın esansı burada buluşup birbirlerine sarmalanarak yeniden dünyaya dağılıyorlardı. Ne zaman bu mağazaya girse, gereğinden uzun kalır, orada bulunuşunu uzatacak bahaneler yaratır, kendinden sonra gelenlere ısrarla sırasını vererek, orada geçireceği zamanı uzatmaya bakardı.

Beyoğlu'nun dükkân önlerinin kokusu, çoğu kez içerinin ne dükkânı olduğunu söylerdi. Örneğin, Aynalı Pastane'nin önü, vanilya kokardı. Pastanenin kapısına taşan vanilya kokusu, pastanede çalışan herkesin üzerine sinmişti neredeyse. Kendi de, patronlar da, işçiler de, için için vanilya kokarlardı. Çalışmaya başladığı ilk günler, pastanenin üzerine sinen bu kokusunu sevmişti teninde; hafif tombul havasına pek yakışıyor, onu pembe bir taşbebek yapıyordu sanki. Sevmeye, sevilmeye, koklanmaya, okşanmaya, kollarda uyutulmaya benzer duygular çağrıştırıyordu. Bir süre sonra, tenine sinmiş bu kokudan içi bulanmaya başladı Aliye'nin; bu yağlı, iç kıyıcı kokudan kurtulmak için, akşamları eve döndüğünde giysilerini balkonda havalandırıyor, içi azalmış limonlarla, kollarını, gerdanını, boynunu, ensesini uzun uzun ovuyor, bu yapışkan vanilya kokusunu teninden almaya çalışıyordu. Güzel kokuları her zaman sevmişti gerçi, ama parfömlere kıyasıya düşkünlüğü asıl böyle başladı. Pahalı kokulara gönül vermişti bir kez. Pastaneye giren her kadını, neredeyse kokusundan tanır olmuştu. Dönemin bütün moda kokularını bilir, hepsinin şişelerini tanırdı. Duyduğu kokuyla birlikte, o kokunun şişesi gözlerinin önünde kendiliğinden canlanıverirdi. Eczahanelerde doldurulan ucuz kolonyalardan sürünenleri küçümser, onlara aksi davranma hakkını kendinde görürdü. Bu parfömeri dükkânının müdavimi olması da, o zamanlara rastlar. Oysa parası ancak ucuz, çabucak havaya karışan uçucu kokulara yetiyordu. Üstelik bunlar kadınlarda sık rastlanır kokulardı. İlk olarak kendine, kesesine uygun, avuca sığacak kadar küçük, sevimli, kalın camdan, yaprak desen kabartmalı, ince ağızlı, kapağı leylak rengi bir küçük şişe satın almıştı. Böylelikle, zaman zaman açık satılan parfömlerden onu doldurtabiliyor, böyle küçük alışverişlerle heves giderek, içini yatıştırabiliyordu. Daha sonra sahip olduğu ikinci parföm şişesiyse, pek küçüktü, daha doğrusu bir şişe demek ne kadar doğruydu, bu bile şüphe götürür! Sonuçta, minyatür olarak bir kadın bacağı biçiminde yapılmış, cam bir tüptü bu. Baldır kısmına, üzeri çiçekli kırmızı bir fiyonga bant yapıştırılmış, bandın kenarı, krem rengi fırfırlı dantelalarla zenginleştirilmişti. Fiyonganın göbeğindeyse katmerli bir gül duruyordu. Ayak kısmına da, ojeli boyalarla, gösterişli, parlak kırmızı renkli, yüksek ökçeli, kenarı kelebek fiyonglu pek süslü bir ayakkabı resmedilmişti. Belli ki, hoppa bir kadının, hatta bir varyete yıldızının bacağıydı bu! Bir kraliçe tacıyla taçlandırılmış olan ucundaki mantar kısmı, aynı zamanda kapak vazifesi görüyor, bu mantara gömülü cam çubuk, bacağın, yani şişenin içinde uzuyor, kokunun içinde dinlenmiş oluyordu. Pek kırılgan, pek zarif, şirin bir şeydi. Patronlardan biri, günün birinde bu şişeciği çantasından çıkarıp kraliçe tacı kapaklı ince cam çubuğu, üst dudağıyla burnu arasında özenle gezdirerek, içindeki pek keskin bir rayihayı, uzun uzun soluyarak içine çekmiş, bu arada Aliye'de görmeye pek alışık olmadığı, şaşkın bir coşku ve çocukça bir sevinç karşısında, kendini tutamayıp kendince bir yücegönüllülük göstererek, bu minyatür şişeyi ona armağan etmişti. Kırmamasını, kaybetmemesini sıkı sıkıya tembih etmekle kalmamış, sonraki günlerde de, belli ki, merak ettiğinden değil, ya pişmanlığından, ya da bir iyiliği sık sık hatırlatmanın gereğiyle, ikide bir şişeyi ne yaptığını sorup durmuştu. İşte bir de zaman zaman bu minyatür şişeyi doldurtuyordu Aliye. Hepsi bu kadar! Bunca koku merakına karşı, kokularla ilişkisi yalnızca bu kadardı. Dünyanın bütün kokularını iki küçük şişeciğe sığdırıyordu.

O gün de, çantasında küçük yaprak desenli kabartma şişesi vardı, ne zamandır içi boşalmış, bir türlü eli varıp da doldurtamamıştı, şimdi kendi için artırdığı paranın bir kısmıyla, bu şişeyi doldurtabilirdi artık. Evin ya da kendisinin eksiklerinden bin bir zahmetle artırdığı parayla, ara ara kendine böyle ödüller verdiği olur, gönlünü şenlendirirdi.

Bu düşünceyle içeri girdi.

Birkaç kadın vardı içeride. Paralı oldukları, yalnızca üstlerinden başlarından anlaşılmasa bile, duruşlarından, rahatlıklarından, konuşurkenki seslerinin genişliğinden anlaşılıyordu. Kaldı ki, üstleri başları, gözden kaçacak gibi değildi. Başlarında broşlu şapkalar, üstlerinde yakası luvr kürk döpiyesler, ayaklarında ipek çoraplar, alçak ökçeli pek kibar ayakkabılar... Dükkânın kalabalıklığı, ona, etrafa uzun uzun bakıp incelemesine gereken zamanı sağladı. Kimi zaman izin alarak, kimi zaman kaçamak, kalın kesme cam tezgâhın üzerine denemeye bırakılmış birkaç şişe kokuyu, sağ, sol bileklerinde, boynunun sol ve sağ yanlarında, kulakmemelerinde, burun altında teker teker denemesi için gereken zamanı sağladı. Kadınların müşkülpesentliği, bir fırsat kollayan Aliye'ye yaramış, ne zamandır dükkânın önünde beklediğine değmişti. Sonunda, hepsi birer ikişer şişe koku alıp çıktıklarında, epey bunalmış olan dükkân sahibinin yüzüne geniş, aydınlık bir gülümseme yayılmış, bu da, Aliye'nin oradaki fazladan varlığını mazur görmesine yetmişti. Adam, kadınların tezgâhın üzerine yaydıkları şişeleri toplayıp ilkin kutularına, oradan da raflarına yerleştirirken, Aliye, çantasından çıkarttığı o yaprak desen kabartmalı küçük şişeyi, kırılgan ve alçakgönüllü bir edayla uzatarak, dükkân sahibinden bunu "Paris Gecesi" ile doldurmasını rica etti. Aliye'nin yüzü, aniden ve şiddetle değişerek dudakları kalp biçiminde boyanmış pandomima yıldızlarının ifadesine benzer bir hal aldı. Kilise meleklerinden, sessiz filmlerin kahreden güzellerine varana dek birçok ifade, yüzünün yelpazesine aynı anda dağılıp yayıldı. Adam, Aliye'nin ansızın değişen yüzünün bu yumuşak ve çekingen gülümseyişi karşısında, neredeyse gizli bir emri uygular gibi, fazla düşünmeksizin yaptığı işi yarım bırakarak ardına döndü, "Paris Gecesi" aranmaya başladı; tam bu sırada, Aliye'nin, inanılmaz bir hız ve el çabukluğuyla, az önceki kadınların tezgâh üzerine yaydıkları şişelerden birini kapmasıyla çantasına atması bir oldu. O sırada, az önce gönderildiği yerden geri dönen genç irisi tezgâhtar, birdenbire mağazaya girdi; olayı görmüş, hiç ses çıkarmayarak duruma erken müdahale etmek istememiş, Aliye'nin hesabı ödemesini beklemişti. Aliye, biraz daha oyalanmış, hem patronun, hem tezgâhtarın kendisini görmediklerinden emin olduktan sonra, tam mağazadan çıkacakken, o genç irisi bodur tezgâhtar, patronuna, kurnazlığını ve uyanıklığını kanıtlama olanağı sunan bu şahane fırsatı kaçırmamanın gayretiyle, gösterişli bir biçimde atılıp artistik hareketlerle Aliye'nin kolunu sımsıkı kavramış, çantasını zorla açıp içinden şişeyi bulup çıkartmıştı. Her şey bir anda olup bitmişti. Aliye'nin dizlerinin bağı çözülmüş, korkudan titremeye başlamış, bayılacak gibi olmuştu. Ağzını açmış, konuşmak istiyordu ama, dilinden bütün sözcükler boşalmıştı, bir tek sözcük bile diline gelmiyor, yalnızca tarazlanmış sesi titreyip duruyor, gözlerine yürüyen yaşları geri içirmeye çalışıyordu. İşte tam bu sırada, neredeyse bir film hilesi gibi, ansızın dükkânın kapısında belirmişti Muştik, ilkin Aliye'yi, genç irisi tezgâhtarın kalın pençelerinden tek bir hareketle kurtarmış, ardından, ortada ciddi bir yanlış anlama olduğuna, aslında hayli varlıklı olan genç hanımın dalgınlığına karşılık, ona büyük ayıp edildiğine dair uzun ve ağdalı cümlelerle dükkân sahibini inandırmış, sonra da o kış beyazı ceketinin iç cebinden çıkardığı domuz derisinden yapılma, kalın, tok cüzdandaki mor banknotları, sihirbaz parmağı hareketlerle göstere göstere çekip çıkararak, o şişenin parasını ödediği yetmiyormuş gibi, Aliye'ye, iki şişe koku daha almış, kendine de bir tüp "Necip Bey" briyantiniyle, erkekler için bir kutu pirinç pudrası ve bir şişe yüz kremi sardırmıştı. İleride kötü bir hatıra olacak bu fena hadiseden haklı olarak fazlasıyla müteessir olduğu için, şaşkınlığını ve üzüntüsünü üzerinden kolay kolay atamayacağını söylediği Aliye'nin, bileklerini kolonyalarla ovmuş, içine "Nevrolcemal" damlattığı güvercin beyazı bir mendili, ona uzun uzun koklatmış, böylelikle ferahlamasını sağlamaya çalışmıştı. Bütün bunları yaparken Muştik'in kendi kendine çok eğlendiğini gören Aliye'ye, bu gösterişli oyuna katılmaktan başka yapacak bir şey kalmıyordu. Büyük bir yanlış anlamanın kurbanı olarak haksızlığa uğramış zengin bir ailenin, içli, ürkek ve marazi kızı rolüne kendini fazlasıyla kaptırmış, hıçkırıp duruyordu.

Dükkândan çıktıklarında, dükkân sahibi de, genç irisi bodur tezgâhtar da, eşine ancak vodvillerde rastlanır kabalıkta bir yağcılıkla, ellerini ovuştura ovuştura arka arkaya özürler dilemiş, nere-deyse temenna edercesine yerlere kadar eğilerek, dükkânlarına gene şeref vermelerini istirham etmişlerdi. Bu gülünç sahneler boyunca, arkalarında, bir tek Beyoğlu'ndaki Gloria Sineması'nın sessiz filmler piyanistinin müziği eksikti sanki.

Bir suçta tanışmışlardı. Aralarında başkalarının bilmediği bir sırrın güçlü bağı vardı şimdi. Muştik'in yanında kendini güvende hissetmişti Aliye. Kaç zamandır unuttuğu bir duyguydu bu.

Muştik'in, Aliye'ye söyleyebileceği şeylere, Aliye'nin bir ya-nı ne zamandır hazırdı zaten.

Onu buna hazırlayan, deneyimleri ya da düşünceleri değil, tersine içinin neredeyse kendiliğinden boşalarak kurumaya yüz tutmuş olmasıydı. Onun hayal kırıklığı, yaşanan şeylerin sonuçla-rından değil, hiç yaşamamaktan oluşmuştu. Olayların zaman için-de değiştirdiği insanlarla, olaysızlığın görünmez değişimlerle sin-sice değiştirdiği insanları ayırt etmekte maharet sahibiydi Muş-tik. Bu konuda şaşmaz bir sezgisi vardı. Aliye'nin taze kalmış bir beklemişliği vardı. Kanı bayatlamadan umutları yer değiştirebi-lirdi. Muştik, bunu ona sağlayabilirdi.

Bütün gün başında oturduğu kasa, sanki hızla akıp giden za-manın da hesabını tutmuş ve Aliye'nin yolunu, Muştik'e çıkar-mıştı.

Yürüye yürüye Tepebaşı'na inmişler, bir açık hava bahçesinde oturmuşlar, şimdi, puslu bir akşamüstünde demir grisi gözüken durgun Haliç'e bakarak tuhaf bir sıkıntı içinde çaylarını içiyorlardı. Yıllar içinde birbirini eskitmiş, konuşacaklarını tüketmiş bir baba kıza benziyorlardı uzaktan. Hafif serinceydi hava; Aliye biraz üşüyordu ama, iyi geliyordu bu ürperişler ona; kendini, sürekli içinde yaşadığı o derin uyuşukluktan biraz olsun çekip çıkaran bu ürperişler, bedeninin farkına varmasına, varlığını hissetmesine yarıyordu. Soğuk, yaşadığını duyuruyordu ona. Hep öyle olmuştu. Ne zaman üşüse, kendini fark ederdi. Çocukluğu hiç ısınmayan evlerde geçmişti. Ama çocukluk, her şeye karşın gelecekten bir şeyler ummaktır; birbirlerine bir çağrışım zincirine bağlı olarak, soğuk, çocukluğunu; çocukluk, gelecek duygusunu diriltiyordu. Çocukluğu çok gerilerde kalmıştı; şimdi Haliç'in donuk büyüsüne kapılmış, sessizce çaylarını içiyorlardı, Aliye, az önceki tatsız olayın utancıyla, hâlâ Muştik'in gözlerinin içine bakamıyor, sandalyesinde iğreti oturuyordu.

Aliye'nin suskunluğuna saygılı bir sessizlikle katılan Muştik, neden sonra uzanıp hafifçe elini tuttu onun; çamaşır sodasından kabarmış ellerini gizli bir mahcubiyetle kucağına indirdi Aliye.

Rahat olsana, dedi Muştik. Benden çekinmene gerek yok. Biz bizeyiz burada. Kimse yok. Kimse bir şey görmedi. Hiç kimse bir şey bilmiyor. Alt tarafı bir parföm şişesi! Benim yanımdasın, emniyettesin! Her bakımdan emniyette!

Başını hafifçe iki yana sallayarak, Yoo, bir şeyim yok, rahatım, dedi Aliye.

Oysa, az önce yaşadıklarını yeni idrak ediyor, eğer Muştik ortaya çıkıp onu kurtarmamış olsaydı, olabilecek ihtimalleri düşünüp için için dehşete kapılıyordu.

İnan olsun hiç mühim değil, dedi Muştik. Herkesin başına gelebilir böyle şeyler. Bu dünyanın sonu demek değildir. Hem biliyor musun, aslında hiçbir şey, dünyanın sonu değildir.

Birdenbire ortaya çıkmanıza pek şaşırdım, dedi Aliye.

Hiçbir şey birdenbire ortaya çıkmaz, dedi Muştik. Ben bile! Her şey, herkes kendi kendine birikir. Hem artık bana, "sen" diye hitap et, ben de sana "sen" diyeyim, aramızda resmiyet olmasın.

Peki, dedi Aliye.

Haliç, kendi kendine tüten gümüş sırlı bir ayna gibiydi, eğilip baksa, şimdiden akşama karışmış yüzünü görecekti sanki; gümüş boynuzlarıyla hem uzakta, hem kucağındaydı Haliç, sanki istese içine düşebilirdi. Başka bir tarihin sularına çıkmak için kaybolabilirdi.

Ne zamandır seni takip ediyordum, dedi Muştik. Bu zaman zarfında her yaptığını gördüm.

Aliye, yüzüne "Peki, ne gördün?" der gibi baktı.

Mesela, kasadan kaç kere para aldığını gördüm, dedi.

Ama her hafta başı yerine koyuyordum aldığımı.

Bazen de koymuyordun, dedi Muştik.

Aliye ses çıkarmadı.

Çok sıkılıyorum orada, çok bunalıyorum. Sadece ihtiyaçtan değil yani.

Biliyorum, dedi Muştik.

Sen de her şeyi biliyorsun, dedi Aliye.

İşim bu, dedi Muştik.

Peki, işin ne? diye sordu Aliye.

İnsan tanımak, dedi Muştik. Bakma sen, hiç de göründüğü kadar kolay değildir.

Bir süre sessizlik oldu. İkisinin de canı konuşmak istemedi. Ardından Muştik, Şimdi istersen, güzel bir akşam yemeği yiyelim seninle, biraz iş konuşalım, dedi.

Aliye şaşırdı: Ne işi? diye sordu.

İş işte, dedi Muştik.

Aliye'nin çabucak parlayan hevesi söndü. Bütün işler aynı, dedi.

Bak, gençsin güzelsin aynalı kızım, dedi Muştik.

Birdenbire içinde kabaran kaynağı belirsiz bir sıkıntının yol açtığı, bastırmaya çalıştığı usul bir öfkeyle, Ve evlenmek istiyorum, diye sözünü kesti Aliye. Bunu da biliyor muydun? Kimse benimle evlenmek istemiyor. Bunu da biliyor muydun? Tabii yukarı mahalledeki sobacının şişman ve şaşı oğlu hariç. Ha, bir de köşedeki kartonpiyercinin yanında çalışan, çelimsiz, sıska çocuk! Beni kimseler istemezken, niye genç ve güzel diyorsun bana? Hislerimle mi oynamak istiyorsun?

Genç ve güzelsin çünkü, dedi Muştik. Ama sen bilmiyorsun. Güzellik başka gözlere öğretilir, sen "Ben güzelim," der gibi durursan hayatta, herkes seni güzel görür, ama sen kendi güzelliğini taşımaktan aciz durursan, herkes şüpheye düşer. Güzellik, çeşit çeşittir. Kimi güzellikler görülür, kimileri gösterilir, kimileri saklanır, kimileri kabul ettirilir. Her şeyden önce sen, kendi güzelliğinin hangisi olduğuna karar vermelisin.

Aliye'nin sözlerinden etkilendiğini gören Muştik, aynı yumuşak tonla ekledi:

Sözü uzatmanın gereği yok. Bence kötü yola düşmelisin.

Sanki bir yerlerde müzik yükseldi. Havaya gerilimli bir titreşim yayıldı. Aliye, şaşkınlıkla ağzını açacak gibi oldu ama, Muştik, konuşmasına izin vermeden sürdürdü:

Kötü yolda iyi para kazanırsın, gelecek kurarsın, kendi paranı sayarsın, başkalarınınkini değil; dünyalığını yaptığında köşene çekilir, gönlüne göre yaşar, istersen gönlüne göre bir koca bile alabilirsin kendine.

Aliye, böyle beklenmedik durumlar için biriktirdiği sözler içinden, "Ben böyle bir hayat için yetiştirilmedim"i bulup çıkardı.

Sen de kendi kendini yetiştirirsin. Bak şimdiki bütün gençler parasız, dedi. Bütün genç ve yakışıklı adamlar, parasız ve bedbahtlar; bütün çirkin, şişman ve kel adamlarsa zengin. Bunlardan hangisiyle evleneceksin? Zengin ailelerin çocukları, oğullarına, zengin kız bakıyorlar, senin gibilerini değil.

Biri bana âşık olamaz mı? dedi.

Olur tabii, dedi Muştik. O kadar vaktin var mı? Durup yıllar yılı bekleyecek kadar vaktin? Hayat geçiyor... Hem aşk dediğin nedir senin için?

Bir şairin öylesine söylediği bir laf: "Biri gelse beni olduğum gibi sevse!" Benim için budur aşk!

Güzel söz. Ama söyleyen de biliyor, kimsenin kimseyi olduğu gibi sevemeyeceğini. Binde bir ihtimaldir gelir seni bulur, ya da bulmaz, ihtimal üzerine hayat yaşanmaz kupa kızım, bu kumardır; hayatla kumar oynamak, zenginlerin işidir, fakirlerin değil; fakirler, sağlamcı olmak zorundadır. Sözlerimi yanlış anlama sakın, sen güzel olmadığından değil, kader, uygun bir adamı karşına çıkarmadığından, evinde kurur gidersin; ya da gün gelir, bir zamanlar yüz çevirdiklerine mecbur kalırsın; için, çok beklemiş sürahi suları gibi çürür, değil başkasına, kendine bile hayrın dokunmaz! Ben, sana binde bir ihtimalden değil, binde bin ihtimalden söz ediyorum elmas kesimli kızım. O zaman bütün erkekler senin olacak, başkalarının hikâyelerini yaşayabileceksin. Evlerinde oturup koca bekleyerek minder çürüten kızların hikâyelerini de sen yaşayacaksın; fildişi kulelerde saçlarını tarayan ufuk gözlü prenseslerin de... Hem etini satmak, bütün gün kasa başında kendini ve içini çürütmekten daha zor değildir inan. Her işin kendine göre yorgunlukları vardır elbet. Et dediğin çabuk dinlendirilir. Ruhu dinlendirmekse imkânsızdır. Donarak ölmek gibidir ruhun çürümesi, için için eksilirsin, yavaş yavaş uyuşursun, hiçbir şey hissetmemeye başlarsın, sonra sen uykuya daldığını sandığında, ölmüşsündür aslında. Ölmüş olduğunu bile bilmemektir bu. Bak, şu meydanlar, caddeler, sokaklar, ölmüş ruhlarıyla yürüyen insanlarla dolu! Şu ölü halleriyle ne de aceleciler! Hayatta yetişecekleri hiçbir şey kalmadığı halde, hep bir yerlere yetişmeye çalışıyorlar! Ne hazin manzara! Beni dinle, zaman kaybediyorsun; genç ve güzelsin. Bunun kıymetini bil! Tabiatın sana verdiğini kaderin ellerine teslim etme! Bu lafımı sakın unutma! Tabiat ile kader arasında kaybolup gitme!

Hayır, hayır, bana göre bir hayat değil; bunları siz söylememiş olun, ben duymamış olayım; en iyisi hiç konuşmamış olalım, dedi Aliye. Unutalım, unutalım, belki başka yerde, başka işe gire-rim hem, belli mi olur? Hayat bu...

Çabuk çabuk konuşup sustu Aliye. Yüzünde somurtuk bir ifade asılı kaldı. Laflarını gereğinden hızlı söyleyerek, kendisine ayrılan zamanı kötü kullanmış bir piyes kahramanı gibi erken suspus olmuştu.

Muştik hemen başlamadı söze. Söylediklerine inanmaz göz-lerle Aliye'nin yüzüne baktı bir süre. Onun kendisini tartmasına zaman tanıdı. Sonra, Bu söylediklerine sen de inanmıyorsun, de-di. Okumuş bir kız olduğundan değil, ama can sıkıntısından öğ-renmişsin hayata dair bazı şeyleri. Ham düşünceler kuvvetli olsa-lar bile, yeterince dayanıklı değillerdir perili kızım. Bilirim, can sıkıntısının da kendine göre bir ilmi vardır, iyi kullanırsan öğreti-ci olabilir. Ama, eteğinden düşürdüğün bu kırıntılarla ormanda yolunu bulamazsın. Bundan böyle, senin bir yol göstericiye ihti-yacın var. Bak, içkine ilaç katmıyorum, seni evlenmek vaadiyle de kandırmıyorum; sadece pazarlık ediyorum seninle. Kötü yol için bir davetiye veriyorum sana. Ben, sana bir gelecek veriyo-rum. Yepyeni bir hayat hikâyesi.

Peki ne karşılığı? diye sordu Aliye. Birdenbire külyutmaz bir eda takınmış, kaşının biri kendiliğinden havaya kalkmıştı.

Komisyon karşılığı, dedi Muştik. Ben de bu işi "Hilâl-i Ah-mer" yararına yapmıyorum herhalde... Sen de, ben de para kaza-nacağız. Bir anlaşma bu. Şartları çok sarih olan bir anlaşma. Hiç-bir zorlama ve cebir yok! Bir zaman sonra, yeni bir hayat hikâye-sine hazır olduğunda, kendin dilediğin şartlarla feshedersin bu anlaşmayı. Bak, benim elimde çok güzel kızlar var, dedi Muştik. Piyasanın en güzel kızları. Öyle sözde kızlar değil. Bütün zengin ve kibar müşteriler, bu yüzden beni arayıp sorarlar; bunun için bana, zevkime, seçimlerime güvenirler. Ben, onları yanıltmam. Ben, bir kalite vadederim. Ben Istanbul'un, Beyoğlu'nun, Şiş-li'nin, Nişantaşı'nın yatak odasının kapısında durup bilet kesen adamım. Sadece Istanbul da değil, bütün Türkiye'de tanırlar beni. Anadolu'dan Istanbul'a gelip giden bütün zengin ve zevk sahibi adamlarda kartvizitim vardır. Bütün o vakti az, parası bol adam-lar, buraya gelir gelmez beni ararlar. Fazla vakitleri yoktur. Bütün mesele, hayatın çok çabuk geçtiğini kavramakta yatar saat bakışlı kızım. Hayat, yalnızca zaman kullanma bilgisidir, başka bir şey değil!

Sonra cebinden bir deste perili fotoğraf çıkardı, onları bir iskambil destesi gibi karıyordu. O kardıkça, fotoğrafların üzerindeki yüzler de hızla değişiyor, fotoğraflardaki her kız, birdenbire bir başkası oluveriyordu. Pembe tozanlı, gümüş simli, uçucu rüyaların Beyoğlu melekleri, karbeyaz kanatlarıyla bir karttan diğerine masal hızında konup kalkarak her pozda başka bir hikâyenin kapısını aralıyorlardı. Bak bu kızlara, dedi. Her zevke hitap eden birbirinden güzel, çok çeşitli kızlar var elimde, onların gittiği yollar, benim avucumun içine bir kader falı gibi çizili, her biri ortak bir kaderin hikâyelerini kendi hayatlarıyla zenginleştiriyor, bunların hepsi para kazanıyor, hepsinin keyfi yerinde, hepsinin bankada şahsi hesabı var, mücevheri, altını, kürkü, üstü başı... En mutena semtlerde oturuyorlar. En muteber mekânlarda görünüyorlar. Mal mülk almak için sıkıştılar mı, avans veriyorum; hiçbirinin başı, hiçbir şey için ağrımıyor; ben, bir gölge gibi devamlı arkalarındayım onların, başları derde girmesin diye, polise para yediriyorum, hatırlı müşterilerim sayesinde bana da bir zarar gelmiyor; herkes beni ve ne iş yaptığımı biliyor elbet, kimse dokunamıyor bana, ben bir işadamıyım çünkü, anlıyor musun? Bak, ne diyorum sana: Müşterilerim, öyle it kopuk kısmı değil, hatırlı kişiler, bir kadına bir gonca gibi davranacak, el üstünde tutacak kişiler; seni pamuklara yatıracak kişiler; inan hepsinin en az senin kadar kaybedecek şeyi vardır hayatta, adı ağızlara düşsün istemez hiçbiri, hepsi cemiyet içinde iyi bir mevkiide bulunan, itibar sahibi, güvenilir kişilerdir; hepsi aile sahibidir. Hepsinin çoluğu çocuğu vardır. Korkarlar. Bu cihetlerden için rahat olsun! Onların senden tek istedikleri, akşamları evlerine döndüklerinde, yoksul ve sıkıcı yatak odalarına katlanabilmek için ihtiyaç duydukları kuvveti kazandırmandır, bu da senin gibi güzel bir kız için çok şey değildir. Birazcık saf eğlence, birazcık zararsız oyun ve hile, kaçamak yapmanın suçlu keyfi, ihtiyarlık günleri için dayanıklı birkaç hatıra ve günahın o karşı konulmaz lezzeti...

Ya bir gören duyan olursa? Ya ailemden biri öğreniverirse?

Bakın bu taze, kötü yola düşmüş! derlerse, iffetime dil uzatırlarsa, ahlaksız derlerse bana?

Ahlak da parayla alınır, pireli kızım dedi Muştik. Paranın satın alamayacağı hiçbir şey yoktur dünyada. Zamanla öğreneceksin bunu da. Sadece, az para, çok para vardır ve bazı durumlar için paran çıkışmayabilir, hepsi bu!

Kötü yol, dedikleri sahiden kötü yol mudur?

Yol dediğin nedir ki, geçer gidersin rüzgârlı kızım. Yol değil, yolculuktur önemli olan. Nasıl yolculuk ettiğindir, nerede durduğun, nerede mola verdiğin, ne zaman yoluna devam ettiğin, hangi sapakları kullandığın, hangi dönemeçleri aldığın, ne zaman yavaşlayıp ne zaman hızlandığındır. Kiminle yolculuk ettiğin de önemlidir elbet, yoluna çıkanlara ne yaptığındır, kimleri yoldan çıkardığındır, yolunu kesenlere biçtiğin kaderdir. Bak, Istanbul'un, Beyoğlu'nun her yerine kapanlar konulmuştur. İnsanlar, fareler gibi bu kapanlara yakalanırlar. Kapan dediysem, hain bir tuzak sanma, herkes birbirinin çaresizliğinin kapanıdır. Birinin vücudu, diğerinin parasını tuzağa düşürür. Ya da tersi olur. Birinin imkânları, diğerinin hayallerini. Herkes birbirinin çaresizliğini kullanır aslında. Kapana kıstırdığını sandığının kapanına kısılmış olduğunu anlarsın kimi zaman. İnan, hayatın, ders vermeye bile vakti yoktur! "Hayat dersi" dedikleri, iş işten geçmeden bunların farkına varmaktır yalnızca. Hem unutma, bazen kötü bir yol, insanı, iyi bir sona ulaştırabilir.

Hem benim yolculukta başım döner, dedi Aliye.

Çabuk geçer, alışırsın, dedi Muştik. Bu işte başını değil, kuyruğunu dik tutmaya bak asıl!

Hem, ben bakireyim, dedi Aliye.

Biliyorum, dedi Muştik.

Sen de her şeyi biliyorsun, dedi Aliye.

Söyledim ya, işim bu, dedi Muştik. Zaten bu yüzden ilk müşterimiz belli bile.

Kim, kim? diye sordu Aliye.

Aliye'nin sevinçle parlayan heyecanı, Muştik'i bile şaşırtmıştı.

Sana talip olan müstakbel bir koca adayından değil, bir müş-

140

teriden söz ediyorum hülyalı kızım. Her erkekten kısmet uman bu kabil toy heyecanlarını yenmeyi öğren! Kim olduğuna gelince: Bir gazete patronu. Hatırlı biri. Meşhur ve rabıtalı. Keçi sakallı, monokl gözlüklü, kısa boylu, tıknaz bir adam. Yüzünde ağır, koyu, tedirgin gölgeler var, ama onlara aldırma sen; onlar, çevresinde yaşayanları karartacak bulutlardır, senin gibi gecelik ilişkileri değil. Bakirelere düşkün. Benden yalnızca bakire ister. Her götürdüğüm bakire için dolgun bahşiş alırım. Ben, onun bakire avcısıyım. Beni çoğu kez yoksul kenar mahallelere bunun için gönderir. Terzi yanında çalışan kızların ardına onun için takılırım, iş çıkışı fabrika önlerinde onun için beklerim. Cılız ampullerin aydınlattığı rutubetli atölyelerin pencerelerini onun namına gözler dururum. Bakışları vitrin camlarından ötelerde kalmış tezgâhtar kızların hülyalarını onun için takibe alırım. Benim, bütün bu zorlu mesailerimin karşılığını en iyi, en cömert şekilde öder. Bir de, ilk gece hatırası kanlı çarşaf koleksiyonu vardır. Her çarşafın üstüne günün tarihini yazdırıp dolaplara kaldırtır. Dolap dediysem, öyle iki kapılı, üç kapılı gardırop değil, üst üste dizili ince kesimli çekmecelerin gömülü bulunduğu duvarlar boyu dolap! Yerde kül rengi bir taban halısı. Tepeden aydınlatan soğuk, gri bir ışık. Morg gibi aynı. Düşün, yalnızca bu dolapları koymak için bir ev almış. Her odası, bütün duvarları dolap olan bir ev. Anlayacağın neresinden baksan, eksantrik, çok zengin ve hatırlı bir adam. Mebuslar, bakanlar ağzının içine bakar. O kadar gazete, mecmua çıkartır, kolay mı? Yazdıracağı birkaç satırla kaç kişiyi bir kalemde harcayabilir! Bir düşün! Emrinde çalışan bir Rum doktor var Tünel taraflarında, ona gideceğiz ilk; doktor, seni muayene edip bakire olup olmadığına bakacak, sonra onun verdiği bakire raporunu alıp otele öyle gideceğiz; otel dediysem, sözün gelişi, sen saray hayal et! Kendi gözleriyle yetinmez bir de doktor raporu ister, güvendiği, yeminlisi olan bir doktor, kandırılmaya karşı aldığı bir tedbirdir bu, dolaba kaldırmadan önce çarşafın üstüne iliştirecek bu raporu da. Her şey kayıtlı kuyutlu olsun ister. Ne de olsa gazetecilik, babadan geçmiş ona. İlk gecelerden, kanlı çarşaflardan bir kilitli tarih gömer o morg çekmecelerine. Çok şey yaşadım, çok şey gördüm. İnsan, benim yaşıma gelince, hiçbir şeyi yargılamamayı, hiçbir şeye şaşırmamayı öğreniyor. Bu fantezinin yalnızca bu adam için bir şey ifade ettiğini sanırdım, sonradan öğrendim ki, meğer bakireliği bozulan kızlardan bazıları, zaman zaman oraya gidip, o ölgün, soğuk ışığın altında durur, kendi çarşaflarının kilitli olduğu çekmecelerin başında dalgın ve kederli saatler geçirerek, geçmişi düşünürlermiş. Tuhaf şey doğrusu! Adam da buna, anlayışla izin verirmiş. Bunun hüzünlü ve insani bir şey olduğunu söylüyor. Birlikte işlenmiş bir suçun hatırası, dedi bana bir seferinde. Seksin kendisi bir suçtur, dedi. Ben, suça kendi stilimi veriyorum. Pahalı ve lüks bir suç. Görüyorsun ya, zenginler, her çeşit suçu, bir tören gibi yaşayabilme lüksüne sahiptirler. Belki de bu yüzden, mazi dediğimiz şey, yalnızca zenginlerin geçmişidir. Fakirlerin tarihi yoktur. Sadece zengin olmuş fakirler, tarihten tarih satın alabilirler. Senin de bir tarihin olmalı. O çarşaf bankasında bir çekmece sahibi olmak, az şey değil inan. Bu ilk tecrübe, seni bir zaman refah içinde yaşatacak kadar para bırakır sana. O parayla üstüne başına çekidüzen verirsin. İşlerini haline yoluna koyarsın. Adamdan çekinmen için hiçbir sebep yok. Yalnızca bir kere yatar, kızlığını bozar ve seni unutur. Bir daha asla yatmaz. Bu, senin için iyi bir başlangıçtır; numaralar göstermen, işveler, cilveler yapman, acemiliğini saklaman gerekmez. Olduğun gibi görüneceğin, seni yormayacak bir ilişki... Belki günün birinde, seni olduğun gibi sevecek birini de bulursun; şimdi bunu düşünme! Bu adamın seni beğenip beğenmemesi söz konusu değildir; onun için, bakire olman yeterlidir. Normal zamanlarda yüzüne bakmayacağı nice çirkin, cılız, şişman, çarpık çurpuk kızla sırf bakire olduğu için yatıp kalkmış olduğunu ben biliyorum. Bu, onun başlıca tutkusu. Kızlık bozmanın keyfini yaşamanın yanı sıra, bütün bakirelerin hayatındaki ilk erkek hatırası olmak ister. Bu, her kız için iyi bir hatıra olmayabilir ama, kuvvetli bir hatıra olduğu kesindir. O da bunu ister zaten. Kuvvetli bir hatıra olmayı. Yattığı bakirelerden bir tekiyle bile olsun, sonradan ilişkisini sürdürdüğü görülmemiştir. Bakireler, onun için tek gecedir. İlk ve tek gece. Hepsi o kadar. Sence de tuhaf değil mi? Ama seks tuhaftır zaten, seksin hiçbir açıklaması yoktur. Seks de ölüm kadar bilinmezdir aslında. Fakat, insanlar nedense onun hakkında ölüm hakkında bildiklerinden daha fazla şey bildiklerini zannederler. Seks, bir gayya kuyusudur. Bunu hiç unutma! Sekste hiçbir şeyi açıklamaya kalkma, yalnızca kabul et. Kolaylık çekersin. Hayallerini sekse emanet etmeye kalkma sakın, çabucak kırılırlar. Seks, öyle uzun boylu hayaller kaldırmaz, sınırlı bir şeydir. Sınırlı fantezilerle idare edilebilecek dar bir alandır. Azılı çapkınların, donjuanların, erkek delisi kadınların ya da azgın oğlanların ve de nenfomanların ta derinden bildikleri temel bir gerçektir bu. Alanın dar olduğunu bildikleri için, kadroyu geniş tutarlar. Çok eş değiştirerek seksin ömrünü uzatmaya bakarlar. Seks, sırrını orgazmda saklar. Kısa ömürlü bir yüceliktir o. Orgazm, bir işarettir: Sekse dayanan her şeyin süresinin bir orgazm kadar kısa süreli olduğunu söylemeye çalışır. Orgazm, sadece seksin değil, insan hayatının da gizli bir işaretidir. Yaşamak zevkinin de, tıpkı orgazm gibi, ne kadar kısa sürdüğünü hatırlatmaya çalışır insanoğluna.

Muştik, Aliye'nin, sesini çıkarmamakla birlikte, sözlerini tartmaya başladığını fark etmişti. Öyle fundalıkların gölgesinde dalgın masallar dinlerken, bir yandan papatyadan taçlar, kolyeler yapan küçük bir kız çocuğu gibi durmasına karşın, gözlerinde tavşan kırmızısı çakımlar yakalamıştı. Demek, birbirlerine benzeyen yanları vardı; bu, iyiye işaretti. Her masalda kaybolanla, yol gösterenin birbirine benzeyen yanlarının olması iyiydi. Bu, masalı hayat yapan şeydi. Ya da tersi.

Aliye'nin dolgun bir dişilikle kısılmış gözleri üzerine yeniden söze başladı Muştik:

Bak, bütün kadınların ortak bir yanılgısı vardır. Hepsi de diğer kadınlardan farklı olduklarını zannederler. Kendilerinde olup da diğer kadınlarda olmayan bir şeye sahip olduklarını düşünürler. Bu yüzden de, başka kadınların yaşadıklarına pek kulak asmazlar, başkalarının tecrübelerinden bir şey öğrenmezler; her biri, her şeyi, diğerlerinin yaşadıklarına aldırmaksızın, bir de kendileri denemek, bir de kendileri sınamak ister. Bunun sonucunda, uğradıkları kaçınılmaz yenilgi karşısında, durumu enayilikleriyle değil, talihsizlikleriyle açıklamayı tercih ederler. Sen öyle yapma! Sende olup da diğer kadınlarda olmayan hiçbir şey yok şerbetli kızım! Bu zengin gazeteci, senin kızlığını bozdu diye, seninle evlenecek değil, bunu aklına bile getirme sakın, bu adamın metresi olabileceğini de umma; metresleri, çok önceden bu yola düşmüş ünlü şarkıcılar, film yıldızları, sosyete kadınları falandır; koluna takıp ona buna gösteriş yapabileceği cinsten kadınlar yani. Orada başka bir sahanın kaideleri geçerlidir. Sabah uyandığında, dolgun bir ücretin dışında hiçbir şey ümit etme! Anlaşıldı mı? Seni, bir başkasından daha fazla beğenmiş, ya da senden daha fazla memnun kalmış olsa bile, bu, asla benimle anlaştığı fiyatın üzerinde bir parayı avucuna sıkıştıracağı ihtimalini doğurmaz. Sakın, kendini böyle sınamaya kalkma. Haksız yere güven kaybına uğrarsın. Kendine güvenini bu gibi yersiz durumlarda sınamaya kalkışma. Kendin için yanıltıcı olur. Özgüvenini yitirmiş kadınların çoğu, kendilerine güvenlerini yanlış durumlarda sınamaya kalkıştıkları için bozguna uğramış kadınlardır. Boylarının ölçüsünü aldıktan sonra da, bir daha asla iflah olmazlar! Bu yüzden ortalık, bir kolu kopmuş kadınla dolu. Dişine göre av seç, ava göre diş edinemezsin! İddialı olmak iyi bir şeydir ama, tehlikelidir de... Erkeklerin iddiaları pek uluorta, pek göz önündedir, bu yüzden çok çabuk kazanır, pek çabuk kaybederler; kadınların her şeyleri gibi, iddiaları da sinsidir. Hatta, kimi zaman kendilerinden bile saklamayı becerirler. Kazanamayacağın aşikâr olan hiçbir şeyde iddialı olma! Yalnızca iddianı kaybetmekle kalmazsın; daha önemli bir şeyi kaybedersin: Başkalarının gözündeki kredini... Bir tek iddia bile kaybetsen, insanlar, bütün bir hayatının yalan ve gösteriş olduğunu düşünmeye başlarlar.

Aliye, birdenbire bu söz yağmurunun altında kaldığını, bilinmedik bir geleceğe sürüklendiğini hissetti. Peki, ben neyim ki? diye sahici bir hayretle sordu.

Senin ne olduğun değil, ne olacağın önemli. Kendini bir yıldız gibi düşün! Herkesin sana hayran olmasını sağlamalısın! Hayranlıkta iki kart vardır: Sadakat ve ihanet. İkisi de sahibine eşit uzaklıktadır. Hayran olanlar, hayranlıklarını sürdürmek için, her fırsatta ikisinin de falına bakarlar. Her seferinde onlara, senin hakkında yanılmamış olduklarını kendilerine ispat etme şansı ve fırsatı tanımalısın! Kaybettiğin iddiaları görüp sana ihanete karar verirlerse, işte o zaman işin bitti demektir. İlkin nefret, sonra da daha acımasızı, kayıtsızlıkla cezalandırırlar seni. Bunun sonucunda, seni ta başından beri bir hiç olduğuna inandırırlar.

Her zaman bu kadar çok, bu kadar uzun, bu kadar kalabalık konuşmam! Bütün bu alışık olmadığın şeyleri, sana böyle tane tane, açık açık söylememin nedeni de bu zaten. Ancak her şeyi açıkça konuşursak, iyi birer ortak olabiliriz. Açıklık isteyen bir iş yapıyoruz. Aramızdaki her şey, bir bardak su kadar sade olmalı. Yoksa ne olacak? Herkes, herkesi kandırabilir. Kimse sonuna kadar enayi değildir, günün birinde uyanır. Bense, dünyanın en eski mesleği etrafında dönen bir iş yapıyorum, bizim işimiz vur kaç işi değil, güvenilir bir firma ahlakına ve sürekliliğine sahip olmak durumundayım. Sadece ahlakımın değil, mesleğimin de gereğini yapıyorum anlayacağın. Sen de mesleğinin gereklerini yapacaksın. Unutma, bir tek ahlak vardır: Meslek ahlakı. Her şeyi kaybedebilirsin ama, onu asla! Sen benim için de, kendin için de bir sermayesin. Seni en iyi, en verimli, en uzun ömürlü olacak biçimde kullanacağız. Herkes kıymetini kendi biçer, başkasından beklemez. Senin için doğru hikâye alacağız, senin için doğru görüntüleri kiralayacağız, senin için zamanı doğru ve tutumlu harcayacağız. Senden sürekli para getiren, zaman kazandıran, geleceğe çalışan bir efsane yaratacağız. Ölene kadar bu işi yapamazsın; hayatı ne kadar ağırdan alırsan al, bir gözün saatte olmalıdır. Kendini bir Külkedisi gibi düşün! Vaktinden önce dönmen gerekir kendine seçtiğin başlangıç noktasına. Ölümlü bir varlık olan insanın, hayattan alacağı en büyük intikam, zamanı en iyi biçimde kullanmayı öğrenmektir. Çünkü, bu konuda hayat hep hile yapar. Mesleğinin bütün inceliklerini öğrenmelisin. Dünyanın en eski, en kazançlı, en zor ticareti, zevk ticaretidir. Zevk dedikleri şey, çok nankördür çünkü. Çabuk değişir, çabuk geçer. Dünyayı kazanırken, bütün bir hayatı kaybedebilirsin. Kötü fahişelerin çoğu, erkeklere yalnızca etlerini satarlar; halbuki et dedikleri, çok çabuk çürür, sen erkeklere rüya satmaya bak! Erkekler rüya göremez çünkü. Erkeklerin çoğu rüya kördür. Rüya, erkeklerin gözünden alınmıştır, onların gözleri, sahip olmak, elde etmek, mülk edinmek, fethetmek, rekabet, hırs, yarış içinde çoraklaşıp kurumuştur. Evdeki kadın, erkeğin kaderidir, rüyası değil; sen, o erkeklerin rüyası olmaya bak! Unutma: Yaşattığın rüya kadar yaşarsın! Sen artık bir rüya kahramanısın. Kimseyi rüyasından uyandırmamaya bak, yoksa yok olursun! Ben, sana devamlı akıl vereceğim elbette, ama koyma akılla üç adım yol ancak gidilir. Sen de işinin bütün inceliklerini en küçük teferruatına kadar öğrenmeye bakacaksın; hatta, kendi işin konusunda beni bilgilendirmeye başlayacak kadar, kendi tariflerini getirecek, tecrübelerinin tahlilini yapacak, yaşadıklarından sağlam dersler çıkaracak kadar işine vakıf olacaksın. Beni bile şaşırtmayı dene. Amacın bu olmalı. Beni bir gün şaşırtmak! Ancak o zaman en iyi olursun!

Bir süredir aralıksız konuşan Muştik, derin bir soluk alıp birdenbire sustu.

Sanki rüzgârda sayfaları uçuşan bir kitap birdenbire kapanmış oldu. Susmasıyla birlikte, yüzünün bütün ifadesi bir anda boşaldı, hatları silindi, anlamı uçtu, heykelsi bir kesinlik ve suskunluk kazandı. Neredeyse katılmış, taşlaşmıştı.

Muştik'in konuşmasından bir hayli etkilendiği belli olan Aliye'nin yüzündeyse, sönen direncinin son dumanları, yıkılan duvarların son birkaç tuğlası kalmıştı yalnızca.

Muştik'in ani sessizliği üzerine, havada asılı kalmış boşluğun tedirginliğini duydu Aliye, bir şeyler söylemek ihtiyacı hissetti:

Gene de çok çekiniyorum, dedi. Tanınmaktan, bilinmekten, ailemin öğrenmesinden, mahallelimin bilmesinden çekiniyorum.

Aliye'nin geçmişi kulaklarında uğulduyordu.

Korkma! Hiçbir şeyden çekinme! Herkes sen ne kadarını istiyorsan o kadarını bilecek. Ailen, zamanla onlara akıtacağın kürekle paradan sonra, artık hiçbir şey bilmek istemeyecektir. Hiç merak etme, hep böyle olur bu! Hem sadece içinde yaşadığımız bu zaman içinde gezmeyeceğiz ki seninle, geçmiş zamanlara da gideceğiz, geçmiş zamanların adamlarıyla da tanıştıracağım seni; hem geçmiş zamanların adamları, bu zamana gelemezler, onlar orada kalır, işimiz bitince biz bu tarafa geçeriz. Orada seni tanıyacak birinin çıkması imkânsızdır. En iyi av sahası, geçmiştir zaten. Geçmişte ölüm yoktur. Eğer geçmişte kalmayı bir çeşit ölüm saymazsak tabii.

Peki, geçmişe nasıl geçeceğiz? diye sordu Aliye.

Benim için, geçmiş ya da gelecek yoktur, dedi Muştik, Ben zamansızım. Sesimde üç yüz yıllık bir Beyoğlu cini saklanıyor. Sana gelince, çok kolay. Aynalı Pastane'nin duvarında boydan boya koskoca bir ayna var ya, işte onun içinden geçeceksin yeni hayatına. Zamanları birbirine bağlayan en iyi yol, aynadır; bütün iyi ve sağlam yolculuklara aynanın içinden geçerek çıkılır. Her insanın kendine yaptığı ilk yolculuk, ayna yoluyla olmuştur. Her genç kız ve kadın, kendini ayna yoluyla keşfeder, ayna yoluyla yeniden şekillendirir ya da değiştirir. Herkes kendi yolculuğunun sırrını kendi aynasına sırlar. İnsan, kendine tuttuğu aynayla yolunu bulur. Ayna, yüzümüzün uğultusudur.

Peki nasıl olacak bu, yani aynanın içinden geçmek? diye heyecandan titreyen bir sesle sordu Aliye. Sanki, daha önceden seyrettiğini bildiği birine, kendini tutamayıp filmin sonunu soruyordu.

Senin kader aynan orada, çalıştığın yerde. Bir zamandır bir su başını bekler gibi pastanedeki o yaldızlı aynanın başını bekliyorsun, her gün o aynayla yüzleşiyorsun, can sıkıntılarını ona döküyorsun, o aynanın içinden görüyorsun dünyayı, o aynanın sana gösterdikleriyle yeniden bakıyorsun masalar, koltuklar, sandalyeler, hikâyeler dolusu insana. Sen farkında olmasan da, bunca zaman içinde ayna öğretmiştir sana öğreteceğini. Kendini aynaya bırak sen! Aynanın yollarına, zamanlarına, maceralarına güven! Sen, yalnızca istekli ve kararlı olarak ve yarılmaktan korkmayarak, ona doğru dosdoğru yürümene bak, aynanın görünmez duvarı bir anda içine alacaktır seni, ben de orada olacağım o sırada, sana yol göstereceğim, gerisi aynanın iklimine kalmış artık. Ondan sonra artık hangi diyara çıkarır bizi, bilinmez. Bence, işin en keyifli yanı da budur zaten. Seçtiğin kaderin hikâyelerini beklemek.

Söylenenlerden nefesi kesilmişti Aliye'nin, üşümesinin dinmesine karşın, varlığını dipdiri hissetmeye devam ediyordu. Gözlerindeki hülyalı tül hafifçe aralanmış, bakışlarındaki dalgın pus dinmişti. Gözbebekleri dolgunlaşmış, dünya, başka tür bir berraklık kazanmıştı onun için. İlk kez geldiği ecnebi bir memleketetin, sokaklarına, binalarına, insanlarına taptaze, yepyeni gözlerle bakar gibi bakmaya başladı etrafına; eşya, önceden tanımadığı bir derinliğe kavuşmuştu sanki... Masadan kalkıp, çay bahçesini geride bırakıp, yeniden İstiklal Caddesi'ne çıktılar; Aliye, Muştik'le birlikte yürümekten hem tedirgindi, hem suçlu bir zevk duyuyordu. Kendini ilk kez, hem kendi, hem bir başkasıymış gibi hissediyordu. Kendini bir tek kişi sanırken birdenbire çoğalmıştı. Muştik, düşüncelerini okumuşçasına açıkladı: Herkes, bir başkası olmak ister aslında, dedi. Bunu sakın unutma! Bu yüzden kimse kendisi kalamaz. Bütün romanlar, hikâyeler, piyesler, filmler bunun içindir; insana bir başkası olma imkânı sunmak için.

Tünel'e doğru yürümeye başladıklarında, olan biteni bir düzene sokması için, eksik bir halkanın tamamlanması gerekiyormuş gibi, Yalnız, son bir şey soracağım sana, dedi Aliye.

Sor, dedi Muştik.

Hem yazar, hem falcı olan birini tanıyor musun?

Muştik, bir an düşündü, sonra başını iki yana sallayarak, Hayır, dedi. Hiç duymadım.

Aliye, Muştik'in yanıtındaki içtenliğe inandı; yeniden yürümeye devam ettiler. Aznavur Pasajı'nı, Hacapulos Pasajı'nı geçtiler. Elhamra Sineması'nın oralarda, gözü vitrinde gördüğü bir şeye takıldı Aliye'nin. Durup baktılar. Birdenbire vitrin camının bütün yüzeyini kaplayan koskocaman bir kedi yüzü, Aliye'ye gülümsemeye başladı. Ardından cam dalgalandı, içine düşen taşı dibe çektikten sonra, halkalanmış yüzeyini durultan bir su gibi dindi, düzleşti. Aynı şeyi görüp görmediğini anlamak için, hızla dönüp Muştik'in yüzüne bakan Aliye, onun her şeyden habersiz görünen yüzünde, cevap yerine geçebilecek olağandışı bir şey bulamadı. Yanı başında durmuş, sessizce vitrine bakıyordu yalnız.

Dünya içinde görünmeyen bir dünyanın ilk işaretlerini almaya başladığını düşündü Aliye. Muştik haklıydı, hiçbir şey birdenbire olmuyor, kendi kendine birikiyordu demek. Bu yolculuk da, çok önce başlamış olmalıydı.

Yürüye yürüye Kalivrusi'nin, Karlman Pasajı'nın, Turkuvaz'ın, Markiz'in, Narmanlı Han'ın, Suriye Pasajı'ndaki Santral Sineması'nın önünden geçip Dört Mevsim Lokantası'na geldiler.

Hem sanki yıllar geçmiş, hem şimdi akşam olmuştu.

Pahalı ve güzel parfömlerin kalın bulutu, daha kapıda, camlı sahanlıkta karşılıyordu girenleri. Lokantanın içindeki yumuşak ışık, her şeyi soylu çizgilerle gölgelendiriyor; pahalı porselen takımlar, ay ışığı parlaklığındaki gümüş çatal bıçak takımları, bembeyaz kolalı örtüler, aslan ayaklı masalar, yüksek arkalıklı oymalı sandalyeler, kabartma desenli duvar kâğıtları, sarı sarı ışıyan pirinç apliklerden kurulu bu soylu ve sessiz dünyanın ortasında, alçak sesle konuşarak yemek yiyen bu kibar insanlar, kaynağı belirsiz bir güven uyandırıyordu Aliye'de. Sanki burada hiç kötü bir şey olamazdı. Her şey güven altına alınmıştı. Tek sorun, buraya layık olmaktı yalnızca. Bunu başarmaya çalışmalıydı.

Aliye'nin önüne uzatılan mönüde, adını hiç bilmediği bir sürü yemek adı, yabancı ülke adları gibi alt alta sıralanmıştı. Bu adlar hiçbir şey söylemiyordu ona. Gözünün önüne hiçbir şey getirmiyorlardı. Muştik, mönüye şöyle bir göz attıktan sonra, Aliye'nin yüzündeki, herkesten gizlemeye çalıştığı şaşkınlığı seyretti. Ne yemek istediğini sordu. Aliye, Siz ne yerseniz, ben de ondan, diye kestirme bir cevap verdi. Böylelikle, yemek listesindeki tanımadığı yemek adları arasında kaybolmaktan kurtulmayı umdu. Muştik, genç de ona listedeki belli başlı yemekleri tanıttı, listelerden korkmaması gerektiğini söyledi; bunların hepsini bir günde değil ama, zaman içinde yavaş yavaş öğreneceğini, canını sıkmaması gerektiğini ekledikten sonra, ikisi adına yemekleri seçti.

Bu kez de, ağına yeni düşürdüğü bir tazenin gözünü kamaştırmaya çalışan kart bir zampara ile yeni bir hayatın eşiğinden ürpererek adım atan bir kenar mahalle güzeli gibi görünüyorlardı uzaktan.

Muştik, Aliye'nin şerefine bir şişe Fransız şampanyası açtırdı.

Aliye, ilkin şampanyayı, ardından beyaz şarabı tattı.

Yemekler, tekerlekli arabalarda, gümüş parıltılı tepsiler içinde, ölçülü bir nezaketle gülümseyen, tertemiz, bembeyaz giysili garsonlar tarafından özenle servis ediliyordu. Aliye, önüne konan süslü yemeğe bir süre yabancı gözlerle baktı, ne olduğunu anlamaya çalıştı; gözucuyla izlediği Muştik'in katlı peçetesini açarak kucağına yayışını, çatalını bıçağını eline alışını aynen taklit etti, ardından çatalının ucuyla yemeğinden ilk lokmasını aldı. Büyülü bir tadı vardı yemeğin. Hem çilekli pasta, hem krema, hem hindi kızartması, hem portakal reçeli, hem muz tadındaydı. Baş döndüren rayihası, insanı uzak diyarlara götürüyordu.

Boşalan şarap kadehlerinden sonra, yanaklarını al basmış, gözleri süzülmeye başlamıştı, diline hafif bir pelteklik gelmişti ki, Muştik buna sevindi. Erkeklerin, kadınlarda bu tür küçük ve sevimli kusurlara bayıldığını biliyordu. Şakası yapılabilecek cinsten bu kabil küçük kusurlar, erkeklerin himaye etme duygularını güçlendiriyordu.

Son olarak, içinde alev alev bir şeylerin yandığı, çakımlı ışıltılarla parlayan dev bir gümüş tepsi geldi masaya. Muştik, ceketinin cebinden çıkardığı ipekli mendilini bir tüy gibi alevlerin üstüne bıraktı, süzülerek inen ve alevlerin üstünü örten mendili, aynı anda hızla geri çekerken, parlayan flaşın ışığı gözlerini aldı Aliye'nin.

Güzel bir poz daha, dedi fotoğrafçı.

Ne oldu? dedi Aliye. Neredeyiz?

Fotoğraf çektiriyoruz, dedi Muştik. Stüdyodayız.

Anlamaz gözlerle şaşkın şaşkın makineye baktı Aliye. Gülümserken, bir yandan ısrarla soruyordu: Neredeyiz? Ne oluyor?

"Foto Süreyya"dayız, dedi Muştik. İlk fotoğraflarını çektiriyoruz senin; uzun yıllar ceketimin iç cebinde gülümseyeceksin sen de diğer Istanbul güzelleri gibi. Şimdiden tarih oluyorsun Aliye Hanım. Bak, burada, yıllar önce bu "Dört Mevsim Lokantası"nın yerinde duran, "Foto Süreyya"dayız işte. Bu güzel buluşma için, buradan daha uygun bir yer olamaz, diye düşündüm. Bütün zamanlar iç içe geçmiştir Beyoğlu'nda. Hatıraların kamaşmasıdır bu. Hadi şimdi, verdiğin son bir pozda Beyoğlu için gülümse! Beyoğlu'nu anarken, bir gün seni de anacak olan bütün o fani insanlar için gülümse! Zamanın pek çabuk geçtiğini düşünerek gülümse!

Aliye gülümsedi.

Zaman gülümsedi.

Flaş söndü. Tepsinin üzerine gümüş bir kapak kapatıldı.

Çevredeki masalar yavaş yavaş boşalıyor, içerisi tenhalaşıyordu. Tatlılarını yerken Aliye, sarhoş olmaya başladığını, uykusunun geldiğini, kendini birdenbire çok yorgun hissettiğini, bu yeni hayatında ne olursa olsun, ne yaşarsa yaşasın, bir gün başladığı yere geri dönerek, evlenmesi, bir yuva kurması gerektiğini düşündü. Bir yerlerde onu bekleyen bir erkek mutlaka olmalıydı. Dünya bu kadar ıssız olamazdı.

Dört Mevsim'den çıktıklarında hava iyice serinlemişti. Gene de Aliye yürümek, biraz açılmak, üzerine sinen puslu havayı rüzgâra vermek istiyordu. Yolda, neredeyse hiç konuşmadılar. Muştik, onu ilk kez o gece, evine, kapısının önüne kadar bıraktı.

Ertesi gün için el sıkışıp sözleştiler.

İlk o gece karışık, uzun, heyecan ve macera dolu, iyi mi kötü mü olduğuna karar veremediği bir rüya gördü Aliye.

Rüyasında, rüyasında kaybolmuş bir kız çocuğunun rüyasını görüyor, uyanmak istediğindeyse, o kayıp kız çocuğu bir türlü bulunamadığı için, kilitli kaldığı onun rüyasından bir türlü dışarı çıkamıyordu.

Her uyanışında, uyanışının, aslında sürmekte olan rüyanın bir parçası olduğunu anlayarak yeniden umutsuzluğa kapılıyordu.

Rüya içinde rüya içinde rüya içinde rüyaların sabahında uyandığında, nasıl uyandığını hatırlamıyordu.

Yüzünde kendinin olmayan bir mahmurluk vardı.

Birlikte Istanbul'u gezmeye başladılar. Yalnız Istanbul'u değil, sanki bütün bir hayatı geziyorlardı. Yalnız şimdiki zamanı değil, bütün zamanları geziyorlardı. Muştik, Aliye'nin iyiden iyiye güvenini kazanmaya başlamış; Aliye, kendini, onun yol göstericiliğine bırakmıştı.

Yağmurlu bir öğleden sonra, İstiklâl Caddesi'nde, Saray Sineması'nın locasındalar şimdi. Salon yarı yarıya boş. Ölgün apliklerden yayılan yorgun, sarı bir ışık aydınlatıyor ortalığı. Duvar lekelerine benzeyen bu gönülsüz, cılız ışıkların yarattığı, insana yalnızlık duygusu veren, bu biraz hüzünlü, biraz bezgin hava, sanki az sonra başlayacak olan filmle birlikte dağılıverecek ve hayattan çok daha canlı, çok daha hakiki görünen film, bu sıkıntılı bekleyişi unutturuverecekmiş gibi... Az sonra sinema salonu tamamen kararıyor, makaranın sayıklamaya benzer ilk titrek görüntüleri, yerini parlak, göz kamaştırıcı bir ışığa bırakıyor. Adı, pek alışık olmadıkları uzunlukta tuhaf bir ecnebi film seyrediyorlar. Filmin bir sahnesinde, adı Prenses Gradisca olan kırmızı başlıklı bir kadın, jigolosunun tecavüz ettiği, filmin Antigone adlı esas kızına şunları söylüyor:

"Çağını şaşırmış masallar vardır. Kimi zaman da insanlar yüklenemeyecekleri ya da sürdüremeyecekleri masalları yaşamaya kalkışırlar. Masalların kadrosu sanıldığı kadar kalabalık değildir. Orada ancak birkaç kişiye yer vardır. Örneğin, beni düşünün. Ben, Prens'le evlenmek yerine, bütün umutları içinde çürümüş bir kızkurusu olarak orada, o küçük taşra kasabasında bir jandarma subayıyla evlenip bütün hayatımı o bozkırda çürütebilirdim. Ama öyle olmadı. Olabilirdi de. Bu yalnızca bir şans işidir Antigone. Bir rastlantı, bir zamanlama... Örneğin sen de kendi masalını terk ettin. İnsanların imrendikleri başkaldıran bir kadın kahraman olabilecekken, bunları tepip başka bir şey olmak istedin. Başka hayatların masalını teneffüs etmek, o iklimlerde yaşamak kolay değildir. Küçük roller yabancılar içindir Antigone. Sen kendini kendi masalından sürgün ettikten sonra, hiçbir masalı yurt tutamazsın. Hem Prenses olmak hiçbir şey demek değil. Bazen ben bile düşünürüm, acaba o küçük taşra kasabasında mı kalsaydım? diye. Bilmediğim, belki hiçbir zaman bilemeyeceğim bir şey bu. Ayrıca bilmediğim, ve belki hiçbir zaman bilemeyeceğim birçok şey var hayatım hakkında... Örneğin Superman'in beni sevip sevmediğini hiçbir zaman öğrenemeyeceğim. Parayla tutulmuş birinin konumunu yitirmek korkusundan ötürü değil bu. Yalan söyleme olasılığından, ya da suskunluğundan da değil. Çünkü bazen parayla tutulmuş biriyle de büyük aşklar yaşanabilir. İnsan sahiden sevebilir. Özel bir coğrafyanın da kendine özgü aşkları, sevinçleri, kuralları vardır. Söylemeye çalıştığım şey, daha köklü, daha temel bir şey. Bunların adını ben de her zaman veremiyorum. Zaman zaman bir şimşek çakımı süre içinde bilincimi yalayıp geçiyorlar. Masallar da sahiciliğini yitirmeye başladı, yapaylaştı, sahteleşti. Sanki onlar da çürüyorlar, içimiz gibi, gövdemiz gibi. Sentetik masallar yaşıyoruz artık. Bütün oyunlarda naylon tadı var. Belki de ta eskiden beri böyledi bu; ama biz farkında değildik. Her neyse kafam sorularla dopdolu. Yaşlandıkça, olgunlaştıkça, yanıtlarım değil de, sorularım çoğalıyor. Ne tuhaf! Nedense bütün bunları bilmeni istedim. Bunları seninle konuşmak istedim. Çünkü sen de artık bir kadınsın. Ve düşlerinin başkentine doğru yol alıyorsun. Oraya vardığında bir düş gurbetçisi olmanı istemem. Tecavüze uğramış bir kadın hiç olmazsa bunu öğrenmiş olmalıdır. Herkesin ahlakı serveti kadardır Antigone; tez elden servet yapmaya bak."

Aliye'nin gözleri doluyor bu uzun sözlerden.

Tam olarak anlamadığı, ama canını yakan, yüreğinde bir yere değen sözler bunlar. Ne söyleyeceğini bilemiyor, Muştik'e dönüp, Beni niye getirdin bu filme? diyor. Söylenenlerden ders alayım diye mi?

Bu sırada perdede başını kaldırıyor Antigone. Yüzünü basmış çillerin büsbütün büyüttüğü, çoğalttığı o masum hayretle, "Hep sizin gibi olmak istedim," diyor Prenses Gradisca'ya. "Hep sizin gibi." Belli ki, söylenenleri hiç anlamamış, hiç dinlememiş Antigone; yalnızca hayallerinin esiri olarak dinlemiş, güzelliğine ve macerasına hayran olduğu, adı Prenses Gradisca olan bu kadını.

Aliye, onun bönlüğünü cezalandırmak ister gibi, dönüp Muştik'e, kızın çillerine Krem Şövötal'ın iyi geleceğini söylüyor. İstanbul'un ortasında Beyoğlu'nun Rebul Eczanesi'nde bile bulunan bu krem, koskoca Avrupa şehirlerinde yok mudur sanki? diyor. Muştik gülümsüyor. Aliye, orada olsaydı, Prenses Gradisca'nın sözlerini anlayacağını, onun tembihlerine göre davranacağını düşünüyor. Ama bu kez de, Antigone'nin, aslında niye ona bu kadar hayran olduğunu, onun gibi olmak istediğini anlamakta güçlük çekiyor.

Haklısın, diyor Muştik. Başka masalların kadınlarının birbirlerinden öğrenecek fazla bir şeyleri yoktur. Bazı kadınlar arasında kadın olmanın yetmediği büyük uzaklıklar vardır.

Aliye, hepsinin birbirinden değerli olduğunu düşündüğü bütün bu sözleri bir gün anlayabilmeyi umuyor. Daha doğrusu, içinde bir yerlerin, bu sözlerin önemini anladığını, ama henüz bütün derinliğiyle kavrayamadığını düşünüyor. Sözleri kavratan şeyin, yalnızca akıl ya da zekâ olmayıp çoğu kez tecrübeler olduğunu; kendi kıt dağarcığınınsa bunlara yetmediğini kabul ediyor. Hayalini kurmadığı bir geleceğin bir yerlerde kendisini beklediğini ilk kez bu denli derinden duyuyor.

Muştik, Aliye'nin düşüncelerini okumuş gibi, kadınlar, geleceğe yalnızca hayallerle hazırlanırlar, diyor. Yani çok çabuk boşa çıkan şeylerle. Gelecek için biraz gerçek biriktir tül masalı kızım. Hiçbir gelecek sanıldığı kadar uzak değildir. O yüzden de geçmişe benzer. Ama, yine de eski bir masalın söylediği gibi: Bütün kızlar günün birinde kraliçe olmak ister! Belki de masal yolları bu yüzden aynıdır ve bu yüzden sürekli birbirine dolaşır.

Yeniden filme dönüyorlar. Film, hiç kımıldamamış onları

kaldıkları yerde bekliyor.

Aliye, Muştik'in bütün sözlerini aklında tutamayacağını, ama o sözlere ilişkin duyguları saklayabilmeyi umuyor. Doğru saklanmış duyguların, sağlam fikirler kadar yol gösterici olduğuna inanıyor.

Birden perdedeki sesler boğuklaşıyor, ağızlar boşa açılıp kapanırken, hareketler ağırlaşıyor, makineden kurtulan film şeridinin çırpınışa benzeyen boşa dönüşünün sesi dolduruyor sinemayı. Ardından çiğ bir ışık perdeyi aydınlatıyor. Erken uyandırılmış bir rüya duygusu kalıyor seyircilerde. Dönüp birbirlerine bakıyorlar. Serin havaların sabahlarında, sıcak yataklarından kalkıp oda ısısına çıktıklarındakine benzer bir ürperiş sarıyor hepsini. İçlerinden birkaçı, belki de rüyaların hayattan daha bağışlamasız olduğunu düşünüyor.

Sinemadan çıktıklarında, yağmur azalmış, hava iyice serinlemiş; İstiklâl Caddesi üzerindeki Petrograd Pastanesi'nde oturuyorlar bir süre. Uzaktan görünüşleri, pek seyrek görüşen, birbirlerine söyleyecek sözü olmayan iki uzak akrabanın, Beyoğlu'nda bir akşamüzeri zorunlu beraberliğine benziyor. Petrograd Pastanesi'nde her zaman servis yapan Beyaz Rus kadın, her zamanki donuk yüzüyle geziniyor masaların arasında. Dünyayı olduğu gibi kabul etmiş, heyecanlarını çoktan tüketmiş, sevinçlerini ya da kederlerini kendinden bile saklamayı öğrenmiş, hayattan bezgin, ama işinde enerjik kadınlardan olduğu belli; sessizce siparişleri alıyor. Aliye, Muştik'in yanındayken, erkeklerin kendine başka gözlerle baktığını fark ediyor. Daha önceden tanımadığı, yabancı bakışlar bunlar. Bu bakışların hoşuna gidip gitmediğini bilmiyor; filmlerden bildiği, şehre yeni gelmiş yabancıya ilgi duyan yerli halkın meraklı bakışlarına benziyor. Bu yabancılıkta hayatı için yeni olan bir şey var. Bu da, ona sonrasında ne olacağını bilmediği tuhaf bir beklenti heyecanı veriyor. Sanki hayatının gizli ipliklerinden biri yavaşça çekilmiş, ardından çorap söküğü gibi gelecek başka ihtimalleri usulca sezdiriyor. İlk kez o zaman Muştik'in kendine önerdiği işe çok da yabancı olmayan bir yanını keşfediyor: Merak. Yabancı gövdelere, yabancı hikâyelere, yabancı hayatlara duyduğu derin merak. Gövdeyi ürperten şeyin, yalnızca esinti ya da soğuk değil, kimi zaman da merak olabileceğini düşünüyor. Merakın uyandırdığı karşı konulmaz heyecan ve küçük kalp çarpıntıları, sabah serinliği gibi diri tutuyor insanı.

Aliye, ansızın yüzüne yayılan hem masum, hem şeytani bir gülümsemeyle bu meraklı yanını hınzırca fark ediyor; kendini çok güçlü hissediyor birdenbire. O andan sonra, artık baş edemeyeceği hiçbir şey yokmuş gibi, içi, kaynağını bilemediği bir güçle doluyor. Bunun, baş dönmesi gibi, bir anlık geçici bir duygu değil, önüne açılan yeni bir hayatın temel duygusu olmasını umuyor. Köpüklü kara birasından iri bir yudum yuvarlıyor, biranın dudaklarının iki yanına bıraktığı köpükleri, dilinin iştahlı ve çabuk hareketleriyle yalayarak ağız kenarlarından alıyor. Kendine ilişkin bir giz gibi, kendindeki iştahı derinden fark ediyor. Erkek gövdeleriyle kendi arasındaki büyük uzaklığın hızla kapandığını, sanki şimdi gözlerini yumsa, onlardan birinin tuzlu tenine dokunabileceğini duyumsuyor.

İçinde büyük bir hızla kök salan, şimdilik sarsılmaz görünen o güven duygusuyla, birdenbire gözünün takıldığı, masalar arasında dolaşarak servis yapan o Beyaz Rus garson kadını küçümsediğini fark ediyor.

Kadınların güçlü olduğu anlarda, ilk küçümsedikleri şeyin, diğer kadınlar olduğunu anlıyor. Muştik'in sinemada söylediği masaldaki sözü anımsıyor: Bütün kızlar günün birinde kraliçe olmak ister!

Ve eklemek istiyor: Hiçbir memlekette iki kraliçe birden olmaz!

Yüzüne, kendisine bile yabancı gelen geniş bir gülümseme yayılıyor ve birasından iri bir yudum daha alıyor. Üzerinde gezen yabancı gözlerin, dudaklarının kenarında kalan bira köpüklerinde olduğunun farkında şimdi ve bunun, onların susuzluğunu artırdığını biliyor. Şu an dudaklarının kıvrımıyla gamzesi arasında duran minicik bir bira köpüğünün nasıl bir gücü olduğunu erkeklerin gözünden okumanın üstünlük duygusuyla kadınlığını tadıyor.

Film şeridi yeniden makineye takılıyor. Hareketler eski hızına ve temposuna; açılıp kapanan ağızlar, eski sözlerine yeniden kavuşuyor; film kaldığı yerden devam ediyor.

Çıkınca, Petrograd Pastanesi'ne gidelim, diyor Muştik.

Ses çıkarmıyor Aliye, perdedeki gemiyi, nereden görmüş olabileceğini düşünüyor; geminin balo salonundaki avize tanıdık geliyor.

Birlikte birkaç anı edinmenin, güven duygusunu nasıl güçlendirdiğini iyi biliyor Muştik. Bu yüzden, birkaç gündür birlikte geziyorlar. Uzun yolculukları besleyen şeyin küçük yolculuklar olduğunu anlatıyor Aliye'ye. Yol arkadaşlığı, dünyanın en zor arkadaşlıklarından biridir, diyor. Kaç kişi yol arkadaşı kalabilir hayatta, bir düşünsene!

Aliye düşünemiyor. O kadar genç ki, gözleri fazla uzağa bakamıyor.

O gün, Eyüp sırtlarında gezerlerken, iki yanında uzun selvi ağaçlarının dizili olduğu, yığma taşlarla örülü alçak bir duvarla çevrelenmiş eski bir mezarlığın yanından geçiyorlar. Geçmişin ve şimdinin çiçek kokularının yanından geçiyorlar. Eski ve uzun ezan seslerinin yanından geçiyorlar. Eskiden, sevdiklerini uzağa göndermeye kıyamayan mahallelilerin ölüleriyle koyun koyuna yattıkları alçakgönüllü mahalle mezarlıklarının yanından geçiyorlar. O iki yanı, aralarından salkım saçak otların boy verdiği yığma taşlarla örülü, iki yanı uzun selvilerin koyu gölgeleriyle ve yabani otların başıboş yeşilliğiyle kuşatılmış, Boğaz'ın tuzlu rüzgârlarını saklayan sık ağaçlı korulklara doğru kıvrıla kıvrıla tırmanan o dar patika yoldan, eski ölülerin yeni hayatlarının yanından geçiyorlar. Ölümün Müslüman huzurunun yanından geçiyorlar.

Yolun sonuna doğru, hafif eğimli bir tepeciği aşarken, birdenbire eski bir Istanbul prensesinin masalı çıkıyor karşılarına.

Konuşan mezardı bu masal. Yağmurlardan sonra toprağı kabarmış taze bahar kokan bu mezarın yanından ne zaman geçseniz, toprağın derinliklerinden gelen bir ses duyulurdu; alçak sesle, ama hiç susmadan, kendi masalını anlatan ölü bir prensesin sesiydi bu. Çok kullandığı halde anlamını hiç yitirmemiş sözcükler kullanıyordu. Yüz yıl uyuduktan sonra, bir prensin hayat öpücüğüyle uyandırılmış ve ondan sonra da hiç susmamış bir prensesin, kadınlığının uzun uykusundan uyanmış, uyandırılmış bir prensesin hiç dinmeyen sesi, bir yeraltı nehri gibi uğulduyordu. Uyandırılmış prenseslerin rüyalarını gören bu mezardan bütün dünyaya yorgun sesllenişini sürdürüyordu. Tarih kadar yorgun bir sesti bu. Bin yıldır gizemlere, tılsımlara, büyülere, efsanelere sarmaşıklar gibi dolaşarak yaşamış Istanbulluların, artık alıştığı, kanıksadığı, sonunda zamansızlığa ulaşmış nice gündelik tansıktan biriydi bu, yolu oraya düşen her kim, bu mezarın yanından geçse, bir an soluklanır, öldükten sonra bile hazin masalını terk etmeyen bu talihsiz prensese kulak verir, onu bütün kalbiyle dinler, duyduklarından kendi hayatı için gerekenleri öğrenmeye çalışır, sonra uğradığı bu masaldan payına düşeni alıp kendi yoluna giderdi.

"... Yüz yıldır hiç konuşmadım, hep bekledim, karanlıkta bekledim, yalnızlıkta bekledim, yalnızlığımda bekledim. Kitaplar okudum, filmler seyrettim, düşünceler geliştirdim. Hayatıma değgin sahneler yazdım, sahneler tasarladım, bunları canlandırmak istedim, ümit ettim, düş kurdum, gelecek biriktirdim. Erteledim, erteledim. Yüz yıldır hiç konuşmadım, hiç konuşamadım. Hiç kimseyle konuşamadım. KİMSE. KİMSE. KİMSE. Kim, kimin kimsesi olabiliyor ki sevgili Prensim? Herkes önünde sonunda kendi kendinin kimsesi oluyor. Hiç kimse yoktu ki zaten, nasıl olabilirdi hem? Bütün çevremi uykunun kundağı sarmışken, sarmalamışken? Düşlerimin sessizliğinde yaşadım.

Düşlerimin sessizliğini,

sessizliğin karabasanını,

nasıl anlatabilirdim size? Uçucu görüntüler ve büyük bir sessizlik içerisinde ayak sürüdüm bunca yıl.

Tek bir sözcük, tek bir sözcük bile etmeden, düşlerimin sessizliğinde yaşadım. Tek bir sözcük, tek bir, tek..."

159

Mezarın üzerinde karıncalar titreşen kelimeler gibi gezini-yorlar.

"Rüyanın bittiği yerde başlayan bir masal yok mudur Pren-sim? İnsanların uyanıkken de sevildiği masallar...

Biliyorum hiç sevmeyeceksiniz beni, belki kendi yıkımımı hazırlıyorum sürekli konuşarak, hiç susmayarak. İtiyorum sizi, yanıma yaklaştırmıyorum. Böylelikle sizi kendimden uzak tutu-yorum, size sözcüklerden bir orman örüyorum; gene sevesiniz di-ye belki, hiç sevmeyesiniz diye belki. Konuşarak kendimi boğu-yorum, sizi boğuyorum, beraberliğimizi boğuyorum. Oysa, ince, iyi yürekli biriyim, sevmek ve sevilmek istiyorum. Belki de duru-lurum zamanla, tılsımsız, büyüsüz sevin beni n'olur. Hatalarım, zaaflarım, kusurlarımla sevin. Masalımın ağırlığı altında ezilmiş yüreğimden şimdiye değin uydurulmamış olduğu için hiç kimse-nin bilmediği bir sevgi çıkarmak istiyorum. Size bütün geçmişi-mi, bütün geçmişi, bütün yaşadıklarımı bir çırpıda anlatmak isti-yorum. İlgi duymadığım erkeğe karşı feminist, ilgi duyduğum er-keğe karşı köle olabilirim. Çağımızın ideal kadınlarından biri ola-bilirim. Sevmek istiyorum ama sevmeyi öğrenmek istiyorum ön-ce. Ne ki bir dil sağanağı altındayım şimdi. Sözcükler ağzımdan kayı kayıveriyorlar. Onlara tutunarak yaşıyorum belki de. Yalnız-lığımdan kurtulmak için konuşuyorum. O korkunç sessizliği (ha-ni düşlerimin) unutmak için konuşuyorum.

Hoşgörün beni Prensim, biliyorsunuz şu yüz yıllık arayı ka-patmak zorundayım. Sevseniz de, sevmeseniz de beni konuşaca-ğım, susana kadar konuşacağım. Hiçbir güç beni konuşmaktan alıkoyamaz artık. Hiçbir güç.

Boş da olsa, dolu da olsa,
kelimeler, kelimeler, kelimeler"

Aliye ve Muştik, daha iyi duyabilmek için, mezarın üzerine eğdikleri başlarını hafifçe kaldırıyor, soran gözlerle birbirlerinin yüzünde bir tepki arıyor, sonra da saygılı bir sessizlikle birbirleri-ne hiçbir şey söylemeden, ellerindeki ay gibi şavkıyan, kalay ışıl-tısını hiç yitirmemiş bakır maşrapalardan prensesin mezarının ve kelimelerinin üzerine su döküyorlar. Böcek seslerinin, arı vızıltılarının bozamadığı aynı saygılı sessizlikte yerlerinden kalkıyor, hiç konuşmadan kendi masallarının çatallandığı yol ağzına doğru yürümeye devam ediyorlar. Onlara, giderek koyulaşan, kurşuni renge dönmeye başlayan, onlar yürüdükçe, gökyüzünde alçalan iki top bulut eşlik ediyor. Bir süre sonra tepenin ardında tamamen gözden yitiyorlar.

Arkalarında sahipsiz kalmış bir manzara, eksiksiz bir hüzün bırakarak...

Söğütler hışıldıyor. Gök koyu. Prensesin toprak üstüne vuran kelimeleri. Karıncalar. Yağmur. Zaman. Herkes için zaman.

Hangi yol ağzı, hangi kararlar için gereken zamanı tanır ki? Zaman yalnızca geçer.

Mevsimlerin çok çabuk, çok hızlı geçtiği, meleklerin soğuk deniz şarkıları söylediği kuzeyde, gri ve uzak bir ülke varmış bir zamanlar...

İnsanlar, renkten, ışıktan, sürprizlerden ve mucizelerden yoksun, kuru hayatlar yaşarlarmış. Herkesin hayatı, olağanüstü sıkıcı, iç karartıcı, bunaltıcıymış. Bu yüzden insanlar, ancak kendilerine masallar satın alarak sürdürebiliyorlarmış yaşamlarını. Gündelik hayatın güçlüklerine, ancak bu masallar sayesinde katlanabiliyorlarmış.

Kimi masallarsa kiralıkmış; bazı yerler elden düşme masallar satıyormuş. Parası olanlar, pahalı ve yeni masallar alırken, yoksullar, çoğu kez rehin karşılığı kullanılmış masallar kiralayabiliyorlarmış ancak. Bazı insanlar, taşıyamayacakları masallar alıyor, sonra bu masalların altında kalarak heba olup gidiyorlarmış. Çok onarılmış masallar, yırtık sökük yerleri onarıldıktan sonra yeniden kullanılır hale getirilen masallar, dayanıklı masallarmış. Masallarda kaybolmaktan korkanlar için en uygun masallar bunlarmış.

Şehrin biraz dışında, kırların başladığı yıkık surların eteklerinde, her mevsim kirli ve karanlık bir su gibi akan kanala yakın bir yerde, üç kanatlı kapısından bin bir güçlükle girilen eski, köhne bir yapının üzerindeki büyük tabelada "Kiralık Masallar" yazıyormuş. O yöredeki herkes masallarını buradan alırmış aslında; en iyi, en güzel, en dayanıklı masallar burada bulunurmuş. Bu binanın bir de yaşsız bekçisi varmış. Adını kimse bilmezmiş, bilenler de zamanla unutmuşlar zaten; ondan söz açmak için, "Masal Bekçisi" demek yeterliymiş.

Masal Bekçisi, kimseleri sokmazmış masal evine. O şehirde her şeyin bir evi varmış, "Oyun Evi" gibi, "Hatıra Evi" gibi, "Rüya Evi" gibi.

Yoksullar ve kimsesizler, yalvara yakara Masal Bekçisi'nin vicdanına seslenerek, elden düşme bir masal parçasına sahip olmaya çalışsalar da, ya da bir masal kırpıntısından büyük bir hayat umsalar da Masal Bekçisi, çok katı ve ödün vermez bir kişiymiş. Bir ölü kadar kayıtsız bir yüzle kapının önünde dimdik durur, buz gibi bakışlarla karşılıksız bırakırmış bu çeşit istekleri. Acıma duygusundan bunca yoksun oluşunu eleştirenlere, Başını beklediğim masalların bana sızmalarına izin verseydim, bunca yıl sürdürebilir miydim bu işi, dermiş.

Geceleri, kanal boyu gezerek, uykusuzluk çeken A'ya acımış bir tek. O güne dek yüzlerce insan onca yalvarmış yakarmışken, bir tek ona acımış. Niye? diye sorma. Böyle şeylerin açıklaması yoktur. Hayat her şeyi gerekçelendirmez, masallar niye gerekçelendirsin? Hayatın bir planı yoktur. Varsa da, bizim hayatlarımızı ve seçimlerimizi aşan bir plan olmalı bu, akıl erdiremeyiz, boş yere zaman yitirmeyelim.

A'nın uzun ve karanlık gecelerini kanal boyunda geçirmesi, o kirli ve karanlık sulara iç geçirerek uzun uzun bakması, hiçbir şey söylemeksizin dalgın gözlerle Masal Evi'nin çevresinde mahzun mahzun dolaşması, nedense Masal Bekçisi'nin içinde bir yerlere dokunmuş. Bir gece onu Masal Evi'nin içine buyur ederek ne istediğini sormuş.

A, diğerleri gibi bildik masalların peşinde değilmiş. Çok yalın bir sorunun yanıtını bulabileceği tek bir masal istiyormuş yalnızca.

Kimsenin "Hayır" diyemeyeceği biri olmak mümkün müdür? diye sormuş A.

Hayır, demiş Masal Bekçisi.

Dünyanın en güzeli bile olsan mı?

Evet, dünyanın en güzeli bile olsan, demiş Masal Bekçisi. Kaldı ki, dünyanın en güzeli diye bir şey yoktur.

Ama dünyanın en güzeline kim hayır diyebilir? diye ısrar etmiş A.

Her zaman biri vardır, demiş Masal Bekçisi. Hayat da bu yüzden hayattır zaten. Bu hesap edilemeyen "hayır"lar yüzünden.

A, Ben hep kimsenin hayır diyemeyeceği biri olmak istedim, demiş.

O zaman gir de gör, demiş Masal Bekçisi, onu bir masalın içine almış. Ama önceden gerekli bütün uyarılarda bulunmuş:

Bak dikkatli ol, bu masalı kendin istedin, ama günün birinde masalında kilitli kalabilirsin, demiş. Gerçi bu tehlike, bütün masallar için vardır ama, bu gibi masallarda daha da çoktur, ona göre dikkatli olmalısın. Benim de çok canım sıkılıyor burada, başını beklediğim bunca masal yordu beni. Ben de seninle birlikte geleceğim. Masalın içinde, her seferinde başka bir kimlikle karşına çıkacağım, yazgı dönümlerinde sana yiyeceğini, içeceğini ben vereceğim, işte o zamanlarda değişeceksin, demiş. Hep aynı kalmak için çok çabuk yer değiştirmek gerekir. Bunu masalın içindeyken kendin de göreceksin zaten. Merak etme, ben yanında olacağım. Masalında teklediğin zamanlarda karşına çıkacağım. Bütün yapacağın, tam zamanında masalını terk etmektir, yoksa hem masalında kilitli kalırsın, hem de yapayalnız. Günün birinde ortadan yok olursam, bil ki ölmüşümdür. Hadi, şimdi al şu üzümlü keki ve limonatayı da masala başlayalım, diye gülümseyerek elindekileri ona uzatmış.

A, ilkin üzümlü kekten koca bir lokma ısırmış, ardından içinde bir nane dalı yüzen zencefilli limonatasını içmiş ve birdenbire kendini bir masalın içinde bulmuş.

Masalını ikliminden tanımış.

Ansızın, kalabalık bir akşamüstü barında, yeni bir bedende, harika bir kadın olarak bir mucize gibi belirmiş. Girdiği her yeri fetheden o meşum rüya güzellerinden biri olarak ansızın çıkıvermiş ortaya; herkesin soluğu kesilmiş onu görünce, herkes dönüp dönüp hayranlık ve arzu dolu bakışlarla bakıyor, gözlerini bir türlü alamıyorlarmış ondan, böylece, kendini ilkin başkalarının gözlerinde görmüş; nasıl biri haline geldiğini çok merak etmiş ve herkesten sonra görmüş kendini. Ayna olmadan insanın kendisini tanıyamayacağını dehşetle fark etmiş. Sonunda kalabalığı yararak ilerlediği barın aynasına vuran yansısını görünce, soluğu kesilmiş; ne zamandır hayalini kurduğu, ancak masallarda rastlanan, güzelliği bütün zamanlara yayılan kadınlardan biri olarak, aynada kendi karşısında öylece duruyor, kurban farkı tanımayan öldüren bakışlarla bakıyormuş. Herkes çevresini sarmış; erkekler, unutulmaz aşk filmlerinde olduğu gibi, sigarasını yakmak için çakmak yarıştırıyor; herkes ona iltifatlar ediyor, onun dikkatini çekmeye, bir anlık da olsa ilgisini toplamaya çalışıyormuş; hepsi de çok yakışıklı, çok hoş, çok çekici, bakımlı erkeklermiş; A, içlerinden hangisi seçeceğine bir türlü karar veremiyormuş. Kendi masalım başımı döndürdü, herhalde ondan böyleyim, diye geçiriyormuş içinden. Bir süre sonra, içlerinden birinde karar kılarak çıkmış bardan, ama aklı diğerlerinde kalmış, ertesi akşamlarsa, diğerleri için gelmiş bara ve her seferinde aynı şey olmuş; kiminle çıksa, aklı bir diğerinde kalıyor, kendini yeterince mutlu ve doyumlu hissetmiyormuş. Kısa bir süre sonra, onların ilgilerinden de, varlıklarından da çabucak sıkılır olmaya başlamış. Elde ettiği her erkekten, daha bardan çıkmadan vazgeçtiğini, gecenin kendisi için daha şimdiden bittiğini duyumsar olmuş.

Bir akşam, barın uzak bir köşesinde, ışığı kıt dip masalardan birinde oturan ve diğerlerinin tersine, ona hiç ilgi göstermeyen genç bir adam dikkatini çekmiş A'nın; genç adamın yanına sokulmuş, güzelliğinin verdiği cüret ve küstahlıkla, adamın yüzüne sigarasından kalın bir duman üfleyip buğulu bakışlarla süzdükten sonra, Neden benimle ilgilenmiyorsunuz? diye sormuş. Genç adam gülümsemiş. O kadar güzel gülümsemiş ki, A, hem bu gülümseyişe sevdalanabileceğini, hem de bu gülümseyişle reddedildiğini anlamış. Bunu bir yanıt olarak kabul etmemiş tabii, genç adamı kışkırtmaya çalışmış: Yoksa kadınlardan hoşlanmıyor musunuz? Aynı yumuşak gülümseyişle, Hayır, demiş genç adam. Kadınlardan hoşlanıyorum, hem de çok... Öyleyse neden benimle ilgilenmiyorsunuz? demiş A. Bakın, burada herkes çevremde pervane kesilmiş dönüp duruyor, siz niye böyle kayıtsızsınız? Yoksa, benim ilgimi çekmek için mi böyle yapıyorsunuz? Eğer öyleyse, yani bu bir taktikse, başardınız demektir, bakın yanınızdayım ve ben sizin ayağınıza gelmiş oldum.

Hayır, bu bir taktik falan değil, demiş genç adam. Yalnızca ilgimi çekmiyorsunuz, hepsi o kadar. Yoksa beni yeterince genç ve güzel bulmuyor musunuz? diye büyüyen bir hayretle sormuş A. Tersine çok güzel ve genç bir kadınsınız, bütün erkeklerin ilgisini çekmeniz normal. Peki öyleyse, sizin ilginizi neden çekmiyorum? diye ısrar etmiş A. Yanıtı çok basit demiş, genç adam. Genç ve güzelsiniz tabii, sorun da bu ya zaten, benim için fazla güzelsiniz. Kusursuzsunuz, oysa ben kusurlu güzelliklerden hoşlanırım. Bakın, ben yirmi beş yaşındayım ama, benim hoşuma gidenler, kırk yaşın üstünde olan, hafif tombul kadınlardır. Onlar için deli olurum. A, ilkin şaşırmış, genç adamın yüzüne inanmaz gözlerle bakmış, genç adamın yüzünden ciddi olduğunu anlamış, Masal Bekçisi'nin daha masalın başında ne demek istediğini kendisine kavratmakta aceleci davrandığını düşünmüş, ama yine de o anda, onun ilgisini, peşinde koşan erkekler değil, gülümseyişiyle aklını başından alan bu genç adam çekiyormuş ve ancak bir masalla edindiği bu kusursuz güzelliğin, kendisiyle bu genç adam arasında ciddi bir engel oluşturduğunu görmüş. Hayatı boyunca onu yöneten reddedilmek korkusunun gerçek olduğu bu gerçekdışı durum, onu büsbütün kışkırtmış. İçini tartmış. Ne pahasına olursa olsun, bu genç adamı istediğini fark etmiş, zaten onun böyle bir masalı istemesinin nedeni de, yaşamı boyunca reddedilmek duygusu üzerine oynadığı o büyük kumarmış. O an, her şeyden vazgeçip genç adamın istediği gibi bir kadın olmaya karar vermiş. Bunun üzerine, barmenle göz göze gelmiş, barmeni hemen gözlerinden tanımış, Masal Bekçisi'ymiş bu. Bana hemen özel bir yiyecek ve özel içecek verin, diye imada bulunmuş barmene. Barmen, ona, uzun ayaklı kristal bir kadeh içinde tropikal bitkilerin güneş ışığındaki yansımalarını taşıyan rengârenk bir içkiyle, kenarları tropikal bitkilerle desenlenmiş geniş bir tabak içinde hindistancevizli ufak pötiförler sunmuş. Hemen bir pötiför yiyip serin içkisinden iri bir yudum aldıktan sonra, kendini yepyeni bir bedende bulmuş. Birdenbire, barda yalnız başına oturup içkisini yudumlarken, uğradığı onca hayal kırıklığına karşın, dışına sürüldüğü dünyadan medet umarcasına, umutsuz gözlerle etrafa bakınıp duran, belli ki kalbi hayaller ve iyiliklerle dolu, kırk yaşın üstünde hafif tombul bir kadın oluvermiş. Görünüşünde, arzu uyandırmaktan çok, acıma uyandıran hazin bir yan varmış. Üzerinde, soluk renkli, geniş yakalı, mercan düğmeli, eski moda bir giysi varmış; elbisesiyle aynı kumaştan yapılma, altın suyuna batırılmış iri tokalı kemeri, göbeğini iyice ortaya çıkarıyormuş. Kısa bacaklarından ötürü, bar taburesinin madeni ayaklığına yetişmekte zorlandığı ayaklarındaki, tabanı mantarlı, ucu açık, çapraz atkılı iddialı ayakkabıları pek rüküş kaçmakla kalmıyor, tombul parmaklarına gizlenmiş böcek gözleri gibi bakan narçiçeği rengi ojelenmiş ayak tırnaklarına ürkütücü bir hava veriyormuş. Bara oturmaktan çok, tünemiş gibi iğreti bir hali varmış. Ama, gene de az sonra, onu fark eden genç adam, oturduğu uzak köşeden kalkarak, yanına gelmiş ve onunla yakından ilgilenmeye başlamış. Bunun üzerine, A'nın keyfi yerine gelmiş, o güzel gülümseyişinin yanı sıra, yumuşacık gözlerle bakan, çok hoş, çok tatlı bir adammış, onunla güzel vakitler geçirebileceğini, mutlu olacağını şimdiden hissedebiliyormuş; yalnız, o gece, onunla birlikte bardan çıkarken, çevresindeki diğer adamların ilgisinin eksikliğini duymaktan da kendini alamamış; yetmiyormuş gibi, genç yakışıklı bir adamla, kırk yaşını geçmiş, hafif tombul bir kadının beraberliğinde hazin bir yan bulduklarını gizlemeyen apaçık bakışlarla bakıyorlarmış arkalarından. Kendini aşağılanmış hissederek çıkmış bardan. Kendi gibi geçkince ve tombul birini nasıl olup da sevebildiğine inanamadığı genç adama yönelmiş öfkesi; yolda, yok yere bir tartışma çıkarıp hırsını aldıktan sonra sakinleşebilmiş. Genç adamın kollarında gerçekten güzel bir gece geçirmiş ama, genç adamı, bu sefer de kendini o haliyle sevdiği için, küçük görmeye başlamış; kendini sevmeyen birinin, başkalarının kendini sevebileceğine olan inançsızlığını ve umutsuzluğunu böylelikle yakından tanımış; hem sonra, ona kimse yetmiyormuş, o, bütün dünyayı istiyormuş, bütün dünyanın hayranlığını, ilgisini; kendine ancak öyle inanabilirmiş; kendi gözünde varlığını ancak öyle onaylayabilirmiş, sonraki günlerde, birlikte olduğu bu genç adamdan da, iki insanın yalnızca kendi içine kapanmış mutluluğundaki kısırlıktan da çabuk sıkılmış.

Günün birinde, bir gece kulübüne yalnız gidecek olmuş, kırk yaşını geçmiş hafif tombul bir kadına kimsenin ilgi göstermeyeceği, ortalıkta gençlik ve dirim fışkıran insanların kaynaştığı, yüksek sesle müzik çalınan, dans pistinden insanların eksik olmadığı hareketli bir kulüpmüş burası, herkesin gözü genç ve diri bedenlerdeymiş; o yaşa ve o kilolara gelmiş kadınların çoğunun hayatında zaten biri varmış. Bunu güven altına almış olmanın rahatlığı ve birçok şeyden vazgeçmenin kayıtsızlığıyla, yiyip içip eğleniyorlarmış onlar. Çevrede çok güzel, çok bakımlı genç kızlar varmış gerçekten. Kimse dönüp bakmıyormuş bile A'ya. Yanından geçenler bile, o kalabalıkta sürtünmemek için, kendilerini özenle geri çekerek, geçip gidiyorlarmış yanından. Bütün bunlar A'nın pek ağırına gitmiş, mutsuzluktan içkiyi biraz fazla kaçırmaya başlamış, koyu ve kalın bir yalnızlığın kapanına kıstırıldığını hissetmiş, iyice hırçınlaşmış, aksileşmiş, bir süredir gözüne kestirdiği genç ve güzel bir adamın yanına gitmiş, adamla neredeyse zorla tanışmış, A'nın ısrarlı ve giderek saldırganlaşan tutumu üstüne, A'yı parasına güvenen, zengin ve küstah bir kadın sanan genç adam, ona bir jigolo olmadığını açıklamak zorunda hissetmiş kendini; böyle anlaşıldığı için çok üzülen A, bu kez de ısrarla genç adama, ne tip kızlardan hoşlandığını sormuş. O genç adam da, genç ve sarışın kızlardan hoşlandığını, özellikle yeşil gözlülere zaafı olduğunu ve artık kendisini rahat bırakmasını, gecenin herkes için kısa olduğunu söylemiş. Gururu hayli incinmiş olarak genç adamın yanından kalkan A, dosdoğru tuvalete gitmiş, tuvaletin kapısında durup, herkese mendil verip, kolonya tutan yaşlı kadını birdenbire gözlerinden tanımış, Masal Bekçisi'ymiş bu. Bir kâğıt mendil ve kolonyanın yanı sıra, ona, küçük bir çay bardağı içinde koyu ve karanlık bir mayi ile içinde çeşitli otların ve baharların bulunduğu küçük bir çörek uzatmış. A, hemen çörekten iri bir parça ısırarak yutarcasına yemiş, ardından o küçük çay bardağındaki koyu ve karanlık mayii kafasına dikerek, hepsini bir kerede içmiş, birdenbire tuvaletten genç, sarışın, yeşil gözlü bir afet olarak çıkmış dışarı. İri göğüslerini iyice ortaya çıkaran, vücudunu sımsıkı saran mini bir jarse giysinin altından görünen yanık tenli düzgün bacaklarıyla, dolgun ve sıkı kalçalarını savura

savura, sağlam ve emin adımlarla bara doğru ilerlerken, yeniden savaş alanına dönen dişi bir cengâveri andırıyormuş. Az önceki genç adam, onu görünce vurgun yemişe dönmüş ama, A, ancak uzun bir süre ardında koşturduktan sonra tanışmaya yanaşmış ve gene uzun nazlardan, cilvelerden sonra, onunla birlikte olmuş. Kendini yeniden reddedilememenin güvenli topraklarında hissederken, bir süre daha böyle, sarışın ve yeşil gözlü bir afet olarak yaşamaya karar vermiş.

Bir başka akşam, deniz kenarında bir balıkçı lokantasında, yan masada oturan lacivert gözlü, siyah saçlı, beyaz tenli, güldüğünde inci gibi dişleri ortaya çıkan genç bir adamda kalmış aklı. Adamdan çok hoşlanmasına karşın, adam öylesine ilgisizmiş ki, dönüp bakmıyormuş bile, sonunda tanışmayı başarmış ama, adamın kayıtsızlığı ve ilgisizliği sürüyormuş. Yüz bulamayınca, Yoksa siz de, orta yaşlı kadınlardan mı hoşlanıyorsunuz? diye kızıştırmaya çalışmış adamı. Adamsa, A'nın ısrarları karşısında dayanamayıp, üst üste özürler dileyerek, sarışınlardan hiç hoşlanmadığını, esmerlere, hatta daha koyu tenli kadınlara bayıldığını, yaşamı boyunca sarışın bir kadınla flört bile etmediğini söylemek zorunda kalmış. Bunun üzerine, lokantanın bulunduğu sahilde kayıkta oturan, lokantaya taze balık getiren yaşlı balıkçı gözüne ilişmiş A'nın, uzaktan bile gözlerinden tanımış Masal Bekçisi'ni, hemen yanına gitmiş; balıkçı, ona, ekmek arasında bilmediği bir balık uzatmış; lokantada yediklerinden çok farklı bir balıkmış bu, yanında da bakır bir maşrapa içinde sarı-beyaz renkli, ekşimsi-tatlı tuhaf bir içecek sunmuş; bunun üzerine A, masaya genç, iri gözlü, gür kirpikli, dalga dalga saçları incecik belini döven, kahve esmeri bir dilber olarak geri dönmüş. Baharatlı teninde çöl gecelerinin yıldızları ışıyormuş. Adam, bir süre gözünü alamamış A'dan. A ise onu hiç görmüyormuş gibi yapmış. Ama sonunda adamın zekice kurları, tatlı ısrarları karşısında, onunla da mutlu geceler geçirmiş.

Ondan sonraki günlerde, uzun süreli ilişkilerden kaçınır olmaya, canı kimi çekerse, tam da o kişinin istediği gibi biri olarak yaşamaya, sürekli ten ve gövde değiştirerek, bütün dünyayı elde etmeye başlamış. Hep arzulanıyor, hiç reddedilmiyor, herkes tarafından beğeniliyor, hep ardından koşuluyor, hiç üzüntü çekmiyor, canı yanmıyor, hep gülüp eğleniyormuş. Ama, doyurduğu gövdenin, kendi gövdesi olmadığını için için bilmenin ezikliğini bir türlü atamıyormuş üstünden. Bütün bunların kendisini gerçekte tatmin etmediğini, bir süredir, kendisini "biri" gibi hissetmediğini düşünmeye başlamış. Artık kimse onu tanımıyormuş, çünkü öyle biri yokmuş. Her seferinde aynadaki yabancı yüzleri kendisi sanmaktan yorulmuş.

Rüzgârlı bir sonbahar günü, sahil boyunda bir bankta tek başına oturarak hüzünlü gözlerle denizi seyreden genç bir adam, ta uzaktan dikkatini çekmiş A'nın; gidip yanına oturmuş ve o genç adamın, o güne kadar gördüğü en güzel, en çekici, en vazgeçilmez adam olduğuna karar vermiş; kendini ne zamandır yorgun hissediyormuş artık, güvercin gömleği değiştirir gibi sürekli değiştirdiği gövdelerin ve hatıraların ağırlığı varmış üzerinde, tam da bu genç adamın istediği gibi biri olup bundan böyle hayatının sonuna kadar öyle kalabileceğini, yüreğinin yemini bozulmamış en sağlam yerinde hissetmiş. Hülyalı gözleri varmış genç adamın, baktığı denizin dalgalarına benziyormuş, baktıkça onlar da dalgalanıyormuş. Genç adamın kendisinden hoşlanmadığını hemen anlamış oysa, her zamanki taktikleriyle onu deşmeye, zevklerini öğrenmeye çalışmış. A, böyle durumlarda, içinde bulunduğu gövdeyi terk edeceğini bildiğinden, ısrarcı ve yapışkan olmaktan asla çekinmiyormuş artık; onun için önemli olan ulaşmak istediği o kişinin nasıl birinden hoşlandığı bilgisini ele geçirmiş yalnızca. Nitekim bankta oturarak denizi seyreden genç adam da bir süre sonra, A'nın ısrarcı ve yapışkan tavırlarından sıkılarak, ona, kendisini rahat bırakmasını, çünkü, kadınlardan değil, erkeklerden hoşlandığını söylemiş. Üstelik, orta yaşı geçkin, kel, göbekli ve mavi gözlü erkeklerden hoşlanıyormuş, el parmaklarının kalın ve boğumlu olması ve boğumlarında da mutlaka hafifçe kıllar olması gerekiyormuş. A, izin isteyip çarçabuk yanından uzaklaşmış genç adamın; ileride, otobüs durağında duran, gene gözlerinden tanıyıp Masal Bekçisi olduğunu anladığı, çay ve simidin yanı sıra, bilet ve jeton satan, bezgin görünüşlü adamın yanına sokulmuş, bir bilet istemiş, geri dönüşsüz bir bilet, ayrıca çay ve simit almış ondan ve zaman yitirmeden, genç adamın yanına tam onun istediği biri olarak dönmüş. Az önce yanına oturan o gürültücü kadından sıkılan genç adam, tam da yerinden kalkmak üzereymiş ki, kendisine yaklaşan orta yaşı geçkin, kel, göbekli, mavi gözlü adamı görünce heyecanla gerisin geri oturmuş. Çok güzel günler geçirmişler birlikte, çok mutlu olmuş, sonra genç adam günün birinde onu, hiçbir şey söylemeden terk etmiş, başka bir orta yaşı geçkin, kel, göbekli, mavi gözlü ve ellerinin parmakları iri boğumlu ve boğumlarının üzeri hafifçe kıllı bir adamın ardından başka bir şehre gitmiş.

Ölecek kadar acı çektiği günler yaşamış. Aylar boyunca şehir şehir gezerek izini sürdüğü delikanlıyı hiçbir yerde bulamamış ve günün birinde masalında kilitli kaldığını anlamış. Kimsenin ilgi duymadığı, orta yaşı hayli geçkin, daha kel, daha göbekli, daha mavi gözlü ve ellerinin parmakları daha iri boğumlu, boğumlarının üzeri daha kıllı bir adam olarak sürdürmeye başlamış hayatının geri kalan günlerini. Birdenbire bütün masalların dışına sürüldüğünü anlamış. Hâlâ gittiği her yerde, umutsuzlukla Masal Bekçisi'ni arayıp duruyormuş; onun, günün birinde birdenbire karşısına çıkacağı günü bekleye bekleye daha da yaşlanmış. Gözleri artık iyi seçemediği için, her gördüğü kişiyi Masal Bekçisi sanıyor, bu yüzden önüne konan her yiyeceği, içeceği düşünmeden yiyip içmeye başladığı için de, gün günden daha çok kilo alıyor, ölesiye şişmanlıyormuş. Oburluğun birçok çeşidi olduğunu ve bütün çeşitlerinin insanı çıkmaza sürüklediğini anladığında, her şey için çok geçmiş.

O mutsuz ve karanlık günlerde, ölmemek için umutsuzluk içinde çırpınırken, yazı yazmayı, yazıyla hayaller kurmayı keşfetmiş; yazıya ve edebiyata sığınmayı, kalp sancılarını böyle dindirmeyi öğrenmiş. Tutkuyla yazmaya başlamış. Sürükleyici aşk romanları yazıyormuş. Romanlarında kendini hep çok genç, çok güzel, çok cazip, kimsenin reddedemediği, asla "Hayır" diyemediği bir genç kadın olarak anlatıyormuş. Adları, görünüşleri, üç aşağı beş yukarı yaşları ve fizikleri değişse de, o kadınlar hiç değişmiyormuş. Hepsi de kendisiymiş aslında. Yazı yoluyla bir kadın gövdesini giyiniyormuş.

Masal Bekçisi ise bir daha ortalarda gözükmemiş. Bütün aramalarına karşın, karşısına bir daha hiç çıkmamış. A, onun öldüğünü düşünmeye başlamış. Kim bilir, belki de ölmemiştir, yalnızca A'yı eskisi gibi sevmediği için ortaya çıkmamış olabilir. Ya da bizim bilemediğimiz başka bir neden vardır. Her neyse bunun artık bir önemi yok.

Bu masaldan çıkarılması gereken kıssa, A'nın yapacağı tek şey, doğru yerde, doğru zamanda, doğru insanla karşılaşmaktı, olabilir.

Belki de bunların hepsi boş!

Doğru masal olmadığı gibi, doğru yer, doğru zaman, doğru kişi, diye de bir şey yoktur. Var oluş, hepten bir yanlışlıktır belki de. Hepimiz saçmasapan tesadüflerin esiri olan hayatlar yaşıyor ve bu hayatların altında bir düzen arıyor olabiliriz. Sonuçta, bize kelimeler ve hikâyeler kalıyor yalnızca. Hatıralarla pişmanlıkları saymıyoruz bile...

Masal bittiğinde, Aliye'nin yüzü iyice boşalmıştı.

Bu kadar mı? diye sordu Muştik'e.

Daha ne olsun? dedi Muştik.

Ağır bir masalmış bu! Hiç hafif masallar bilmez misin sen?

Hafif olan tek şey hayattır pamuk kızım, dedi Muştik.

Peki, bu masaldan ne anlamam gerekiyor? diye sordu Aliye.

Birçok şey ama, öncelikle, masalını zamanında terk etmeyi, dedi Muştik. Sakın Masal Bekçisi'ne kabahat bulmaya kalkma! Kendi masalından gözleri kamaşmış kişiler içindir bu masal. Kamaşma ile körleşme arasındaysa, önemsiz bir ton farkı vardır yalnızca.

Bunu sana kim söyledi? dedi Aliye.

Masal Bekçisi, dedi Muştik ve gülümsedi.

Aynalı Pastane'de buluştuklarında, akşamüzeriydi.

Aliye'nin ayaklarında Muştik'in armağanı olan bir çift çizme vardı. Sabun köpüğüymüşçesine hafifti çizmeler, yumuşacık bir deriden yapılmışlardı, tatlı bir ılıklıkla sardığı ayaklarında sanki hiçbir şey yokmuş hissi veriyorlardı. Aliye'yi daha uzun boylu gösteriyor, yürüyüşüne gergin bir zarafet, görünüşüne alçakgönüllü bir vekar katıyordu. Belli bir rengi yoktu, içi boşken, tuhaf bir toprak rengi görünmekle birlikte, aslında yürüdükçe bastığı yerin rengini alıyordu. Aliye, bunu fark ettiğinde çok heyecanlanmıştı.

Uzun yol için en dayanıklısı, uzun konçlu çizmelerdir, demişti Muştik. Birlikte çıkacakları yeni hayat yolunu ima edercesine, yüzünde gizli bir tebessümle söylemişti bunu. Aliye, henüz bir karara varmamış olduğunu ima edercesine, boşalmış bir yüzle dinlediği bu sözleri anlamazdan gelmişti.

Muştik o akşamüzeri, her zamanki masasına oturmuş, her zamanki gibi çikolatalı pastasını, küçük pötiförlerini yiyor; incecik porselen fincanda, üzerinde dumanlar tüten, demli, kokulu çayını yudumluyor; bıyıklarının kırına bulaşmış pasta kırıntılarını bembeyaz, kolalı bir mendille, zarif ve manidar hareketlerle siliyor; arada bir de gözucuyla Aliye'ye bakıyordu. Yüzünde, kimselerin duymadığı uzak sesleri dinliyormuş gibi esrarengiz bir ifade vardı. Böyle durumlarda, Zaman kulaklarımı çınlatıyor, derdi.

Aliye, az önce haftalığını almıştı ve patronlarına işi bırakacağını, bırakmak zorunda olduğunu nasıl söyleyeceğini bir türlü bi-

173

lemiyordu. Bir özür cümlesi olarak, içinden, yalnızca, Çok ani oldu, her şey çok ani oldu, sözleri geçiyordu. Uzun bir yolculuğa çıkıyorum, diyelim.

Bu cümlenin hem kabul edilebilir olduğunu düşünüyor, hem de nedenlerine gizem kazandıran soylu bir hava verdiğini düşünüyordu. Bir roman cümlesine benziyordu çünkü:
"Uzun bir yolculuğa çıkıyorum, diyelim."

Kasasının başında oturan Aliye'yle, her zamanki masasında oturan Muştik, arada bir göz göze geldikçe tedirgin ve kaçamak bakışlarla birbirlerini tartıyor, sessizce konuşuyorlardı. İkisi de vaktin geldiğini biliyordu. Geciktirilecek, ertelenecek bir şey kalmamıştı. Eşikteydiler. Masal eşiklerinde zaman dardı.

Ağır bir şey vardı havada. Yalnızca Aynalı Pastane'nin değil, onun bulunduğu binanın, caddenin, semtin, bölgenin, kentin, ülkenin, kıtanın değil, sanki kökü, boğazın, denizin derinliklerinin, yerkabuğunun bile altına, dünyanın çekirdeğine uzanan, başlangıç zamanlarına ait kadim bir ateşin usul usul topraktan tüten soluğu havayı ağırlaştırıyor, olacaklara yön vermeye çalışıyordu. Sanki dengelerin yer değiştirme zamanıydı. Bunu, bir tek masallar görünür kılardı. Kader dediğimiz şey, insan hayatının gizi çözülmemiş fizik kanunlarıydı belki de. Pastanenin içinde top gibi asılı kalmıştı bu ağır hava. Eşyayı gölgelendiriyor, her şeye tuhaf bir bulanıklık veriyor, insanların en gündelik, en olağan davranışlarına bile garip bir yabancılık kazandırıyordu. Her şey çok yavaşmış, her şey çok ağır oluyormuş, her şey inandırıcılıktan çok uzakmış gibi... Sanki her şey, artık başka bir âlemin hızına gerek duyuyordu.

Muştik, birdenbire kararlı bir biçimde yerinden kalktı. Hiçbir şey söylemeden dosdoğru aynaya yürüdü. Kasasının başında, oturduğu yerde telaşlanan Aliye, kalp çarpıntıları içinde hayretle büyülenmiş bakışlarla izliyordu onu. Bir an durdu, omuzunun üzerinden ardına baktı Muştik. Başıyla hafifçe bir hareket yaparak, aynayı işaret etti. "Gidiyoruz," demekti bu.

Aliye, Herkesin içinde mi? dedi.

Muştik, Her şey, herkesin içinde olur, dedi. Sorun, yalnızca görmeyi kabul etmek sorunudur.

Biraz daha konuşsaydık keşke, dedi Aliye.

Neyi? dedi Muştik. Konuşacak ne kaldı ki? Her şeyi konuşmadık mı? Hadi korkaklık etme! İlk adım, yalnızca ilk adım, gerisi kendiliğinden gelir. Bak, ayna seni bekliyor. Aynaların da zamanı vardır. Kimse kaderinin aynasını küstürmemelidir. Yoksa kendine sırlanır kalırsın. Aynalar almaz olur seni.

Gene de istediğim zaman geri dönebilirim, değil mi? Bu mümkün, değil mi?

Muştik bir an durdu. Aliye'nin gözlerinin içine, bir hipnotizmacının, tesiri uykuya kadar giden kuvvetli bakışlarıyla baktı.

Evet, dönebilirsin tabii. Geri dönüşü olmaya yol yoktur. Merak etme, ayaklarının çaresine bakanlar, başlarının da çaresine bakarlar!

Ardından Muştik aynı hızla yoluna devam ederek, bir göz kırpımında aynanın içinden geçti. Her şey pek çarçabuktu. Ayna azıcık sislenir gibi olmuş, Aliye donup kalmıştı. Muştik şimdi aynanın içindeydi; az ötede durarak ardına dönmüş, gülümseyen gözlerle ona bakıyor, onu bekliyordu. Aliye, pastanedekilerin yüzünde, olan biteni gördüklerine ilişkin bir hayret ifadesi, bir şaşkınlık belirtisi aradı; oysa, kimse bir şey fark etmemiş, herkes kendi havasında sohbetini sürdürüyordu. Aliye, aynanın içinde gördüğü Muştik'in bir yansıma olmadığının başkaları tarafından da fark edilmesini istedi. Şu an aynada görünen, pastanenin içindeki birinin yansıması değildi; düpedüz aynanın içinde biri vardı ve bunun başkalarınca görülmemiş olmasını anlayamıyordu. Yaşadıklarının bir tanığı yoktu! Bilmediği bir kayboluş çeşidiydi bu. Dünyaya olan güvenini bir kez daha yitirmişti.

Muştik, aynanın içinden seslendi:

Bırak dünyanın gözlerini, dilini, nedenlerini ardında. Çabuk ol. Ardımdan gel. Her şeye geç kalıyoruz.

Yelek cebinden çıkardığı köstekli saatine kaygılı gözlerle birkaç kez baktı.

Sihirli cümle buydu aslında: Her şeye geç kalıyoruz.

Ölümlüler için en sihirli cümle.

Aliye, aynanın içinden seslenen Muştik'in sesinin de başkalarınca duyulmamış olduğunu hayretle fark etti. Mucizeler dilsizdi demek. Bunun için görülmüyorlardı. Demek, Aynalı Pastane'nin aynasının, gördüklerinden ve gösterdiklerinden bağımsız bir hayatı, esrarı, sırları vardı ve her zaman buradakilerin gözlerinden bir şeyleri saklamıştı. Şu an eşiğine geldiği için, ayna, gizinin kapısını aralamıştı Aliye'ye. Birdenbire, şimdi kalkıp dosdoğru aynanın içine doğru yürümezse, bunu hiçbir zaman yapamayacağını, bunun bir karar anı olduğunu anladı; daha fazla düşünmeden yerinden fırladı; eline, yalnızca sapından sımsıkı tuttuğu, sığdırabildiği kadarıyla içine geçmişini koyduğu siyah çantasını ve rüzgârlı havalarda ya da denizin ortasında kaybolmaması için başına taktığı kırmızı beresini alarak kararlı adımlarla aynaya doğru yürüdü. Muştik'in bakışları ve duruşu, aynanın öte yanında alabildiğine güven vericiydi. Elini uzatmış, şefkatle gülümsüyor, onu bekliyordu. Bir kapı ağzına yürür gibi dosdoğru yürüdü aynaya. Sadece, aynaya çok yaklaştığı anda çarpışma içgüdüsüyle gözlerini yumdu, o kadar.

Aynanın içinden nasıl geçtiğini anlamamıştı bile, bir anda aynanın içinden geçmiş ve kendini başka bir iklimde buluvermişti. Havadaki ağırlık dağılmış, yerini taze, temiz kır havasına bırakmıştı. Dönüp ardına baktığında, aynanın öte tarafında bıraktığı pastanenin, kalın bir sigara dumanı içinde yüzen masaların ve insanların yavaş yavaş küçüldüğünü, giderek gözden kaybolduğunu gördü. Sanki bir kuyunun içinde yol alıyordu ve geride bıraktığı kuyunun ağzındaki pastane, yavaş yavaş siliniyor, yerini puslu bir belirsizliğe, yağmur öncesinin sıkıntılı gökyüzüne bırakıyordu. Geçmişin bu boğucu havasını geride bırakıp önündeki taze, temiz kır havasını solumaya devam etti.

İçini yokladı. Pişmanlık duymuyordu. Belirsiz bir gelecek, her şeyi belli bir geçmişten çok daha iyi ve ümit vericiydi.

Muştik, önü sıra konuşmadan hızlı adımlarla ilerliyor, Aliye ise ona yetişmeye çalışıyordu. Uzun adımlarla dönemeçleri almaya başladığında, uykusunun geldiğini, alışık olmadığı bu havanın onu çarptığını hissediyor, ama yürümekten kendini alıkoyamıyordu. Yorgunluğunu yalnızca hissediyor, ama yaşamıyordu. Geniş, sağlam adımlarla neredeyse sekerek yürüyordu Muştik'in ardından. Birdenbire kendisine yol aldıran şeyin, ayağındaki çizmeler olduğunu anladı. Bunun üzerine köşede, çok dallı, bilge görünüşlü ulu bir ağacın dibinde, ansızın gülümseyen bir kedi belirdi, kediyi hemen tanıdı; daha önce İstiklâl Caddesi'ndenki bir mağazanın vitrininde aniden görünüp kaybolan kediydi bu. Aliye'nin çizmelerine tanıdık gözlerle bakarak gülümsüyordu. Sonra havada gülümsemesini asılı bırakarak, kuyruğunun ucundan başlayarak yavaş yavaş kayboldu. Kedi tamamen kaybolduktan sonra bile gülümsemesi bir süre öylece havada asılı kaldı; çizmelerini ışıtmayı sürdürdü.

Otelin penceresinden bütün Istanbul görünüyordu neredeyse. Her yer ışık ışıktı.

Pencereden görünen şu kentin, kaç yıldır içinde yaşadığı kent olduğuna inanması neredeyse imkânsızdı.

Her şey şehre nereden baktığınıza bağlıydı.

Çizmelerini yatağın kenarına çıkardı.

Çarşafı başına kadar çekti. Beklemeye başladı.

İğne işi oyalı dantellerin yeni atılmış pamuklar gibi kabarıp ahşap eşyayı bulutlar gibi örttüğü, konsollarda yanan iri kalpaklı lambaların yumuşak gölgelerinin, sönen akşamüstünü ve zamanı söylediği bir vakit, yüksek tavanlı, geniş yatak odasında her zaman munis kediler gibi gömüldüğü, pencere kenarındaki kulaklı berjer koltuğunda, bir zamanlar çamaşır sodasından kabarmış ellerini, pastane kasasında oturduğu zamanlarda erik moruna dönüşmeye başlayan dirseklerini, şimdi en pahalı ve hassas kremlerle ovarak zamandan geri almaya çalışırken, öte yandan, gene erkeklerden, kadınlardan, hayattan, zamandan, seksten ve paradan söz eden Muştik'i olanca dikkatiyle dinliyor Aliye.

Sesinde üç yüz yıllık bir Beyoğlu cini saklanan Muştik, usul usul, tane tane, sayfalarını ağır ağır çevirdiği bir kitabı, lezzetle okur gibi, aynı yumuşak tonla, ahenkli bir sesle, her zamanki gece derslerini sürdürüyor.

Aliye'nin berjer koltuğunun önündeki geniş akaju sehpanın üzeri, rengârenk, çeşit çeşit yelpazelerle dolu.

Yelpazelerini ve yüzünü deniyor.

Aliye'nin yelpazeleri yalnızca yüzünde değil, nicedir dillerde geziyor.

Bakışlarını derinleştirmek, gözlerindeki çakımlara, kıvılcımlara vurgu yapmak istediğinde, elinin küçük, ama kesin bir hareketiyle, yüzünde ansızın kader kâğıtları gibi şöyle bir açılıveren, üzerinde guvaşla yapılmış siyahlı, kırmızılı, morlu, sarılı Uzakdoğu çiçeklerinin yer aldığı gösterişli yelpazesiyle yüzünü gözlerine kadar örter, gene elinin küçük ama kesin bir hareketiyle havada hızlı ve hafif bir eğri çizdikten sonra kat kat toplanmış olarak kapanan yelpazenin fildişi çubuğunu avucuna hafifçe vurduğunda da, bu kez son sözlerine bir vurgu ve kesinlik kazandırmış olurdu. Ayrıntılar onun için imalardı. Ve erkekler, imalı konuşan kadınlardan hoşlanıyorlardı. Her anlama çekilebilecek bulanık sözleri, manalı bakışlarla desteklediğinizde, her şeyi söylemiş sayılıyordunuz. Belki gündelik hayatlarında karılarından, daha açık, daha sade, daha kesin sözler istiyorlardı ama, gönül eğlendirdikleri kadınlardan, çoktan mazide kalmış ilkgençlik heyecanlarını yeniden canlandıracak, geçmişin toy hatıralarını diriltecek; içinde cilvelerin, nazların, edaların, imaların, kışkırtıcı küçük çekişmelerin olduğu sözler ve davranışlar bekliyorlardı. Bayatlamış kalplerinde eski anılara benzeyen yeni heyecanlara ihtiyaçları vardı. Bunları evdeki karıları sağlayamazdı artık onlara. Bir gece, bir içki masasında, dekolte giysilerinin açıkta bıraktığı diri omuzlarını arzulu kollarıyla doladıkları, ağızlarına mevye verir ya da parmaklarının ucuyla kuruyemiş yedirirken, ölümsüz bir aşkın yüzüne, sonsuz sevgilinin umman uçsuzluğundaki gözlerine bakarcasına, belirsiz bir geleceğin ümidini taşıyan yeni delikanlılar gibi aşkla, inançla, çapkınlıkla, hülyalı hülyalı bakabilecekleri, o gece, her şeyine yürekten inanabilecekleri, hem bir gecelik ve aynı zamanda sonsuz ve ölümsüz olan bir kadın istiyorlardı. Ertesi günü, günleri olmayan bir kadın. Erkeklerin çoğu, sonsuz sevgili yanılsamasını böyle koruyordu. Belki de eşlerini aldatmak değildi amaçları; onlar, yalnızca eski heyecanlarını hatırlamaya çalışıyorlardı. Gelecek vaadi olmayan heyecanlar, artık yalnızca kaçamak yapmanın tadına mahkûm edilmişti.

Sabahları geceye ilişkin hatırladıklarıysa, genellikle, "Akşam gene accayip içmişiz ağbi! İki büyük devirmişiz de haberimiz olmamış," gibi kalıbı çıkmış yavan sözler oluyor; bir yandan sodalı ayranlarla, geceden kalan içlerindeki alkol yangınını dindirmeye uğraşırken, gecenin duygulu anlarının ruhlarını ürpertmesine izin vermemek için, gürültülü gürültülü geğiriyorlardı.

Çubuğu mineli sedef yelpazesini yüzüne açıp kapıyor.

Evet, işte böyle, diyor Muştik. Tam da böyle. Yüzünden şimşek geçmiş gibi olmalı. Az önce yelpazenin ardında bir an için gördüğü ifadeyi yeniden yakalamak arzusuyla dönüp dönüp bakmalı erkek.

Bakışlarının arkasına saklanmayı öğrenmelisin. Yelpazeler bunun içindir, yüzünü saklarken, gözlerini konuştururlar. Yelpazeler, gözler yalan söylemez, diyenleri kandırmak içindir; onlara en büyük ispatı sunuyormuş gibi yaparken, en büyük yalanı söyler. Yelpaze demek, yalan demektir. Kadınların en mühim silahlarından biridir yelpaze, iyi kullanmaya bak!

Bir masalda, yelpazenin ne zaman açılacağını, ne zaman katlanacağını en iyi kadınlar bilir; ne zaman peri, ne zaman cadı olacağını bilen kadınlar. Diğerlerinin adı bile geçmez zaten. Aptal görünmek, sanıldığı kadar kolay değildir, ince ayar ister. Bu ayarı her erkekte farklı tutturmak gerekir. Erkeklerin, sormaktan en çok hoşlandıkları soru, "Beni anlıyor musun?"dur. Anlaşılmayacak matah olduklarından değil. Erkeklerin en mühim dertlerinden biridir bu; onları hiç kimsenin anlamadığını düşünürler, onları hiç kimsenin anlayamayacağına inanmak isterler. Beni kimse anlayamaz, derler. Beni bugüne kadar kimse anlamadı, derler. Beni çözmek kolay değildir kızım, derler. Kendilerini çözümü kolay olmayan zorlu bir bilmece gibi sunmaya bayılırlar. Çok derin bir adam olduklarını, herkesten çok farklı olduklarını, kimselere benzemediklerini düşünürler. Halbuki sen, beş tanesini tanıdığında, hepsini birden tanımış gibi olursun; hepsinin birbirinin aynı olduğunu, en azından kendilerini biricik ve benzersiz sanmalarının bile nasıl aynı olduğunu fark edersin. Hadi, adınca söyleyelim, bu işin filozofluğudur bu.

Bu kez de çubuğu kırpıntı elmaslarla süslü, üzerinde, gagalarında filizi yeşil dallar taşıyan, mavi, turkuaz kuşların uçuştuğu, pembe-kahverengi şakayıkların açtığı yelpazesiyle yüzünü gölgelendiriyor Aliye.

Bak, böyle de çok güzel! Onlara, Seni anlıyorum, derken bile bakışların satıhta kalsın, sakın erkeklerin gözlerinin içine içine bakma, onları anlamak, onları görmek için bakma, erkekler görülmekten hoşlanmazlar. Kendileri de bilirler zayıf varlıklar olduklarını, en azından içlerinin bir yanı bilir. İnsanın içinde olup da, zaman zaman su yüzüne vurmayan hiçbir yanı yoktur çünkü. Onların gözlerinin içine bir tek şartla bakabilirsin ancak: O da baygın baygın bakarsan... Baştan çıkarmak için kısık gözlerle bak, arzuyla tutuşturan keskin bakışlarla bak, yürek yakan şuh nazarlarla bak, ama sakın yüreklerini görmek, düşüncelerini okumak, akıllarından geçenleri anlamak için bakma! Kendisine böyle bakılmasından hoşlanacak tek bir erkek bile yoktur şu koca dünyada! Tam tersine, senin gözlerinin içine baktığında, senden daha akıllı olduğunu, sana her yalanı söyleyebileceğini, üstelik her durumda, buna seni inandırabileceğini görmek ister. Onlara bu güveni vermelisin timsah-gözlü kızım.

Aliye, bütün yelpazeleri indiriyor yüzünden. Sözsüz bir soruyu, Muştik'e dimdik bakan yelpazesiz gözlerle soruyor.

Gülümsüyor Muştik. Pekâlâ, çok istiyorsan söyleyeyim; onları gören bakışlarını, sırtını sana döndükleri ana sakla, arkalarından istediğin gibi bakabilirsin, hem de uzun uzun... İşte kadınlığın zirvesidir bu! Erkeğin ardından ciğerine kadar bakmayı öğrendiğin zaman, işte o zaman, sırtını kimse yere getiremez artık. Söküp almışsındır hayatın elinden her şeyi. Bu yollar senindir!

Ayaklarında, yılan derisi ayakkabıları; başında vualet şapkası; kolunda çift saplı lezar çantası, ellerinde dantel eldivenleriyle, sağlam adımlarla giriyor Park Otel'den içeri. Ufak tefek bir kadın olmasına karşın, vücudunu sımsıkı saran koyu renk döpiyes, ona bir azamet kazandırıyor. Yürüyüşündeki kendine güven, bakışlarındaki dolgun dirilik, yüzündeki ölçülü tebessüm, bambaşka bir hayat hikâyesi ve mazi düşündürüyor ona bakanlara. Böyle durumlarda, kolaylıkla, eski, köklü bir Istanbul ailesinin iyi eğitim almış, en azından birkaç dil bilen, Avrupa görmüş kızı sanılabiliyor. Dilediği yerde, dilediği zamansa, her çeşit zevkin ve sapkınlığın, en küçük bir sorumluluk duyulmadan yaşanabileceği, yatakta rahatlıkla her şeyi yapabileceğiniz haz ve şehvet düşkünü bayağı bir kadın halini alabiliyor. Erkeklerin ne istediğini anlaması, birkaç dakikasını alıyor artık. Müşterisini tanıdığı anda, deri değiştiriyor. İşte tam o anda, müşteri, birdenbire onun bütün hayallerini ve fantezilerini gerçekleştirebileceği, yıllardır aradığı kadın olduğunu düşünüyor. Başarısının sırrı da burada saklı.

Çeşitli defalarda, Önüme konan içki ya da pasta tabağı, beni anında değiştirir, diye anlatmak istediği buydu Aliye'nin.

Kısa zamanda başardığı bir şeydi bu durum. Böylelikle, dilediğinde, sonradan görme zenginler için, bir türlü ulaşamadıkları soylu ve kültürlü yüksek çevrenin rahatlıkla erişebilecekleri kadını olabiliyor; soylu, zengin ya da kültürlü çevrenin fanteziye ve cinsel oyunlara susamış erkekleri içinse, her çeşit bayağılığı kolaylıkla yaşayabilecekleri lüks ve adi bir fahişe...

Aliye, sanki görünmeyen eski bir Japon paravanasıyla geziyor ortalıkta, üzerinde yüksek karlı dağlar, kiraz çiçekleri ve dalgın tavuskuşları olan, doğu kadar uzak o zifirsiyah paravanın arkasında, her çeşit oyun, her çeşit rol için, kadınlığın bütün aksesuarlarıyla hazır bir halde, dünyanın maceraya ve heyecana susamış bütün erkeklerini bekliyor.

Aliye'ye bakarak, İnsanı, iksir kadar iştah da değiştirir, diyor Muştik. Aliye'ye ne zaman baksa, onun hakkında hiç yanılmamış olduğunu düşünüyor.

Asıl önemlisi, diyor Muştik, Ne istediğini bilmeyen erkeklerin, gerçekte ne istediklerini onlardan önce bilmektir. Onlara, kendini buldurmaktır. Kadınlıkta varılacak zirvelerden biridir bu cinsirli kızım.

Aliye, Muştik'in her sözünü, en eski bilgelik kitaplarının ulu hikmetleri gibi aklında tutmaya, özümsemeye, hayata aktarmaya, deneyimlerinin içeriğine katarak kendini zenginleştirmeye çalışıyor. Bazılarının hayatı sözlerde saklıdır. Onlardan biri olduğunu biliyor.

Elindeki gösterişli kadehten, içine azıcık alkol katılmış, günbatımında, renkleri sihirli iksirler gibi çalkantılarla ışıyan meyve kokteylini yudumlayarak Park Otel'in terasından huzurlu gözlerle Boğaz'ı seyrediyor Aliye. Dünya eskisinden daha geniş gözüküyor gözüne. Her şey olması gerektiği gibi... Her yer ulaşılabilir, her şey çok daha kolay gibi... Paranın gücü, insanı, dünyanın yerlisi kılıyor.

Aklında bu düşüncelerle, dönüp teşekkür eder gibi gülümsüyor Muştik'e.

Muştik, böyle zamanlarda hep başka bir yere bakmayı tercih ediyor.

Aralarındaki söze dökülmeyen bu sessiz anları her ikisi de çok seviyor ve birbirlerine bundan hiç söz etmiyorlar.

Aliye, o gün, bir çift dantelli eldiven unutuyor Park Otel'in terasındaki masada. Bütün aramalara karşın bir türlü bulunamıyor.

Kısa sürmüş bir sonbahardan sonra, erken bastırmış kış serinliği insanı tatlı tatlı ürpertiyor... Havada kar kokusu var. Masaya dirseklerini dayamış. Başparmakları oyulu kürklü eldivenlerinden açıkta kalan başparmakları, sürekli birbirinin çevresinde dönerek halkalar yapıyor. Tokatlıyan'ın ön tarafındaki, küçük, yuvarlak, koyu yeşil mermer masaları olan pastane kısmında oturuyor; önlerinde boşalmış fincanlar, okunmuş gazeteler, dalgın gözlerle pencereden dışarıyı, gelip geçenleri seyrediyorlar. Aliye, Muştik'i sahiden dinliyorsa, bütün ezberle öğrenenlerde olduğu ve şimdi yaptığı gibi, dikkatle başka bir yere bakar, Muştik'in sözlerini hafızasına kazımaya çalışırdı; dinlemediği, ama dinliyormuş gibi görünmek istediği zamanlardaysa, yüzünde asılı kalmış profesyonel bir gülümsemeyle Muştik'in gözlerinin içine tatlı tatlı bakardı. Muştik, Aliye'nin bu numarasını anladığından beri, ne zaman önemli bir şey söyleyecek olsa, ona: Ben konuşurken başka yere bak! demeye başlamıştı.

Ortadaki büyük kapıdan içeri giren, Beyoğlu'nun ünlü erkek terzisi Piliyuris'in elinden çıkmış olduğu dikiminden belli, İngiliz kumaşından koyu renk takım elbise içinde asil ve zarif olmaya çalışan, kalantor görünüşlü tıknaz beyin kendilerine doğru yaklaşmasıyla birlikte, oturdukları masadan ayaklanıyor, Tokatlıyan'ın arka tarafına, kolalanmış beyaz örtülü masaların, geniş koltukların ve rahat iskemlelerin bulunduğu lokanta bölümüne geçiyorlar. Yemeği burada yemeye karar vermişler. Belki bu gece, burada, otelin yukarıdaki odalarından birinde kalırlar.

Bir müddet sonra Muştik, bir kadeh içkisini yudumladıktan sonra, ikisini baş başa bırakarak, geceye, diğer hikâyelere karışacaktır. Çoğu kez olan budur.

Yemekten sonra kalantor görünüşlü bey, müsaade isteyip purosunu yakarken, Aliye maşalı gümüş ağızlığıyla, incecik sarılmış, o hafif, nane kokulu Avrupa sigaralardan yakıyor. Karanfil kırmızısına boyanmış ıslak dudaklarının arasından, adamın yüzüne işveyle üflediği yuvarlak halkalar biçimindeki dumanlar, bütün geceyi şimdiden söylüyor. Adam yutkunuyor. Aliye, maşalı gümüş ağızlığını, o gece, Tokatlıyan'daki masada, "Christophle" çatal bıçakların yanında unutuyor. Bütün aramalara karşın bir türlü bulunamıyor.

Nisuaz'da oturuyorlar. Çoğu zaman şu an orada bulunmayan birilerini çekiştiren, kimi zaman da birbirleriyle dalaşarak uzun saatler geçiren, çulsuz şairler, gözleri hep kendine dönük edipler, dalgın muharrirler oturuyor çevredeki masalarda. Yüksek sesle birbirlerine hikâyelerini, denemelerini, şiirlerini okuyor; son okudukları kitaplardan, yeni çıkan dergilerden, başta Paris olmak üzere Avrupa merkezlerindeki sanat hadiselerinden, yeni yazmakta oldukları eserlerinden, eski aşklarından, yeni sevgililerinden söz ediyorlar.

Hepsinin cepleri umutla katlanmış yazılı kâğıtlarla dolu. O kâğıtlardan bir ümit, bir hayat, bir gelecek bekliyorlar. Hepsinin geleceğe kilitlenmiş gözleri, uzak hayallerle bağlanmış. Her biri, daha şimdiden edebiyat tarihinde kendine bir yer ayırmaya, gelecek için yer tutmaya çalışıyor. Her biri, bir diğerinin övgü dolu yüreklendirici güzel bir sözüne bunca muhtaçken, çoğu zaman bir diğerinden, bir tek güzel sözü esirgiyor. Başkalarından bekledikleri incelikleri, zarafetleri, güzellikleri, başkalarına sunmaya güçleri yetmiyor.

İlk zamanlar içlerinden çoğu, Aliye'yle ilgilenmeye kalkışmış, onunla yaşanacak olan muhtemelen hayli fırtınalı bir aşktan, Parisli meslektaşlarının hikâyelerine benzer kuvvette bir macera çıkabileceğini ummuşsa da, Aliye'nin bir tek dakikasını bile nasıl rakamlara tahvil esası üzerine yaşadığını gördükleri, dahası kabullendikleri andan itibaren, beyhude gayretlerden, ümitsiz teşebbüslerden vazgeçerek onu kendi haline bırakmışlardı. Neredeyse artık onun Nisuaz'daki varlığını görmüyor, daha salona girdiği anda, genizleri yakan parföm kokusunu duymuyorlardı bile. Aliye'nin süslü sözlere, fötr şapkaların gölgelediği gönülçelen bakışlara, hoş iltifatlara, gösterişli jestlere, ayna karşısında çalışılmış pozlara, çabucak havaya karışan şiirlere kaptıracak bir tek gecesi bile yok! Onun zamanı yok. Onun gecesi ipek. O, yalnızca kozasını örüyor. Hem de büyük bir hızla...

Dışarıda saydamsı buğularla tüten ışıklar, akşamları erken inmeye başlayan güz sonunu söylerken, Aliye ile Muştik, cam kenarındaki masaların birinde oturuyor, yalnızca insanların, hayatların değil, zamanın da geçişini hüzünle seyrediyorlar.

Nisuaz'da akşam oluyor.

Muştik, her zamanki gibi sesinde en ufak bir buyurgan tını bile olmadan, alçak sesle, gecede uçuşan Acem tülü inceliğinde yumuşak bir masal anlatır gibi gece derslerini sürdürüyor:

Bir adam, çoğu zaman, yatakta karısına yapamadığı şeyler için seninle birlikte olur. Dolayısıyla, yatakta zengin bir programın, parlak sürprizler paketin olmalı gül lokumlu kızım. Öyle erkekler vardır ki, seni de, kendini de alçaltarak tatmin olur ancak. Seksin rezil bir şey olduğunu düşünenlerdir bunlar. Seks onlar için kirli, pis bir şeydir. Gizli saklı köşelerde utanarak yapılması gereken, yaptıktan sonra da tiksinilmesi ve hemen unutulması gereken bir şey! Anneleri gibi kadınlarla evlendikleri için, hakiki seksi hiçbir zaman yaşayamazlar, sakın hiçbirine kapılmayasın! Bunlar gövdesi ikiye bölünmüş erkeklerdir. Tenleriyle, ruhları ölene kadar bütünlenemeyecektir bir daha. Toplumun ikiyüzlü ve karanlık kaidelerinin lanetini taşımaya gönüllü kurbanlardır bunlar. Senin yapacağın şey, asla bu erkeklerin tenleriyle ruhlarını bütünlemeye çalışmak olmamalı. Bırak parçalandıkları gibi yaşasınlar! Sana yalnızca durumu bilip ona göre davranmak düşer. Üstelik durumun hiç farkında değilmişsin gibi yapmak da cabasıdır. Aşifteliğin en zor yanı, bildiklerini susmakta, sezdiklerini saklamakta yatar. Aptal fahişeler niye harcanırlar? Aptal oldukları, akılları bir şeye ermediği, herkese kandıkları, hayat ve insanlar hakkında pek az şey bildikleri için mi? Hayır, o zaten pek azıcık bildiklerini, sık sık dile getirdikleri, o pek süfli hayat bilgisi kırıntılarını uluorta saçıp savurdukları için harcanır giderler. Sessizliğin gücünü bilmezler. Çok istismar edilmiş olabilirler. Çok kandırılmış olabilirler. Zamanında çok kullanılmış insanlarda görülen kullanılma korkusu, ne kadar uyanık olmaya çalışırlarsa çalışsınlar, onları daha da kullanılır hale getirmekten öte bir işe yaramaz. İnsanı koruyan şey, gerginlikler değil, esneklikerdir. Yerinde dikkatler, abartısız önlemler, seni her şeyden daha iyi korur!

Sözleştikleri beylerin gelmesiyle birlikte, Nisuaz'ın caddeden geçenlerce görülmeyen arka tarafına geçiyorlar. O gün masada üzerine adının başharfi işlenmiş gümüş çakmağını unutuyor. Bütün aramalara karşın bir türlü bulunamıyor.

Yaz sıcakları bastırmadan, beyaz keten kılıflar geçirilmiş valizlerle Büyükada'ya, Splendid Otel'de dinlenmeye gidiyor. Ev tutmak istemiyorum. Evin zahmetleriyle uğraşamam! Hem bütün yaz fazla gelir. Sıkıldım mı dönebilmeliyim. Etekleri dantel garnitürlerle zenginleştirilmiş, Bursa ipeğinden yok inceliğinde beyaz maşlahlar giyinmiş, elinde dantelli şemsiyesi, vapurun açık tarafında oturarak, aklını ağırlaştıran şeyleri rüzgâra veriyor; kimsesiz günlerin çay ve simitini çekiyor canı. Bir türlü söyleyemiyor. Böyle durumlarda gerçek zenginlerin ne yapacaklarını tahmin etmeye çalışıyor.

Nitekim çabuk sıkılıyor Büyükada'dan. İskelenin sol tarafında yer alan Faraon Lokantası'nda çoğu kez tek başına yediği akşam yemeklerinden, dönüp dolaşıp Saat Meydanı'na geldiği sabah yürüyüşlerinden, Dilburnu'ndaki amaçsız başıboş gezilerden, Aya Yorgi Kilisesi'ndeki sessiz saatlerden, Büyüktur yolundaki fayton sefalarından, Anadolu Klübü'ndeki dedikodusu bol ikindi çaylarından, Yörük Ali Plajı'ndaki cilveleşmelerden, gençliğini, ada otellerinde hizmetle geçirmiş, Hotel Des Etrangers, Giacomo Hotel, Hotel Calypso anılarını anlata anlata bitiremeyen şarap düşkünü bunak Rum'dan çabuk sıkılıyor. Dönerken o bembeyaz keten kılıflı valizlerinden birini adada unutuyor. Bütün aramalara karşın bir türlü bulunamıyor.

Üzerindeki, bulut pembesi, gök mavisi soluk lekelerle renklendirilmiş krep saten geceliğinin geniş etekleri, uzandığı kanepeden sular gibi dökülüyor. Tarçın rengi cilalanmış döşeme tahtaları, ortadaki büyük taban halısının çevresine, ışıltısı gözalan kalın konturlar çekiyor.

Soğuk kış gecelerinde, çocukluğun bütün soğuk gecelerinin hıncını almak istercesine, yalnızca büyük göbekli camından görünen alevlerin bile büyük salonları ısıtmaya yeteceği, gürül gürül yanan mavi-beyaz çiçekli çini sobanın hemen yanı başındaki rulo yastıklı kanepeye uzanarak, bir yandan koyu şarap kırmızısı rulo yastığın sırmalı püsküleriyle oynuyor, bir yandan da sıcaktan al al olmuş yanakları ve baygın gözleriyle bir kış masalı dinler gibi Muştik'i dinliyor. Çocukluğunun soba üzerlerinde patlayan kestanelerin çıtırtısı eşliğinde, mandalina, portakal kabuklarının kokusu geliyor burnuna.

Kendini yormadan çalışmayı öğrenmelisin masal-uykulu kızım, kendine fazla yüklenme, ama bana kalırsa, hiçbir geceni de boş geçirme! Yaşlandığında, yeterince yalnız geçireceğin gecen olacak zaten. Dilediğin kadar dinlenir, geçmişi düşünür, kitap okur, hayvan besler, çiçeklerine bakar, bahçende toprak çapalarsın. Yaşlılıkta zaman hatıralarla geçer. Unutma! Gövdenin diriliği, zaman tünelinden hızla geçiyor. Zaman, gövdemizi ruhumuzdan önce yıpratır, hatta çoğu kere, ruhu yıpratmayı, gövdenin küskünlüğüne bırakır. Şimdi senin zamanının tünelindeyiz. Senin gövdenin macerasını katediyoruz. Herkese, öylesine edilmiş boş bir laf gibi gelir ama, hayat sahiden bir masaldır.

Üzerinde tül inceliğinde buharlar tüten, altınsuyu nakışlı incecik porselen fincandan kokulu, demli çayını ağır ağır yudumlarken söylüyor bunları. Aliye'nin gözleri sobada, bu yüzden kendisini dikkatle dinlediğini biliyor. Buharlanmış camlardaki buzsu ışıltı, Fransız işi dantel tüllerin ardından bile gözalıyor. Muştik, yerinden kalkıp sırma püsküllü, şarap rengi ağır kadife perdeleri çekip yeniden koltuğuna dönüyor.

Kucağında, şömiz ciltli, parlak kâğıtlı kapağında pembe-beyaz katmerli güllerin açtığı bir aşk kitabını açık unutarak, rulo yastıklı kanepesinde uyuyakalıyor Aliye.

Rüyasında kendini açık denizde, dalgaların hafif hafif salladığı sal büyüklüğündeki üstü yazılı açık bir sayfanın üzerinde, bir yandan güçlükle ayakta durmaya, öte yandan gökyüzüne yazılmış bir kitabı, güneşten gözlerini kısarak okumaya çalışırken buluyor. Okumaya başlamadan önce anlamını bildiği her sözcüğün, daha okuduğu anda anlamını yitirdiğini, yazınınsa çözülüp dağıldığını, harflerin eriyerek sulara karıştığını görüyor. Ter içinde sırılsıklam uyandığında, kendini onca zorlamasına karşın rüyasını bir türlü hatırlayamıyor.

Niye hiçbir rüyanın sonunu getiremiyorum? diye kendi kendine mırıldanırken uyanıyor.

Bu sobayı bu kadar yakmamak gerek, diyor Muştik. Bütün bir maziyi ısıtamazsın!

Taksim Meydanı'nın hemen yanı başında, cadde üstündeki Cafe Boulevard'dalar.

Üzeri parlak renkli tropikal yapraklarla desenlenmiş, orman yeşili jarse minderlerin döşeli olduğu hasır koltuklara yaslanmış, uzun kadehlerde "Irish Coffee" içiyor, bara tünemiş erkek kalabalığının üzerlerindeki ısrarlı bakışlarını hissetmiyormuş gibi yapıyorlar. Masaların tepesine yerleştirilmiş bambu lambaların sık örgüsünden süzülen kırmızı, mor, sarı, mavi, turuncu ışıklar yüzlerine gizemli gölgeler, alçak sesli konuşmalarına müphem bir hava katıyor. Aliye'nin yüzündeki sır kadar kapalı ifade, başka zamanlarda son derece sıradan sayılabilecek, kadehindeki krepon şemsiyeyi parmak uçlarıyla çevirme hareketine fazladan bir esrar katarak, uzaktan bakan birine bile, asıl o hareketi yaparken düşündüklerini merak etme duygusu veriyor. Aliye'nin, her kadının sahip olamadığı melekelerinden biri de bu. Her hareketinin arkasında, bir erkeğin keşfetmesi gereken başka bir esrar bulunduğu duygusu uyandırarak, manidar tutulmuş ufak bir hareketle, o esrar perdesini azıcık aralayıp erkeklerin ilgisini her seferinde kendi üzerine çekmeyi başarıyor.

Aliye'nin hınzırlığının farkında olan Muştik, durumdan memnun, konuşmasında buna ilişkin küçük dokundurmalara da yer vererek sürdürüyor:

Yanındaki erkeğin böbürlenmesine müsaade etmelisin mıknatıs topu kızım. Senin çekimine kapılıp kalmaları kadar, senden kopamamaları da mühimdir çünkü. Bak, bazıları çarpıcı kadınlardır. Erkekler bunlara görür görmez çarpılırlar. Yazık ki, erkeğin bir kere çarpıldıktan sonra, ayılınca hemen vazgeçebileceği kadınlar da bunların arasından çıkar. Çoğu çarptığıyla kalır anlayacağın. Bazıları ise, güzelliği demlendikçe görülen kadınlardır. Görür görmez kimse çarpılmaz bunlara, ama baktıkça sevdalanırlar. İnsanın kanına yavaş yavaş yayılırlar. Bunlar daha makbuldür tabii. Sana gelince: Sen, en makbulüsün. Hem çarpıcı güzellerdensin, hem baktıkça demlenenlerden. Senden kurtuluş yoktur. Kendini kimseye ispat etmene gerek yok. İçini geniş tut, ferah ol. Kendi tabiatını yaşaman yeterlidir. Erkeğe üstünlük taslama. Kendinden emin ol. Bırak erkek yanında rahat etsin. Onun kendini övmesini hayranlıkla dinlemelisin; onu, kendi anlattıklarına inandırmalısın; o, yanında heyecanlı heyecanlı bir şeyler anlatırken, küçük kesik kahkahalar atmalı, hayret nidaları kullanmalısın. İncir çekirdeğini doldurmayacak en süfli şeyleri, büyük bir iştahla köpüre köpüre anlattıklarında bile, sakın şaşırmayı unutma. Erkekler şaşıran kadınları severler. Akıllı bir kadını şaşırtmak o kadar zordur ki, bu yüzden onlara fazla bulaşmazlar; akıllı kadının kokusunu yüz metreden alır, ondan uzak dururlar. Diğer kadınlardan ne kadar farklı, ne kadar yüksek, ne kadar kaliteli olduğunu anlatmak için, sakın akıl katını kullanmaya kalkma, kaybedersin; saygılarını kazanabilirsin belki, ama arzularını, dolayısıyla cüzdanlarını kaybedersin. Her zaman iyi ve müspet duygularla ayrılmalılar ki yanından, her defasında bir sonrası için buluşma şansın olsun ve bu buluşmada her şeyin fiyatının hızla arttığından, hayatın çok pahalılaştığından söz açarak konuşmaya başlayabilesin. Böylesi fazla belli etmek olur, diye düşünme sakın! En belli etmen gereken şey budur. Erkekler para yedirmeye bayılırlar. Parayı da bunun için kazanırlar zaten. Öyle lafı hiç dolaştırmadan küçük imalarla hemen konuya girebilirsin. Onlar da bilir, senin onlarla paraları için birlikte olduğunu. Seni ancak parayla elde tutabileceklerini. Arkadaşlarının yanındayken, onun, sana aldığı hediyeleri, gezdirdiği yerleri, yiyip içtiklerini saymana bayılırlar. Onların derdi kadınlarla değil, birbirleriyledir çünkü. Çoğu, böyle şeyleri arkadaşları duysun, Helal olsun ulan bizimkine! desinler diye yaparlar zaten. Zavallı varlıkları böyle böyle bir şahsiyet kazanır ufuksuz gözlerinde. Böylelikle, bu âlemde, Hovarda erkek, diye anılır olmayı arzularlar. Hepsi için en önemli şey, başkalarının gözlerindeki "kredileridir". Sen, bir erkeği ne kadar hızla soyup soğana çevirirsen, diğerleri de aynı hızla sıraya girer. Unutma, senden asıl bekledikleri, annelerinden gördükleri iyilikler değil, kötülüğün renkli sürprizleridir. İyilik sıkıcıdır. Çabuk biter.

Gece indiğinde, Muştik'in cebinde, bardaki uzun favorili, dört düğme ceketli, düğümü kalın atılmış verev desen kravatlı, şövalye yüzüklü birkaç adamın gösterişli kartvizitleri vardı. Cafe Boulevard'dan kalkıp, İstiklâl Caddesi'ne doğru yürüyüp Beyoğlu'nun geceye bir ahtapot gibi yayılan tanıdık kollarında kayboluyorlar. Aliye, kalkarken kuyruğu taşlı gözlüklerinden birini unutuyor masada. Bütün aramalara karşın bir türlü bulunamıyor.

Sırtında, dekoltesi iddialı muare taftadan bir elbise, boynunda akarsu gerdanlık, kulaklarında gülküpeler, ayağında zarif rugan iskarpinlerle, Pera Palas'taki bollerin, şampanyaların su gibi aktığı görkemli bir baloya katıldığı zifirsiyahı gecenin ortasında, o sivri topuklu zarif rugan iskarpinlerin tekini, yürek çarpıntıları içinde kaçarcasına ayrıldığı Pera Palas'ın merdiven basamaklarında ayağından düşürüveriyor. Bir daha bulan olmuyor o ayakkabı tekini. Bütün aramalara karşın bir türlü bulunamıyor. Bir ayağı çıplak dönüyor evine. Masalını kaybetmiş bir külkedisi gibi, ertesi gün diye bir şey olmadığını anlıyor. Kalbini hatırlıyor. Hayatında kaybettiği bazı şeyleri kalbinde kaybetmediğini anlıyor.

Muştik, Söylemiştim, diyor. Bu, işin senin; Hayatın değil! Kalbinin kilidini sakın bir daha gevşetmeye kalkışma! Masallarını şaşıran kadınlar bedbaht olurlar! Hayatının prensinin karşına çıkacağı masal bu değil! Sen, onu Pera Palas'taki bir gecede yitirmedin ki orada bulasın! Kimse bir gecede yitirilmez, bir gecede bulunamayacağı gibi.

Unutma hakiki erkek, yüzlerce erkekten meydana gelir. Zaten bir zaman sonra, yüzlerce erkeğin sana verdiğini, bir tek erkekten beklemeyecek kadar olgunlaşmış olacaksın sen de... Bence, bu durumun tadını çıkarmalısın. Bir kadının aradığı o bir tek erkek, her zaman için hayali bir varlıktır. Hiç olmamıştır. Bir erkek, birçok erkekten meydana gelir. O da yalnızca bir tasavvurdur. Beyhude bir tasavvur! Anlayacağın, erkek diye bir şey yoktur bulut bakışlı kızım. Erkeklik, yalnızca bir durumdur. Bir kişinin varlığıyla değil, ancak birçoğunun varlığıyla sağlanabilecek olan ümitsiz bir durum! Her erkekte, aradığın erkeğin yalnızca bir parçasını bulursun. Gerçek bir kadın için, gerçek bir erkek,

Allah gibidir, her yerdedir ve hiçbir yerdedir. Aşk da budur zaten! Başka bir şey değil. Aramaktan vazgeç, demiyorum, bulmaktan vazgeç melek-oklu kızım!

Muştik gittikten sonra, Aliye, gözlerine inmiş iki top bulutu dökemeden sabaha kadar öylece oturuyor.

Günler her şeyi solgunlaştırır.
Acılar diner, anı olurlar bir gün.
Aliye'ye de öyle oldu. Bonmarşe vitrinlerine bakmak, kırmızı ipek perdeli localarda oturmak, Taşlık Kahvesi'nden denizi seyretmek, kırmızı tramvaylara binmek, Krepen Pasajı'nda bir tek atmak, Turkuaz Lokali'nde, Moskovit Lokantası'nda, Kristal Bar' da, Rejans'ta görünmek, yazlık sinemalarda illüzyonistlerin hokus pokus gösterilerini izlemek, çoğu, solgun yüzlü iş hanlarının birinci katında yer alan kürk evlerinde, kıvırcık astraganları ya da sırt kürkleri endam aynalarında prova etmek, Süreyya Plajı'nda deniz heykeliyle bakışarak güneşlenmek, Olyon'dan, Kaluvrisi'den alışveriş etmek, operetler, rövüler, çigan müzikleri arasında oradan oraya sürüklenmek,

Pera Palas'ın basamaklarında ayağından düşürüp kaybettiği ayakkabı tekini unutturdu Aliye'ye. Oyalanmayı öğrendi.
İnsanlar oyalanırlar, alışırlar, unuturlar.
Günler her şeyi soldurur.
Her şey bir gün anı olur.

Çılgıncasına bir hayat, dolu dolu geceler, ışık çakımlı yaldızlı günler...
Her şey, bir filmin, hareketli bir müzik eşliğinde birbiri üstüne binen zincirleme görüntülerle, "neşeli günler" anlattığı sahneler gibi ışıl ışıl, capcanlı... Öyle ki, her gece başka bir eğlence yerine gidilen, her gün başka bir yerden alışveriş edilen, iki gün üst üste aynı yerde yemek yenmeyen bu parlak günlerin baş döndürücü hızında mutlu mu, mutsuz mu; iyi mi, kötü mü olduğunu anlayacak zamanı bile yok Aliye'nin. Masalının rüzgârına kapılmış gidiyor.
Günleri dolu dolu geçiyor Aliye'nin. Beyoğlu'nda yeni açıl-

mış olan güzellik salonu Pelbar'a düzenli olarak devam ediyor. Saçlarını elbette İzidor'a yaptırıyor. İstanbul'un ünlü pedikürcüsü Bonniçi'ye abone olmuştur; el ve ayak parmaklarını emmekten hoşlanan iştahlı erkekler için, sık sık el ve ayak tırnaklarını düzelttirmektedir. Sık sık değişen erkeklerin kollarında, çeşitli lokallerde, Beyoğlu'nun dans okullarında öğrendiği adımlarla Viyana valsleri adımlamaktadır. Daha çok Pilsen, Nektar ve Münih biralarını, rakı içmesi gerektiğinde de Dimitropulo'nun sakızlı rakısını sevmektedir.

Aliye'nin genç gözleri başlangıçta fazla uzağı göremiyordu. Onun için hayat, devamı gelecek hafta çıkacak olan mecmua fasikülleri gibi tane taneydi.

Kaldı ki, Muştik, İstanbul'un iç içe geçmiş zamanlarından ördüğü küçük mucize oyunları yaratarak, iyice gözlerini kamaştırıyordu Aliye'nin. Örneğin, çoktan yıkılıp yerine bambaşka bir bina dikilmiş bir geçmiş zaman kafeşantanından, birdenbire günümüz sinemalarından birinin fuayesine çıkartıveriyordu Aliye'yi. Çoktan yıkılıp üzerinden yol geçen bir bonmarşe mağazasında alışveriş ediyor; şimdilerde, bir iş hanının yerini aldığı eski bir dancing'te günün moda danslarını yapan İstanbullulara alkış tutuyorlardı. Hem Moulen Rouge'u, hem Atlas Sineması'nı, hem Şark Tiyatrosu'nu, hem Tokatlıyan'ı aynı yerde aynı gün yaşamak kolay değildi.

Beyoğlu'nun bütün zamanları gövdelerinde seğiriyordu. Zamandan sarhoştular.

Günler her şeyi solgunlaştırdı. Her şey bir gün anı oldu.

Çift kapılı ve her kapısı çift kilitli yatak odasında duran, her gecenin sonunda, yanına giderek örtüsünü kaldırıp baş başa kaldığı, Sirkeci'nin ışığı kıt arka sokaklarındaki Yahudi esnafından birinden aldığı gösterişli bir kasası var. Pahalı mücevherlerinin, altın takılarının, hisse senetlerinin yanı sıra, belli bir miktara ulaştığında bankaya götürüp yatırdığı paralarını sakladığı bir kasası... Şık bir Cadillac direksiyonuna, daha çok da gemi dümenine benzeyen, yuvarlak metali ışıl ışıl parlayan ağır dönen bir kolu var kapağında. Şifreyle açılıyor kasa. Şifresi hayatının en büyük sırrı.

Muştik bile bilmiyor. Evine hiç misafir kabul etmiyor. Kasanın üstü, yoksul düşmüş Beyaz Rus soylulardan yok fiyatına alınmış, azıcık eprimiş, sırma püsküllü, işlemeli, kalın bir şalla örtülmüş. Bir tek o kasanın başında kendini güvenli hissediyor Aliye. Görünmez bir fotoğraf makinesine poz verircesine, anlamından boşalmış bir yüzle, belli bir noktaya dikilip kalmış dalgın bakışlarla, dirseğini dayadığı kasanın başında, bir eli şakağında neredeyse kımıldamadan, hiçbir şey düşünmeden, dakikalarca öylece duruyor. Bütün duyguların yerine geçebilecek tek bir duygu buluyor içinde: Güven. Bu da ona şimdilik yetiyor. Ne zaman, biraz fazla hayallere kapılacak olsa, bir zamanlar falına bakan o genç yazarın tembihini tutuyor, toplama çıkarma yapıyor. İyi geliyor bu ona. Ayakları yere basıyor. Hesabının kuvvetli olması, dünyada kaybolmayacağına dair inancını pekiştiriyor.

İkindi çayını daha çok Lebon'da "alıyor"; çoğunlukla Şişli'de, Nişantaşı'nda oturan, genç ve yakışıklı sevgilileriyle buluşmak için, Beyoğlu civarında garsoniyer tutmuş olan bütün o kötülük kumkuması zengin kadınların; tazeliğinden başka güzelliği olmayan, gönül çirkini, kötü ruhlu zengin kızların, bir yandan ikindi çaylarını içerken, bir yandan da, Aliye ne yaparsa yapsın, kendilerinden biri olmadığını yüzüne vuran küçümseyici bakışlarına, ona bakarak manalı manalı fısıldaşmalarına aldırmaz görünmeyi öğrenmiş; iri porselen fincanlardan sade bir vekarla çayını yudumlarken, Lebon'da, Markiz'de ve benzeri yerlerde bulunmakta, en az onlar kadar hakkı olduğunu düşünüyor. Ne de olsa, Aliye'nin hesap pusulalarını da, bu kadınların, kızların, kocaları, babaları ödüyor.

Muştik, serzenişte bulunur gibi, bir süredir sinirli hareketlerle yakası volanlı ipek bluzunu düzeltip duran Aliye'nin sözünü kesiyor:

Önce elini çek yakandan! İnsanlara, ne yaparlarsa yapsınlar, seni kızdıramayacakları, seni incitemeyecekleri intibaını vermelisin. Serinliği öğren! Unutma bir büyük yazarın dediği gibi, en iyi intikam şekli, kayıtsızlıktır. Hiçbir şeyi izzetinefis meselesi haline getirme! Bu, profesyonel bir meslektir, her meslek gibi riskleri vardır, meslek hataları olabilir. Unutma, bu da diğerleri gibi bir iş, sen sadece işini yapıyorsun; sana, senin şahsına yapılmış bir şey yok ortada; bu bir rol, bir yanlışlık olsa bile, oynadığın rol gereği bir yanlışlık olmuştur, hepsi bu! Böyle bakmazsan, dayanamaz, daha ikinci perdenin ortasında kaçar gidersin rüzgârlı kızım. Sakın kendini başkalarının insafına emanet etme! Mahvolursun! Kendine de, onlara da zaman tanı. İnsanlara güvenme, güveneceksen onların hafızalarına güven! Hafızalar çok unutkandır çünkü. Sana da alışacaklar. Unuta unuta alışacaklar. Bu memlekette bir tek şeye güvenebilirsin: Unutkanlığa!

Şu İngiliz centilmeni taklidi heriflerin, Fransız madaması taklidi kadınların, şu züppe mekteplilerin, şu pastane kibarlarının afra tafralarına bakma sen! Altlarını biraz kazısan, hepsinin altından ne cifeler çıkar! Yüzlerine yerleştirmeye çalıştıkları kilise vitraylarından ezber edilmiş şu mağrur ikon bakışlarına aldanmayasın! Bütün ikonlar tanrıyla göz gözeymiş gibidir. Senin zehir çalığı bakışlarınsa, yalnızca erkeğe ayarlı olmalı. O bakışlar bir erkeğin kanına karışmak için bakmalı yalnızca. Senin işin erkeklerle. Buradaki kokoz karılara ispat etmek mecburiyetinde olduğun hiçbir şey yok! Unutma, sen sadece işini yapıyorsun. Hadi çayını iç de kalkalım artık. İşimize bakalım! Dünya seni bekliyor!

Kalktıklarında, sehpada timsah derisinden yapılma küçük el çantasını unutuyor Aliye. Bütün aramalara karşın bir türlü bulunamıyor.

Moda Deniz Hamamı'nda, kıskanç gözlerin, kem bakışların hışmına uğramış mayosunu unutuyor. Florya Plajı'nda boyunu olduğundan uzun gösteren hasır ökçeli plaj takunyalarını. Kafeşantanların birçoğunda sayısız yelpazesini. Sandalye arkalıklarına asılı kaç el çantası, çeşitli kahvehanelerin, birahanelerin kayıp hatıralarına karıştı çoktan. Dem sofralarında kristal kahkahalar savurduktan sonra, azıcık uzanıverdiği atlas döşeli divanlarda, içine Hasan ya da Şükufe marka kolonyaların serpildiği kaç lavanta kokulu mendil, sıkıştırıldıkları minder aralarından yokluğa karıştılar. Yabancı yatak odalarının ahşabı kararık komodinlerinin üstünde, gümrah saçlarını güçlükle zapteden sıra pırlantalı tarakları kaldı. Dalgın ve hüzünlü gözlerle sularına daldığı nilüferler açmış havuz kenarlarından kalkıp mahzun bir roman kahramanı gibi gölgesine yürüdüğü sonbahar kameriyelerinde, omuzlarından düşürdüğü kaç Suriye şalı başkalarının hatıraları içinde kaybolup gitti. Sesinde saklı vaatlerle şarkılar söylediği, çekingen bakışlı içki masalarında, üzeri mineli ya da sedef işlemeli nice enfiye kutusu, başka zamanların kokularına karıştı. Boğaz postasını yapmakta olan, 27 baca numaralı yandan çarklı Sahilbent gemisinde, her defasında başka biriyle el ele tutuşup huşu içinde mehtap seyrederken, çırpına çırpına uçuşarak sonunda rüzgâra kaptırdığı eşarpları, kaç Boğaz akıntısına bayrak oldu. Mesirelerde unuttuğu fildişi ya da abanoz saplı şemsiyeleri kaç yabancı yağmur savuşturdu. Kim bilir, hangi lavaboların sabunluklarında unuttuğu nice yüzük, kaç parmakta kaç el, kaç kader değiştirdi? Otel aynalarının önünde unutulmuş onca kokulu pudra, kuyruklu sürme şişesi, say say bitmez nice saçıntı...

Hepsi de kazanılmış bir hayatın sayısız kayıplarıydılar.

Bütün aramalara karşın hiçbiri bulunamıyor.

Eşyanın kuşattığı dünya, böyle biri hiç olmamış gibi yapıyor.

Eşya uğruna değiştirilmiş hayatlardan ilkin eşya çekiliyor.

Neden her gittiğin yerde bir parçanı bırakıyorsun Aliye? diye hüzünlü bir merakla soruyor Muştik.

Aliye, bilmediği ama diplerde, ta içinde hissettiği bir cevabı neredeyse kendiliğinden veriyor:

Bilmem, zaten parça parçayım ya, belki ondandır; belki de kaybolmayayım, diyedir... Bir zamanlar buralardan ben de geçtim, demek içindir... Ormanda kaybolmamak içindir. Hatıra olmak içindir... Bizden nişan veren bir sır bırakmak içindir... Ne bileyim, böyle şeylerdendir herhalde!.. Unutma, bana zamanı sen öğrettin!

Umarım bir gün yavaşlığı da öğrenirsin, diyor Muştik. Hızda kaybettiklerini, yavaşlıkta bulursun.

Bir gün, Muştik, dedi Aliye. Ne çok şey biliyorsun, kadınlar hakkında, erkekler hakkında, seks hakkında, ama seni hiçbir kadınla birlikte görmedim bugüne kadar. Neden?

Osmanbey'de Cafe Bonjour'daydılar.

Her gün bir yenisi açılan pasajların, iş hanlarının, hamburgercilerin, plakçıların, butiklerin, sinemaların kuşattığı, günün gözde buluşma mekânlarından biri olan Bonjour'da. Kapalı, yağdı yağacak sinsi bir eylül havası... Caddeden akan arabalara, karşıdan karşıya telaşlı adımlarla geçmeye çalışanlara dalmışlardı tam, Aliye bu soruyu apansız sorduğunda.

Bu soruyu bana bunca zaman niye sormamış olduğunu merak eder dururdum ben de inan ki! dedi Muştik. Bak, görüyor musun, sen bile seks yapmayı yakıştıramamışsın bana. Demek ki, kafanın bir yerinde, beni ve seks yapmayı yan yana koyamamışsın. Cevabı çok basit aslında: Ben bir aseksüelim. Anlamadın değil mi? Yani bunca yıllık hayatımda bir kere bile cinsel ilişkiye girmedim. Seksin hiçbir çeşidini yaşamadım. Hiçbir kadını arzulamadım, hiçbir gövdeye ilgi duymadım. Bir muhabbet tellalı için, kaderin cilvesi sayılabilecek hoş bir tenakuz, masalımıza yakışan şık bir çelişki, değil mi?

Aliye'nin şaşkınlıktan büyüyen gözleri, onu daha da eğlendirdi. Sanki bu da onun zevkiydi.

Hâlâ hiçbir şey anlamamış, Nasıl yani? dedi Aliye.

Çok basit, dedi. Cinsellik ihtiyacı hissetmiyorum. Bu ne büyük özgürlüktür bilemezsin. Düşünsene, insanların büyük bir kısmının hayatını mahveden şey, cinsellik değil midir? Dünya nüfusunun tamamına yakın büyük bir kısmı, her gün bir hastalık gibi cinselliğin pençesinde kıvranıyor. Bu bakımdan ben, kendimi çok şanslı sayıyorum. Zaten, iki insanın birbirinin bu kadar çok içine girmesi hoşuma gitmiyor doğrusu. Bir kere, şık ve zarif bulmuyorum.

Aliye'nin ağzını bile kapatamayan şaşkınlığı karşısında, iyice eğlenmeye, ne zamandır beklediği bu "itiraf anının" tadını çıkarmaya başlamıştı Muştik.

En başta, seksin kendisini çirkin buluyorum. İnsanlar için gerçek bir yük. Beyhude bir gayret! Bir angarya! Boş bir hamallık! Neresinden baksan, çirkin bir amelelik! Hele o seksten gözü dönmüş insanlar yok mu? Yarabbi, ne çirkin bir oburluk çeşidi! Ne hayasızlık! Birbirlerinin içine girmekteki ısrarlarını, bu uğurda göze aldıklarını, katlandıklarını düşündükçe, insanlık adına utanç duyuyorum! İnsanların başkalarının yanında yapamadığı pek az şey vardır. Düşün, seks yapmaktan o kadar çok utanıyorlar ki, bunu başkalarının yanında yapamıyorlar.

Aliye, şaşkınlıktan sessizleşmişti, aklına hiç başka soru gelmiyor ama, Muştik'in açıklamalarını sürdürmesini istiyordu.

Hem seks birçok şeye engeldir, diye sürdürdü Muştik. Erkeklerin çoğu, bu yüzden kadınlarla arkadaş olmayı başaramazlar. Tanıdığım birçok erkek, ancak kuşu kalkmamaya başladıktan sonra, kadınları anlamayı, onlarla nispeten daha eşit ilişkiler kurmayı öğrenmiştir. Ne hazin bir kazanç! Cinsellik, aslında insanlığın en büyük belasıdır. Birçok insan, hayata çok daha fazla faydalı olabilecekken, sırf bu yüzden bütün vaktini ve enerjisini seks dedikleri beyhude bir amaç uğruna harcayıp gider. Yıllardır şaşkınlığın verdiği güçlü bir merakla şu cinsellik dedikleri gayya kuyusunu anlamaya çalışıyorum. Beni bu işte feylesof yapan şey, zengin tecrübelerim değil, olsa olsa gözlemlerimdir. Gerçi, gözlemlerimin biraz kıyıcı ve insafsız olduğunu ben de kabul ediyorum ama, işin içinde olmamanın getirdiği avantajları da gözardı etmemek lazım. Bazen insanlar hiç yaşamadıkları şeyleri, diğerlerinden daha iyi gözlerler. Ben, seksin doğasını kavradım çünkü.

Nedir peki seksin doğası? diye dirilmiş bir merakla sordu Aliye.

Çok basit, dedi Muştik. Seksin doğası falan yoktur. İnsanların bir türlü kabul edemedikleri şey de budur zaten. Yok yere, seksin doğayla ilişkisini arayıp duruyorlar. Birçok insan, canı sıkıldığı için seks yapar. Birçok insan, yalnızlığından seks yoluyla kurtulacağını sanır. Yalnızlıktan kurtulmak mümkünmüş gibi! Seks o kadar kötü bir illettir ki, çok iyi yaptığın zaman, yetinmezsin, canın bir daha, bir daha ister. Kötü yaptığında da, bu olmadı, belki bundan sonraki daha iyi olur, diye bir daha, bir daha yaparsın. Yani seksten kurtuluş yoktur. Tam bir başbelasıdır! Öldürmeyen bir veba çeşididir, bulaşa bulaşa çoğalır. Dünyayı hiçbir şey değil, seks öldürecek! Çok iyi seks yapanlar, en şanssız olanlardır. Çünkü, onlar o kadar ustalaşmışlardır ki, kendilerine göre bir eş bulmakta güçlük çekerler. Bu yüzden bütün dünyayı denemeye kalkarlar. Dünyanın en eski mesleği niye fahişeliktir, sanıyorsun? İnsanlar niye en çok cinsellik hakkında yalan söylerler, sanıyorsun? İnsanların en büyük önyargıları da, cinsellik hakkındadır. En büyük sırlarını da, ikiyüzlülüklerini de cinselliğe saklamışlardır. Dünyada hâlâ en büyük para seksten kazanılıyor. İnsanlar o kadar zavallı ki, üç aşağı beş yukarı hemen herkes bu konuda yalan söylediği ve ikiyüzlü olduğu halde, yüzyıllardır zina, fuhuş, aldatma, sadakat falan tartışıyorlar! Dünya kurulalı beri, en büyük yasaklar seks hakkındadır. Ne dört kitap, ne kırk peygamber seksle baş edemedi. Çünkü seks ne yazık ki, var oluşumuzdur. Var oluşumuz kadar anlamsız ve açıklanamazdır.

Muştik, hızını alamamıştı, konuştukça açılarak tırmanan bir öfke tonu seziliyordu sesinde, sonunda, Tek kelimeyle, seks saçmadır canım, diye bağladı sözlerini.

Aliye, Muştik'in felsefesinden çok işin günlük ve pratik yönleriyle ilgiliydi hâlâ.

Peki, senin canın hiç çekmiyor mu yani? dedi. Hani bu kadar biliyorsun, ediyorsun, görüyorsun, elinin altında bu kadar güzel kız var.

Aliye'nin naif ve gerçekçi sorusuyla mizah duygusunu yeniden kazanıyor Muştik.

Beni anlamakta güçlük çekiyorsun değil mi? Ama haklısın. Aseksüellik gerektiği kadar bilinmiyor, üstelik ne yazık ki, gerektiği kadar taraftar toplayabilecek bir konu da değil. Daha baştan mağlup bir durumdayız. Hiçbir zaman iktidar olamayacağımızı biliyorum. Şu anda yeryüzünde çok küçük ve önemsiz bir azınlık olabiliriz; ama ben gene de bir gün sayımızın artacağına, yavaş yavaş büyüyüp güçleneceğimize inanıyorum. Dünyanın bu kepaze hali böyle devam edemez!

Soruma cevap vermedin, diye ısrar ediyor Aliye.

Hayır, çekmiyor, diyor Muştik. Canım, kadın madın, seks meks çekmiyor. İnan aklıma bile gelmiyorlar. Yaptığım işin, gözümde, ne bileyim, tütün ya da gazete satmaktan pek farkı yok. Bu da bir iş yalnızca.

Aliye, hâlâ inanmaz gözlerle bakmayı sürdürüyor, Muştik'ten daha inandırıcı açıklamalar bekliyor.

Sonunda, şaşkınlıktan açık kalmış ağzını kapatmayı başaran Aliye, Ne tuhaf? dedi. Meğer seni hiç tanımamışım!

Bunu duyduğuma sevindim, dedi Muştik. Demek, daha benden sıkılmadığın anlamına gelir bu. Artık yeter bu kadar, benim hakkımda çok gevezelik ettik, hem bak, kapıda müşterin göründü bile ballı kızım! Hadi bakalım, laf bitti, şimdi iş vakti: Seks yapmaya gidiyorsun!

Aliye, oturduğu yerden doğrulurken içini çekti: Aman Muştik, dedi. İnsanda iştah mı bıraktın?

Her şeyden çok bulunan bir evi oldu sonunda.
Bir masal evi kadar zengin, çok kapılı, çok odalı, çok eşyalı bir evi.

Gardırobu ağzına kadar giysilerle, tilki ya da vizon yakalı mantolarla, kuzgun kanadı çağrışımlı pelerinlerle, birbirinden nadide kürklerle, çeşit çeşit, model model şapkalarla dolu. Top top kumaşlar, dantela garnitürlü volanlı etekler, vatkalı döpiyesler, yanardöner ipekliler, yürürken dalga dalga köpüren şifon sabahlıklar, gecelikler, kaşmir desenli, işlemeli şallar; askılı, askısız, yırtmaçlı, yırtmaçsız, uzun gece tuvaletleri; balinalar geçirilerek kabartılmış etekler, dantelli, dantelsiz jüponlar; bazen omuzlarını ve kollarını örtmede, bazen de yaka dekoltesi açık tuvaletlerde gerdan kapatmada tamamlayıcı olarak kullandığı, dokusuna gümüş pullar, altın simler serpiştirilmiş rengârenk Acem tülleri, ipek ve saten iç çamaşırları, ipek çoraplar, ağ dokulu dikişli çoraplar, yazlık, kışlık, kıymetli deriden onca iskarpin, saymakla bitmeyecek daha nice aksesuar, nice saçıntı...

Evi, şık ve pahalı eşyalarla döşeli. Çeşitli köşelerdeki konsol ve sehpa üzerlerine yerleştirilmiş pembe, sarı gölgelikli, ipek püsküllü abajurların, çok kollu kesme billur avizelerin yumuşak ışıklarla aydınlattığı yüksek tavanlı, geniş, ferah salonunda, görkemli saray kapıları gibi duran gösterişli büfeleri, Fransız yemek takımları, Bohemya kristalleri, yumurta kabuğu inceliğinde porselen Çin vazoları, Saksonya bibloları; içlerinde çeşit çeşit pıhtılaşmış ev likörleri duran, markalı kristal şişeleri, gümüş çatalbıçak takımlarıyla dolu...

Tabanı, insana, her an bir masala doğru kanatlanıp uçacakmış hissi veren, cennet yeşili yapraklarla desenlenmiş ateş rengi Acem halısıyla kaplı bir Şark Köşesi bile var. Salonun, üç yanı camla kaplı cumbasına yerleştirilmiş, ipek üstüne altın sim işlemeli kuştüyü yastıklarla beslenmiş, geniş, ferah sedirin önündeki güneş sarısı tunç tepsinin üstünde, billur karafakiler içinde bekleyen dinlenmiş, sakızlı ya da düz rakılar; altın, gümüş tabakalar içinde çeşitli markalarda sigaralar; üzeri mineli, sedefli enfiye kutuları; telkâri işlemeli gümüş zarfları içinde duran soğan zarı inceliğinde kahve fincanları ve kehribar ağızlıklı, gümüş başlı bir çift nargile, her an hizmete hazır durumda bin bir gece masallarının konuklarını beklemekte...

Gene de bütün bunların arasında yitirilmiş bir yarınla baş başa kaldığını düşünüyor Aliye. Rüyasında tükenmiş birinin, yarınları da dünlerine benziyor. Gündelik hayatta ne kadar sağlamcı olurlarsa olsunlar, rüyalarını, yaşamlarından çok daha güçlü duyumsayan hayalperest insanların değişmez kaderini yaşıyor. Bir çeşit tükenişe benzeyen kaderini... Yaptığı onca toplama-çıkarma handiyse boşa gidiyor.

Ne zaman Beyoğlu'nda yürürken, Hristaki Pasajı'nın önünden geçse, başını kaldırıp kemerli giriş alınlığının tam ortasına yerleştirilmiş oymalı saate bakıyor. Zamanı anlamaya çalışıyor. Bir şey olmuyor. Alınlığın iki yanındaki kabartma deniz külahlarından dökülen meyveler, taş kesildikleri yerde dökülmeye devam ediyorlar. Onlar dökülmeye devam ederken, Hristaki Pasajı, birdenbire Çiçek Pasajı oluyor.

Bir de, adı Ç'yle başlayan eşyalardan yaptığı özel bir koleksiyonu var: Çanak, çömlek, çatal, çakı, çanta, çizme, çaydanlık, çakmak...

Zaman onlarla çınnlıyor!

Topladığı yetmiyormuş gibi, koleksiyonundaki bütün parçaların, tek tek resimlerini çektirmek istiyor Aliye. Resimlerin, günün birinde onları dağılmaktan koruyacaklarını sanıyor. Foto Febüs bu isteğine şaşırıyor.

Eşyayı bir arada tutan şeyin fotoğrafı çekilemiyor.

Albümler böyle söylüyor.

Bunlar olurken, kısa zamanda hemen her çeşit zengin gördü gözleri Aliye'nin. Savaş zengini tüccarlar, mirasyediler, hacıağalar, ihtilal zengini patronlar. Vagon ticareti, tütün ticareti yapanlardan şeker, yağ, tuz, gaz karaborsası vurguncularına; ilaç fabrikatörlerinden petrol krallarına, celeplerden demir tüccarlarına, inşaat kapkaççılarından silah ve esrar satıcılarına varana kadar her çeşit zenginin koynuna ve hayatına girdi.

Beyoğlu'nun bütün zamanlarını gördü, yaşadı.

Gün günden iştahını kaybetmişti. Dünyayı canı çekmiyordu artık.

Garden Bar gecelerinde kahkahaları asılı kaldı. Holivut tebessümlü erkekler ve kadınlar arasında Taksim Bahçesi'nde, Turkuaz Lokali'nde tangolar adımladı, valsler döndü. Rakı masalarında kıdemler alıp Asmalı Mesçit meyhanelerinde kadehler çınlattı. Nektar ve Luxembourg Birahanesi'ndekiler, onun dudaklarının kenarlarında bıraktığı minik bira köpüklerine bakarak yutkundular. Dün meçhul bir kızcağızken, birdenbire mühim ve tanınmış bir Beyoğlu şahsiyeti olmanın saltanatını hakkıyla yaşadı. Bir zamanlar, mahcub ve çekingen bir edayla, vitrinlerine bile gözucuyla bakabildiği mağazaların, dükkânların, bonmarşelerin, kafelerin, barların, birahanelerin, lokantaların, restaurantların, otellerin şimdi herkesin önünde hörmetle eğildiği hatırlı bir müşterisi olmuştu. Mühim otellerin danslı çay partilerine katılıyor, mühim şahsiyetlerin balolarına, davetlerine çağrılıyor, en önemlisi elçiliklerden bile mühim mevkilerde tanış ve ahbaplar ediniyordu.

Şimdi, bir yere girdiğinde, herkes onun geldiğini, ilkin kokusundan anlıyor. Kendinden önce, ince bir buhur gibi tüterek önden giden efsunlu rayihası duyuluyor. Umumi bir yere girerken, omuzunun tek hareketiyle üzerindeki mantosunu, pelerinini ya da şalını aşağı indirerek gösterişli bir vekarla "antre yapan"; bütün bakışlar üstündeyken, tahtına yerleşir gibi arkasına büyük bir güvenle yaslanarak oturan, bacak bacak üstüne atıp bir kolu sandalye ya da koltuk arkalığına takılı olarak, dünyaya ve insanlara yüksek ve uçsuz bir balkondan bakıyormuşçasına mağrur gözlerle bakan, çoğu zaman kalp şeklinde boyadığı karanfil kırmızısı dudaklarının ucuna düşecekmiş gibi hafifçe yerleştirdiği incecik sigaralardan derin nefesler çekip koyu, kalın dumanlar savuran bu baş döndürücü kadın, daha düne kadar titrek, çekingen adımlarla, yalnızca Beyoğlu'nda değil, dünyada da kaybolmuş gibi yürüyen o ürkek kız çocuğu değildi sanki. Ardında kendinden ölüler bırakarak ilerleyenlerin yolunu katederek buralara kadar gelmişti. Ve belki de insan hayatı için en önemli şeyi, gerçeklik duygusunu yitirmişti. Bütün yaşadıkları baş döndürücü bir rüyaya benzerken, gerçekliğini hissettiği tek şey, "para"ydı.

Kimi zaman, bir alışveriş ya da berber sonrasında Hatay Kahvesi'nde yorgunluk çayı içerken, kimi zaman Degüstasyon'da Çiçek Pasajı'na girip çıkanları seyrederek, hafif bir öğle yemeği yerken, ya da Fransız Konsolosluğu'nun bitişiğindeki Mavi Köşe'de ayaküstü birasını yudumlarken, Beyoğlu'nun gözlerinin önünde an be an başkalaştığını görüyordu. Sürekli, durgunluk hıza, hız durgunluğa dönüşerek zamanın geçtiğini, etin durdurulamazlığını, hayallerin uçuculuğunu ve hatıraların şiddetini söylüyordu.

Her girdiği yerden çıktığında, zalimce değişmiş başka bir Istanbul dikiliyordu karşısına.

Nereye gitse hikâyesi ardından geliyordu.

Ya da o hikâyesini sürüklüyordu.

Kaç zamandır, oturduğu kahvenin, pastanenin ya da lokantanın pus benekli, tozanlı camlarından, Beyoğlu'na artık başka gözlerle bakıyor, çevresinde olup biten her şeyi, zaman dışı gözlerle inceliyor; gözlerinin önünden akıp giden hayata ait canlı görüntüleri, yıllar sonra bakılan eski bir albümde, sahipleri çoktan ölmüş soluk fotoğraflara benzetiyor, bunlarda gündeliğin olağan akışından çok, ölüme ait bir esrarın saklı işaretlerini buluyordu. Bir süredir kendini hiçbir yerin yerlisi gibi hissetmiyor, kendini hiçbir yere aitmiş gibi duymuyordu. Genç kızlık zamanlarındaki yoksulluğun, güvensizliğin tedirginliğini, şimdi nedenini ve niyesini anlamadığı, ama pençesinde kıvrandığı var oluşuna ilişkin daha derin bir yalnızlığın tedirginliği almıştı. Bir sürgüne benzetiyordu hayatını. Yalnızca mekândan değil, zamandan da soyutlanmış, sürgün edilmiş gibiydi.

Istanbul'da şimdiki zaman bile, hep geçmişin kalın gölgeleri içinde her şeyin üzerini örtüyor. Istanbul'dan bile eski olan Beyoğlu'ndaysa, geçmişin gölgeleri arasında yaşamak kaçınılmaz. Belki de bu yüzden, bütün yüzyılların bir arada yaşandığı ve her yüzyılın aynı ölçüde yabancı olduğu Beyoğlu'nda insanlar çok ruhluydular. Bunun için macera, tehlike ve ümit çoktu. Bunun içindi büyük yalnızlıklar. Beyoğlu, hem Istanbul'du, hem değildi; tıpkı Istanbul'un da, hem Türkiye olup hem olmaması gibi... Beyoğlu'nda en büyük tehlike, insanın kendisiydi. Her zaman böyle olmuştu. Kimse kendini inzivada keşfetmez. İnsan kendisiyle ancak büyük kalabalıklarda karşılaşır. İnzivalarsa dönüşler içindir. Kalabalıklarda kendiyle karşılaşıp kaybolanların, yenilenlerin döküm günleri için.

Ilık akşamüzerleri, İstiklâl Caddesi'nde yürürken, başını kaldırıp baktığı çoğu kâgir olan binaların pencere alınlıklarında, maltataşından yapılmış evlerin kararmış cephelerinde, insan yüzlü kabartmalarında, bitkisel süslemelerin yer aldığı frezlerde, geçmişin gözleriyle bakışa bakışa yürümenin büyük yorgunluğunu hissediyor Aliye. Bu geniş zamanlı yorgunluk, kimseyi içinde yaşadığı zamanla baş başa bırakmıyor. Farkında olsun ya da olmasın, Beyoğlu'nda yürüyen herkesin, bina cephelerindeki koca sütunları, kirişleri, kat kat yükselen o koca yapıları başlarında taşıyan karyaditler, kabartma heykeller kadar yorgun olması bundandır.

Geçmişin bütün izlerini taşıyan o eski ve haşmetli yapılar, kapalı havalarda biraz daha asık suratlı ve bağışlamasız gelirdi Aliye'ye. Rüzgâra sevdalı şemsiyeler, her an kendilerini tutan ellerin sahipleriyle birlikte havalanıp Istanbul semalarında başka zamanlara uçacaklarmış gibi olurdu. Mağazaların vitrin ışıkları yağmurda iyice güçsüzleşirdi. Arabaların çoğunun rengi siyahtı; çoğu zaman koşum demirlerine çocukların asıldığı boynuzlu tramvaylar, hiç umulmadık bir anda birdenbire çıkıverirlerdi ortalığa ve mevsim ne olursa olsun, havayı şenlendirirlerdi. Yürek hafiflerdi. Aliye'nin yüzü, tramvayları seyrettiği dalgın pastane camlarında kalırdı. Yoldan geçen hikâyeleri dinlerdi, bir zamanlar kasasının başında otururken pastane müşterilerine uydurduğu geçmiş zaman ışığı taşıyan hikâyeler gibi hikâyeler yazardı önünden akıp giden yüzlere...

O güne kadar tanımadığı, bilmediği bir umutsuzluk çeşidinin usul usul kendini ele geçirdiğini hissediyordu. Gelecek de geçmiş kadar güçsüzleştiğinde, umutsuzluk başlıyordu.

Bir zamandır, bütün randevularını tehir etmeye başlamıştı Aliye. Çevresini her an muhasara altına almaya çalışan o kıranta beylerden uzak duruyor, daha çok gündüzleri olmak üzere tek başına ve gayesiz dolaşıyordu. Biraz kendiyle kalmaya, düşünmeye, içini yoklamaya ihtiyacı vardı. Hayatı tatil ettim, diyordu gülümseyerek.

Bir rüyada gibi Aliye. Ama acı çeken bir rüya bu. Rüyada olduğu için acısını hissetmiyor; yalnızca biliyor. Vedalaşır gibi seyrediyor hayatı, Beyoğlu'nu, insanları... Hayatın dışına sürülmüş insanların bakışlarındaki küskünlüğün o tuhaf berraklığıyla bakıyor. Aliye'nin, dilediğinde birdenbire matlaşan, donuk, kunt bakışları, sımsıkı kendine kapanır, karşı tarafın duygularını okumasına asla izin vermezdi. Bir süredir bakışlarının kilitlediği yüzüne bu kapalı, geçit vermez ifade yerleşmişti; içinde bilmediği şeyler oluyordu. Gün günden her şeye karşı ilgisi azalmış, hayata olan iştahını iyiden iyiye kaybetmişti. Küçük eğlenceler icat etmede eskisi kadar usta değildi. Mutlulukla ilgili kuralları bir türlü anımsayamıyordu. Bir parföm daha almanın, bir yelpaze daha edinmenin, büfeye bir biblo daha yerleştirmenin anlamları tükenmeye; her şey gözlerinin önünde kararmaya başlamıştı. Belki de, kendince dünyayı elde etmiş ve sonunda dünyada elde etmeye değer bir şey olmadığına karar vermişti. Sanki bütün bunlar neredeyse kendisinden habersiz olup bitivermişti içinde de, şimdi bunu nasıl söyleyeceğinin yollarını bulmaya çalışıyordu.

Kendini yeniden Sainte-Marie Drapéris Kilisesi'nin merdivenlerinden inerken, ya da Sainte Antuan'ın, kendini bambaşka dünyalara götüren serin uçsuzluğundaki tahta sıralarda otururken buldu. Mum yakarken artık dilek tutmayacak kadar caymıştı hayattan. Gelecek umdurmayan bir geçmiş... hem geçmişi hem geleceği yağmalanmış bir şimdiki zaman... Tam ortadaydı... Galiba kaybolmuştu.

O günlerde ziyaret etti Tünel tarafındaki çarşaf morgunu. İlk gecesini sattığı gazete patronunun ölü çekmecelerinin birinde yatıp duran kanlı çarşafının başında, o da kendinden öncekiler gibi, o donuk ışığın altında başlangıç noktasının anlamını anlamaya çalıştı. Etinin paraya, paranın gerçeğe dönüştüğünü ve paranın, hayatı yöneten tek gerçek olmasının kapalı iktisadını, gündelik gerçeklik içinde kendince kavramaya çalıştı. Bu kapalı iktisadın büyüsü, günün birinde, yoksulluğu zenginlikle değiştirebiliyor, ama yoksulların, yoksullukta oluşmuş gerçeklik duygusunu, gözünü ta başından zenginlikte açmış insanların gerçeklik duygusuyla bir türlü değiştiremiyordu. Bu anlamda sınıf atlanmıyordu. Yoksul doğanlar, ne kadar zengin olsalar da, bu anlamda hep yoksul kalıyorlardı. Korkuları, kaygıları, hâlâ yoksulluğun bilgisini ve öğrenmelerini taşıyordu. Yarılmıştı. Her yer onundu belki, ama o her yere yabancıydı. Bazı geceler, kendisini, eski yoksul evlerinde kuru zeytinle kahvaltı ettiği sabahlarında bulduğu rüyaları, her şeyden çok daha gerçek geliyordu kendisine ve sanki asıl sabahları, bir rüyaya uyanıyordu.

Yeni taşındığı Topağacı'ndaki geniş apartman dairesinin arka tarafında, aylandız, manolya ve elma ağaçlarının olduğu saklı bahçeye bakan cam kenarına yerleştirdiği, ince uzun bacaklı, küçük tablalı, masif gürgen okuma masasına oturup, Hayatımdan bir eşya yaptığımı düşünüyorum, diye yazıyordu, bir zamandır tutmaya başladığı defterlerden birine. Yıldızı çoktan söndü hayatımın. Ben hiç böyle düşünmemiştim hayatı. Neden korktuğumu bile bilmiyorum!

Yazarken tutuldukça, yardım uman gözlerle elindeki "Dora" marka eski dolmakalemine bakıyordu. Adını çok seviyordu dolmakalemin: Dora. Günce tutmaya başladığından beri, sözcükleri sevmeyi öğrenmişti. Eşyaların adları bile kendilerinden daha güzeldi.

Son zamanlarda kendini iyiden iyiye kitaplara vermişti bir de. Boş zamanlarında aşk romanları okuyor: "Aşk Budur", "Aşka Davet", "Kadınların Saadeti", "Parka Bakan Pencere", "Kader Çizgisi", "Asrın Kadını", "Aşka Tapan Kadın", "İhtiras Meltemleri", "Parisli Kadın", "Aşka Dönüş" gibi kitaplar, başucundaki kitap rafını süslüyor. Parlak kâğıtlarla kaplanmış, şömiz ciltli, güzel görünüşlü, kalın, gösterişli kitaplar bunlar; onların sayfalarını karıştırmak, onları kucağında zarafetle tutmak, onları okurken dalgın ve hisli görünmek, kendini bu sayfaların rüzgârına bırakarak uzak hayallere kapılmak hoşuna gidiyor Aliye'nin. Eksik olan hayatının onlarla tamamlandığını düşünüyor.

Bir zaman önceydi. Nicedir unuttuğu, içinde kilitli kalmış duyguları uyandıran biriyle, bir rastlantı sonucu tanışmış, neredeyse gizli gizli buluşmaya başlamıştı onunla. Külrengi bir sonbahar başlangıcı, inceden bir yağmur yağarken, Olivio Geçidi'nde bir apartman saçağının altında liseli kaçak âşıklar gibi öpüşmüşlerdi. Dudaklarına yeniden bir genç kızın ürkekliği gelmişti. O ılık, yumuşacık öpüşme sonrasında, dudaklarını birbirlerinden çekerlerken, durup uzun uzadıya birbirlerinin dudaklarına, gözlerine bakmışlar, bu öpüşmenin tadındaki farkı anlamaya çalışmışlardı. Sonra başka bir gün, Tünel'de, Narmanlı Han'ın avlusunda, kedisi ölen Yahudi Madam'ın üzüntüsünü hafifletmek için yeni bir yavru kedi bakmaya gittiklerinde, Aliye kendiliğinden ağaca yaslandığı bir an, birdenbire genç adamın ağır gövdesini üzerinde hissetmiş, bocalamıştı. Çorabı kaçmıştı o sıra. Bu bile çok hoşuna gitmişti. Orada acemice sıkıştırılırken, çorabının kaçması, sanki ona masumiyetini, erden günlerini iade etmiş; henüz yaşamadığı bir geleceğin tamamıyla yitirilmemiş olduğu yanılsamasını uyandırmıştı. Bilmediği bir şey, içini taze bir güçle dolduruyor, yepyeni heyecanlar duyuruyor, bilmediği sıcaklıkta tonlarla hayatını renklendirerek başkalaştırıyor, dünyayı farklı kılıyordu.

Bir zamandır sabahları yataktan erken gelmiş baharlar gibi kalkıyor, günlerin her şeyden bağımsız neşesini keşfediyordu.

"Böyle bir kadın olduğunu bilmiyordum" cümlesine kadar süren birkaç küçük saadet parçası. Hepsi bu! Okuduğu romanlara benzeyen birkaç dar zaman parçası...

"Reca ederim artık birbirimizi aramayalım."

Elinde fötr şapkasının kenarlarını sinirli hareketlerle çevirip dururken, demir kadar soğuk bir sesle ve merhametsiz gözlerle söylemişti bunu.

Artık kendisi için bile "O Kadın" olduğunu anlamıştı.

Sahiden dönüş yolu var mıydı?

Böyle durumlarda eskisi kadar içi ağrımıyordu artık. "Böyle bir kadın olduğunu bilmiyordum" cümlesi, bir zamandır eline almadığı kitaplarına yeniden döndürmüştü onu. Aşk bile değilken yaşadığı, ayrılık niye bunca canını yakıyor, niye böyle derin bir sızı bırakıyordu içinde, artık yalnızca bunu anlamaya çalışıyordu. Onca erkek arasında yalnızca birkaçı, yüreğinde, ta diplerde bir yerlere dokunmuş; o da, her seferinde bunlardan kaçmayı ve bu kabil maceraların muhtemel tehlikelerinden uzak durmayı ustalıkla başarmıştı. Her şeyi askıya almış, ökesine tutulduğu birkaç kişiyle olan ilişkisi üzerine düşünmeyi de, duygularını tartmayı da bol zamanlı yaşlılık günlerine erteleyerek, kendini gündeliğin zalim akışına bırakmıştı. Pera Palas'ın basamaklarında yitirdiği ayakkabı tekinin, Olivio Geçidi'ndeki öpücüklerin ılık ve yumuşak tadının ve benzeri birkaç kırık hatıranın, akşamüstlerinin azalan ışığında dalgın gözlerle oturacağı yaşlılık günlerinin pencere önlerinde kendisini beklediğini biliyordu. Şimdi kalbin sırası değildi.

Bir yaşamadığı hayatları anlatan duygu dolu aşk romanları vardı, bir de irili ufaklı parfüm şişeleri! Billur şişelerde dinlenen kokular değil, zamandı sanki. Bir bölümü banyosundaki koca dolapta, bir bölümü de arka taraftaki küçük sandık odasındaki oymalı raflarda duruyordu. Sandık odasındaki, çoğu boşalmış parföm şişelerinin uçucu, havai kokuları, üst üste yığılmış onca eşyanın ağırlaştırdığı kalın havayı dağıtıyor, eşyadaki beklemişliğin, umutsuzluğun eve sızmasına izin vermiyordu. Mutsuz anlarını uçucu kılan baş döndürücü kokularla, zamanı hafifletmeyi öğrenmişti. Onun için parföm şişelerinin her biri, Aleâddin'in Sihirli Lambası'ydı. Kapakları açıldığı anda dünya kolaylaşıyordu. Banyodaki üç kanatlı pencerelerinde büzgülü beyaz tüller olan camlı ceviz dolabın içi, boşalmış irili ufaklı parföm şişeleriyle ağzına dek dolu. Hiçbirini atmaya kıyamıyor. Yaşadıklarını elden çıkarmak gibi geliyor bu ona. Cilası kırmızıya yakın tutulmuş gül ağacından yapılma, ince bacaklı Girit işi tuvalet masasının üzeri de sıra sıra kristal esans ve parföm şişeleri, fısfısı püsküllü, puslu cam şişelerle kaplı. Bir koku kadar uçucu olmak istiyor Aliye. En keskin rayihaların bile ancak kendi zamanlarında kalıcı olduklarını biliyor. Bolca sürünmesine, onca elibol dökünmesine karşın, ne zaman geçmişe geçse, ilk yitirdiği şeyin üzerindeki koku olduğunu görüyor.

Geçmiş, bir ecza dolabı kadar temiz ve "steril". Geçmişteki hiçbir şeyin değiştirilemezliği, ölüme yakın bir kesinlik kazandırıyor yaşadıklarına. Geçmişe hiç dokunulamıyor. Hatıra, zalim kudretini dokunulmazlığından alıyor. Tek tek kişilerin hayatları, Muştik'in deyimiyle, birer masala benzese de, hayatın kendisi bir oyuna benziyor.

Muştik'le birlikte ne zaman geçmişte bir güne adım atsalar, birdenbire üzerinde kaybolan kokular bunları düşündürüyor ona.

Hayat diye seçtiği şeyin, kendisine hiç hayat hakkı tanımayan iç içe geçmiş bir oyunlar zinciri olduğunu, içine girip çıktığı hiçbir hayatın kendi kokusunu taşımadığını görüyor. O, hep hayatına giren çeşitli erkekler karşısında, tek gözlü denizci dürbünlerinden görülen bir masal kişisi gibi, kimi zaman büyüyerek, kimi zaman küçülerek, ama sürekli olarak onların hayallerine, arzularına, isteklerine göre, boy, biçim ve kişilik değiştirerek varlığını sürdürebiliyor. Kadın olmanın anlamının tam da bu demek olduğunu derin bir yoksulluk ve çaresizlik duygusu içinde anlıyor. Sanki yüzlerce erkekle evlenmiş, yüzlerce çocuk doğurmuş; yüzlerce evin oturma odasında, yatak odasında, mutfağında, banyosunda eskimiş, ömür tüketmiş; yüzlerce kez dul, yetim ve yalnız kalmış bir kadın gibi anlıyor.

Hayata ait konularda derin düşüncelere dalıp kendine ait mühim keşiflerle döndüğü bu çeşit aydınlanma anlarında, bir zamanlar Muştik'in ettiği sözler kulaklarında yeniden yankı buluyor. O dememiş miydi, "Bütün erkekler senin olacak, başkalarının hikâyelerini yaşayabileceksin. Evlerinde oturup koca bekleyerek minder çürüten kızların hikâyelerini de sen yaşayacaksın; fildişi kulelerde saçlarını tarayan ufuk gözlü prenseslerin de..." O zamanlar üzerinde hiç durmadığı bu sözler şimdi anlamını buluyor; sözlerin anlamını kavratan şeyin, deneyimler olduğunu bütün derinliğiyle şimdi kavrıyor ancak. Deneyimlerse, büyük ölçüde, kaybetmekle kazanılıyor.

Gümüş sahibi olmayanlar, gümüşün karardığını bilmez, demişti Süryani Kuyumcu. Onlar gümüşü hep ay kadar parlak sanırlar. Kapalı Çarşı'daki, her zaman alışveriş ettiği Mardinli Süryani kuyumcunun, sade bir zevkin hâkim olduğu, alçak tavanlı, gösterişsiz dükkânında, telkâriler, savatlar arasındaydı. Kendi deyişiyle, Mardin'den bir dava seyahati sebebiyle, kısa bir müddet için İstanbul'a gelmiş olan, Ali adında Arap asıllı genç bir avukatla, o dükkânda tanışmış, ikisini de kuşatan güçlü bir çekimin etkisiyle bir süre kaçamak bakışmışlar; dükkândan ayrı ayrı çıktıkları halde, az ileride buluşup bir muhallebiciye gitmişler; aralarında bir türlü çözülemeyen tuhaf bir gerginliğin yarattığı tutukluk içinde, daha çok gündelik, sıradan, rastgele şeylerden konuşmuşlar, elleri ellerine değmiş, hatta Aliye, neredeyse, bir erkek bulmaktan çok, ikizini bulduğu duygusuna kapılmış, yarın akşam mutlaka arayacağını söyleyen ateş gözlü genç adamsa, ne ertesi gece, ne de sonrasında onu bir daha aramamıştı.

Son zamanlarda hep gözlerinin önünde gümüşler gibi ışıyan o sözlerini hatırlıyor kuyumcunun. Çoktandır unuttuğu o ateş gözlü genç avukatı hatırlıyor. Gümüşler, ay aydınlığında, Ali'nin yaşanmamış anısını ışıtıyor. Birini özler gibi değil ama, hayatının bir yerini yaşamamış gibi içi sızlıyor. Hissettiklerinin, gümüş sahibi olduktan sonra, gümüşlerin de karardığını öğrenmek ve buna alışmakla ilgili bir şey olduğunu düşünüyor.

Hayatlarını hiç yaşamamış insanlarla, hayatlarını çok yaşayarak savurup gitmiş insanlar, günün birinde aynı yere çıkıyorlar. Kaderlerinde esrarlı bir ortaklık, umutsuzluklarında yoğun bir benzerlik var. Yaşadıkları ya da yaşamadıkları ne olursa olsun, günün birinde, hayat ve dünya, aynı biçimde boşalıveriyor gözlerinin önünde. Ayrı ayrı yürüdükleri yolların sonunda, aynı yere varıyorlar. Umutsuzluğun günbatımı renkleriyle bezenmiş uçsuz taraçasına... Aynı yolu yürümeyi sürdürmekle artık başka bir yola sapmanın hiçbir önem taşımadığı o kör noktaya...

Gümüşlerim kararmaya başladı, diye yazıyor defterine Aliye. Gümüşlerim kararmaya başlayınca anladım. Anlamak istemediğim kadar anladım. Ay kadar anladım.

Sonra, Muştik'in eski bir masala atıfta bulunduğu başka bir sözünü hatırlıyor: "Bütün kızlar günün birinde kraliçe olmak ister!" Oysa bu sözün arka yüzünde söylenen çok daha önemli: "Sen kralın düşünde gördüğü şeylerden birisin. Sen de gerçek olmadığını biliyorsun." Hangi kraliçe gerçektir ki?

Kraliçeler, Kralların aynasıdır yalnızca.

Kral, aynaya baktığında kendini, gücünü, iktidarını görmek ister.

Kadınlar, bu yüzden hep ayna karşısındadırlar, bu yüzden aynanın içine düşmek isterler. Krallar kendilerine baksınlar diye. Kadınların canı bu yüzden aynalarda saklıdır. Varlıklarını özür diler gibi suçlu duygularla kıvranarak yaşayan, ancak sevilirlerse dünya tarafından bağışlanacaklarını düşünen, bütün o bedbaht kadınların, o dipsiz sevilme ve şefkat ihtiyacı, sonuçta esaretleri oluyor:

"Bütün kızlar günün birinde kraliçe olmak ister!"

Aliye, kulaklarında yankılanıp duran Muştik'in bu sözünün anısıyla bulanmış düşüncelerin ortasında, Muştik'e dönerek, Bize yolumuzu şaşırtan şey, masallar değil de daha çok masallardan aklımızda kalanlar galiba, diyor, sönmüş bir Beyoğlu gecesindeki tenha ve koyu gölgelerin havayı ağırlaştırdığı Valori Lokantası'ndan çıkıp birdenbire, saten siyahı ılık geceden mucizeler umduran ışıltılı bir serinlikteki Lalezar Kulüp'teki denize açılan geniş pencerelerinde havaifişeklerin patladığı yıldız baskını bambaşka bir geceye çıktıklarında...

Elle tutulmayan, ama başka bir dünya fısıldayan üzerindeki vahşi kokuyu derin derin soluyor Aliye: "Courage". Günün kokusu. Denizin derinliklerinden su yüzüne çıktığında, havayı içine dolu dolu çekenler gibi soluyor yeniden kavuştuğu vahşi kokusunu... Kokular ona içinde yaşanılan zamanı söylüyor. Kokular insanı yeni heveslerin peşine takar. Muştik'in, Lalezar'ın barında tanıştırdığı genç ve çapkın bir işadamı, yüzünde müstehzi bir ifadeyle kulağına eğilip usulca: "Gece kraliçesi siz misiniz?" diyor.

Eski bir masalda, zamanın unutturduğu bir mantık boşluğu gibi gülümsüyor Aliye.

Kraliçelerin anavatanı gecelerdir, diyor. Yalnız dikkat edin, bir kraliçeye âşık olmak, erkeğin ruhunu çürütür.

İkisinin de gözlerinden karşılıklı meydan okumanın kılıç parlaklığındaki ışıltısı geçiyor. O gece de öyle geçiyor.

Değişmeyen tek şey sabahlar. Sabah hep aynı şekilde oluyor.

İlkin bir boşluğa uyandığını hissetmenin yavanlığı, ardından bir bıçak gibi hatırlanan gündelik mutsuzluklar...

Çok geçmedi adını bir türlü koyamadığı bu sarsıntılı günlerin üstünden.

Aliye, bir gece ansızın, Dönmek istiyorum, dedi Muştik'e.

Muştik, kendi eseri olmayan apansız durumlardan ürkerdi; gene öyle oldu.

Karlman Mağazası'nın yakınlarındaki Valori Lokantası'ndaydılar. Uzun, siyah, tenha, sönmüş, yoksul görünüşlü bir Beyoğlu gecesiydi.

Muştik, ilkin Aliye'nin içinde bulundukları geçmiş zamanın bu sönük gecesinden geri dönmek istediğini sandı.

Hayır, öyle değil, tamamıyla dönmek istiyorum, dedi Aliye.

Önce yanlış anladığını düşündü Muştik; inanmaz gözlerle baktığı Aliye'nin yüzünde, önceden tanımadığı bir yorgunluk vardı. Boyaları akmış bir yorgunluk.

Aynı yorgunlukla sürdürdü Aliye:

Artık kendi hayatıma dönmek istiyorum, orada bıraktığım hayatıma. Aynanın öteki tarafına.

"Kendi hayatım" sözü, fazla iddialı bir laf değil mi sence? Kimin kendi hayatı var ki? Kim sahiden hayatını yaşıyor ki?

Bırak laf oyunlarını Muştik, dedi Aliye. Ne demek istediğimi anladın! Dönmek istiyorum. Hem de en kısa zamanda.

Peki neden? diye sordu Muştik.

Aynı yerde kalabilmek için çok fazla koştum, dedi Aliye. Farkında değil misin? Yorgunum, çok yorgunum. Gövdemdeki başkalarından yoruldum.

Anlamalıydım, dedi Muştik. Daha önce anlamalıydım. Tüh! Bir yerde dalmış olmalıyım! O çarşaf morgunu ziyaret etmek istediğinde anlamalıydım. Hayret! Hiç yapmazdım.

Senin bir hatan yok ki! Hep eksik olan bir şey vardı hayatımda.

Eksiksiz hayat yoktur ki, tenha kızım! Hayatın fazla gelen tek yanı kendisidir.

Keşke diyorum bazen, keşke hiç geçmeseydim aynanın bu yanına, keşke orada kalıp bambaşka bir hayat kursaydım, kurabilseydim. Son zamanlarda o kadar çok "keşke" demeye başladım ki, mutsuzluğumu bile böyle anladım.

Hangi hayatın "keşke"si yoktur ki, dumanlı kızım? Her hayatın dönemeçlerinde en az birkaç "keşke" vardır mutlaka. Hayat da budur zaten. Onca şey yaşadın, hâlâ hayatı başka bir şey sanıyorsun! Sen, bir hayatı değil, bir hayali arıyorsun. Uzak bile olmayan ihtimalleri.

Olabilir. Dediğin gibidir belki, ama onu burada bulmadığım da kesin!

Senin aradığın hiçbir yerde yok ki! Geri dönmekle bulabileceğini mi sanıyorsun? Döndüğünde kaldığın yerden geri giyebileceğin, portmantoda asılı durup seni bekleyen bir manto değil ki hayat! Orada seni neyin beklediğini, orada neyi bulacağını sanıyorsun?

Belki hiçbir şey bulamayacağım ama, ümit edeceğim. Bak, burada ümidimi yitirdim ben. Yeniden ümit etmeyi yaşamak istiyorum belki. Kim bilir? Hem sen dememiş miydin, istediğin zaman bu anlaşmayı feshedersin, diye. Ben de öyle yapıyorum işte. Anlaşmayı feshediyorum. Bence zamanı geldi. Bir yerlerde çalışan bir saat işitiyorum. Bana vakti söylüyor. Masalımı terk etme zamanım geldi.

Evet, öyle demiştim tabii, istediğin zaman geri dönebilirsin demiştim; gene de sen bilirsin, ben üzerime düşen vazife gereği, seni kalman için ikna etmeye çalışıyorum sadece, ısrar etmiyorum. Kimse masalını o kadar kolay terk edemez. Ayrıca, bu geri dönüş yolculuğu için ne kadar sağlamsın, bilmiyorum.

Üstesinden gelirim, merak etme. Sağlamım. Yalnızca ümitsizlerde bulunan bir yürek sağlamlığı benimki! Aldığım yolları geri dönerken bacaklarımın beni çekebileceğine inanıyorum.

Bir süre daha sessiz kalıyorlar. Aradaki yaş farkını dert etmemiş, nice zaman dayandıktan sonra, birdenbire ayrılık kararı vermiş, birbirlerine saygısını değil ama, muhabbetini yitirmiş bir karı kocaya benziyorlar uzaktan.

Bacak bacak üstüne atmış, volanlı etekleri ayak bileklerine kadar inmiş, çapraz atkılı, yüksek ökçeli iskarpinlerine dalmış bakışları Aliye'nin, saçının bukleleriyle oynuyor bir yandan. İçini dinliyor bu kez. Boynundaki kürkün boncuk gözlü tilkisi, Muştik'e alaycıl gülümsüyor sanki.

Neden sonra Aliye, bir şey açıklarcasına değil, daha çok içini döker gibi anlatmaya başlıyor:

Yabancıyım Muştik. Hangi zamana gidersek gidelim, yabancıyım. Hangi erkekle beraber olursam olayım, yabancıyım. Kendime yabancıyım. Vücuduma, alışkanlıklarıma, zevklerime yabancıyım. Ben kimim? Başkalarının düşlerinin bir parçasıyım yalnızca. Bir uzuyor, bir kısalıyorum. Devler arasında cüce, cüceler arasında dev oluyorum. Bütün kelimeler ağzıma büyük geliyor. Mönülerde yazan yemek adlarının hepsini öğrendim belki, ama sahiden konuşuyor muyum, bilmiyorum. Konuşma bile bir oyundur, demiştin bir keresinde. Doğru, bak ne zamandır senin gibi konuşuyorum. Ancak masallarda insanlar böyle konuşurlar. Bilmediğim bir utanç çeşidi kalmadı neredeyse. Hepsini denedim. Bütün ahlaklarımı yitirdim. Bir tek meslek ahlakım kaldı. Her şey senin dediğin, senin istediğin gibi oldu. Tabiat ile kader arasında kaybolmadım. Ama gene de kayboldum. Belki de sahiden öyledir. Dünya var olmak için değil, kaybolmak içindir. Ben artık kimim, bilmiyorum! Kendimi, kendimde kaybettim. Parça parça dağıldım hayatlara ve şimdi artık parçalar bütünden ağır çekiyor. Zamanı bana sen öğrettin Muştik. Zamanın nasıl geçtiğini biliyorum artık. Benim için perde kapanmadan sahneyi terk etmek istiyorum. Bir piyes kahramanının lafları tükenmemeli. Benimse tükendi. Ne kimseye söylemek istediğim tek bir kelime, ne de kimseden duymak istediğim bir tek söz kaldı. Hayatımın geri kalan kısmını, başka bir piyeste, başka bir sahnede, mümkünse gerilerde, göze batmayan bir yerlerde duran, silik, dilsiz bir kahraman gibi devam ettirmek isterim. Bir mucizeydi yaşadığım, ama sonu iyi biten mucize var mıdır, bilmiyorum.

Aliye'nin anlattıkları karşısında kapıldığı yeise benzer puslu dalgınlıktan güçlükle çıkan Muştik, Beni şaşırtıyorsun, diyor. Sesinde hayal kırıklığına uğramış olmanın güçlü şaşkınlığı var.

Seni şaşırtabilecek şeyler yapmaya aslında ta başında başlamıştım, ta ilk günlerde... Hatırlıyor musun, kızlığımı verdiğim o gazete patronunu? Senin bütün anlattıklarına rağmen, sabahına bana dolgun bir bahşiş vermiş, öyle uğurlamıştı beni. O zaman söylememiştim sana. Sonra da bir önemi kalmadı. Daha o ilk gün inanmıştım farklı biri olduğuma.

Dolgun bir kahkaha patlatıyor Muştik. Helal olsun, diyor, sahiden yaman kızmışsın! Demek daha ilk gün atlattın beni ha! Ne diyeyim, helal olsun! Sonra birdenbire mahzunlaşan bir yüzle soruyor: Demek bu kadar ciddisin Aliye? Demek döneceksin. Beni gerçekten şaşırttın!

Evet, ciddiyim Muştik. Hiç olmadığım kadar ciddiyim.

Bunun üzerine susuyor Muştik. İçine kapanıyor.

Hatırlar mısın, geçmişe ilk gittiğimizde, Kimi görüyorsun? diye sormuştun bana. Ben de, Hiç kimseyi, demiştim. Sen de, Ne keskin gözlerin var senin, demek hiç kimseyi görebiliyorsun, demiştin. O halde artık herkesi görebilirsin! Bu bilmeceli konuşmalarına gülmekten kimseyi görememiştim uzun süre. Oyunlar ne zaman acı verir Muştik? Kelimeler, ne zaman insanın ağzına büyük gelir? Hayaller ne zaman ufalanır? Oyunlar ne zaman hüzünleri artık saklamaz olur? Yollar ne zaman tükenir? Erkekler, yalnızca yaşlanırlar, oysa neden kadınların teni, giysiler gibi eskir? Seks ne zaman satılmaz? Cevabı, kendisine büyük gelen sorular nerede değiştirilir? Belki de en mühim sual en sade olandır her zaman: İnsan nerede yenilir?

Muştik, başını kaldırıp uzun zamandır bakmadığı gözlerle, yeniden tanımak ister gibi bakıyor Aliye'ye.

O bakarken zaman geçiyor.

Divan Oteli'nin pastanesinde oturuyorlar.

Bazı hikâyeler insanın başına gelir, tıpkı bir kaza gibi; insan bazı hikâyelere hazırlıksız yakalanır; bazı hikâyeler içinse, insanın içinin hazır olması gerekir. Bir de alınmış kararların hikâyeleri vardır. Dönüşü olmayan hikâyelerdir bunlar. İnsan kendi hikâyesinin nasıl bir hikâye olacağına doğru karar vermelidir. Sonra yağmura, doluya tutulur gibi tutulduğumuz hikâyeler vardır; bir de apansız mucizeler... İnsan en çok bunu ister ama, sonu iyi biten mucize var mıdır, ben de bilmiyorum Aliye. Geçen gün bana bunu sormuştun değil mi? diyor Muştik.

Evet, hayatım boyunca, en çok mucize düşlediğimi fark ettim çünkü.

Bu, biraz da mutluluktan ya da mucizeden ne anladığına bağlı pembeyıldıztozu kızım!

Biliyorsun. Benim tangomun adı: İhtiras!

Evet, bu da işleri çok zorlaştırıyor.

Aliye, boynundan kayıp duran rönarını umutsuzca düzeltirken, yüzünün ifadesini bir anda değiştiren Muştik, Dönmekte kararlı mısın? diye soruyor. Onu hazırlıksız yakalarsa, kararını değiştirebileceğini umuyor olmalı.

Aliye ödünsüz bakışlarla başını "evet" anlamında sallıyor.

Muştik uzun zaman sessiz kalıyor.

Bu uzun sessizlik hoşuna gitmiyor Aliye'nin.

İstediğin zaman dönebilirsin, demiştin, diyor. Sesinde saklamaya çalıştığı bir kaygıyla birlikte, örtülü bir hesap sorma tonu var.

Muştik, bir heykel donukluğuyla, kayıtsız sessizliğini koruyor.

Yoksa yalan mı söylemiştin bana? Konuşsana, yalan mıydı?

Biliyorsun, sana hiç yalan söylemedim Aliye, hiçbir zaman, diyor Muştik. Anlaşmamız bunu gerektiriyordu çünkü. Yalnız başlangıçta, yola çıkmadan önce söylediğim bir tek yalan vardı, bunun dışında hiçbir yalan söylemedim sana.

Uzaktan bir gong sesi vuruyor.

Bir tek yalan mı?

Evet, bir tek yalan söyledim. Bir büyük yalan. Ne yazık ki, o bir tek yalan da bütün doğruların üstünü örtüyordu.

Neymiş o? diye merakını ve kızgınlığını bastırmaya çalıştığı bir sesle soruyor Aliye.

Hiçbir zaman geri dönüş yoktur!

Ama, bu her şey demek!

Bir gong sesi daha vuruyor.

Evet, öyle. "Bütün doğruların üzerini örten bir tek yalan," derken bunu kastetmiştim ben de. Gerçeklik dedikleri budur zaten: Bir büyük yalanın bütün doğruları örtmesi!

Hiçbir yol yok mu? Tek bir yol bile yok mu?

Yol vardır elbet, ama o yoldan geçecek olan sen, aynı kişi değilsin ki artık. Kimse çıktığı yolda kendisi kalmaz. Yol insanı başkalaştırır. Bunca zaman içinde bunu anlamış olduğunu sanıyordum.

Aliye bir an durup içini tartıyor, iç çekip öfkesini bastırıyor. Her zaman yaptığı gibi, duygularını anlamayı sonraya bırakıyor. Sakin görünmeye çalışarak, Muştik'e dönüyor yeniden:

Gene de beni o bir tek yolun başına götürmeni istiyorum senden. Son bir defa benim için bir şey yap ve beni o yolun başına götür! Zannederim, bunu istemeye hakkım vardır senden. İlk kez gitmek istediğim bir yolu biliyorum. Madem bu benim masalım, bırak ben bitireyim.

Muştik itiraz etmiyor. Yola çıkıyorlar.

Giderek inen bir akşamüstünün koyu kızıl gölgeleri dünyayı kuşatırken, sessizlik içinde yol aldıkları, bakır kırmızısı sonbahar yapraklarının hafif bir esintiyle kendilerine ince hışırtılarla eşlik ettiği, kısa süren güçlü bir yağmurun ardında bıraktığı ıslak toprak kokusunun güz sonunu söylediği, tekinsiz renklerle lekelenmiş, bozarmış bir göğün altında uzun, tenha, engebeli bir yolun sonunda, koyu gölgeli bir yol ağzına gelip duruyorlar. Masalların çatallandığı yol ağızlarından biri bu.

Aliye, ayaklarından çizmelerini çıkarıyor. Toprağa bırakıyor. Çizmeler hemen toprağa karışıyor.

Kurşuni gölgelerin iyice görünmez kıldığı önündeki belirsiz yolu kestirmeye çalışıyor.

Bundan sonrasını tek başına gideceksin, benim yolum buraya kadar, diyor Muştik. Ancak buraya kadar eşlik edebilirim sana. Bundan sonrası senin işin artık. Her şeyin gönlünce olmasını ümit ederim. Çok yol aldın, umarım gene de geri dönebilirsin. Kimsenin başaramadığını belki sen başarırsın, diyor.

El sıkışıyorlar, birbirlerine öksüz gözlerle bakan, belki de ancak yıllar sonra yeniden bir araya gelebilecek, şimdiyse birbirlerinden ayrılmaya mecbur iki mahzun çocuğa benziyorlar uzaktan. Görünüşlerindeki keder her şeyi bağışlatıyor.

Aliye, uzanıp yanaklarından öpüyor onu. Bunca zaman olduğu halde, Muştik'in sürdüğü esansın kokusunun hâlâ iyi mi, kötü mü olduğuna dair bir karara varamamış olduğunu düşünüyor. Onu, arkadaşlığını her şeye rağmen özleyeceğini düşünüyor. Zorunlu ayrılıkların bile mutlusunun olmadığını biliyor.

Muştik, yelek cebinden çıkardığı köstekli saatine bakıyor telaşlı bakışlarla. Eyvah, geç kalıyorum, diyor. Çok geç kalıyorum! Birdenbire değişiyor, ciddileşiyor, omuzları dikleşiyor, az önceki duyguları siliniyor yüzünden. Ardına dönüp acele adımlarla yürümeye başladığındaysa, daha şimdiden Aliye'yi unuttuğunu, başka hayatlara ve hikâyelere doğru yola çıktığını düşündürüyor.

Aliye, eski, tanıdık bir iç küskünlüğüyle, Benden ayrılan herkes ne de çabuk eski hayatına dönüyor, diye geçiriyor içinden.

Demir pası, küf yeşili, çürümüş yaprak kahverengisi, daha çok yüksek tavanlı, karanlık, yağlı bir tünele benzeyen, ucu belirsiz bir yolda, insanın içine işleyen sinsi bir serinliğin, uğursuz bir sessizliğin içinde yürüyor bir zaman. Yol giderek kirli yağ kıvamında koyulaşıyor, tavan duygusu veren belirsiz, isli bir gök parçası alçalıp katılaşıyor, her yan iyice tekinsiz bir loşluğa çekiliyor; ekşimiş, beklemiş kokuların arasından geçiyor; bir zaman sonra, ileride kaynağı belirsiz, lekeli bir ışık noktası beliriyor, giderek büyüyen pus benekli, kararık bir gümüşsü ışıltı gözünü alıyor; biraz daha ilerlediğinde de, bunun Aynalı Pastane'nin aynasının arka yüzü olduğunu görüyor Aliye. Heyecanlanıyor, seviniyor, son bir gayretle adımlarını güçlendirerek hızlı adımlarla ilerliyor, görüntü iyice seçikleşmeye başlıyor. Pastanenin içi, lambri duvarları, masaları, koltukları, sandalyeleri, sehpaları, onların üstündeki çay, kahve fincanları, pasta tabakları, çatal bıçaklar, sigara tabakaları, çakmaklar, okunmuş gazeteler, dergiler, masalarda oturan kişiler iyiden iyiye seçilmeye, tanınmaya başlıyor. Burası daha önce aynanın içinden geçtiği yer. Başardığını düşünüyor; sevinç ve gururla doluyor birden. Her şey neredeyse bıraktığı gibi, aynanın tam arkasına geldiğinde, derin bir soluk alıp içini güçlendirerek, daha önce öğrendiği gibi aynanın içinden geçmeye çalışıyor. Aynanın sırlı yüzeyine doğru yekindiğinde, aynanın açılmadığını, açılıp kendisini içine almadığını şaşkınlıkla görüyor; geri çekilip bir kez daha deniyor; daha ilk hamlesinde aynanın sert yüzeyi geri fırlatıyor onu. Alnı kanıyor. Pastanenin içindekilerin dikkatini çekmek için, ilkin hafif hafif kapı tıklatır gibi parmak uçlarıyla vuruyor; sonra çelik kadar sert, su kadar saydam bir duvar gibi duran aynayı, hırs ve öfke içinde yumruklamaya, tekmelemeye başlıyor; giderek artan bir ümitsizlik ve çaresizlikle sesleniyor, bağırıyor; kimse duymuyor onu, herkes kendi aralarında konuşmaya, gülüşmeye devam ediyor; ayağına çabuk garsonlar servis yapıyor, kasanın başında yüzünde bambaşka zamanlar taşıyan bir kız oturmuş, pastane sahiplerinden ikisi yüzlerinde aynı profesyonel gülümseyişle ara ara ortalıkta görünüp kayboluyorlar. Sesi kısılana kadar bağırıp haykırıyor Aliye, kimse duymuyor onu, sesini kimseye duyuramıyor.

Aynalı Pastane'nin aynasının arka yüzüne bütün gözlerden uzak sırlanıp kalıyor.

Az sonra, elinde domuz derisi şık bir çanta taşıyan; uzun, siyah pardösülü genç bir adamın, aydınlık bir güven içinde, kendinden emin adımlarla pastaneden içeri girdiğini, aynı kararlı adımlarla aynaya doğru yaklaştığını görüyor, bir an ayna karşısında durup kendini gözden geçiren genç adam, ilkin saçlarını, sonra boyunbağını düzeltiyor; balıksırtı ceketinin yakalarını elinin tersiyle silkiyor; biraz daha eğilse, göz göze gelecekler Aliye'yle. Bu yüz bir yerlerden tanıdık geliyor ama, çıkaramıyor. Geçip aynanın hemen sol yanındaki masaya aynı güven içinde yayılarak oturuyor genç adam. Telaşlı ve sevinçli adımlarla masasına seğirten, belli ki genç adamı gördüğüne pek sevinmiş, gözleri çakmak çakmak parlayan garsona siparişlerini iletiyor.

Garson, kahvesini getirdiği anda, fincanı eline almasıyla birlikte, Aliye birdenbire tanıyor; bu yakışıklı adam, bir zamanlar falına bakan genç yazardan başkası değil! Eski bir tanışı görmenin mutluluğuyla yeniden heyecanlanıyor, son bir ümitle yekinip kalp çarpıntıları içinde ayağa kalkıyor çöktüğü yerden, yeniden sesi ve yumrukları güçleniyor. Yeniden aynayı yumruklamaya, bağırıp çağırmaya başlıyor. Oysa, genç adam da diğerleri gibi duymuyor onu. Gene kimseye sesini duyuramıyor. Kollarında, bacaklarında, sesinde derman tükeniyor.

Biraz sonra, arka masalardan kalkan iki genç kız, heyecanlı ve çekingen adımlarla, genç adamın oturduğu masaya yaklaşarak, yüzlerinde hayranlık dolu bir ifadeyle, heyecanlı heyecanlı bir şeyler anlatmaya başlıyorlar ona. Genç adam, yüzünde mutlu, sevecen, dikkat dolu bir ifadeyle dinliyor onları; daha sonra, ellerindeki kitapları imzalaması için kendisine uzattıklarında, yüzünde aynı sevecen ve mesafeli ifadeyi koruyarak, kitaplarını imzalıyor.

Aliye'nin içi birdenbire aydınlanıyor, seviniyor, Demek artık kitaplarını bastırabiliyor, diye geçiriyor içinden, demek artık tanınmış bir yazar olmuş!

Yazar, imzaladığı kitapları, masanın kenarına doğru hafifçe iterken, Aliye başını yana eğerek, yazarın ve kitabın adını okuyor:
Sinan Saraçoğlu, Aynalı Pastane.

(1986)
(1997-1999)

GECE ELBİSESİ

KARANLIK İŞARETLER

karanlık işaretler

KESESİ YIRTILMADAN, TORBA İÇİNDE, ÜSTELİK KORDONU BOY-
nuna dolanmış olduğu için, yarı boğulmuş bir durumda doğmuş
Ali. Ebe çığlık çığlığa kesesini yırtmış, suyunu akıtmış, bakmış
onunla da bitmiyor, kordon boynuna sımsıkı dolanmış, boğulmak
üzere, bu kez de daha yırtıcı çığlıklarla kordonu koparıp almış
boynundan; ebenin bu canhıraş çığlıkları zaten güç koşullarda,
çok zor ve üstelik ilk kez doğum yapan annenin daha çok kork-
masına neden olmuş.

Çengelinden kurtulmuş tahta panjurların pencereleri dövdü-
ğü, yağmurlu, fırtınalı, kasırgalı bir gecenin ileri bir saatinde, do
kuz odalı evin bütün odaları, kubbeli salonları, yüksek tavanlı ge-
çitleri, kilerleri, avluları, ayvanları, çakallar gibi ulurken, böyle
durumlarda dünyanın her yerinde kesilen elektrikler orada da ke-
sildiği için, az sayıda mum, çok sayıda insanın yüzünü kuşkulu
gölgeler, isli fısıltılar gibi aydınlatırken, annesinin sıklaşan do-
ğum sancıları üzerine, sağlık ocağındaki ebe, memlekete izine
gittiğinden, uzak mahallelerin birindeki evinden güçlükle bulu-
nup getirtilen, üstelik halk arasında adı pek tekin anılmayan cinli
ebenin insanüstü gayretleriyle, saatler sonra doğmuş Ali.

Telaşlı takunya sesleri, avlunun öte yanındaki mutfaktan le-
ğen leğen sıcak sular taşımış gece boyu; sancılar içinde kıvranan
gelinin korkuları, kuşkuları yatıştırılacağı yerde, o leğenlerde ka-
lın buharlarla kırmızı kırmızı tüten kanlı bezler, ona gösterile
gösterile sıkılıyor, suları uzun uzun süzdürülüyor, bütün bunlar
her seferinde karanlık bir ayin gibi yineleniyormuş. Buharlana
buharlana azalan bezlerden sonra, sonunda kesesini yırtmışlar,
kordonunu kesmişler; mumlanmış pazenle kaplanarak iyice mu-

227

hafaza edildiği halde, hâlâ yanık ot ve tohum kokan muskalarla kundaklayıp, dört bir yanını nazarlarla, uğurlarla süsledikleri beşiğine yatırıp, üç gün üç gece mosmor bir et parçası olarak hırıltılar içinde yaşam mücadelesi veren Ali'nin başını beklemişler.

Halaları bağırışıp duruyormuş. Karanlık etekleri yerleri süpürürken, yüksek kubbeli ayvanlarda, derin avlularda yankılanıp duruyormuş sesleri: "Bu yabancı kadın bir lanet doğurdu, uğursuzluk doğurdu, günah doğurdu!.."

Halalarının bu bağırış çağırışlarına daha sonraki çocukluk yıllarında tiryakisi olduğu Teksas, Tommiks gibi çizgi romanlarda bir karşılık bulacaktı: "Uğursuz baykuş çığlıkları..."

Ne zaman evin içinde halalarının çığlıkları duyulsa, bir çizgi roman karesi içinde konuşma balonları uçuşurdu gözlerinin önünde: "Uğursuz baykuş çığlıkları..."

Üçüncü günün sonunda, dedesi kulağına ezan okuyarak adını vermiş: Ali.

Sıcak yaz geceleri açık havada avlulara kurulmuş tahtlara serilen beyaz cibinlikli yataklarda, kışları soba başlarında, ya da herkesin etrafında toplaşıp ayaklarını uzatarak ısındığı büyük mangalların üzerine örtülen kalın yorganların altında, her mevsim mahmur öğle uykuları için uzandığı ve her zaman mis gibi sabun kokan keten örtülü sedirlerde, çoğu kez başlarını iki yana acıklı acıklı sallayarak ezgili ezgili konuşan karanlık suratlı halaları tarafından eski çağlarda geçen bir korku hikâyesi gibi anlatılan, doğumuna ait bu ilk hikâye, çocukluğu boyunca kendini bir suçlu gibi hissetmesine, kendinde gizlenmiş bir kötülük aramasına neden olmuştur. O da diğerleri gibi, doğumunda karanlık bir işaret, sonuçları sonradan ortaya çıkacak kötü bir esrar arayıp durmuştur.

Sonraları, yörede her zaman yaygın bir biçimde kabul görmüş olan, "kesesiyle" doğan çocuğun, ileride ailesine, ocağına bet-bereket taşıyan, seçilmiş, kutlu bir kişi olacağının işareti sayan köylü inanışlarından, kimi zaman açık, kimi zaman saklı bir gururla söz edildiyse de, ruhunun derinliklerinde yankılanıp duran, doğumunda duyduğu dünyaya ilişkin o ilk canhıraş çığlıklarının karanlık anısını, Ali'nin kulaklarından hiçbir şey silememiştir.

Kulakcinleri, onu ilk ziyarete geldiğinde, kulaklarının diğer insanlarınkinden farklı duyduğunu ona söylediklerinde, yıllardır içinde bir kuşku olarak taşıdığının doğrulanmasından duyduğu sevinç, onun ikinci doğumu olmuştu sanki.

"Bir hikâyenin nerede bittiğini bilmek önemlidir. İnsanlar işte bu-
nu bilemezler; hikâyenin nerede bittiğini. Çoğu zaman bilemez-
ler... Bütün yıkımların, mutsuzlukların, üzüntülerin esrarı burada-
dır. İnsanların hayatlarını hikâyeler yönetir aslında. Onlar, kendi-
leri ya da kaderleri yönetir zannederler. Kader denilen şey, inan-
dığımız hikâyelerin şaşmaz seyridir yalnızca. Duydukları, dinle-
dikleri, gördükleri, okudukları, inandıkları hikâyelerin şaşmaz
seyri... Hayatlarını hikâyelere benzetmeye çalıştıkları için mutsuz
olurlar. Hikâyelere inanırlar çünkü. Hikâyeleri hayatın kendisi
zannederler. Bütün hayatımız hikâyelerle kuşatılmışken, inanma-
yıp da ne yapsın zavallıcıklar? Bütün kutsal kitaplar bile hikâye-
lerle doludur. Tanrı yeryüzüne hikâye biçiminde görünmüştür."

Değer vermediği düşünceler, hoşuna gitmeyen görüşler kar-
şısında, anlatılan herhangi bir şeye ikna olmadığında, ya da ileri
sürülenlere inanmadığında, dedesinin en çok kullandığı söz, "Boş
hikâye"ydi. Elinin tersiyle bir hareket yapar ve "Boş hikâye," der-
di. "Bunlar boş hikâye." Ali'nin çocukluğu boyunca merak ettiği
şeylerden biri, dedesinin "dolu hikâye" diyebileceği hikâyelerin
nasıl olduğuydu. Ama dedesi, hayatı boyunca, hemen her şeye,
"Boş hikâye," dedi. "Ya ölüm?" diye sorduklarındaysa, "Onu
ölünce anlayacağız," derdi. "Belki de hiç anlamayacağız. Öldü-
ğümüzü bile anlamayacağız. Yalnızca yok olacağız. Ardımızda
kalanlar, bizim öldükten sonra ruh ya da başka bir şey olarak ya-
şadığımızı düşünecekler. Onlar ölümün hayatı var sanıyorlar.
Belki ölümün kendine göre de olsa bir hayatı yoktur. Ölüm, ken-
dini de ölmüştür belki..."

Annesi, "Çocuğun kafasını çok karıştırıyor şu baban! Söyle-
dikleri hiçbir görüşe, hiçbir dine uymuyor, saçmasapan şeyler!

Muska yazar gibi konuşuyor. Tabiattaki her şeyden bir hurafe gibi söz ediyor. Biz ne öğretiyoruz çocuğa, baban neler anlatıyor? Bak, sonra söylemedi deme, baban sonunda bu çocuğu kendisi gibi meczup edecek!"

Çocukluğu boyunca, hem en büyük eğlencesi, hem en büyük korkusu dedesi oldu. Tuhaf bir yaşlıydı. O zamanlar, dedesi bin yaşındaymış gibi gelirdi Ali'ye. Dünyanın bütün zamanlarını yaşamış gibi gelirdi. Onun yaşı yoktu sanki, ya da masal yaşında bir adamdı. Söylediği tuhaf sözler böyle düşündürürdü. Yaşlı olmasına karşın çevikti. Kuru dal gibiydi kolları, bacakları, gövdesi. Kemikleri ve nefesi kuvvetliydi. Bütün mumları bir anda söndürürdü. Yatırlara, ziyaretlere gittiklerinde, ilkin, yanmakta olan bütün mumları bir nefeste söndürür, sonra onları tek tek yeniden yakardı. Bu yaptığının herhangi bir inanışa sığmadığını, niye böyle yaptığını sorduklarında, kayıtsızca şunları söylerdi: "Zamanın dileklerine ateşi yeniden bulduruyorum. Bazı umutlar başka zamanlarındır." Kimse bir şey anlamazdı söylediklerinden, yine de söylediklerinin bir hikmeti olduğuna inanırlardı.

Ağaçlara çıkar oturur, günler boyu ağaçlardan inmezdi dedesi. Ali'ye, "Dünya ağaçlardan başka türlü görünüyor," derdi. "İnsan ağaçtayken dünyaya kıyamıyor. İnsanlar keşke ağaçlardan hiç inmeselerdi. Ama ben artık çok yaşlıyım. Geceleri soğuk oluyor."

Ali'nin babası, onun için, "Bir gün hayattan caydı, sonra böyle oldu," derdi.

Ali sorardı: "Hayattan caymak ne demek?"

"Büyüyünce anlarsın," derlerdi.

Büyüdü. Anladı.

Dedesi öldükten sonra, Ali dedesini çok özledi.

Çocukluğu boyunca hep, bir gün dedesinin "Dolu hikâye" diyebileceği bir şey yazabilmenin hayalini kurmuştu, sanki dedesinin ölümüyle, kendi hikâyesi de yarım kaldı.

Halaları, "Babamız böyle değildi," derlerdi hep bir ağızdan. Zaten çoğunlukla hep bir ağızdan konuşurlardı. Katlanmış kâğıttan kesilerek yan yana çoğaltılmış kâğıt bebekler gibi birbirinin aynı olan bu kadınlar, yıllar yılı yan yana yaşamaktan, hep aynı kelimelerle düşünür, aynı kelimelerle konuşur hale gelmişlerdi; birinin kaldığı yerden diğeri, konuşmayı aynen ve rahatlıkla sürdürebilirdi. Başları hep aynı anda ağrırdı; zaten sürekli başları ağrır, alınlarını ve kalın kaşlarını kaplayan aynı karanlık çatkılardan çatarlardı. Yüzlerinde sızılı bir ifadeyle hep uğuna uğuna gezerlerdi ev içlerinde, ayvan tenhalarında, kiler kuytularında. Karınları hep aynı anda acıkır, canları aynı anda, aynı şeyi çekerdi. Ve her gece hepsi aynı rüyayı görürlerdi:

"Sakalları göğsüne kadar inmiş, bembeyaz mintanlar içinde, yeşil bir at sırtında bir ermiş bana doğru yaklaştı ve..."

Babalarının şimdiki halinden hoşnut olmayan halalar sürekli açıklarlardı: "Babamız hiç böyle değildi. Bir Şeyhin yatırında tam üç gün üç gece uyuyakalmış, uyandıktan sonra bir daha hiç eskisi gibi olmadı. Uyanıp eve döndüğünde artık böyle olmuştu."

Acıklı gözlerle baktıkları, "böyle olan" babaları, az ötede kendi âlemine dalmış, konuşulanları dinlememeyi çoktan öğrenmiş, aydınlık yüzünde asılı kalmış, hiç değişmeyen gülümseyişle, dünyayı aşmış bakışlarla dalgın dalgın dünyaya bakardı. Dedesi, ona, dünyanın ikinci hali gibi görünmüştü hep. Dünya içinde bir başka dünya olabileceğini düşündürmüştü. Kimi zaman çok aklıbaşında laflar eden, kimi zaman bir çocuk gibi saçmasapan konuşan bu yaşlı adam, söylenenleri işine geldiği gibi anlamakta da ustalaşmıştı. Canı nasıl isterse öyle biri oluyordu. Bazen bir ermiş, bazen bir şair, bazen bir bilge, bazen bir çocuk, bazen bir meczup gibi konuşuyor, bir dediği bir dediğini tutmuyordu. Kendini tutarlılığın bütün yükümlerinden kurtarmış, sorumluluğun bütün zincirlerinden boşanmış, edindiği bu özgürlükle de aklına estiği gibi yaşayan biri olup çıkmıştı. İnsanlar, bazen büyük bir ciddiyetle kulak verseler de, kimi zaman alaycı yaklaşsalar da, aslında ona karşı, korkuyla karışık tuhaf bir çekingenlik duyuyorlardı. Tekin değildi. Kırklara karışmıştı. Ne yapacağı belli olmazdı. Fazla bulaşmamakta, uzak durmakta hayır vardı.

"Ben kafamdaki zamanda yaşıyorum," demişti bir keresinde. "Keşke onu daha önce keşfetseydim. Kafamdaki zamanı." Ali, dedesini hep gülümseyerek ve hayranlıkla dinlerdi. Ona özenip "Ailemiz" başlıklı okul ödevinde, "Biz büyük bir aileyiz. Yüzlerce halam vardır. Hepsi aynı elbiseyi giyer. Sesleri mutfakta tenekeden çıkar. Dedem uzak bir cindir. Evin içinde gezer. Ama her zaman çıkmaz ortaya. Ben de ıslak düşler görürüm. Kuyumuzun suyundan galiba. Annem 'Yurttaşlık Bilgisi' kitabında resimdir. Babam bir meslektir. Davavekilidir. Evde hiç babaanne yoktur. Hepsi mezarlıkta oturur. Ailemiz saklambaçtır," diye yazmıştı.

Öğretmeninin, bu ödevi, kaygılı bir yüz ve derin endişelerle annesine iletmesi üzerine evde büyük bir kavga çıkmıştı: "Ben sana söylemiştim," diye bas bas bağırıyordu annesi. Halalarının şaşkınlıktan gözleri kısılmış, sesleri çıkmaz olmuştu. Yabancı gelinin boynu damar damar olmuş, o uğursuz mavi gözleri yana kaymış bir halde, ulumaya benzer bir sesle kendinden geçmiş, bağırıp duruyordu: "Bacak kadar çocuğu da kendine benzetti. Ödev diye şu yazdığına bak Allahaşkına! Ben, 'Yurttaşlık Bilgisi'nde bir resimmişim, sen de bir davavekili!" Bu son sözde, oğlunun durumundan yeterince kaygılanmayan babaya bir dokundurma vardı: Çünkü o, kendini bir "avukat" olarak görüyordu. Oysa avukat değil, yalnızca bir davavekiliydi. Hukuk bitirmemişti. Avukat bulunmadığı zamanların Mardin'inde davavekilliği "sertifikası" almış, ardından davalara girmeye başlamıştı. Oysa şimdi zaman değişmiş, artık genç nesilden Hukuk Fakültesi mezunu, kendi deyişleriyle, "zımba gibi" avukatlar yetişmiş ve memleketleri olan Mardin'de, hatırlı ailelerinin desteğiyle birer yazıhane açarak eskilerle acımasızca rekabete girişmişlerdi ve en azından başlangıçta fazla belli etmeseler de, öncekileri küçümsüyor, kendilerine "subay", davavekillerine "astsubay" muamelesi yapıyorlardı. Bu da, haliyle ağırlarına gidiyordu öncekilerin. Yani davavekillerinin. Ne de olsa, onların da bunca yıllık zengin tecrübeleri ve birikimleri vardı. Gerine gerine kendilerine "avukat" diyen o dünkü çocukları, isteseler bir kalemde siler atarlardı en zor davalarda. Bu tecrübesiz tıfıllar karşısında kendilerini birer yaşlı kurt gibi gören bütün o eski kuşak davavekilleri, bir an önce, onlarla karşı karşıya gelecekleri, bu mektep çocuklarına meydan okumalarına, boylarının ölçüsünü almalarına imkân verecek dişli davalar bekliyorlardı.

Davavekili babası, oğlunun da kendini, bazıları gibi bir davavekili olarak gördüğünü, onun "Ailemiz" başlıklı ödevi sayesinde böylelikle öğrenmiş oldu. İçerlediyse de pek belli etmedi. Cumhuriyet ülkülerine sıkı sıkıya bağlı annenin sinirlerinin yatışmasını bekledi. Oysa o sinirler kolay kolay yatışacağa benzemiyordu. Şu benzetmeye bak! diyordu: Ailemiz saklambaçtır! Ne demekse? Hem niye, hep ben ebe oluyorum?

Dedesinin boynunu içeri gömerek, mırıl mırıl kitap okuması çok hoşuna gidiyordu Ali'nin. Dedesi kendinden geçmiş bir biçimde, kendi hayal âlemine gömülmüş kitap okurken seyretmek hoşuna gidiyordu. Dedesinin yaprak yeşili bir kumaş parçasıyla kalın çerçeveli gözlüğünün camlarını ağır ağır silişini, alt dudağına yapıştıra yapıştıra ıslattığı buruşuk, esmer, uzun parmaklarının, sayfaları ağır ağır çevirişini seyretmek hoşuna gidiyordu. Dedesi, okurken bazen gülümsüyor, bazen kederleniyor, bazen de okuduğu kitaplarla yüksek sesle konuşuyordu. Bir keresinde, okumakta olduğu kitaptan hiddete kapılmış, bir insanla kavga eder gibi, büyük bir kavgaya tutuşmuş, titreyen parmaklarıyla kitabın sayfalarını uzun uzun tehdit etmişti. Sonra da Ali, dedesinin kitabı parçalayacağını düşünürken, o, hiçbir şey olmamış gibi kaldırıp dolaptaki yerine koymuştu. Pencere önündeki geniş sedirinde, içleri tok tutulmuş uzun yastıklara yaslanarak ya da sedef kakmalı rahlesinin başında iki büklüm olarak okurdu kitapları. Halaları, dedesinin Kur'an dışındaki kitapları da rahleye koyarak okumasına nedense içerliyorlardı.

Çok imrendiği halde, dedesinin okuduğu kitapları okuyamıyordu Ali. Hepsi Arapçaydı onların. Arapça yazının sağdan sola yazılıyor olmasını hiç anlamıyor, ama bunu büyülü buluyordu. Arapçayı büyülü buluyordu. Uzun süre Arapça yazıyla yalnızca büyüler, dualar ve muskalar yazılır zannetmişti. Ali'nin anlamadığı kelimeler, çözemediği işaretler ve esrarlı şekiller içeren bu yazının kendi başına bir büyü gücü olduğuna inanmıştı. Başka dillerde de dua edilebileceğini, başka dillerde de muska yazılabileceğini öğrendiğinde çok şaşırmıştı. O, yalnızca Arapçayla dua edilir, büyü yapılır sanıyordu. Sanki Arapça görülen rüyalar bile bambaşkaydı, oysa ev ahalisinin tersine o da annesi gibi rüyalarını Türkçe görüyordu. Annesi, onu bu konuda teselli ediyordu: Sen rüyalarını Türkçe gördüğün için okulda harfleri kolay öğreniyorsun.

Dedesinin, babasının ve böyle önemli kararların alınması sırasında yüzlerinde taş gibi bir ifadeyle duvar dibinde sıra sıra duran halalarının arzusu üzerine, Kur'an kursuna gönderildiğinde, en çok dedesinin okuduğu kitapları, artık kendinin de okuyabileceğini düşünerek sevinmişti. Kur'an kursuna başladığında, bu karara şiddetle karşı çıkan annesi, bir hafta hasta yattı, onun da halaları gibi başı ağrıdı, o da başına çatkı çattı; yalnız onun çatkısı, halalarının tersine çiçekli tülbenttendi. Büyük bir ihanete uğramışçasına, günlerce sızılı ve küs bir ifadeyle, başta Ali olmak üzere herkese ıslak ıslak baktı.

İlk başladığında, bütün bir yaz boyunca her gün gitti Kur'an kursuna, "mektepler açıldığında"daysa yalnızca cumartesileri. Annesi, hiç olmazsa bu şartını kabul ettirmişti. Kur'an kursunda büyük başarı göstermiş, kısa zamanda Arapça yazmayı, okumayı sökmüştü. Ezbere bildiği duaların sayısı artmıştı. Ama Ali çok hırslıydı, bunlarla yetinmiyordu. Artık hatim indirmek, yasin okumak, hatta Ulu Camii'de sâlâ verip, yanık yanık mevlit okumak istiyordu. Cumaları da babasıyla hiç sektirmeden Şehidiye Camii'nde cuma namazlarını eda ediyordu. Gününe göre, bu namazlara dedesi bazen geliyor, bazen gelmiyordu. O gelmediği bazenlerde, dedesi, omuzlarını silkerek, "Bugün müslüman değilim," diyordu. "Kimseyi kandırmak içimden gelmiyor."

Halalarının, dedesine ilişkin en çok ve en sık kullandıkları cümle: "Bizi elâleme rezil etti!"ydi. Halalarının dünyada en çekindikleri, en korktukları şey, elâleme rezil olmaktı. Koca dünyada bir halaları vardı, bir de "elâlem".

Bazı zamanlar dedesinin günlerce ortalıklardan kaybolduğu, kimselere gözükmediği oluyordu. Günlerce sonra, her seferinde de başka bir taşın altından çıkıp geliyordu. Bu kayboluşların ilk zamanları evi büyük bir telaş ve yeis kaplarken, zamanla buna da alışıldı, artık kimse eskisi gibi ardı sıra avare olmuyordu onun.

Büyük ayazlar yapan, dona kesen karakışlarda, kimi geceler gidip, çarşı hamamlarında külhanlarda yatıyordu. Bunu öğrenen halalar, gene çığlık çığlığa kanat çırpıyorlardı avlularda, ayvanlarda: "Bizi elâleme rezil etti! Bizim gibi büyük bir ailenin oğlu, yetim tellaklar gibi külhanlarda yatıyor! İyi ki annemiz bugünleri görmedi!"

Hep bir ağızdan söylenen buradaki "annemiz"le kastedilen, her şeyleri tıpatıp aynı halalar arasında en önemli ayrılıktı. Çünkü halaların hiçbirinin annesi aynı değildi. Hepsi de ayrı kadınların kızlarıydı. Yaşamı boyunca sayısız kadın alan dede, oğlan çocuğu sahibi olana kadar evlenip durmuştu. Allahtan hiçbir karısı uzun yaşamamış, birbiri ardından ölenler, böylelikle her seferinde, bir "dördüncüye" yer açmışlardı. Bunun sonucunda, bir ev dolusu kız çocuğu sahibi olmuştu. Son karısı, ona bir oğlan çocuğu doğurduktan sonra, diğer kadınların aksine, nispet yapar gibi uzun yıllar gerine gerine yaşamış, oğlan anası olmanın keyfini ve saltanatını sürmüş; hatta Istanbullara bile gezmeye gitmişti. Ali, gene de babaannesine yetişememiş, onu hiç tanımamıştı. Ali için, o, yalnızca duvardaki resimdi. Mardin'in tek fotoğrafçısı olan Süryani fotoğrafçının rötuştan tanınmaz ettiği bir yüzle duvarların birinde halalarından biri gibi asılı duruyordu.

Dedesi, yedi kere hacca gitmiş; evinin kapısı, yedi kere türbe yeşili renkle çerçevelenmiş, çiçeklendirilmişti. Âdet olduğu üzre, hacca gidip gelenlerin kapısı türbe yeşiline boyanarak hane sahibinin hacılığı cümle âleme duyurulur; böylelikle kapı önünden geçenler, o evin bir hacı evi olduğunu bilirdi. Bu kapıların hepsi Kâbe'ye bakardı.

Ali'nin dedesi, bütün hayatı boyunca ticaretle uğraştı, sessiz, sakin bir yaşam sürdü. Her zaman içe dönük bir yapısı vardı; çok çalışır, tutumlu yaşar, derin düşünür, az konuşur, konuştuğunda da özlü ve güzel sözler söylerdi. Her durumda kullanılabilecek çok sayıda veciz söz bilirdi. Herkesten saygı görürdü. Her konuya biraz mizahi yaklaşan bir yanı, hınzırcasına muzip bir bakışı vardı. Ölçülü, terbiyeliydi. Edep erkân bilir, latife etmeyi severdi. Zaman içinde, babasından kalan servete servet, arazilerine araziler katarak işleri iyice büyüttü. Köyler aldı, köyler sattı. Her devir değişikliğinde çıkarlarını korumasını bildi. Her zaman iktidar partilerine, hükümetlere yakın oldu. İktidar olacak partiyi sezmek konusunda, hassas bir burnu ve sağlam hesap bilgisi vardı. Desteklediği parti, mutlaka o yıl seçimleri kazanarak iktidar olurdu. Hırslıydı, açgözlüydü, herkesin parasında, malında mülkünde gözü vardı. Herkesin parasının mutlaka kendisinden çalınan bir fırsatla kazanılmış olduğunu düşünür, bundan ötürü derin bir hakkı yenmişlik duygusu içinde, kendinden başka servet yapmış herkese fena içerlerdi. Dünyadaki bütün paraları o kazanmak istiyordu çünkü. Çıkarlarına dokunulduğunda, bambaşka biri kesilir, sonsuz bir kayıtsızlıkla zalimleşirdi. Alacaklılarına karşı acımasızdı. İhtilafa düştüğü köylerin ve köylülerin burnundan getirir, topraklarını ellerinden alır, ilkin ürünlerini, yetmedi mi, köylerini yaktırır, jandarmalara bastırır, daha kızdı mı da, eşkıyaya vurdururdu. 40'lı yıllarda da, 50'li yıllarda da, 60'lı yıllarda da, hep o kazandı. Kürtleri, Arapların doğal düşmanı sayar, Ankaralılardan çekinir, onlarla iyi geçinmeye çalışırdı. Türk demezdi, Arap ya da Kürt olmayan herkes, ona göre, Ankaralıydı. Ayrıca, Ankara'nın memurlarını ve askerlerini hoş tutmak gerektiğini bilirdi. Mardin'den seçilecek her mebus ya da senatör adayının onun onayına ihtiyacı vardı. Kaç köyün reyi onun ellerinde, bir çift sözündeydi.

Bunların dışında, "kendi halinde zararsız bir adam" diyebileceğiniz kadar sade, alçakgönüllü; tütünden, gümüşten ve halıdan anlayan; bitki ve çiçek yetiştirmekten, ut ve kanun dinlemekten, Arapça şarkılar ve gazeller söylemekten hoşlanan ince ruhlu bir insandı. Fakirlere yardım etmekten, dilencilere sadaka dağıtmaktan, aç-yoksul giydirmekten, çeşme, hayrat yaptırmaktan hoşlanırdı. Her ramazan avlularda kazanlarla pişen yemekler, fırınlar dolusu pideler ve şembusekler yoksullara, yetimlere, kimsesizlere dağıtılır, hayırduaları alınırdı. İslam uğruna, kâfirlerin eziyetlerine katlanan müminlerin hikâyelerini dinlerken, gözleri nemlenir; halk hikâyelerinin bir türlü birbirlerine kavuşamayan âşıklarının çektikleri cefalar karşısında gözyaşlarını tutamazdı. Aşkı, çölde kaybolmak, diye tanımlardı. Ona göre dünyanın en iyi hikâyeleri, sonunda, çölde aşkından kaybolanların hikâyeleriydi. Bu yüzden Ali, çocukluğu boyunca, aşkı çölde kaybolmak sandı. Yalnızca kendinin kullandığı ve yalnızca Arap ıstasyonlarını dinlediği ışığı kuvvetli bir radyosu vardı. Ali'nin birkaç kere o radyoya dokunmasına izin vermiş, ona uzak ıstasyonlarda çalan dokunaklı Arapça şarkılar dinletmişti. O şarkıların buraya çok uzak bir yerlerde söylendiğini bilmek Ali'yi kederlendirmişti.

Yaşlandığında ve bütün karıları öldüğünde, dünya nimetlerine sırtını dönmüş, artık hiçbir şeyde gözü kalmamış, dünyanın fani ve tali yüklerinden kurtulmuş, kendini iyiden iyiye okumaya, düşünmeye ve tabiata vermişti.

Ali, öncesini bilmediği dedesini işte o zamanlarında tanıyıp sevdi.

Halalarının dediğine bakılırsa, ünlü bir şeyhin yatırında üç gün üç gece uyuyakaldıktan sonra bambaşka biri olarak Mardin'e dönmüş, bu yarı meczup haliyle herkesi şaşırtmış ve ondan sonra da bir daha hiç eskisi gibi olmamış, cinler tarafından alınarak, artık kırklara karışmış olduğu söylenen Mardin eşrafından cennetmekân Hacı Zeyneddin Efendi'yi, işte o zamanlarında tanıyıp sevdi Ali; bir çocuğun bütün ömrüne yayılan sevgisiyle sevdi.

Okul dönüşlerinde eve girer girmez, ilkin dedesini sorardı: "Dedem nerede?"

Dede ortada yoksa, bu soruyu, sanki o ölmüş de yasını tutuyor, kötü haberi bir türlü söyleyemiyormuş gibi duran halaları, başlarını her anlama gelebilecek bir biçimde iki yana umutsuzca sallayarak cevaplandırıyormuş gibi yaparak, kaygı ve merak yaratmaktan pek hoşlanırlardı.

Ali'nin babası da akşamları eve gelişinde, ortalıklarda göremediği babasını, kendince bulduğu bir sevimlilikle karısına sorardı: "Babam gene fıçısında mı?"

Ali'nin babası, babasının çılgınlıklarıyla baş edemeyince, onu Diyojen'e benzeterek durumu hafifletmeye; tarihten seçilmiş böyle "mümtaz" bir örnekle, babasına, hoşgörülebileceği sevimli ve saygın bir kimlik kazandırmaya çalışmıştı. Özellikle de zaman zaman, daha doğrusu sık sık mahcup düştüğü karısına karşı. Karısına kalırsa, bütün bu şirin gösterme gayretlerine karşın, kayınpederinin bir Diyojen olmadığını bilecek kadar aklı ve tecrübesi vardı çok şükür! Kocasının tarihten medet umması beyhudeydi. Ona göre, kayınpederi, bir zırdeliydi, o kadar!

Eğitiminin, aile içinde ciddi sorunlara ve kamplaşmalara yol açtığını fark eden Ali, kısa zaman içinde hem derslerinde başarı göstererek annesini memnun etmeyi, hem de Kur'an kurslarını hiç aksatmayarak halalarının gözüne girmeyi akıl etti. Evin içindeki sessiz fırtına diner gibi oldu. Karşılıklı güç gösterileri bitti. En azından bu konuyla ilgili olanları. Eğitimin, ikiye bölünmüş ailedeki taraflardan birine benzemek demek olduğunu ilk böyle anladı Ali. Her iki taraf da Ali, kendilerine benzesin istiyordu. Evin içinde tam merkezde durduğunun böyle ayrımına vardı. O, bir kavşakta duruyor ve birçok şey onun etrafında dönüyordu. Bunu bilmenin ona bir tür güç kazandırdığını fark etti. Aile içindeki herkes, onu kazanmak, onu kendi yanına çekmek, kendisine benzetmek istiyordu, bir tek dedesi hariç. Dedesinin umurunda bile değildi. O da en çok dedesini seviyordu tabii.

Evde, sokakta hemen herkesin Arapça konuştuğu bir şehirde, Arap bir ailenin çocuğu olarak dünyaya gelen Ali'nin okulda niye Türkçe okumak, yazmak ve konuşmak zorunda kalışının yanıtını, "Anadil" sözcüğünde saklı buldu. Ali'nin annesi, Mardinlilerin deyişiyle "yabancıydı", "Türktü" ve dolayısıyla anadilinde konuşmak ve yazmaktan uzun süre bunu anladı Ali.

Halaları, onun bütün sureleri ve ayetleri sular seller gibi ezberden okuduğunu gördükçe, onunla gurur duyuyor, her durum için hazırda nemli nemli bekleyen gözleri, böyle zamanlarda daha da sulanarak, sevinç ve gururlarını ağlaya ağlaya belli ediyorlardı. Ali, onların, sevindiklerinde de, üzüldüklerinde de, şaşırdıklarında da, heyecanlandıklarında da ağlamalarına çok şaşırıyordu. Her çeşit duyguyu, her seferinde bir tek biçimde ifade ediyorlardı: Ağlayarak...

Ne zaman kendi ağlamaya kalkışsa, "Erkekler ağlamaz!" diye azarlanıyordu. Erkeklere yasaklanan ağlamanın, halalarına bu kadar serbest olmasını hiç adil bulmuyordu.

Ali, hastalandığı zamanlarda gördü ki ev içindeki hükümranlığı büsbütün pekişiyor. Herkes çevresinde pervane oluyor. Bunun üzerine canı istedikçe hastalanmaya başlayarak, ev içindeki herkesin peşinde nasıl koşuşturduğunu görmek istedi. Gördü de. Numarasının anlaşılmaya başlaması üzerine daha ince teknikler geliştirdi. Örneğin ateşinin yükselmesi için tebeşir yutmayı öğrendi. Okula gitmek istemediği zamanlarda, tebeşir yutarak ateşini yükseltir, hayli "teatral" inleme ahlama numaralarıyla yataklara düşer, gene ev içinde ardı sıra koşuşturan, hasta yatağının başucunda dönenip duran insanlarla, sultan olmanın keyfini sürerdi. Ali'nin hastalanmaları, doğumundaki karanlık işaretleri hatıra getirdiği için, herkeste kötü bir kehanetin gerçekleşmesine ilişkin uğursuz korkular diriliyor, yardım dileyen gözlerle boşluğa bakarcasına birbirlerine bakıp duruyorlardı.

Ali, hasta rolü yapmayı seviyordu ayrıca. Aslında rol yapmayı seviyordu. Rol yapmak, gerçek hayattan çok daha eğlenceliydi. Ayrıca hasta rolü yapmakta kendince incelikler buluyordu. İnsanı ölüme, ilgi görmeye ve sinemaya yaklaştıran bir şey vardı hasta numarası yapmakta. Hem böylelikle seyrettiği filmleri yaşamış oluyordu. Böyle durumlarda en ciddi itirazlar boğucu bir kuşkuculuğa sahip olan annesinden geliyordu; Ali'nin okula gitmemek için numara yaptığını, şımartılmak istediğini söylüyor, onu bencillik, sorumsuzluk, suiistimalcilik ve benzeri şeylerle suçluyordu. İşin kötüsü, Ali'nin numaracılığı konusunda çoğu kez haklı olmakla birlikte, bunu diğerlerine anlatmakta güçlük çekiyordu. Ali, annesinin kendi yüzünden bu duruma düştüğünü biliyor, annesinin hem haklı, hem çaresiz olduğu böyle zamanlardaki yalnızlaşmasına acıyor, ama bir yandan bunu hak ettiğini düşünmekten kendini alamıyordu. Annesinin haklı çıkmalarında bile çirkin bir yan vardı. Ali'ye göre annesi haklı olmayı hak etmeyen bir kadındı.

Zaman zaman sahiden hastalandığı da oluyordu tabii. İşte bu gerçek hastalanmalarından birinde, gerçek sayıklamalar, gerçek yüksek ateş ve gerçek bir hummayla günlerce baygın yattı. Bazen bir an için gözlerini açıyor, çevresindekileri tanır gibi oluyor, hasta olduğunun bilincine varıyor, dile gelebildiği birkaç saniyelik zamanlarda su ya da ayran istiyor, sonra yeniden baygınlığına gömülüyordu.

O hummalı gecelerin birinde, birdenbire, gözlerini derin ve sakin bir uykudan uyanmış gibi, tazelenmiş bakışlarla açtı. Gecenin hayli ileri bir saati olmalıydı. Evdeki herkes uykudaydı. Salondaki duvar saatinin tiktaklarından başka hiçbir şey duyulmuyordu. Uzak odalardaki halalarının karanlık solumaları, horultuları bile belli belirsiz duyuluyordu. Yatağında doğruldu. Ayağına terliklerini geçirdi. Odasından çıktı; salonu, ayvanı geçip avluya çıktı. Avludaki kuyunun başına vardı. Az yıldızlı bir geceydi. Görünen yıldızlar da usul fısıltılarla, sayıklar gibi kısık ışıklarla yanıp sönüyorlardı. Kuyunun ağzına kapatılan tahta kapağın üzerindeki taşı kaldırıp yere koyduktan sonra, tahta kapağı kulpundan tutup kaldırdı, usulca yere koydu. Birkaç yıldız kaçamak bakışlarla kuyunun dibindeki suyu ışıtıverdiler.

Dizlerinin üzerine çöküp, dirseklerini kuyunun ağzına dayayıp aşağıya, kuyunun içine eğildi Ali; kuyuda yaşadığına inandığı Kuyu Cini'ne seslendi. Kendini kötü durumda, yalnız, umutsuz, üzgün, hakkı yenmiş, birine içerlemiş, arkadaşına kızmış, dünyaya küsmüş olduğu zamanlarda yaptığı gibi kuyudaki cinle konuşmaya başladı.

Seninle konuşmaya geldim ey Kuyu Cini, dedi. Sesi nazlı çıkıyordu. Kaç gündür hasta yatıyorum, biliyor musun? Konuşamıyorum, gözlerimi bile açamıyorum, kelimeleri dilimden koparıp almışlar sanki, niye ses vermiyorsun? Niye konuşmuyorsun? N'olur konuş benimle! Kimse konuşmuyor benimle. Herkes kendiyle, kendi içiyle konuşuyor. Yalnızım, küsüm, herkese küsüm, hastayım, belki öleceğim. Konuş benimle! Burnunu çekmeye başladı. Dokunsalar ağlayacaktı.

Suyun yüzeyi ürperir gibi dalgalandı, ardından lacivert karası dalgacıklarla çalkalandı. Ve sonra derinlerden, tok ve güçlü bir ses duyuldu:

Yanına geliyorum Ali, dedi Kuyu Cini. Çekil kuyunun ağzından! Ali, doğrulup geriledi. Gözlerini büyülenmiş gibi kuyunun ağzına dikerek beklemeye başladı. İlkin sarığı gözüktü kuyunun ağzında, sonra başı ve ardından birdenbire ortaya çıkıverdi. Kuyudan çıkan cinin üzerinden süzülen sular birkaç saniye içinde kuruyuverdiler. Daha önceleri fısıltılarla gizli gizli konuştuğu, kalbini açtığı Kuyu Cini'ni ilk kez karşısında böyle capcanlı görüyordu Ali. Çok heyecanlandı, kalbi hızlı hızlı çarpmaya başladı. İlk kez görünmeyen bir şeyi görüyor, yoktan var olan biriyle konuşuyordu.

Kuyu Cini, Bu avlu senin için çok soğuk, hastalanabilirsin, dedi Ali'ye. Hadi yatağına dönelim. Seni yatağına yatırıp üzerini örteyim. Sonra da elini tutmak istedi. Ali ilkin çekindiyse de, tutukluğunu yenerek elini uzattı Kuyu Cini'ne. Yumuşak, güvenli, sıcaktı avucunun içi. Hayatı yeniler gibi tutuyordu elini Ali'nin. Yeni uyanmış bir rüzgâr gibi tutuyordu. Usul ve küçük adımlarla, avluyu, ayvanı, salonu geçerek Ali'nin odasına geldiler. Ali'yi yatağına yatırdı. Üzerini örtmeden önce, koynundan çıkardığı bir incir yaprağına, gene koynundan çıkardığı divit bir kalemle ince, sülüslü bir yazıyla dualar yazdı. Yaprağın üzerinde Ali'nin çok sevdiği Arapça yazılar ve büyüler vardı şimdi. Mahir elleri vardı Kuyu Cini'nin, ince uzun parmakları vardı, bileği kıvraktı. Ali, büyülenmiş gözlerle izliyordu onu. Üzerindeki yazıları incitmekten çekinircesine yaprağı üfleyerek göğsüne yerleştirdi Ali'nin. Ilık, sağaltıcı bir soluğun tenini yumuşattığını hissetti Ali, ıhlamur gibi koktu göğsü. Güz bahçelerinin sükûn ve huzurunu duydu içinde. Derin derin iç geçirdi.

Yaprağı, Ali'nin göğsüne yerleştirirken, dedi ki: Bu kuyunun ciniyim ben, seninle uzaktan akraba oluyoruz, seni koruyorum, seni saklıyorum, kalbinin derinliklerinde iyi bir çocuksun, içinde birkaç kişi birden yaşıyor, herkesin içinde birkaç kişi birden yaşamaz. Dünyada sanıldığından çok daha fazla insan var, ama bedenler az; bazı bedenlerde birkaç kişi birden oturuyor. Kendini bu yaprağa bırak, bu yaprağın senin teninde yaşamasına; bu yaprak göğsüne, tenine, oradan gövdene ve ruhuna yayılacak, sende biriken bütün hastalığı ve kötülüğü değiştirecek, sabahına hiçbir şeyin kalmayacak, taptaze gözlerle açacaksın gözlerini, yıkanmış gibi, uzun ve dinlendirici bir uykudan uyanmış gibi. Haydi şimdi yum gözlerini, bırak kendini yaprağın solumasına, bırak yaprak teninde kımıldasın; ruhunu, soluğunu, gücünü versin sana.

Ali sabahına öyle uyandı, taptaze gözlerle ve uzun ve dinlendirici bir uykudan uyanmış gibi. Gece neler olduğunu birden anımsayamadı, ama bir şeyler olmuştu, biri yeni uyandırılmış bir rüzgâr gibi elinden tutmuştu, birkaç saniye sonra da tatlı bir heyecanla birlikte Kuyu Cini'nin anısı düşüverdi gözlerinin önüne.

Rüya görmüş olmalıydı. Onun söylediklerini bölük pörçük anımsamaya çalıştı. Kuyudan çıkan cini, gözlerinin önüne getirmeye çalıştı, daha çok masal filmlerinde seyrettiği, "Ali Baba ve Kırk Haramiler" gibi filmlerde seyrettiği cinlere benziyordu. Başında kocaman, gösterişli bir sarığı vardı, alacalı renkler taşıyan simli yeleğinin arasından kıllı ve esmer göğsü görülüyordu. Uzun ve geniş dalgalı bir şalvar vardı altında; beline kızıl, parlak bir atlastan kalın bir kuşak dolamıştı; sevimli ve ürkütücüydü. Birdenbire artık iyileştiğini hatırladı, yatağından fırlayıp evdekilere iyileştiğini haber vermeye ve gördüğü rüyayı anlatmaya karar verdi. Tam yerinden doğrulup üzerindeki yorganı sıyıracakken, göğsünde bir hışıltı duydu. Bir şey kımıldar gibi olmuştu. Elini göğsüne soktu; pijamasının ve atletinin altında, kalın, etli, geniş bir incir yaprağı duruyordu. Yaprağı çıkarıp yakından baktı. Sıcaktan solmuştu, şimdiden kurumaya yüztutmuş damarlarının arasında, erimiş bir yazının, görünmez harflerin, belli belirsiz gölgeleri seçiliyordu yalnızca. Yaprağa derinliğini veren şeydi bu. Elinde yaprakla kalakaldı. Gözleri hayretle büyüdü. O anda hiç kimseye, hiçbir şey söylememesi gerektiğini anladı.

Avluya çıktığında, Ali'nin sarkıp düşmesinden korktukları için, kuyunun ağzındaki tahta kapağın üzerine konmuş olan ağır taşın yerinde durduğunu gördü.

Rüya sandığı gerçekle, gerçek sandığı rüya arasında kalakalmıştı.

Gözle görülmez rüyalar olmalı bunlar, dedi.

Belki de benim değil, yaprağın rüyasıydı bu.

Rüya da, yaprak da aynı dünya içinde yaşayabiliyorlardı demek.

Gözlerimiz bütün rüyaları birden göremiyordu.

Dün gece başına gelenler, ailesinde hiç kimsenin kabul etmeyeceği bir şeydi. Hele annesinin...

Ali kabul etti ve susmayı öğrendi.

hala ve çocukları

Ali'nin evlenmeyi başarabilmiş iki halasından biri, günün birinde yanında iki çocuğuyla birlikte kocasından boşanmak üzere çıkageldi. Kız, Ali'den bir yaş büyük, oğlansa bir yaş küçüktü. Evdeki herkes, kıskançlığı ve huysuzluğuyla ünlü Ali'nin, evdeki bu yeni durum ve çocuklar yüzünden herkese hayatı zindan edeceğini sanırken, hiç de düşündükleri gibi olmadı. Ali bir çeşit eğlence, oyun gibi yaşamaya başladı evdeki bu yeniliği. Bunda en büyük pay, çocukların daha eve geldiklerinin ilk günü, onun "prensliğini" kayıtsız şartsız tanımış olmaları ve buna göre davranmalarıydı kuşkusuz. Birbirlerinde keşfettikleri ilk şeyse, cinsel fantezileri oldu. İkinci neden de, cinselliğe içkin şeylerin bağışlatıcı gücüydü herhalde. Üçünün de cinselliğe duydukları merak, ilgi büyüktü ve üçü de yarım pörçük duyduklarından her çeşit deneyime açık, zengin bir hayal gücü edinmişlerdi.

Bir keresinde, kendilerini anahtar deliğinden seyreden en küçük halayı suçüstü yakalayan annesi, Ali'nin duymasına bile aldırış etmeksizin, büyük bir gürültüyle kendi deyişiyle "bu sefih rezaleti" eve duyurmakta hiçbir sakınca görmemiş, Ali de annesiyle babasının masumiyetinden duyduğu kuşkunun doğrulandığı bu olayla birlikte, kendini dışlanmış ve aldatılmış hissetmiş, onlardan hep intikam almayı düşlemişti. Eve gelen bu çocuklarla birlikte, intikamını gerçekleştirecek eşler bulmuş oldu. Ali ve hala çocuklarının kendi aralarında kurdukları cinsel oyunlar, evdekilere karşı en büyük gizleri oldu; bu, onlara bir gizli tarikat ya da çete olma duygusu veriyor, gücünü suçluluktan alan bir dayanışma sağlıyordu. Yaptıklarının büyüklerce bilinmemesi gerektiğini bir biçimde biliyorlardı. Gizliliğin ve suçluluğun siyah zevkini keşfetmişlerdi. Herkesin gözünün içine baka baka oyun oynuyor, herkesi aldattıklarını düşünerek kıs kıs gülüyorlardı. Kendilerinden esirgenen bir dünyanın gizlerini keşfettiklerini, diğer taraf olan büyüklerden saklamaları gerektiğinin haince farkındaydılar tabii. Aldatmanın sinsi tebessümüyle bakıyorlardı evin büyüklerine. Büyük evin avluları, ayvanları, odaları, sofaları, kilerlerin dolambacında büyükleriyle oynadıkları bir saklambaçtı bu. Kimse onları sobeleyemiyordu.

Kendi aralarında da canavarca eğleniyorlardı. Her seferinde içlerinden birini kurban seçiyor, onu küçük düşürecek türlü çeşitli oyunlar keşfetmekte gecikmiyorlardı ve her seferinde değişen kurban, aşağılandıkça diğerlerine daha derin duygularla bağlanıyordu. Hükmedilmenin de, hükmetmenin de oyunlarının ve kurallarının içinden geçerek, değişik kişiliklerin maskelerini ve duygularını yaşıyorlardı. Sırasıyla esir, cariye, emir, kral, hükümdar oluyorlardı. Oyunlarını kimi zaman kapandıkları kilerden evin içine taşıyan ve gizlerinin öğrenilmesi tehlikesini barındırdığı için daha heyecan veren bazı simgesel oyunlar uyduruyorlardı: Üçü de işaretparmaklarını, birbirlerinin götlerinin içine sokuyor, acıtana kadar kurcalıyor, sonra o parmağı havada tutarak, sokak aralarında hacıyağı satan kolonyacılar gibi bağırışıp duruyorlardı. Kimse onların oyunlarından bir şey anlamıyor, ama onların niye bu kadar eğlendiklerine bir anlam veremedikleri ipe sapa gelmez bu oyunları, aralarında çıkabilecek her türlü kavga ve gürültüye yeğ tuttuklarından ses çıkarmıyorlardı. Bazen kilere, bazen kilerin bitişiğindeki yarı karanlık odaya kapanıyor, kapının tahta kanatlarının demir çengelini indirdikten sonra, tabii ki, ağırlığı daha çok yatak sahneleri olan evcilik oyunları oynuyor, sırayla birbirlerinin karı-kocası oluyorlardı; hatta hala kızı bile çoğu zaman Ali'nin kocası oluyor, Ali'nin poposunu tokatlıyor, memelerini sıkıyor, kalçalarını ısırıyor, ayaklarını öptürüyor, saçını çekiyor, canını yakıyordu. Ali de halasının kızının amına tükürüyor, çimdikliyor, tırnaklarıyla kazımaya çalışıyordu. Ali sürekli omuzlarına, kollarına, göbeğine, sırtına "saat yaptırıyordu". Dişlenen yerin geride bıraktığı yuvarlak izi saate benzeterek "saat yapmak" deniyordu; genellikle saat takılan bileğe yapılan bu izlere Ali'nin hemen her yerinde rastlamak mümkündü. Koca olmaktan çok çabuk sıkılıyordu Ali. Hala kızı, süzüle süzüle karısı olmaya çalıştığında tiksiniyordu ondan. İkisinin de karısı olmak istiyordu. Bunu kendi söylemeden, ötekiler istesin diye bekliyordu. Kimi zaman içlerinden birinin ellerini ayaklarını bağlıyor, ayak tabanlarını gıdıklayarak ya da koltukaltlarını yalayarak gülmekten katılır hale getiriyor, dakikalarca yalvartıyorlardı. Böyle durumlarda, bazen ikisi, üçüncüyü içeride bağlı bırakıp dışarıya, avluya ya da ayvana çıkıp oynuyor, onun orada çaresiz bir durumda bağlı bulunduğunu, onları beklemekten başka bir şey yapamayacağını bilmekten büyük bir heyecan ve güç duyuyor, iktidarı keşfediyorlardı. Yumuşak anları da oluyordu tabii. Birbirleriyle öpüşüyor, sevişiyor, birbirlerine her yerlerini gösteriyorlardı. "Sikişmek" diye bir şeyin varlığından haberdardılar elbet. Ama hala oğluyla, Ali'nin karı-kocalığının gerçekleşmesi için gereken şeyin, çüklerin birbirinin içine girmesi demek olduğunu düşündüklerinden, terleye terleye birbirlerinin çükünü iç içe geçirmeye çalışıyor, bunu başarabildikleri ölçüde sikiştiklerine inanıyorlardı. Evcilik oyununda Ali, sürekli kadın oluyor, hep alta yatıyor, bundan büyük bir zevk duyuyordu. Ali üzerinde bir varlığın ağırlığını hissettiğinde, bütün şiddetiyle ruhunu da hissediyordu. Evdeki hiç kimse, en büyüğü henüz ilkokula başlamamış olan bu çocukların, böyle gelişkin bir cinsellik dünyaları olabileceğini varsaymadığından, bu sessiz oyunlarından kuşkulanmıyordu. Ali'nin kuşkucu annesi bile.

Halasının boşanmak üzere üstelik yanında iki çocukla eve dönüşü, diğer halalar tarafından "elâleme rezil olduk!" yaygarası ve çığlıklarıyla karşılanmış; evlenmemiş halalar, bir kez daha kendi hayatlarının doğrulamasını yapmış olmanın sinsi zevkini tatmışlardı. Bu duygu içlerinde eskimeye başlayınca, bu kez de kız kardeşlerinin haline acımaya, onun için gözyaşı dökmeye başladılar. Zengin bir köy ağası olan koca, kayınpederine olan hürmeti ve davavekili olan kaynına olan korkuyla karışık saygısından ötürü, fazla ses çıkarmamış, karısının kararını değiştirmekte zor kullanmaya kalkışmamıştı. Ayrıca karısının kendinden ayrılması için haklı gerekçeleri olduğunu kalbinin bir yeri de biliyordu elbet. İçkiciydi, kötü adamdı, ağzı kokuyordu ve daha önemlisi, ailesinde hiç kimse, ne annesi, ne kız kardeşleri, ne de kardeş karıları onu hiç sevmemişler, aralarına almamışlardı.

İlkin günlerce, sonra haftalarca, daha sonra da aylarca gözyaşı döken halanın, bütün bu gözyaşlarını, mahvolan gençliğine, yıkılan yuvasına, ayrıldığı kocasına yordular başta. Oysa, bu gözyaşları bir süre sonra neden ve sahip değiştirmişti ve de kimse bunun farkında değildi. Ama, bu değişikliğin hangi noktada başladığını kimse bilemedi. Yeni boşanmış halanın, kocasının köyünü bırakıp Mardin'e, baba evine geldikten bir süre sonra, uzun boylu, yakışıklı, geniş omuzlu, siyah saçlı, yeşil gözlü bir yüzbaşıya sevdalanmış olduğu ortaya çıktı. Bu gerçeği, Mardin'in tek kadın kuaföründen öğrenen Ali'nin annesi, aileye ait her olumsuz şeyi öğrendiğinde yaptığı gibi, büyük bir gösterişle bütün aileye duyurmakta hiçbir sakınca görmedi; hatta bundan sinsi bir zevk aldığı açıkça görülüyordu. Aile şerefini beş paralık etmekle suçlanan hala, ilkin diğer kız kardeşlerinden sırayla dayak yedi, ardından Ali'nin babası, akşam eve geldiğinde, onu herkesin içinde tokatladı. Ağzından burnundan kan gelen halayı teselli etmek görevi, Ali'nin annesine düştü. Ali'nin annesi, ailenin halayı dışlamasıyla birlikte, yalnızlaşan halaya hemen kol kanat gererek sahip çıktı. Bunca zamandır bu bekâr yüzbaşının, kendilerinden biriyle evleneceği hayalini kuran ve çeşitli nedenlerle kuaföre sık gelen bazı geçkin kızlar, bu gizli ilişkinin duyularak, gerçeğin çabucak ortaya çıkmasında etkili olmuşlardı. Yüzbaşının tayini çıkmıştı, başka bir yere gidecekti, herkes elini çabuk tutmalıydı ve o küçük taşra şehrinde umutlar bozkır kadar çabuk bozarıyordu. Kimse kendi hayalini, bir başkasının hayalinin karatmasına izin veremezdi.

Halanın gece yarılarına kadar pencere kenarına oturup bozkıra dalışını, eski günlerin hayalini kurmak sananlar, feci bir biçimde yanılmış olduklarını, yüzbaşının tam da o saatlerde evin önünde bir aşağı bir yukarı dolaşarak, cigara üstüne cigara içtiğini çok sonra öğrendiler.

O sabahı hiç unutmadı Ali. İlkin uzak ve belirsiz fısıltılar biçiminde kulağına gelen sesler, onu uykusundan uyandırmaya yetmişti, çok uzaktan belli belirsiz nal sesleri duyuyordu. Gördüğü bir rüyanın içindeki seslerin, kendisinin uyandığını fark etmediklerinden devam etmekte olduğunu düşündü ilkin. O uyanmış ama sesler uyanmamıştı sanki. Rüzgârın sesine, köpüren bir soluğa, bir yelenin savruluşuna karışan bu sesler, onu uykusunun içinden almış, sonra da pencereye doğru çekmişti. Ali dışarı baktı. Bomboştu cadde. Kimsecikler yoktu. Yakın köylerden, Rişmil'den, Kabale'den eşek sırtında bakır sıtıllar, bakraçlar içinde çarşıya, pazara yoğurt taşıyan köylüler bile geçmiyordu henüz. Bozkırın ufuk çizgisi kızarmamıştı bile. Rüyadaki sislere benzeyen puslu, bozarık bir aydınlık vardı yalnızca. Birdenbire Mardin'in tek caddesinde, sabah çiyiyle parıldayan asfalt yolun üzerinde bembeyaz yelesiyle rüzgâr gibi ilerleyen, üzerinde binicisi olmayan çıplak bir atın köpüre köpüre bu tarafa doğru yaklaşmakta olduğunu gördü. Bir masaldan, bir efsaneden kaçmış gibiydi bu rüya beyazı at ve sabahın o saatinde hiç kimsenin olmadığı caddede nal sesleri yankılanıyordu. Geldi ve birdenbire Alilerin avlusunun önünde durdu. Ali, atla göz göze geldi. Onun bir rüya olmadığını gördü atın gözlerinde. Birdenbire kendi evlerinin avlusundan, elinde işlemeli, küçük bir bohçayla bir karaltı halinde halasının atın üzerine atladığını, daha doğrusu bir mendil gibi süzüldüğünü gördü; atın sırtına düştükten sonra da dizginini kaptığı gibi topuklayarak hızla uzaklaştı. Hepsi birkaç dakika içinde olup bitmişti. Belki daha da kısa.

Sırılsıklam olmuştu terden.

Gördüklerine inanamamıştı.

Halasının çok iyi at bindiğini, köydeki bütün erkekleri ardında bırakarak yarıştığını biliyordu. Gene de gözleri açık bir rüya görmüş olduğunu düşünmeyi yeğleyerek yatağına döndü. Atın ve sırtında götürdüğü halasının gözden kaybolmasıyla birlikte kulağındaki sesler de dinmişti. Sağır edici bir sessizlik hüküm sürüyordu ortalıkta. Sabahına, halalarının ev içlerinde yankılanan uğursuz baykuş çığlıklarıyla uyandı. Halası, yüzbaşıya kaçmıştı. Zaten önceki evliliğini de kimse istememiş, ama bu erkek delisi kıza söz dinletememişlerdi. Diğer halaları, evlenmemiş olmanın faydalarına böyle zamanlarda daha çok inanıyorlardı.

Ali, ben gördüm dedi, beyaz bir atın sırtına atladığı gibi uçtu gitti. Bir mendil gibi süzüldü. Bu benzetmeyi çok sevmişti. Yineleyip duruyordu.

Ali'nin uydurduğuna inandılar. Onu böyle bir zamanda bile, ilgi toplamak uğruna yalanlar söylemek, hikâyeler uydurmakla suçlayarak azarladı annesi. Gene bencillik, sorumsuzluk, suiistimalcilik gibi sözlerle Ali'ye bağırıp çağırdı.

Ali, annesine yalnızca kötü kötü bakmakla yetindi.

O gün herkes yüzbaşının kır atının kaçtığını konuştu Mardin'de.

Bu söylenti bütün şehri gezip evlerine kadar ulaştığında, evdeki herkes dönüp tekinsiz gözlerle Ali'ye baktı.

Ali'yse bu sefer hiçbir şeyin farkında değilmiş gibi yaptı.

Birkaç gün sonra halasının eski kocası olan karanlık yüzlü, yanaklarını kaplayan kılların, gözlerinin altına kadar yürümüş olduğu adam, çocuklarını almak üzere bir hışımla eve geldi; gözlerinde kıvılcımlar çakıyor, ağzından köpükler saçıyordu. Diğer halalar boynu bükük, suçlu suçlu otururken, annesi çığlık çığlığa adamla tartışıyordu. Adam da sürekli "Yengeh anım! Yengeh anım!" diye öfke içinde bir şeyler anlatmaya çabalıyordu. Annesinin boyun damarları gene mavi mavi kabarmış, yanaklarını, pençe pençe al basmıştı; böyle zamanlarda sesi normal zamanlarda kullanmadığı tiz bir perdeden yırtılır gibi çıkıyordu.

Babaları, okullarından ve yeni hayatlarından kopararak yeniden köye götürdü çocukları. Ali de, çocuklar da çok ağladılar. Sanki hep birden öksüz kalmışlardı. Birkaç yıl sonra hala oğlunun köydeki bataklıkta boğulduğu haberi geldi. Ali, bu arada, iki erkeğin sikişmesinin kendilerinin yaptığı gibi olmadığını öğrenmiş, ama bunu onunla konuşmaya fırsatı olmamıştı. İlkokula başladığı o yıl, bir sabah, okulun önünde bir çocuğun diğerine, "Götünü sikerim ulan!" diye bağırdığını duyduğunda, birdenbire her şey aydınlanmıştı. Zaten çüklerin birbirinin içine girmesi çok zor oluyordu. Ayrıca, çok kızdığı bir keresinde, onun İş Bankası kumbarasını saklayarak, annesinden dayak yemesini sağlamış, bunun için sonradan çok üzülmüştü; bunu itiraf etmeye ve bunun için özür dilemeye çok ihtiyacı vardı. Bu dileği de olmamıştı.

Onun bataklıkta boğulmuş olması, Ali'nin üzüntüsünü de, utancını da artırmıştı.

Daha on üçündeyken, babasının zoruyla kendinden yirmi beş yaş büyük zengin bir ağayla evlendirilen hala kızınınsa, evlendikten birkaç ay sonra, kendini bir ağacın dalına astığı haberi geldi. Ali, ilk cinsel fantezileriyle ölüm arasında belli belirsiz, sinsi bir bağ kurdu.

Oyunları görülmüştü. Cezalandırılmışlardı. Sıra kendisindeydi.

Gene bir sabah, kulağında onu uykusundan alan seslerle pencereye koştu. Cadde gene öyle bomboştu, az sonra caddenin öte ucunda köpüren yeleleriyle o rüya beyazı at göründü. Yüzbaşının atıydı bu. Halasını kaçıran atı. Koşa köpüre buraya doğru geliyordu. Halasının döndüğünü düşündü Ali; çünkü gene böyle bir sabah, herkes uykudayken, gene bu atın sırtına bir mendil gibi süzülerek kanatlanıp gitmişti. At, avlunun saçağı altında durdu. Yeniden atla göz göze gelmek istedi; bu, sanki bir şeyin kanıtlanması olacaktı, ama at, bu tarafa bakmıyor, gözlerini kaçırırcasına başını öne eğiyordu. Soluk soluğaydı, kan ter içindeydi, belli ki, uzaklardan gelmiş, çok yorulmuştu; boncuk boncuk terlemişti, her damlası buradan bile seçilebiliyordu. Dizlerini kırdı at, evin altına yıkıldı, başını asfalta dayayıp soluya soluya can verdi.

Ali donmuş kalmıştı.

Kimseye bir şey söylemedi.

Bu kez gördüğünün bir rüya olmadığını biliyordu.

Sabah uyandığında üzgün ve kötü görünüyordu. Okula gitmeyeceğini söyledi. Hastaydı gene. Evdekilerin, Neyin var? gibi sorularını karşılıksız bırakıyor, omuz silkmekle yetiniyordu. Annesinin edepsizliğe varan ısrarları karşısında, Bugün bir şey olacak, dedi. Önemli bir şey! Belki bir haber gelecek, onu bekliyorum, dedi. Annesinin itirazları ve ısrarları sürünce, bilgi vermekten çok bu bilginin yaratacağı gerilimle annesini cezalandırmak ister gibi: Kötü bir haber! dedi. Halaları aynı anda işaret parmaklarını dişlerinin arasına götürerek korkuyla "Hii!" dediler.

Kahvaltı sırasında beklediği şey oldu. Bir telefon geldi. Telefonu bağlayan PTT'deki santral memuresi kız, uzak bir Anadolu kasabasından arandıklarını söyledi. Arayan yüzbaşıydı. Halasının o sabah öldüğü haberini verdi. Halka tamamlanmıştı.

Kaçtıktan sonra ailenin reddettiği hala da cezasını çekmişti şimdi.

Ali aşktan, sevmekten, sevişmekten, sikişmekten bir kez daha korktu, korktu, korktu.

Ali'nin çükü

Ali'nin yeni yeni yürümeye başladığı zamanlarda başladı ilkin, sonra da bir alışkanlığa dönüştü. Aile içindeki herkes kaygılanmıştı.

İlk annesi fark etti Ali'nin çükündeki kızarıklıkları; elini bir türlü orasından çekmiyor, sürekli çüküyle oynuyor, sık sık sinirli bir halde kopartacakmış gibi çekiştirip duruyordu. Annesi başlangıçta tatlı tatlı, kaygıları arttıkça giderek sertleşen bir tutumla Ali'nini elini oradan çekmesi için uyarıp duruyordu oğlunu. Ali ise, bazen söz dinlermiş gibi yapıyor, bazen annesinden korkup sahiden söz dinliyor, ama boş kaldığı ilk fırsatta, yeniden çükünü tutup kopartır gibi çekiştirmeye başlıyordu. Bir süredir evdeki herkesin gözü, Ali'nin elinde ve çükündeydi. Halaları bir çare olarak, yeniden altını bağlamayı önerdilerse de, annesi, Yok daha neler! diyerek, bilgiç bir edayla, bunun çocuk için çok daha kötü olacağını, ileride psikolojik bozukluklara yol açacağını söyledi. Böylesi çatallı durumlarda, çocuk eğitimi konusunda görümcelerinden daha çağdaş ve anlayışlı olduğunu kanıtlamak, hatta onları eğitmek durumunda hissediyordu kendini. Zorla yaptırmaktan değil, her zaman güzellikle söylemekten yanaydı. Ama, Ali'nin çocukluğu boyunca yakından bildiği gibi, annesinin zorluk ve güzellik tanımları sık sık birbirine karışıyordu. Sonuçta öyle ya da böyle hiçbir önlem yarar sağlamıyor, Ali her seferinde yeniden çüküne yapışıyor, neredeyse kendinden geçmiş bir biçimde çekiştirip duruyordu.

Bu durumdan kendine ve ailesinin çapkınlığıyla ünlü erkeklerine pay çıkaran Dede, Karışmayın çocuğa, diyordu. Belli ki, istemiyor. Sonradan başına ne belalar açacağını şimdiden seziyor olmalı, kerata!

Doktorların cılız tavsiyeleri de para etmeyince, kırk yılda bir de olsa görümcelerinin aklına uyarak, Ali'yi ailesinde Şemsiler bulunan, yarı meczup bir falcı kadına göstermeyi kabul etti Ali' nin annesi. Şemsiler, Mardin'in çok eski bir kavmiydi. Çok eskiden açıkça güneşe taparlarken, büyük bir bölümü Süryaniliği seçtikten ya da İslama sızmak zorunda kaldıktan sonra, güneşe tapmaktan vazgeçmişlerse de, eski inançlarını bütünüyle terk etmemiş, tersine, güneş kültüyle ilgili kimi törenleri ve inanışları yeni dinlerine sızdırarak yaşatmış, Hıristiyanlığın ya da İslamın kurallarıyla, eski inançları arasında melez geçiş alanları yaratarak geleneklerini büyük ölçüde sürdürmüşlerdi.

Şemsilerin bir zamanlar güneşe taptıkları zamanla unutulmuş, herhangi bir büyük aşiret, bir büyük aile adı gibi anılmaya başlamıştı.

Kalenin eteklerindeki dar sokakların birinde, bahçesinde incas ağaçları bulunan, asma çardaklı, yarısı toprak altında kalan bir evdi falcının evi. Kilerindeki kuruyemişlerin rayihası sarmıştı dört bir yanı. Doğuya bakan duvarında, güneşin doğarken ışığını sızdıran bir yarık vardı. Güneşin doğuşuna bir saygı ifadesiydi bu. Ali'nin annesi, aynı şeyi Deyrülzefaran Manastırı'nın zindanında da görmüş olduğunu anımsadı. Yarığın bulunduğu duvarın önüne bakır bir tas içinde su konmuş, yere temiz bir kilim serilmişti. İri kehribar taneleriyle içine kıvrılmış bir tespih duruyordu kilimin ve tasın yanı başında. Şemsi falcı, daha Ali'yi görür görmez, Eyvah, dedi. Bu çocuk bir önceki hayatında kalmış. Bakışını ağırlaştıran bir geçmişi var. Kendinin hiç hatırlamadığı, ruhununsa hiç unutamadığı bir geçmiş! Annesi ve halaları, şaşkın, söylenenlerden hiçbir şey anlamamış, uzun uzun bakakaldılar.

Bir önceki hayatında kalmış bu çocuk; ruhu, unutmanın sularında yıkanmadan gelmiş; daha önceleri de üst üste birkaç kere kadın olarak gelmiş dünyaya, şimdi uyamıyor bu yeni haline. Bu çükü kendinde istemiyor. Son gelişinde gözü iyice arkada kalmış bunun, genç ve yakışıklı bir adamda kalmış, geçen sefer kavuşamamışlar garipler, şimdi onu bulmak üzere yeniden dönmüş dünyaya. Ama erkek olarak geldiği için, ona kavuşamayacağını ruhu

253

biliyor, çükünü istemiyor. Yazık, çok sevmiş adamı, ruhu ona kilitlenmiş, hiç beklemediği bir anda aniden ölmüş, gözü arkada kalmış. Ruhu yatışmamış. İçinde büyük fırtınalar var. Fırtınalı bir havada yolunu şaşırarak yanlış rahme düşmüş, sonra gene fırtınalı bir havada erkek olduğunu anlayıp ölerek yeniden geri dönmeye çalışırken bin bir zahmetle zorla doğurtulmuş... Yazık, sonu gene unutmanın sularında bitecek bu garibin!

Ali'nin annesi, kaptığı gibi çocuğunu kendini eve dar attı. O çatlak görümcelerinin akıllarına uyup öyle yarı meczup hacılara, hocalara, falcılara gittiği için kendine çok kızdı. Ama devletin doktorları, fen ve tıp adamları da bir çare bulmamamış, onu hacılara, hocalara, falcılara muhtaç etmişlerdi. O hırsla, sağlık dispanserine, hastaneye üst üste telefon edip avaz avaz bağırdı! Telefona çıkan sağlık memurları, doktorlar, kendilerine niye böyle bağrıldığını hiç anlamadıkları gibi, böyle hanımefendi bir kadından hiç beklenmeyecek bir biçimde, kadının sık sık, Çük! Çük! Ali'nin çükü! gibi sözler ettiğini duyar gibi oldular.

Ali, ileriki yıllarda, annesinin, Ali'nin çocukluğuna ilişkin en sevimli olay buymuş gibi, özellikle yeni tanıştıkları insanların yanında sürekli bunu anlatıp durmasından çok şikâyetçi olacak, hele hele çocukluğun kalıntılarından kişiliğe ait önemli ipuçları bulmaya hevesli psikoloji meraklılarının yanında anlamı daha da çıplaklaşan bu olayları, annesinin büyük bir sakınmasızlıkla, her çocuğun başından geçen dünyanın en masum çocukluk anılarıymış gibi anlatmasından derin huzursuzluklar duyacaktı. Annesinin anlattıkları bununla da kalmıyordu, Ali, fakülte yıllarında ne zaman yeni bir kızla tanışsa, annesi, Ali'nin çocukken kız olmaya nasıl hevesli olduğundan, evdeki kumaşlardan, havlulardan kendisine nasıl etekler, elbiseler yaptığından, hatta bir keresinde komşu kızına müsamere için diktirilmiş olan kat kat etekli jüponlu beyaz elbiseyi ısrarla giymeye kalkınca, nasıl elbisenin dikişlerini patlattığından, bunun üzerine elbisesi yırtılan kızın hıçkıra hıçkıra nasıl ağladığından, Ali'nin zaten çocukluğu boyunca kız çocukları ağlatıp durduğundan, özellikle de uzun saç örgülü kızları çok kıskandığından, onları ağlatana kadar saçlarını çekiştirip durduğundan, bununla da yetinmeyip anneleri tarafından bohçalarda saklanan saç örüklerini çalıp çalıp ateşe attığından, afacan her oğlan çocuğunun başından geçen olağan hikâyelermiş gibi anlatıyordu. Psikolojiyle ilgilenen arkadaşları, bu anlatılanlar üzerine, Ali'ye tuhaf tuhaf bakmaya başlarlarken, Ali, bütün bunları olanca sevimliliği ve tontonluğuyla, kendinden geçmiş bir iyi niyetle saf ve masum bir biçimde anlatan annesinin yüzüne dehşetle bakıyor, ne zaman susacağını merak ediyordu.

goblen defter

Üzeri goblen işli büyük bir defterdi.

Annesinin, elini bol tutarak hazırladığı pastalar, poğaçalar, kurabiyeler, börekler, çörekler, tatlılarla donatılmış masanın üzerinde, meyve sularıyla dolu bardaklar, buz gibi soğuk gazozlar, çeşitli kuruyemişler ve mevyelerle dolu kâseler diziliydi. Halaların pek bir anlam veremediği, ama hiçbir şeye karışmadan, olan bitene asla katılmadan, onaylamaz gözlerle dudak bükerek izledikleri bu doğum günü partisinde, bir de dizi dizi mumlar yakılınca, tiz perdeden itiraz sesleri yükseldi. Zaten başından beri onaylamadıkları, ama büyüklük gösterip ses çıkarmadıkları gâvur icadı bu eğlencede, öyle kilisedeki gibi dizi dizi mumlar yakarak, evin betini-bereketini kaçıracaklarını, Müslüman evlerinde mumların ancak elektrik kesildiği zaman yakılabileceğini söylediler. Bunun üzerine Ali, babasının sesine benzeyen bir ses takınarak:

Uzatmayın, dedi. Yatırlarda, ziyaretlerde, şeyhlerin dergâhlarında da mumlar yakılmıyor mu sanki?

Halalar, Ali'nin itiraz kaldırmaz bu çıkışı karşısında diyecek bir şey bulamamanın hırsıyla homurdandılar.

Ali galip çıktığı böyle durumlarda hep yaptığı gibi, eklemeden edemedi: Ayrıca unutmayın ki, elektriği de Müslümanlar değil, Hıristiyanlar bulmuştur.

Halaları ne zaman bir uygarlık nimetinden söz etmeye kalkışsa Ali, onun "gâvur icadı" olduğunu hatırlatmayı zevk sayar.

Daha çok yabancıların çocukları, memur çocukları falan çağrılmıştı. Sınıfından ve mahalleden arkadaşları da vardı. Genellikle pek uyduruk armağanlar getirmişlerdi. Birkaç arkadaşı da tam sinemaya gidecekken, yolda vazgeçmiş, diğer arkadaşlarının akıllarına uyarak öylesine gelmişlerdi; bu yüzden armağan falan getirmedikleri gibi, yalnızca yiyip içme kısmına katıldıkları kutlamayı alaycı gözlerle küçümseyerek izliyorlardı. Bazı arkadaşları, kıskançlıklarını kayıtsızlıklarıyla belli ettiler. Ortada hiç önemli bir şey yokmuş gibi davrandılar. En çok da, diş tabibinin çekememezliğiyle ünlü, koyun gözlü, şişman oğlu, güya ondan yanaymış gibi yaparak, diğerlerini kışkırtıyordu. Ali, her ne kadar kendini rüyasına kaptırsa da, olan biten her şeyin farkındaydı. Onların, böyle yerli filmlerden çalınmış sahnelerle, zengin ailenin şımarık çocuğunun doğum günü partisi verme hevesini aşağılamak istediklerini anladı. Anlamamış gibi yaptı. Giderken ceplerini tıka basa kuruyemiş ve kurabiyeyle doldurmalarına ses çıkarmadı.

Armağanlardan biri üzeri goblen işli bir defterdi.

Ali, bu defteri gizemli buldu. Daha önce, böyle üzeri kumaş kaplı, el yapımı bir defter görmemişti hiç. Kalın, güzel, parlak kâğıtlar vardı içinde, sırtları iyice çirişlenmiş, sımsıkı yapıştırılmıştı cildine; arasında da kaldığı yeri bulmasına yardım edecek, kızıl renkli parlak kurdeladan bir şerit vardı. Armağanı getiren arkadaşının, orta sonda okuyan ağabeyinin elişi dersinde ödev olarak yaptığı bir defterdi bu. Üzerindeki gobleni de ablalarından biri işlemişti. Çok emek verilmişti belli. Güzel çiçekler, renkli yapraklar ve ne olduğunu bilmediği anlamlı, güzel şekiller vardı üzerinde. Güzellik, Ali'yi her zaman heyecanlandırıyordu. Kadın dünyasının, kadın emeğinin ve kadın zevkinin, güzelliğe çok daha yakın olduğunu biliyor; kendini, onların dünyasına çok daha yakın hissediyordu. Goblenin üzerine işlenmiş bu şekillerin ne olduğu, ne ifade ettiği pek anlaşılmıyordu ama, güzeldiler; bu kadarı da Ali'ye yetiyordu; parmak uçlarını onların üzerinde gezdirmek, onlara dokunmak, onları hissetmek, onlardan heyecan duymak güzeldi. Ayrıca arkadaşının ağabeyinin çok becerikli olduğunu, elinin her işe yatkın olduğunu biliyordu. Damarlı elleri, koca koca parmakları vardı. Beceri, erkek işiydi ve kendine has bir gücü ve Ali'de belli belirsiz bir cinsel heyecan uyandıran esrarı vardı. Böyleleri, musluk tamir edebilir, soba kurabilir, araba parçası değiştirebilirlerdi. Arkadaşının ağabeyi de, okuldan artakalan zamanlarında, naylon oyuncakların içini alçıyla doldurup biblolar yapıyor, sonra onları rengârenk boyayıp cilalayarak, Aşağı Çarşı'daki dükkânlara satıyordu. Tahta evler, arabalar, rengârenk uçurtmalar da yapıyordu. Onun yaptığı uçurtmaların hem çıtaları, hem ipleri çok sağlam oluyordu. Kalenin eteklerindeki sert mizaçlı rüzgârların parçalayamadığı sağlamlıkta, hem güzel, hem dayanıklı uçurtmalardı bunlar. Hem bir seferinde bahçesinde top oynamaya gittikleri ortaokulun tuvaletinde işerken, çükünü görmüştü onun. Nedenini anlamadığı bir heyecan duymuş, gözleri iri iri açılmıştı. Bir çükün zamanla bu kadar büyüyebileceğini hiç düşünmemişti. Büyüyünce herkesinki öyle mi oluyor, diye şaşkınlıkla iç geçirmiş, gözlerini birkaç kere yumarak, gördüğünü, gözlerinin arkasına saklamaya çalışmıştı. Unutmak istemediği şeyleri, gözlerinin arkasına saklamak istediği durumlarda böyle yapardı. Demek büyük çükler böyle kalın işiyordu. Birkaç kez yutkundu.

O büyük çüklü çocuğun yaptığı defter, şimdi elinin altındaydı. Defterin güzelliğine, kaçamak gözlediği o anın hatırası ayrı bir heyecan katıyordu.

Annesi, yarım ağız, böyle süslü püslü bir defterin bir erkek çocuğa armağan olarak getirilmesinin pek uygun olmadığını geveledi; halaları gördüklerinden zaten pek bir şey anlamıyor, aynı onaylamaz ve katılımsız gözlerle öylece bakmayı sürdürüyorlardı.

Ali'ye bu defteri ne yapacağı soruldu. Okul defteri olamayacağı açıktı. O anda o da bilmiyordu, Bilmem, belki ileride hatıra defteri yaparım, dedi ve kaldırıp masasının çekmecesine koydu.

Çirkin, ama zeki kızlardan biri, "Hatıra Defteri" olmaz, kilidi yok bunun, dedi.

O zaman ben de kilitsiz hatıralar defteri yaparım, dedi Ali. Saçma bir tekerlemeye güler gibi, hep birlikte gülüştüler.

Ali, uzun süre kullanmadı o defteri. Yazmaya kıyamıyordu. Yalnızca arada bir çıkarıp içini karıştırıyor, sayfalarını, sırtını, kapağını okşuyor; boş sayfalarında belirsiz hayallerle geziniyor, sonra yeniden yerine, çekmecesine kaldırıyordu.

Sonra birdenbire ortalıklarda görülmeye başladı bu goblen defter. Zaman zaman Ali'nin, o defteri açıp büyük bir ciddiyet ve özenle içine bir şeyler yapıştırdığını gördüler. Öyle uzun boylu ilgilenmediler yine de. Daha doğrusu bu konuya en fazla ilgi gösterebilecek olan annesi bile hiç oralı olmuyor –tam da o sıralar, kendinin dışındaki her şeye tuhaf bir kayıtsızlık kazanmaya başlamasının ilk zamanlarıydı– Ali, yapış yapış parmakları havada, sayfaları dirsekleriyle ezerken, o, çok ötelere, artık ulaşamayacağını düşündüğü bir uzaklığa bakıyordu.

Ali'nin, neredeyse herkeste merak uyandırmak istercesine, imalı davranışlarla içine bir şeyler yapıştırıp ardından gösterişli bir gizem havası estirerek çekmecesine kilitlediği, kimi zaman da güya bir dalgınlık sonucu ortalıkta unutmuş gibi yaptığı bu defter, Ali, ne kadar esrarengiz tavırlar takınırsa takınsın, umduğu, beklediği ilgiyi görmüyordu gene de. Defterden yaptığı tuzağın içine kimse düşmüyordu. Oysa bir zamandır defterin sayfalarına gazetelerden kesilmiş çeşitli kupürler yapıştırmaya başlamıştı ve şimdi bu defterin, annesi ve babası tarafından mutlaka görülmesini istiyordu. Daha çok da babası tarafından. Çünkü asıl kararı o verecekti. Onlara söylemeye çalıştığı her şeyi, bu defter bir başına söyleyebilirdi. Hiçbir zaman, hiç kimseye asla söyleyemeyeceklerini, Ali'nin yerine konuşmuş olacaktı. Kupürlerin hepsi de erkekken ameliyatla kadın olmuş olan kişilere ilişkin, gazetelerden kesilmiş haberlerden oluşuyordu. Ali, büyülenmiş gibi büyük bir dikkat ve heyecanla, yutkuna yutkuna okuduğu bu haberlere ilişkin kupürleri, ilk zamanlar yalnızca birer gazete kesiği olarak çekmecesinde tutuyorken, sonraları o goblen deftere yapıştırmayı akıl etmişti. Çünkü, daha ilk okuduğu haberle birlikte, kadın olmak istediğini anlamıştı. "Hürriyet" gazetesinde okuduğu o ilk haber, hayatı hakkında önünde açılan aydınlık bir pencere gibi, içindeki boşluğu gidermiş, hayallerini amaçlandırmış, bütün geleceğini, olmak istediğini ona göstermişti. İmkânsızı mümkün kılan bu tür bir operasyonun, bütün bir hayatını ve geleceğini değiştireceğini seziyordu. Ameliyatla kadın olan bir İngiliz erkeğe ilişkin okuduğu o ilk haber, saygın bir aile büyüğüne albümde ayrılan en değerli yer gibi, baş sayfalara özenle yapıştırılmış, fotoğrafın etrafına renkli kalemlerle bitki ve çiçek süsleri yapılmıştı. Tuhaftır, her şeyden gereksiz sonuçlar çıkaran o kuşkucu, meraklı annesi bile, Ali'nin defterine karşı kayıtsız kaldı; o kadar ki, Ali, bütün bu sonuç vermeyen çabalarının sonunda, onların aldıkları bir karar gereği, mahsus böyle davrandıklarından kuşkulanmaya başladı. Aslında, ta başından beri, Ali'nin ne demek istediğini anlamış, ama kendi aralarında uğursuz bir anlaşmaya vararak, onun bu çağrısını öldürücü bir kayıtsızlıkla karşılıksız bırakarak, cezalandırma yoluna gitmiş olabilirlerdi. Ali, artık çok açık bir biçimde kadın olmak istediğini biliyordu. Annesi, babası, Ali'nin durumunu anlasınlar, onu kendi elleriyle ameliyat ettirsinler ve Ali, hayatının geri kalanını bir kadın olarak yaşasın istiyordu. Bunu kendine ve aynalara yüksek sesle söylemeye başlamıştı. Her gece kadın olduğu zaman alacağı ad –ki çok sık değişiyordu– evleneceği adam –aynı sıklıkla olmasa bile o da değişiyordu– kendine kuracağı hayat –ki yalnızca ayrıntıları değişiyordu– hakkında zengin ve renkli hülyalara dalıyordu. Ansiklopedilere bakıyor, insan anatomisi hakkında bilgi sahibi olmaya çalışıyordu. Kadın vücudunun gizlerine ansiklopedi sayfalarında ermeye başlamıştı. Gecikmek istemiyordu. Vücudunun tüylenmesini, bacaklarının, göğüslerinin kıllanmasını, sesinin kalınlaşmasını istemiyordu. Buna tahammül edemeyeceğini biliyordu. Kendini öyle görmeye dayanamayacaktı. Ne de olsa, çocuk bedeni kadın bedenine yakındı, henüz tam bir erkek sayılmazdı, ama bu saf ve temiz çocuk bedeni, kadın bedenine yakın kılan bütün bu özellikler, kıllar, tüylerle lekelenip kirlenmeden bu ameliyatı mutlaka olmalıydı. Kendini öyle görmeye tahammül edemezdi, ölürdü. Annesiyle babasının öldürücü kayıtsızlığı, gündelik davranışlarında daha ileri gitmesine yol açtı. Onların, böyle bir şey yokmuş gibi davranmalarına hiçbir anlam veremiyor, onların, kendisini anlamasını çabuklaştırmak için yeni çareler düşünmek zorunda kalıyordu. Artık ayrı eve çıkmışlardı, hizmetçiler yarım gün çalışıyor, her gece kalmıyorlardı, bu da onun oyunlarına imkân tanıyan bir durumdu. Gizli gizli kaşlarını almaya, hafif hafif dudaklarını, yanaklarını renklendirmeye başladı. Akşam yemeğinden sonra, annesiyle babasının, o sonsuz "pişti partileri" sırasında, onlara çay-kahve servisi yaparken, kendine havlulardan, örtülerden yaptığı, kendi deyişiyle "sütun gibi bacaklarını" ortaya çıkaran mini etekler giyiyor, o öyle ortalıklarda kırıta kırıta çırpınırken, her şey çok normalmiş gibi davranan annesiyle babası, sonsuz bir kayıtsızlıkla birbirleriyle dalaşa dalaşa pişti oynamayı sürdürüyorlardı. Ali, belki de bu konuya yönelik bir suskunluk kararı alındığını ve bu sessiz duvarı delemeyeceğini anladı.

Annesi de, babası da Ali'nin ısrarları karşısında, birkaç kez defteri kayıtsız gözlerle karıştırıp yerine koyduklarında da bundan emin oldu. Kimseye bu konuda hiçbir şey söylemedi.

Tüylerinin çıkmasından çok korkuyordu. Tüylerinin çıkması her şeyin bitmesi demekti ona göre. Bu kanıya nereden kapıldığı belli değildi, ama tüyler kendini erkek olmanın karanlığına kilitleyecek sonsuz işaretler gibi vücudunda belirdiğinde her şeyin bittiğini anlayacaktı.

Okul dönüşlerinde, ev ödevini aceleyle tamamlayıp akşam yemeğini çabuk çabuk yedikten sonra, hemen odasına kapanarak yatağına gömülüyor, yorganı başına çekerek, gördüğü filmler kadar heyecanlı, maceralı, acıklı hayallere dalıyordu. Gerçeklere katlanamıyordu. Gün ışığına katlanamıyordu. Kimseyle konuşmuyor, kendini diğerlerinin gözlerinden saklıyordu. Kaç kez babası gelmiş, yorganı başından çekerek, Yüzünü görelim oğlum, ne zamandır görüşemiyoruz, demişti. Kadın olduğunda alacağı ad, giyeceği elbiseler, evleneceği adam, döşeyeceği ev, çıkacakları seyahatler yorganın altında saklanıyordu. Babası yorganı biraz daha açmayı akıl edebilse, orada saklanan her şeyi görebilecekti.

Ona duyurmamaya çalışarak, Yaşıdır, içe kapanık olur bu yaşlarda, diye fısıldaşıyorlardı kapı arkalarında.

Oysa Ali her zaman en çok fısıltıları duydu.

Defterin bulunduğu çekmeceden sesler duydu ilkin. Bu sesleri kendinden başka kimsenin duymadığını fark ettiğinde dehşete kapıldı. Özellikle geceleri çekmecenin içinden sesler geliyordu. Bilmediği bir dilde konuşuyorlardı. İlkin erkek sesleri duyuyor; konuşmasının ortasında ses yavaş yavaş değişerek inceliyor ve kadın sesi olarak çıkmaya başlıyordu. Kulağına kilitlenmiş o her zamanki seslerden sandı ilkin. Bir gece korkularını ve kuşkularını yenip çekmeceyi açtı, çekmeceden yükselen sesler ilkin yere, halının üzerine dökülmeye, ardından odayı, salonu doldurmaya başladı. Kilitli kalmış sesleri, kilitli kalmış cinler gibi kapatıldıkları yerden kurtardığını düşünürken, bütün evi sesler basmaya başladı. Defteri açtı, sayfalarını silkeledi, sesler durulur, diner, biter sandı; oysa konuşmalarını hep bir ağızdan ve daha açık seçik bir biçimde sürdürüyorlardı.

Defteri masanın üzerine koyup sayfa sayfa açtı, konuşanlar gazete haberlerinde fotoğrafları bulunan kişilerdi. Şimdi herkes sakin sakin sırasını bekliyor, sırası geldikçe konuşuyor, kendi hikâyesini anlatıyor, sonra da saygılı bir biçimde susuyor, sözü bir diğerine bırakıyordu. Ali dehşetle fark etti ki, hiç anlamadığı dillerde yapılan konuşmaları bile hiç zorlanmadan anlayabiliyor. Bunun nasıl mümkün olduğunu bilmiyordu ama, konuşulanları rahatlıkla anlıyor, anlatılan hayat hikâyelerini ilgiyle dinliyordu. Başkalarına söylemeye kalkışırsa, kimsenin buna inanmayacağını biliyordu. Herkes delirdiğini düşünecekti. Ancak yazarların böyle bir şeye hakları vardı. Belki ileride yazar olur ve günün birinde böyle bir hikâye yazarsa, herkes tarafından hem bir fantezi sanılır, hem de ilgiyle okunurdu. Dedesi bile, "Boş hikâye," demezdi.

Sayfaları ağır ağır çevirdikçe, sesler azalmaya, giderek uzaklaşmaya başladı. Fotoğraflar sakinleşmiş, konuşmalar yatışmıştı; sesler bütün bütüne kesildiğinde, arzın merkezindeki kadar kesin bir sessizlik kapladı ortalığı. Seyrettiği bir filmde, arzın merkezi, dünyanın en sakin yeri, diye anlatılıyordu. Buna inanmıştı. Öyle bir yerde uyumak istiyordu. Kulağında hiçbir sesin olmadığı bir yerde.

O geceden sonra artık her gece yatmadan, sayfalarını havalandırmaya başladı defterin. Annesinin, babasının ve haftanın bazı geceleri küçük odada yatan hizmetçinin hiçbir şey duymamış olmalarına çok şaşırıyor, evdekilerin usul usul delirmeye başladığını, hiçbir şeyin farkında olamayacak kadar akıllarını kaybettiklerini düşünüyordu.

Bu oğlan böyle sessizleşir, içine kapanır, her akşam hava kararır kararmaz yatağa girmeye devam ederse, korkarım, onu bir doktora göstermemiz gerekecek, diye kaygılarını dile getiriyordu babası. Bu, hiç normal değil!

Ali, "normal" sözünden nefret ediyordu. Normal sözü kendisini düpedüz tehdit eden bir şeydi. Ona hiçbir şey anlatmıyordu bu sözcük.

Annesi, iğnelemekten çok, sahici bir kaygıyla, Dedesine benzeyecek diye ödüm kopuyor vallahi! diye sözünü kesiyor babasının.

Annesiyle babasının seslerinin arasına, başka insanların sesleri karışıyor, dünyanın sesleri birbirinin içine giriyor, sözcükler eriyor, anlamlar kılık değiştiriyordu.

İnsanın kişiliğinin seste saklı olduğunu biliyordu.

İnsanı ele veren sesiydi. İnsanları seslerinden tanıyordu. Sesini duymadığı hiç kimse hakkında hiçbir fikri olmuyordu.

İnsanlar, her şeylerini gizleyebiliyor, ama seslerini gizleyemiyorlardı. İnsanları, yüzlerinden, bakışlarından değil, seslerinden, seslerindeki tınılardan, kıvrımlardan, bükümlerden, dalgalanmalardan tanıyordu. İnsanın içine kapatılmış, kilitlenmiş her şey, sesin kıvrımları, bükümleri arasından dışarı sızıyor, kendini ele veriyordu. Bazı kapatılmış sesler, sahibinin kendi içinde boğulmuş olduğunu söylüyordu. Bazı sesler katı katı, bazıları teneke gibi çıkıyor, her biri, sahibinin bir korkusunu ele veriyordu. Ruhun aynası sayılan gözler bile, ruh konusunda yalan söyleyebilirdi ama, insanın, ruhunu en iyi yansıtan şey, sesiydi. Sözler yalan söyleyebilirdi, ama ses asla!

Ailesinin kendisini ameliyat ettireceğinden iyiden iyiye umudunu kesmeye başlamıştı artık. Yeni kurduğu hayallerde, evden kaçıp, çalışıp, para biriktirip kendisi ameliyat olacaktı. Sonra da gelip ellerini öpüp onlarla barışacaktı. Belki de evleneceği adamla birlikte gelirlerdi. Kapıda, son model lüks bir otomobil durur, içinden çok güzel bir kadınla, çok yakışıklı bir adam kol kola iner, eve doğru yürürlerken, pencereler açılır, ve sonunda herkes birbirini affeder!

Ama bütün bunlar vücudu tüylenmeye başlamadan olmalıydı. Yoksa çok geç olurdu.

İlkin dudağının üstünde ince, sarı tüyler belirmeye başladı.

Gördüğünde deliriyordu.

Erkekliğe adım atan sesindeki ilk çatlaktan sonra, günlerce hiç kimseyle konuşmadı.

Yatağına giriyor, yorganı başına kadar çekiyor, kimse ağzından tek kelime bile alamıyordu.

Sonunda Ali'yi, Adana'ya bir ruh doktoruna götürdüler.

Doktor, günlerdir bir türlü konuşturamadığı Ali'yi, hırsından delirip tokatlamaya başlayınca, yanaklarını tutuşturan bu sert ve güçlü erkek elinin altında Ali, ilk kez sarsıla sarsıla boşaldı.

Bunun hep bir rüyada olacağını söylemişlerdi. Ama rüyalar gerçek olmuyordu.

Hayatla yetinmeyi öğrenmeye başlamalıydı artık.

Yeni eve, yeni bir hizmetçi almak gerekti. Bunun üzerine, haftada üç gün temizliğe gelen bir gözü kör kadının yetişkin kızını yatılı almaya karar verdiler. Adı, Sakine'ydi. On üçünü geçmişti. Serpilmiş, gelişmiş, güçlü kuvvetli bir kızdı. Aydınlık bir gülüşü, dolgun dudakları vardı. Güldü mü, bütün dişleriyle gülüyor, gözleri çizgi oluyordu. Kalın kaşlı, gür kirpikli; iri, badem gözlüydü. Ali'nin annesi, her zaman yaptığı gibi, kocasından kıskandı onu. Daha önce, kızın annesini de kör gözüne rağmen kıskanmıştı. Kıskanmak, her koşul altında, karşı konulmaz bir duygu olarak içinde yaşıyordu onun. O, neredeyse kıskanmak için yaratılmış bir kadındı.

İlk başlarda kızı sevmedi Ali. Hoş, kim olsa sevmeyecekti. Bu, başından belliydi. Türlü huysuzluklarla burnundan getirdi kızın. Sakine, ne kadar Ali'nin suyuna gitmeye çalışırsa çalışsın, o, gene de canından bezdiriyordu kızı.

Bazı hafta sonları birlikte sinemaya gidiyorlar, "aile yeri"nde oturuyorlardı. İki kişi oldukları halde, bazen dört kişilik loca parası ödeyerek loca tutuyorlar, uzun külahlarda şekerli leblebiler yiyor, üst üste buz gibi soğuk gazozlar içiyorlardı. Kız, Türkân Şoray'a, Ali de Hülya Koçyiğit'e hayrandı. Bu yüzden aralarında sürekli bir çekişme vardı. Melodram filmlerinin vazgeçilmez adları olan bu iki artist, daha çok kadınları ikiye bölen kıyasıya bir rekabet içindeydiler. Ve Ali ile kız arasında bu yüzden sık sık ateşli tartışmalar, hatta daha çok Ali'nin bağırıp çağırmasıyla sonuçlanan kavgalar çıkıyordu. Ali, Sakine'yi ağlatmadan hiçbir kavgayı bitiremiyordu. Bir kavganın sonuçlanması demek, taraflardan birinin ağlamaya başlamasıydı ona göre. Ali, Türkân Şoray için: O, hizmetçi tipli, diyordu; sen onun için beğeniyorsun onu. Hülya Koçyiğit ise evin kızı tipli.

Ali, Sakine'ye o hafta seyrettiği filme göre, bazen "kötü kalpli zengin kızlar" gibi kötü, bazen "iyi kalpli zengin kızlar" gibi iyi davranırdı. Kızdığı, öfkelendiği zamanlardaysa, kıza annesinin bir hizmetçi, babasının bir hamal olduğunu hatırlatarak galip çıkmaya çalışır; bundan ötürü çoğu zaman üzüntü ve pişmanlık duyar, kimi zaman da hiç oralı olmazdı. "Benim babam avukat, senin baban hammal!" Bu acı ve ağır sözler kıza hem üzüntü veriyor, hem onun da "kendi filmlerini" çevirmesine olanak tanıyordu; acı gerçekleri yüzüne çarpan bu sözler üzerine, kız da filmlerde gördüğü gibi, ilkin elleriyle yüzünü kapatarak hıçkırmaya başlıyor, ardından yattığı odaya koşarak, kendini yatakların üstüne yüzükoyun atarak, hıçkıra hıçkıra ağlıyordu. Bir süre sonra gözkapakları şiş şiş, yüzünde küs bir ifadeyle, güya üzüntüsünü kimse anlamasın diye saklıyormuş gibi, sakin ve kayıtsız görünmeye çalışarak, boynu bükük bir halde ortalara çıkıyor, bütün bu imalı hareketlerle Ali'nin annesinin büsbütün meraklanarak, "Ne oldu kızım sana böyle, söyle bir şey mi oldu, bir şey mi diyen oldu sana?" demesini sağlıyordu. O da değişen durumlara göre, kimi zaman ya Ali'yi ele vererek onun azar işitmesini sağlıyor, ya da hiçbir şey söylemeyip bu kez de her şeyi içine atan fedakâr kız rolünün hakkını vermeye çalışıyordu.

Sakine'nin, Ali'den birkaç yaş büyük erkek kardeşi bir süre sonra evin çarşı pazar işleri için tutulduğunda, Ali bu kez de onu hiç sevmedi. Ali'yi kızdırdığı bir gün, Ali, gene sinirlenip ablasına yaptığı gibi çocuğa da, "Benim babam avukat, senin baban bir hammal!" diye bağırdığında, çocuk kayıtsız gözlerle dinlemiş, sonra "N'olmuş yani!" deyip omuz silkmişti. Ali, bu sözlerin çocuk üzerinde hiçbir etkisinin olmadığını görünce, ilkin şaşırmış, sonra hayranlık duymuştu. Bu, Ali'nin bilmediği bir güçtü. Hiçbir şey olmamıştı ona. Sokak çocuklarına hiçbir şey olmuyordu. Akşamına rüyasında, çocuğun çükünü, kendi çükünün içine sokmaya çalışırken gördü. Bir daha ne ona, ne kıza annelerinin hizmetçi, babalarının bir hamal oluşuna ait tek bir söz bile etmedi. Nedenini bilmediği bir şey, onu utandırmış, elinden silahını almıştı.

Yeni evlerinin mutfak penceresi, askeri kışlanın arkasına bakıyordu. Aralarında, yanık otların, cılız yeşertilerin yer aldığı, hafifçe engebeli geniş bir arazi vardı, geride, hüzün veren kararmış duvarların üzerinde yükselen içerlekli pencereleri demir parmaklıklı koca kışla binası, sonra da o tel örgüler... Geceleri, bazı yanık sesli erler, yürek paralayan bir içlilikle türküler, uzun havalar söylüyorlardı. Kapatıldıkları koğuşların yüksek pencerelerinden dalga dalga dışarı taşan bu sesler, havada bir tül gibi dağılarak, Alilerin evine kadar ulaşıyordu. Bu yanık sesler, bu dokunaklı türküler, Ali'nin canını yakıyor, içinde hiç tanımadığı sızılı duygular uyandırıyordu. Bazı türküleri ilk böyle duydu, böyle öğrendi Ali. Dinlerken en çok hüzünlendiği türkü de: "Şu uzun gecenin gecesi olsam/ Sılada bir evin bacası olsam/ Dediler ki: Nazlı yârin pek hasta/ Başında okuyan hocası olsam"dı. Bu türküyü ne zaman duysa, birdenbire gözleri dolar; nedenini, niyesini bilmediği bir hasret duygusuyla burnunun direği sızlar; konuşacak olsa sesi titrerdi.

O geceyi hiç unutmadı Ali. Çok sıcak bir günün akşamıydı. İnsanı hiçbir şey yapmadığı halde perişan eden, halkın, "sıcak yorgunluğu" dediği yorgunluktan bitkin düşmüş olarak, balkona atılmış simli minderlere serilmiş; o yaz gecesinin belli belirsiz serinliğinden yarar umarak, "karşının ışıkları" dedikleri Suriye'nin parıldayıp duran ışıklarını seyre dalmışlardı. Birçok evin damının gece eğlencesiydi bu ışıklar. Karşıda görünen, Suriye'nin sınır kasabası olan Kamışlı'nın ışıklarıydı. Tuhaf bir hüzün veriyordu o ışıklar Ali'ye. Başka yerlerde başka hayatlar olduğu duygusunu güçlendiriyordu. Oranın başka bir ülke olduğunu, bayrağının başka bir bayrak, parasının başka bir para olduğunu; orada da çeşitli insanlar yaşadığını ve başka başka hayatların sürdüğünü biliyordu. Bu, onda içini derinleştiren, kendini dünya üzerinde yalnızlaştıran, belirsiz, tuhaf duygular uyandırıyordu. İkisi de yorgunluktan bitkin, o uzak ışıkların çekimine kapılmış, kendi içlerine dönmüş olarak, ara ara esen ince bir rüzgârın taşıdığı serinlikle birlikte iç çekerek, kendi dünyalarına gömülmüş, mahzun ve dalgın bir bitkinlik içindeydiler. Sakine, birdenbire göğüsten gelen yumuşak, sıcak bir sesle, Suriye'deki akrabalarından söz etmeye başladı. Onları uzun zamandır görmemiş, çok özlemişti. Hep bayramların birinde gideceğini ummuş, ama kaç bayram geçtiği halde hiçbirinde gidememişti. Kolay gidip gelemiyorlardı, sınırda çok güçlük çıkartıyorlardı yoksullara. Bir de her zaman paraları yetişmiyordu tabii. Sonra simli Şam gecelerinden, havuzlu bahçelerdeki şarkılı gecelerden söz etti. Kız, birdenbire Ali'ye içini göstermişti. Ali, yorgunluğunu unutmuş, tazelenmiş bir dikkatle dinliyordu kızı, birdenbire insanlarda aradığı şeyin tam da bu olduğunu anladı. İnsanların içini görmek istiyordu o. Duygularını tanımak, hikâyelerini dinlemek, düşlerini paylaşmak, düşüncelerini öğrenmek istiyordu. Herkesin birbirine yalan attığını, pozlar takındığını, numaralar yaptığını, şişindiğini, böbürlendiğini biliyordu. Herkes, her şey, ne zamandır hep mahsusçuktanmış, yalancıktanmış gibi geliyordu Ali'ye; ama böyle bir gece vakti, böyle diz dize oturup böyle içli şeyler anlatmaksa, gerçek ve güzeldi. Sakine anlattıkça, huysuzluklarının dindiğini, kızgınlıklarının durulduğunu, içinin sakinleştiğini fark etti. Sakine de, o haylaz, yaramaz Ali'nin kelimeler ve hikâyeler karşısında aciz düştüğünü, kendiliğinden teslim olduğunu gördü. Yüzüne bir bebek masumiyeti geldiğini, bir melek safiyeti içinde kendisini dinlediğini gördü; bunun üzerine anlattıklarını süsleyerek çeşitlendirmeye başladı. Anlattıkça genişleyen bir yelpazede, günler, geceler süren bir yolculuğa çıktılar. Gece anlattıklarını, gündüz anlattıkları izledi; hikâyeleri, masallarıyla Ali'yi durdurduğunu, onu sakinleştirdiğini, onun üzerinde bir güç kurduğunu anladı. Düş gücü zengin bir kızdı, renkli, çarpıcı öyküler anlatıp duruyordu Ali'ye. O kıraç sessizliğiyle güneşe komşu evlerin serin ayvanlarında oturup bütün ufkun yalnızca bir bozkır olduğu o taşkentte insanlar birbirlerinin masallarını dinliyor, birbirlerinin masallarına inanıyorlardı. Sıcağın hiçbir şeyi, hatta zamanı bile kımıldatmadığı o kızgın öğleüzerlerinde; ya da bol yıldızlı gecelerin, damlara, avlulara serilmiş bitişik yataklarında fısıldaşan masallar bütün uzaklıkları yakın ediyordu, bütün düşleri gerçek. Sonunda Ali'yi yenecek silahı bulmuştu. Masallar, ne kadar olağanüstü, ne kadar inandırıcılıktan uzak olursa, Ali o kadar inanıyordu. Her çeşit uydurukluk Ali'yi kandırmıyordu tabii. İnce bir ayar gerekiyordu bunun için. Bu konuda her seferinde başarılı olamıyordu ama, Ali' nin nelerden hoşlandığını, neler istediğini anlamıştı artık. Saçma sapan şeylere değil ama, kendi içinde bir tür tutarlılık ve mantık sağlamlığı taşıyan olağanüstülüklere inanıyordu o. Anlattığı hikâyeler, zamanla tavsamaya, bildiği masallar tükenmeye başladı Sakine'nin; uydurduklarının da eskisi kadar Ali'nin ilgisini çekmediğini gördü. Ali yeniden huysuzlanmaya, aksilenmeye başlamıştı. Üstelik bu kez eskisinden de fazla sorun çıkarır olmaya başlamıştı.

Vardıkları bu yetinmezlik noktasında, artık daha fazlasının yapılması gerektiğini düşündü Sakine. Artık bir masalın anlatıcısı ya da dinleyicisi olmanın, onlara yetmediğinin bir biçimde farkına varmıştı, bundan sonrasında düpedüz bir masalın içinde yer almalı, o masalın kahramanı olmalıydılar. Ama nasıl? Ali'nin gizliliğe olan merakını biliyordu. Elindeki tek ipucu buydu.

Sancılı arayışlarla geçen günlerden sonra, bir gece, her şey dilinin ucuna neredeyse kendiliğinden geldi. Ali'nin bir gece yarısı uyanıp onu yatağında bulamaması ile başladı her şey. Sakine'nin nerede olduğunu merak etmiş, etrafa bakınmış, beklemiş, beklemiş, sonra da uyuyakalmıştı; ertesi gün Ali, ona nerede olduğunu sorduğunda, ilkin hatırlamaya çalışmış, uykusu kaçtığı için böyle zamanlarda hep yaptığı gibi, balkonun karanlık bir köşesine büzülüp karşının ışıklarını seyretmeye daldığını söyleyeceği yerde, merak uyandırıcı bir gülümseyişle başını öne eğerek manidar bir biçimde susmuştu. Ali'nin bütün sıkıştırmalarına, "Uzak bir yerdeydim", "Çok gizli", "Sana söyleyemem," gibi Ali' nin merakını büsbütün gıcıklayıcı kaçamak yanıtlar vermişti. Bütün gün peşinde dolanan Ali'yi hem merak içinde, hem de yanıtsız bıraktıktan sonra, ertesi gece birdenbire dilinin ucuna neredeyse kendiliğinden gelen renkli sözlerle kayboluşunun masalsı gizini açtı ona. İlkin gizliliği güçlendirici bütün yeminleri ettirdi Ali'ye. Anlattığı her şeyin aralarında kalacağına dair, kimseye hiçbir şey söylemeyeceğine dair bilebildiği bütün yeminleri ettirdi. Ali'yi daha da heyecanlandıran, merakına büyü katan şeylerdi bunlar. O anda tutabileceği ya da tutamayacağı bütün yeminleri etmeye dünden razıydı. Yeter ki olan bitenleri öğrenebilsin!

Bunun üzerine gizini verdi ona: Gizli bir tarikattan olduğunu, bu tarikat şeyhinin Suriye'de yaşadığını, tarikattan olan bir kişinin bazı doğaüstü güçler edindiğini, örneğin geceleri bir gözkırpımında dünyanın öteki ucuna gidebileceğini, görünmez olabileceğini anlatıp bunlardan kimseye söz etmemesini istedi. Geceleri dünyayı geziyordu. İstanbul, Arabistan çölleri, simli Bağdat geceleri, Avrupa'nın filmlerde gördüğümüz başkentleri...

İlk sözü: Ben bir tarikatın üyesiyim, demek oldu. Büyük bir itiraf sahnesiydi bu. Bunu senden başka kimse bilmiyor. Ali çok heyecanlandı, soluğu kesilecek gibi oldu. Tarikatın ne olduğunu yarım kulak biliyordu. Ama bu tarikatın, ne tür bir tarikat olduğunu, ona, Sakine açıkladı. Sadece Müslümanlar girebiliyordu bu tarikata. Kalbi temiz olanlar, kötülük bilmeyenler. Allah korkusunu bilenler. Geceleri geziyorlardı. Herkes uykudayken tarikat cinlerinin görünmez yardımlarıyla dünyanın öteki ucuna kadar bir göz kırpımlık zamanda gidip gelebiliyorlardı. İşte o senin beni yatağımda göremediğin gece Şam'a gitmiştim. Akrabalarımı görmeye. Herkes uykudaydı, uyurken seyrettim onları, çocukların üstü açılmıştı, örttüm, alınlarından öptüm, mutfağa girip bir tencere dolusu güzel bir yemek yaptım onlara; sabah uyandıklarında, Kim yaptı bu yemeği? diye çok şaşıracaklar; saçımdan ince bir tutam kesip amcaoğlumun yastığının üzerine bıraktım. Sabahına belki bulur, belki bulamaz. Artık o, onun kalbine kalmış. Kızın anlattıklarından ürperen Ali'nin gözlerinden yaşlar süzülmeye başlamıştı kendiliğinden. Neden konuşmadın onlarla? dedi. Tarikatın kanunlarına göre yasaktır bu, dedi. Ancak özel olarak izin aldığımız durumlarda konuşabiliriz. Bu da çok az olur. Yoksa tarikatın gizliliği kalmaz. Ben, beni görünmez kılan kutsal kanunları görünür kılamam ki! Ben aciz bir kulum! Ali, Ben de girmek istiyorum bu tarikata, dedi. Sakine ses çıkarmadı. N'olur beni de al! Benim elimde değil ki, dedi Sakine. Ali'nin gözlerinde derin bir çaresizlik ve mutsuzluk vardı. Acıdı ona, dönüp Ali'nin gözlerindeki yaşları, elinin tersiyle sildi. Başını, "hayır" anlamına gelebilecek bir biçimde iki yana salladı. Hem çaresizlik içinde bakıyor, hem gülümsüyordu, Olmaz Ali, ben çok isterim ama, olmaz. Neden? dedi Ali. Ama neden? Bu tarikat, yoksulların tarikatı çünkü, dedi Sakine. Zenginler ve onların çocukları giremez. Siz gündüz gözüyle paranızla gidebiliyorsunuz her yere, biz yoksullar gidemeyiz. Bize gecenin gizli yolları açıktır bir tek. Bir göz kırpımında gider geliriz. Ama her yoksul insan iyi insan değil ki, diye itiraz edecek oldu Ali. Öyle dedi kız, Her yoksul iyi değil tabii. Tarikatın emirlerini yerine getirenler, kalbi temiz olanlar, başkaları için iyilik düşünenler, Allah korkusu taşıyanlar... Kötü kalpli yoksullar giremezler bu tarikata, dedi. Her kalbin misafiri olan duygular ayrıdır, dedi. Bazı kalplerde merhamet oturmaz. Kötülük, bazı kalplerin ev sahibidir. Hayal kırıklığı, bazı kalplerde kiracı durur. Hayal kırıklığı ne demek? diye sordu Ali. Kalbe düşen gölgedir, dedi Sakine. Hem kötü, hem yoksul olanlar, hem bu dünyada, hem öteki dünyada cezalandırılmış insanlardır. Tarikat, kendine mürit olarak, yalnızca iyi yürekli saf ve temiz yoksulları seçer. Keşke ben de yoksul olsaydım, dedi Ali. Kalbim iyi ama, babam zengin! İlk defa sahiden yoksul olmak istiyordu. Ali, Sakine'ye karşı büyük bir kıskançlık duydu. Bir tek onun girebildiği bu tarikat kapısının dışında kaldığı için, kendini öksüz ve unutulmuş hissetti. Keşke, keşke ben de yoksul olsaydım, dedi. Yoksulluğun kıskanılacak bir yanı olduğunu hiç bilmezdim. Belki bir dahaki sefere, dedi Sakine. Nasıl bir dahaki sefere? diye sordu Ali. Ölüp yeniden dünyaya başka biri olarak geldiğinde, belki bu kez yoksul olarak dönersin dünya toprağına. Ali, böyle bir şeyi daha önce hiç duymamıştı. Demek, ölüm hiç yok, dedi. Hiç yok, dedi kız. Ölüm üstümüzü değiştirdiğimiz bir yerdir. Ali, tarikattan söz etmeye başlamasıyla birlikte, kızın da tıpkı dedesi gibi konuşmaya başladığını fark edip çok heyecanlandı. Gizliliğin, insanı sıradanlıktan kurtaran, gündeliğin kirinden yıkayarak yücelten bir yanı vardı demek. Bütün gün itip kaktığı bu hizmetçi kız bile, gizliliğin siyahına büründüğü andan itibaren bir ermiş gibi konuşmaya başlamıştı. Ondan sonraki günler ve geceler kızın anlattığı geziler doldurdu önceki masalların, hikâyelerin yerini.

Sakine, sık sık, dün gece şöyle bir yere gittim, şunu gördüm, bunu gördüm, diye anlatmaya başlıyor, renkli ayrıntılarla süslenmiş, masal tadında uzun maceralar anlatıyordu. Ali'nin ilgisini çekeceğini bildiği kişileri ve yerleri seçiyordu. Dün gece, İstanbul'a, Hülya Koçyiğit'in evine gittim, diye başlıyordu bir gün. Ali çok heyecanlanıyordu. En sevdiği artistti o! Ne yapıyordu? Ne yapıyordu? diye heyecanla soruyordu. Parasını nereye saklıyor, biliyor musun, yastığının içine, çok güzel pamuklu bir yastığı var, onu açıp, paralarını içine saklayıp dikiyor. Niye bankaya yatırmıyor? diye sordu Ali. Koskoca artist! Hangi bankaya gitse, onun parasını kabul ederler. Annesinden saklıyor, dedi Sakine. Annesi açgözlü bir kadına benziyor. Kızın bütün paralarını elinden almak istiyor. Hem sana bir şey söyleyeyim mi, kız elinden kaçacak diye evlenmesine bile izin vermiyor onun. Kaç kere gözümün önünde kavga ettiler! Ali büsbütün heyecanlanıyor: Ben anlamıştım zaten, diyor. Yoksa Ediz Hun'la evlenecektiler, değil mi? Ahh, keşke onları evlendirebilsen Sakine. O kadar sevaba girerdin ki! Ben ne yapabilirim ki, seyretmekten başka, diyor Sakine. Yoksullar yalnızca seyrederler. Tarikatın cinlerinden yardım istesen! Bazı mecmualarda fotoğraflarını gördüğü Hülya Koçyiğit'in şişman ve zalim annesinden şimdi daha çok nefret ediyor.

Ali, bazı geceler yatağına yattıktan sonra, uyumamak için gözünü bile kırpmamaya çalışıyor; böylelikle Sakine'nin birdenbire yok olduğu o esrarengiz ana tanık olmak istiyor; içeri alınmadığı ancak kapısının önünde durduğu gecenin öte yanına geçişe, hiç olmazsa bu kadarına tanık olmak istiyor. Onu yatağında bulamayacağı bir anda gitmiş olduğunu görmek, ve kendine fazla gelen bu gerçeği gözleriyle doğrulayarak kabullenmek istiyor. Ama her seferinde, beklemekten yorgun düşmüş gözleri kendiliğinden kapanıyor, uyku sessiz sedasız kucağına alıyor onu. Keşke ben de yoksul olsaydım, diyor aynalara; bak o, her gece ne güzel geziyor. Bense burada hapis gibiyim, bu sıcaklarda, bu soğuklarda uyuyamıyorum bile. Sakine'yle konuşmadığı zamanlar aynalarla konuşuyor.

Ali: Neden artık bir şeyler anlatmıyorsun bana? dedi. Geceleri artık gezmiyor musun, yoksa benden saklamaya mı başladın gezdiklerini? Yoksa kızgın mısın bana? Ceza mı veriyorsun?

Sakine'nin aslında sevinçli olup da, üzgün görünmeye çalıştığı bir gündü; Ali'yi bir köşeye çekerek, artık hiçbir yere gidemiyorum da ondan, dedi. Niye gidemiyorsun peki? Beni tarikattan attılar! Gelin gidiyorum Suriye'ye. Beni verecekleri adam zengin bir adam. Artık yoksul olmayacağım. Biliyorsun bu yoksulların tarikatıydı. Artık onların arasında yerim yok. Sen bu adamı istiyor musun peki? diye sordu Ali. Tanımıyorum ki! dedi Sakine. Ben bir resimle evleniyorum. Sadece bir resmini gösterdiler bana. Peki, niye karşı çıkmıyorsun? Hani filmlerdeki kızlar gibi. Sakine içini çekiyor. Beni amcamoğluna vereceklerini sanıyordum ama, orada başka biriyle nişanlamışlar onu. Zengin bir kızla. Artık fark etmez. Şimdi tek avuntum Suriye'ye gitmek! Hayallerin hepsi birden gerçek olmuyor Ali. Bazılarından vazgeçmek gerekiyor.

Bu konuşma içini sızlatmıştı Ali'nin, sonraki günlerde ona çok iyi davranmaya başladı. Gerçi sonrasında, sası, saman gibi yavan günler geçirdi Ali. Masallar bitmişti. Gündüzleri parlamayan kelimeler ağzını acıtıyordu. Sakine'yse bir misafir gibiydi artık. Annesi bile, gidecek diye az iş yaptırıyordu ona. Seni çok özleyeceğim, diyordu Ali'ye. Keşke okuma yazma bilseydim. Sana mektup yazardım. Aralarında, aynı masalda kaybolmuş olmanın güçlü bağı vardı, hiçbir akrabalık bağının sağlayamayacağı bir şeydi bu. Sözcükleri ve masalları bir tarikat kardeşliği gibi yaşamışlardı.

Birkaç ay sonra, on beşine geldiğinde, Suriye'ye gelin gitti Sakine, annesi de yanlarından ayrıldığı için, bir daha hiç haber alınamadı ondan.

Ali'nin kendini şu koca dünyada yapayalnız hissettiği, avluyu yıldızların bastığı baharat kokulu bazı yaz gecelerinde, mahzun gözlerle Suriye'nin ışıklarına dalıp gitmişken, bir zamanlar birlikte baktıkları bu uzak ışıkların bir yerinde şimdi Sakine'nin olduğunu düşünmek Ali'ye büsbütün hüzün veriyor, yalnızlığını artırıyor, içini sızlatıyordu. Ne zaman o ışıklara dalıp Sakine'yi düşünse, kışladaki erlerin söylediği o yanık türkülerden biri, kendiliğinden dudaklarından dökülüveriyordu:

"Şu uzun gecenin gecesi olsam... Sılada bir evin bacası olsam..."

gözlerdeki arzu

Her şey birlikte seyrettikleri filmleri evde canlandırmalarıyla, sevdikleri artistleri taklit etmeleriyle başlamıştı. Evde özellikle kimse olmadığı zamanlarda, Ali'nin annesiyle babasının ev ziyaretlerine gittikleri kimi erken inmiş akşamlarda, birlikte seyrettikleri o unutulmaz film sahnelerini evde karşılıklı canlandırmakla başlayan oyunları, giderek her türlü cinsel fanteziyi birbirlerinin üstünde denedikleri tutkulu ve gizli ayinlere dönüştü. Sakine'nin tarikat masallarından sonra kendilerine ikinci bir gizlilik alanı yaratmışlardı. Bu oyunlar sırasında yaptıklarının ayıp şeyler olduğunu biliyor, diğer zamanlarda kendi aralarında bile, bunlardan hiç söz etmiyor, dile getirmeleri gerektiğindeyse, yaptıklarını, "tuzlamak" diye adlandırıyorlardı. Hiç kimseye bir şey ifade etmeyen, hiçbir iması ve büyüsü olmayan, kendilerini utandırmayan sıradan bir sözcüktü; oysa, tuzlamak, dedikleri şeyin içinde, büyüklerin akıl bile edemeyeceği birçok şey vardı.

İlkin, Ali, Sakine'nin, bir erkek gövdesini merak ettiğini anlamış; bir erkeği çırılçıplak görmek ve dokunmak arzusuyla tutuştuğunu hissetmişti. Bu merakını gidermek için, elinin altında ne yazık ki, Ali'nin kavruk, çelimsiz bedeni vardı yalnızca. Ali, aslında halasının çocuklarıyla yaptıklarının benzerlerini, Sakine ve kardeşiyle de yapmak istiyordu. Sakine'nin kardeşine duyduğu gizli öfke, ondan öç alma yolu olarak, sürekli yatakta ona bir şeyler yapmak arzusu biçiminde ortaya çıkıyordu ama, bunu hiçbir zaman dile getiremeyeceğini biliyor; bir mucizenin bu hayallerini mümkün kılacak bir raslantıyı, ona kendiliğinden armağan etmesini bekliyordu. Sakine'yi bir kadın olarak görmekten çok, bir oyuncu olarak görüyordu; meraklarını gideren, kurduğu hayalleri gerçekleştirmede ona yardım eden bir oyuncu. Ayrıca kızın dudağının üstündeki sarı tüyler hoşuna gidiyor, kalın dudaklarının üstündeki incecik bıyık gölgesi Ali'yi heyecanlandırıyordu. Sonunda her şey, bir oyun, bir şaka gibi başlayıp çocuklara özgü bir hızla kendiliğinden sökün etti. Birbirlerini çırılçıplak gördüler. Birbirlerini uzun uzun merakla ellediler. Ali, henüz sertleşmeyen çükünü Sakine'nin orasında gezdiriyordu. Sakine'nin en büyük korkusu, kızlığının bozulması, ya da hamile kalmaktı. Ali, onu biraz daha fazla tuzlarsa, hamile kalabileceğini zannediyordu. Ali, onun kendisini amcaoğluna sakladığını anlamıştı. "Kızlığın bozulması" deyişi, yabancısı değildi. Donunu indirdiği Sakine'nin tüylü organını yakından inceledi, Sakine'nin orasında kıvırcık tüyler vardı. Dudaklarını araladı, elleriyle gerip parmaklarıyla acıtana kadar ayırıp içine, pembe deliğinin boşluğuna baktı. O boşlukta cevabını bilmediği bir şeyin saklandığını hissediyordu. Bir keresinde Sakine'ye deliğinin boşluğunun annesinin gözü gibi kör olduğunu söyledi. Birkaç gün küs kaldılar.

Oysa Sakine'nin en çok hoşuna giden şey, orasını öptürmekti. Ali de öpüyordu. Tüylü olması hoşuna gidiyor, bir cinsel organ gibi görmekten çok, tüylü bir oyuncak gibi, seviyor, öpüyor, okşuyordu. Ama Sakine, Ali'yi istediği kadar orasında tutamıyordu. Bir süre sonra, Ali'yi istediği zaman koynuna alabilmesi için gereken şeyin, ona kocalık yapmak olduğunu anladığında, saçlarını bir köylü kasketinin içine toplamaya, dudağının üstündeki bıyık gölgesini kalemle koyultmaya, kollarını iki yana aça aça yürüyüp bıçkın hallerle cigara içer gibi yapmaya, sonra da bir kaşını havaya kaldırarak o cigara dumanlarını havaya üflermiş numaralarına başladı. Bütün bunların sonucunda, Ali'yi oyunun içine kolayca çekerek, istediği zaman orasını öptürüp sevdirmeyi ve istediği kadar koynunda tutmayı başarıyordu.

Onun uzun entarilerini, renkli, alacalı giysilerini de çok kıskanıyordu Ali. Sakine, kendi pek istemese de, annesinin ve ailesinin zoruyla Kürtlere özgü yerel köylü giysileriyle geziyordu. Bazı özel günlerde, Ali'nin annesi, Sakine'yi konuklarının karşısına, Cumhuriyet ülkülerine yaraşır bir biçimde çağdaş kadın kıyafetleriyle çıkarmak gerekliliğinden söz ederek, ailesini ikna ediyor, bazı eskilerini bozdurup Sakine'nin üzerine uyduruyorlardı. Sakine, bu durumdan çok memnundu. Böylelikle, zaman zaman "hanım" gibi giyinmiş oluyor, kendini filmlerdeki artistlerle kıyaslama olanağı buluyordu. Ali, Sakine'nin, annesinin giysileriyle, annesinden bir küçük tane daha olarak ortalarda dolaşmasından çok, kendi parlak, rengârenk, yerel giysileri içinde dolaşmasını yeğliyor, onun bu yeni halini pek gülünç buluyordu.

Sonraları oyunlarına, Sakine'nin bu yerel giysilerini de almaya başladılar. Sakine, eğlence olsun diye, bir keresinde kendi giysilerini Ali'ye giydirmiş, Ali, o giysilerle evin içinde dolaşmış, annesi babası bile, onun bu haline çok gülmüş, ailecek pek eğlenmişlerdi. Ali'ye bakıp bakıp karşılıklı gülüşüyor, onun bu müsamereye çıkmış masum görünen gülünç haliyle pek eğleniyorlardı. Ali, ailesinin neye neşelendiğinden habersiz, evin içinde o giysilerle, bir aşağı bir yukarı koşturuyor, kendini bir türlü ayna önlerinden alamıyor, kendini bu halde pek beğeniyordu.

Ama, evde kimselerin olmadığı kimi zamanlar, Ali'nin bu giysileri giymeye devam ettiğini kimse bilmiyordu. Başında rengârenk çatkısı, yerleri süpüren iç etekliği, simli kol ağızları, bu alacalı renkler, içinde kaybolup gittiği bu hışıltılı kumaşlar gözünü alıyordu Ali'nin. Bu kumaşlar, dokular ve renkler, onu büyülüyor, ona bambaşka bir dünya vaat ediyordu. Aslında o hep öyle giyinmek, öyle dolaşmak istiyordu. Ali'ye göre erkeklerin giysileri, çok sıradan, çok renksizdi; bütün güzel şeyleri kadınlar giyiniyorlardı.

Gene böyle evde yalnız oldukları, yaz sıcaklarının henüz bastırmadığı, ama kendini yavaş yavaş hissettirdiği bir gün, öğle uykusuna yatırılan Ali uyuyamamış, uzun süre odasından çıkmamış, kalın, tok kâğıtlı resim-iş defterlerine lapa lapa karlı; kömür gözlü, havuç burunlu kardan adamlı kış resimleri çizmiş, bir süre radyo dinlemiş, ardından canı sıkıldığı için, mutfakta olduğunu bildiği Sakine'nin yanına gitmeye karar vermişti.

Avluyu geçmiş, usulca mutfağın eşiğine varmıştı ki, kışlanın arkasına bakan mutfak penceresinden, Sakine'nin karşıdaki erlerle cilveleştiğini gördü. İlk duygusu, amansız bir kıskançlık olmuştu. Birdenbire parlayarak içini alev gibi yalayan bu kıskançlık, Sakine'yi başkalarından kıskanmaktan çok, oyun dışı bırakılmış olmaktan kaynaklanıyordu. Sırtı kapıya dönük duran, Ali tarafından gözlendiğinden habersiz olan Sakine, bulaşığı ağırdan alarak, gözucuyla nameli nameli askerleri süzüyor, askerlerin yaptıkları hareketlere, omuzlarını kısarak saklamaya çalıştığı işveli gülüşlerle karşılık veriyor; ardından da karşılıklı işaretleşmelere kadar vardırıyorlardı işi. Ali'nin hiçbir biçimde dışarıda bırakılmaya tahammülü yoktu. Tepeden tırnağa titriyordu. Birden Sakine'yi değil ama, erleri kıskandığını fark etti. Büyük bir gürültüyle mutfağa girdi, gözleri çakmak çakmaktı. Sakine, ne zamandır Ali'yi ilk kez bu denli öfkeli görmüştü. Küçük bir canavara dönüşmüştü. Annesi gibi büyümüş gözlerle, boyun damarlarını şişire şişire, ağzının kenarında biriken tükürüklerle köpükler saçıyordu. İlkin gördüklerini annesine babasına söylemekle, ardından kovdurmakla tehdit etti kızı. Çok korkmuştu Sakine, Ali'yi yatıştırmaya, ikna etmeye, yaptıklarının hiçbir şey demek olmadığını anlatmaya çalıştıysa da, Ali'nin öfkesi bir türlü yatışmak bilmiyordu. Birdenbire hayvani bir güdüyle, Ali'yi kızdıran şeyi sezdi. Bunlarla alay ediyorum aslında, dedi. Çok aptallar! Bana kızacağına, sen de alay etsene onlarla! Hadi seni de kız gibi giydirelim de kendin gör, dedi. Aptallara bir ders vermiş oluruz! Onların aklıyla oynarız, biraz eğlenir, güleriz!

Ali'nin gözlerindeki bu yeni parıltıyla birlikte, doğru yere dokunmuş olduğunu anladı.

Giyinip kuşanıp süslendikten sonra Sakine'nin durduğu mutfak penceresinde durdu Ali. Karşıda üç tane er vardı, tel örgülerin oradaki alçak bir duvarın ardındaydılar; nöbet tutuyorlardı galiba. Ali'yi sahiden kız zannetmişlerdi; erken gelişip serpilmiş Kürt kızlarından biri olduğunu düşünmüş, pencerede görünmesiyle birlikte, hepsi birden dönüp dikkatle, alıcı gözlerle bakmışlardı ona. Ali, o zamana kadar hiç tanımadığı bir duyguyla tepeden tırnağa ürperdi. Kendisine yönelen o üç çift tutkulu gözde, arzuyla bakan erkek gözlerinin tutuşturucu kıvılcımını keşfetti. Sahiden Ali'yi kız zannetmişler, onunla da cilveleşmeye başlamışlardı. Gülüyor, göz kırpıyor, el sallıyor, işaretler yapıyorlardı. Hepsinin gözlerinde Ali'nin sonuçlarını bilemediği tutkulu parıltılar vardı.

Bir anda dünyanın geri kalanının anlamı boşalmıştı Ali'nin gözünde. Ne oyunlar, ne kılıklar, sırlar, yasaklar değildi önemli olan. Ali, birdenbire hayatında en çok istediği şeyin, kendisine böyle bakılması olduğunu hissetti. Gözlerdeki arzuyu keşfetmişti. O arzuyu yeniden uyandırmak için her şeyi yapabilirdi bundan böyle. Çünkü, hayatta en çok bunu istiyordu artık, ona böyle bakılmasını... Şakacıktan giydiği bu entarilerin, ona gerçek bir hayat, hatta daha fazlasını vaat ettiğini anladı. O güne değin sezdiği, hissettiği, adını koyamadığı şeyin, ne olduğunu, parıl parıl parıldayan o üç çift gözde gördüğü arzuyla birlikte anlamıştı. O, gözlerdeki arzuyu istiyordu, bunun için ne yapmak gerekiyorsa, onu yapacaktı...

örtülü aynalar

Ali'nin anımsadığı en eski "kendisi", daha küçücük bir çocukken büyük salondaki yaldızlı duvar aynasının içinde gördüğü görüntüsüydü. Aklında ilk kalan, belleğinde diriliğini hep koruyan kendine ait en eski görüntüydü bu. Kumral saç buklelerine, pembe pembe parlayan yanaklarına, ıslak ve aralık duran kırmızı dudaklarına, şaşkın ve ışıklı bakışlarını gölgeleyen uzun kirpiklerine varana dek her ayrıntısını çok iyi anımsıyor. Çünkü, o anı çok iyi anımsıyor. Aynadaki yansısını tutmak için elini uzattığında, gördüğü şeyin kendisi olduğunu anlaması üzerine, içinden kopan ve uzaklaşan bir şeyin onda yarattığı boşluğu, ve acıya benzeyen o kopuş duygusunu çok iyi anımsıyor. Aynadaki yansısını tutmak için elini uzattığı an, gördüğünün kendisi olduğunu anlaması üzerine, "Aa, bu benim!" diye şaşırmasını çok iyi anımsıyor. Bir tek anımsamadığı, kimin kucağında olduğu. Bürümcük dokulu, kırıkbeyaz rengi gömleğinin, minik sedef düğmelerinin çözülü yakasından göğsü göründüğüne göre, havaların soğuk olmadığı bir mevsim olmalı. Aynanın her yanının aynı ışığı almadığına bakılırsa, gündüz aydınlığında da değiller, ışığın ayna yüzeyindeki dağılımından tuhaf bir matlık kalmış aklında. Aynanın içinde ışıklı tek alan, kendi yüzü, öne uzanan yumuk elleri ve gövdesi, bir de kucağında olduğu kişinin kendini tutan kolu, eli. Gerisi kalın dumanlı bir koyuluk... Pusunu yıllarca koruyan bir belirsizlik... Annesine o günü, o anı anımsatmaya çalıştığı zamanlar, annesinin inançsızca dudak bükmelerini anımsıyor bir de; O zamanlar konuşamıyordun ki! Yok bir de, "Aa, bu benim," diyecekmiş! Hem bir lokmacık çocuk, nereden anlayacakmış aynadakinin kim olduğunu, ne olduğunu?.. Ne zaman bu konuyu açsa, aynı küçümseyici inançsızlık!.. Ayna karşısındaki bu en eski anısında onu yapayalnız bırakan, dahası anlattıklarına, anımsadıklarına inanmayan annesine ve diğerlerine karşı gizli bir kin biriktirmeye başlıyor. Ayna karşısında yalnız ve korunmasız bırakıldığını düşünüyor. Sonraki yıllarında da, yalnızlıkla kin; gizlilikle kin arasında bir ilişki olduğunu düşünmeye başlamıştı. Kin, bazı insanların ikinci hayatıydı; çabuk görülebilen basit çeşitlerinin dışında, insanın, saklanmayı, gizlenmeyi en iyi bilen duygusuydu. Aynalar da bütün gizler gibi kindardı.

Çocukluğu boyunca, ev içinde bir eşya, bir nesne olmaktan öte bir anlam taşıyan, adeta önemli bir varlık olan aynanın, neredeyse başlı başına bir kimliği, bir kişiliği, ürkütücü bir ağırlığı vardı.

Ali'yi aynada ilk büyüleyen şey, aynanın insanı gösterebilme gücü olmuştu. Salt bu yüzden aynanın başlı başına bir ruh taşıdığına, kendi başına bir varlık olduğuna inanıyordu. Mucizevi bir şeyi gerçekleştiriyordu ayna: İnsanı, kendisine gösteriyordu. Doğa bile bu kadarını yapamıyordu. Herhangi bir su birikintisinden, ya da bir cam parçasından çok daha kesin çizgilerle insanın kendisini ortaya çıkarıyor, bir kişiden bir tane daha meydana getiriyordu. Çok küçükken seyrettiği, çok eski zamanlarda geçen tarihi bir filmde, bir genç kızı, sevgilisiyle buluşmaya gitmeden önce, saçlarını taramak için bir su küpüne bakarken gördüğünde çok şaşırmıştı. Annesi, Ali'ye aynanın o zamanlar bulunmamış olduğunu söylediğinde de, şaşkınlığı artmıştı. Aynanın insanlık kadar eski olmadığını bilmek, dünyaya ilişkin bir hayal kırıklığı yarattı onda. Elektriğin ve otomobilin çok eskiden beri olmadığını biliyordu ama, aynanın da öteki birçok şey gibi sonradan bulunmuş olması, içindeki bir güven kaynağını sarsmış oldu; ayna öncesi insanlarının kendilerini hiç tanımadan ölüp gitmiş oldukları yolunda bir yazıklanma duygusu uyandı. Kendilerini hep başkalarına mı tarif ettiriyorlardı? Birikmiş sular, aynalar kadar doğru söylemez ki! Kendilerinin nasıl biri olduklarını bilmeden yaşayıp ölüyorlardı demek! Kişisel tarihlerinin çok önemli bir parçası kayıp bütün o insanlar için acıma duydu.

Evde namaz kılanların ilk yaptıkları şey, evin duvarlarında

asılı duran fotoğrafların, resimlerin ve aynaların üzerini örtmekti. Yüzler, suretler, levhalar, aynalar günahtı. Duvarlardaki çoğu aile büyüklerine ait eski fotoğrafların da, kendi tabutunu bir devenin sırtında taşıyan Hz. Ali levhasının da, kırk bacağıyla dünyanın bütün yollarında olan Şahmeran levhasının da, göğe kanatlanan Burak levhasının da, kurban edilmeye gözleri bağlanan İsmail levhasının da ve diğer kalın çerçeveli aynaların da sırayla tek tek üstleri örtülürdü. Örtülü aynaların gerisinde bir hayat olduğuna inanırdı Ali. Ayna, hep duvarın içinde bir başka dünyaydı; başka bir dünyaya açılan yolun başında bir delik, bir kovuk... Düş görmenin gizli geçidi... Masal kapısı... Aynanın örtülmesiyle birlikte, sanki duvardaki hayat kapatılmış olur; odanın boyutları azalır, dünya küçülürdü. Ustü örtülen aynanın kendiyle kaldığında, ne yaptığını merak ederdi Ali. Aynaların kendi başlarına bir hayatları olduğundan emindi. Aynalar gösterdikleri kadar saklıyorlardı da... Namazdan sonra bazen örtüleri üzerinde unutulmuş kalırdı duvarlardaki fotoğrafların, levhaların, aynaların. Bütün bir hayat örtülmüş gibi gelirdi Ali'ye. Dünyanın koskocaman bir unutkanlıktan yapılma olduğunu düşünürdü.

Aynayı hep çok sevdi Ali. Daha küçücük bir çocukken bile, bir türlü aynaların önünden alamıyorlardı onu. Halaları, aynaya çok bakan insanların günün birinde delireceğini söyleyerek korkutmaya çalışıyorlardı Ali'yi. Aynaya uzun uzun bakmak aynı zamanda çok günahtı. Bir akrabalarının, delirdiği için, evin ahırına zincirlemiş oldukları kızlarının, aynalara çok baktığı için aklını kaçırmış olduğunu söylüyorlardı. Ali, kızı, tahta perdelerin arasından seyretmişti bir kez; merdivenlerinde meşalelerle dolaşılan o büyük malikânenin giriş katında yer alan ahırın ortasındaki bir tahta direğe zincirlenmişti, ağzı burnu köpükler içindeydi, gözlerini bir noktaya dikmiş, çapaklı bir sesle, dokunaklı Arapça şarkılar söylüyor, iç çekip duruyordu. Gördüklerinden çok etkilenmiş olan Ali, üzüntüsünden günlerce uyuyamadı, ne zaman gözlerini kapasa, gözünün önüne direğe bağlanmış olan o kızın acıklı hali geldi; dokunaklı bir sesle söylediği o hazin şarkı, uğursuz bir çınlama gibi kulaklarından gitmedi bir süre. Bu yüzden halalarının Ali'yi aynadan uzaklaştırmak için söylediği, O kız aynalara çok baktığı için delirip böyle oldu, sen de çok bakarsan, onun gibi olursun, sözleri etkili oldu; bir süre aynalardan uzak durdu Ali. Aynalarla kaçamak bakışlarla ilişki kurdu.

Ev içinde aynaya ilişkin konuşmalar nedense hiç tükenmezdi. Aynanın kırılmasının, insan hayatı için bir işaret olduğu düşünülürdü. Ayna üzerine dua okumak günahtı. Geceleri aynaya bakılmazdı. Bakılırsa, insana kendinin değil gecenin yüzü görünürmüş. Ayna, insanı başkalaştırır, derlerdi. Aynaların da insanlar gibi zamanları vardı, bazı aynalar kilitli kaldıkları zamanları gösterirlerdi yalnızca, bu yüzden bakanı yanıltırlardı. Aynaya çok bakan bir kızın, hiçbir zaman iyi bir gelin olamayacağı, kocasını ve gelin gittiği aileyi mutlu edemeyeceği söylenirdi. Arkası kuşlu aynaları arka ceplerinde taşıyan erkekler ise, sadece saçlarını tararlardı onda.

Aynaya ilişkin söylenenler bununla da kalmazdı. Ayna, başlı başına bir efsaneydi. Öncelikle aynanın bulunuşunun bir şeytan işi olduğundan dem vurulurdu. Allah da kullarını sınamak, onun şeytan işine kanıp kanmayacaklarını anlamak için, aynaları yok etmemiş, varlıklarına müsaade etmişti. Ayna birçok saklı ve uğursuz şey için bir kovuktu. Aynalara karanlık cinlerin saklandığını, türlü kötülükler çeviren bu cinlerin geceleri ortaya çıkarak, ortalığı karıştırıp durduklarını söylerlerdi. Bazı kayıp hazinelerin aynaların derinliklerinde yattığından, bazı ölümcül sırların aynalara gizlendiklerinden söz ederlerdi. Hatta bazı ölüler bile, bir zamanlar çok baktıkları aynaların derinliklerinden yüze vurup şimdinin insanlarıyla her an göz göze gelebilirlerdi. Aynalar kendilerine bakan yüzleri hiç unutmazlar, onları, kimselerin göremeyeceği derinliklerinde saklarlardı. Yüzleri saklatan şey, yüzün kendisi değil, bakışlardır. Göze derinliğini veren bakış, aynalara da suretini verir. Bu yüzden eskiden ölmüşlerin bazı bakışları kaybolmaz, günün birinde suyun yüzüne vuran batıklar gibi, bir gün ansızın aynanın yüzüne vuruverirdi. Ayna bilinmez bir korku nesnesiydi, aynanın yaratıcı bir gücü vardı ve tek yaradanın Allah olduğu İslamda, diğer yaratıcılar gibi, ayna da tekinsiz bulunuyor, lanete ve yasağa uğruyordu.

Biri öldüğünde nefesine tutulan aynanın yüzeyi buharlanmadığında, ayna, ölüm oluyordu.

Ali, kör halasının yalnız başına namaz kıldığı kimi zamanlar, elleriyle duvarları yoklaya yoklaya resimlerin ve aynaların üzerini örttüğünü görerek ürkmüştü bazı kereler, hatta bir keresinde, odanın içindeki varlığını hissettirmeden usulca gidip aynanın üzerindeki örtüyü sessizce çekip almış, halasının ne yapacağını görmek istemişti. Bir süre oturduğu yerde havayı koklar gibi başını yukarı dikerek öylece duran kör hala, sonra yerinden kalkmış, duvarları yeniden yoklamış, yere düşen örtüyü, aynanın üzerine yeniden örttükten sonra dönüp namazını kılmaya başlamıştı. Ali, kör halasının görmeyen gözlerinden de, aynadan da ürkmüş, halasının görmeyen gözleriyle ayna arasında, kendini dışarıda bırakan bir tür gizli bağlantı olduğunu düşünmüştü. Körler de, aynalar da tekin değildi. Birkaç kez gene gizlice kör halanın yüzüne ayna tutmuş, arkasına geçip onun yüzünü aynada görmeye çalışmıştı. Sanki aynadaki yüzü, halanın kendi yüzünün sakladığı bütün gizleri bir kerede ele verecekti. Bir başka gün, babasının Suriye'den getirdiği fotoğraf makinesiyle kör halasının gizlice fotoğrafını çekmişti. Bunu niye yaptığını bilmiyordu. Filmleri "tab edilmek" üzere götürdüğü Süryani fotoğrafçının, bazı resimlerin çıkmadığını söylemesi üzerine de, ürküntüsü iyice artmıştı.

Bir gün, büyük halası, kim bilir hangi nedenle, Ayna yüzümüzden çok, göremeyeceğimiz yerlerimize bakmak içindir, dedikten sonra Ali, akıl edip aynada götüne bakmaya başladı. Ayna, ona götünü gösteren güvenilir bir yardımcıydı. Bu kadar çok sevdiği kalçalarının her zaman göremeyeceği bir yerinde olması canını sıkıyordu. Diri yuvarlaklarını, küçük, pembe deliğini, kimselere söyleyemediği bir giz gibi aynayla paylaşıyordu. Sık sık ayna karşısına geçip gizli gizli götüne bakmaya, işaretparmağının yavaş yavaş içinde kayboluşunu seyretmeye böyle başladı. Hafifçe canı acırken, aynanın yüzeyi de ürperiyordu sanki.

Bazı kadınların evden çıkmadan önce, aynalı odaların kapısını kilitlediklerinden, böylelikle, beklenmeyen ve tekin olmayan durumlara karşı korunmuş olduklarından söz ediyorlardı. Ayna tekrardır, diyorlardı. Ayna çoğaltır. Allahtan başka çoğaltanlar tekin değildir. Ayna gibi durgun sular bu yüzden tekin değildir;

derindir ve boğar insanı. Kırılmış aynanın bir parçasına bakmak da günahtı, böyle yapanların hayatı parçalanır, bir daha bütünlenmezdi. Bu yüzden bir ayna kırıldığında kırık parçalarını hiç bakmadan bir kovaya toplayıp hemen atmak gerekti. Ali'nin ev içinde gizli gizli ayna kırması ve her birine uzun uzun bakarak kendini parçalara dağıtmaya çalışması bunu öğrendikten sonradır. Böylelikle yüzlerce filmde oynayan artistler gibi, kendini başka başka hayatlara dağıttığına inanıyordu.

Ali, ilkin salondaki yaldız çerçeveli aynada, seyrettiği filmlerin taklidini yaptı, akıllardan çıkmayan sahnelerini ayna karşısında tekrarlamaktan büyük bir zevk duyuyordu. Ayna, onu kendi oyunculuğuna, oyunculuk yeteneğine inandırmıştı. O da o büyük artistler gibi, her rolü başarıyla canlandırabiliyor, kolaylıkla gözyaşlarına boğulup hıçkıra hıçkıra ağlarken, birdenbire içten gelen sahici kahkahalarla katıla katıla gülebiliyordu. İstediği zaman burun kanatlarını titretebiliyor, alnına "şafak attırabiliyor", kötü adamlar gibi sağ yanağına sinirli bir tik oturtabiliyor, kötü kadınlar gibi manalı biçimde tek kaşını havaya kaldırabiliyordu. Filmlerin önemli sahnelerindeki gerçeğin öğrenildiği andaki, şaşkınlık, hayret, üzüntü, sevinç ya da meydan okuma ifadelerini bir anda yüzüne yerleştirebiliyor ve her seferinde kendini çok beğeniyordu.

Salonun kapısını kilitliyor, bir süre sonra onun ayna karşısında film çevirdiğini anlayan halalarının canhıraş bağırışları ve ısrarlı yumrukları sonucunda, kızarmış gözlerle onlara kapıyı açmak zorunda kalıyor, yeteneğini ve geleceğini engelleyen halalarının yüzüne sitem, kırgınlık ve nefretle bakıyordu.

Zaman zaman banyodaki aynanın karşısına geçerek, gözleri dalana, şaşılaşana kadar uzun uzun aynaya bakıyordu. Birkaç kez aynada gördüğü yüz, kendine bütünüyle yabancılaşana kadar daldığı olmuş, aynada bambaşka birinin yüzüyle karşılaştığında kapıldığı duygunun dehşetiyle irkilerek kendine gelmiş, delirdiğini düşünerek korkuyla geri kaçmıştı. Gerçekten de böyle dalıp dalıp baktığı birkaç keresinde aynadaki yüzün kendisine değil, bir başkasına ait olduğunu hissetmiş, derin bir yabancılaşma duygusuyla, aynadaki bugüne kadar "benim" sandığı yüzü, büyük bir tarafsızlıkla incelemişti. Aynada gördüğü kişinin kendi olmadığına inanmıştı. O kısa süren derin dalgınlık zamanlarında sanki hapsedildiği gövdenin dışına süzülerek, tutsak edildiği yabancı bedeni dışarıdan görüyor, sonra yeniden kovuğuna döner gibi gövdeye geri dönerek, onu, yeniden "ben" diye sahipleniyordu. Böylelikle gövdenin aşılabilir olduğunu anlıyor, gövdenin bir çeşit hapishane olduğunun farkına varıyordu. Var oluşuna ve hayatına ait düşünceler geliştirmesine neden olan bu eşsiz deneyimleri ona ayna sağlıyordu. Ayna bir gizdi. Giz tutuyordu. Suret tutuyordu. Sureti bir giz gibi tutuyordu.

Aynadaki yüzün kendisi olmadığını anladığı ilk seferinde, Kendimin bir başkası olduğunu anladım, sözleri kendiliğinden dudaklarından dökülüvermiş; hiç düşünmeden edilmiş bu sözlerin baş döndürücü derinliği, dipsiz bir kuyunun tekinsiz burgacı gibi gözünü korkutmuş, onu, göze alamayacağı bir maceranın eşiğinde olduğu duygusuyla gerisin geri savurmuştu. Kimi zaman dudaklarından kendiliğinden apansız dökülüveren sözler, onu korkutmaya başlamıştı artık. Diğer çocuklara benzemediğini bir süredir biliyordu. Bu bilgi ona acı veriyordu. Aynalarda kendi yüzünden, arkadaşlarının arasında da kendi varlığından kopuyordu. Tekin olmayan yeteneklerinin farkındaydı. Kendi hakkındaki temel bilgisizliği ise, onu kendine karşı iyice yabancı kılıyordu. Hayat karşısındaki ürküntüsüne, bir de kendi hakkındaki ürküntüsü ekleniyor; ürktüğü, korktuğu böyle durumlarda, dünya karşısında ardına saklanabileceği hiçbir şey kalmamış oluyordu. Bir ayna bile.

Ali'nin salondaki yaldızlı çerçeveli aynadan sonra en sevdiği ikinci ayna, annesinin makyaj masasının arkasındaki üç kanatlı aynaydı. Kanatları sonuna dek açıldığında tek yüzey olan bu aynanın iki kanadı hafifçe öne çekildiğinde, açıları kırılan aynada başın ve yüzün yan tarafları da görülebiliyordu. Birbirine yansıyan görüntüler, bu bakışımlı aynalarda sonsuza dek çoğalıyordu. Ali'nin ayna karşısında oynadığı sevdiği oyunlardan biri de, kırılmış açılarla bir simetri kazanan bu aynalar karşısında, sağını solunu karıştırdığından, yüzünün sol yanını tutmak isterken, sağ yanını; sağ kulağını tutmak isterken sol kulağını tutması gibi garipliklere yol açarak kendini güldüren deneylerdi. Aynadaki yüzleri, bedeninin komutlarını şaşırtabiliyordu. Bu ona gövde ile bilinç arasında kesintili de olsa kopuşun yaşandığı bir ara bölgede seyahat ettiği duygusu veriyordu.

Yanlara açılan iki kanat, gereğinde ortada sabit duran parçanın üzerine kapanarak ayna bir dükkân kepengi gibi tamamıyla kapanabiliyordu.

Annesinin rujlarını, pudralarını, allıklarını, göz kalemlerini, farlarını, rimellerini ilk denediği yer, işte bu üç aynalı masa oldu. Annesi, bazen bu aynaların üstüne tüllerden örtü örterdi, bunlar aynayı saklamaktan çok, üstlerini süslemek, onlara kadınsı bir hafiflik vermek amacı taşırdı.

Balolara giderken annesi bu masada uzun uzun hazırlanır, süslenir püslenir öyle çıkardı. Annesi gittikten sonra masa da, ayna da, rujlar, kalemler, farlar, rimeller de Ali'ye kalırdı. Evde bırakılan Külkedisi olurdu kendi masalında.

Yıllar yılı o üç aynalı tuvalet masasının başında büyücüsünü bekledi.

Dr. Renaud Paris

Kırmızı bir gecelik ve sabahlık, sürekli ovulduğundan pirinç kulpları her zaman ışıyan, kapıları geniş kanatlı formika gardıropta, dipte, köşede asılı duruyordu. Takımdılar: Gecelik içe, sabahlıksa dışına giyiliyordu. Göz kamaştıran köpüklü bir kırmızıydı; uçuşan tüller, yumuşak alevler gibiydi; yürürken dalgalanarak havada eğriler çiziyordu; kol ağızlarında ve derin dekolteli yakasında kat kat siyah gupür dantel vardı. Kışkırtıcıydı. Yalnızca kırmızı ve siyahtı. Ona dokunmak bile Ali'yi büyülüyordu. Dokundukça ellerinden, avuçlarından kayan bu uçucu güzelliğin kendine bir biçimde yasak olduğunu; bunları giymenin, bunlara bürünmenin, bunlarla bütünleşmenin uzağına sürüldüğünü diplerde bir yerde karanlık bir bilgi olarak biliyordu. Dünyanın bölünmüşlüklerinden biriydi bu da. Annesinin bazı hafif gecelerinde o geceliği giydiğini, sabahları da odasından sırtında o sabahlıkla ışıklı gülücükler dağıtarak, dünyaya fetih duygusuyla açılan tazelenmiş bir yüzle çıktığını görüyordu. Annesini bile başkalaştırıyordu üstündekiler. Bir rüya güzelliği ve uzaklığı içinde yerleri süpüren o geceliği ve sabahlığı gördükçe, teni tutuşuyor, bilebildiği bütün adlandırmalardan uzak yakıcı bir arzu tepeden tırnağa bütün gövdesini kamaştırıyor; annesi, bu giysiler içinde zalimce ortalıkta dolanırken, ona karşı hem korkuyla karışık bir hayranlık ve saygı duyuyor, hem kendinden çalınmış bir imkânın işaretleri olarak gördüğü ve ondan çok daha fazla hak ettiğini düşündüğü bu giysiler yüzünden, annesine karşı açıkça itiraf edemediği köklü bir düşmanlık büyütüyordu.

Evde hiç kimsenin olmadığı bazı zamanlar, kavurucu bir yasak ve günah tutkusuyla tutuşarak, gizlice o geceliği ve sabahlığı giymeye ve kendini ayna karşısında hülyalı gözlerle uzun uzun seyretmeye böyle başladı. Hiçbir zaman kendisine hiçbir şey ifade etmemiş olan o çelimsiz, kavruk gövdesinin, bu giysilerle birlikte başkalaştığını, neredeyse bir görkem ve albeni kazandığını böyle keşfetti. Giysilerin ve süslerin kendiliğinden sahip oldukları bir güç ve tılsım vardı. Ali, benliğinin, bedeninde değil, bu giysilerde saklı olduğunu acıyla anladı. Bu yüzden bir süre sonra, bu giysiler olmadan kendini önemsiz, değersiz ve çırılçıplak hissetmeye başladı.

Annesi, bezdirici ve gürültücü ısrarlarıyla, yatak odasına dönemin modasına uygun olarak Istanbul'dan özel olarak getirtilmiş olan formika yatak odası takımı aldırtmış, üst üste gösterişli birkaç kabul günü yaparak, bu takımı neredeyse bütün Mardin'e teşhir etmişti.

O yatak odası takımı içinde Ali için en gözde parça, tuvalet masasıydı. Onun önüne kilise mihrabına çöker gibi oturan Ali, evde kimsenin olmadığı her fırsatta ibadete benzer bir duyguyla boyanıp süslenip giyiniyor ve ayna karşısında esrik saatler geçiriyordu. Bazı pazarlar, Hacı Zeyneddin Efendi'den devralınan, Süryani cemaatiyle iyi ilişkiler kurmaya ve geliştirmeye özen gösteren aile geleneğine uygun olarak davranan babasının ısrarlarıyla gittikleri Kırmızı Kilise'deki, ya da Mişkin Kapı tarafındaki Kırklar Kilisesi'ndeki ayinlerde yaptıkları gibi, mihrabın önünde diz çöker gibi, aynanın önündeki pufa oturup dizleri tuvalet masasına değdiğinde, aynı uhrevi hazzı ve titreyişi duyuyordu. Kendine ait olmayan bir dinde dua edercesine, kendine ait olmadığını bildiği bir cinsiyetin gündelik ritüelinin gereklerini yerine getiriyordu. Hem yasağın, hem dinin kutsal seğirmesini duyuyordu ruhunda ve bedeninde. Böyle zamanlarda kendisine, ikonlardan, tasvirlerden tanıdığı göklerde uçan bir melek kadar saydam ve mucizevi görünen bedeni, dünyadaki önemsiz varlığından kurtulmuş olarak dinsel bir anlam ve değer kazanıyordu. Dünya, erkekti ve ruhunu kirletiyordu.

İğne oyası danteller üzerine özenle yerleştirilmiş çeşili makyaj malzemelerinin durduğu tuvalet masasının üzeri, Ali için, kilisede mihrabın önündeyken duyduğu uhrevi ürperişler uyandıran kutsal bir sunak yeri gibiydi: Suriye'den alınmış, şeker pembesiyle somon rengi arası fısfıslı parfüm şişesi, kapağı külahta dondurmayı anımsatan kolonya şişesi, geniş ağızlı krem kavanozu ve içine her şeyin konabileceği kapaklı bir kutu olmak üzere dört parçadan oluşan cam takım baş köşede duruyordu; ayrıca Scherk losyon, Creme Puff, Tokalon, Havilland tüpleri, Pertev kremleri, kırmızının çeşitli tonlarında rujlar, çeşitli göz kalemleri, 'eye liner'lar, sık sık topaklanan rimel fırçaları, gümüş telkâri işi bir pudra kutusu, Midyatlı Süryani kuyumcuların usta elinden çıkma dallarına küpelerin asıldığı, yüzüklerin takıldığı minyatür bir gümüş ağaç, acı mor renginde kadife zemin üzerine gümüş kabaralarla bezenmiş hazine sandığı biçiminde bir mücevher kutusu, taş pudralar, kirpik maşası, saç maşası gibi dokunmakla bile Ali'nin içinde mucize duygusu uyandıran büyü nesneleri...

Kızlarla daha iyi arkadaşlık kuruyordu Ali ve arkadaş olduğu kızların çoğu kendinden yaşça büyüktü. PTT'de santral memuresi olarak çalışan, yaşı küçük olduğundan, ancak Ali'nin babasının çıkarttığı mahkeme kararıyla yaşı büyütülerek işe alınmış olan, ailecek görüştükleri için, evlerine rahatlıkla girip çıkan Oya da bunlardan biriydi. Fazla gür ve fazla bukleli saçları, küçük yüzünü iyice saklıyor, bir tek güldüğünde, yüzü herkesçe görülebilen bir ifade kazanmış oluyordu; Bu durum Ali'de nedense canını sıkan ama bir türlü adını koyamadığı güvensizliğe benzeyen belirsiz bir duygu uyandırıyordu. Kadınların çoğunun, saçlarını yüzlerine dökerek duygularını sakladıklarını keşfetmişti Ali. Gene de samimi olmuşlardı onunla, hatta Oya, hoşlandığı çocuğun adının ilkin başharfini vermiş, bir zaman sonra da hepsini söylemişti. Kendilerince gizlerini vermişlerdi birbirlerine. Herkesin, her şeyin göz önünde olduğu kapalı taşra şehirlerinde, çeşitli gizler, hem arkadaşlık, hem düşmanlık demekti.

Ali, çocukluğu boyunca, uzun zaman çok samimi olduktan sonra, günün birinde, gizlerini ele vererek birbirlerine düşman olan arkadaşlara tanık olacaktı. Düşmanlık, gizin doğasında vardı belki de... Gizini veren her kişi, belki daha o anda istemeden düşman oluyordu.

Ali ise, kendi giziyle kavruluyor, kimselere veremiyor, bu yüzden kendi düşmanını da içinde büyütüyordu.

Telefonlar manyetoluydu; konuşmak istediğiniz numarayı karşınıza çıkan santral memuresine söylerdiniz, o da sizi ilgili numaraya bağlardı. Kapkara, kocaman, büyük gürültülerle çalışan, evin büyük salonundaki duvarlardan birindeki tâkânın içinde adeta gömülü duran gösterişli bir telefonları vardı. Evdeki her eşyanın üzerini örten annesi, telefonu da dantelli bir örtüyle örtmüştü. Santralde görevli olduğu saatlerde Oya çıkar karşısına, Ali, arayacağı yerden önce onunla konuşur; kendilerince, çocukça ve zararsız dedikodular yaparlardı. Oya'nın konuşması, şehrin diğer abonelerinin telefonları nedeniyle sık sık kesilir; Oya, Ali'yi hatta tutarken, diğer aboneleri yanıtlar, onları istedikleri numaralara bağlardı. Asıl bu konuşmaları dinlemek çok hoşuna giderdi Ali'nin. Kendisinin varlığından habersiz kişilerin konuşmalarına kulak kabartmaktan tuhaf bir haz duyar; kendinin gizlice başkalarının hayatına bir casus gibi sızmış olduğunu düşünürdü. Yalnızca şehiriçi değil, şehirlerarası görüşmeleri de dinlerdi. Diğer şehirlerdeki insanlarla yapılan konuşmalara bambaşka bir ilgiyle kulak kabartır; varlığının, kıstırıldığı bu şehirden uzaklaşarak, çok daha geniş bir coğrafyaya yayıldığını duyar; genişleyen bu dünyadan baş dönmesine benzer bir duyguyla başka türlü heyecanlanırdı. Seslerini duyduğu insanları gözlerinin önünde canlandırır, onlar hakkında hayaller ve öyküler kurar, onlar konuşurken, yutkunup dururdu.

Gözleriyle değil, kulaklarıyla gördüğünü işte o zaman anlamıştı Ali.

Oya, ilkin Ali'nin bu merakını ve ilgisini anlamış, dolayısıyla her zaman yaptığı gibi, gerektiğinde ona karşı kullandığı bir silah haline getirmişti. Anlamıştı ki Ali'nin hayal kurmasına ve oyun oynamasına izin verdiğin sürece, sahip olduğu herhangi bir şeyi elinden alman işten bile değildir. Ali'nin eve aldığı mecmuaları, fotoromanları, hademe gönderip aldırır, ondan önce okurdu. PTT binası ile Alilerin evi birbirine çok yakın olduğu için, Oya, bu mesafe yakınlığından fazlasıyla yararlanır, sık sık, özellikle yemek saatlerine denk getirdiği ziyaretlerde bulunurdu.

Ali'nin canı çok sıkılıyordu; bir aralar bunun için doktor doktor gezdirmişlerdi Ali'yi. Diyarbakır'a, Antep'e, Adana'ya, sonunda Ankara'ya bile götürmüşlerdi. Bir türlü dinmeyen öldürücü bir can sıkıntısı vardı; Oya ile oyalanması bu yüzden hoşlarına bile gidiyordu. Ali, sürekli oyun oynamak istiyor; oyun oynamadığı zamanlar, varlığını hissedemiyor, yaşamadığını düşünüyordu. Oyun oynamak, Ali'nin hayata katlanmasını kolaylaştırıyordu. Bir zamanlar Sakine'yle oynadığı oyunları, Oya'yla da oynamak istiyordu. Annesinin yeni sabahlıklarını, geceliklerini ve tuvaletlerini birlikte denemeye başladıklarında, bu olanağın kapısı hafifçe aralanır gibi olmuştu. Bir keresinde Oya'ya annesinin geceliğini giydirmiş, kendi de sabahlığı giyerek ayna karşısında yan yana poz vermişler, sonra yerleri süpüren etekleriyle saraylarını gezen kraliçeler gibi dolanıp durmuşlardı evin içinde. Ondan sonraki günlerde, zaman zaman böyle süslenip püsleniyor, geleceğe bakar gibi bakıyorlardı aynalara. Her şey gördükleri filmlerdeki gibi olsun istiyorlardı. Oyunların çoğunun büyüklerden saklı kalması gerektiğini bilen bütün çocuklar gibi, hiç kimseye söz etmiyorlardı bunlardan. Giydikleri elbiselerle kendilerini hayran hayran süzerek, böyle ayna karşılarında yan yana endam ettikleri bir gün, Oya, Evlendiğim zaman, bu elbisenin aynısından aldıracağım kendime, dediğinde, Ali, Oya'ya karşı, derin bir kin ve intikam duygusuyla dolduğunu fark etti. Birdenbire yan yana duruşlarındaki yalanı gördü. Bunca zaman birlikte giydikleri bir oyunu, bir tek söz çırılçıplak soyuvermişti. Oyunlarındaki bu gizliliği aynı biçimde yaşamadıklarını, onun asla Oya gibi böyle bir geleceği olmayacağını ve bütün bunların kendisi için yalnızca bir çocukluk oyunu olarak kalacağını, daha şimdiden bu duygunun bütün zamanlarını yaşamışçasına derinden hissetti. Kalbi kıskançlık ve kötülükle doldu. Derin bir umutsuzluk içinde, kendini aldatılmış, terk edilmiş, ihanete uğramış hissetti. İlk fırsatta Oya'nın canını yakacağını bir beddua gibi derinden biliyordu şimdi. Ali, aynı zamanda yetişkinlerin dünyasını unutabilecek kadar güçlü olduğunun ayırdına vardı. Oysa, Oya, yetişkinlerin dünyasından biri gibi kalleşçe oyununa sızmış, neşesini kirletmişti onun. Yetişkinlerin dünyasına adanmış bedeniyle, o dünyaya aday biri olarak Ali'nin kutsal oyununa ihanet etmişti. Ali, kendi oyununun sürgünde bir yer olduğunu, hiçbir gelecek vaat etmediğini, kendini bir de Oya'nın gözleriyle görmeye çalıştığında anladı. Ölçüsü kaçırılmış ayalı-boyalı yüzü ve kadın kılığına girmiş çelimsiz, kavruk bedeni, Oya'nın hafif küçümseyici, alaycı bakışları altında ezilirken, kendinin nasıl biri olduğunu, birdenbire Oya'nın acımasız gözleriyle gördü. Bu, onu hem kendine, hem Oya'ya düşman etmeye yetti.

O gün adını koymamış, en azından böyle koymamış bile olsa, bütün hayatına yayılacak bir kader gibi kararlaştırılmış olan, ikisinin ayna karşısındaki o temel görüntüsü, onun için birdenbire anlaşılır değilse bile, kavranır olmuştu: Bundan böyle, kadınlardan hem şiddetle nefret edecek, hem de en iyi arkadaşları kadınlar olacaktı.

Gene böyle uzun bir yaz günü, Ali'nin annesi bir kabul gününe gittiğinde, tuvalet masasına oturmuş, yanaklar pudralanmış, gözlere 'eye-liner' çekilmiş, gözkapakları tozanlı farlarla renklendirilmiş, kan kırmızısı rujla dudaklar kalın kalın boyanmış, elmacıkkemiklerine koyu koyu fondötenler sürmüşlerdi. Her zaman tuvalet masasının üzerinde baş köşede duran, Ali'ye, Aleâddin'in sihirli lambası kadar tılsımlı görünen, kavanoza benzeyen fısfıslı parfüm şişesinden üstlerine başlarına bolca koku boca etmişlerdi; işledikleri günahlar yetmezmiş gibi, annesinin "Gelincik" kutusundan birer de sigara yakarak şuh bakışlar, kısık gözlerle birbirlerinin yüzlerine kalın dumanlar üflemişlerdi. Ardından parfümün havaya fazla sinen kokusunu ve sigara dumanını dağıtmak için, pencereleri açmış, koyu, kalın bir duman gibi odaya çökmüş ağır yaz havasını yelpazelemişlerdi. Annesinin, Suriye'den getirdiği ucu ipek püsküllü, üzerinde tavuskuşlarının renk renk kanat açtığı dantelli siyah yelpazesi, yaka dekoltesindeki siyah gupür dantellerle neredeyse birörnek oluyor, bu da Ali'nin zevkini okşuyordu. Pikapta günün sevilen aranjman plakları çalıyor; özellikle Neş'e Karaböcek, Semiramis Pekkan şarkıları dinliyor, filmlerden öğrendikleri pozları, sırayla ayna karşısında deneyerek, eteklerini savura savura dans ediyor, çalan şarkılara dudak kımıldatarak o şarkıları kendileri söylüyormuş gibi yapıyorlardı. Kendilerinden geçtikleri bu coşumlu görüntünün bir anında, ikisi birden savurup durdukları için, hangisinin kolu ya da eteği değdiyse bilinmez, Dr. Renaud Paris'nin yüz rengini bir hayli koyultan sıvı fondöten şişesini çarpıp yere devirmişlerdi. Halının üzerine düşer düşmez kırılıp parçalanan şişenin içindeki kurumuş kan rengi koyu sıvı, onların dehşetle donakalmış gözlerinin önünde her yere hızla dağılarak yayılmaya başlamıştı. Hareketsiz öylece duruyorlardı; bir tek biten plağın üzerinde boşa dönüp duran pikabın kolunun cızırtılı sesi odayı doldurmuştu şimdi. Yıvışık sıvıysa, halının üzerinde hızla yayılmayı sürdürüyordu. İkisi de panikle birbirlerine döndüklerinde, ilk gördükleri şey, birbirlerine nefretle baktıkları oldu. Sanki birlikte bir cinayet işlemişler, sonrasında kapıldıkları pişmanlık ve suçluluk duyguları, her birini, sorumlu tuttuğu diğerine karşı öfke ve kin duymasına neden olmuştu. Ardından her ikisi de, hiç konuşmadan büyük bir panikle ellerine geçirdikleri bezlerle çılgınlar gibi halıyı silmeye başladılar; ilkin her buldukları bezle halıdaki lekeleri çıkarmaya çalışmış, çalıştıkça da daha çok etrafa sıvaştırmışlardı. Birdenbire odadaki her şey kurumuş kan rengine yakın bir kahverengiye dönüşmüştü. Biraz sakinleşir gibi olduklarında, su kaynatıp sabunlu sıcak sularla ağır ağır silmeyi akıl ettiler. Gene de annesinin, yatak odasına modern eşyalar aldırdıktan sonra, burun kıvırarak kaldırttığı dededen kalma Acem halısının yerine serdiği bu Isparta halısının yüzünde, makyajı iyi silinmemiş karanlık bir oyunun lekeleri duruyordu. Cam kırıklarını acele acele toplayıp çöp tenekesine atmışlardı. Kırılan şişe, oyunu ve büyüyü bozmuş, tılsımı dağıtmıştı. Asla bir daha eskisi gibi olamayacaklarını biliyorlardı. Üzerlerindeki çarçabuk çıkarıp gecelikle sabahlığı dolaptaki yerlerine asmış, suçlu çocukların telaş ve paniğiyle, her şeyi defalarca gözden geçirerek, ortalığı toplamaya kalkışmış, beklenmedik bir felaketle uyandıkları daha bir saat önceki eğlenceli, renkli rüyadan sonra şimdi büsbütün mutsuz olmuşlardı. Yalnızca şişe değil, yanılsamaları da parçalanmış, birbirlerinin ve kendilerinin ihanete dönük gerçeğiyle yüz yüze kalmışlardı.

Sanki o an, evin içine doluşan sokağın sesleri daha fazla duyulur olmaya başlamıştı.

Ali, annesinin çok kızacağından, gizlerinin ortaya çıkacağından, her şeyi anlayacağından kuşkuya kapıldı. Kulağında belirsiz sesler duymaya başladı, kendisine ne yapması gerektiğini söylüyorlardı, ama Ali çok korkuyor, sinek kovalar gibi sesleri kovalayarak, kendine söylenenleri anlamasını güçleştiriyordu. Fazla heyecanlandığı, çok korktuğu, derin hayallere daldığı zamanlarda kulağına gelen seslerdi bunlar. Yumuşak ve ezgili fısıltılardı ama, Ali gene de korkuyordu.

Oya'yı yolcu ettikten sonra, o saatte babasını orada bulacağından emin olduğu Şehir Lokali'ne soluk soluğa koşturmuş, acıklı bir yüz ifadesiyle, uydurduğu yalana babasını inandırmaya çalışarak ondan yardım istemişti: Güya son zamanlarda çok yorulan annesi sevinsin diye, etrafın tozunu alırken, eli, tuvalet masasının üzerindeki şişelerden birine çarpıp yere düşürmüş, yere düşen şişe kırılarak halıyı lekelemişti. Gerçi uzun uzun silmişti ama, gene de birazcık leke kalmıştı. Arkadaşlarıyla oturmuş sohbet eden babası, gülümseyen bir yüzle, heyecandan her şeyin sırasını karıştırarak soluk soluğa anlatan Ali'yi dinledikten sonra, Canın sağ olsun oğlum, yenisini alırız, ben annenle konuşurum, gibi yüreğine sular serpen cümleleri büyük bir rahatlıkla bir kerede söyleyip masadaki arkadaşlarına, yarım kalmış sohbetine dönmüştü. Her şeyin bu kadar hafif ve kolay olması, ilk ferahlık duygusu geçtikten sonra Ali'yi daha da korkutmuştu. Hafif ve kolay şeylerden korkuyordu. Yaşam ağır bir şeydi. İstekler ağır ağır gerçekleşiyor, aksilikler ağır ağır gideriliyor, günahlar ağır ağır ödeniyordu.

Gene de eve döndüğünde, içi biraz olsun rahatlamıştı. Annesinin nasıl bir düzen meraklısı olduğunu bildiğinden, her şeyi yeniden gözden geçirdi. Bütün ayrıntıları kollayan, her şeyi en ince noktasına dek hesaplayan dikkatli ve titiz biri olduğunu bilirdi. Zaten annesinin eşyalarını gizlice kullanırken, bütün bu engelleri, ancak tıpkı annesi gibi düşünerek aşabiliyor, oyunlarını ancak böyle mümkün kılabiliyordu. Örneğin, bütün askıları ağızları içedönük asarken, bazen içlerinden birini, sırf hizmetçileri tuzağa düşürmek için dışa doğru asarak imtihan ettiğini bildiğinden, askı ağızlarına dikkat ederdi. Kimi elbiseleri naylonlara geçirirken, naylonun kenarını hep içe kıvırırken, içlerinden birini "yem" olsun diye dışa kıvırırdı. Görümcelerinin ve hizmetçilerin meraklarına ve kötü niyetlerine karşı yıllar yılı, "mahremim" dediği gardırobunu bu yöntemlerle korumuş, kusurunu yakaladığı kişiyi, herkesin içinde gösterişli bir biçimde yüzlemekten hiç geri durmamıştı. Ali, onların askılarından çıkarılmış, hatta giyilmiş oldukları anlaşılmasın diye, her şeyi büyük bir dikkat ve titizlikle yerine getirir, hiçbir iz ve işaret bırakmamaya büyük özen gösterirdi. Bu yüzden annesini atlatmak için öğrendiği her şey, annesinin yalnızca giysilerini değil, ruhunu da giyinmesine neden oldu.

Yıllar yılı annesinde kızdığı ya da nefret ettiği hemen her şeyi, kendisinde yakalamaya başladığı ilk gençlik yıllarında, acı ve öfkeyle anlayacaktı bunu. Yalnızca elbiselerini değil, tepeden tırnağa annesini giyinmişti.

En çok, annesinin siyah payetli ve pul işli, geniş göğüs dekoltesi olan, vücudu sımsıkı saran, bele oturan, sağ yanında baldıra kadar yırtmacı olan ince askılı gece elbisesindeydi gözü. Onu giymeye ise bir türlü cesaret edemiyordu, buğulu buğulu parıldayan üzüm karası pulları vardı, onların dökülmesinden korkuyordu, gözden kaçan bir tek pul tanesi onu ele vermeye yeterdi. Gece gibi ışıyordu onlar. Sanki yalnızca bir gece elbisesi değil, aynı zamanda gecenin elbisesiydi.

— Çıplak mısın?
— Üzerimde geceden başka bir şey yok!
— Demek gecenin elbisesi üzerinde.
— Evet.
— Çıkar onu.
— Gel sen çıkar.
— Çıkarırsam ışık olur.
— Olsun.
— Olursa bedenim kalmaz geriye.
— O zaman gece elbisesiyle gel!

Kulaklarında bir masaldan kaçmış gibi yankılanıp duran bu sözler, onu günaha ve geceye çağırıp duruyordu.

Annesi, bu pul pul, ışıl ışıl, gece güzeli elbiseyi, 29 Ekim

Cumhuriyet Balosu'nda, 14 Mart Tıp Balosu'nda, Hukukçular Balosu'nda, Yılbaşı Balolarında; Orduevi'nde, Halkevi'nde, çeşitli derneklerin çeşitli nedenlerle düzenlediği balolarda giyip durdu.

Her seferinde pulları biraz eksilmiş gibi gelirdi Ali'ye. Annesi bir yerlerde başka hayatlar bırakmış gibi gelirdi.

Baloya gidiyoruz, derlerdi.

Bu tılsımlı cümle, onu, o boz, sıcak, kunt taşlarla kendine kapanmış taşra şehrinden alıp birdenbire uçsuz bir masal dünyasına sürüklerdi. Balo! Renkli masal kitaplarının tılsımlı sözcüğü! Bir yerlerden çıkıp gelecek masal prenslerini umduran sihirli dünya! Ali'nin, kimi zaman kendisinin de götürüldüğü hiçbir baloda, karşısına öyle biri çıkmadı. Gece elbisesi gardıroptaki aynı yerinde asılı durdu hep. O, sihirli değneğinin bir dokunuşuyla kendinden ölümsüz güzellikte bir kadın yaratacak perisini bekleyen bir külkedisi olarak, gitmediği, götürülmediği baloların gecelerini hayalleriyle değiştirdi. Kendine masallar yazmaya başladı.

O olaydan sonra, Oya da artık eski düzende gelip gitmez olmuştu.

Her gördüğünde Oya'nın memelerinin hızla büyüdüğünü fark ediyordu yalnızca. Bedeni, adandığı yetişkinler dünyasına hızla hazırlanıyordu demek. Ayrıca boyu yaşıtlarına göre zaten uzun olan Oya'nın, memeleri büyüdükçe kamburu da büyümüştü. Saçları, zaten basık ve dar olan alnını, küçük yüzünü; içe çöken omuzları ise, memelerini daha çok saklıyordu. Ali'nin Oya'ya bakan gözleri değişmişti. Oya'ya baktıkça, onun hep bir şeyler saklayan biri olduğunu düşünmeye başlamıştı. O günü bir daha hiç konuşmadılar. Ama o günün anısı, koyu bir gölge gibi hep aralarında asılı durdu.

İkisi de ayna karşılarında oynadıkları oyunun, ikisi için aynı anlamı taşımadığının bilincine bir kazayla, suça benzeyen bir kazayla varmışlardı. Suç ortaklığı, oyun ortaklıklarını bozmuştu. Öğrenildiği takdirde, aynı suça, aynı cezayı almayacaklarını bildikleri bu durum, birinin kız, birinin erkek çocuğu olmasının kuru, gündelik ve sıradan bilgisine, derin bir ayrılıkçılık duygusu kazandırmıştı. Bir daha asla aynı olamazlardı.

Bir zaman sonra, bir öğle sonrası, okul dönüşünde Ali, annesini, salondaki divanların birinde, pencereye sırtını dönmüş, hiç kımıldamadan oturuyor buldu. İnmekte olan günün son ışıkları, cılız saçlarını tutuşturmuş, yüzüne kalın, koyu bir gölge düşürmüştü. Yüzünde donuk bir ifadeyle gözlerini belirsiz bir noktaya dikmiş, omuzları çökmüş, tehlikeli bir sükûnet içinde, neredeyse kımıldamadan öylece oturuyordu. Annesinin yüzünde ona ait olmayan bir ifade vardı.

Ali kaygılandı. Anne, diye seslendi, Anne, neyin var? Bir şey mi oldu?

Annesi ilkin, Süt taştı, dedi.

Ateşin üstünde unutmuşum, taşar tabii. Süt bu! Taşmaz mı? Taşar.

Ali'nin hiçbir anlam veremediği bu sözlerden sonra, aynı ses tonu ve aynı sadelikle devam etti: Baban da, Oya'yı götünden sikmiş. Dün akşam yatakta anlattı bana. Meğer bütün telefonlarımızı dinlermiş kaltak!

Sonra sessizce divan örtüsündeki iplikleri topladı, ağır ağır yerinden kalkıp ayaklarını sürüye sürüye salondan çıktı. Ali, bir süre ayakta hiçbir yere kımıldamadan olduğu yerde öylece kalakaldı, az sonra annesinin ardından gittiğinde, onu dalgın bir kayıtsızlık içinde, mutfakta sakin sakin süt içerken buldu.

Demek Oya, hem gizini, hem de babasını paylaşmıştı onunla, şimdi tam merkezde duruyordu; buna katlanamazdı. Üstelik annesine de ihanet etmişti. Oysa, ona hep "Teyzeciğim, teyzeciğim," derdi! O günden sonra, her gece yatağında, Oya'yı ortadan kaldırma planları yapmaya başladı. Onu ele verecek bir şeyler yapmanın hayallerini kurdu. Oya'nın aile içinde herkesle ayrı ayrı paylaştığı gizleri vardı demek. Acaba o 'Dr. Renaud Paris' şişesini kırdıkları günü, babasıyla hiç konuşmuşlar mıydı? Babası her şeyi biliyor muydu? Oya bu yaptıklarını mutlaka ödemeliydi. Ama nasıl? Bitmeyen intikam hayalleri kurmaya başladı. Oya'nın mahvolması gerekiyordu. Zamanla kendi hayallerinden de, öfkesinden de sıkıldı; sonra bir gün fark etti ki, hafızası unutmasa da, kalbi kötülük dilemek konusunda ısrarcı değil! Kuyu Cini, o gece, ona doğruyu söylemiş. Bunun üzerine, annesinin en çok kullandığı beddua olan, "Allahından bulsun," sözüyle yetindi. Ali, kinsiz bir hafızası olduğunu düşünmeye başladı.

Uzun bir süre telefondan, onun gömülü bulunduğu tâkâdan uzak durdu. Ama gene de, "Meğer bütün telefonlarımızı dinlermiş!" cümlesi onu ürpertmeye devam etti.

Arkasındaki hikâye ne olursa olsun, tek başına ürkütücü bir yanı vardı bu cümlenin; belki bu yüzden, bu cümlenin arkasını öğrenmekten uzak durdu.

İlkokula başladığı yılın daha ilk günlerinde, bir sabah, okulun önünde bir çocuğun, diğerine, "Götünü sikerim ulan!" diye bağırdığında duyduğu şaşkınlık, şimdi babasından ve Oya'dan ne kadar iğrenirse iğrensin, Oya'nın götünden sikilmiş olmasına ilişkin cümlenin yaratacağı olası etkiyi hafifletmişti. Bu, artık çözülmüş bir gizdi onun için ama, Oya'nın dinlediği telefonlar, bütün bir hayata yayılan çok daha yıpratıcı meraklar ve gizler barındırıyordu.

Aylar sonra, bir akşamüstü, okul dönüşü eve geldiğinde, misafir odasında Oya'yı hiçbir şey olmamış gibi, annesinin elini öperken gördü.

Annesi, Ali'yi görünce sevinçle: Sana bir müjdemiz var Ali, dedi. Biliyor musun, Oya evleniyormuş! Hem de bir mühendisle!

Ali, annesinin nemlenmiş gözlerindeki sevincin sahici bir sevinç olduğunu gördü ve başta annesi olmak üzere, herkesten, her şeyden bir kez daha korktu, korktu, korktu.

hamamın gözleri

Bir ipin kuyuya bırakılışı gibi, halalarının birbirlerinin ellerinden tutarak, evlerinin avlusundaki o derin kuyuya kendilerini bıraktıklarını, ardından kuyunun dipsiz burgacına kapılarak, birer birer kaybolduklarını düşünüyordu Ali.

Dahası, tutkulu bir kehanet gibi görüyordu. Daha önce tanık olduğu uğursuz bir anın sürekli tekrarlanıp duran yorucu hatırası gibi; gözü açıkken ya da kapalıyken, çok beklemiş, çok dinlenmiş koyu bir lanetle ağır kilidinden çözülüp boşalan paslı zincir halkalarına benzeyen bir dizi ölüm hikâyesinin şimşek hızıyla parlayıp sönen resimlerini art arda görüyor, yoruluyordu.

Hiçbirinin yüzü, suyun yüzüne vurmamıştı.

Kuyu hiçbir aldığını geri vermiyordu.

Birdenbire, teker teker ölmeye başlamıştı halaları. Sanki birbirlerinin sırasını beklemişler gibi, ipi ilk tutup kendini kuyuya bırakan haladan sonra, sırayla birer birer eksilmişlerdi, dokuz odalı büyük evin, yüksek tavanlı odalarından, kubbeli salonlarından, loş ışıklı sofalarından, kuytu kilerlerinden, geniş avlularından, serin ayvanlarından, bütün bunları birbirine bağlayan kemerli geçeneklerinden... birer birer eksilmişlerdi...

İlk ölen halanın eceliyle ölmeyip gecenin bir yarısında, elinde beyaz, oyalı bir mendille kendini kuyuya bırakışından sonra, nedenini hiç anlamadıkları, bilemedikleri bu seçilmiş ölüm, hemen hepsi birbirine benzeyen bütün halalarının hayatına pusu kurmuş tehlikeli bir giz haline geldi. Sanki, onun neden öldüğünü bilmedikleri sürece, kendileri de neden yaşadıkları konusunda sağlam bir bilgi sahibi olamayacak ve kendilerini bekleyen kaderi bilemeyeceklerdi. Her yeni ölümle, birbirine katlanarak derinleşen acılar ve birbirine katlanarak büyüyen gösterişli törenlerle, her ölenin hatırasına uzun uzun yas tutuyordu ardında kalanlar. Hiç ölmeyecekmiş gibi yaşlanmış olan Hacı Zeyneddin Efendi'nin apansız ölümünden sonra, Ali'nin babasının, karısını ve oğlunu yanına alarak ayrı eve çıkması, halaları için son darbe olmuştu. O büyük ailenin, ipi kopmuş tespih taneleri gibi saçılarak sonsuza dek dağılıp kaybolduğunu düşünüyor, aile ocağının temel direği olan hayattaki tek erkek kardeşlerinin, hiçbir zaman bağışlamayacakları bu sorumsuz davranışını, kendileriyle bir türlü yıldızı barışmamış, onlarla hiçbir zaman geçinememiş olan yabancı gelinlerinin fitnesi, hilesi, bitmeyen kini ve düşmanlığıyla açıklıyorlardı. Sonunda başarmış, ailenin temel direğini çalmış, biricik erkeklerini ellerinden almıştı bu uğursuz mavi gözlü ve uğursuz mavi boyunlu yabancı gelin! Başlarına gelmiş bu büyük felaketi, Mardin'in büyük ailelerinin, eve yabancı gelin getirmek isteyen bütün erkeklerine ibret olsun diye, kapı kapı gezip bağdaş kurdukları minderlerde, sedirlerde, cumbalı pencerelerde, mangal başlarında, geniş divanlarda dizlerini döve döve, ağıtlı seslerle uğuna uğuna anlatıyorlardı.

Ali ise, halasının intiharını, Kuyu Cini'nin kendisinden intikamına yordu; sözünü tutmayan Ali'nin, eski dede evini terk edişini, onu kuyusuyla baş başa yalnız bırakışını cezalandırmak istemiş, bu yüzden Ali'ye bir işaret olarak, halasını koynuna, karanlık sularına çekmiş olmalıydı. Sanki Ali, o eski eve, avludaki o kuyunun başına geri dönerse, yeniden yüzünü o kuyunun karanlık sularına bırakırsa, artık ölümler de olmayacaktı. Ali, yüzünü esirgediği için böyle olmuştu. Ali, o kuyunun rehiniydi. Ailesinin bütün kadınlarının hayatları ve kaderleri, Ali'nin ellerindeydi. Ali, suretini kuyunun sularında çoğaltmadığı için, ailesinin kadınları birer birer ölüyordu. Ali ise, başka bir evin hayatına kaçarak, onları yüzüstü bırakmış, kaderlerine terk etmişti. Bir ara Ali'nin babası da, yalnız kalan kız kardeşlerine acıyarak, eve geri dönmeyi aklından geçirdiyse de, bunu dile getirmeye çalışmasıyla birlikte, Ali'nin annesi, yanardağ sıtmasına tutulmuş mavi topraklar gibi titrek ciyaklamalarıyla yeri göğü inletmiş, Ben ölüm kokan o kuyulu evde bir dakika bile oturmam artık, diyerek bu konuya son noktayı koymuştu. Yavaş yavaş halaları da, kardeşlerinden ümit kesmeye, kadere boyun eğerek o evde yalnız öleceklerini bilmenin acısına razı gelmeye başladılar. Kimi günler, eski baba evini ziyarete gelen kardeşlerinin, akşam yemeğine kalmamasına, ya da ziyaretlerini kısa tutmasına, onda vicdan azabı uyandıracağını umdukları acıklı haller takınıp, nemli ve sitemli gözlerle bakıp, dertli dertli boyun bükerek karşılık verdiler.

Halaları, kardeşlerinin ölümünden sonra, avludaki kuyu suyunun içilmesini yasakladılar. Ali'nin babasının kuyuyu kapatma önerisini bir süre aralarında tartıştıktan sonra, bunun iyi bir düşünce olmadığına karar verdiler ve tam tersine, evin içinde kardeşlerininin ruhunu gezdirmek amacıyla, kuyudan kova kova çektikleri suyla, yaz kış demeden her gün ev yıkamaya başladılar. Nitekim o kış, içlerinden biri, şiddetli soğuk algınlığından öldü. Ali, evin içinde gizli bir düşman gibi sinsice gezinen kuyu suyunun, evdekileri teker teker kuyunun içine çekmeye başladığını düşünüyor, ev içindeki arasız ölümleri buna yoruyordu. Her gittiğinde, kuyudan taşınan her kova suya, sakınımlı gözlerle, bu gizli düşmanın bir parçası olarak esrarengiz bir korkuyla bakıyordu.

Halalarının bazı perşembe günleri, bin bir yaygara ve gürültüyle atlas bohçalarını, ipekli kuşamlarını, mor kadife zemin üzerine kabaralı hamam sandıklarını, gümüş saçaklı hamam takunyalarını, sırmalı peşkirlerini; dövme bakır hamam taslarının, gümüş ibriklerin konduğu üzeri kakma nakışlı, pirinç kulplu büyük sandıklarını denkleştirip; evde bin bir özenle sarılmış dolmaların, kıymalı, peynirli ya da otlu böreklerin, etli, sebzeli, nohutlu yemeklerin konduğu bakır tencerelerin, kuşhanelerin ve mevsim meyvelerinin büyük bir özenle tek tek yerleştirildiği sepetlerin ve kuru üzüm, kuru incir, kuru dut, şeker leblebi, fındık, fıstık, gızbara gibi yemişlerin sarıldığı oyalı mendillerin; ayıklanmış narların ve taze cevizlerin konduğu kâselerin, çeşit çeşit tatlı tepsilerinin yüklenilip hamama gidişlerindeki eğlenceli kayboluşa benzemiyordu evin içinden birer birer eksilişleri... O zamanlar, evde çalışanların, yolda uzun ve karanlık bir kuyruk oluşturan halaların ardı sıra taşıdıkları yükü fazlaca tutulmuş bu tencereler, tepsiler, sepetler, bohçalar, sandıklarla, çarşı içindeki Emir Hamamı'na gitmekten çok, sanki Halep'e gitmekte olan bir kervana yetişmeye çalışan telaşlı bir halleri vardı. Sanki yalnızca bir kervana değil, bir hayata yetişmeye çalışıyorlardı. Evde bin bir özenle hazırlanarak hamama taşınan bunca yemek yetmiyormuş gibi, hamamın karşısındaki Sırmalı Fırın'a şembusekler, abugannuşlar, etli ekmekler, yumurtalı pideler ısmarlanır, bütün bu yiyecekler, aile şereflerine uygun gösterişli bir biçimde hamamdaki herkese ikram edildikten sonra, artanlar, akşam yemeğinde yemeleri için, hamam çalışanlarına, hamamın bitişiğindeki çarşı kapısında bekleşen Kürt hamallara ve yoksul dilencilere dağıtılırdı. Eve dönüşleri, büyük ve görkemli bir yolculuk sonrasının yorgunluğuna benzer bir gürültüyle kutlanır, bütün gün olan bitenleri sanki hiç bilmeyen birine anlatır gibi, aynı heyecanla yeniden birbirlerine anlatır, kendilerince böyle görkemli bir yolculuğun, renksiz hayatlarını şenlendiren olaylarla yüklü anılarıyla içlerini güçlendirmiş olurlardı. Hepsinin yüzünde hamam sonrasının ağarmışlığı olurdu. Ev ile çarşı içindeki Emir Hamamı arasındaki birkaç yüz metreden, birkaç hayatlık hikâye çıkarır, bu hikâyelerin bir bölümünü hemen tüketir; bir bölümünü, puslanmış pencere camlarından, üzerini beyazı lekelenmemiş kalın karların kapladığı uçsuz bucaksız ovaya bakarken, iç çekişlerin altında dillendirilmeyi bekleyen hatıralar olarak, uzun ve soğuk kışların soba başı, mangal başı sohbetlerine saklarlardı. Dışarıda duyulan, damlardan, avlulardan sokağa kar küreyenlerin kürek sesleri, kendine özgü tartımıyla, bu hikâyelere kendi müziğini verirdi. Sıcağı öldürücü yazları, öldürücü kış ayazları izlerdi. Ali, defterine şöyle yazdığını hatırlar hep: Kara iklimi. Yazları sıcak ve kurak, kışları soğuk ve yağışlı. Mevsimler bu cümleyi ona hiç unutturmadı.

Daha küçük olduğu zamanlarda, halaları, annesinin, hamamda bin bir türlü pislik olur, mikrop kapar, hasta olur; kim bilir, kimler, nelerle, nasıl yıkanıyor, gibi tonu yüksek tutturulmuş, sonu gelmez itirazlarına karşın, inat ve ısrarla, Ali'yi de yanları sıra hamama götürür, Ali'nin büyük kubbenin cam gözlerinden süzülen ışık demetlerinin altında, göbektaşında yaptığı yaramazlıklara, kurnadan kurnaya tutturduğu oyunlara, cırtlak cırtlak söylediği gürültücü şarkılara ses çıkarmazlardı. Hamam kubbesinin cam gözleri, halalarının sık sık kullandıkları, "Allahın gözleri her yerdedir," cümlesini hatırlatıyordu ona. O, her şeyi görür, bilir, diyerek, Ali'yi sürekli hataya, kusura ve günaha karşı tembihliyorlardı. Ali'nin "Peki, Allah'ın gözleri ne renk?" diye sorması üzerine, bir daha onunla benzetmelerle konuşmamak gerektiğine karar verdiler. Bu çocuk, her şeyi çok düz anlıyor, bu huyu aynen annesine çekmiş, dediler. Her zaman olduğu gibi, Ali'nin bütün iyi huylarının kendilerine, bütün kötü huylarının annesine çekmiş olduğu konusunda hemfikirdiler. Oysa, Ali'nin türlü kehanetleri karşısında, Allah, Arapların gözlerine verdiği rüyadan vermiş bu çocuğa da, diye övünürken, yarım gözle de annesine bakarak laf çarparlardı.

Bir zaman sonra Ali'nin kavruk çocuk bedeninde bile yetişkin bir erkek vehmeden hamamdaki diğer kadınların, Ali'nin büyüdüğünü ve artık onu kadınlar hamamına getirmemeleri gerektiğini söylemeye başlamaları üzerine, onlar da Ali'nin sahiden büyümüş olduğuna hükmedip bundan böyle evde yıkanması gerektiğini kararlaştırdılar. Bu karara en çok annesi sevindi tabii. Babası, hamama gitmekten hoşlanmadığı için, onu erkekler hamamına götürecek kimse yoktu. Ali'nin bundan böyle artık yalnızca evde yıkanması söz konusuydu. Ali'yi yıkamayı vazife edinen en büyük hala, insanı yıkamaktan çok, haşlamaya yarayacak sıcaklıktaki kaynar suları, Ali'nin ciyaklamalarına hiç aldırmadan kafasından aşağı tas tas boca ederdi. Ona göre kirin kabarması ve kese tutması için, su, vücudun dayanabildiği en yüksek sıcaklıkta olmalı, Ali de tam bir erkek gibi, suyun kaynar sıcaklığına alışana kadar dişlerini sıkmayı öğrenmeliydi. Ne de olsa erkeklik, her türlü meşakkate dayanıklı olmayı mecbur kılardı. Hem hayatın zorlukları karşısında, bu sıcak suların lafı mı edilirdi? Her hamam günü, Ali'nin canhıraş itirazlarıyla her seferinde kazana bir tas soğuk su daha eklenerek ılıtılmaya çalışılsa da, su katlanılır ve makul bir sıcaklığa ulaştığında, zaten Ali'nin banyosu da tamamlanmış olurdu. Halasının temizlik adına yaptığı gaddarlıklar bununla da kalmazdı. Yıkarken, sürekli Ali'nin gözlerine sabun kaçıran, derisini soyarcasına keseleyen, saç diplerini küt tırnaklarıyla, kan oturtana kadar kazıyan; kurumaya bırakıldıkları kızgın damlarda üç yazın güneşini içerek yamulmuş taş katılığındaki yeşil sabunlarla ovuşturduğu başını, sağa sola pek hoyratça savurduğundan iyice serseme dönmüş Ali'nin, halasıyla yaşadığı bu uzun hamam fasılları, gerçek bir işkenceye dönüşmüştü. Gene de bedenine yapılan bu ezadan tuhaf bir biçimde zevk duyuyordu Ali. Ten acısı, ruhunu daha iyi hissetmesine yarıyordu. Teninden kurtulmaya benzer bir uçuculukla, gövdesinden arınan ruhu, kopup göğe ağıyormuş, bütün bu işkenceler, onun, tertemiz ve masmavi göklerde saf ve temiz meleklerle buluşmasını sağlıyormuş gibi geliyordu. Bu yüzden olsa gerek, banyo sonrasında, sımsıkı tutulmuş havlularla kundaklanır gibi sarıp sarmalanıp uzandırıldığı divanda, üzerine örtülen mis gibi sabun ve lavanta kokan keten örtüler altında, yeniden doğar gibi dinlenirken, neredeyse kendinden bağımsız uyuklayan çelimsiz gövdesi, bir acı çekme ayini sonrasının bağışlanmış dinginliği ve günahlarının kefaretini ödemenin huzuru içinde oluyordu.

Bir keresinde, gene halasıyla birlikte yaptıkları bir banyo sırasında, Ali, yere çömelmiş, her zamanki gibi gayretli gayretli başını kopartırcasına ovuşturan halasının, hafifçe çözülmüş peştamalinin altından sarkarak yere değen sarımsı bir ipliği almak üzere uzanıp çekiştirdiğinde, halasının ciyaklaması üzerine, onun peştamalinden sarkmış bir iplik parçası değil, halasına, halasının "orasına" ait bir şey olduğunu anlayıp çok şaşırmıştı. Ardından tuhaf bir mide bulantısı duymuş, kapanmamış bir yaraya dokunmuş gibi hissetmişti kendini. Tabii, halasıyla birlikte yaptıkları son banyo oldu bu. Daha sonraki günler, kapı arkalarında gülüşülerek yapılan konuşmalardan kulağına çarpan fısıltılardan anladığı kadarıyla, bir kadın gövdesine ait olarak henüz bilmemesi gereken şeylerin Ali'den sakınılması konusunda ailenin görüş birliğine vardığını gösteriyordu. O günden sonra Ali'nin yıkanmasını babasına emanet ettiler ama, babasının ne yazık ki, baştan savma bir iş yaptığına, çocuğu, banyodan çoğu kez doğru dürüst yıkamadan kirli kirli çıkardığına üzüntüyle karar verdiklerinde, Ali kendi kendine yıkanmayı, başını kaç kere sabunlayacağına kendi karar vermeyi, yıkanmaya başlarken okuduğu duaları atlaya atlaya kısa kesmeyi, daha önemlisi, suyu istediği sıcaklıkta tutmayı öğrendi.

Banyoda biraz fazla kaldı mı, hemen çarpıntıları başlayan, soluğu tıkanan, bu yüzden hiçbir zaman banyoda beş dakikadan fazla kalamadığı için, Ali'yi hiçbir zaman yıkayamamış olan annesi, talihinin kendisini dışarıda bıraktığı bu durumdan ötürü, büyük bir haksızlığa uğradığını düşünüyor, ne zaman banyo günü gelse, kendini hiç iyi hissetmiyordu. Ali içeride yıkanırken, yerli yersiz banyoya girip, Bir şeye ihtiyacın var mı, bir şey istiyor musun oğlum? diye sorarak, bütünüyle kendi dışında gelişen bu durumu bir ölçüde kendi denetimi altına almaya çalışmışsa da, Ali banyonun kapısını içeriden kilitleyerek annesini kudurtmayı erken keşfettiği için, bu hevesi de kısa zamanda kursağında kalmıştı.

Kaçmasından ve ölmesinden önceki günlerden bir gün, halasını, annesiyle evin büyük kubbeli salonunun cumbasındaki divanda fısır fısır konuşup gülüşürken buldu Ali. Sabahın çok erken bir saatinde, olanca aydınlığıyla ışıyan camlara bakılırsa, bir yaz sabahı olmalı... İkisi de mahmurluklarını üzerlerinden tam olarak atamamışlarsa da, eteklerinde, ters çevrilerek tabağına kapatılmış kahve fincanları duran püfür püfür sabahlıklarının içinde, neşeli sabahın gür ışığına boğulmuş pencere önündeki sedirde mutlu kediler gibi öylece oturuyorlar. İlkin, Ali'yi fark etmiyor, divan minderlerine iyice gömülerek, omuzlarını kısmış bir halde, birbirlerine iyice sokulmuş olarak, ellerinde tuttukları bir tomar fotoğrafa bakarak alçak sesli gülüşmelerini sürdürüyorlar. Ali'yi fark edince, gülüşmelerini hemen toparlayamasalar bile, fotoğrafları çabucak saklamaya çalışmaları Ali'nin gözünden kaçmıyor. Ali, kendinden saklanan şeyin, hemen gövdeye ve cinselliğe ilişkin bir şey olduğunu düşünüyor. Her gizin, cinselliğe ilişkin bir yanı olduğu hakkında derin bir sezgiye, daha o yaşlarda bile neredeyse kendiliğinden sahip. Ailelerin en çok gövdeyi sakladığını bir biçimde biliyor. Annesinin, kocasının ceketinin cebini karıştırırken bulduğu, sonra da gizlice halasına gösterirken Ali'ye yakalandığı bu fotoğrafları, elbette Ali de görmek isteyince, Çocuklar öyle bakamaz her resme, diyor annesi. Halası ekliyor ve düzeltiyor: Çocuklar bakamaz öyle ayıp resimlere, diyor. Resimlerinin mahiyetinin halası tarafından gereksiz biçimde açıklanması üzerine tedirgin olan annesi, bunun üzerine, bunun bir zaman sorunu olduğunu belirtmek gereği duyuyor: Büyüyünce bakarsın! Hatta büyüyünce de bakmasan iyi edersin!

Israr ve dayatmaları karşısında her ikisinin yanılıp ya da yenilip fotoğrafları kendisine gösterecekleri anın kapanının başında bir süre bekleyen Ali, daha sonra umudu kesip, ikisinin boş bir anında fotoğrafları ele geçirmeyi tasarlıyor. Sindiği köşede pusuda bekliyor.

Pencere büsbütün ışığa boğulmuş; güneş, taban halısının saçaklarına kadar yürümüştü; uzun uzun birbirlerinin fallarına bakmış, sonra gündelik boş gevezeliklere dalmışlardı. Annesinin, halaları içinde yakınlık kurabildiği tek halası buydu, ne yazık ki, o da erken kaçmış, erken ölmüştü. O anki mutluluklarında, sabah güneşinin gür ışığı kadar, yatak odalarının, gövdelerin gizlerine ait bir şeyleri, başkalarının hikâyeleri ve resimleri üzerinden paylaşmanın yakınlığı vardı. Gündeliğin duvarını, büyük ölçüde, cinselliğe ait yasakların, suçların, sırların, günahların görünmez harcı örüyordu. Her ikisi de, bir süre aralarında gidip geldikten sonra, son olarak halasının sabahlığının cebinde kalmış fotoğrafları unutmuşa benziyorlardı. Daha sonra halası, odasına giderken, ardından gelen Ali'yi fark etmişse de, görmezden gelmiş, hafifçe aralık bıraktığı kapıdan Ali'nin kendisini görmesini sağlamış, cebinde fotoğrafların durduğu sabahlığını sırtından çıkarıp yerine asarken, fotoğrafları tek tek sayıp omuzunun üzerinden, kısık gözlerle belirsiz bir boşluğa gülümsemişti.

Nice sonra Ali, halasının öldüğünü öğrendiğinde, nedense ilk bu gülümseyişi hatırlamıştı.

Halasının odadan çıkmasıyla birlikte, kapının aralığından süzülerek içeri giren ve hemen sabahlığa uzanıp fotoğrafları ele geçiren Ali, ilkin resimlerin renkli ve capcanlı oluşuyla heyecanlanmış, bir kadın ve bir erkeğin, bembeyaz çarşaflı, kocaman yastıklı büyük bir yatakta yaptıkları çok çeşitli şeylerden oluşan bu bir dizi resim karşısında heyecandan dili tutulmuştu. İlk kez bir erkeğin sikinin bir kadının içinde yarıya kadar gömülüp kaybolduğunu görmüş, kalın, pembe sikin damarlı görünüşü, onu çok etkilemiş, boğazı kurumuş, heyecandan sürekli yutkunmaya başlamıştı. Aklında iyi kalsın, her görmek istediğinde aynı canlılıkta gözlerinin önüne gelsin diye, gözlerini aça kapaya o resimleri, tek tek beynine nakşetmeye çalışmıştı. Aklında hep, yarısı, sırtı bize dönük, saçı topuzlu bir kadının içinde kaybolmuş, kalın, pembe sikin fotoğrafta çok net bir biçimde görülen damarı kaldı. Yazları kısa kollu gömlek giydiklerinde, bazı erkeklerin kollarında ve pazularında belirgin bir biçimde görülen kabarmış damarların onu neden heyecanlandırdığını anladı. Bütün bir var oluşun ve hayatın o damarın içinde saklı olduğunu düşündü. O günden sonra gözlerini, belirsiz bir arzuyla her yumduğunda, o damarın içinde atan gürültüsünü duydu.

O damar, onun da içinde atmalıydı.

Halasının çocuklarıyla oynadığı bütün o cinsel oyunlarda eksik olan şey buydu işte: İçinde atan bir damar gürültüsü...

Gördüğü ilk cinsel ilişki resimleriydi bunlar, bir yetişkin erkeğe ait sikin kalkmış halini ilk kez o fotoğraflarda görmüştü. Kendi önünde cansız, ölü, küçük bir et parçası gibi duran, büyüklerin kimi tatsız şakalarında "bamya" diye takıldıkları o sevimsiz şeyi kopartırcasına çekiştirip durdu. Kendi önündeki bu ölü et parçasını istemiyordu.

Ali, kendi sikini değil, başkalarının sikini istiyordu.

Bir keresinde, sabahın erken saatinde, Ali, derin uykularda uyurken, odasına gizlice süzülerek, Ali'nin odasını, annesiyle babasının yatak odasına bağlayan ara kapının anahtar deliğinden soluğunu tutarak içeriyi gözetleyen en küçük halası, annesi tarafından yakalanmış; yakalanmasıyla birlikte, annesinin çığlık çığlığa evi ayağa kaldırması bir olmuştu. Hep şüpheleniyordum! diye bas bas bağırıyordu annesi. Hep şüpheleniyordum zaten! Hep bizi seyrediyordu bu sapık kız! Bir de dindar geçinir utanmaz arlanmaz! Annesi, aile fertlerinden birini uygunsuz biçimde yakalama fırsatı bulduğu böylesi durumlarda yaptığı gibi, büyük gürültülerle tadını çıkara çıkara olayı bir "nümayişe" dönüştürmeyi başarmıştı. Halaları, en küçük kız kardeşlerini, gelinlerinin çığlıklarına bırakmadan, evire çevire döverek, yüzünü yol yol cırnaklayıp, saçlarını tutam tutam yolarak cezalandırmakla birlikte, bütün bir gece torbaya girmiş gibi, sabah sabah "o işi" yapan erkek kardeşlerine ve gelinlerine de suç payı çıkardılar ve onları da açıkça ayıpladılar. Sonraki günlerde, gelinlerini, kendi aralarında ve yakın akraba çevresinde, "döşek düşkünü" olmakla suçladılar. Kardeşlerinin bir zamanki halsizliğinin, mecalsizliğinin, renksizliğinin nedeni, hep o döşek düşkünü yabancı gelindi demek! Belli ki, soluk aldırmıyordu zavallı kardeşlerine!

Annesinin çığlıkları ve en küçük halasının bağırışlarıyla uyandığı o sabah, ansızın birbirine zıt ve aynı oranda güçlü duyguların baskınına uğrayan Ali'nin, aklı ve kalbi iyice karışmıştı: Kendisi az ötede olanca masumiyetiyle her şeyden habersiz uyurken, odasının, en küçük halası tarafından gizlice kullanılarak bir suça ortak edilmiş olmasının haksızlığına, annesiyle babasının da meğer gizli gizli o işi yaptıklarını öğrenmiş olmanın hayal kırıklığı eklenmişti. Ağzını her açtığında Kur'andan bir kutlu söz söyleyen, saçının bir telini bile kimseye göstermeden sürekli başı bağlı dolaşan, yaz kış, en kalın, en uzun, en bol elbiselerle bedenini belirsizleştiren, her zaman, her yerde, herkese örnek gösterilen iffet ve namus timsali en küçük halanın, sabahın köründe anahtar deliğine göz dayayan bu çirkin merakı da, Ali'nin kadınların cinsellikten uzak iffetli dünyasına olan kaynağı belirsiz güvenini temelinden sarsmıştı. Demek, kadınlar da erkekler kadar günahkârdı.

Ama insanlar arasında en büyük eşitliği günah sağlıyordu galiba. Anne-babasının da, halasının da gizlerini öğrendiği o sabah, ne zamandır adını bilmediği bir nedenden ötürü duyduğu derin suçluluktan kurtulmuş, bilmeden kendini affetmişti.

Ali, aile hayatlarında en büyük yalan ve ikiyüzlülüklerin cinsellik hakkında olduğunu böyle böyle anladı. Bu konuda hemen herkes bir casus kadar ikiyüzlüydü ve hangi ailenin içini biraz kurcalasanız, cinnet gibi saklanmış hayatlar, hiçbir zaman dile dökülmemiş kapalı ilişkiler ve sır kadar karanlık deneyimler vardı. Cinsellik söz konusu olduğunda, kimse tekin değildi. Herkes aynı derecede güvenilmezdi. Günahın, yasağın, karanlığın ve cezanın gökyüzü olduğu bu zulmü bol ailelerde bile her an, her şey olabilirdi.

Mardin'e yeni atandığında, Ali'nin annesinin "Gurbet elde sahip çıkmak gerekir," diyerek gereğinden fazla sahip çıktığı İzmirli Fransızca öğretmenini anımsıyordu. Zayıf, orta yaşa gelmekte olan bir kadındı. Ali'nin aklında mavi-gri gözleri, etkileyici, güçlü bakışları kalmış. Her zaman kısa kesilmiş koyu kestane saçlarının çevrelediği solgun bir yüzü, dalgınlaştığı zamanlar kendiliğinden dışavuran bir kırılganlığı vardı. Ama genellikle hep sert bir ses tonuyla konuşur, katı cümleler kurar, sanki herkesin öğretmeniymiş gibi davranırdı. Sürekli olarak, çevresine nasıl bir çetin ceviz olduğunu bildirmek ihtiyacı içindeydi; bazı durumlarda yüzüne kazandırmaya çalıştığı muzip bir ifade eşliğinde, hafif efelenerek, "Ne de olsa biz Eşrefpaşa kızıyız" cümlesini ağzından düşürmezdi.

Bir hayır derneğinin, civar kasabalara düzenlediği bir gezi sırasında, kalabalık bir kadınlar topluluğuyla, annesiyle birlikte Cizre'ye gitmişlerdi. Hem bir çeşit piknik yapacaklardı, hem de Cizre'de bir hocayı ziyaret edeceklerdi. Yöréde namı almış yürümüş olan bu hoca, Dicle cinlerinin yardımıyla su falına bakıyordu. Ali'nin annesi bile, Hoca hakkında anlatılanların ve fallarının kehanet kudreti hakkındaki söylentilerin etkisinde kalarak yumuşamış, güya arkadaşlarının ısrarını kıramamış gibi yapaı ak, falına baktırmıştı o gün. Oysa, Atatürk ülküleriyle yetiştirilmiş Cumhuriyet çocuklarının böyle batıl şeylere asla yüz vermemeleri ve müspet bilimlerden şaşmamaları gerektiğini söylerdi hep. Onlar, bu mahrumiyet bölgesinin cahil insanlarına örnek olmalı, doğuya, batının ve medeniyetin kutsal meş'alesini taşımalıydılar. Onların hepsi birer Feride'ydi. Ali'nin annesinin en sevdiği benzetmeydi bu: Feride! O gün, bu konudaki uzun nutuklarından caymış, Hoca'nın ardı sıra girdiği, kapısında Zerdüşt ateşi kırmızısı, cennet bağı yeşili nakışlarla bezenmiş Kürt kilimi asılı olan karanlık bir kümbette uzun uzun kalmış ve herkesi meraklandırmıştı. Dışarı çıktığında, yüzünü al basmış, gözbebekleri irileşmiş, her heyecanlandığında olduğu gibi, boyun damarları kabar kabar şişmişti. Hoca'nın hemen her şeyi bildiğini, ama bir kızı olmadığı halde, nedense ısrarla kızından söz ettiğini, kızını çok fırtınalı ve zor bir hayatın beklediğini söylemiş, söyledikleri arasında bir tek buna bir anlam verememişti. Ali'nin annesinin, Hoca karşısında yumuşamasına karşın, Eşrefpaşalı Fransızca öğretmeni, ödün vermez bir tavırla bu konudaki kararlılığını sürdürdüğü gibi, Ali'nin annesinin, bu konudaki direncinin kırılmış olmasına da içerleyerek, hurafeler, fallar, üfürükler ve büyüler hakkında sert bir karşı konuşma yapmış, böyle batıl inançlar karşısında Cumhuriyet'in ülkülerinin meşalesi doğrultusunda yetiştirilmiş öğretmenlerin birer Feride gibi örnek olması gerektiğine değgin imalı sözlerle annesine laf dokundurmuş, giderek tizleşen bir sesle, müspet bilimler hakkında sıkı bir nutuk çekerek herkesin tadını tuzunu kaçırmıştı.

Üstelik, herkesin, boncuk boncuk terleyip sürekli olarak bir eliyle, bulutlar halinde gezen köpek dişli mor sinekleri kovalamaya çalıştığı sırada yapıyordu bu hararetli konuşmaları. Kuytuluk bir gölgede, kalın asma yapraklarıyla kaplı çardağın altında bile kavurucu güneşin kızgınlığı hissediliyordu. Baygın çiçek kokuları geliyordu Cizre'nin uzak bahçelerinden. Sessizliği bile katılaştıran bu öldürücü yaz sıcağında bir damar gürültüsü gibi Dicle'nin sakin sesi duyuluyordu. Hoca, çardağın altında, arkası nakışlı büyük yastıklarla beslenmiş geniş sedirine kurulmuş oturuyor, arada bir içinde irili ufaklı buz parçacıklarının yüzdüğü bakır bir tastan ayran içerek serinliyor, ağzının kıyısına, bembeyaz sakallarına bulaşan ayran köpüklerini sol elinin tersiyle aldıktan sonra, artık neredeyse dudaklarının doğal hareketine dönüşmüş mırıltılı dualarla, uzaktan, birbiri ardı ardına akan bal taneleriymiş hissi veren kehribar tespihini ağır ağır çeviriyordu.

Çardağın altında, az ötede yayık yayan, sıcağın ve sineğin ilişmediği bir adamın, arada bir bakır güğümlere köpürte köpürte boşalttığı ayran, ergen bir kız tarafından konuklar arasında dolaştırılarak, herkesin arzusuna göre maşrapalara, taslara ya da cam bardaklara aktarılıyordu. Ali, törene ve oyuna benzeyen her şeyden hoşlandığı gibi, bundan da hoşlanmıştı. Adamın sessizliği de, kendini adar gibi işine verişi de; ince kemikli kızın, bir ceylan gibi ölçülü ve ürkek hareketleri de, bu ayinin bir parçasıydı sanki. Adamın da, kızın da gözleri dikkat çekici güzellikteydi. Elindeki güğümle konukların arasında ayran dolaştıran kız, Türkçe konuşamasa bile, kalın, gür kirpiklerin gölgelediği iri gözleriyle konuşuyordu. Kürtlerin, gözlerinin güzelliğine, her şeyi gözleriyle anlatabilme gücüne adı konmamış bir hayranlık duyuyordu Ali. Onlar, gözlerdeki arzuyu da, korkuyu da aynı güzellikte anlatabiliyorlardı. Uzanıp kendisine uzatılan ayranı bu duygularla, kızla göz göze gelmeye çalışarak aldı.

Fransızca öğretmeni, konuşmalarının kimseleri pek etkilemediğini gördükçe, daha aksileşmiş, giderek daha yüksek sesle ve suçlayıcı bir tonla, bu kez Hoca'yı, kadınların duygularını istismar etmekle ve şarlatanlıkla suçlayarak zehirli oklarını ona yöneltmişti. Başta sakin görünmeye çalışan Hoca'nın, bir süre sonra sinirleri bozulmuş, belli ki, hiç alışık olmadığı böyle bir durumda ne yapacağını kestirememiş, ama gözle görülür biçimde elleri titremeye başlamıştı. Ali'nin gözleri, Hoca'nın parmaklarının arasında eskisinden daha hızlı akan tespih tanelerindeydi şimdi. O ana kadar hep bir derviş edasıyla, bir bilge gibi davranan Hoca'nın içine öfkenin gazabı yürümüş, gözbebeklerinde sivri çakımlar belirmiş, bastırmaya çalıştığı bir hınçla, ansızın önündeki su tasını uzatarak, Öğretmen Hanım'dan, sağ elini tasa daldırmasını istemişti, onun duraksaması karşısında da, bu kez yumuşatmaya çalıştığı bir sesle rica etmişti. Hoca'nın ne yaptığını anlamaya çalışan Öğretmen Hanım, biraz duraladıktan sonra, kararlı bir hareketle sağ elini suya daldırıp meydan okuyan bir ifadeyle gözlerini Hoca'nın yüzüne dikip, Hoca'nın sözlerini beklemeye başlamıştı. Hoca'nın kendine kurduğu tuzağı, boşa çıkaracağını, onun maskesini düşüreceğini düşünüyor olmalıydı. Hoca, önündeki su tasına hiçbir şey söylemeden bir süre baktıktan sonra, İstersen içeride bakalım kızım, diyerek kümbeti işaret ettiğinde, Öğretmen Hanım, Hoca'yı ürkütmüş olduğunu düşünerek, şimdiden kendini galibi saydığı bu oyunu herkesin gözü önünde sürdürmek, zaferi herkesin içinde tatmak istemişti. Gerek yok, demişti. Nasıl olsa inanmıyorum! Hoca, Ama söyleyeceklerim hoşuna gitmeyebilir, dedi. Hoca'nın bocaladığını düşünen Öğretmen Hanım'ın yüzü aydınlanmıştı. Hoca Efendi'yi mat ederek, buradaki bütün kadınlara iyi bir ders vermiş olacaktı. Sol kaşı kendiliğinden havaya kalkmış, Hoca'ya açıkça meydan okuyan bir tavır takınmıştı. "Vurun Kahpeye!" diyerek, Aliye öğretmene ilk taşı fırlatan kötü imamın yüzü bir anda gelip oturmuş gibiydi karşısında duran şu Hoca

Efendi'nin yüzüne. Bu yüzden kini arttı Öğretmen Hanım'ın; sesinin tonu daha da sertleşti. Nasıl olsa boş sözler söyleyeceksiniz, dedi. Bana bunları yutturamazsınız Hoca Efendi! Foyalarınız ortaya çıkacak! Hileniz hurdanız ortaya dökülecek! Hoca'nın yüzü seğirdi. Kendini aşağılanmış hissediyordu. Gururunun taşları içini sarsıyordu. Yörede herkes tarafından neredeyse bir evliya gibi davranılan Hoca, hiç alışık olmadığı bu durumdan ötürü, kendinde, önceden tanımadığı lav şiddetinde bir öfke seline kapıldı. Peki, dedi, Günah benden gitti. Tam üç yıldır nişanlısın, değil mi? Öğretmen Hanım'ın yüzünden hiçbir şey geçmedi. Yüzünü ifadesiz kılmak konusunda kararlıydı. Hoca sürdürdü: Uzun tutmuşsun nişanı. Çok uzun tutmuşsun. Gene durdu, bekledi. Öğretmen Hanım'ın yüzünü yokladı. O ise hiç yanıt vermiyor, domuzuna domuzuna bakmayı sürdürüyordu. Öğretmen Hanım, Bakın, dedi, Parmağımda nişan yüzüğü var, bunu bilmek için falcı ya da hoca olmak gerekmez. Ya söylediğim vakit, dedi Hoca. Yani üç yıllık vakit? Hakkımda bunu öğrenmek zor bir iş değil! Beni tanıyan herkes üç yıldır nişanlı olduğumu bilir. Artık kızgınlığını saklamaya gerek duymayan Hoca, zembereğinden boşalır gibi, neredeyse hiç soluk almadan ardı ardına saymaya başladı: Uzun vakittir nişanlısın, çünkü korkuyorsun, dedi. Evlenmekten korkuyorsun. Çok korkuyorsun. Her şeyin düğün gecesi ortaya çıkmasından korkuyorsun! Niye korktuğunu söyleyeyim mi? Çünkü kız değilsin. Gerdek gecesi kız çıkmamaktan korkuyorsun! Sen daha genç bir kızken, evli bir adamla beraber olmuşsun, kirletmiş seni, önce arkadan kullanmış, daha sonra da kızlığını bozmuş. Bir zaman sürmüş bu. Adamın adı, Sabri değil mi? İnşaatçı gibi bir şey! Ne karısını boşamış, ne seni almış. Ortada bırakmış. Bir daha İzmir'e hiç dönmemişsin. İzmir senin ağzında kalmış.

Şimşek hızında söylenmiş bu sözlerden sonra, bıçak keskinliğinde bir sessizlikte kendinden korkarak durdu, dudaklarının kıyısında birikmiş tükürük köpüklerini, kendini cezalandırmak arzusuyla sertçe aldı. Öğretmen Hanım'ın yüzüne kaygıyla baktı. Kendini muzaffer hissetmediği belliydi. Eyvah! dedi. Eyvah! Nefsime yenildim! Günaha girdim! Öfkeme yenik düştüm! Allahım ben ne yaptım? Beni günaha soktunuz! Kudretimi kötüye kullandım! Tövbe etmeliyim! Tövbeler etmeliyim! Allahım ne olur affet beni! Aniden yaşından umulmayacak bir çeviklikle oturduğu divandan fırlayıp kümbete girdi, kapandı, o gün başka kimsenin falına bakmadığı gibi, daha sonraları da uzunca bir süre kimselerin falına bakmadığı öğrenildi.

Öğretmen Hanım'ın yüzü, bombardıman altında kalan bir kale duvarı gibi darmadağın olmuş, kale duvarının ilk şiddetle dökülen taşlarından sonra geriye kalan bir enkaz gibi boşalmış bakışları yüzünde asılı kalmıştı. Felç olmuş gibi hiç sesini çıkarmamış, yol boyunca da konuşmamış, diğer kadınların manidar bakışlarını karşılıksız bırakmış, fısır fısır konuşmalarını duymazdan gelmiş, Mardin'e döndükten sonra, Ali'nin annesi de dahil olmak üzere kimselerle görüşmemiş, bir-iki ay içinde de, daha doğuda, daha mahrumiyet bölgesi olan bir yere tayinini çıkartmıştı. Bir daha da Eşrefpaşalıdan hiçbir haber alınamadı. Başlarda, alçak sesle, Ondan bir haber var mı? diye soranlar da zamanla azaldı. O da hikâyelerindeki şahıs kadrosu, hem çok dar, hem çok geniş olan taşranın bütün gelgeç kahramanları gibi unutuldu gitti.

İffet söz konusu olduğunda, herkesten çok namus bekçisi geçinen Ali'nin annesi, bu olaydan sonra, başlarda çok kızdığı Öğretmen Hanım'ın arkasından, Demek ki gene de dürüst bir kadınmış, dedi. Hoca'yı yalanlamadı, sustu, sükût ikrardan gelir, manasında sessiz kaldı, diyerek, Mardin'e yeni geldiğinde verdiği desteğin pek de boşa olmadığına, kendini ve başkalarını ikna etmeye çalıştı. Savunmasının ölçüsünü kaçırdığı kimi durumlardaysa, Şerefli bir Türk kadını gibi gene de mağlubiyeti vekarla kabul etti, gibi fazla ileri gitmiş süslü cümleler kurmaktan kendini alamıyordu. Annesi, hiçbir durumda, hiçbir konuda kendini hiçbir şeyden alıkoyamıyordu zaten. Onun sorunu, ileri gitmekti, hep ileri gitmek!

Bu olay, Ali'yi çok etkiledi. Ali, ilerideki yıllarında hemen herkesin yüzüne baktığında, onların böyle fallarını okuyabilen, herkesin cinsel dünyasına ait ikiyüzlülüklerini, yalanlarını, gizlerini ortaya çıkarabilen doğaüstü bir gücü olsun çok istedi. İnsanlar birbirlerini en çok cinselliğe ait suçlarla suçluyor, en çok o konuda yalan söylüyor, en çok o konuda iftira ediyorlardı. Namus uğruna kızlar öldürülüyor; kendini asanlar, kuyuya atanlar oluyordu. Cinsellik, herkesin cinnetiydi. Herkes karanlık arzularını, kuytu kilerlerde saklıyor, yalanlarını ise avlulara, gün ışığına çıkarıyordu. İnsanların kilerlerdeki yüzleriyle, avlulardaki yüzleri aynı değildi. Cinsellik, insan ruhunu ve gövdesini ikiye bölüyordu. Herkes bölünmüş akıllar ve yüreklerle yaşıyor; eksik ruhlarla, eksik gövdelerle hiçbir hayat bütünlenemiyordu.

Ergen bir delikanlı olduğunda, kendi başına hamama gitmek istediğinde, ailesinin şiddetle karşı çıkışında, ona hamamlarda karanlık emelli erkekler arasında neler döndüğü ima edildiğinde, çocukluk anılarının belirsiz buharları arasında anımsadığı geçmiş yüzler, karanlık tutkuların diriliş hayaletleriyle yer değiştiriyordu. Çıplaklık, ter, karanlık, kuytu, tenha, kir ve gölge, neredeyse bir cinnet gibi bastırılmış bütün bir hayat, topyekûn bir halde yalnızca cinselliği işaret ediyor; insanlar, bütün hayatlarını bu işaretin gölgesinde korku ve titreme altında geçiriyorlardı. Her gün önünden defalarca geçtikleri, cadde üzerindeki Emir Hamamı, onun için bütünüyle yasak bölge, uzaklar kadar gizemli bir hayal âlemiydi; hamamın her önünden geçişinde, vücudunda ürperişler gezinir, çocukluk anılarının buharıyla yeni güller gibi terlerdi. Hamamın gözlerinin neler gördüğünü hiçbir zaman bilemeyecekti. Hamamın az ötesinde, sırtlarında özel taşıma giysileri ve palanları olan, çoğunluğunu Mardin'in köylerinden gelen topraksız, yoksul Kürtlerin oluşturduğu hamalların bakışlarında karanlık sorular, kuşkulu gölgeler ve belirsiz niyetler okunurdu.

Bir süredir ailesinin hiçbir sözünden dışarı çıkamıyordu. Üst üste geçirdiği birkaç sinir krizi, kendi kendinden korkmasına neden olmuştu. Hıçkıra hıçkıra ağlamakla başlayıp nöbet titremeleriyle süren sinir krizleri sırasında, avuçları kilitleniyor, ağzının iki yanında salyalı köpükler birikiyordu. Yeni bir yeni krizle artık bir daha geri dönemeyeceği bir noktaya kadar delirmekten korkmuştu. Yüzünde belli bir ifadeyi asılı tutabilmeyi başarırsa, delirmesini engelleyebileceğini düşünerek, yüzünü belli bir ifadede kilitli tutmaya çalışıyordu. Böyle zamanlarda yüzü, dedesinin nedensiz bir gülümsemenin asılı kaldığı, hiçbir duygusunu dışarı vermeyen yüzüne benziyordu.

Annesi, Ali'nin geçirdiği sinir krizlerini, babasına karşı bir silah olarak kullanmaya kalkıştığı durumlarda, babası Ali'nin sinir krizlerine inanmadığını, onun numara yaptığını söylüyor, Bununki edepsizlik hastalığı hanım, edepsizlik hastalığı! Aynı o deli halalarına çekmiş! diyerek, yüzünde merhametsiz ve alaycı bir ifadeyle, ağzında köpüklerle yerlerde tepinen oğlunu, ayaklarının ucuyla dürtüyordu.

Annesi de, zaman zaman Ali'nin sinir krizlerinin numara olup olmadığından kuşkulanıyor, onun, çocukken okula gitmemek için yaptığı hasta numaralarını hatırlıyordu.

Ali bile kendinden kuşkulanıyor, sahiden hasta olup olmadığını Kulakcinlerine soruyor, ancak onların söylediği yatıştırıcı sözlerle kendisine geliyordu.

Davavekili olan babası, aldığı kimi davalar için, sık sık civar şehirleri, kasabaları, köyleri, mezraları geziyor; bu gezileri sırasında çoğu kez, beraberinde karısını ve Ali'yi de götürüyor. Daha çok, evde oturmaktan, hayal kurmaktan, mecmua bakmaktan hoşlandığı halde, her zaman biraz hastalıklı, biraz mızmız, biraz sinirli bir çocuk olan Ali'yi, evde yalnız bırakmayıp gittikleri yerlere onu da sürüklüyorlar.

Ali, gittikleri yerler içinde en çok Diyarbakır'ı seviyor.

Bir keresinde, şehrin, zamanın isiyle kararmış örme taş duvarlı dar sokaklarında gezerken, birdenbire arkası geniş bir külhan avlusuyla çevrelenmiş olan Melik Ahmet Hamamı'na çıkıyor yolları. Avlu kapısından içeri giriyorlar. Hamam külhanının geniş avlusuna yan yana dizilmiş geniş tepsilerde, çölde güneş tutması gibi ışıyan un kurabiyeleri, bir masal ânını ürpertir gibi göz alıyor. Yan yana duran tepsilere dizilmiş güneş tozu kıvamında un kurabiyeleri, gözlerini, dilini, geleceğini kamaştırıyor.

Gözleriyle, tepsileri teker teker izleyerek, sonunda külhan avlusunu, alçak basamaklarla hamamın kubbesinin bulunduğu dama bağlayan geniş sekili merdivenin başlangıcına ulaşıyor bakışları. Birkaç basamak yukarıda, kendi yaşlarında bir erkek çocuğu oturuyor. Yaprak yeşili gözlerinin bulutlu dalları ta buradan görülebiliyor. Merdiven sekisinin başlangıcında ayakta duran beyaz giysiler içindeki yaşlı adamsa, önünde duran tepsideki kurumuş kurabiyelerden alıp özenle yediriyor torununa. Beraberliklerinde, Ali'nin bilmediği, tanımadığı tılsımlı bir yakınlık, dokunaklı bir şefkat var. Dedenin parmak uçlarından torunun, ıslak, diri, kırmızı dudaklarına akan, bir hayat gibi devredilen bir şefkat... Ali, birden kendi dedesini hatırlıyor. Onun kendine dönük, katı, kayıtsız halinden sonra, bütün dikkatini, sevgisini ve şefkatini torununa veren, verebilen bu yaşlı adam, dedesi gibi babasında da eksik olan şeyi, acımasız bir çıplaklıkla hatırlatıyor Ali'ye: Şefkat. Babasının, kendisi mahkemedeyken, birkaç saatliğine emanet ettiği dava sahiplerinden birinin oğlu olan adamın elinden kurtulup, dede ile torunun yanlarına sokuluyor. Onların yakınında durarak, o sırdan pay almayı umuyor. O yaklaştıkça, hamamın kubbesi, kubbesindeki cam gözler, gördüklerini Ali'ye de söyleyecekmiş gibi berraklaşıp büyüyor. Hamamın kubbesindeki cam gözlerden içeriye, hem çıplak hem saklı bir dünyanın kuytu gizlerine bakmak istiyor Ali. Sokakların giyinikliğiyle, hamamların soyunukluğu arasındaki dolaysız, doğrudan ilişkiyi, ad koyamadığı bir duygu, bir ruh hali, neredeyse bir var oluş bilgisi olarak, küçük yüreğinden umulmayacak çarpıntılarla yaşıyor.

Yanlarına vardığında, çocuğu işaret ederek, Adı ne? diye soruyor dedesine.

Küçük lokmalarla kurabiye yedirdiği torununu, nedense, Pişo! Pişo diye seviyor dede.

Dede yamacına kadar geldiği halde, görmediği, birdenbire yanı başında bitiveren, üstünün başının özenine karşın, gene de öksüz görünen bu şehirli çocuğa dönüp gülümsüyor. Dedenin gözleri de, torununki gibi koyu yaprak yeşili. Kuruyken de, ıslakmış gibi kuvvetle parlayan kalın yaprak yeşili... İkisinin de gözlerinde aynı dallar... İnsanları akraba eden şeyin gözleri olduğunu düşünüyor Ali.

Adı sahiden Pişo mu?

Dede, tam söyleyecekken susup gözbebeklerinde ışıyıp duran zeki, muzip çakımlarla bu kez de oyun yapar gibi gülümsüyor. Kendi dedesi gibi gülümsüyor, ağaçlarda kalan dedesi gibi. Ne zaman dedesini düşünse, dedesi, ağaç dallarının arasından

Ali'ye gülümsüyor. Kendi dedesinin yüzü siliniyor.

Hayır, diyor, dede, Hayır, adı Pişo değil, asıl adı Mehmet, ben, ona Pişo diyorum.

Peki niye Pişo diyorsunuz? Hem Pişo ne demek? diye soruyor. Duymadın mı hiç? Bilmiyor musun? diyor dede.

Hayır, bilmiyorum.

Pişo, Kürtçede, yavru kedi demek.

Bunun üzerine, Mehmet ilk kez gülümsüyor.

Hem kendisi olarak, hem pişo olarak gülümsüyor.

Ali, kendini bir başka ailenin çocuğu gibi hissediyor birdenbire; artık bundan böyle daha güvenli, daha korunaklı bir aile halkasına dahil olduğunu, bir dedesi, bir kardeşi, bir kedisi olduğunu, artık kimsenin onu incitemeyeceğini düşünüyor.

O kurabiyelerden bir tane de benim ağzıma verir misin dede? diyor Ali.

Kendi sesine kendi kulağı yabancı geliyor.

Dede, tılsım esmeri parmak uçlarında ışıyan sevgi ve şefkatle, torununa uzattığı gibi, Ali'ye de bir kurabiye uzatıyor, ağzını kocaman açıyor Ali, tam kurabiye dudaklarına değdiği sırada uyandı; bu sayfada uyandı, kendini bir hikâye yazarken buldu. Bir başkası olarak buldu. Bir başkasının anısının içine, kuyusuna düşmüştü. Kâğıtta uyandı, bir başka rüyaya uyandı. Hayatını yazan kalem başkasının elindeydi. Mehmet, neredesin? dedi. Ben her şeyi hatırlıyorum. Ya sen, başka türlü mü hatırlıyorsun? O öğle sıcağını. O külhan avlusunu. Küçük bir çocuktum. Hamamın gözlerinden aşağı bakıyordum. Hamamlar bana yasaktı. Sen yoktun. Kimse yoktu.

Kimse yok, diyordu. Nereden de uydurdun? Ne o kedi, ne o çocuk, ne hamam, ne gözler, ne ben. Ben, kendimi nerede kaybettim de, şimdi bu rüyada uyanıyorum? Hem, ben bu kimsesiz rüyada ne arıyorum? Üstelik bu rüya, benim rüyam bile değil. Bir başkasının rüyası. Ben niye her seferinde bir başkasının rüyasını görüyorum?

Bir insan, kendi rüyasını görene kadar yıllarca başkalarının rüyalarını görür, diyor bir Kulakcini, yankısı bu sayfalara kadar ulaşan bir sesle...

Yoksa bir hayattan birkaç hayat nasıl yapılır?

Yazarak başkalarını affedebilirsin belki, ama asıl kendini affet! Asıl kendini affet! Kendini affet! Affet!

Bu yankı, sayfaların arasında bir hamamın kubbesinde yankılanır gibi yankıyıp duruyor.

Hangi hamamda uyuyakaldıysan, git orada uyandır kendini sokaklarından. Çıplaklığı bilmeyen nasıl kendisi gibi giyinir ki?

Hayır efendim, hayır, diyor annesi gene yırtılan sesiyle. Hiç de öyle olmamıştı, ne münasebet! Her şeyi yanlış hatırlıyorsun! Maksat bizi suçlamak! Zaten hep öyle yapıyorsun! Diyarbakır'ın o dolaşık sokaklarında kaybolmuştun, bir adam bulmuş seni, sen ağlayıp bağırıp çağırıyormuşsun, hamamın külhanının orada bulmuşlar seni, biz sonradan yetiştik tabii. Her yerde seni arıyorduk, hayır efendim, biz seni çarşıda unutmadık! Ne ben, ne baban, seni çarşının orta yerinde unutup da bırakıp gitmedik! Yanlış hatırlıyorsun! Oturduğumuz yerde sen kayboldun, elimi bırakıp bir yerlere sıvışıp hülyalara dalmışsın gene. Sana hep elimi bırakma derdim hatırlıyor musun? Sen kıvrım kıvrım kıvranır, elimden kurtulmaya bakardın. Seni zaptedeceğim diye, yıllarca elim pişik içinde gezdim senin yüzünden. Evet, orada duruyorduk, bir an dalmış olmalıyım, eh ne de olsa ben de insanım, yoksa elin elimdeydi, o ara dizimin dibinde oturuyordun, ne zaman kalktın, ne zaman kayboldun, hatırlamıyorum bile. Bebek değildin ya, koca bir çocuk sayılırdın gene de. Ne zaman aklıma gelse ter basar! Allahım ne gündü o! Seni bulana kadar aklımı kaçırıyordum. Her yeri aradık, her yeri, seni bulana kadar kahrolduk. Kaybolmuştun. Hamamın arkasındaki avluda ağlamaktan bitkin düşmüş öylece duruyordun. Bizi gördüğünde tanımadın bizi. Ne beni, ne babanı tanımadın. Başka birinin çocuğu gibi bakmıştın bize. Avlusunda ne senin anlattığın dede vardı, ne çocuk, ne de un kurabiyeleri... Bomboştu avlu. Avlunun köşesine istif edilmiş, kararmış odun yığınlarından başka hiçbir şey yoktu.

Peki, ya bu ağzımdaki tat nerden? diyor Ali. Dilimdeki bu kurabiye kamaşması nerden?

Böyle zamanlarda yaz çekirgelerinin, cırcır böceklerinin seslerine karışarak kafasını bulandıran, gaipten gelen soluk, uçucu sesleriyle ara ara konuşan Kulakcinleri bile susmuş...

Annesinin başındaki kurutma makinesinin cam miğferi, sıcak havayla uğuldayıp dururken, kendi miğferinde çıt yok! Oyun olsun diye orada; şakacıktan... Hem askercilik, hem kadıncılık oynuyor. Kovuğuna yerleşir gibi mutlulukla yerleşmiş oraya, o cam miğferin içine. Kısa pantolonlu; pantolonu düşmesin diye kareli gömleğinin üstünden askı takmış annesi. Ellerini, dizlerinin arasında sıkıştırmış, bulunduğu yerden son derece hoşnut, muzip muzip bakıyor. Bir resmin içinden bakar gibi bakıyor. Bu çeşit durumlarda, annesiyle yan yanalıklarında özel bir ortaklık buluyor. Babasıyla hiçbir zaman kuramadığı bir ortaklık. Örneğin, babasıyla kahvedeykenki yan yanalıkları böyle olmuyor. Orada yabancı gibi duruyor. Babasına değil de duruma yabancı gibi. Bilmediği bir şeyin tehdidi altında hissediyor kendini, kapanıyor. Oysa annesinin yanında gene bilmediği bir şeyin güvenini duyuyor, rahatlıyor.

Mardin'de açılan ilk kadın kuaföründeler. Adı, ilkin "Şen Bayan Kuaförü" olarak düşünülmüşken, Mardin gibi "mutaassıp" bir vilayette, "şen" sıfatının kadınlar için hafif bulunacağı kaygısıyla, sonradan "Münevver Bayan Kuaförü"nde karar kılınmış. Böylelikle salon, hem sahibinin adını taşımış oluyor; hem de "münevver kadınlara" atıfta bulunarak bir saygınlık kazanması amaçlanıyor. Bu şirin fikrin sahibi, elbette Ali'nin annesi. Kabul günlerinde günlerce bu konuşuluyor. Ali'nin annesi, herkesten zekâsına aferin bekliyor. Annesinin Ali'ye verdiği öğütlerin başlıcalarından biri: İnsan aferin duymak için yaşar! Ali, evde ve okulda bütün aferinleri toplamak istiyor. Sol köşesinde, dalgalı, gür saçları arkalara doğru fazlaca kabartılmış, kırmızı, dolgun dudaklı, inci dişli, herhalde ağırbaşlı görünsün diye çatık kaşlı çizilmiş irice bir kadın başının durduğu, serin bir soluk yeşil zemin üzerine, çevreleri sarı bordürlerle gölgelendirilmiş kiraz kırmızısı parlaklığında iri harflerle "Münevver Bayan Kuaförü" yazılı tabelanın alkışlarla çakıldığı gün, Ali'nin annesinin gözleri dolu dolu oluyor. Şehrin terakki etmesinde çorbada tuzu olduğunu düşünerek kıvanıyor, göğsü kabarıyor. Elindeki mendille gözlerinin nemini alırken, titreyen bir sesle, "Vatanın her sathına taşınmış medeniyet meş'alesi" şeklinde cümleler kuruyor.

Istanbullara kadar gidip, onca kurs görmüş, elindekini avucundakini bu kuaför salonuna yatırmış Münevver Hanım'sa, hayli kaygılı; yanlış bir iş yapıp yapmamış olduğundan emin değil. Mardin gibi bir yerde, böyle bir salon açmanın öncülüğünü yapmış olmaktan hem gurur duyuyor, hem de şehrin muhafazakâr yapısından ötürü, ümitsizliğe kapıldığı oluyor; ilk günlerde, nasıl bir yer acaba, diye merak edip gelenlerin, ayaklarını hemen kestiklerinden dem vuruyor. Şu düğünler de olmasa, iyice sinek avlayacak dükkân! Bütün gün boş boş elektrik yaktığından yakınıyor. İki bayram arasında işsizlikten neredeyse kapatacaklardı canım salonu. Ali'nin annesi ise, sürekli moral veriyor ona. Her zamanki gibi şehrin münevver kadınlarının bu işe öncülük etmesi gerektiğini söylüyor, Mardin'in ileri gelen ailelerinin kadınlarını, kızlarını teşvik etmek gerektiğini anlatıyor. Zenginler daima yeniliklere açıktır, diyor. Muhafazakâr olanlar, daima fakirlerdir. Zenginler yapacak şey ararlar çünkü. Zenginlerin vakti vardır. Senin müşterilerin zengin ve müstesna aileler olacaktır, eh biraz da orta halliler... Süryani cemaatinin kadınlarını da yeniliklere teşvik etmek lazım. Asker eşlerini saymıyorum, onların nasıl olsa orduevleri var. Münevver kadınlarsa ayrı bahis. Onlar her işte olduğu gibi, bu işte de halka rehber olacaklardır. Mesela, kabul günlerinin sayısını artırmak gerekiyor, kabul günlerine saçları yapılı gelmeyen kadınlara biraz sitem edilirse, iyi neticeler alınır. Sonra balolar da çok mühim!

Belediye Reisi'nin karısı, Ağır Ceza Reisi'nin karısı, Lise Müdürü'nün karısı, Nafia Müdürü'nün karısı, Noter'in karısı, Mal Müdürü'nün karısı, Defterdar'ın karısı, Maarif Müdürü'nün karısı, çeşitli öğretmenler ve öğretmen eşleri, sırasıyla, Mardin'in tek caddesinin kaleye yakın ucundaki, bir kuleye çıkılır gibi çıkılan dik basamaklı "Münevver Bayan Kuaförü"nün, geniş pencereleri sonsuza açılır gibi ovaya bakan salonunda, hem aynaya, hem ta Suriye sınırına kadar masal gibi uzayan ufka dalıp yaz rüzgârında dalgalı ekinler gibi kabararak sonsuz hayallere benzeyen saçlarını taratıyor, kendilerini bekleyen puslu düşlerin, uzak şarkıların çağrısına hazırlanıyorlar.

Pantolonu uzuyor. Gömleği çizgili. Askısı duruyor. Şimdi annesinin de, kendinin de ellerinde birer mecmua: Annesi, "Hayat", kendisi, "Ses" okuyor. Annesinin bir gözü dergide, bir yandan kadınlarla çene yarıştırırken, iri delikli, kalın, metal bigudilerle sarılmış saçlarının kurumasını bekliyor. Çok sıcak oldu, diyerek, Ali'nin deyişiyle, "cam miğferin" üzerindeki ısı düğmesini ikide bir kıstırıp açtırıyor. Annesi sıcağa hiç dayanamıyor. Sıcağa bu kadar dayanıksız birinin, Mardin gibi uzun ve öldürücü yazları olan bir şehre gelin gelmesi, kaderin tokadı gibi. Sürekli terleyen annesinin, yaz kış elinden mendil düşmüyor. Ali, annesinin koltukaltlarından hiç eksilmeyen nemli halkalardan iğreniyor. Böyle durumlarda Ali'ye sarılacak gibi olduğunda, Ali, Islakken bana sarılma, diye ağlaşıp kaçıyor.

Az sonra, sağında ve solundaki kurutma makineleri boşalıyor; dört sandalyeden oluşan sırada yalnız kalıyor annesi; çevresini boşaltan kadınların şimdi ayna önünde saçları taranıyor; Münevver Hanım'ın, Istanbul'dan gelmiş bir yardımcısı var artık. Ali, bu şehirde herkes günün birinde Istanbul'a gitmek isterken, Istanbullu bir kadının buralara neden gelmiş olabileceğini, bu uzun maceranın ardındaki hikâyeyi merak ediyor. Annesi bile bilmiyor bunu. Bu kadının, yolu Mardin'e kadar düşen saklı hikâyesini düşünmeye çalıştığı her seferinde, nedense hep Eşrefpaşalı Fransızca öğretmeni geliyor aklına. Eski masalların çoğunda rastlanan çölde kaybolan insanlar gibi, bazı insanların Anadolu şehirlerinin tozlu hayatlarında ve uçsuz yollarında kaybolup gittiğini, büyük şehirlerde bıraktıkları yakınlarının, onlardan bir daha hiç haber alamadıklarını düşünüp içleniyor. Oya'nın ona dinlettiği şehirlerarası telefonlarda hayal ettiği uzak hayatların anısı içini buruyor.

Ali, annesinin, zaman zaman kendi kendine konuştuğunu, ilk kez o gün, o kuaför salonunda, o çok gürültülü kurutma makinesinin altında, ifadesi boşalmış bir yüzle kederli bir yalnızlık içinde otururken, birdenbire yüksek sesle kendi kendine bir şeyler söylediğinde fark ediyor. Münevver Hanım da, diğer kadınlar da, onun dediklerini duymamakla birlikte, önce kendilerine seslendiğini sanmış, başındaki kasktan ötürü sesini kontrol edemediğini düşünerek gülüşmüşlerdi. Ne de olsa böyle şeyler sık sık oluyordu. Oysa Ali, zaman zaman evde de buna benzer sahneler yaşandığını anımsayıp, annesinin mırıltılarına bugüne değin gereken dikkati göstermemiş olduğunu anlayarak hayıflanıyor. Kadınların gülüşmeleri üzerine, yakalanmışlık duygusu içinde hemen kendini toparlayan annesinin, evde kendini böyle kolayına toparlayamadığını fark ettiğinde de kaygısı büyüyor. Çünkü o gün, annesinin, kurutma makinesinin gürültüsü altında söylediği sözler, sonradan günlerce yankıyor kulaklarında: Kendi öz kız kardeşini bile sikmiş benim kocam!

Bu sözler üzerine dehşet ve merakla baktığı annesinin yüzünde, bu sözün ağırlığına ait herhangi bir duygu belirtisi göremiyor. Yüzü, içine düşen taşı yuttuktan sonra, halkalarını hızla durultup, yeniden düzleşen durgun su gibi sözünü ettikten sonra, hiçbir şey söylememişçesine, gündelik, olağan anlatımına kapanıyor.

Annesinin de kendisi ve dedesi gibi, tuhaf sesler duyup onlarla konuşmaya başladığını düşünerek, bunun ne demek olduğunu bilmenin, o tanıdık, o inciti yalnızlığından kurtaran sevincini belli belirsiz hissetse de aslında ürküyor bu durumdan. Bunun, bir uzaklaşma, bir kopma olduğunu biliyor. Annesi, onun için dünyanın kabuğu gibi, ileri gittiğinde, ona, "Dur!" diyen biri; o kabuk da kırılırsa, nereye sızacağını bilemiyor. Burada, bu taşkentte, hiçbir şeyin oyalayamadığı bu hiç geçmeyen zamanı, gövdeyi hissizleştiren öldürücü sıcakları, dört yanı kuşatan dilsiz taşları, eşeklerin nal seslerinin takırtısının hiç eksik olmadığı kirli sokakları, en ufak su damlasının bile kimi zaman huzur, kimi zaman korkuyla büyüdüğü yüksek tavanlı ayvanları, ışığı kıt sofaları, pencereleri hiçbir şey söylemeyen dilsiz evleri, evleri ve sokakları birbirine bağlayan karanlık abbaraları, sinek bulutlarının eksik olmadığı tutuşmuş ot kokan sarısıcak gökyüzünü kaplayan o büyük, o sonsuz can sıkıntısının sahibi olan kaynağı görünmez seslerin giderek bütün dünyayı kapladığını düşünüyor. Göze görünmeyen tehlikeli sesler yönetiyor dünyanın akışını. Kulakcinleri, gövdelerimizi rehin alarak, olaylara ve kaderlere yön veriyor. İnsanların dünyayı gözleriyle değil, kulaklarıyla görmesi gerektiğini, gözlerin aldatıcı olduğunu, asıl sesleri duymak gerektiğini düşünüyor. Bütün bunları düşünürken, yüzünde, olmayan varlıkların ifadesinin belirdiğini hissederek, onları görmek için aynalara koşuyor. Aynalar boş. Yüzü hiçbir şey söylemiyor.

Günler, hiçbir oyuncağı olmayan kederli bir yalnızlık içinde geçiyor.

Berberden geldikleri günün gecesi, elinde beyaz bir mendille yatağına kapanıp hıçkıra hıçkıra ağlıyor.

Annesi, Bu çocuğa ne oluyor hiç anlamıyorum, diyor. Durduk yerde ağlamaya başlıyor.

Avlunun bir ucunda, gecenin kendine bile karanlık bir yerinde, bir zamanlar Sakine'nin, Suriye'nin uzak ışıklarını seyretmek için sindiği köşede, annesinin inler gibi konuşan sesini duymuştu bir keresinde. O gece hiç uyuyamamış, uçuşan tüllerle, geniş yapraklı dalların odasının duvarında yer değiştirip duran gölgelerinden korkuya kapılarak, yattığı yerden annesine birkaç kez kaygıyla seslenmiş, karşılık alamayınca da yatağında bulamadığı annesini aramaya çıktığı avlunun kör köşesinde, onun, gözlerden saklanan cılız sesini duymuştu. Babasının gene evde olmadığı, muhtemelen Şehir Lokali'nde, şehrin ileri gelenleriyle memleket meseleleri konuşup, hayat üzerine boş felsefeler yaparak, art arda rakılar devirdiği benzer gecelerden biri olmalıydı. İlkin, annesinin orada bir misafiriyle konuştuğunu sanan Ali, annesine görünmemek için bir süre sindiği yerde kımıldamadan sessizce beklemiş, annesi o kadar konuştuğu halde, karşı taraftan hiçbir ses çıkmadığını görünce, annesinin aslında tek başına olduğunu ve karanlıkta kendi kendiyle konuştuğunu anlayarak iyice ürkmüştü. En ufak bir ışık parçasının bile lekelemediği som karanlığa gözlerini kısarak uzun uzun baktığı halde, hiçbir şey görememiş, yüzünü göremediği, ne yaptığını bilemediği annesinin karanlıkta boğulmuş sesi karşısında, kendini büsbütün bir yabancı gibi hissetmişti.

Annesi, dizinin dibinde oturan birine anlatır gibi anlatıyordu: Istanbul'a gittiklerinde, kendi öz annesiyle de alakası olmuş. Kendi söyledi. İçip içip anlatıyor. Oda karanlık oluyor. Uykuda konuşur gibi anlatıyor. Her şeyi eksiksiz anlatsın diye ses çıkarmadan dinliyorum. Bir otel odasındalarmış. Mevsim kışmış. Çok soğukmuş. Annesi mi, bunu yatağına çağırmış, o mu üşüyüp annesinin yatağına girmiş, orasını karıştırıyorum. Ama yorganın hafifçe kaldırılarak birinden birinin içeri süzüldüğünü kendim görmüş gibi hatırlıyorum. Kadının tek oğlu. Âşık gibi bir şey oğluna. Allahtan, ben evlendikten sonra çok yaşamadı. Boşatırdı beni. Ya da öldürtürdü. Hiç sesim çıkmazdı önceleri. Bağırıp çağırmayı geç öğrendim ben. Başlarda çok ezdiler beni. Buraya gelin geldiğimde, tek kelime konuşmuyorlardı benimle. Bana kötü kötü bakıp, kendi aralarında Arapça konuşup duruyorlardı. Sinsi sinsi alay ediyorlardı ardımdan. Bütün ev halkı dilsiz duvarlar gibi bakıyordu bana. Yabancı gelinim diye, Türk'üm diye nefret ediyorlardı benden. Irkımız karıştı, diye ağlaşıp duruyordu karanlık yüzlü görümcelerim. Ruhları gibi karanlık çatkılar çatıp, ev ev gezip beni çekiştiriyorlardı. Hizmetçiler bile surat asıyordu. En kutsal vazife bildiğim öğretmenlik mesleğimi bile icra ettirmediler bana. Bizim gibi büyük bir ailenin gelini çalışamaz, diye çekip aldı kocam beni mektep hayatımdan. Mesleğimi söndürdüler. Hayatımı söndürdüler. Kadınlığımı söndürdüler. Kendisi Istanbul'un karanlık bir otel odasının kışında, öz annesini sikerken, ben burada çürüdüm kaldım. Gerçi benden çok önce olmuş bu olay. Ama olsun. Hatırası hepimize yetti. Çok tatlıydı, dedi. Bir daha asla böyle bir heyecan yaşamadım, dedi. Karanlıkta birbirimizin yüzünü görmüyorduk, dedi. Hem yabancıydık, hem kim olduğumuzu çok iyi biliyorduk, dedi. Fısıldaşır gibi sikiştik, dedi. Hiçbir şeyden değil, kalbimizin çarpıntısından sarsılıyordu yatak, dedi. Çok tatlıydı, insanın anasının amcığı gibi tatlısı yokmuş, dedi. Düşün! diyordu bana. İnsanın çıktığı deliğe yeniden girmesi ne harika, ne müthiş bir şey! Ben, öz karısı yanında yatarken bunları diyordu bana. Sanki ben hiç kimseymişim gibi konuşuyordu benimle. Ertesi sabah birbirlerinin yüzüne hiç bakamamışlar. Bana anlattığı gecelerin sabahında da biz, birbirimizin yüzüne hiç bakamıyorduk. Kimselere hiçbir şey söyleyemiyordum. Kimse inanmayacaktı ki bana. Herkes delirdiğimi, aklımı kaçırdığımı sanacaktı. Kime ne anlatabilirdim ki? Dillerini bilmiyordum. Yapayalnızdım. Kimsesizdim. Çaresizdim. Yabancıydım. Bir tek can yoldaşım bile yoktu. Duyuyor musun beni Ali? Orada mısın?

Ali'nin birdenbire ödü kopuyor, soluğu tıkanıyor. Duvarın köşesine sinip büzüştüğü yerden çıkamıyor dışarı, göğsü korkuyla inip kalkıyor. Buz gibi soğuk terler boşanıyor her yanından. Ayazda kalmış gibi üşüyor. Dişleri takırdayacak ve orada olduğu halde cevap vermediği anlaşılacak diye, çenesini sıkıp dudaklarını kemiriyor. Şimdi en çok, ne zaman herhangi bir şeyden korkacak olsa, koşa koşa yanına gidip kanatlarının altına sığındığı annesinden korkuyor.

Sabahına, kendini yatağında bir ceset kadar soğuk ve kaskatı bulduğunda, geceden hatırladığı her şeyin kötü bir rüya olmasını istiyor. Üstelik evin gündelik hali, olağan sesleri, annesinin yüzü, dünyanın her günkü tanıdık resimleri, buna inandırırken, Ali, hiçbir şeyin rüya olmadığını biliyor. Daha sonra, kahvaltıda yumurtasının fazla pişmiş olduğunu söyleyerek çılgınlar gibi ağlamaya başlıyor.

Bu sırada, halaları teker teker ölmeye devam ediyorlar. Hepsi de ölürken, aynı vasiyette bulunuyorlar Ali'ye: Unutma, sen ailemizin tek erkek çocuğusun, zürriyetimizin kaderi, soyumuzun geleceği senin elinde; çok çocuk yap, her bir oğlunu mezarımıza getirip uzun uzun ağlat. Ağlamazlarsa, çimdikleyerek ağlat. Merak etme, biz hepsinin sesini duyarız. Ruhların kulakları ölmez. Onlar her şeyi duyarlar. Şu ufuk kadar kızıl toprakların altında istirahate çekilen muzdarip ruhlarımız, ancak öyle huzura kavuşur, ölüm uykumuzu ancak öyle uyuruz. Sen bizim tek geleceğimizsin Ali! Bizi geleceksiz koma!

Ali, çocukluğundan beri, kıpkırmızı edene kadar çekiştirip durmayı âdet edindiği, çok çocuk yapacak yoksul çüküne hüzünle bakıyor. Çükünü halalarına verip, hemen Istanbul'a kaçmayı hayal ediyor.

Ali'nin can sıkıntısı dinmek bilmiyor.

Diyarbakır'a indikleri her seferinde, Demir Otel'de kalıyorlar. Demir Otel, şehrin doğru dürüst tek oteli. Meydanlarını, çarşılarını büyük ölçüde ya şehre mal almaya gelmiş, ya hasta getirmiş olan şalvarlı, poşili köylülerin, çığırtkan seyyar satıcıların, bezgin görünüşlü yük taşıyıcılarının, her geçene ümitsiz gözlerle bakınan işsizlerin doldurduğu şehrin, çamurlu, kirli sokaklarından geçtikten sonra, birdenbire Demir Otel, daha kapısından girildiği anda, medeni ve konforlu görünüşü, özellikle yaz sıcaklarındaki serinliğiyle, insana az önce içinden geçtiği sokakları unutturup, bir büyük şehirde olduğu duygusu veriyor. Ali, otelin kapısından girdiği her seferinde, kendini, bir masal kapısından geçer gibi, Diyarbakır'ın bakımsız, yoksul sokaklarından geçip, birdenbire filmlerden tanıdığı Istanbul'un büyük otellerinden birine çıkmış gibi hissediyor.

Ali, bazı hafta sonları Istanbul'dan gelen bir iş adamını görüyor otelin lobisinde; buranın insanlarına hiç benzemeyen beyaz tenli, açık renk gözlü, arkaya doğru düzgün taranmış gür saçları olan babası yaşındaki bu yakışıklı adamın çocuğu olmak istiyor. O, Ali'yi yıkasın, başını incitmeden ovsun, çiçek kokulu havlularla kurulasın, iç çamaşırlarını ve ince çubuklu pijamasını özenle giydirsin, yatağının örtüsünü açsın, içine beraber girsinler, onu göğsünde saklayarak, "oğluş! oğluş!" diye sevsin, saçlarını okşasın, alnını, yanaklarını, dudaklarını öperek uyutsun istiyor, sonra da Ali'nin rüyasından kalkan, ardında ateş dilli bulutlar, pembe tozanlar bırakan, gür saçaklı, rengârenk bir uçan halıya binerek, Istanbul'a gitsinler ve orada sonsuza kadar mutlu yaşasınlar istiyor. Ali, bir süredir, babasının özbabası, annesinin özannesi olmadığına inanıyor. Halalarını kandırmak istemiyor. Onlara acıyor. Çok tane oğlu bile olsa, onların hepsini hala mezarlarının başında sırasıyla ağlatsa bile, bu ailenin bir geleceği olmayacağını seziyor. Bu ailenin geleceği ağaçlarda kalacak.

Adam, otel lobisinde hangi koltuğa otursa, Ali sessizce adamın karşısındaki koltuğa geçip duygularını ve davranışlarını belli etmemeye çalışan kaçamak bakışlarla izliyor onu; bütün isteklerini içinden konuşan bir sesle iletiyor; adamın da, Ali'yi içiyle duyduğunu, sözlerini biriktirdiğini ve bir gün cevap vereceğini düşünerek, şehlalaşan bakışlar ve ıslak dudaklarla boşluğa gülümsüyor. Onun yaşındaki bir çocuğun gülümseyişi değil bu; ama kimse bunu ayırt edecek kadar dikkatli bakmıyor ona. Neredeyse yüzüne yapıştırılmış gibi duran, ıslak, kaygan, dalgın bir gülümseyiş bu. Dikkatle bakan birini kolaylıkla ürkütebilecek olan tekinsiz bir gülümseyiş...

Ali her hafta sonu, Diyarbakır'a, Demir Otel'e gitmeleri için ısrar ediyor evde. Bütün bir haftayı, otel lobisinde oturan o adamı görmek arzusuyla geçiriyor. Akşamları yatağında hep onu düşünüyor. Ali'nin ısrarları ve dayatmaları sonuç verdikçe, annesi çok kızıyor Ali'ye. Baban, senin için gitmiyor ki oraya akıllım, diyor. Benim için gidiyoruz, diye övünüyor Ali. Ne zaman inatlaşsalar, annesi, babasının deyişiyle, "çocukla bir oluyor". Sen öyle san, diyor annesi. Senin gönlün olsun diye gitmiyor işte! İşleri için de gitmiyor. Ali, annesini en çok kızdıran dudak büken yüzüyle, Ne için gidiyoruz peki? diye soruyor. Otelde çalışan bir garson için gidiyor. Hani orta boylu, iri gözlü, hafif tıknaz, dalgalı saçlı... Ali'nin gözlerinin önüne, elinde tepsiyle hep içi dolu bardaklar taşıyan garson geliyor. Ali'ye hatırlatana kadar ısrarla tarifini sürdüren annesi, babasının, o garsonla neler yaptıklarını, ikisinin birbirlerine neler yaptıklarını, Ali'ye tane tane anlatıyor. Babası, otele yalnız indiği zamanlar, geceleri odasına alıyormuş garsonu, birlikte gittikleri zamanlardaysa, çamaşırhanenin yanında küçük bir oda varmış, herkes yattıktan sonra, gizlice oraya giriyorlarmış. Annesi anlatırken Ali'nin hayalinde hiç görmediği o küçük oda birdenbire bütün ayrıntılarıyla canlanıyor; bu, ona ortak olduğu bir gizin suçluluğunu duyuruyor. Sanki babası kendinin değil, oğlunun kirliliğini yaşıyor. Onun adına yaşadıklarıyla, onun önünü tıkıyor. Anlattıklarından Ali'nin uğradığı bozgunu, üzüntüsünü görmek, annesini sakinleştiriveriyor; oğluyla itişmekten vazgeçip ona yeniden merhamet duymaya başlamasıyla birlikte, yeniden en anaç haliyle onu teselli etmeyi üstleniyor, ana oğul hıçkırıklar içinde birbirlerine sarılarak, annesinin deyişiyle, "kötü kaderlerine" ağlıyorlar.

Ali, Türk filmlerindeki çocuk yıldızın, annesiyle kucaklaşarak hıçkıra hıçkıra ağladığı bu çeşit sahneleri, kendi hayatında canlandırma imkânı sunan bu anları seviyor. Öte yandan, bu acıyı, bu utancı, bu üzüntüyü taşımaktan nefret ediyor. Ağlamaktan, hıçkırmaktan, içini çekmekten nefret ediyor. Kendini bildi bileli bütün çocukluğunun acıyla yüklü olduğunu, acıyı sevmezse, acıyı sevmeyi öğrenmezse, hiçbir şeye katlanamayacağını, bu korkunç büyüklükteki acıyla parça parça olacağını seziyor. Peki, bütün bunlara kim sebep? Babası mı, annesi mi? Her şeyi yapan babası. Tamam. Ya, annesi neden, olan biten her şeyi, henüz ilkokula giden bir çocuğa anlatıyor? Kimden nefret edeceğine karar vermesi gerekiyor. İkisinin arasında kalıyor. Bilemiyor. Sevgisi gibi nefreti de bölünüyor. Birine duyduğu sevgiyle, ötekine duyduğu nefreti yapıştırarak eksik bütünler meydana getiriyor.

Aslında, her şeyi bir kerecik olsun babasına sormak istiyor. Hiçbir şey soramıyor. Babasına hiçbir şey soramadığını, soramayacağını, babasıyla hiçbir zaman hiçbir şeyi konuşamayacağını biliyor. Bütün hayatı boyunca, babasıyla konuşması gereken her şeyi, annesinin üzerinden konuşacağını, bir kader gibi buna mahkûm olduğunu duyumsuyor. Ne zaman babasına karşı gelecek olsa, babasının çatılan kaşları, öfkeyle sarkan alt dudağı, her an yüzüne bir tokat olarak inecek gibi titreyen elleri geliyor gözlerinin önüne. Cayıyor. Babasının, Demir Otel'in garsonuyla yaptıklarının, kendisinin hala çocuklarıyla yaptıklarından farklı olmadığını, ama gene de kendilerinin çocuk ve masum, babasıyla garsonun ise, büyük, kirli ve günahkâr olduklarını düşünüyor. Annesi, bunları anlatırken, kendisi, şiddetli bir itiraf ihtiyacı içinde, annesinin bunca ayıpladığı şeyleri, kendisinin de hala çocuklarıyla birlikte yaptıklarını, ama o zaman çok küçük olduklarını söylemek istiyor. Bununla, hem babasını korumak, hem annesini üzmek, hem babasıyla bir olup annesinden özür dilemek, hem de herkesten intikam almak istiyor. Her şeye karşın, halasının çocuklarıyla yaşadığı oyunların, bir çocukluk olduğunu, büyüyünce yapılamayacak şeyler olduğunu sanıyordu. Çocukken yapılır sandığı şeylerle büyüyünce yapılacak şeyler, şimdi kafasında karmakarışık oluyor. Birbirinin içine geçerek çalkanan bütün bu duygular, ruhunun duvarlarına, isli, yağlı lekeler gibi yapışan karmakarışık izler bırakıyor. Bu izler, ne büyümesine izin veriyor, ne çocuk kalmasını sağlıyor.

Annesinin dinmek bilmeyen gözyaşları, arka arkaya ıslattığı mendiller, sürekli terleyen koltukaltları, hiç kesilmeyen hıçkırıkları, sesindeki nezleli iç çekişler, derin bir sızıyla içine işliyor Ali'nin; yüreği daralıyor, günahtan, acıdan ve suçluluktan ölecek gibi oluyor. Annesine, o adamı, lobide oturan Istanbullu adamı anlatmak için ölesiye bir arzu duyuyor. Ama hiçbir şey söyleyemiyor. Annesinin bütün anlattıklarına karşın, ona bir tek kelime bile söyleyemiyor; hiçbir şey anlatamıyor. Annesine borçlu, hep borçlu kalıyor; ona karşı nefretle karışık bir minnet duyuyor. Çünkü, Ali için minnet, aynı zamanda nefret demek. Kime minnet duyacak gibi olsa, aynı zamanda ondan nefret etmeye başladığını ayrımsıyor. Annesi, ona hiç kimseden duyamayacağı sırlar anlatırken, Ali'nin bütün sırlarını karartıyor. Ali her şeyi içine kilitliyor. Sanki bütün dünya Ali'nin içine saklanıyor.

Babasına hiçbir şey soramadığı için, onunla hiçbir şeyi konuşamadığı için, o hafta sonu, Demir Otel'e bir daha asla gitmek istemediğini söyleyip, avludaki soğuk taşların üzerine yatarak, şiddetli bir sinir krizi geçiriyor. Böylelikle, annesinin çektiği üzüntülere bir son vermek, babasının Demir Otel'e gitmesini engellemek ve kendi nefretini yaşamak istiyor. Eve çağrılan doktorun yaptığı iğneler, ancak gece yarısına doğru sakinleştiriyor onu. Çenesini, avuçlarını kimseler açamıyor. Bir süre okula gidemiyor. Yemek yiyemiyor. Devamlı kusuyor. Geceleri yatağa girdiğinde, kıçını sıkmayı öğreniyor. Deliğini sımsıkı sıkarsa, böyle bir şey hiç olmayacak, hiç kimse üzülmeyecek diye yorgun düşene kadar kıçını sıkarak fısıldaya fısıldaya uyuyor. Herkesin normal bir insan bedeninde olup yalnızca kendisinin bir "kıç deliği" olarak ortalıkta gezdiği karanlık rüyalar görüyor bazen; herkes ona bakıp alay ederken, ter, korku ve utançla uyanıyor. Ertesi sabah, gece gördüğü rüyayı, aslında herkesin kendisiyle birlikte görmüş olduğunu, ama onu utandırmamak için bundan söz etmediklerini düşünerek kimselerin yüzüne bakamıyor. Bazen, ruhların birbirine değmeden yaşadığı, bedenli olmanın ancak utanç verici bir şey olduğu, bütün gövdelerin aşıldığı, şimdikine benzemeyen bambaşka bir dünyada, kendisinin de bedenli olduğu için herkesten özür dileyerek ortalıkta utanç ve çaresizlik içinde gezdiği sıkıntılı rüyalar görüyor. Kimi zaman bütün bu karabasanlardan yorgun düşüp mutluluk rüyaları gördüğü de oluyor: Kilise ikonlarındaki meleklere karıştığı, bedeninden kurtulup gökyüzünde, mavilik, tüy, hafiflik olarak uçuştuğu rüyalar bunlar. Derin bir iç huzuru, dingin bir gülümseyiş içinde boşlukta yüzüyor. Saf mutluluğun sessizliğiyle, uzaklarda çalan bir kilise orgunun ilahi sesi birbirine uyum içinde karışarak ruhunu arındırıyor. Başka bir rüyasında da, Demir Otel'in lobisinde oturan yakışıklı adamı, o garsonla birlikte otelin çamaşırhanesinde görüyor. Garson, Mardin'deki Bıçakçılar Çarşısı'ndan aldığı uzun ve kara bir bıçakla defalarca bıçaklayarak öldürüyor adamı; sonra Istanbul'a kaçmak isterken, otobüs terminalinde yakalanıyor ama, mahkemede, garsonun savunmasını babası üstleniyor. Bunun üzerine Ali, çabucak büyüyüp, "davavekili" babasının karşısına hukuk diplomalı bir "avukat" olarak çıkıp, onu yenmek istiyor. Büyüyüp büyümediğini, babasını yenip yenemediğini uyanınca hatırlamıyor.

Demir Otel'i, oradaki adamı ve garsonu unutmayı seçiyor bir süre sonra. Oya'yı da böyle unutmuştu. Acıya katlanmak için acıyı sevmeyi keşfettiği gibi, nefrete katlanmak için de unutmayı öğreniyor. Unutuşun boşluğunda geçmişi ıssızlaştırmayı seçiyor.

Geçmiş, hatırlamadıklarımızla daha çok geçmiştir. Unuttuklarımız kadar, unutmayı seçtiklerimizle de biçimlenir geleceğimiz. Artık yetişkinler dünyasına hazırlanması gerektiğini anladığı günlerin birinde, geçmiş ve gelecek üzerine, Kulakcinlerinin kulaklarına bıraktığı başıboş sözleri kekeleyerek anımsamaya çalışırken, dudaklarından dökülen bu çeşit güzel sözlere kendi de hayret ediyor. Ot nasıl büyürse öyle büyüyor içinde gelecek...

Ruhunun başka çağlarla yüklü olduğunu biliyor... Biliyor, çocukluğun yalnız büyüsünü... Büyümenin vazgeçmek demek olduğunu anlıyor... Tekrarlanmaktan sağır olmuş uğultusu geçmişin, kulaklarında cinler çınlıyor... Çok küçükken, bir gün dedesi, Kediler kulaklarıyla görürler, dediğinde anlamıştı kendisinin de kedilere benzediğini. Kedilerden çok korkuyor... Onların o tekinsiz yetenekleriyle her şeyimizi bildiklerini hissediyor. Yetişkinler dünyasının zalim oyunları, çocukluğun oyunlarından tanıdık geliyor; dolayısıyla ürktüğü bu değil; galiba, daha çok büyük oyunlarının geri dönüşsüzlüğünden ürküyor. Çocuklar geri dönebilirler, vazgeçebilirler, oyun bozabilirler, büyüyene kadar her şeyi kaybedebilirler, kazanacakları bir gelecek olduğunu düşünerek, gelişigüzel bir umursamazlık içinde birçok oyuna girip çıkabilirler. Onların zamanları vardır. Büyüklerinse zamanları yoktur. Çocuk oyunlarında zaman bu yüzden eğlenceli bir şaka, büyük oyunlarındaysa acıklı ve zalim bir kaderdir.

Dünyanın oyunlarına ve sonuçlarına katlanabilmek için acıyı sevmeye, herkesi affetmeye, her şeyi unutmaya çalışıyor. Kötülüğün gücü karşısında, çaresizliğin iyiliğine sığınmaya çalışıyor. İçindeki bütün öfkeye, kine, küskünlüğe karşın, dünyanın iyiliğe ayırdığı bütün aferinleri almaya çalışıyor.

Onca yıl içinde, annesinin ancak birkaç akrabası misafir geliyor evlerine. Onlara, Mardin'de yazların çok sıcak olduğu söylendiğinden, ilkbahara denk getiriyorlar gelişlerini. Tam yaz öncesine. Mardin'in en güzel mevsimine. Zınnar bağlarının incir yeşilliğine, Ferdovs'un karpuz serinliğine. Dayısının güleç yüzlü şişman karısını hatırlıyor; gelişinden üç gün sonra, onun bir akşamüstü, avlunun ahşap parmaklarına dayanıp gizli gizli ağladığını gören Ali, kendini göstermeden içeri kaçıp, annesine haber vermişti. Annesi, Ali'yi yanlarından uzaklaştırıp, onunla konuşmaya çalışmıştı. Bir süre hıçkırıklarını içine göme göme ağlayıp annesinin ısrarlı sorularını karşılıksız bırakarak suskunluğunu koruyan yenge, neden sonra, alçak sesle, kesik kesik konuşmuş, Ali, saklandığı yerden yengenin arada bir yükselen ağlamalarıyla boğulan sözlerinin bir bölümünü duymuş, bir bölümünü duyamamıştı. Ertesi gün, alelacele bavulunu hazırlayıp akşam otobüsüyle memleketine apar topar geri dönmüştü yenge. Ali, büyük bir öksüzlük duymuştu bundan. Nedenini tam olarak bilmemekle birlikte, Sakine'nin gidişine benzetmişti yengenin gidişini. Kesin bir unutuşa benziyordu çünkü. Geçen yaz tatilinde, annesiyle birlikte birkaç haftalığına onlara Adıyaman'a gittiklerinde, ağaçlarına salıncak kurdukları geniş bahçelerinde nasıl eğlendiklerini, dalından topladığı meyvelerin damağını şimdi bile kamaştıran tozlu tadını anımsıyor. Bunların bir daha tekrarlanamayacağını, bu anıların hiçbir geleceği olmayacağını seziyor. Sanki her şey kirlenerek büyüyor. Büyümekteki kiri görüyor.

Annesi, yengenin gidişine dair hiçbir şey söylememiş, günlerce surat asarak, zehirli bir sessizlik içinde dolaşmıştı evin içinde. Sonra bir gün, babasının valinin aşçılığını yapan yaşı geçkince kadınla da ilişkisi olduğunu öğrenmesi üzerine, büyük bir öfkeyle patladığında, kapalı kapılar ardında kopan bağırtı çağırtılardan, o gün avluda duyamadığı eksik kalan sözleri de duymuş oldu Ali. Babası, "hiç utanmadan arlanmadan" yengeye sarkıntılık etmişti. Kadın çok üzülüp ağlamış ve apar topar kaçmıştı. Annesinin dayanacak gücü kalmamıştı artık. Babasının yüzünden kimselerle görüşemez olmuştu. Hiçbir akrabasını gönül rahatlığıyla yanına çağıramıyor, yatılı misafirlerden korkuyordu. Hep böyle yapıyordu. Bütün dünyaya sarkıntılık ediyordu. Herkeste gözü vardı. Nasıl babasının herkesin parasında pulunda gözü varsa, onun da herkesin karısında kızında gözü vardı. Hiç utanıp sıkılmıyordu. Daha geçen kış, kendi öz dayısının küçük gelinine göz koyduğu için dayı oğluyla bir düğünde birbirlerine girmişler, karşılıklı silahlar çekilmiş, düğün sahipleri bile onları ayıramamış, herkese rezil kepaze olmuşlardı. Yaşlanmaya başladıkça iyice delirmiş, aklı tamamen belden aşağısına kaymıştı. Ankara'dan, Istanbul'dan getirttiği türlü iğrençliklerle dolu açık saçık kitapları okuduğu yetmiyormuş gibi, o kitapları ortada bırakmaktan da hiç çekinmiyordu. Bütün bunları uzun lanetler gibi sayan annesi, sonunda ulumaya benzer bir ağlama tutturmuş, kapıyı çarpıp çıkan babasıysa, eve gece yarısı çok sarhoş olarak dönmüş, Ali'nin uyanık olduğunu fark etmemiş, bir süre salonda oturup karanlıkta sigara içip sessiz sessiz ağlamıştı. Babasının tanımadığı bütün yönleri karanlıktaydı Ali için. Şimdi olduğu gibi hep karanlıktaydı. Babasının böyle karanlıkta sessiz sessiz ağlaması içine dokunmuştu Ali'nin. Babasına acımalı mıydı, bilmiyordu. Galiba, her ağlayana duyduğu merhametten, babasının da nasibine o gece bir şeyler düştü.

Hem bir aile olduklarını, hem de hiçbir aileye benzemediklerini düşünmeye başlamıştı Ali. Diğer ailelerin hiç de böyle olmadıklarını görüyordu. Evet, diğer "normal aileler" gibi değildi onlar. Ya da diğerleri de, herkesten, her şeylerini saklıyorlardı. Her şey, karanlık ve kirli bir cinnet örtüsünün altında bütün gözlerden saklanıyordu. Yalnızca aileler değil, dünya da görüldüğü gibi değildi belki. Bu yüzden zamanla ilerleyen bir biçimde, insanların yüzlerine dikkatli dikkatli bakmaya, o yüzlerin arkasında yatanları, okumaya, görmeye, anlamaya çalıştı Ali; bu dikkatli, bu delici bakışlardan rahatsız olan insanlar, bir süre sonra kaygıyla sormak zorunda kalıyorlardı hep: Niye öyle bakıyorsun Ali?

Nasıl baktığını bilmeyen Ali, o bakışları hiç bozmadan aynaya taşımaya, insanlara nasıl baktığını görmeye çalışıyordu. Aynalar boştu. Yüzü hiçbir şey söylemiyordu.

Çok küçük yaştan beri, hep sorulmaması gereken tehlikeli sorular soruyordu; suça ve kışkırtıcılığa fazlasıyla eğilimli görülmüştü. Ödevleri abuk sabuk cümlelerle doluydu. Başlarda zekâsına, erken büyümesine verilmişti bütün bunlar. Sonralarıysa, gizli bir deliliğin başlangıcı olarak görülmüştü.

O herkese nasıl baktığını bilemese de, herkesin ona bakışında, diğer çocuklara yöneltmedikleri, yalnızca Ali'nin payına düşen, derin bir kuşku ve güvensizlik vardı.

Kulaklarının gücünün farkına vardığında, sesleri duymamaya, duyduklarını anlamamaya çalışıyor, sinek kovalar gibi kovalayıp duruyordu sesleri kulaklarından. Kimi zaman içinin kuyusunda yankı bulan bu sesleri, sonsuz bir can sıkıntısıyla boğmaya, bu yabancı topraklarda, bu yabancı insanlar arasında, bu yabancı bedende anladıklarını azaltarak, sorularını kısarak sükûnet bulmaya çalışıyordu. İçinin seslerini, dünyanın seslerine feda ediyordu.

Sanki sonsuz bir kuyuya düşüyor ve bu sesler ona düşüşünün sürmekte olduğunu hissettiriyordu.

Sen kimseye benzemeye çalışma! Kendi kendine benzemeye çalış. Kendi kendine benzemeyecek olursan, aynalar görmez olur seni, seni hiç kimse tanıyamaz.

Zaman benim isteklerimi yapmıyor. Zaman istediğim hiçbir şeyi yapmıyor. Artık her saat başında dünyaya yeniden bakmak zorunda kalıyorum. Dünya sahiden anlamak için midir, bilmiyorum.

Geçirdiği bir sinir krizi sonrasında, halsizlik, bitkinlik ve ateşler içinde yatağa düşüyor; ertesi gün, gecenin ileri bir saatinde aniden gözlerini açtığında, kederli bir yorgunlukla başucunda bekleyen annesiyle göz göze geliyor. Sanki seyredildiğini anlamış gibi uyanıyor Ali. Birdenbire çok zaman geçip geçmediğini düşünüyor. Ali böyle zamanlarda en çok zamandan korkuyor. Sanki o uyurken, dünyanın bütün zamanları geçmiş ve Ali'nin asla yetişemeyeceği bir zamana uyanmış olmaktan korkuyor. Ali'nin gözlerini açması üzerine, annesinin yüzü aynı yorgunlukta bir sevinç dalgasıyla aydınlanıyor. Gülümsüyor Ali'ye. Göz gözeler. Ali'nin ilk sorusu: Bunları niye anlatıyorsun bana? oluyor. Annesi anlamıyor. Neleri? diyor. Ali'nin uykusundan kurtulamadığını, gördüğü rüyanın izini sürdüğünü sanıyor. Babamın yaptıklarını, diyor Ali. Ben daha küçük bir çocuğum. Niye bana her şeyi anlatıyorsun? Annesinin yüzü boşalıyor birden. Ali'ye neler yapmış olabileceğini bir an için fark ediyor sanki. Sonra hemen toparlanıp, savunmaya geçiyor. Sen benim yalnızca oğlum değil, can yoldaşımsın, unuttun mu? Burada senden başka kimsem yok ki Ali, senden başka kime derdimi yanayım? Gene de, Ali'nin bunca ateş içinde yattığı hasta yatağından bu soruyla uyanmış olması, dipte bir yerine dokunuyor annesinin; verdiği yanıt haklılığı konusunda kendini de ikna etmeye yetmiyor besbelli, ama savunmasını sürdürüyor. Tek bildiği şeyi yani. Benim neler çektiğimi anlamanı istiyorum, yoksa delireceğim. Burada benden başka herkesin sırdaşı var. Benim tek sırdaşımsa sensin. Sen benim her şeyimsin. Seni kendime can yoldaşı bildim de, kötü mü ettim?

Ali, bu sözlerin kendisini asla ikna etmediğini belli eden gözlerle annesine bakmayı sürdürüyor.

Bu konu ikisi için de kapanmıyor.

Bir okul dönüşü, sobanın etrafındaki hasır örgülü 'kürsiyye' denilen alçak sandalyelere oturmuş, mangalda közlenmiş patates yiyorlar. Günlerdir süren kapalı hava, hiç dinmeyen yağmur herkesin sinirlerini bozmuş. Ali'nin bir süredir, gözlerinin içine içine bakmasından gocunan, suçlayıcı nazarlarından yorulan annesi, döndürüp dolaştırdığı sözü, babasına getirip yeniden yakınıp ağlamaya başladığında, Ali bir büyük adam sakinliğiyle, Niye boşanmıyorsun anne? diye soruyor. Madem bunlar oluyor, niye boşanmıyorsun? Ali'nin bu büyük adam hali, annesinin sinirlerine dokunuyor. Ali ne zaman böyle yapsa, kendini ufalanmış gibi hissediyor; eziklik duyuyor, öfkeleniyor. Aralarında yeniden kurulması gereken denge gereği, Ali'ye henüz bir çocuk olduğunu hatırlatırcasına, Senin için, diyor annesi, Her şeye senin için katlanıyorum. Senin yüzünden bu acıları çekiyorum. Sen ne olursun, diye düşünüyorum. Seni burada, bunların eline bırakamam, yanımda götürmeme de izin vermezler. Sen ne olacaksın? Sen, beni düşünme, diyor Ali. Nasıl düşünmem? diyor annesi. O halde düşün, diyor Ali, Düşün ve her şeyi anlatma!

Ben, senin için bunca şeye katlanırken, sana derdimi açmam mı zoruna gidiyor? diye öfkeyle soruyor annesi. Seni, kendime can yoldaşı bildim de, kötü mü ettim? Sen de onların çocuğusun tabii! Hepiniz aynısınız!

Ali, annesine zehirli bir nefretle bakıyor.

Yağmurun, sobanın ve annesinin ağlama sesi iç içe geçiyor. Ali, buralardan kaçıp gidemediği sürece, bütün bunları sevmesi gerektiğini, sevmezse hiçbir şeye alışamayacağını, katlanamayacağını düşünüyor. Bir süre sonra yorulup sakinleşiyor annesi. Derin derin iç geçirdikten sonra, en serinkanlı sesiyle, öç alır gibi değil de gündelik olaylardan söz eder gibi yeniden anlatmaya başlıyor: Allahım, ne biçim bir yer burası, bütün erkekler birbirlerini yapıyorlar. Benzincilerin oğlu, kendi evlerinin çatısında, fırıncının çırağını yaparken yakalanmış. Başkomiserin karısı anlattı gününde. Gece yarısı bütün aileyi karakola çağırmışlar. Her hafta kalenin eteklerine bir çocuğu kaldırıp yapıyorlarmış; sinemalarda, hamamlarda, abbaralarda herkes birbirini yapıyormuş. Delireceğim Allahım, nasıl bir yerdeyim ben? Ben nereye geldim? Bak, sen öyle yapma diye, sen bu iğrençliklerden tiksin diye, sen nefret et diye anlatıyorum bunları. Delirmek üzereyim, hep içime ata ata böyle oldum. Hep sustum. Yıllarca sustum. Halanın kendisi anlatmıştı bana, kocasından daha boşanmadığı, yüzbaşıyı tanımadığı zamanlarda olmuş bu olay: Amcasının evine yatıya gittiği bir yaz gecesi, kendi amcası, öpeöz amcası, koynuna girmeye kalkıyor bunun, havalar çok sıcak olduğundan, avluda, tahtlarda yatıyorlarmış, tahtın etrafı beyaz cibinlikle kaplı olduğundan, kimse kimseyi görmüyor tabii. Herkes uyuduktan sonra, amcası usulca gelip, koynuna giriyor bunun; amcasını koynundan atana kadar neler çektiğini bizzat kendisi anlatmıştı bana. Allah üç oğlunu da bu yüzden dölsüz bırakmış amcasının. Haklı da çıktı. Bak üçü de hâlâ çocuksuz geziyorlar ortalıkta. Burada herkes birbirinin koynuna giriyor; erkek kadın herkes birbirinin koynuna... Delirmek üzereyim Allahım! Ne biçim bir yer burası? Ben, neler çekiyorum, kimse bilmiyor! Bir de bana niye anlatıyorsun diyorsun, sana anlatmayayım da, kime anlatayım? Seni kendime can yoldaşı bildim de, kötü mü ettim? O kadar sinir hapını ben boşuna mı alıyorum?

Ali'nin canhıraş çığlığıyla sözlerini yarıda kesiyor annesi: Nasıl yaktın elini? diyor. Sen ne yaptın oğlum? Nasıl yaptın? Sobaya yapışmış elin!

Eli sargı içinde, yüzü camlarda, gene köyleri, kasabaları, civar şehirleri geziyorlar. Akşam dönüşü, Harran güneşinin kızıllığı, uykusu uzun harabelere vururken, yarısı yıkılmış surların orada, beyaz tenli, kısa boylu, açık giyimli yabancı bir kadın görüyor Ali. Tuhaf bir kadın. Görünüşünde dünyadışı bir olağanüstülük var; kadının varlığının ışıyan parlaklığı, ta arabanın camlarına kadar vurup göz alıyor. Ali, harabelerin üzerinde birdenbire bir masal kahramanı gibi bitiveren bu kadının varlığından kapıldığı heyecanla, Kim bu kadın? diye soruyor arabadakilere. Bir zamandır hemen hemen hiç konuşmayan Ali'nin, arada bir sorduğu sorular, dünyayla henüz bütün bağlarını yitirmemiş olmasının bir kanıtı sayılarak, her seferinde gözle görülür bir sevinçle yanıtlanıyor. Arabadaki dava sahibi köylülerden biri, Ha, o mu? diyor, Amerikalı kadın o. Cinlere karışmıştır, lakin kimseye bir zararı yoktur. Kendi halinde bir deli. Gece gündüz harabelerin orada dolaşır, toprağı dinler, yıldızlarla konuşur, sevgilisini arar. Kimse bulaşmaz ona, geceleri toprağa dayar kulağını, gözlerini yıldızlara verir. Birini bekler. Belli, birini çok sevmiş, uğruna aklını vermiş. Kimse bilmez burda, bu harabelerde ne işi var, kimi arar? Allahın işi işte!

Amerikalı kadın, harabelere tırmanışını sürdürürken, arkalarında bırakıyorlar onu. Ali, arabanın arka camından, gözden kaybolana kadar bir süre daha Amerikalı kadını seyrediyor. Gerçek aşkın böyle olması gerektiğini düşünüyor. Delirene kadar! Çölde kaybolana kadar!

Babası eskisinden daha çok içiyor. Annesi eskisinden daha çok kendi kendiyle konuşuyor. Ali, eskisinden daha çok ağlama krizleri geçiriyor.

Babası, karısının delirdiğini söylüyor.

Annesi, kocasının delirdiğini söylüyor.

Annesiyle babası Ali'nin delirdiğini söylüyorlar.

Ali'nin gözlerinin önüne, akrabalarının ahırında bir direğe bağlı şarkılar söyleyen o deli kız geliyor. Amerikalı kadının aslında delirmediğini, onunkinin kimsenin ulaşamadığı bir aşk olduğunu düşünüyor. Amerikalı kadının hikâyesinin "boş hikâye" olmadığını, Ali'nin de kime olduğunu bilmediği bir aşkla, tıpkı Amerikalı kadın gibi dopdolu olduğunu, günün birinde onun gibi delireceğini düşünüyor.

Sana inanmıyorum, diyor annesine.

Hiçbir anlattığına inanmıyorum. Hepsini uyduruyorsun!

Hayatında hiçbir zaman yalan söylemediğiyle övünen annesini, en çok kızdıran şey bu. Tutamıyor kendini, Ali'ye bir tokat aşkediyor. Ben senin için katlanıyorum bu rezilliklere, bu sıcaklara, bu eziyetlere, diyor. Senin yaptığına bak! Nankör! Kimse kıymetimi bilmeyecek, hiç kimse! Ardından hüngür hüngür ağlamaya başlıyor. Yeniden sinir haplarından yutuyor. Bir süre sessiz durduktan sonra, annesini teselli etmek, gene Ali'ye düşüyor.

Birkaç gün sonra, bir gece yarısı, annesinin sessizce uyandırıp, yatağından kaldırdığı Ali'nin uykulu gözleri, annesinin ısrarla dudaklarında tuttuğu işaretparmağında; hiç ses çıkarmadan, sessiz adımlarla avluyu geçiyorlar; şehrin hemen hemen bütün evlerinde olduğu gibi, mutfak, banyo ve tuvalet avlunun dışında. Gövdenin bütün ihtiyaçları ev içlerinin dışına sürülmüş. Banyodan su sesi geliyor, ahşap kapının tahta aralıklarından dışarı ışık ve buhar sızıyor. Annesi, geniş anahtar deliğinden içeriyi gözetlemesini işaret ediyor Ali'ye. Ali, ne göreceğini bilmiyor, korkuyor; babası var içeride, bunu biliyor, bundan emin, babası olması gerekiyor, sonra biri daha, aklına ilk gelen valinin aşçılığını yapan o şişman kadın; kalbi hızla çarpmaya başlıyor. İçerideki ikinci bir kişinin varlığı hissediliyor. Kim olduğu anlaşılmasa bile, bir kol, bir bacak, bir sırt, yer değiştiren gövde parçaları, içeride ikinci bir kişinin varlığına işaret ediyor. Kalbi, kötülük ve kıskançlıkla, kime olduğunu bilmediği dipsiz bir nefret ve delice bir merakla doluyor. Babasının sarhoşluğunu biliyor. Çok sarhoş olduğu geceler, geç saatlerde banyo yaptığını biliyor.

Annesine dönüp, "Kim" diye soran bakışlarla bakıyor. Annesi, parmağını dudaklarından çekmeden, belirsiz bir biçimde kafasını iki yana sallayarak, Ali'nin başını yeniden anahtar deliğine götürüyor. Ali, gözünü dayadığı delikten bakarken, hem her şeyi görmek, hem hiçbir şey görmemek istiyor. Sanki görecekleri bundan sonraki hayatını değiştirecek şeyler olacak ve o henüz hiçbirine hazır değil. Öte yandan, bir şeyleri kesin olarak görürse, duygularını da kesinleştirecek. Yeniden avluyu geri dönüp sofayı geçiyorlar, annesi Ali'yi yatağına yatırırken, Gördüğün iyi oldu, diyor, artık bana inanırsın, kendi gözlerinle gördün. Yalan söylemediğimi anladın, diyor. Kimdi o? diye soruyor Ali. Düşmanımız, diyor annesi. İkimizin de düşmanı: Ahmet. Ali'ye bu isim ilk an hiçbir şey söylemiyor. Annesine, anlamamış gözlerle bakarken, annesi ekliyor: Hani matbaada çalışan. Babasının amca çocuklarından birinin matbaası var. Aynı zamanda yerel bir gazete çıkarıyorlar. İşte o matbaada çalışan genç çocuk Ahmet. Birkaç kez evlerine gelip gitmiş, çarşı-pazar işlerine bakmıştı. Ali'nin yüzünden Ahmet'i hatırladığını anlayan annesi sürdürüyor: Güya sırtını keselesin diye içeri alıyormuş çocuğu, ama birbirlerini yapıyorlar. Biliyorum. Yoksa koca adamla, genç bir çocuğun beraber banyoda işleri ne? Güya çok sarhoşmuş da sırtını keseleyemiyormuş, ben de banyoya giremiyorum ya, ondanmış. Bir sürü palavra! Yutmadım tabii! Biraz sıkıştırınca, her şeyi anlattı. Neyse, iyi oldu gördüğün. Benim hiçbir zaman yalan söylemediğimi gördün. Babanın ne mal olduğunu gör! Onların mı çocuğu olacaksın, benim mi, kendin karar ver!

Ali, ben hiçbir şey görmedim, diyor. Hiçbir şey görülmüyordu. Her yer dumandı. Biraz kol, biraz sırt gördüm, o kadar.

Annesinin boyun damarları kabarıyor, yılan ıslığına benzeyen bir sesle: Yalancı! diyor. Sen de onların oğlusun. Onlara çekmişsin. Onlar gibi olacaksın!

Ali, onlar gibi olmak istemiyor. Ali hiç kimse gibi olmak istemiyor. Ali bambaşka biri olmak istiyor.

Daha sonraki günlerde, Ahmet bir daha evlerine hiç gelmiyor. Ali'ye bir süre kimse banyo yaptıramıyor. Annesi, Ali'nin gizlice okumaya başladığı, babasının açık saçık kitaplarını sobada yakıp duruyor. Günler karanlık sayfalı bir kitap gibi ağır ve sıkıntılı geçiyor. Ev içinden hiç eksilmeyen sonu gelmez kavgalarla, kımıltısız bir benzerlik içinde, birbirinin aynı geçen günler uzayıp bir hayat oluyor.

Annesinin buradaki yalnızlığında, kendi yalnızlığına benzeyen bir yan buldukça, ona duyduğu yakınlık ve sevgi derinleşiyor; ona sahip çıkmak, onu bütünüyle üstlenmek istiyor. Ama annesi, Ali'nin bu duygusunun uzun süre yaşamasına izin vermeyip, onun canını sıkacak bir şeyler yapmakta gecikmiyor; böyle zamanlarda Ali, annesine daha büyük bir öfke ve kızgınlık duyuyor; kızgınlığına sebep olduğu yetmiyormuş gibi, büyütüp beslemeye çalıştığı sevgisini de engellediğini düşünerek, onu en çok kızdıracak şeyleri yapmamak için artık bir neden göremiyor. Örneğin, ancak, kavruk ve çelimsiz bedeniyle Ali'nin sığabildiği merdiven altındaki boşluğa saklanıp, "İstiklâl Marşı"nı, Arapça sözlerle okumaya başlıyor. Ali'ye erişemeyen anne, çıldırmış bir halde, tavan süpürgeleriyle merdiven altını dürterek Ali'yi çıkarmaya çalışıyor. Ali, artık birkaç saatinin orada geçeceğinden emin olarak intikamının keyfini sürmeye çalışırken, Elbet, çişin gelir senin, diyor annesi. Elimden kurtulduğunu sanma! Annesi daha bunu dediği anda Ali'nin çişi geliyor.

Öfkeden gözü dönmüş doktor, onu tokatladığından beri, keşfettiği gece mutluluğu ise, otuzbir çekmek. Eliyle değil, yüzükoyun yatarak sağ bileğine sürtünerek boşalıyor. Çüküyle doğrudan ilişkiye girmekten hoşlanmıyor çünkü, bu yüzden hep oturarak işiyor. Ayrıca, gece yatağına yatar yatmaz değil de, sabah ezanı okunurken uyanıp suçluluk duyguları içinde otuzbir çekmekten daha çok zevk alıyor; böylelikle günahlarının ve intikamlarının sayısını artırarak, çok daha büyük cezalarla ödüllendirileceğini düşündüğü başkaldırısını, isyanını, büyük lanetlerle kutsanmış bir kurban gibi yaşıyor. Onu kıstıran dünyadan tek çıkış yolunun, ancak günah işlemekle mümkün olabileceğini düşünüyor. Bu konuda gücünün sonuna kadar gitmeye yetip yetmeyeceğini bilemiyor.

Abdestsiz namaz kılıyor. Ramazanda, otuzbir çekmiş bedeninin tuttuğu orucun sayılmayacağını bile bile hem otuzbir çekiyor, hem oruç tutuyor.

Gövdenin göze göründüğünden çok daha fazla yer kapladığını, başka bir âleme taştığını, göze göründüğünden çok daha fazla sır sakladığını düşünüyor.

Gövdeleri gösteren ayna, dili göstermiyor.

Arapça sözleri Türkçe, Türkçe sözleri Arapça olarak yazıp, aynaya tutuyor. Aynadaki sözcüklerin ve cümleye benzeyen şekillerin, hiçbir şey söylememesi, anlamdan azat edilmiş bir hayat yaşıyor olması, onu çok eğlendiriyor. Bunun kendi öz dili olduğunu düşünüyor. Kulakcinlerinin hızına erişemediği fısıltıları, dedesinin anlamı başka dünyalarda saklı sayrılı sözleri, halalarının dua ile lanet arasında gidip gelen karanlık mırıltıları, babasının alaycı azarları, annesinin ulumaları arasında aynalarda sessiz gülümseyen öz dili...

Kendi suskunluğu, içine gülümseyen aynalar gibi, yeryüzüne kelime olarak gözükmemiş bütün kelimeleri içine gülümsüyor.

Göze görünmeyen cinler, nasıl göze görünmezlerse, kelimeler de öyle... Onlar, yalnızca havayı kaplıyor, aynayla aramızdaki boşluğu kapatıyorlar. O zaman kimse aynasından kopamıyor. Dünya bütünleniyor. Hiçbir gerçek, var olmak için diğerini yok etmiyor. İçimiz, dünya olduğundan, dünya içimizi öldürmüyor.

Annesi soruyor: Bu tuhaf kâğıtlar, bu tuhaf sözler de ne demek oluyor? Ev ödevlerini yapsana!

Ali içinden, Bunlar ev ödevi işte, diyor. Benim ev ödevlerim.

Annesinin bir zamandır yüzünde dalgın bir karanlık var. Bugüne kadar annesinde görmeye hiç alışık olmadığı vazgeçmişliğin karanlığı bu. Kendi kendiyle bile konuşmaya mecali kalmamış, içine büzülmüş kilitli dudaklarıyla omuzları çökkün, kendi bıkkın, terliklerinin sesi kadar gidip geliyor evin içinde. Bir gün öncesinden alınmış havuçları ertesi sabah gazete kâğıtlarına sararak avludaki çöp tenekesine döküp duruyor. Bir süredir neredeyse her gün böyle bu. Ali, bir anlam veremiyor buna. Bir sabah, çöp tenekesinin başında yakaladığı annesine soruyor: Elindekiler ne? Bir an durduktan sonra, Hiiç, havuç, diyor annesi. Niye atıyorsun? Gene bir süre düşünüp, Bozuldular, diyor. Her gün havuç döküyorsun çöpe, her gün mü bozuluyorlar? Ali'nin yüzüne kısa bir süreliğine dirilmiş bakışlarla baktıktan sonra, Boş ver, diyor annesi. Boş ver, mühim değil. İlk kez oluyor bu. Annesi ilk kez ona bir şey anlatmayıp yürüyüp gidiyor. Annesinin bile anlatmak istemediği bu şeyin ne olabileceği, Ali'yi iyice kışkırtıyor. Ertesi sabah sorusunu ısrarla yinelediğinde, söyleyip söylememekte çektiği kararsızlığı yeterince belli ettikten sonra, Ali'nin ısrarları karşısında söylüyormuş gibi yaparak, yüzünde beliren öfkenin, kızgınlığın, hıncın, nefretin dirilttiği ışıklı bir kötülükle: Babanın yüzünden atıyoruz, diyor. Hepsi kirleniyor çünkü. Sonra susup, Ali'nin yüzüne, gerisini anlamasını uman bakışlarla bakıyor. Ali anlamayıp, boş boş bakmasını sürdürüyor. Nasıl, diyor, hiç anlamadım. Annesi, elindeki gazete tomarını aralayıp havuçları gösteriyor. Bak, diyor. Havuçların uçları sence de kirli değil mi? Baban delirdi, diyorum, inanmıyorsun, her geçen gün yeni âdetler çıkarıyor, akşamları yatakta çüküyle oynarken, bir yandan da bunları sokuyor kendisine, yeni zevkiymiş bu. Ali, sözün sonunu dinleyemeden çöp tenekesinin başında kusmaya başlıyor. Annesi, aniden geri çekilirken, elindeki gazete kâğıdına sarılı havuçlar yere, avlunun taş zeminine dağılıyor. Ali'nin kusması artıyor. Günlerce sürüyor kusması.

Bulutların hemen eteğinde, gökyüzüne yakın bir kaleye kurulmuş olan şehre, kar, havada fazla dağılmadan, seyrelmeden, azalmadan, yaprak kalınlığında dipdiri düşer. Birdenbire, büyük kışlarda kalın karlarla kaplı avlulara, okul bahçesine yaptıkları kardan adamlara burun niyetine gömdükleri o masum havuçların anısı kirleniyor, çocukluk neşelerini bir bir elinden alan yetişkinler dünyasına duyduğu öfke ve kızgınlık büyüyor; onu en çok inciten şeyin bu olduğunu ayrımsıyor: O yetişkinler dünyasına adanmaktan kaçarken, çocukluğunun oyunlarını, anılarını kirleterek gaddarca büyütmeye çalışıyorlar onu.

İlaçlar, iğnelerle güçlükle atlattığı kusma nöbetleri, çok sonraki günlerin birinde, babasının adamlarından birinin kendisini Antep'te götürdüğü bir randevuevinde yeniden başlıyor. Artık ergen bir erkek çocuğu sayılıyor, babasının arkadaşlarıyla yaptığı konuşmalarda, Ali'nin artık kadın vücuduyla tanışmasının zamanının geldiğine, erkekliğe adım atmasının gerekliliğine karar veriliyor. Genç, güzel, temiz, halden anlayan, işini bilen bir kadın olsun, istemişler. Babası, oğluyla yüzgöz olmak istemiyor. Tüylerini nasıl alması gerektiğini bile başkası öğretmişti ona. Hiçbir şey konuşamadığı oğlunun cinsel hayatının başlangıcını da adamlarından birinin işbilirliğine emanet ederek, onu, Antep'in yaz kış gölgeler içinde olan, yüksek duvarlı, dar sokaklarından birindeki avlusu saksılardan geçilmeyen bir evine yollatıyor. Ali, bu karanlık deneyime hazır olup olmadığını bile anlamadan, kendini bir akşam orada, yabancı yüzlerin ortasında yemek yerken buluyor. Kaçamak bakışlar, küçük elleşmelerle birlikte yenmiş bir akşam yemeğinde, gevşeyip rahatlamak, güç ve cesaret bulmak için içilmiş bir iki kadeh rakıdan sonra, tam ortasına gösterişli bir taht gibi, yerlere kadar dökülen sim nakışlı kırmızı örtü, kanaviçe nakışlı dolgun yastıklarla süslenmiş aynalı pirinç bir karyolanın kurulduğu süslü yatak odasına sırtı sıvazlanarak yollanıyor. Sırtı dönük olduğu halde arkasındakilerin, kirli bir tebessümle gülen çarpık yüzlerini görüyor.

Titreyen ellerle gömleğinin düğmelerini çözmeye çalışırken, içini kemiren başarısızlık korkusu, sonrasında arkadaşlarına nasıl anlatacağının daha şimdiden yapılan gizli provası, ürküntülü bir bekleyiş ve belirsizlik içinde acemice soyunmaya çalıştığı için, kendisine çok uzun gelen dakikalardan sonra, filmlerden öğrenilmiş şuh pozlarla, yatağa uzanmış kendini bekleyen kadına, titremesini bastıramadığı bacaklarla ilerleyip daha çok yığılır gibi üzerine uzanıyor. Kadının, kendisine ayrılan bacaklarının arasında, Sakine'nin anısını yardıma çağırarak ilerliyor; kadının azıcık şişkin göbeğinin altında, karanlık, kıvırcık, sık tüyler arasında, tekin olmayan bir orman hayvanı gibi kirli şüpheler uyandıran, vücutta açılmış bir yara, kanlı bir biftek gibi duran, vücudun belirsiz derinliklerinden ekşi kokular sızdıran, am dedikleri bu karanlık boşluğa daha fazla bakamıyor. Kadının önündeki çiğ eti kapamaya yetmeyen morarmış dudakların altından kopacakmış gibi sarkıp duran büzüşük et parçacıklarına dokunamayacağını, onları okşayamayacağını, sevemeyeceğini seziyor. Birdenbire yataktan doğrulup halının üzerine kusmaya başlıyor.

Çok içtiği için böyle olduğu söyleniyor evdekilere. Bir dahaki sefere erteleniyor.

Yol boyu hiç konuşmadan, utanç içinde dönüyorlar Mardin'e. Babasının adamı, başarısızlıktan kendine pay biçip eksikleniyor. Kimselerin yüzüne bakamıyorlar.

Ali'nin yeniden kusma nöbetleri, titremeleri, herkesten kaçıp yatağına saklanmaları, dünyadan kopup hayal âlemine dalmaları başlıyor. Ali'yi yeniden doktorlara taşımaya başlıyorlar. Diyarbakır, Elazığ, Antep, Urfa, Adana, Ankara'da çeşitli doktorlar tarafından muayene edilen Ali, en sonunda Adana'ya yeni gelmiş, modern metotlar denediği söylenen bir doktorun ellerine teslim ediliyor. Ali'ye çeşitli testler uygulayan doktor, sonunda annesiyle özel olarak konuşmak istiyor. Annesi kaygıdan içine büzüşmüş bir yüzle doktoru dinlemeye hazırlanıyor.

Hanımefendi, maalesef oğlunuz normal değil efenim, diyor

Doktor. Annesinin yüzü biraz daha içine buruşuyor. Doktor, sesini temizleyip, gözlüğünü düzeltip, yüzüne tarafsızlığına ve ikna edici olduğuna inandığı tartışılmaz bir ifade beğendikten sonra, artan bir ciddiyetle kaldığı yerden sürdürüyor: Efenim, elbette her Türk ailesi, evladının bir Mustafa Kemal olmasını ister ama, maalesef herkesin evladı bir Mustafa Kemal olamaz! Maalesef, demin de söylediğim gibi, sizin oğlunuz normal değil, hem de hiç değil! Fikrimi soracak olursanız, oğlunuzun hiç vakit kaybetmeden hemen tedavi edilmesi gerekiyor. Yeise ve ümitsizliğe kapılmanız için bir sebep yok. Malumaliniz, fen ve tıp ilmi hayli ilerlemiş bulunuyor. Henüz ölüme çare bulamamışsa bile, birçok hastalığı mağlup etmede, terakki etmiş olduğu muhakkaktır. Asrımızda, birçok hastalığın tedavisi, tıp için artık mühim olmayan bir realite haline gelmiştir.

Doktor'un soluk almak için verdiği küçük aradan yararlanan Ali'nin annesi atılıveriyor: Doktor Bey, n'olur bana gerçeği söyleyin, oğlumun nesi var?

Doktor, nasıl söyleyeceğini bilemiyormuş gibi dudaklarını büzüştürüyor, derin bir soluk aldıktan sonra, Cinsel sapma başlangıcı diyebiliriz hanımefendi, diyor. Annesi, duymaktan en çok korktuğu şey, sanki kelimelere dökülünce gerçek olmuş gibi, parmaklarını ısırarak "Hiii!" diye ardını getiremediği cılız bir çığlık atıyor. Gözlerine iri taneli yaşlar yürüyor, alelacele kucağında duran çift saplı çanta açılıp, içinden çıkarılan kenarları iğne oyalı işli mendille, hızlı hızlı dökülen gözyaşları çabuk çabuk siliniyor. Annesinin gösterdiği telaş, üzüntüsündeki gösterişçi gayret, doktora bile fazla gelmiş olmalı ki, Hanımefendi, diyor, Acı hakikatleri kabul etmek, ebeveynlerin nazarında her zaman için müşkül bir hadisedir, elbette bunu takdir ediyorum, lakin hassaten yanınız sıra getirmiş olduğunuz şu işli süslü defter, bu hakikate bir nebze olsun ışık düşürmüş olmalı. Hangi erkek evlat, daha ilkokul sıralarında iken, erkekken ameliyat yoluyla kadın olmuş şahısların gazete haberlerini kesip biriktirir? Doktorun sesindeki sitem ve serzeniş üzerine, suçlandığı hissine kapılan Ali'nin annesinin, gözyaşları da, hıçkırıkları da artıyor. Kusura bakmayın doktor bey, ana yüreği işte! diyor.

Hiçbir şey için geç kalmış sayılmayız. Bu hususta, iki çeşit tedavi metodu mevcuttur. Psikanalist metot dediğimiz ilki, uzun ve meşakkatli bir yoldur; haftalar, aylar, hatta yıllar sürebilir; bu zaman zarfında, hastayı da, ebeveynlerini de yorar, üzer, yıpratır. Şartlı refleks esası üzerine kurulu ikinci metot ise, kısa ve kat'i olmakla birlikte, acı vericidir; bunun için muvafakatınız gerekmektedir. Benim temayülüm, ebeveyn olarak müsaade ederseniz, oğlunuzu bu ikinci metot olan elektrik cereyanı tedavisine tabii tutmaktır. Biliyorum, adı kulağa pek hoş gelmiyor ama, genc de cn iyisi budur.

Çok canı yanacak mı doktor?

Elektrik cereyanı tedavisinin bu şekli, tıp ilminde henüz inkişaf etmekte olan yeni bir metottur. Başlangıçta, müessif ve meşakkatli bir yol olmakla beraber, kat'i ve müspet netice verir. Filhakika, belki oğlunuz başlangıçta bir nebze ıstırap duyacaktır, lakin onun birkaç seanslık ıstırabına karşılık, kendisinin ve ailesinin hayat boyu saadeti mevzuubahistir. Hem unutmayınız ki, bizim Türk doktorları olarak terakki etmemiz de, bu kabil yeni metotları tatbikata koymakla mümkün olacağından, tarafımızdan bilhassa tercih edilmektedir. Bu vesileyle, hem oğlunuzun tedavisine, hem memleketimizde tıbbın terakki etmesine mühim bir yardımda bulunmuş olacaksınız Hanımefendi.

Peki ne kadar sürüyor bu, bu şey işte... Mesela, neler yapıyorsunuz?

Hastanın iyileşme emarelerine bağlı olarak, daha şimdiden bu ameliyenin birkaç seans devam edeceğini söyleyebilirim size. Maalesef, bu sinsi hastalığı bir kerede tedavi etmemiz mümkün değildir. Ali evladımıza verilecek olan elektrik cereyanı sırasında, size telaffuz edemeyeceğim bazı resimler ve şekiller gösterecek, ya da ona bazı hayallerini, rüyalarını, arzularını anlattıracağız, her resimle birlikte mahdut tutulmuş miktarda elektrik vereceğiz. Her elektrikle beraber, bu resimler şuur altına acı kaynağı olarak nakşolacak, bu vesileyle bundan sonra hayat boyu, bu kabil resimlerin ihtiva ettiği bu kabil münasebetlerden her zaman tiksinti ve nefret duyacaktır. Az evvel söylediğim gibi, metodun bu sahadaki tatbikatı dünya sathında henüz yeni olmakla beraber, tesirinden asla şüphe duyulmamaktadır. Keşke, hepimizin evladı bir Mustafa Kemal olsaydı hanımefendi, ama Allah bu büyük lütfu, bir tek Zübeyde Hanım'a bahşetmiştir. Sakın üzülmeyiniz. Tıbbın ve Allah'ın yardımıyla, Ali evladımızı en kısa zaman zarfında normale döndüreceğiz.

Ali, ilk elektrik akımıyla birlikte, hayatının filmlerinin bobin bobin yandığını etinde duyar gibi oldu. Titremeye başladı. Dili tutuldu. Çenesi kilitlendi. Bütün bedeninin uyuştuğunu hissediyordu. Gözlerini açık tutan bantlardan ötürü, gözlerini yumamıyor, kirpiklerini kırpıştıramıyor, titrek ışınlarla karşıdaki perdeye yansıtılan resimleri seyre zorlanıyordu. Belleğinin kendine bile yabancı nice ücra yerinden fırlayan yüzlerce görüntü, ardı arda sökün ederek, bakmaya zorlandığı resimlerin üzerini örtüyordu. Kulakcinleri, kulaklarını terk etmiş, esrik fısıltılarının yerini, yanık elektrik kokusunun cızırtılı dansına bırakmışlardı. Yattığı yerde, uyku öncesi, duaları mırıl mırıl tekrarlayarak ezberini sağlamlaştırır ve çoğu kez bir duanın yarım kalmış yerinde uykuya dalardı. Şimdi bütün o geceler boyu ezber ettiği duaları hızla içinden okuyordu; ne kadar hızla okursa, bu işkence o kadar çabuk sona erecekti sanki: "İhdinnassıratelmüstakiymvesıratellezineenamtealeyhimgayrılmağdubialeyhimveladdalinamin"

Duaların hemen ardından, okul avlusunda okudukları ant geliyordu: "Türküm, doğruyum, çalışkanım, yasam..." Dedesinin havaya dağılıp boşluğu büyüleyen sözlerinin anısı, her yerin üstünü örtsün isterken, bütün dualar, antlar, sözler, art arda verilen elekrik akımlarıyla birlikte buruştu. İstemediği kadar çok şeyi birden hatırladı. Sanki hepsi son bir defa bütün canlılıklarıyla hatırlanacak ve sonra hepsi birden unutuşun ıssız boşluğunda, sonsuza kadar kaybolup gideceklerdi. Bir türlü unutamadıklarıyla, çoktan unutup gittikleri yer değiştirdi. Kendisine gösterilen resimlerle, kendi gördüğü resimler yer değiştirdi. Hamamın gözleriyle göremediği her şeyi birden gördü. Erlerin türküsü cayır cayır yandı. Sakine'nin gelin gittiği, Suriye'nin uzak ışıkları, patlayan ampuller gibi tek tek söndü. Gördüğü rüyalar, sanki artık bir daha hiç uyumayacakmış gibi, acıdan hiçbir şeye bakamayan yorgun gözlerine son bir kez görünüp, ardından kayboldular. Doktorun, onu tokatlamasıyla birlikte, Dr. Renaud Paris şişesi üzerine patladı. Halasının çocukları, Demir Otel'deki adam, tadı ağzından bir türlü gitmek bilmeyen un kurabiyeleri, her şey, ağzını, gözünü, ruhunu, etini acıyla buruşturmaya başladı. Vücuduna verilen elektrik akımı giderek artıyordu. Kulakcinleri susmuş, hiçbir şey söylemez olmuşlardı. Bütün bu olup bitenleri, saklandıkları bir köşeden kayıtsız bir sessizlik içinde seyrediyor olmalıydılar. Sanki cam miğferin altında sıcağı çok açılmış bir uğultuya teslim edilmişti. Kapıldığı burgaçta hızla kendinin etrafında dönüyordu. Halalarının uğursuz baykuş çığlıkları eşliğinde, halası usul usul kendini kuyuya bırakırken, kendinden geçip bayıldı. Bayılırken, onun canını asıl yakan şeyin, doktorların sonradan itiraf ettikleri gibi, ölçüsü fazla kaçırılmış cereyan olmayıp, anasının babasının kendisini böyle bir işkenceye emanet eden elleri olduğunu anlamıştı. Kendisini, dünyadaki hemen her şeye yabancılaştıran, bir ölü kadar soğuk ve çıplak bu bilgiyle, bundan böyle yeni ve başka bir insan olacağını sezdi.

Annesiyle babasının kendisine ihanette gelebilecekleri en uç noktaydı burası. Artık anlayacağı bir şey kalmamıştı.

Hayat devam edebilirdi.

Tedaviden sonra biraz durgunlaştı ama, pek düzeldi, diyordu, annesi, Artık eskisi gibi üzmüyor bizi, sakin bir çocuk oldu. Bizim için neler uydurmuş olduğunu bir bilseniz! Doktorların bile ağzı bir karış açık kalmış!

Pek sessiz, pek sakin, pek dalgın bir çocuk olmuş, diyordu görenler. Ateş gibi bir çocuktu küçükken, niye böyle oldu, akşama kadar köşe yastığı gibi öylece duruyor koltukta, Allah'ın işi herhalde!

Çocukluğundan beri, az biraz maraziydi. Deli deli bakardı hep, bilmez misiniz? Diğer çocuklara hiç benzemezdi, diyordu diğerleri.

Annesi sabah nereye koyuyorsa, akşamına oradan alıyor. Geçen gün pencere kenarında unutmuş. Annesi gelene kadar öylece durmuş, diyorlar. Normal mi yani şimdi bu? diyordu bir diğerleri.

Ali hiçbir şey demiyordu.

Ali ne söylenirse onu yapıyordu.

Kulakcinlerinin hepsi ölmüştü. Ali yalnızlık çekiyordu.

Dalıp gittiği ovanın uçsuz derinliğine, bozkırın dingin renklerine gözlerini bırakıyor, hiçbir şey düşünmemenin hafifliğine ulaşmaya çalışıyor, çocukluğunda sık gittikleri Zınnar bağlarının yumuşak, koyu, gölgeli yeşilliğini, Ferdovs'un havuzuna akan suyun sakin sesini düşlüyor, bu soluk imgelerle huzur buluyordu.

Hayattaki son halası da öldüğünde, son vasiyetini etmiş, o da diğerleri gibi, Ali'den mezarlarının başında ağlatacakları bir oğlan çocuğu istemiş, Ali ona da aynı sözü vermişti. Babasınınsa, hayatta en büyük vasiyeti, oğlunun avukat olmasıydı. Ali, avukat olup, davavekili olan babasının intikamını almalıydı. Yazıhanesi hazırdı, hukuk kitapları hazırdı, en önemlisi babasının ona bıraktığı şerefli isim hazırdı.

Ali, sahibi çoktan ölmüş hayatını, çeşitli vasiyetlerin yerine getirildiği bir sahne olarak düşünmeye başlamıştı. Okulda başarısızdı; her yıl ikmale kalıyor, her yaz öğretmen tutuluyordu. Bu yüzden artık yazları bir yerlere gidemez olmuşlardı. İşleri eskisi gibi iyi gitmediğinden olsa gerek, geleceğe yönelik telaşı artmıştı babasının; gene Ali'ye avukat olması, kendi yerini alması, evlenip çoluk çocuğa karışıp, şerefli aile adını sürdürmesini içli içli vasiyet ettiği günlerin birinde, daha sözünün ortasında, yüzünden başlayıp aşağı doğru inen felç hareketsiz bıraktı babasını. Bunlar onun ağzından çıkan son sözleriydi. Bu yüzden Ali, onları ilahi bir işaret bildi. Babanın gözleri boşlukta sabit bir noktaya, yüzü yalnızca tek bir anlama kilitlendi; konuşamaz oldu, yalnızca garip sesler, kimi zaman kopuk heceler çıkarabiliyordu artık; vücudunun sol tarafını hiç kımıldatamıyor, sağ tarafını ise güçlükle hareket ettirebiliyordu. Ali, babasına artık hiçbir şey soramayacağını, onunla hiçbir şey konuşamayacağını, her şeyin yokluğa benzeyen belirsiz ve karanlık bir bilinmezlik çukuruna atılmış olduğunu derin bir çaresizlik içinde anlamıştı. Ali'nin babası için beklettiği bütün kelimeler, içinde kilitli, koynunda gömülü kaldı. Artık hiçbir kelime içine gülümsemiyordu. Babası da, Ali kadar dilsizdi şimdi.

Babasının felç olmasıyla birlikte, annesi, özgürlüğüne kavuşmuştu sanki. Artık her dediğini yapacak, sözünden hiç çıkmayacak, her şeyiyle ona bağımlı olan bir kocası vardı elinin altında; sanki yıllardır bu anı beklemiş, günün birinde adaletin yerini bulacağı bu ilahi ana hazırlanmıştı. Yıllardır kavgalar, fırtınalar kopan evde, şimdi huzurlu bir sessizlik hüküm sürüyordu; gündelik hayat içinde sağlam bir denge kurulmuş, sanki her şey belli bir rutin içinde yerli yerine oturmuştu. Felçli bir adama bakmanın zorluklarından, güçlüklerinden yakınmak şöyle dursun, yıllardır aradığı huzuru, saadeti sanki şimdi yakalamış gibi davranan Ali'nin annesi, bu durumu adeta bir ödül gibi yaşıyordu. Kocasının her türlü bakımı bir başına üstleniyor, ona elleriyle yemeğini yediriyor, dizlerine battaniyesini örtüyor, akşamları günbatımında avluya çıkartıyor, artık kendisini hiçbir biçimde üzemeyeceğini bildiği bu adamı, ancak şimdi bütün kalbiyle sevebiliyordu. İki günde bir eve çağrılan berber, kocasını tıraş ederken, o, yüzünde duru, sevecen, öfkelerinden ve kırgınlıklarından yıkanmış bir ifadeyle, derin bir sükûnet içinde uzak bir anı gibi kocasını seyrediyordu.

Bir zaman sonra, bir okul dönüşünde Ali, annesinin yıllardır herkesten sakladığı karanlık ve kirli sırrını da bir tesadüfle keşfetmiş oldu. Boş geçen dersler yüzünden okuldan erken döndüğü bir gün, Ali'nin geldiğini fark etmeyen anne, kocasına yemeğini yedirirken, bir yandan düzgün bir Arapçayla, ona günlük olaylardan söz ediyor, onu bunu çekiştirerek dedikodu yapıyordu. Ali'nin geldiğini, Arapça konuşan annesini duyduğunda, dehşete benzer bir şaşkınlıkla kapıda kalakaldığını, oturduğu yerde gören babasının, duygularını ifade etmeye zorladığı gözlerinde, Ali'nin şaşkınlığını ve ürküntüsünü paylaştığını söylemeye çalışan belli belirsiz bir parıltı vardı. Belki de bu parıltı üzerine, birdenbire arkasını dönüp Ali'yi eşikte gören annesi, ilkin bocaladıysa da, Ali'nin bir süredir orada olduğunu ve her şeyi duyduğunu anlayıp, işi pişkinliğe ve şakaya vurmaya çalıştı; bunca zaman sonra birdenbire Arapça konuşması çok da önemli bir şey değilmiş gibi, Aman canım, hem sen hep istemez miydin Arapça öğrenmemi, zaman içinde kendiliğinden öğrenivermişim işte, diyerek geçiştirmeye kalkıştı.

Ali, yıllardır hemen her şeyi anlatan, içinde hiçbir şey tutamayan, hiç susmayan annesinin, kendine dilden bir sır yapmış olmasını anlamakta güçlük çekiyor, bu gerçeği Ali'den saklamış olmasını, kendisine yapılmış bir ihanet olarak görüyordu. İhanet söz konusu olduğunda, insanların sürprizleri bitmiyordu.

Demek, yıllar yılı, sinsi sinsi Arapça öğrenmiş, kimseye öğrendiğini belli etmeden, herkesi bir casus gibi dinlemiş, kendisi hakkında söylenen her şeyden haberdar olup, kendini korumaya almış, üstelik bütün bunları, bunca zaman saklamayı ustalıkla başarmıştı. Şimdi, kendinden başka bakacak kimsesi kalmamış bu çaresiz adama, kayıtsız bir duvar gibi karşısında duran bu ifadesi boşalmış yüze karşı, gönül rahatlığıyla Arapça konuşmanın tadını çıkarıyor, konuşmaya alışık olmadığı için, bazı sözcükleri yanlış telaffuz ettiğinde, ya da yanlış bir sözcük seçtiğini fark ettiğinde, kendi hatasına yüksek sesle gülerek, kendiyle dalga geçerek, bunları kocasının gözlerinin içine baka baka, onun dilsiz tanıklığında yapmanın zalim keyfini sürüyordu.

Arapçayı bir tek kocasına ayırmıştı.

Yıllardır, hizmetçileri, görümcelerini, komşularını Arapça bilen kulaklarla gizli gizli dinlemenin, hakkında konuşulanlardan haberdar olmanın üstünlüğünü yaşamıştı. Arapça bildiğinin anlaşılmış olmasının, ev içinde artık bir önemi kalmamıştı. Ali'yle olsun, evdeki çalışanlarla olsun, eskisi gibi Türkçe konuşmakta kararlı görünüyordu.

Sonunda, Ali liseyi bitirdi. Sinir krizleri ve sar'a benzeri nöbetler gibi çeşitli hastalıkları nedeniyle, askerlik muayenesinde çürüğe ayrıldığı için askerlik engeli ortadan kalkmıştı; annesinin onayıyla zengin bir aileden, eli yüzü düzgün "lise mezunu" bir kız beğendiler ona; hemen söz kesildi; ailesinin her dediğini yapmaya hazır, yetişkinler dünyasına adanmış kilitli gövdesi, ailenin geleceğine kurulmuştu artık.

Aile, Ali'nin İstanbul Hukuk Fakültesi'ni bitirdiğinin haftasında yeniden döndü Mardin'e. Ali'nin iki oğlu da, halaların mezarlarının başında çimdiklenerek ağlatılmış, ağlamaları uzun uzun halaların ruhlarına dinlettirilmişti. Ali'nin avukatlık stajını tamamlamasının haftasına da, babasının tabelası indirilip, Ali'nin

"Avukat" tabelası çakıldı yazıhane duvarına. O gün, özel bir gündü. Bütün Mardin halkı tabelanın çakılma törenine davet edilmiş, aile şerefine uygun olarak kurbanlar kesilip fakir fukaraya yemekler ve hediyeler dağıtılmış; Ali'nin dizleri battaniyeyle örtülü babasını bir koltukla taşıyıp baş köşeye oturtmuşlardı.

Kendi "Davavekili" tabelası, asılı olduğu yerden indirilip, oğlunun "Avukat" tabelası çakıldığında, herkes, yüzüne gözüne inanılmaz bir canlılık ve ifade gelen felçli babanın, birdenbire ayaklanıp yürüyeceğini, oğluna sarılıp kucaklaşacağını, konuşacağını, hatta eski günlerdeki gibi nutuklar çekeceğini sanmıştı.

Ali'nin annesi, mikrofon yerleştirilmiş kürsüye çıkmış, konuşmasına, vatanın her sathına taşınan medeniyet meş'alesinden söz ederek başlamış, titremesine mani olamadığı heyecanlı bir sesle yaptığı uzun konuşması, gözyaşları, hıçkırıklar ve alkışlarla sık sık kesilmişti. Sonunda, her zaman yaptığı gibi, kendini konuşmasının hararetine fazlaca kaptırıp, Ben yalnızca geliniz değil, aynı zamanda kardeşiniz, bacınızım da, ben de bir yerde Mardin'liyim, ben bir Feride'yim, hepimiz birer Feride'yiz, gibi muhatabını şaşırmış, bağlamından kopmuş sözlerle kendi konuşmasının içinde kaybolmuştu.

Vatana, millete böyle bir evlat yetiştirdiğim için, duyduğum engin saadeti, şehitlerin kanıyla sulanmış aziz vatanımızın, tarihi şerefle altın sayfalara yazılmış olan Mardin göklerine haykırmak istiyorum. Evet, evet, haykırmak istemekle kalmıyor, haykırıyor, haykırıyorum! diyerek konuşmasını tamamladığında, özellikle Lise Müdürü ve özel ricayla oraya çağrılmış bulunan Vali tarafından hararetle kutlanmıştı.

Tabelanının ilk çivisini Ali'ye çaktırdılar:

Avukat Ali Zeyneddinoğlu.

Bu, bir hayat demekti.

Artık bütün hayatı bu tabelanın gölgesinde geçecekti.

AYNADAKİ DALGINLIK

aynadaki dalgınlık

ALİ, ANSIZIN TÜM HAYATI BOYUNCA, BU FISILTILARIN KULAKLARInı doldurmuş olduğunu fark etti. Yıllar yılı herkesin kulağı böyle işitir sanmıştı. Başkalarının gözlerinden kendini onca saklayan dünya, gizlerini onun kulağına cömertçe fısıldamış, ama o, bunla rı anlamakta ve ayırmakta her seferinde aynı başarıyı gösterememiş; dünya kulaklarında çınlayıp durmuştu.

Kapıyı dikkatle kapatıp yatağın kenarına oturduktan sonra, her zamanki gibi, ilkin yatak odasının sessizliğini dinledi. Kimi zaman kulakları, bütün seslerden boşalır, dünya onun için huzurlu bir yer olurdu. Hemen her evde görülen ortak ayrıntılarıyla birbirinin benzeri olan yatak odalarının mahrem bir sessizliği olduğunu biliyor ve kendine göre bir huzuru olan bu sessizliği seviyordu. Her yatak odası, aynı zamanda barındırdığı saklı tarihler nedeniyle, Ali'de, bir gizem derinliği, ölümle ilişkili kutsal mekânlarda duyulan saygı ve merakla karışık güçlü duygular uyandırırdı. Gene öyle oldu. Uzun uzun dinlediği, ruhuna sızan bu sessizlikle birlikte, camilerdeki, kiliselerdeki gibi neredeyse "uhrevi" diyebileceği bir duygu, bilinmez bir güçle doldurdu içini. Hareketlerine kendiliğinden törensi bir hava gelmişti. Gökyüzünün uçsuz maviliğinde karbeyazı kanatlarıyla süzülerek uçan melekler eşliğinde doğrulur gibi, saygılı bir sessizlikle usulca yerinden kalktı, şu an kendisini seyreden başkaları varmışçasına, müsamere duygusu taşıyan gösterişli hareketlerle gardıroba yöneldi; üzerinde yabancı gözlerin varlığını hissediyor ama, temsilin doğası gereği güya onları görmüyormuş gibi yapıyordu. Sinirli yapısı ve zayıf bünyesi nedeniyle, çocukluğu boyunca, beden eğitimi faaliyetlerinde yer alamadığı gibi, çok istediği halde okul müsamerelerine de çıkamamıştı. Bunları her anımsadığında, tazeliğini hiç yitirmemiş bir öfkeyle, geçmişindeki herkese yeniden hınç duyuyordu. Halaları, Ali'nin geçmişteki herhangi bir olayı, her hatırlayışında, o zaman duyduğu öfke ve kızgınlığı, aynı tazeliğiyle yeniden üretebilen bu yanını, bütün kötü huylarını aldığı annesine benzetir, bu konuda imalarla yetinmez, bundan hiç hoşlanmadıklarını çarpıcı sözlerle belli ederlerdi. Formika kaplaması bir iki yerinden kabarıp kalktığı, birçok yerinden çizildiği halde, annesinden kalan bu eski gardırobu değiştirmemişti. Yalnızca annesinden kalan her şeyi yaşatma sadakatinden kaynaklanmıyordu bu davranışı, aynı zamanda bütün çocukluğunun bu gardıropta kilitli kaldığına dair köklü bir inancı vardı. Aynı törensi dikkati ve özeni koruyarak mağrur bir edayla kapısını açtı gardırobun. Her zamanki gibi, köşede, en dipte, naylon koruması içinde asılı duran, siyah payetli gece elbisesini, cilası azalmış ahşap askısından aldı. Dünyaya yönelik dikkatlerini seyrelterek kendilerine yoğunlaşan din adamlarının, büyücülerin, gözbağcıların, falcıların, kâhinlerin esrikliğine benzer bir hal gelmişti üzerine. Kutsal bir ayin öncesinde, ayin giysisini giyerken, ağır ağır imgesini de kuşanan bir şaman gibi, ya da unutulmuş dinlerin rahiplerinin, anlamını tam olarak bilemediğimiz törensi davranışlarıyla giydi elbiseyi. Bu elbiseyi giyebilmek, ona, yıllardır aynı zamanda kilolarını koruma dikkatini de kazandırmıştı. Benzer bir dikkati, gece elbisesinin siyah payetlerini, pullarını korumakta da göstermişti. Yıllardır neredeyse tek bir pulu bile eksilmemişti bu gece elbisesinin, sanki bir tek pulu bile düşse, rüyası eksilecek, artık hayatta bile olmayan annesi, oğlunun bu elbiseyi, yıllardır gizli gizli giydiğini öğrenecek ve mezarından geri dönecekti. Ölmüşlere duyulan suçluluğun daha derin olduğunu biliyordu Ali.

Vücudunu sımsıkı saran elbisenin yakasını, eteğini düzelttikten sonra, alımlı hareketlerle aynanın karşısına geçti. Kendini tepeden tırnağa süzerken, gözleri hayranlık parıltılarıyla tutuştu, bakışları alev aldı. Yavaş yavaş elbisenin gücünü de giyindi; gövdesini kıvılcımlandıran siyah pul payetlerin tenine işlediğini, kanına karıştığını sihirli ürperişlerle duyumsadı. Damarları kan değiştiriyor, usul usul başka biri olmaya başladığını biliyordu. Epeydir biliyordu: Bir insanın kendini en iyi hissettiği zamanlar, kendini, başka biriymiş gibi hissettiği zamanlardır. Kişinin kendinden en memnun olduğu anlardır bunlar. Kimse kendini çok fazla kendiymiş gibi hissettiğinde iyi değildir, olamaz, diye aklından geçen bu sözleri, kendisine fısıldadığını düşündüğü Kulakcinlerinin soluğu, kulaklarını kızartan bir yakıcılıkla tüterek, ateş rengine dönüşen yüzüne yürüyordu.

Aynanın dibine kadar bak, diyordu Kulakcinleri. Aynanın suları bulanıklaşıp duruluncaya, derinlik boyutu ortaya çıkıncaya kadar bak. Uçsuz bir boşluğa bakar gibi, hiçbir yeri görmeden bak. Gözlerine hiçbir şey sığmayana kadar bak!

Fısıltılara karışmış bu sözler kulağına bir kurşun gibi akıp eriyene kadar aynada kendiyle uzun süre göz göze kaldı. Kulakcinlerinin büyülü sözlerini, kutsal mırıldanışlarını, kendinden geçmiş sözlerle tekrarladı; gözleri yavaş yavaş bulanıklaştı, bakışları odak kaybına uğradı. Görünüşü sakin, ruhu esrikti. Aynadaki görüntüsünün bulandığını, başkalaştığını, yavaş yavaş başka birinin biçimini almaya başladığını ilkin fark etmedi; bunun, kapıldığı hayallerin, hülyaların yarattığı sanrılı bir görüntü olduğunu, bu görüntünün sahip olduğu güçlü gerçekliğin de kendisini yanılttığını sandı. Zaman zaman bu çeşit sanrılara, hayallere yol açan aynadaki dalgınlığa, sırtında bu meş'um gece elbisesiyle ayna karşısında geçirdiği uzun saatlerden ötürü yabancı değildi. Oysa öncekilere benzemeyen canlılıktaki bu görüntünün, çok daha fazla gerçek olması, birdenbire ürküttü onu, aynaya yapışmış kımıldamadan duran gerçek kadar canlı bu hayalden, kendini sarsarak kurtulmaya çalışırsa, yeniden kendi bildiği, tanıdığı gerçek görüntüsünü bulacağını umdu. Dalgınlığına kapıldığı aynada hiçbir şey değişmiyordu oysa. Bakışlarını yeniden odaklamaya çalıştığında da, aynadaki görüntü aynıydı. Kendini yanıltan şeyin, gözleri olmadığını anladı. Bu kez de, kendi oyununa fazla kapıldığını, aklıyla birlikte, gönlünün de bulanmış olduğunu düşündü; geçirdiği kimi ateşli hastalıklarda yaşadığı deneyimlerden biliyordu ki, kimi sanrılar, kendilerini gerçek sandıracak kadar inatçı olur, gözönünden bir türlü gitmek bilmeden, kendilerini tekrarlayıp dururlardı; bu hayal de, onlardan biri olmalıydı, çünkü aynadaki suret, hiçbir kuşkuya yer bırakmayacak biçimde yabancı bir kadına aitti. Hayallerindeki gibi bir kadına; hayatı boyunca hep böyle bir kadın olmayı arzulamış, yıllar yılı bunun düşünü kurmuştu. Kendinden dalgalı uzun gür saçları omuzlarına dökülen, uzun boylu, uzun bacaklı, sağlam çatılı, ince belli, geniş omuzlu, yayla göğüslü, duru tenli, renkli gözlü; etli ve biçimli dudakları her gülümsediğinde davetkâr kıvrımlarla gamzelenen bir kadına... Hatta, gözbebeklerinin hep mühür kadar iri olup akının az olmasını isterdi, ki onlar da öyleydi; çeşitli renklerin beneklendiği gözbebeklerinde, bakanı tutuşturan pırıltılar yanıp sönüyordu. İşte bu kadın şimdi aynada, tam karşısında duruyordu.

Karşısında yalnızca başka biri yoktu, aynı zamanda, geride bambaşka bir yatak odasının eşyaları, ayrıntıları gözüküyordu. Aynaya yansıyan yatak odası, kendi yatak odası değildi. Kapıldığı tılsımın onu başka bir hayata çıkardığını bir türlü kabullenemiyordu. Çocukken, bir keresinde gezmeye gittikleri Derik bağlarında, sıcaktan bunalmış, ağaçlar arasında dolanırken, birdenbire kara bir yılanla karşı karşıya kalmıştı; hiç beklemediği bir anda karşısında bitiveren yılanın ağzını açıp tıslayarak titreşen dilini gösterdiğini anımsıyordu. Bir süre mıknatıslanmış gibi yılanla göz göze kalmış, onun kızgın soluğunu duymuş, korkudan kımıldayamamıştı bile. Sanki yılan onu efsunlamış, davranışlarını elinden almıştı. Şu an gene öyle olmuştu işte. Ali'yle göz göze kalıp bir süre bakıştıktan sonra, ıslık çalarak aniden uzaklaşan yılan, otların arasında, gözün kolay algılayamayacağı bir hızla sürüklenir gibi kayarak kaybolmuştu. Hemen sonrasında, soluk soluğa anlattığı bu olayı, azıcık inanmaz gözlerle dinleyen halalarının kalbi en zehirli olanı, Yılanın gözleri mavi miydi peki? diyerek annesini ima etmiş, ardından diğer kadınlarla birlikte gülüşmüşlerdi. Böyle zamanlarda, annesine hep sahip çıkmak isterdi. O an sesini çıkaramasa bile, bunu unutmaz, başka bir zaman, başka bir nedenle halalarından intikamını mutlaka alırdı. Başkalarından farklı olduğunu çok erken anlayan her çocuk gibi, kin tutmayı da erken yaşta öğrenmişti.

Yıllar önce yılanın karşısında kapıldığı o büyülü hareketsizliğe kapılmıştı şimdi, inanmaz gözlerle aynadaki görüntüyü süzmeye devam ediyor ve az öncekinin tersi duygularla, sanki kımıldarsa, aynadaki hayalin de o yılan gibi uzaklaşıp kayboluvermesinden korkuyordu. Birdenbire bu görüntünün içinde kilitli kalmayı her şeyden çok istediğini düşündü.

Bu onun hayaliydi.

Ayna ona içini açmış, hayallerinin gerçeğine sokmuştu.

Neden sonra bunu anlamak için, kendisine değil de aynaya dokunma gereksinimine kapıldı. Hâlâ bunun bir yanılsama olacağı kuşkusundan bir türlü kurtulamıyordu çünkü. Sanki ona ancak aynanın yüzeyi gerçeği söyleyebilirdi. Parmak uçlarında duyacağı o metalsi soğukluk, sertlik, kesinlik, birdenbire onu dünyanın ve hayatın gerçeğine iade edecek, kapıldığı geri dönüşsüz görünen bu rüyadan bir anda uyandırıverecekti. Aynaya dokunmaya çalıştığında, dehşetle aynanın yerinde olmadığını gördü, ayna yüzeyinin bulunması gereken yerde yalnızca serin bir hava boşluğu vardı ve eli aynada belirsiz bir yüzeyin içinden kayarak öte yana geçmişti. Korkarak aynanın içinde ilerledi, ilkin iki elini, iki kolunu, başını, vücudunun üst kısmını geçirdi ve sonra bütünüyle öteki tarafa çıktı. Başka bir yatak odasıydı burası. Az ötede, üzeri büyük yastıklarla beslenmiş, daha çok bir kraliçe tahtına benzeyen etrafı tüllerle çevrelenmiş geniş bir yatak bulunuyordu. Yatak başının iki ucunda gösterişli komodinler, üzerlerinde de ipek püsküllü, şapkalı gece lambaları duruyordu. Geceleyin yatıldığı belliydi. Yorgan yana atılmış, çarşafı buruşmuş, yatak örtüsünün yarısı yere inmişti. Dönüp ardına baktığında, aynadaki boşluğun kapanmış olduğunu, sırlı yüzeyinin yeniden kadın görüntüsünü yansıttığını gördü, üzerinde aynı gece elbisesi vardı ve geride demin aynadan gördüğü, şimdi içinde olduğu odanın ayrıntıları görülüyordu. Aynanın önünde, üzeri tıklım tıkış makyaj malzemeleriyle ve birkaç parça incik boncukla dolu şeker pembesi renginde gösterişli bir tuvalet masası duruyordu.

Bir masal gerçek olmuş, kendini olağanüstü güzellikte bir kadın olarak, başka bir bedende, başka bir yerde, başka bir yatak odasında bulmuştu, bu kadına ve bu hayata ait hiçbir şey hatırlamıyordu oysa; bütün bunlar bir tek şeye işaret ediyordu: Delirmiş olmalıydı. Bütün bu yaşadıklarının, kapıldığı cinnetin lanetli hayallerinden başka bir şey olmadığını, ama artık kendisinin de bu hayaller tarafından esir alındığı bir cinnetin içinde kaybolduğunu, hatta şu an, etrafında, onun deli gözlerinin göremediği, ama onu gören insanların, ona, teselli bulmaz acıklı gözlerle baktıkları bir odada kilit altına alındığını düşünüyordu. Yatak odasının kendine özgü çok hoş bir kokusu vardı gene de. Parfümlerin, kremlerin, pudraların, losyonların, giysilere ve eşyalara sinmiş duman kalınlığındaki kokusu, gözle görülmez bir güzellik bulutu yaratıyordu havada. Şaşkına dönmüştü. Eşyaya baktı, hiçbiri tanıdık gelmiyordu. Hepsini ilk kez gördüğünden emindi. Ne yapması gerektiğini bilmiyordu, başına gelenleri düşünmeye, anlamaya çalıştı; bir ipucu bulmak ümidiyle, yatağın başucundaki komodinin gözlerini karıştırdı, bir şey arıyordu, bir iz, bir işaret... En üst çekmecede, bilezikler, yüzükler, bir dizi inci kolye, birkaç kol saati ve benzeri ıvır zıvır arasında bir nüfus hüviyet cüzdanı buldu. Heyecan ve telaşla karıştırdığı sayfalar arasında hemen buldu aradığını. Vesikalık fotoğraftan kendini tanıdı. Aynadaki kadındı bu. Aliye Suzan. Adı buydu demek: Aliye Suzan. Yeniden aynaya baktı. Emin olmak istiyordu. Sonra birkaç banka cüzdanı, bir miktar para, isim listesi kabarık siyah deriden sayfaları kabarmış bir telefon defteri. Göğsü heyecanla inip kalkıyordu. Şimdi hem sahibi, hem casusu olduğu bu yabancı hayatın bütün gizlerine bir an önce ermek istiyordu. Sonra daha önce hiç akıl etmediğine kendi de şaşırarak birdenbire elini önüne attı. Eline hiçbir şey gelmedi. Emin olmak için elbisenin üzerinden tekrar arandı. Her zaman eline gelen siki şimdi yoktu yerinde. Taşakları yoktu. Bir cinnete kapılmışçasına, ilkin külodunu sıyırıp attı bacaklarından, (külodunun siyah dantelden olması yeni bir heyecan uyandırdı onda) ardından üzerini yırtar gibi soyunmaya başladı. Çırılçıplak kalmıştı, dehşetle önüne baktı, dümdüzdü önü, orada her şeyden habersiz amı duruyordu. Avuçladı, hafif kabarık, pembe dudaklı, biçimli, hep hayal ettiği gibi yumuşak ve kızıla çalan bir tonda tüylerin arasında her şeyden habersiz sakin bir güven içinde bir am duruyordu önünde. Hayatta en çok sahip olmak istediği şey! Heyecandan kalbi duracak gibiydi. O buruşuk et parçasından kurtulduğuna inanamıyordu. Göğüslerine baktı, böğürtlen gibiydi göğüs uçları. Dimdikti. En ufak bir sarkma belirtisi göstermiyor, tersine yumuşak eğimli pembe çizgilerle diri ve yuvarlak hatlar oluşturuyorlardı. Teninde en ufak bir pürüz yoktu. Kalçaları yuvarlak ve şaşılacak ölçüde diriydi. Otuz yaşlarında bir kadın olmalıydı. Ellerini saçlarının içinden geçirdi, dolgun telleri vardı saçlarının, sağlıklı, canlı parlıyorlardı; sonra başını iki yana sallayarak savurdu onları. Bir daha, bir daha savurdu. Odanın içinde çırılçıplaktı ve ayakta durmuş, bir sağa, bir sola saç atarak, saçlarını iki yana savurup duruyordu. Saçları omuzlarını, sırtını dövüyor, bu ona müthiş bir zevk veriyordu. Kadınlığının ilk ayininin sarhoşluğunu yaşıyordu. Kalçalarını, baldırlarını, sırtını, göbeğini, vücudunun her yerini, aynanın karşısında inanmaz gözlerle tekrar tekrar gözden geçirdi. Heyecandan sürekli dudakları kuruyor, komodinin üzerindeki ağzına iğne oyası dantel örtülmüş billur sürahiden, yanındaki cam tabağında aynı dantelin eşi olan bardağa, nesnelerin gerçekliğine, çevresini kuşatan dünyanın doğruluğuna inanmak istercesine su boşaltıyordu. İçtiği suyun gırtlağından geçişini aynadan seyrederek, varlığını, yaşadıklarının gerçekliğini onaylamak istiyor, sonra yeniden kendini yatağa atarak, her yerini delice bir hayranlıkla elliyor, seviyor, okşuyordu; canını yakarcasına etini çimdikliyor, gördüğü rüyadan uyanmak istiyordu. Duyduğu sevinçte çıldırıya benzer bir yan vardı, yüreğinin atışları bedenini yormuştu. Yatağa uzandı, eline aldığı gümüş çerçeveli küçük bir aynada bir doğum günü pastasının iştah uyandırıcılığını taşıyan amını seyretmeye, onu okşamaya, sevmeye başladı, nemlenmiş pembe dudaklarını aralayıp parmağını hafifçe içine kaydırdı. Zevkten gözleri kaydı. Daha önce hiç bilmediği bu zevki uzatmak istedi, ikinci parmağını yedekleyip biraz daha ilerlediğinde, hafif bir can acısıyla birlikte aldığı heyecan, başını döndürdü onun, elleri sırılsıklamdı. Bayılacak gibi oldu.

Aniden duyduğu bir ses üzerine, dikkat kesilip dışarıdaki sesleri dinledi. Sabah olmalıydı. Dışarıda, biri fazla gürültü çıkarmaya çalışır gibi hareket ediyordu. Sonra usul adımlarla kapıya yaklaşan terlik sesleri duyunca korku ve paniğe kapılarak, çabucak yatağa girdi, yorganı başına kadar çekip beklemeye başladı. Saçları yastığın üzerine savrulup yayılmıştı. Onları eliyle düzeltmek istiyor, ama kımıldayamıyordu. Ancak bir kadının duyabileceği bu sıkıntıyı bile sevdi. Kapının tokmağı döndü, kapı sessizce açıldı; ufak tefek genç bir kadın girdi içeri. Uyur taklidi yapan aralık gözlerle genç kadının hareketlerini izliyordu Aliye. Yatağa sokulan genç kadın, sürahinin örtüsünün açılmış olduğunu görünce, birdenbire dönüp dikkatle Aliye'nin yüzüne baktı ve uyanmış olduğunu fark etti.

Hanımefendi, dedi. Uyanmışsınız!

İnanmaz bir sesle söyledi bunu.

Şükürler olsun Allaha! Gözlerinizi açmışsınız. Ah hanımefendi, bizleri çok korkuttunuz! Nasılsınız, daha iyisiniz değil mi?

Genç kadının sesindeki sevinç ve şefkat, güven uyandırmıştı Aliye'de, paniği dinmişti. Azıcık nazlı bir sesle, Neredeyim ben? dedi.

Evinizdesiniz.

Burası neresi?

Eviniz, hanımefendi. Genç kadının sesine birdenbire kaygı inmişti.

Benim evim mi?

Sizin eviniz tabii. Topağacı'ndaki eviniz.

Senin adın ne?

Sıdıka, hanımefendi. Tanımadınız mı beni?

Aliye'nin boş gözlerle kendisine baktığını görünce sürdürme ihtiyacı hisseti: Yanınızda çalışıyorum ya.

Ne oldu bana Sıdıka?

Hatırlamıyorsunuz değil mi hanımefendi?

Birdenbire karşısına bir fırsat çıktığını hissetti: Hatırlamamak!

Hayır, anlamında başını iki yana salladı.

Bir kaza geçirdiniz. Bir trafik kazası. Feci bir kaza. Boğaz yolunda, Sarıyer'den dönerken, gece yarısı. Çok içkiliymişsiniz hanımefendi. Ah hanımefendi, hiç söz dinlemiyorsunuz ki! Allah korumuş sizi! Kaç kere içkiliyken araba kullanmamanızı tembih ettiler ama! Her neyse, şükür kurtuldunuz ya, verilmiş sadakanız varmış. Sahi, hiçbir şey hatırlamıyor musunuz?

Her şey çok sisli, dedi Aliye. Bir süre uzaklarda bir yere dalgın dalgın baktı. İç çekti. Dinlenmek istiyorum.

Size gazeteleri getireyim mi?

Sevindi. Getir tabii, dedi. Sanki içinde bulunduğu durumu açıklığa kavuşturacak her şeyi gazetelerde bulacaktı.

Ha sahi, kazaya ait gazete haberlerinin hepsini kesip saklamıştım, belki görmek istersiniz diye. Cemiyet haberlerini de kesip saklamayı severdiniz ya...

Sıdıka'nın gözlerinden iyilik okunuyordu. Bunları, hanımına yaranmak isteğinden çok, sahiden onu sevindirmek niyetiyle yaptığı belliydi.

Getir, dedi Aliye. Ne varsa getir. Her şeyi bilmek, öğrenmek istiyorum.

Ama önce kahvaltı hazırlayayım size.

Önden bir kahve getir bana. Bir de portakal suyu.

Hemen hanımefendi.

Ah şükürler olsun Allaha, kendinize geldiniz ya, ne isterseniz isteyin benden hanımcığım.

Şu Sıdıka iyi bir kız olmalı, diye geçirdi içinden.

Ayağına çabuktu. Gitmesiyle gelmesi bir oldu. Getirdiği gazetelere tek tek baktı. Istanbul sosyetesinin meşhur ve renkli simalarından Aliye Suzan, gece geç saat, Boğaz'dan dönerken Tarabya'da, hafif alkollü (!) bir vaziyetteyken, azami sür'atte kullandığı, narçiçeği rengi '57 model Chevrolet marka arabası, Tarabya' da yoldan çıkarak denize uçmuş, Boğaz'ın sularına gömülmüş, otomobilin direksiyonunda oturan Aliye Suzan, şans ve tesadüf eseri, mutlak ve kat'i bir ölümden kurtulmuştu. Kazaya şahitlik edenler, neredeyse bir intihar teşebbüsü karşısındaymış gibi nakletmişlerdi hadiseyi. Arabanın içinde Aliye Suzan'dan başkasının olmaması da ayrı bir şans eseriydi. Sadme sonucu kendini kaybeden Aliye Suzan, ön camı parçalanan arabadan dışarı fırlayarak, otomobille birlikte sulara gömülmekten kurtulmuş, mutlak bir ölümden dönmüştü.

Aliye Suzan'ın boynunu dolayan ateş rengi ipekli eşarbın, son sür'at giden arabanının açık olan camından rüzgâra kapılıp uçuşarak yol kenarındaki ağaçların dallarına dolanmış olması, mühim bir teferruat olarak istisnasız bütün haberlerde aynı kıymette yer alıyordu. Aliye, birdenbire eşarbı hatırlar gibi oldu. Acem tülüydü galiba, dedi.

Öğleden sonra ziyaretine gelen doktor, Aliye'nin, geçici ve kısmi bir hafıza kaybına uğramış olduğunu söyleyerek, çevresindekilerden anlayış, sabır ve metanet beklediğini söyledi. Her sorusuna çok normalmiş gibi cevap verilmesini ve her şeyi ona hiç sıkılmadan uzun uzun bütün teferruatıyla anlatmak gerekliliğinden söz etti. Zahmetli bir işti, ama hastanın hafızası yerine gelene kadar kaçınılmazdı.

Aliye, akşamına kalmadan kendisi hakkında bilmesi gereken birçok şeyi biliyordu. Aile albümleri, mektup desteleri, bazı günlükler, anı ve yolculuk defterleri elinin altındaydı. Yabancı gözlerle kendi hayatını didik didik etmeye başlamıştı. İçinde ürpertili bir sevinç vardı; çevresindekiler bunu, hayata dönme sevinci sandılar.

Geceleri gene de erken yatmalısınız hanımefendi, demişti doktor giderken. Doktorun kaygıyla çatılan kaşları ve sesindeki ima, Aliye'nin gece hayatından hoşlanan biri olduğuna işaret ediyordu.

Oysa, Aliye Suzan, o gece kadınlığını yaşamak istiyordu. Bunca yıl beklediği kadınlığını...

Üzeri hayli kalabalık olan tuvalet masasının başına geçti. Masanın üzerindeki her nesneyi, tek tek inceliyor; şişelerin, tüplerin üzerlerini dikkat ve merakla okuyor, yüksek sesle hepsini tek tek sayıyordu. Sanki onlara tek tek gereken özen ve dikkati gösterirse, hepsi sahiden kendinin olacak, kendi hayatına nüfuz edecekti: Saç maşası, beyaz sedefli ruj, plastik krepe tarağı, çok çeşitli toka ve firketeler, kadife ve saten kurdeleler, eye liner, acıbadem sütü, Dr. Renaud Paris krem, dışı yaldız rengi Vera göz kalemi, taşpudra 'Creme puff', Scherk losyon, Quenn's Net Spray, arandığında hemen bulunabilecekleri bir dağınıklığa serpiştirilmiş olarak ışığına çıkacakları karanlık geceyi bekliyorlardı.

Doktora, Evet, dediği halde, şoföre arabayı hazırlamasını söyleyip kendini fazla yormamak ve geceyi uzun tutmamak kaydıyla çabucak hazırlanıp dışarı çıktı, telefon defterindeki şimdi kendine hiç tanıdık gelmeyen adlardan bir süreliğine uzak durmak, onları aramadan önce biraz olsun kendine gelmek istiyordu, bu yüzden âdeti olmadığı halde yalnız çıktı evden, akşam yemeğini dışarıda tek başına yedi, canı istiridye çekmişti, iki kadeh de şampanya içti, ardından Kulüp Reşat'a gitti. Kulüp havasını daha bulmamıştı. Her zamanki gibi, Mario Cavacetti orkestrası çalıyor, içli sesiyle Renzo Bonaverri söylüyordu. Kulübün, siyahkırmızı dekoru, verev çizgilerle, yansısı parçalanmış aynalı duvarları, yumuşak, gölgeli ışığı, onda geçmişine ilişkin çok canlı hatıralar uyandırmasa da, şimşek çakımı kadar kısa süren parlak çağrışımlarla bazı görüntüler diriltmişti. Doktorun dediği gibi, kendini yormadan geçmişini hatırlamaya çalışmalıydı. Kendine söz verdiği üzere, geceyi uzun tutmadı. Kulüpte tanıştığı genç, yakışıklı ve kibar bir adamı, fazla düşünmeksizin alıp evine getirdi. Heyecanlar içindeydi. Hayatında ilk kez sikilecekti. Bunu çok istiyordu. Bir kadın olup sikilmek, en büyük arzusuydu ve işte şimdi gerçek olacaktı. Aynaya baktıkça, ona, Hayır, diyebilecek bir erkeğin düşünülemeyeceğini biliyor ve bu gecikmiş kadınlığın ödülünü bir an önce almak istiyordu. Bu yüzden ön sevişmeyi bile fazla uzatmamış, genç adamdan bir an önce içine girmesini istemişti. Yatağa girer girmez elini, denetleyemediği bir iştahla adamın önüne atmış, avucuna gelen şeyin, umduğundan çok daha büyük olması, heyecanını artırarak, onu daha da sabırsız kılmıştı. Yıllardır, hayalini kurduğu, içini hazırladığı büyük aşk ve şehvet sahnelerinin, bir an önce başlayıp gerçek olmasından başka bir düşüncesi yoktu. Zevkten ve acıdan dudaklarına dişlerini geçireceği, çarşafı tırnaklayıp yastıkları ısıracağı, derin iniltilerle ahlayıp vahlayacağı o şehvet dolu dakikaları büyük bir hazla beklemeye başlamıştı. Gözlerinde bunca yıl kör bir yemin gibi kilitli kalmış bu sahnelerin gerçekleşmesiyle birlikte, gözleri hayallerinden yıkanıp hayatı özgürlüğüne kavuşacaktı sanki. Dünya onun için ilk kez gerçek bir yer olacaktı.

Sabaha kadar alıkoydu adamı. Sabaha kadar kendini defalarca siktirdi. Hiçbir şey değil, ancak amının acısı, onu gerçekliğine inandırmıştı. Sabah uyandığında, kendini bütünüyle Aliye Suzan olarak bulmuş ve hakkındaki bütün kuşkuları dinmişti. Ondan sonraki günlerde de, hayatındaki sis hızla dağılacak, kayıp parçalar yerini bulacak, hatıralarındaki yüzler hafızasına yeniden gelip yerleşecek, hayat kaldığı yerden aynı hızıyla sürecekti.

Aliye Suzan, otuz yaşlarında, bütün İstanbul sosyetesini ardında koşturan, genç, zengin ve dul bir kadındı. Çok genç yaşta yaptığı ve sonu hüsranla biten evliliğinden sonra, kendi gönlünü kaptırmasa da, birçok âşık edinmiş ve bir daha hiç evlenmemişti; hem baba tarafından zengindi, hem de kocası yüklü bir servet bırakarak boşanmıştı kendisinden. Ayrıldıktan sonra, Aliye ile aynı şehirde yaşayamayacağına kanaat getiren kalbi kırık koca, kaçıp İsviçre'ye yerleşmişti. Orada yeniden evlendiyse de, Aliye'yi hâlâ unutamadığı söyleniyordu. Aliye ise şimdi hayatını yaşıyordu. Üstelik, gayet hızlı bir hayattı yaşadığı. Kışları Topağacı'ndaki evde, yazları Kandilli'deki yalısında geçiriyor, yılda birkaç kez Avrupa'ya gidiyor, yaz kış yüzüyor, bol bol tatil yapıyor, müzik dinliyor —çok zengin bir plak koleksiyonu vardı— kitap okuyor, hayatın tadını çıkarıyordu.

Aliye, ertesi gece, Sıdıka'nın özenle hazırladığı hafif bir akşam yemeği yedikten sonra erkenden yattı; tam uyumak üzereydi ki, aynanın yüzeyinde havaya mıknatıs tozu gibi dağılan dumansı bir ışıltı belirdi; bu tılsımlı ışıltı, onu, yattığı yerden kaldırmış, ayaklandırıp kendine doğru çekmişti; sanki parlak bir yaz gecesinde, bir kuyuya düşen keskin bir ay ışığı gibi yansıyordu aynanın yüzeyi; halkacıklarla dalgalanıp çalkalanan dipsiz bir kuyuya benzeyen aynanın büyülü çekimine kapılmış olarak, ona doğru ilerledi; bir uyurgezer hali vardı üzerinde, rüyada konuşur gibi yürüyordu, işitilmez fısıltılar onu çağırıyor, kendi içine çekiyordu sanki; aynanın on ikisi gelmişti, aynaların zamanı da kendine göreydi, aynalar saatinde şimdi gecenin on ikisiydi ve başka dünyalara dağılmış her ayna kahramanının, artık dönme vakti gelmişti. Nereye dönecekti, nereye gitmesi gerekiyordu, bunları hiç bilmiyor, yalnızca dipte bir damar uğultusu gibi, başka bir hayatın ruhunda seğiren varlığını sezinliyordu. Aynanın öte tarafında onu bekleyen, ne olduğunu bilmediği, ama kuvvetle sezdiği bambaşka bir hayat vardı. Bambaşka birinin hayatı; o hayat, Aliye'den yardım umuyordu.

Aynanın karşısında, içinin dinmesini beklercesine durup bir süre bekledi Aliye, suların durulmasını bekledi. Yüzeyi dalgalandıran halkacıkların durulmasını, buradaki anlarını bilmediği uzaklara taşımasını, Kulakcinlerinin fısıltılarına uyarak söylediği büyüsü uzaklardan gelen birkaç sözcüğün harekete geçirdiği aynanın, ağır ağır katmanlarını aralayan yüzeyi, gözler önündeki görünmez kapılarını hızla açarak, birer birer başka bir âleme açıldılar. Gözlerini yüzünün derinliklerine odaklayarak oradan kendi içine açıldı. Gözkırpımı bir anda aynanın içinden geçerek öteki tarafa çıktı.

Yeniden Mardin'de, Avukat Ali Zeyneddinoğulları'nın evinin yatak odasında, aynanın karşısında esnerken buldu kendini.

Ali, öyle sırtında çubuklu pijamalarıyla, yataktan yeni çıkmış bir halde, aynanın önünde şaşkın şaşkın duruyordu. Saçı başı darmadağındı, uykusunu alamamıştı, terliğinin tekini bulamıyordu, erkenden mahkemede olmasını gerektiren önemli davaları vardı, daha tıraş olması, kahvaltı etmesi falan gerekiyordu. Evde yalnız olduğunu, karısının ve çocuklarının daha Midyat'tan dönmemiş olduklarını hatırladı. Süryanilerin paskalya yortusu nedeniyle Midyat'taki ahbaplarının yanına gitmişler, gitmişken de birkaç gün kalmak istemişlerdi. Bugün dönüyor olmalıydılar.

Evliliğinin daha ilk yıllarında, karısıyla yatak odalarını ayırmışlar, bu da en çok Ali'nin işine gelmişti. Mardin gibi, aile değerlerine fazlasıyla saygılı, mutaassıp bir yerde hiçbir biçimde anlaşılmayacak ve hoş karşılanmayacak olan bu durumu, Ali'nin, zaman zaman uykusunda bile depreşen sinir buhranlarıyla, titreme nöbetleriyle açıklamışlardı. Öyle zamanlarda Ali, kendisini kaybettiği için, ne yapacağı hiç belli olmuyordu, gerçi böyle bir şey olmamıştı ama, öyle bir anda, Allah korusun (!) karısına bile bir zarar verebilir, diye düşünerek böyle bir tedbire gitmişlerdi.

Ali, nedenini hiç anlamadığı yorgunluğuna, dağınıklığına karşın, gene de gözle görülür bir biçimde keyifli ve zindeydi o sabah. Tıraş oldu, çoğu kez yaptığı gibi yüzünü yıkamakla yetinmeyip banyo yaptı, gene üşenmeyip, hizmetçilerin gelmesini beklemeden mükellef bir kahvaltı hazırladı kendine. Mahkemelerine tam saatinde yetişti. Onu her zaman asık suratlı ve sinirli görmeye alışmış olan mübaşirler, zabıt kâtibeleri, hâkimler ve savcılar çok şaşırdılar.

Karısı da, çocukları da Midyat'tan döndükten sonra, karşılarında, koca olarak da, baba olarak da bambaşka bir Ali bulmuşlardı. Ali'nin bütün tedirginlikleri, huysuzlukları, hırçınlıkları gitmiş; sakinleşmiş, yumuşamıştı; sert ve kırıcı hareketlerinden eser kalmamıştı. Çoğu kez yaptığı gibi, havadan nem kaparak yersiz alınganlıklar göstermiyor, tersine dünyaya artık bilgece bir hoşgörüyle gülümsüyordu. Hiçbir zaman sahip olmadığı bir mizah duygusu kazanmıştı. Akşamları, yemek sofrasında, çocuklarıyla şakalaşmaya, karısına hoş sözler söylemeye, evde çalışanlara takılmaya, zaman zaman onların gönlünü almaya ve en önemlisi kendiyle dalga geçmeye başlamıştı. Savcı ve hâkimler bile, Ali'deki bu değişiklikten hayli etkilenmişe benziyorlardı. Nitekim, nobranlığı ve ketumluğuyla meşhur Ağır Ceza Reisi bile, bir keresinde çenesini tutamayıp, Size sihirli bir değnek değmiş Ali Bey, bütün lüzumsuz teferruatlarınızdan kurtulmuşsunuz, demişti. Savunmalarınıza bir berraklık geldi ki sormayın! Son savunmalarınızın her biri, bir sanat şaheseri! Ali, kimi zaman iyi niyetli bir şaşkınlıkla, kimi zaman iğnelemek amacıyla söylenmiş bu kabil sözlerin üzerinde durmuyor, duruma uygun ılımlı cevaplar vererek, gülümseyip geçiştiriyordu. Ali'nin ruhu hafiflemişti sanki. Kendindeki kimi karanlık yüklerden kurtulmuş, ruhu salâha ermişti. Bilenler, dedesinin zamanında bir şeyhin tekkesinde uyuyakalıp bambaşka biri olarak dönmesine nazire olarak, Ali Bey, acaba hangi şeyhin yatırında geceledi de yüzüne nur geldi? diye soruyorlardı birbirlerine. Gerçekten de zaman zaman yüzünde, tıpkı dedesinin yüzünde olduğu gibi, gözleri ve bakışları uzaklara çekilmiş, mütebessim bir ifade beliriyor; yüzünde, ancak meczuplarda ve evliyalarda görülen, gündelik kaygılarından azade, dünya dışı bir huzur ve saadet okunuyordu. Dedesiyle arasındaki bu benzerliği, Ali'nin dedesini, duvardaki resminden tanıyan karısı bile fark etmişti.

Kendini tamamıyla olayların gidişine, hayatın akışına bırakmıştı Ali, her şeyi hoş yanlarıyla görmeye çalışıyordu; yersiz gerginliklerinden kurtulmuş, kasılmaları gitmişti; çocukluğundan beri zaman zaman geçirdiği sinir krizlerinden, ayılıp bayılma nöbetlerinden, ağzından köpükler getiren seğirmelerden, titremelerden eser kalmamıştı. Baş ağrısı hapları, sinir hapları, uyku hapları, mide kasılmaları, sırt ağrıları, şiddetli kaşınmalar için aldığı bütün o saçmasapan haplar, nicedir çekmecelerde bayatlamaya başlamıştı. Herkes, bütün bu değişiklikler için, Ali'den bir açıklama bekliyordu. O, bir açıklama yapıncaya kadar, her dakika meraklı gözlerle hayatını ve davranışlarını didik didik edecek, kendileri için cevap yerine geçebilecek herhangi bir şey bulana kadar, belli ki, peşini bırakmayacaklardı. Bunun üzerine, en eski ama, en kesin sonucu veren çözümü buldu:

Ağaçlardaydım, dedi. Dedemin mezarının başına diktiğimiz ağaçta yattım üç gün üç gece. Her gece, rüyalarımı evliyalar, ermişler, şeyhler ziyaret etti. Meğer dedem kutlu bir kişiymiş. Boşuna değilmiş o halleri. Dedemle konuştum. Bana dünyayı açıkladı. Meğer dünyada hiçbir şey için üzülmeye değmezmiş! dedi.

Bunu duyan Ağır Ceza Reisi: Bunun için, üç gün üç gece ağaçta yatması gerekmezdi, diye tepki gösterdi; Bana sorsaydı, ben de bu kadarını söylerdim kendisine.

Ali, bu kabil şeylere hurafe gözüyle bakan, tabiatta vuk'u bulan her hadisenin ilmi bir izahı olduğunu düşünen, Batı medeniyeti almış, ilim irfan sahibi taşra münevverlerine, tahsilli kişilere, bıyık altından, bunun bir latife, boşinanışlarla gırgır geçen bir oyun olduğunu ima ediyor, öte yandan diğerlerinin, kendisini ermişlerle irtibat kurmuş bir kutlu kişi gibi görmesine hiç ses çıkarmayarak, bunun kendisine sağladığı özgürlük alanından ve kazandırdığı saygınlıktan hoşnutluk duyuyordu. Annesi, onun bu hallerini görse ne derdi diye, için için eğlenmekten de kendini alamıyor, halalarının deyimiyle "Meş'aleci Feride"yi mezarında kızdırdığını düşünüyordu. Bir yanda, annesini, babasını hoşnut etmek için, kaç yıllık zahmetle giyindiği kenarları kırmızı-yeşil şeritli, uzun etekli, siyah avukat cüppesi, mahkeme koridorlarında vekarla yürüdükçe, şan ve şerefle dalgalanıyor, öte yandan rüyalarına ermişlerin konuk geldiği Ortadoğu'nun tılsımlı ağaçlarına tırmanarak, ruhlar âleminde ten ve gövde değiştiriyordu. Yarılmadan yaşanmıyordu bu topraklarda. Kendiyle barışmanın en iyi yoluysa, çelişkileriyle barışmaktı galiba.

Daha önemlisi Ali, karısının ve çocuklarının Midyat'ta olduğu o üç gün üç gece boyunca nereye kaybolmuş olduğuna dair, bir açıklama getirmiş oldu. Ortadan kaybolduğunda, kimsenin aklına, dedesinin mezarının başındaki ağaca bakmak gelmemişti tabii.

Karısı, Her şey biz Midyat'tayken olmuş, diyordu. Ermişler gelip kolundan tutup yatağından kaldırmışlar bizimkini; dedesinin mezarının başına götürmüş, okuyup üflemişler. Boşuna değil, ben de orada tuhaf bir rüya görmüştüm. Bizim Ali sık ağaçlı bir ormanın orta yerinde yanlamasına yanlamasına yürüyordu; böyle upuzun, dimdik bir yol, o gittikçe yol, daha da uzuyormuş güya... gibi her bir sahnesinde budalaca manalar vehmettiği birbirinden sıkıcı bir dolu ayrıntıyı, uç uca ekleyerek karşıdakinin dinleyip dinlemediğine bakmaksızın, uzun uzun anlatıyordu. Ali'nin karısının, gördüğünü iddia ettiği, her dinleyeni esneten keramet dolu rüyalarını, bütün Mardin'e anlatmaktaki ısrarında, daha çok kocasından geri kalmamak kaygısı ve keramet vehmedilen kocasına layık olmak gayreti seziliyordu.

Her şey zamanla duruldu. Ali, bazı günler ve geceler, aynanın karşısına geçiyor, kendini yüzünün dehlizlerine bırakıyor, aynadaki dalgınlığa kapılıp gidiyordu, Kulakcinleri onu ziyarete geliyordu; o, sırtında siyah gece elbisesiyle kendini seyrederken, birdenbire kendini aynanın öte yanında buluyor, Topağacı'nda Aliye Suzan'ın o renkli ve zevkli hayatını yaşıyordu. Bütün bunlar neredeyse bir göz kırpımında, dünya zamanıyla ölçülemeyecek kısalıktaki hızlarda olmaya başlamıştı. Kimse ne Ali'nin, ne Aliye'nin yokluğunu fark etmiyordu. Ali'nin yokluğu fark edilse bile, üstüne varıldığında, bıyık altından gülümseyerek, Bir yerlerdeydim işte, fazla karıştırmayın, diye imalı konuşuyor, manalı manalı gülümsüyordu. Çevresindekiler, onun kaybolduğu zamanlarda ermişlerle buluştuğuna inanıyordu. Ali, ardına gizlendiği bulanıklıkta kendini daha güvenli hissediyor, buna ilişkin açık ya da örtük bütün soruları, yanıtsız bırakıyor, ne evet, ne hayır, diyordu. Gerçekten hiçbir şey hatırlamıyordu. Onun için, ayna karşısında kapıldığı dalgınlıklar, akşamları, sade kahvesini içip gazetelerini, mecmualarını okurken, başını dayadığı kulaklı berjer koltuğunda, içinin geçip uyuyakalmasından farksızdı.

Böylelikle kısa bir zaman sonra, Mardin'de Ali, Istanbul'da Aliye olarak yaşamaya başlamıştı. Mardin'deki erkek varlığı, bu durumdan ötürü hiçbir şey hatırlamaz, hissetmezken, Istanbul' daki kadın varlığı, belli belirsiz bir başka hayatın ürperişleriyle titriyor, aynı anda iki bedende birden yaşayan tedirgin bir ruhun çıkmazlarıyla, şiddetli sarsıntılar geçiriyordu. Zaman zaman gözleri açıkken görülen gündüz rüyaları kıvamında, şimşek çakımı kısalığında ve parlaklığındaki görüntülerde, kendini, kendi olarak değil, bir başkası olarak, başka bir hayatın içinde görüyor, üstelik çok canlı fotoğraflar taşıyan bu hayat, hiçbir şey hatırlamamasına karşın, ona çok tanıdık geliyordu. Daha bir anını bile sabitleyemeden, göründükleri hızla kaybolan bu görüntüler, hafızasında hiçbir iz, hiçbir işaret bırakmadan kor bir karanlığa gömülüp gidiyorlardı.

Onu yakından tanıyanlar, Aliye'deki bu değişikliği, kazadan sonraki tutarsızlıklarına, depreşen ölüm korkusuna yordular. Kolay değildi. Ne de olsa ölümden dönmüştü. En önemlisi hafızası yerine gelmişti ya, gerisinin önemi yoktu...

Aliye Suzan'ın iyileşir iyileşmez, kendini hızla gece hayatının kollarına atışını, herkes hastalığı sırasında her şeyden uzak kalmasına yordu. Her akşam dışarı çıkıyor; akşam yemeklerini mutlaka birileriyle dışarıda yiyor, Çatı'da Sevinç Tevs'ten caz şarkıları dinliyor, Karavan'da striptiz seyrediyor ve mutlaka Club 12'de noktalanan bu uzun tutulmuş gecelerin hemen hiçbirinde evine yalnız dönmüyordu.

Bu renkli, hızlı, çılgın gecelerin ardında, çok daha derin bir susuzluğun ve hasretin yattığından kendi de habersizdi. Neredeyse varlığından bağımsız bir susuzluğu gidermeye, amansız bir hasreti dindirmeye çalıştığını kendi de bilmiyordu. Aliye'deki değişiklikleri, yalnızca geçirdiği trafik kazasıyla açıklamak olanaksızdı. Yıllardır üst üste değiştirdiği onca sevgiliden sonra birdenbire nereden çıktığı belirsiz, o güne değin hiç hissetmediği şiddetli bir duygu, içindeki boşluğa gelip yerleşmiş, bütün varlığını ele geçirmişti. Zaman zaman kime olduğunu bilmediği bir hasretle dalıp dalıp gidiyor; gözleri kendiliğinden nemleniyor, nedensiz mahzunlaşıyordu. Yıllardır anlamadığı "melâl" sözcüğünün ne anlama geldiğini şimdi anlamıştı. Bunca yıl, güzelliği ve kalpsizliğiyle nam salmış, çok can yakmış olan Aliye Suzan, hayatında ilk kez, şiddetle aşk ihtiyacı duyuyordu. Ne zamandır kimseyi şiddetle istemediğini, kimseye derin bir arzu duymadığını fark etmiş, bunu bir çeşit yorgunlukla, içinin boşalmasıyla açıklamaya başlamıştı. Oysa, şimdi birdenbire, içini bir esrar duygusu sarmıştı; günün birinde karşısına çıkacak birinin, hayatının bütün hikâyesini değiştireceğini düşlüyor; biri için çok özel olmak ve o birinin de kendisi için aynı ölçüde özel olmasını istiyor, elinde olmaksızın sürekli bunun hayalini kuruyordu. Bir yerlerde yaşadığından emin olduğu, varlığını kuvvetle hissettiği, ama hiç tanımadığı, yüzünü hiç görmediği biri için hasret duyuyor, burnunun direği sızlıyor, kimi zaman gözleri doluyordu. Eskiden duyup geçtiği nice aşk şarkısı bile, birdenbire hiç olmamış birinin hatırası yerine geçmişti. Onun bir gün karşısına çıkacağı büyülü ânın beklentisi, zamanı ürperten bir şiddetle bütün hayatını doldurmaya başlamıştı. Biri olmadan olunan aşk sıtmasına tutulmuştu. Kalbini aşka açık tutmuş, yaşamında birkaç kez sevmiş ve ona yeniden susamış insanlara tanıdık gelen bu duygu, onun büsbütün yabancısıydı; dolayısıyla deneyimlerin kazandırdığı iç hazırlıklarından da yoksundu. Bunca yıl kalpsizliğiyle savunduğu bedeni, şimdi hemen her tehlikeye açık savunmasız bir çocuk gibi, içinden ve imtihanından geçeceği aşk çemberini arıyordu.

Çok geçmeden de o ateş çemberinin tam ortasına düştü.

Otuzlu yaşlarını bütün görkemiyle yaşayan Aliye Suzan'ın hikâyesi de böyle başlamış oldu.

Istanbul'un gözde mekânlarından Club 12'nin kimi zengin ve hatırlı müşterileri için özel bir servisi vardı. Sahne önündeki kimi masalar, gelsinler ya da gelmesinler, onlar için boş tutulurdu. Örneğin, bakirelere düşkünlüğüyle tanınan, monokl gözlüklü, keçi sakallı ünlü bir gazete patronunun ya da adı sabun, temizlik tozu gibi ürünlerle markalaşmış ünlü bir fabrikatörün kendilerine ayrılmış olan "hususi" masaları kimselere verilmez, geç saatlere kadar onlar ya da onların özel konukları beklenir dururdu. O gece, o masaların birinde tek başına oturan, temiz yüzlü, dalgın bakışlı, yakışıklı bir genç adam dikkatini çekti Aliye Suzan'ın. Görür görmez adamın yabancı olduğunu düşünmüştü; bunu ona düşündüren, adamın bal rengi saçları, açık, duru teni değildi yalnızca. Duruşu, oturuşu, hali, tavrı, hep birden yabancı olduğunu belli ediyordu. Bir de genç adamın yüzünde, günün birinde biri tarafından okunmayı bekleyen uzak bir esrarın hikâyesi saklanıyordu. Sahnede Marino Marini orkestrası çalıyor, kulübün değişmez solisti Renata, gizemli ve boğuk sesiyle aşk şarkıları söylüyordu. Kendine her zamanki gibi, gerilerde, kuytu bir masa seçmişti Aliye Suzan. Her yere hâkim bir noktadan bakmaktan, herkesi biraz uzaktan izlemekten hoşlanır, fazla göze batmamak isterdi. Bulunduğu hemen her yerde biraz geride durmak isteyişinde, fazlasıyla gösterişli bir kadın olduğunu bilmenin güveni vardı elbet; nasıl olsa görüleceğinden emindi ve mesafeli durmanın, güzelliğine ayrıca gizemli bir çekicilik kattığını da bilirdi. Oysa, şimdi masada tek başına oturan şu genç adam farkında bile değildi onun. Zaman zaman hiçbir yere takılmayan bakışlarla salonu şöyle bir tarıyor, sonra dikkatini yeniden sahneye, şarkıcıya veriyordu. Aliye Suzan, genç adamın bu tutumunun, bakışlarıyla insanları rahatsız etmemek nezaketinden çok, fazlasıyla kendine dönük yapıda biri olmasıyla ilgili olduğunu düşündü. Yakışıklılığı ilahlarla yarışan erkeklerde görülen genel bir özellikti bu. Kendilerine bakmaktan dünyayı göremezdi böyleleri. Nitekim, Aliye Suzan' ın, kendinden başka hemen her şeye kayıtsız görünen genç adamın dikkatini çekme çabaları da sonuçsuz kaldı. Adam, masada yalnızdı, kimseyi bekler görünmüyor, daha önemlisi etrafla ilgilenmiyor, tek başına eğlenmekte kararlı olduğu anlaşılıyordu. Önünde buz kovası içinde şampanyası duruyordu, onun da, kendisi gibi şampanya içmesi hoşuna gitmişti Aliye Suzan'ın. Bu çeşit küçük ortaklıklar, geleceğe giden yolu kolaylaştırırdı.

Az sonra istediği bilgiler kulağına fısıldanmaya başlanmıştı. Adam gerçekten yabancıydı, İtalyandı, gazeteciydi, ünlü gazete patronunun misafiri olarak, onun masasını işgal etmişti. Şimdilik Pera Palas'ta kalıyordu ama, yaptığı bir araştırma nedeniyle, bir süreliğine İstanbul'a yerleşeceği, bunun için bir ev tutacağı söyleniyordu. Adamın ilgisizliğinin, kayıtsızlığının kendisini fazlasıyla kışkırttığını fark eden Aliye, bu durumun kendisini büsbütün büyülemesine ve duygularını istemediği kadar tırmandırmasına izin vermemek için, bir an önce adamla tanışmak ve durumu normalleştirmek gerektiğine karar verdi ve genç adama ilişkin bu bilgileri kendisine büyük bir iştahla aktaran sosyete kuşu Huşber' den bu tanışmayı sağlamasını istedi. Aliye Suzan'a neredeyse marazi bir hayranlıkla bağlı olan, bu yüzden de arkadaşından çok, "femme de chambre"ı gibi ardında dolaşan Huşber, Aliye Suzan' ın isteklerini emir telakki ederdi ama, tam bu sırada beklenmedik bir şey oldu. Görür görmez yabancı olduğuna hükmedilebilecek kadar sıska ve uzun boylu genç, sarışın bir kadın, hızlı adımlarla masasına gelerek genç adamı kaldırdı ve birlikte apar topar çıktılar. Genç adam, oturduğu sürece, ne saatine, ne kapıya, ne etrafa bakmıştı. Birini bekler gibi bir hali de yoktu. Gene de kızın geldiğine şaşırmamıştı. Bu durum, Aliye Suzan'ın, adamın kızla ilişkisinin mahiyetini anlamasını zorlaştırmış, canını sıkmıştı. Karşılaşmaları bir rastlantı olmasa gerekti. Çünkü, kız etrafa şöyle bir bakınıp doğrudan adamın masasına yönelmişti; adam da, onu görünce hemen ayağa kalkmış, el sıkışmış ve kulüpten birlikte çıkmışlardı. Adamın sevgilisi ya da flörtü olabilir miydi? Görünüşe bakılırsa, aralarındaki daha mesafeli bir ilişki olmalıydı. En yaklaşık çıkarsama, kızın bir nedenle adamı almaya geldiğiydi. Belki de adamın hiçbir şeyi olmayıp yalnızca gezisini organize eden görevlilerden biriydi, Aliye Suzan'a göre, zaten her haliye sekreter tipli bir kızdı. Yine de bu çıkarsamaların doğruluğundan emin olamıyordu. Birdenbire, içinin kıskançlık ve çaresizlikle dolduğunu ve hiç alışık olmadığı bu duyguların, iç dengesini bozarak onu kötü ettiğini hissetti.

Kızın gelişiyle birlikte ayağa kalkan genç adamın görünüşündeki görkemden Aliye Suzan'ın başı döndü. Tahmin ettiği gibi, uzun boylu, uzun bacaklı, geniş omuzlu, sportmen görünüşlüydü; kulübün gölgeli, loş ışığında, üstelik çizgileri belirsizleştiren koyu takım elbisesinin altında bile dirim fışkıran sağlıklı, güçlü bedeni hissediliyor; dahası arzu uyandırıyordu. Aliye Suzan elinde olmaksızın yutkunduğunu fark etti. Adamın gitmesiyle birlikte, tadı tuzu kaçtı. Neşesi söndü. Gece, onun için, o an bitmişti. Kendisini, beyaz atlı prensinin yolu, başkası tarafından kesilip kaçırılmış mahzun bir prenses gibi çaresiz ve hakkı yenmiş hissediyordu. Etrafa olan bütün ilgisini kaybetti. Birdenbire içi küsmüştü. Hırçınlaştı, aksileşti ve şiddetli baş ağrıları içinde evine dönüp kendini yatağa attı. Ortada bir yarış olmadığı halde, kendini ağır bir biçimde yenilmiş, hatta bozguna uğramış hissediyordu. Yenilgi, hiç tanımadığı, alışık olmadığı, kabul edemediği bir duyguydu. Üstelik, adamla tanışmayı bile becerememiş, onu kazanmak için herhangi bir şey yapmasına fırsat kalmadan, saf dışı bırakılmıştı.

Sabah uyandığında Ali, kendini niye bu kadar kötü hissettiğini anlamadı, üstelik dün, uzun zamandır süren zor ve çetrefil bir dava kazanmış, akşamı Şehir Lokali'nde bunu birkaç kadeh içerek, büyük bir neşe içinde kutlamıştı. Yıllar yılı ağzına içkinin bir damlasını dahi koymamış Ali'nin, bir zamandır bazı akşamlar çeşitli vesilelerle birkaç tek parlatması, etrafındakilerce artık pek yadırganmayan değişen onca huyunun yanına sessizce yazılmış yeni bir âdetiydi.

Belki de, fazla kaçırdım, dedi. Ne de olsa âdetim değil, belki ölçüyü kaçırdım. Başım çatlayacak neredeyse! Ne oldu bana?

İki gece sonraydı ki, sosyete kuşu Huşber, çeşitli entrikalar deneyip, Aliye Suzan ile İtalyan gazeteciyi, Club 12'de aynı masada buluşturacak "organizasyonu" sağlamayı başardı. Böylelikle, her şeye bir raslantıymış havası verilmiş olacaktı. Aliye Suzan, geceye, cenk meydanına çıkan bir cengâver gibi özenle hazırlanmış olmakla birlikte, iddiasını gözlerden saklamayı beceren, heyecanını ve merakını hiç belli etmeyen doğal davranışlar içindeydi; içinde kopan fırtınalara karşın sakin görünüyordu; ölçülü bir makyaj yapmıştı, takıları abartısızdı; görünüşüne, inceden inceye hazırlanmış gibi değil de, sanki her zamanki hali böyleymiş hissi veren sade bir şıklık egemendi. Masadaki herkesle eşit ölçüde ilgileniyor, adının Massimo olduğunu öğrendiği İtalyan gazeteciye, sıcak ama mesafeli davranıyordu; gereğinden fazla ilgi göstermediği gibi, neredeyse çok da önemsemiyormuş görünüyordu. Doğallığı, sahici değil, edinilmiş bir doğallıktı; gerçekte profesyonel bir vekarla durumu idare ediyor, bu arada için için Massimo'yu tartıyordu. Huşber, ona ve onun bu profesyonelliğine bir kez daha hayranlık duymaktan kendini alamadığı gibi, eğilip kulağına söylemeden de duramadı. Aliye Suzan, gözbebeklerinde hınzırca parıltılarla, ölçülü bir tebessümle karşılık verdi ona. Bu gülümseyişinin ardında, Ah, bir de içimi bilsen, havası seziliyordu.

Gene Huşber tarafından öğrenilen, uzun boylu sıska sarışının gerçekten konsolos sekreterlerinden biri olduğu bilgisi ayrıca içini rahatlatmıştı.

Bir ara Massimo, onu dansa kaldırıp sağlam bir tutuşla, güçlü kollarının arasına aldığında, o zamana kadar bir biçimde koruduğu hâkimiyetini yitirecek gibi olmuş, gözleri kendiliğinden kaymış, kuyruksokumuna kadar ürpermiş, ardından bütün bedenini hafif bir titreme almıştı. Yemek boyunca, hissettiğinden çok daha fazla güvenli görünmüş, ama genç adamın kollarının arasına almasıyla birlikte, nişanlısı tarafından ilk kez dansa kaldırılan mutaassıp mahalle kızları gibi sakarlaşıvermişti. İçinde, bugüne kadar öğrendikleriyle, şimdi hissettiklerinden oluşan birbirine karşıt iki güç, aynı anda ve aynı şiddette harekete geçmiş, onu iki ayrı kutba çekmeye başlamıştı. Alışık olmadığı ikilemlerle içinin çalkalandığını duyuyordu. Massimo, ölçülü ve saygılı bir uzaklıkla tutmuştu onu kollarının arasında, bir ara bir şeyler söylemek için kulağına eğildiğinde, Massimo'nun yakıcı soluğu, boynunu, kulakmemelerini, saç diplerini ürpertmişti. Genç adamın sürmüş olduğu gayet hafif, uçucu, tenis kortlarının yeşil ve serin havasını çağrıştıran kokusu, genzini doldurdu Aliye Suzan'ın. Beklenmedik anlarda bir erkeğin parfümünün duyulmasının kendine özgü bir şehveti olduğunu bilirdi, ama bu sefer, bu kokunun içinde, baskın biçimde adamın teninin kokusu da vardı. Daha doğrusu, süründüğü koku, adamın teninin kokusunun daha çok ortaya çıkarıyordu sanki.

Aliye Suzan, Massimo ile yaşadığı gerilimin, öncekilere hiç benzemediğini; bu sefer, günün gözde "playboylarıyla" giriştiği hızlı maceralardan, küçük ve zararsız çapkınlıklardan, gücün ve yönetimin kendisinde olduğu tehlikesiz flörtlerden bambaşka bir şeyin kendisini beklediğini anlamıştı. Massimo'ya olan ilgisi art-

tıkça, güç yitirdiğini, içinin o güne kadar hiç bilmediği, tanımadı-
ğı bir teslimiyetle dolmakta olduğunu fark etti. Teslimiyet. Evet,
doğru sözcük buydu: Teslimiyet. "Bana istediğin her şeyi yapabi-
lirsin," demekti bu. Ve Aliye Suzan bunu söylemek istiyordu.
İçinde yıllarca kapalı kalmış yakıcı bir sır gibi şiddetle bunu söy-
lemek istiyordu. Bugüne kadar hiç bilmediği, kendisi için taze ve
yeni bir duyguydu bu. Bir çeşit teslimiyet, bir çeşit kölece boyun
eğiş hissediyordu Massimo'ya karşı. Sanki daha azına Massimo
razı olsa bile, o olmayacaktı. Bu duyguların kendi içine, özüne ait
olmadığını, neredeyse dışarıdan damarlarına şırınga edilmek su-
retiyle aktarıldığını düşünüyordu. Bütün bunlar, hem fazlasıyla
gerçekti, hem de o ölçüde yabancıydı ona. Kendini tanıyamıyor-
du. Aliye, bir duygunun, insanı nasıl değiştirdiğine, değiştirebil-
diğine, ilk kez bu ölçüde tanık oluyor, an be an başkalaştığını his-
sediyordu. Demek duygularımız, sahip olduğumuz gerçekliği de
değiştirebiliyordu.

Dans bitmeden, daha Massimo'nun kollarındayken, ona sırıl-
sıklam âşık olduğunu kendine itiraf etmekten başka bir çaresi ol-
madığını anladı. Aşktı bu. Ondan kaçırmayı başardığı, yakarı, ta-
pınma ve çaresizlik okunan birkaç bakışında, yaralı bir hayvanın
bakışları vardı ve onun yanında, hiçbir erkeğin yanında olmadığı
kadar sessizleşiyordu, sanki bütün sözcükler kullanım değerini
ve gücünü yitiriyordu. Sanki konuşsa, hissettiklerini dillendirme-
ye kalkışsa, içi azalacaktı.

O gece, tek başarısı, Massimo onu evine bıraktığında, bir
kahve içmek için olsun, yukarıya çağırmamayı becerebilmek ol-
du. Bunu nasıl yapabildiğine kendi de şaşırdı ama, ona bunu yap-
tıran şey, bir ilişkide kazanan taraf olmak için herhangi bir strateji
ya da taktik uygulama düşüncesi değil, birdenbire içinde beliren
kendisine bu kadar yabancı bir duygunun varlığına karşı duyduğu
korku ve güvensizlikti. Apansız ortaya çıkan bu duyguların, gele-
ceği için bir biçimde tehdit oluşturduğunu hissediyordu. Duygu-
ları, düşünceleri, istekleri ve kararları konusunda, hem kendine
hem başkalarına karşı, her zaman sürprizsiz biri olmuştu. Ne iste-
diği, ne istemediği, her zaman için fazlasıyla belli olan biri ol-
muş, karar ve tutum gerektiren konularda her seferinde sıkıcı bir

tutarlılık göstermişti. Şimdiyse, ilk kez içinden ve kendisinden korkuyordu. Üzerinde yeterince düşünülmemiş, tartılmamış, sınanmamış, kendisi için yepyeni olan bu duygularla nasıl baş edeceğini bilemiyor, kendini bu kadar acemi ve toy hissederek başlayacağı bir ilişkide, denetimini yitirip her şeyi karşı tarafın ellerine teslim etmekten korkuyordu. Bugüne kadar bütün öğrendiklerinin, o pek övündüğü hayat tecrübelerinin, ilk kez âşık olmanın acemiliğine bir faydası olmayacağını sezmiş, şimdi yalnız kalarak, zorlama bir sükûnetle, içini toplamaya, düşüncelerini sıralamaya çalışıyordu.

Massimo, onu bir anda silahsız ve çırılçıplak bırakmıştı. Hiç kimse karşısında çıplaklık duymamıştı bugüne kadar. Bir kadın için bu kertede güvensizliğin ne demek olduğunu ilk kez anlıyordu. Hatırladığı kadarıyla çıplaklık benzeri bir duyguyu, son olarak çocukluğunda, annesine karşı duymuştu. Çabuk büyüyen çocuklardan biri olduğu için de, çıplaklığı uzun sürmemiş, erken giyinivermişti.

Massimo, onu evine bırakıp gittikten sonraysa, kararsızlıklar, ikilemler ve pişmanlıklar içinde kıvranarak sabaha kadar uyuyamadı.

Âşık olmanın nasıl bir şey olduğu üzerine yeniden düşünmeye ihtiyacı vardı. Birkaç kez, aşk sandığı duyguların kendisini nasıl yanılttığını geçmişteki bazı deneyimlerinden biliyordu. Aşk filmlerine ve romanlarına özenerek, duygularına yüklenmiş, zorlama duygular ve onların zorunlu kıldığı klişelerle yaşanmış birkaç ilişkiyi, kısa bir süreliğine de olsa aşk sanmış, hiçbir şiddeti olmayan, etkisini bunca çabuk yitiren duyguların aşk olmadığına karar vermesiyse, fazla zamanını almamıştı. Sonrasında, âşık olmaya uygun bir bünyesi olmadığını kabullenmiş, heyecanlarla yetinmenin kendisine daha uygun olduğuna karar vermişti. Kendisini hiçbir ilişkiye tam olarak veremiyordu. Hayatına giren erkeklerin çoğu, ilişki bitimlerinde onu, sevgisizlik ve aşksızlıkla suçlamış, ardından gizli ilençler yağdırmışlardı. Kalbini kimse ele geçirememişti. Ona kalırsa, erkeklerin hazmedemedikleri de buydu aslında. Ne kadar "birlikte" olurlarsa olsunlar, o, hep fethedilememiş bir kale olarak kalıyordu erkeklerin gözünde ve hatıralarında. Oysa Aliye Suzan için, erkekler de, müzik gibi, dans gibi yalnızca bir eğlenceydi. Erkeklere bakışı, çoğu erkeğin kadınlara bakışından farklı değildi, galiba erkeklerin hoşuna gitmeyen de buydu; kendilerine ait olduğunu düşündükleri bir hakkın, bir kadın tarafından, üstelik bu kadar iyi kullanılması, kafalarındaki rol dağılımına uygun düşmüyordu.

Massimo'ya kadar böyleydi bu. Massimo, içinin bütün denklemlerini bir anda değiştirmişti. Kendisinde hiçbir geçmişi, hatırası ve hazırlığı olmayan bu duygunun, bütün benliğine hâkim olmasıyla birlikte yaşanabileceklerden ürküyor, birdenbire ortaya çıkan bu aşkın içindeki varlığına alışmaya çalışıyordu.

Massimo'nun, Etrüsklü atalarından kalma keskin profili, bir casus kadar soğuk olmasına karşın, ona gene de bir "Latin Lover" havası veriyordu. Her zaman yarı ıslak duran, yanak çukurlarında kışkırtıcı kıvrımlarla gamzelenen etli dudakları, keskin hatlı, ince kemikli yüzüne bir çocuk masumiyeti ve saflığı kazandırıyor; gözlerini gölgeleyen gür kirpikleri, bakışlarına fazladan bir esrar kazandırıyor, duygularını saklamasını kolaylaştırıyordu.

Aliye Suzan, ne zaman gözlerini yumsa, karşısında Massimo' nun yüzü beliriyordu. Kendini, her yanını Massimo'nun hayalinin kaplamış olduğu kaçışı olmayan bir büyük tuzakta hissediyordu. Massimo'nun hayali, kimi zaman sabah güneşi gibi içini ısıtıyor, kimi zaman kış güneşi gibi kendisini ümitsiz bir aydınlığa sürüklüyordu. Massimo, güneşti ve Aliye Suzan, kimi sabahlar uzak camilerden duyulan sabah ezanlarıyla uyanıp balkona çıkıyor, Massimo'yu düşünüyor, birlikte kuracakları bir gelecek düşlüyordu. Bir Doğu masalında kaybolmuş bir yabancının yüzünün hikâyesinde sakladığı esrarın ardına düşmüş bir masalcının yolculuğuna hazırlanıyordu.

Aşkın bir yolculuk olduğunu anlamıştı.

Tarabya'da, Palet Restaurant'ta, ilk kez Istanbullulara tanıtılacak olan "paella yemeği" akşamına kalabalık bir grup olarak katıldıklarında, Huşber, ne yapıp edip ikisini yan yana oturtmayı başarmıştı. Aliye Suzan, kendini geçen seferki kadar güçlü hissetmemekle birlikte, gene de ilgisini ölçülü bir tutum içinde saklamayı becerdi. Massimo, koyu krem rengi keten takım elbisesi içinde bir rüya kahramanı gibi tebessüm ediyor, adeta ışıyordu. Sıkı düğümlenmiş, dore desenli, safran rengi bir boyunbağı takmıştı. Aliye Suzan, onu görür görmez, hayatta en çok istediği şeyin Massimo olduğunu bir kez daha anladı. Sanki hayatındaki bütün erkekler ve ardında bıraktığı yıllar boyunca, farkında olmadan hep Massimo'yu beklemiş, kendini ona hazırlamıştı ve bütün hayatı Massimo için yapılmış bir provaydı. Massimo da, Aliye Suzan'a bu gece çok daha yakın ve sıcak davranıyor, çoğunun ilgisine karşın diğer kadınlarla pek ilgilenmiyordu bile. Bunun kendi kuruntusu olup olmadığından emin olmak için, tuvalette Huşber'i sıkıştırdı Aliye Suzan.

Senden başkasına baktığı yok, saçmalama! dedi Huşber. Dikkat etmiyor musun, koca masada bir tek seninle konuşuyor neredeyse.

Ama hiç atağa geçmiyor, dedi Aliye Suzan.

Aman bilmez misin, Avrupalı erkekleri, kadına doymuştur bunlar, öyle görür görmez aç kurt misali saldırmazlar bizimkiler gibi, dedi Huşber.

Massimo'nun İtalyan olduğunu unutuyorsun, dedi Aliye Suzan. Kadınlar söz konusu olduğunda İtalyanlar, hangi kıt'adan olduklarını unuturlar!

Daha iyi ya, azıcık cilve yap, bir şeyler ima et. Aman, ben mi öğreteceğim sana ne yapacağını?

Gene de ilk hareket ondan gelsin diye bekliyorum.

Belki çekiniyordur, dedi Huşber, Bakma sen, bu kadar yakışıklı erkekler aslında çekingen olurlar; senden ne kadar hoşlansa da, için için böyle muhteşem bir kadının kendisine yüzvermeyeceğinden korkuyordur. Kendi gözündeki kredisi düşsün istemiyordur. Hem, sen de pek gönüllü görünmüyorsun doğrusu.

Daha nasıl gönüllü görüneyim kuzum, kucağına oturacak halim yok ya!

Bana kalırsa, ikiniz de aynı sebepten çekingen davranıyorsunuz. O senden çekiniyor, sen ondan ilk hareketi bekliyorsun. Bence biraz daha pas ver. O zaman görelim bakalım, ne olacak?

Tuvaletin kapısının açılıp birilerinin gelmesiyle birlikte, pudriyerlerini katlayıp çantalarına koydular, ayna karşısından çekilip, dışarı çıktılar, masalarına döndüler.

Bir dava için iki günlüğüne Bingöl'e gitmiş olan Ali, Mardin'e dönüşünde, evrak çantasının içinden çıkan pudriyerin oraya nasıl girmiş olduğuna akıl erdiremediyse de, üzerinde fazla durmadı; pudriyeri, karısı görmeden ortadan kaldırıp, hayatındaki diğer muammalar gibi, bunu da bilinmezler hanesine yazarak, yeniden gündelik hayatının hayhuyuna döndü. Meslek hayatında çok parlak bir dönem yaşıyordu, kavgalı olduğu birçok hâkimle arası düzelmiş, karısıyla sorunları büyük ölçüde çözümlenmişti; çocuklarıyla da arası iyiydi. Üstüne üstlük, sağlığı hiç olmadığı kadar yerindeydi. Düzenli ve iyi uyuyordu. Kalp çarpıntılarından, nefes darlıklarından, sebepsiz sıkıntılarından, kaşıntı krizlerinden eser kalmamıştı. Daha ne isterdi ki insan? Evrak çantasının içine nereden girdiği belli olmayan bir pudriyer yüzünden durduk yerde hayatını karartamazdı. Otel odasında benden önce kalmış bir bayan müşterinin olmalı, ben de dalgınlıkla alıp çantaya atmış olmalıyım, diyerek, kendi için yeterli ve ikna edici olan bir açıklama yaptı. Ayrıca kimseye bir şey söylemek zorunda da değilim.

Ortadan kaldırmadan önce, son bir kez kokladığı pudranın kokusu tuhaf biçimde tanıdık geldi ona. Karısından bildiği ya da zamanında annesinin kullandıklarından kalmış bir hatıra değildi bu; Istanbul'a gidişlerinin birinde, Kapalıçarşı'da, Süryani kuyumcunun dükkânında tanıştığı o kadını çağrıştırıyordu. Zaman zaman aklına düşen, tamamlamaktan korkup kaçtığı yarım kalmış o macerada, hayatına ilişkin bir şeyi ıskalamış olduğu düşüncesi, hiçbir zaman yakasını bırakmamıştı Ali'nin. Belki yaşansa çoktan bitmiş olacak olan o şey, belki de bu yüzden içinde hiç bitmemiş, kimi zaman, şimdi olduğu gibi, bir kokunun hatırasına saklanarak karşısına çıkıp durmuştu. Kimi zaman yaşanmamış şeylerin hatırası, yaşanmış şeylerin hatırasından çok daha güçlü ve derin izler bırakıyordu.

Belki de, karlarla kaplı Bingöl'de, tenha bir otelin, sarı bir ampulün aydınlattığı ışığı kıt bir odasında, kim bilir hangi vesileyle yolu Bingöl'e düşmüş Istanbullu mahzun bir kadının dalgınlıkla unuttuğu bir pudriyer, yanlışlıkla Mardin'e kadar gelerek bambaşka bir hikâyenin çağrışımlarına karışmış, içindeki kaderi yeniden uyandırmıştı.

Herkes bir yerde bir eşyasını unutur mutlaka, dedi Ali ve elindeki pudriyeri bir gazete kâğıdına sarıp çöpe attı.

Birkaç gündür Massimo'dan hiç ses çıkmıyor, Aliye Suzan da kendini eve kapatmış bir halde, bütün gün gözleri telefonda, ondan telefon bekliyordu. Ona ulaşabildiği birkaç yer vardı, ısrarla şansını deniyor, ama gene de ona ulaşamıyordu.

Birkaç arkadaşıyla birlikte, Eyüp'te kahve içmeye gittikleri gün, kır kahvesinde tahta masaların birinde gördü Massimo'yu; yanında kıvırcık saçlı, zeytin tenli, açık renk gözlü bir delikanlı oturuyor, sakin bir hava içinde kahvelerini içip sohbet ediyorlardı. Massimo'nun yüzü ışıdı Aliye'yi görünce, mahcup bir ifadeyle arkadaşını tanıştırdı, gözlerinde parlak ışıklar yanan bir Rum delikanlı, inci gibi dişleriyle sıcacık gülümsedi. Delikanlının, Aliye Suzan'ı görür görmez gözlerinde kıvılcımlanan arzu pırıltıları, Aliye'nin, kendisini Massimo'ya karşı daha güvenli hissetmesini sağladı.

Yorgo, konsolosluktan, dedi Massimo. Bana, Istanbul'u tanıtıyor.

Hiç ses çıkmıyor senden, diye sitemle sordu Aliye Suzan.

Kusura bakma, işlerim çok yoğun, arayamadım seni. Ama aklımdasın.

Merak ettim, dedi. Çok merak ettim. Birdenbire yok oldun. Hatta belki gitmiştir artık, diye düşünmeye başlamıştım.

Yok canım ne gitmesi? dedi Massimo. Daha buradayım. Hem gitmeden aramaz mıyım?

Bari bu sefer arasını çok uzatma, dedi Aliye Suzan. Her neyse, şimdi senin de benim de yanımda arkadaşlarımız var. Onların yanına dönmek zorundayım, buraya ben davet ettim onları. Ha sahi, akşama ne yapıyorsun? Yemeğe gelsene bana, yeni plaklarım var, hem biraz sohbet etmiş oluruz.

Maalesef bu akşam meşgulüm. Amerika'dan gelen gazetecilerle önemli bir yemek var, dedi Massimo.

Peki ya yarın akşam? dedi Aliye Suzan.

Massimo bir an duralarsı, yüzünden bir gölge geçti, Aliye Suzan'ın yüzünde geri çevrilmeyecek bir ifade vardı.

Olur, gelirim, dedi.

Ertesi gün erkenden kalkıp hiç âdeti olmadığı halde, Sıdıka' yla birlikte, kendi de girdi mutfağa. Düğünçorbası, cızbız köfte, domatesli makarna, çobansalatası, patates püresi, ıspanak püresi, türlü, mücver, topik, hünkârbeğendi, humus, muska böreği, dereotlu cacık, zeytinyağlı taze fasulye, zeytinyağlı pırasa, revani, kabak tatlısı yapıldı.

Sıdıka, Bu kadar çok yemeği kim yiyecek hanımefendi? dedikçe, yerli mutfağın daha başka hangi örneklerine yer verilebilir, diye düşünüyor, Biz sofraya koyalım da, isteyen istediği kadar alsın, diye inandırıcı olmayan baştan savma yanıtlar veriyordu. Oysa bütün bunların yer aldığı sofrada, istediği kadar alacak olan, yalnızca bir kişiydi.

Elindeki kaşık kabın içindeki sosu karıştırırken telefonun ziliyle kalakaldı. Birdenbire, arayanın Massimo olabileceğini ve akşam yemeğini iptal etmek isteyebileceğini düşünerek telefona bakmak istemedi. Salondan Sıdıka'nın sesi duyuluyordu, neşeli neşeli konuştuğuna bakılırsa, ortada ters bir durum yoktu ama, Masssimo'ya karşı kendini böyle güvensiz ve gergin hissetmesi hoşuna gitmedi. Kendini bir kez daha yakalamıştı. Sıdıka, mutfağa döndüğünde, arayan şu yazar arkadaşınız, dedi, sizin banyo perdelerini asmış pencerelerine, pek güzel durmuşlar, teşekkür ediyor.

Sırtında dekoltesi azıcık geniş tutulmuş, siyah zemin üzerine mor, acı kırmızı, siklamen, yavruağzı, turkuaz renkli irili ufaklı çiçeklerin, dağınık düzen serpiştirildiği desende ipekli bir elbiseyle kapıyı açtığında, Massimo'nun yüzünü dev bir çiçek buketi örtüyordu. Aliye Suzan, sabahtan beri defalarca taradığı gümrah saçlarını, azıcık kabartarak dalga dalga omuzlarına bırakmış, papatya pudrasıyla ovduğu teni, şimdi "Courage"ın ölçüsünü bol tuttuğu baskın, kışkırtıcı kokusuna kalmıştı. Göğsünde akarsu gerdanlık ve kulaklarında salkım küpeler vardı. Diğer karşılaşmalarından farklı olarak, sade bir şıklık yerine, bu kez iddiasını daha görünür kılma yoluna gitmişti.

Sabahtan beri buz kovasında bekletilmiş rakıları sofraya getirdiğinde, kendisine yabancı heyecanlar içinde, genç bir kızın ürperişlerini duyuyordu. Pikapta, Mina'nın, Ornella Vanoni'nin şarkıları çalıyor, şöminede kuru odunlar çıtırdıyordu. Vazolar, Sabuncakis'ten getirtilmiş, baş döndürücü kokularıyla evin içinde bir kır havası estiren rengârenk çiçeklerle doluydu; masada, sehpalarda dolgun alevli mumlar yanıyor, bütün bunlar roman sayfalarından, film karelerinden alınma tutkulu bir aşk gecesi havası yaratıyordu.

Aliye Suzan, gece boyunca, kendi ölçülerini zorlayarak, Massimo'ya duyduğu ilgiyi ve yakınlığı belli etmiş, onun bu ataklığı karşısında, Massimo'nun hafifçe geri çekildiğini görerek birdenbire durgunlaşmıştı. Hayal kırıklığı içinde, nerede hata yaptığını bulmaya çalışıyordu. Ataklığının, pervasızlık ölçüsüne varmış olabileceği, bunun da Massimo tarafından hoş karşılanmadığı kuşkusuyla birdenbire çekingenleşmiş, kafasını karıştıran soruların aradığı yanıtları zamanda gizliymiş gibi nedeni belirsiz bir duyguyla, salondaki ayaklı saate, kaçamak gözlerle bakmaya başlamıştı.

Kahvelerini içmek için kanepeye oturduklarında, içinin artırdığı cesaretle sınırlarını zorlayan Aliye Suzan, bir an kendini tutamayıp arzuyla Massimo'nun dudaklarına uzanmış, ama Massimo'nun dudaklarının buz soğukluğu, bütün cesaretini kırmış, bu kez onu kesin olarak durdurmuştu.

Aliye Suzan'ı bir biçimde incittiğini düşünen Massimo, bir zaman sonra kollarını onun omuzlarına dolayarak, japone kollu giysisinin çıplak bıraktığı omuz başlarını okşamış, yanaklarına, boynuna birkaç kaçamak öpücük kondurarak, gönlünü almaya çalışmış, gene de ileri gitmekten dikkatle kaçınmıştı.

Uzunca bir süre, manidar biçimde sessiz kalan Aliye Suzan, birdenbire dönüp, Hayatında biri var, değil mi? diye sorduğunda, Massimo, ilkin duralamış, gözlerini kaçırmış, sonra da ses çıkarmadan, "evet" anlamında başını sallamakla yetinmişti.

Aliye Suzan için o an her şey bitmişti.

Hayatında biri olabileceğini nasıl da düşünmemişti!

Belki de bu gerçekle yüz yüze gelmemek için, bugüne kadar aklına bile getirmemişti bunu; kendisine hile yapmıştı.

Şimdi her şey başka bir bir ışık altında görünüyordu. Arada biri vardı ve belli ki, Aliye Suzan'ın varlığı, sevgilisine sadık kalmak konusunda kararlı olan Massimo'yu ikileme sürüklüyor, o da bunun için Aliye'den uzak durmaya çalışıyordu. Yoksa zaman zaman yakınlaşmasının, sonra birdenbire geri çekilmesinin başka ne anlamı olabilirdi ki? Aliye Suzan gibi bir kadına fazla karşı koyamayarak, arzularına yenileceğini ve sonradan yaşayacağı pişmanlık duygularının içini çok hırpalayacağını düşünmüş olmalıydı. Belki de, bütün bu zaman zarfında Aliye yüzünden derin bir ikilem yaşamış ve bunu ona hiç yansıtmamıştı. Massimo, konuşan, duygularını ele veren biri değildi. Yüzündeki dalgın bulutların ardında neler olup bittiği kolay anlaşılmıyordu. Birden bu kadar zamandır, onun adına düşünüp durmaktan yorgun düştüğünü fark etti Aliye Suzan; Massimo'nun davranışlarından elde ettiği küçük ipuçlarıyla, onun duygularını, düşüncelerini yorumlama, anlama yoluna gitmişti; üstelik bunda her seferinde başarılı olduğu da söylenemezdi. Her şeyi yeniden gözden geçirmeli, onu kazanmak için mücadele etmeli miydi?

Neden sonra alçak bir ses, ama kararlı bir tonla, Beni anlayacağını umuyorum, dedi Massimo.

Dudaklarının buzuna, sesinin kararlı serinliği eklenmişti.

Sahiden yapacak bir şey yok gibiydi.

Gücünü toplaması, Massimo'dan hiçbir biçimde vazgeçemeyeceğini anlaması ve onu kazanmak için mücadele etmeye karar vermesi, her an değişen birbirine zıt kararlar ve duygularla, keder ve kahır içinde geçirdiği birkaç gününü aldı. Bu günler boyunca Huşber, yanından hiç ayrılmamış, ona destek olmuş, moral vermiş, telkinlerde bulunmuştu.

Kendini yeniden Massimo ile karşılaşabilecek kadar güçlü hissettiği günü beklemiş ve o gücü bulduğuna inandığında, onu yeniden aramıştı. Her zamanki gibi çeşitli görüşmeler nedeniyle sürekli dışarıda olan Massimo'yu yerinde bulamamıştı. Bilmediği, onu aramaya karar verdiği o günün, tam da Massimo'nun doğum günü olduğuydu; ona ulaşmak için aradığı arkadaşlarından biri söylemişti bunu ona. Massimo'nun bir görüşme için dışarıda olduğunu, ama akşamüstü eve döneceğini, onu saat 17.00'den sonra evde bulabileceğini söylemişti. Massimo'nun kısa bir süre önce, Tünel taraflarında, geçen yüzyıldan kalma kararık yüzlü, eski bir apartmanda, yüksek tavanlı, çok odalı bir apartman dairesi tutmuş olduğunu biliyordu. Evine, yataktan, koltuktan önce pikap ve radyo almış olduğuna herkes gülmüştü. Massimo'yu aradığı günün aynı zamanda onun doğum günü olmasındaki mutlu rastlantının, kaderin bir işareti olduğuna hükmetmiş, elinde Sabuncakis'ten yaptırdığı koca bir bahar dalı buketiyle, koltuğunun altında bir şişe Fransız şampanyası olduğu halde, görkemli apartmanın, geniş sahanlıklarla birbirine bağlanan basamaklarını çıkarken, her şeyin asıl şimdi başladığını, bahar sarhoşluğuna benzer bir mutlulukla, içine nereden yürüdüğünü bilmediği tazelenmiş bir umutla düşünmüştü. Geleceğini ona haber vermemiş, ani bir kararla sürpriz yapmak istemişti. Bu, sanki her şeyi çok daha doğallaştıracak, çok daha içten kılacaktı. Bu sefer, daha sıcak, daha dostça davranarak, Massimo'nun kendiyle ilgili bütün düşüncelerini öğrenmek ve sonra da kararlarını etkilemek istiyordu. Aklına koymuştu: Onu kazanmak için her şeyi yapacaktı.

Çift kanatlı kapısının kanatlarından birinin üzerinde, kurgulu zil vardı, kelebeğini sağa sola çevirerek birkaç kez çaldı. İçeride, dipte bir yerden müzik sesi geliyordu. Apartman girişi, yandan olduğuna göre, salon dipte, sokağa bakan taraftaydı ve müzik sesi de oradan geliyor olmalıydı. Kulak kabarttıysa da, çalan müziğin ne olduğunu tanıyamamıştı; müzik sesinin, zil sesini bastırdığını düşünüp bir süre ısrarla çaldığı halde, kapı açılmamış, neden sonra koridorda belli belirsiz duyulan ayak sesinin ardından, yarım aralanan kapıda üzerinde bornozla Massimo belirmişti. Hazırlıksız yakalandığı belliydi, yüzündeki ifade, ısrarlı bir satıcıya, ya da inatçı bir kapıcıya ayarlanmış gibiydi. Terli mi, ıslak mı olduğu ilk bakışta anlaşılmıyordu; saçının perçemleri alnına yapışmıştı, kuşağını bile tam bağlayamadığı sırtındaki bornoz, Massimo'nun banyoda olduğu için, kapıyı açmakta gecikmiş olduğunu düşündürmüştü. Kendini, kendi sürprizinin hikâyesine fazlasıyla kaptırmış olan Aliye Suzan, elindeki bahar dalı buketini "Happy Birthday!" diyerek uzattığında, Massimo, kapıyı tamamen açıp buketi almak durumunda kalmış, tam bu sırada, geride, havlusunu beline dolamış, yarı ıslak bir halde, banyodan çıkıp yatak odasına girerken, bir an koridorda durup Aliye Suzan'a kirli bir tebessümle gülen Yorgo'yu görmüştü. Bunların hepsi birkaç saniye içinde olup bitmiş, ama gördüğü resim, her şeyi anlamasına yetmişti. Koridora adım attığı an, çalan müziği tanımıştı: Tavernalarda sıkça çalınan Rumca bir şarkıydı bu.

Yüzü uçmuştu sanki. Varlığı erimişti. Eti yanmış, kömürleşmişti, kavurucu o ilk acıdan sonra, şimdi hiçbir şey hissetmiyor gibiydi. Massimo boşalan bakışlarla baktı Aliye Suzan'a. İlk kez duygularını ele veren bakışlarla bakıyor; bu bakışlar, her şeyi açıkça söylüyordu.

Aliye Suzan, geri dönüp basamakları koşar adım inmeye başlamadan önce, güçlükle toparlayabildiği hırıltılı bir sesle, Misafirin olduğunu düşünmemiştim, af edersin, diyebilmişti ancak. Yalnızca doğum gününü kutlamak istemiştim.

Massimo, hızlı adımlarla basamakları inip uzaklaşan Aliye Suzan'ın ardından apartman sahanlığına seslendi: Seni incitmek istememiştim.

Cevap olarak, aşağıda, kapanan dış kapının sesi duyuldu.

Bu son karşılaşmaları oldu.

Aliye Suzan, eve dönmedi, uyuşmuş bir haldeydi, kendisini, başıboş bir gücün yönetimıne bırakmış gibiydi. Fener'e kadar amaçsızca sürdü otomobilini. Pencereler açıktı, Boğaz'ın iyot ve yosun kokan tuzlu rüzgârı doluştu otomobilin içine. Genzini yakan bu koku, hem ayıltıyordu onu, hem uyuşukluğunu artırıyordu. Boğaz bitti. Yol bitti. Dönüş yolunda, Sarıyer'de durdu, az bilinen salaş bir meyhanede az mezeli bir içki sofrası kurdurdu. Nereye gideceğini bilemez bir haldeyken, bu meyhaneyi birden hatırlayabildiğine kendisi de şaşırdı. Yıllar önce gelmişti buraya. Belli ki, yakın tarihin anısını taşıyan bir yer istememiş, tanıdık kişileri görebilme ihtimalinin neredeyse imkânsız olduğu bir yer seçmişti. Üzerleri, desenli muşambalarla kaplı tahta masaların en dibindekine, cam kenarına oturdu. Tozlu camlardan kirli bir kır ve bir parça deniz görünüyordu. Meyhane neredeyse boş sayılırdı. Dolu olan bir iki masa vardı yalnızca, gündüzden içmeye başlamış ve kendi dünyalarına erken kapanmış etrafa ilgisiz birkaç sarhoş, o, yanlarından geçerken, şöyle bir bakmış, sonra yorumsuz gözlerle yeniden kendi aralarındaki yüksek sesli tartışmaya dönmüşlerdi.

Rakı söyledi. Ne düşüneceğini bilmez bir haldeydi; hem bütün dünyayla konuşmak, hem sonsuza dek susmak istiyordu. Mezelere dokunmadı bile. Kendinden geçercesine içmeye başladı. Bir an önce, delicesine sarhoş olmak ve kendini kaybetmek istiyordu. Sarhoşluğun denetimsizliğine ihtiyacı vardı. Sanki, en doğru kararı o zaman verecekti. Kendini, bir melodram filminin, meyhaneciye sürekli aynı şarkıyı çaldıran, dibe vurmuş, zavallı, düşkün bir kahramanı gibi hissediyor, kendine acıyarak, kendini küçük düşürerek, kendini hırpalayarak art arda devirdiği rakı kadehlerinin hızında yasını tutuyordu. İçi bugüne kadar hiç bilmediği bir acıyla parçalanmıştı.

Yalnızca içkiden değil, kahrından da çabucak sarhoş oldu. Kendi kendine konuşmaya başlamış, ağlamaktan gözleri acıyacak kadar kurumuş, dili damağına yapışmış, ayakta duracak hali kalmamıştı. En son hatırladığı görüntüler, sallana sallana otomobiline binmeye çalışırken, kendisine engel olmak isteyen meyhane çalışanlarıyla itiştiği, son sür'at araba kullandığı sahil yolunda gözünü alan otomobil farları, ardı arkası kesilmeyen klakson sesleri ve son olarak, Tarabya'ya varmadan yolda, boynundan çözülüp pencereden uçuşarak ağaç dallarına dolanan Acem tülü eşarbının rüzgârda bayrak gibi dalgalanışı ve ardından Boğaz'ın sularına uçarken, yaşadığının gerçek mi, rüya mı olduğunu ayırt etmek için, son bir gayretle dikkatini toplamaya çalıştığı o birkaç saniyede, bütün hayatı bir film şeridi gibi hızla gözlerinin önünden geçerken, bu hayatın kendisine ait olmadığını fark etmesi oldu. Film şeridindeki kişi, kendisi değildi. Geç kalmıştı.

Aliye Suzan'ın ölümü, Istanbul sosyetesi için gerçek bir kayıp oldu. Bütün gazeteler bu kazadan söz ediyordu. Istanbul sosyetesinin meşhur ve renkli simalarından Aliye Suzan, gece geç saat, Boğaz'dan dönerken Tarabya'da, hafif alkollü (!) bir vaziyetteyken, azami sür'atte kullandığı, narçiçeği rengi '57 model Chevrolet marka arabası, Tarabya'da yoldan çıkarak denize uçmuş, Boğaz'ın sularına gömülmüş, otomobilin direksiyonunda oturan Aliye Suzan kurtulamamıştı. Kazaya şahitlik edenler, neredeyse bir intihar karşısındaymış gibi nakletmişlerdi hadiseyi. Arabanın içinde Aliye Suzan'dan başkasının olmaması bir şans eseriydi. Sadme sonucu kendini kaybeden Aliye Suzan otomobille birlikte sulara gömülmüştü.

Genç ve güzel bir kadının ölümü, her zaman en iyi konu olduğu söylenir; bütün gazeteler bu kazayı günlerce yazdı durdu; her yerde bu konuşuldu. Hatta, Aliye Suzan'ın ölümünün bir kaza mı, bir intihar mı olduğu uzun uzadıya tartışıldı. Maddi, manevi görünür hiçbir sorunu olmayan, bütün güzelliği ve haşmetiyle, otuzlu yaşlarının saltanatını süren bu şahane kadının, hiçbir neden yokken, durduk yerde intihar edebileceğine kimse ihtimal vermiyordu; virajı dönemeyip denize uçmuş olması çok daha akla yakındı; öte yandan, bazı görgü şahitleri, cinnet geçirir gibi kullandığı otomobili, neredeyse bilerek denize sürdüğünü söylüyorlardı.

Aliye Suzan, ardında, ölümünün gerçek nedeninin hiçbir zaman bilinemeyeceğinde ortak bir karara varmış kuşkulu bir kalabalık bırakarak, sırrını Boğaz'ın sularına gömdü. Aynı Boğaz'a bakan Aşiyan Kabristanı'nda defnedildi.

Aliye'nin ölümüyle birlikte hayatının bütün ışığı sönen, Aliye'nin öldüğü gün, en az on yıl birden yaşlanan Huşbor, Aliye Suzan'ın böyle isteyeceğini düşünerek, kesin bir suskunluğa gömüldü ve kimseye hiçbir şeyden söz etmedi.

Kimse, aynı gece, yurdun birbirinden kilometrelerce uzak olan iki ucunda cereyan eden bu iki olay arasında bir koşutluk kurmadı elbet, ama ilginç olan, Aliye Suzan'ın öldüğü gece, Mardin'de Avukat Ali Zeyneddinoğlu'nun ardında hiçbir iz bırakmadan esrarengiz bir biçimde ortadan kaybolmasıydı. O gece, ev halkına "İyi geceler" diledikten sonra, uyumak için, kendi odasına çekilmiş ve sabahına ortadan kaybolmuştu. Karısı, her sabah erkenden kalkıp avludaki ve taşlıktaki çiçekleri sulamayı kendisine iş edinmiş kocasının, o sabah kalkmamış olduğunu görünce, hastalanmış olabileceğini düşünerek meraklanmış, ilkin odasının kapısını çalmış, ses alamayıp içeri girdiğindeyse, yatağında ve odasında olmadığını görmüştü. Yatağın üzerinde çubuklu pijamaları, katlı olarak olduğu gibi duruyordu. Evin dış kapısının kol demiriyse üzerindeydi. Yani, dış kapı, içeriden çengellenmişti. Bu, kapının hiç açılmamış ve o sabah kimsenin evden dışarı çıkmamış olduğunu gösteriyordu. Çocuklar hâlâ uyuyorlardı. Hizmetçiler henüz gelmemişti ve kocasının evin içinde kaybolmasının hiçbir mantıklı açıklaması yoktu. Kocasının yatak odasında görünüşte hiçbir fevkaladelik yoktu; tuhaf olan tek şey, kocasının odasında, orta yerinden çatlayarak parçaları etrafa saçılan aynanın önünde, Ali Zeyneddinoğlu'nun merhum annesine ait siyah payetli gece elbisesinin adeta bir ceset gibi yatıyor olmasıydı. Gardıroptaki askısından alınıp muhafaza edildiği naylondan çıkartılan gece elbisesinin aynanın önünde, boylu boyunca, bir ceset gibi yatıyor olmasına kimse bir anlam veremedi. Bu durum, ne kadar tuhaf olsa da, Ali Zeyneddinoğlu'nun kayboluşundaki esrara ait bir işaret olarak yorumlanmaktan uzak bulundu. En fazla bazı kadınlar, Demek annesi yanına çağırmış, demekle yetindiler.

Günlerce aranmasına karşın, Ali Zeyneddinoğlu'ndan hiçbir ses çıkmadı. İlkin mahalli gazetelere haber oldu, sonra ulusal basında yer almaya başladı. Çok çeşitli tahminlerde bulunulup, çeşitli senaryolar üretildi. İlk akla gelenler, daha dünyevi açıklamalar barındırıyordu —annesi yaşasaydı hiç kuşkusuz böyle isterdi— ve bu açıklamaların çoğu, mesleğine ilişkin varsayımlar içeriyordu. Örneğin, son zamanlarda üst üste kazandığı önemli davalar nedeniyle, birçok güçlü düşman kazanmıştı. Kimselerin bakmaya cesaret edemediği ihtilaflı büyük arazi davalarına bakmaya başlamış; yıllardır mahkemeleri süren, yılan hikâyesine dönmüş birçok davayı hızla sonuçlandırmayı başarmıştı. Kazandığı her davayla birlikte, karşı tarafın hatırlı ve güçlü ağaları, kanlı intikam yeminleri içiyor, en gözükara adamlarını üzerine salarak dönüşü olmayan tehditler savuruyorlardı. Bunlardan biri tarafından kaçırılarak öldürülmüş, sonra da cesedinin bir yere atılmış olabileceği, akla en yakın ihtimaldi. Böyle olsaydı, düpedüz ortaya çıkmasalar da, bununla övünmekten kendini alamayacak ve mutlaka bir biçimde bunun duyulmasını sağlayacak olan düşman ağalardan hâlâ bir ses çıkmıyor oluşu ise, bu güçlü ihtimali geçersiz kılıyordu. Kaldı ki, dünyevi ve polisiye bütün varsayımlar, dış kapısı içeriden çengellenmiş bir evden bir gece yarısı kayboluşunu açıklamakta yetersiz kalıyordu. Sokağa çıplak çıkması mümkün değildi herhalde. Kaybolduğunda, çubuklu pijaması yatağın üzerindeydi, bütün giysileri dolapta asılı duruyordu ve ayakkabılarının hepsi yerli yerindeydi. Günler, haftalar geçiyor ama, hiçbir biçimde Ali Zeyneddinoğlu'nun izine rastlanmıyor, ölü ya da diri ondan hiçbir haber alınamıyordu.

Doğumunda karanlık bir işaret olan Ali'nin, ölümü de, ardında aynı biçimde karanlık bir işaret bırakmıştı.

Dünyevi olmayan açıklamalar, kanıtlanamasa da, bütün dünyevi olmayan açıklamalarda olduğu gibi, kendi içinde müthiş bir mantık tutarlılığı taşıyordu. Birçokları, ermiş bir kişi olan Ali Zeyneddinoğlu'nun, öteki âlemle sıkı ilişkiler kurduğuna ve günü geldiği için, onlar tarafından bir vazife için alınmış olabileceğine, dahası bütün bunların aslında geride bıraktığı herkes için bir işaret olduğuna karar verdiler. Polis, asker, savcı, jandarma, devlet için olmasa da, onlar için dava çoktan kapanmıştı. Önemli olan bu olaydan gereken dersi çıkarabilmekti.

Bir daha kendisinden hiçbir haber alınamayan ve aylar süren uzun aramalardan sonra artık kendisinden tamamıyla ümit kesilen Ali Zeyneddinoğlu'nun adına ve anısına, aile kabristanında dedesinin mezarının yanına sembolik olarak bir mezar taşı dikildi.

Bugün hâlâ bazı geceler, Ali'nin dedesiyle birlikte Mardin kalesinin arkasındaki eski incas bağlarının bulunduğu ağaçlarda el ele dolaştıkları söylenir. Ve onların üzerinde görüldükleri ağaçların kesilmesinin uğursuzluk getireceğine inanılır.

1995-1999

1985-1999